诗经·楚辞

第一册

〔春秋〕孔子 〔战国〕屈原 著
李楠 编译

图书在版编目（CIP）数据

诗经；楚辞/李楠编译．—北京：北京工艺美术出版社，2019.1
（品读经典：双色线装）
ISBN 978-7-5140-1585-0

Ⅰ．①诗… Ⅱ．①李… Ⅲ．①《诗经》②楚辞 Ⅳ．①I222

中国版本图书馆CIP数据核字（2018）第212455号

出版人：陈高潮
责任编辑：张怀林
装帧设计：书心瞬意
责任印制：宋朝晖

诗经 楚辞

李楠 编译

出　　版　北京工艺美术出版社
发　　行　北京美联京工图书有限公司
地　　址　北京市朝阳区化工路甲18号
　　　　　中国北京出版创意产业基地先导区
邮　　编　100124
电　　话　（010）84255105（总编室）
　　　　　（010）64283630（编辑室）
　　　　　（010）64280045（发　行）
传　　真　（010）64280045/84255105
网　　址　www.gmcbs.cn
经　　销　全国新华书店
印　　刷　三河市文通印刷包装有限公司
开　　本　889毫米×1194毫米　1/16
印　　张　40
版　　次　2019年1月第1版
印　　次　2019年1月第1次印刷
印　　数　1～3000
书　　号　ISBN 978-7-5140-1585-0
定　　价　380.00（全四册）

前言

在中国古代文学史上，『风骚』一词由来已久，指的是代表《诗经》的《国风》和代表《楚辞》的《离骚》的并称。

《诗经》在中国文学史上具有崇高的地位和深远的影响，奠定了我国诗歌的优良传统，哺育了一代又一代的诗人，我国诗歌艺术的民族特色由此肇端而形成。

《诗经》分为风、雅、颂三部分，主要是抒情言志之作，从多方面展现了那个时代丰富多彩的生活，展示了那个时期人们纯粹的心灵世界，为我国诗歌文学奠定了现实主义风格的基础。《诗经》中触物动情，运用形象思维的比兴，塑造了鲜明的艺术形象，构成情景交融的艺术境界，形成了我国古代诗歌含蓄蕴藉、韵味无穷的艺术特点。

《诗经》的出现打破了时代的沉寂，其表现出的关注现实的生命热情、强烈的政治和道德意识、真诚积极的人生态度，被后人概括为『风雅』精神，直接影响了后世诗人的创作。屈原的《离骚》、汉乐府诗、建安诗都是这种精神的直接继承。

先秦的诗坛在《诗经》以后一直是沉寂的，到了战国时期，在楚地交流、汇聚的南北文化融合了楚国本土的深厚文化底蕴，从而产生了《楚辞》这一富有强烈浪漫精神和时代气息的新诗体。

楚辞创造了一种新的诗歌样式，能够更加有效地塑造艺术形象和抒发复杂、激烈的感情。楚辞突出地表现了浪漫的精神气质，主要表现为感情的热烈奔放，对理想的追求，以及抒情主人公形象的凸现，奇幻的想象，创造了一幅幅雄伟壮丽的图景。这些使得诗歌显出缥缈迷离、谲怪神奇的美学特征，对李白、李贺等后世诗人有巨大的影响。

《楚辞》的出现打破了《诗经》留下的两三个世纪的沉寂，『风』与『骚』成为中国古典诗歌现实主义和浪漫主义的两大流派。『风骚』一词在潜移默化中已经成为先秦诗歌文学的代名词。

先秦时期的语言、风俗与后世存在着极大的差异，所以造成了现今难读难懂的情况。为此，本书编者对原文进行了详尽的注释，力求博采众说，时出己见，务必以简明易懂为宗旨。本书译文力求『以诗译诗』，即在忠实于原作的基础上，使用格律体或谣曲体，尽量反映原作的情调、节奏和韵律，使读者更能深刻地理解早期中国古典文学的经典。

《诗经》和《楚辞》以其奇特的想象、朴实奔放的情感，为读者展现了独特的魅力。现代人在繁忙紧张的生活中偶尔驻足，读一读这精美的诗文，必然可以从细腻柔婉的诗句中听到历史恒远的回响。

目录

第一册

诗经

第三册

楚　辞

第四册

诗经

国风

周南

关雎

【一句话点评】

这是一首恋曲，表达对女子的爱慕，并渴望永结伴侣。

【原文】

关关雎鸠①，在河之洲②。窈窕淑女③，君子好逑④。
参差荇菜⑤，左右流之⑥。窈窕淑女，寤寐求之⑦。
求之不得，寤寐思服⑧。悠哉悠哉⑨，辗转反侧⑩。
参差荇菜，左右采之⑪。窈窕淑女，琴瑟友之⑫。
参差荇菜，左右芼之⑬。窈窕淑女，钟鼓乐之。

【注释】

①关关：水鸟鸣叫的声音。雎鸠：一种鱼鹰类的水鸟，传说此鸟雌雄终生相守。

②洲：水中的陆地。

③窈窕：娴静、端正的样子。淑：好，善。

④君子：这里是女子对男子的尊称。逑：配偶，对象。好逑：好的配偶。

⑤参差：长短不齐的样子，荇菜：一种多年生的水草，夏天开黄色花，叶子可以食用。
⑥流：随着水流而摇摆的样子。
⑦寤：睡醒。寐：睡着。寤寐：指日夜。
⑧思：语气助词，没有实义。服：思念。
⑨悠：忧思的样子。
⑩辗转：转动。反侧：反身，侧身。
⑪采：摘取。
⑫琴瑟：古时弦乐器，琴为五弦或七弦乐器，瑟为二十五弦乐器。友：友好交往，亲近。
⑬芼：采摘。

【译文】

雎鸠应和相鸣唱，在那黄河小岛上。美丽善良好姑娘，她是我的好对象。长短不齐的荇菜，随着水流左右摇摆。美丽善良好姑娘，一心在梦里求娶。求娶心思未实现，日夜把她勤思念。愁思绵绵把忧添，翻来覆去难入眠。荇菜高低一棵棵，左挑右选忙采摘。美丽善良好姑娘，弹琴奏瑟相亲热。荇菜高低一棵棵，左挑右选忙采摘。美丽善良好姑娘，敲钟打鼓逗她乐。

【品读】

《关雎》冠三百篇之首，开十五国风之端。《毛诗序》以为是吟咏『后妃之德』。诗的格调纯净清新，高雅热烈，流露出我国古代汉民族那种爽朗、明快、自由的爱情观。全诗没有直接描写梦寐以求的淑女的容貌，而是借助作者的苦苦相思将她的美好、可人展现出来，由此我们可以感受到一位纤纤女子迎面而来。同时，从全诗那种真实、毫无保留的直接抒情当中，我们也可以深刻地感受到那位相思中的男子的性情、姿态和品格，并深切地为其所折服。从表现手法上看，这首诗开始兴、比自然，成双成对的水鸟自由自在地嬉戏，极容易与作者求爱的艰难形成反照，使人触景动情。接着以『荇菜』的『左右』漂流和难于『采、芼』来象征姑娘们难于捉摸的心，更是惟妙惟肖。最后又通过幻境的描写将诗的意境拓宽、拓深，形成一种感人至深的力量。《关雎》是一首自由恋爱的赞歌，活在爱情之中的人，是最有魅力、最有激情的人。由此可得出《关雎》的诗『心』：描写爱情追求中的苦与乐。

这首诗还采用了一些双声叠韵的联绵字，以增强诗歌音调的和谐美和描写人物的生动性。如『窈窕』是叠韵；『参差』是双声；『辗转』既是双声又是叠韵。用这类词儿修饰动作，如『辗转反侧』；模拟形象，如『窈窕淑女』；描写景物，如『参差荇菜』，无不活泼逼真，声情并茂。刘师培《论文杂记》云：『上古之时，……谣谚之音，多循天籁之自然，其所以能谐音律者，一由句各叶韵，二由语句之间多用叠韵双声之字。』此诗虽非句各叶韵，但对双声叠韵联绵字的运用，却保持了古代诗歌淳朴自然的风格。

用韵方面，这诗采取偶句入韵的方式。这种偶韵式支配着两千多年来我国古典诗歌谐韵的形式。而且全篇三次换韵，又有虚字脚『之』字不入韵，而以虚字的前一字为韵。这种在用韵方面的参差变化，极大地增强了诗歌的节奏感和音乐美。

对《关雎》，我们应当从诗义和音乐两方面去理解。就诗义而言，它是『民俗歌谣』，所写的男女爱情是作为民俗反映出来的。相传古人在仲春之月有男女会合的习俗。《周礼·地官·媒氏》云：『媒氏（即媒官）掌万民之判（配合）。……中春（二月）之月，令会男女，于是时也，奔者不禁（不禁止奔）；若无故而不用令者，罚之，司男女之无夫家者而会之。』《关雎》所咏未必就是这段史事的纪实，但这段史实却有助于我们了解古代男女相会、互相爱慕并希望成婚的心理状态和风俗习尚。文学作品描写的对象是社会生活，对社会风俗习尚的描写能更真实地再现社会生活，使社会生活融汇于社会风习的画面中，从而就更有真实感。《关雎》就是把古代男女恋情作为社会风俗习尚描写出来的。就乐调而言，全诗重章叠句都是为了合乐而形成的。郑樵《通志·乐略·正声序论》云：『凡律其辞，则谓之诗，声其诗，则谓之歌，做诗未有不歌者也。』郑樵特别强调声律的重要性。凡古代活的有生气的诗歌，往往都可以歌唱，并且重视声调的和谐。《关雎》重章叠句的运用，说明它是可歌的，是活在人们口中的诗歌。当然，《关雎》是把表达诗义和疾徐声调结合起来，以声调传达诗义。郑玄《诗谱序》云：『《虞书》曰：「诗言志，歌永言，声依永，律和声。」然则诗之道，放于此乎？』

葛覃

【一句话点评】

描绘一个女子做完工作，准备回娘家看望父母。

【原文】

葛之覃兮①，施于中谷②，维叶萋萋③。黄鸟于飞④，集于灌木，其鸣喈喈⑤。

葛之覃兮，施于中谷，维叶莫莫⑥。是刈是濩⑦，为絺为绤⑧，服之无斁⑨。

言告师氏⑩，言告言归⑪。薄污我私⑫，薄浣我衣⑬。害浣害否⑭，归宁父母⑮。

【注释】

①葛：葛藤，俗名苎麻，一种多年生草本植物，纤维可以用来织布。覃：延长，延伸。兮：语气词，多用于韵文的句末或句中，表示停顿或感叹，相当于现代汉语中的『啊』。

②施：蔓延。中谷：谷中，山谷当中。

③维：语气助词，没有实义。萋萋：茂盛的样子。

④黄鸟：一说黄鹂，一说黄雀。于：语气助词，没有实义。

⑤喈喈：鸟儿鸣叫的声音。

⑥莫莫：茂密的样子。

⑦刈：斩，割。濩：煮。

⑧絺：细葛纤维织成的布。绤：粗葛纤维织成的布。

⑨无斁：心里不厌弃。

⑩言：一说作语助，一说第一人称。告：告诉。师氏：类似管家奴隶。

⑪归：指回娘家。

⑫薄：语气助词，没有实义。污：洗去污垢。私：内衣。

⑬浣：洗涤。

⑭害：音何，疑问词，何。否：不。

⑮归：回家。宁：使……安心。

【译文】

葛草儿到处生长，藤条蔓延到谷中央，叶儿繁茂色郁郁。黄雀低空翱翔，栖集在丛生矮树上，喈喈和鸣在欢唱。葛草儿蔓延生长，藤条伸向谷中央，叶儿繁茂色葱葱。割葛煮藤日夜忙，织成细布织粗布，穿在身上无怨言。忙把心事告管家，我要回家看父母。内衣污垢快洗除，外衣洗净莫耽误。哪件洗哪件不洗，回家来安慰父母。

【品读】

这是一位身处异地，想要回家的少女在回家之前所作的诗，主要描写她想向管家请假回家的心情。细品此诗，可以强烈地感受到一位少女天真无邪的欢快情绪。眼前浮现的画面，色彩纯净鲜艳、亮丽轻快。葛藤、黄鸟、灌木丛和谐相依，自然贴切地融为一体。本诗的主旨在于『归宁父母』，少女回家是为了看看父母，让父母放心。『归宁父母』之前感情的舒畅和紧张，真实质朴地表达了她对于家庭，对于父母深切的感激和牵挂。『归宁』后世专指已婚妇女回娘家省亲。

不管抒情主人公是待嫁女还是新嫁娘，她此刻正处在喜悦而急切的企盼之中却毫无疑问。诗分三章，展现出的是跳跃相接的三幅画境。首章似乎无人，眼间只见一派清碧如染的葛藤，蔓延在幽静的山沟；然而这幽静的清碧，又立即为一阵『喈喈』的鸣啭打破，抬眼一看，原来是美丽的黄雀，在灌木丛上啁啾（拟声词。形容声音繁杂而细碎）。不过这『无人』的境界，毕竟只是种错觉，因为你忘记了，在那绿葛、黄雀背后，不分明有一位喜悦的女主人公，在那里顾盼、聆听么？二章终于让女主人公走进了诗行，但那身影却是飘忽的：你刚看到她弯腰『刈』藤的情景，转眼间又见她在家中『濩』葛、织作了。于是那萋萋满谷的葛藤，又幻化成一匹匹飘拂的葛布；而我们的女主人公，则已在铜镜前披着这『絺綌』，正喜滋滋试身呢！那一句『服之无斁』，又透露着辛勤劳作后的多少快慰和自豪？三章的境界却又一变，诗行中多了位慈祥的『师氏』。她似乎在倾听，又似乎在指点，因为她的女主人，此刻正央求她告知急需浣洗的衣物。『害浣害否，归宁父母』——那便是情急的女主人公，带着羞涩和抑制不住的喜悦，终于向师氏透露的内心的秘密。这秘密无疑也被读者偷听到了，于是你恍然大悟，不禁莞尔而笑：站立在你面前的女主人公，原来是这样一位急切待『归』（出嫁或者回娘家）的新人！那么前两章的似断似续，山谷中葛藤、黄雀鸣啭的美好春景，和『刈濩』、织作的繁忙劳动，就不仅传达着女主人公期盼中的喜悦，而且表现着一种熟习女工、勤劳能干的自夸自赞了。这样的女子，无论是嫁到夫家还是回返娘家，都是足以令夫家爱怜并带给父母莫大安慰的。

在中国的传统中，对女子的要求从来是严苛的。所谓『妇德、妇言、妇功、妇容』，便是古代的男子世界所强加给女子必须习练的『妇教』。其要在于规定女子必须『贞顺』『婉媚』和勤于丝麻织作之劳，老老实实做男子的附庸和婢妾，若非如此，便不配为人之妇。本诗所表现的，便正是一位『待归』女子勤于『妇功』的情景。她的勤勉和劳苦，固然已被『归宁父母』的自豪和喜悦所消解。但对于今天的读者来说，是否还能从这份自豪和喜悦中，体味到一些连女主人公自己也未意识到的，那种曲从妇教、取悦父母夫婿的无奈和悲哀呢？

螽斯

【一句话点评】

祝人多子多孙。

【原文】

螽斯羽①，诜诜兮②！宜尔子孙③，振振兮④！

螽斯羽，薨薨兮⑤！宜尔子孙，绳绳兮⑥！

螽斯羽，揖揖兮⑦！宜尔子孙，蛰蛰兮⑧！

【注释】

①螽斯：或名斯螽，一种蝗虫。羽：翅膀。

②诜诜：同『莘莘』，众多的样子。

③宜：多。尔：你。

④振振：繁盛的样子。

⑤薨薨：众也。或曰众多螽斯的齐鸣。

⑥绳绳：延绵不绝的样子。

⑦揖揖：会聚的样子。揖为集之假借。

⑧蛰蛰：多，聚集。

【译文】

蝗虫儿展翅飞翔，密密麻麻聚四方。你的子孙多又多，精神振奋个个强。蝗虫儿振翅飞翔，相聚齐鸣哄哄响。你的子孙多又多，成群相聚在一起。蝗虫儿鼓翅飞翔，团结飞聚天天忙。你的子孙多又多，幸福和睦乐洋洋。

【品读】

这是一首祝愿别人多子多孙的诗。全诗以螽斯为喻，意象单纯、明快，节奏感很强。螽斯翅膀的振动有力、简洁，生动地再现了子孙生息繁衍的场景。所以作者并没有一上来就直接表达自己的良好祝愿，而是借助了螽斯翅膀振动这一动作，进而引导人们去展开联想，表现了一幅子孙世代昌盛、和睦相处、安乐祥和的情景，具有强烈的直观性和感染力。这种表现和当今电影中的特写蒙太奇手法类似。

体会意象，细味诗语，先民颂祝多子多孙的诗旨，显豁而明朗。就意象而言，飞蝗产卵孵化的若虫极多，一年生两代或三代，真可谓是宜子的动物。诗篇正以此作比，寄兴于物，即物寓情：『子孙众多，言若螽斯』，即此之谓。就诗语而言，『宜尔子孙』的『宜』，有『多』的含义；而六组叠词，除『薨薨』外，均有形容群聚众多之意。易辞复唱，用墨如泼，正因心愿强烈。就诗篇编排而言，前篇《樛木》祝贺新婚幸福，此篇继而祈颂多生贵子，不仅顺理成章，或正是编者苦心所系。

全诗三章，每章四句，前两句描写，后两句颂祝。而叠词叠句的迭唱形式，是这首诗艺术表现上最鲜明的特色。如果说，『宜尔子孙』的三致其辞，使诗旨显豁明朗；那么，六组叠词的巧妙运用，则使全篇韵味无穷。方玉润《诗经原始》评曰：『诗只平说，难六字炼得甚新。』《诗经》运用叠词颇为寻常，而《螽斯》的独特魅力在于：六组叠词，锤炼整齐，隔句联用，音韵铿锵，形成了节短韵长的审美效果。同时，诗章结构并列，六词意有差别，又形成了诗意的层递：首章侧重多子兴旺；次章侧重世代昌盛；末章侧重聚集欢乐。由此看来，方氏的评语似可改为：诗虽平说，平中暗含波折；六字炼得甚新，诗意表达圆足。另外，在朱熹《诗集传》中，《螽斯》是比体首篇，故用以释比。其实，通篇围绕『螽斯』着笔，却一语双关，即物即情，物情两忘，浑然一体。因此，《螽斯》不只是比喻性意象，也可以说是《诗经》中不多见的象征性意象。

桃夭

【一句话点评】

祝贺女子出嫁。

【原文】

桃之夭夭①，灼灼其华②。之子于归③，宜其室家④。

桃之夭夭，有蕡其实⑤。之子于归，宜其家室。

桃之夭夭，其叶蓁蓁⑥。之子于归，宜其家人。

【注释】

①夭夭：桃花含苞貌。一说形容茂盛而艳丽，一说形容少壮的样子。

②灼灼：花开鲜明貌。华：花。

③之：这，这个。子：指出嫁的姑娘。于：语气助词，无义。归：女子出嫁。

④宜：与仪通。仪，善也。和顺，和善。室家：指夫妇。男子有妻叫作有室，女子有夫叫作有家。

⑤有：语助，无实义。

⑥蓁蓁：树叶茂盛的样子。

【译文】

桃树茂盛幼枝发，枝枝绽放明艳的花。这个姑娘要出嫁，善待夫婿大家夸。桃树茂盛幼枝发，桃子嫩白很是肥大。这个姑娘要出嫁，善待夫婿大家夸。桃树茂盛幼枝发，叶儿茂盛压枝杈。这个姑娘要出嫁，善待夫婿大家夸。

【品读】

此诗语句简洁明朗，短小精悍。诗的三章开头，都用了兴兼比的手法。从云蒸霞蔚的鲜艳桃花起兴，同时又以桃花的鲜明形象来比喻，赞美壮男少女嫁娶的及时。诗以盛开的桃花象征即将出嫁的女子，盛开的桃花娇艳美丽，出嫁的新娘全身喜气，两相对比，色彩鲜明，气氛热烈，表达了对出嫁女子建立幸福家庭的美好祝愿。诗中桃花、女子两个形象有机结合，从桃花写到桃儿，再写到桃叶，完整地概括了女子即将迎来的幸福生活，人与物得到准确、生动的展现，毫无瑕疵地融为一体，二者相应，和谐相融，传达出一种激动、喜悦的信息。从『宜其室家』『宜其家室』『宜其家人』这一连串异其词、同其意的反复咏唱里，表现了恳挚、热烈的祝愿。

这首诗非常有名，有这样几个原因：第一，诗中塑造的形象十分生动。拿鲜艳的桃花，比喻少女的美丽，实在是写得好。谁读过这样的名句之后，眼前会不浮现出一个像桃花一样鲜艳，像小桃树一样充满青春气息的少女形象呢？尤其是『灼灼』二字，真给人以照眼欲明的感觉。写过《诗经通论》的清代学者姚际恒说，此诗『开千古词赋咏美人之祖』，并非过当的称誉。第二，短短的四字句，传达出一种喜气洋洋的气氛。这很可贵。『桃之夭夭，灼灼其华。之子于归，宜其室家』，细细吟咏，一种喜气洋洋、让人快乐的气氛，充溢字里行间。『嫩嫩的桃枝，鲜艳的桃花。那姑娘今朝出嫁，把欢乐和美带给她的婆家。』你看，多么美好。这种情绪，这种祝愿，反映了人民群众对生活的热爱，对幸福、和美的家庭的追求。第三点，这首诗反映了这样一种思想，一个姑娘，不仅要有艳如桃花的外貌，还要有『宜室』『宜家』的内在美。

《桃夭》所反映的美学思想，恐怕就更好理解了。在当时人的思想观念中，艳如桃花、照眼欲明，只不过是『目观』之美，这还只是『尽美矣，未尽善也』，只有具备了『宜其室家』的品德，才能算得上美丽的少女，合格的新娘。即美的具体内容不仅仅是『艳如桃花』，还要『宜其室家』，也就是美与善之结合。

《桃夭》篇的写法也很讲究。看似只变换了几个字，反复咏唱，实际上作者是很为用心的。头一章写『花』，二章写『实』，三章写『叶』，利用桃树的三变，表达了三层不同的意思。写花，是形容新娘子的美丽；写实，写叶，不是让读者想得更多更远吗？密密麻麻的桃子，郁郁葱葱的桃叶，真是一派兴旺景象啊！

麟之趾

【一句话点评】

赞美贵族子孙的贤能。

【原文】

麟之趾[1]，振振公子[2]，于嗟麟兮[3]！

麟之定[4]，振振公姓，于嗟麟兮！

麟之角，振振公族，于嗟麟兮！

【注释】

①麟：麒麟，被古人看作至高至美的野兽。趾：脚，指麒麟的蹄。

②振振：诚实仁厚的样子。公子：与公姓、公族皆指贵族子孙。

③于嗟：叹词，相当于『啊』『呀』。

④定：额头。

【译文】

麒麟有蹄不踢人，公子振奋大有为，仁义之极好麒麟！麒麟有额不抵人，公孙振奋大有为，仁义之极好麒麟！麒麟有角不碰人，公族振奋大有为，仁义之极好麒麟！

【品读】

这首简洁、明快的短诗对国君子孙的高贵和仁厚进行了赞美。全诗突出了一个仁字，可见君王的仁厚与否对百姓和国家的重要性。麒麟并非现实中所有，而是中国古代传说中的一种动物，与凤、龟、龙共称为『四灵』，被称为圣兽之王。麒麟有足不踢人，有角不撞人，有额不顶人，因此称仁兽。诗人也抓住了麒麟这一特点，将它比作公子、公姓、公族的仁厚、诚实，大肆渲染，寄托了自己的美好愿望。

赞美贵族公子，而以『麟』起兴，这在古代是一桩异常庄重和动情的事。所谓『麟』，其实就是麋鹿之一种而已。不过古代传说中的『麟』，却非同寻常：据汉刘向《说苑》称，『麒麟，麕身牛尾，圜头一角，含信怀义，音中律吕，步中规矩，择土而践，彬彬然动则有容仪』；《春秋感应符》更发挥『一角』之义曰：『麟一角，明海内共一主也。』《荀子》亦云：『古之王者，其政好生恶杀，麟在郊野。』大抵是一种兆示『天下太平』的仁义之兽。所以后儒赞先王之圣明，则眉飞色舞于『麒麟在囿，鸾凤来仪』；孔子生春秋乱世，则为鲁哀公之『获麟』而泣，以为麟出非时也。

明白了『麟』在古人心目中的尊崇地位，即可把握本诗所传达的热烈赞美之情了。首章以『麟之趾』引出『振振公子』，正如两幅美好画面的化出和叠印：你眼前刚出现那『不践生草、不履生虫』的仁兽麒麟，悠闲地行走在绿野翠林，却又恍然流动，化作了一位仁厚（『振振』）公子，在麒麟的幻影中微笑走来。仁兽麒麟与仁厚公子，由此交相辉映，令你油然升起一股不可按抑的赞叹之情。于是『于嗟麟兮』的赞语，便带着全部热情冲口而出，刹那间振响了短短的诗行！二、三两章各改动二字，其含义并没有多大变化：由麟『之趾』，赞到『之定』『之角』，是对仁兽麒麟赞美的复沓；至于『公子』『公姓』『公族』的变化，则正如马瑞辰《毛诗传笺通释》所说，『此诗公姓犹言公子，特变文以协韵耳』。公族与公姓亦同义』。如此三章回旋往复，眼前是麒麟、公子形象的不断交替闪现，耳际是『于嗟麟兮』赞美之声的不断激扬回荡。视觉意象和听觉效果的交汇，经了叠章的反复唱叹，所造出的正是这样一种兴奋、热烈的画意和诗情。

召南

鹊巢

【一句话点评】

写贵族女子出嫁时的盛况。

【原文】

维鹊有巢①，维鸠居之②。之子于归，百两御之③。

维鹊有巢，维鸠方之④。之子于归，百两将之⑤。

维鹊有巢，维鸠盈之⑥。之子于归，百两成之⑦。

【注释】

①维：发语词，没有实义。鹊：喜鹊。有巢：比兴男子已造家室。

②鸠：布谷鸟。传说布谷鸟不筑巢，居其他鸟类筑的巢。

③两：同『辆』。百两：很多车辆。御：迎接。

④方：占有，占据。

⑤将：护送。

⑥盈：满，充满。

⑦成：迎送成礼。

【译文】喜鹊树顶把窝做，布谷占有来居住。这位姑娘要出嫁，百辆车儿接她去。喜鹊树顶把窝做，布谷鸟儿来居住。这位姑娘要出嫁，百辆车儿接她去。树顶喜鹊把窝做，布谷鸟儿住满巢。这位姑娘要出嫁，百车送婚礼周到。

【品读】

这是一首描写贵族女子出嫁盛况的诗。诗先描写了鸠占鹊巢的行为，不过这里并没有贬义，而是以之来象征新娘的出嫁。而『百两成之』更是写出了婚礼的盛况，有百辆车来迎娶。全诗结构紧凑，前后呼应，从出嫁有家开始到维护和热爱自己的家园，写出了对新娘的美好祝愿，意味深长、朴实亲切。

诗三章都以鸠居鹊巢起兴。喜鹊筑好巢，鸤鸠住了进去，这是二鸟的天性。《齐诗》曰：『鹊以夏至之月始作室家，鸤鸠因成事，天性然也。』那么，姑娘出嫁，住进夫家，这种男娶女嫁在当时被认为是人的天性，如鸠居鹊巢一般。方玉润说：『鹊巢自喻他人成室耳，鸠乃取譬新昏人也；鸠则性慈而多子。《曹》之诗曰：「鸤鸠在桑，其子七兮。」凡娶妇者，未有不祝其多男，而又冀其肯堂肯构也。当时之人，必有依人大厦以成昏者，故诗人咏之，后竟以为典要耳。』（《诗经原始》）诗中还点明成婚的季节，郑笺云：『鹊之作巢，冬至架之，至春乃成。』这也是当时婚嫁的季节，陈奂说：『古人嫁娶在霜降后，冰泮前，故诗人以鹊巢设喻』（《诗毛氏传疏》）。各章二句写鸤住鹊巢分别用了『居』『方』『盈』三字，有一种数量上的递进的关系。『方』，是比并而住；『盈』，是住满为止。因此诗三章不是简单的重章迭唱。

一章『百两御之』，是写成婚过程的第一环，新郎来迎亲。迎亲车辆之多，是说明新郎的富有，也衬托出新娘的高贵。二、三章继续写成婚过程第二、三环：迎回与礼成。『百两将之』是写男方已接亲在返回路上，『百两成之』是迎回家而成婚了。『御』『将』『成』三字就概述了成婚的整个过程。『之子于归』，点明其女子出嫁的主题。因此，三章是选取了三个典型的场面加以概括，真实地传达出新婚喜庆的热闹。仅使用车辆之多就可以渲染出婚事的隆重。

这首诗以平浅的语言写成婚的过程，没有如《桃夭》里以桃花来衬托新娘的艳丽，更没有直接去描写新娘的容貌。如果说『之子于归』一句还点出新娘这一主角，让人在迎亲的车队之中找出新娘来，那么，另一位主角新郎则完全隐在诗中场景的幕后，他是否来迎亲，就留给读者去想象了。细味诗中所写，往返的迎亲车队给画面以较强的时空感，短短三章，却回味悠长。

采蘩

【一句话点评】

描写女子为贵族祭祀采集白蒿。

【原文】

于以采蘩①？于沼于沚②。于以用之③？公侯之事④。

于以采蘩？于涧之中⑤。于以用之？公侯之宫⑥。

被之僮僮⑦，夙夜在公⑧。被之祁祁⑨，薄言还归⑩。

【注释】

①于以：问词，到哪里去。蘩：水草名，即白蒿。

②沼：沼泽。沚：水中小洲。

③于以：问词，干什么。用之：使用它。

④事：祭祀之事。

⑤涧：山间水道。

⑥宫：宗庙，代指祭典。

⑦被：用作『皮』，意思是女子戴的首饰。僮僮：首饰盛貌，一说高而蓬松。

⑧夙夜：早晨和晚上。公：公家之事。

⑨祁祁：形容首饰盛，一说舒迟貌。

⑩薄言：语气助词，放在动词之前，无实义。还归：回家去。

【译文】

我们到何处采白蒿？就在那边沚与沼。采白蒿干什么用啊？公侯祭祀正需要。我们到何处采白蒿？山涧水边到处有。采来白蒿哪里用？公侯祭祀正需求。妇女头饰好繁盛，为公祭祀昼夜忙。妇女成群多劳碌，采蒿归来回家去。

【品读】

这首诗描写了女子为公侯采白蒿祭祀的生动画面。诗句采用了一问一答的形式，即自问自答的设问，流露出女子们内心的哀怨和不满。最后一节则采用了细节描写，聚焦在女子们发髻的变化上，画面动感十足，以细节的刻画表现女子们采蒿的紧张和辛苦。

诗之开篇，出现的正是这样一些忙于『采蘩』的女宫人。她们往来于池沼、山涧之间，采够了祭祀所需的白蒿，就急急忙忙送去『公侯之宫』。诗中采用的是短促的问答之语：『哪里采的白蒿？』『水洲中、池塘边。』『采来做什么？』『公侯之家祭祀用。』答问之简洁，显出采蘩之女劳作之繁忙，似乎只在往来的路途中，对询问者的匆匆一语之答。答过前一问，女宫人的身影早已过去；再追上后一问，那『公侯之事』的应答已传自远处。这便是首章透露的氛围。再加上第二章的复叠，便愈加显得忙碌无暇，简直可以从中读出穿梭而过的女宫人的匆匆身影，读出那从池沼、山涧飘来，又急促飘往『公侯之宫』的匆匆步履！

第三章是一个跳跃，从繁忙的野外采摘，跳向了忙碌的宗庙供祭。据上引《周礼》『世妇』注疏，在祭祀『前三日』，女宫人便得夜夜『宿』于宫中，以从事洗涤祭器、蒸煮『粢盛』等杂务。由于干的是供祭事务，还得打扮得漂漂亮亮，戴上光洁黑亮的发饰。这样一种『夙夜在公』的劳作，究竟把女宫人折腾成什么样子？诗中妙在不做铺陈，只从她们发饰『僮僮』（光洁）向『祁祁』（松散）的变化上着墨，便入木三分地画下了女宫人劳累操作而无暇自顾的情状。那曳着松散的发辫行走在回家路上的女宫人，此刻究竟带几分庆幸、几分辛酸，似乎已不必再加细辨——『薄言还归』的结句，不已化作长长的喟叹之声，对此做了无言的回答？

如此看来，以《采蘩》为诸侯夫人自咏，固属附会；而认其为『家人』赞美夫人之作，亦属穿凿。穿行于诗中的，其实是夙夜劳瘁的女宫人而已：短促的回答，透露着她们为贵族祭祀采蘩的苦辛；发饰的变化，记录着她们『夙夜在公』的悲凉。诗写得很妙，读来却只觉得酸涩。古代的祭祀排场，原本就为鬼神『降福』贵族而设，卑贱的下人除了付出辛劳，又有何福可言！

甘棠

【一句话点评】

表达了人们对召伯政德的怀念。

【原文】

蔽芾甘棠①，勿剪勿伐②，召伯所茇③。

蔽芾甘棠，勿剪勿败④，召伯所憩⑤。

蔽芾甘棠，勿剪勿拜⑥，召伯所说⑦。

【注释】

①蔽芾：小貌。一说盛貌。甘棠：杜梨树，落叶乔木，果实圆而小，味涩可食。

②剪：意思是修剪。

③茇：草屋，这里是指在草屋中居住。

④败：砍伐。

⑤憩：休息。

⑥拜：用作『拔』，意思是拔除。

⑦说：音税，休息，歇息。

【译文】

棠梨树枝高叶茂，不要剪枝莫砍伐，召伯曾居树荫下。棠梨树枝高叶茂，不要剪枝莫毁它，召伯曾憩树荫下。棠梨树枝高叶茂，不要剪枝切莫拔，召伯曾歇树荫下。

【品读】

这首诗主要描写了人们爱护甘棠，敬重召伯的事件。召伯，是周文王的儿子，与周公共同辅佐成王。召伯为政贤明，传说他曾在甘棠树下主持正义，决断案件。本诗劝人不要砍伐甘棠树，表达人们对召伯的纪念；诗以对甘棠树的爱护，写对曾在甘棠树下歇息的召伯的爱戴。反映了人民的明理和召伯的贤德。

这首诗的写作背景在《史记·燕召公世家》中有比较明确的记载：『召公之治西方，甚得兆民和。召公巡行乡邑，有棠树，决狱政事其下，自侯伯至庶人，各得其所，无失职者。召公卒，而民人思召公之政，怀棠树，不敢伐，歌咏之，作《甘棠》之诗。』许多民间传说和地方志中的资料也都足以证明召公听讼甘棠树下的故事流播广远。召伯南巡，所到之处不占用民房，只在甘棠树下停车驻马、听讼决狱、搭棚过夜，这种体恤百姓疾苦，不搅扰民间，而为民众排忧释纷的人，永远活在人民心中。

全诗三章，每章三句，全诗由睹物到思人，由思人到爱物，人、物交融为一。对甘棠树的一枝一叶，从不要砍伐、不要毁坏到不要折枝，可谓爱之有加，这种爱源于对召公德政教化的衷心感激。而先告诫人们不要损伤树木，再说明其中原因，笔意有波折亦见诗人措辞之妙。方玉润《诗经原始》说：『他诗练字一层深一层，此诗一层轻一层，然以轻愈见其珍重耳。』顾广誉《学诗详说》说：『丕言爱其人，而言爱其所茇之树，则其感戴者益深；不言当时之爱，而言事后之爱，则怀其思者尤远。』陈震《读诗识小录》说：『突将爱慕意说在甘棠上，末将召伯一点，是运实于虚法。缠绵笃挚，隐跃言外。』对此诗的技巧、语言都有精辟的论述，读者可以善加体味。全诗纯用赋体铺陈排衍，物象简明，而寓意深远，真挚恳切，所以吴闿生《诗义会通》引旧评许为『千古去思之祖』。

摽有梅

【一句话点评】

写女子希望男方及时前来求婚。

【原文】

摽有梅①，其实七兮②。求我庶士③，迨其吉兮④。

摽有梅，其实三兮。求我庶士，迨其今兮⑤。

摽有梅，顷筐塈之⑥。求我庶士，迨其谓之⑦。

【注释】

①摽：打落，坠落。有：助词，没有实义。梅：梅树，果实就是梅子。

②七：七成。一说非实数，古人以七到十表示多，三以下表示少。

③庶：众，多。士：指年轻的未婚男子。

④迨：及时。吉：吉日。

⑤今：今日，现在。

⑥顷筐：撮箕之类。塈：拾取。

⑦谓：以言相告。

【译文】

打落树上众多梅，还有七成挂枝头。向我寻爱众小伙，趁着吉日及时追求。树上有梅纷纷落，还有三成挂枝上。向我求婚众小伙，趁着今日好时光。树上有梅纷纷掉，斜口撮箕取落梅。向我求爱众小伙，借着聚会成婚配。

【品读】

这是一首年轻女子所唱的欢快的情歌。全诗结构紧凑，毫无突兀之感，读起来也朗朗上口。从中我们可以看出该女子的活泼、开放、热情的个性。此外，女子以树上快要成熟的梅子自比，形象贴切，是全诗的一大亮点。诗的节奏紧凑，以梅子成熟反映女子强烈期盼的心情，形象突出，过程流畅，让人不由为之心动，并报之以热烈的赞叹。

龚橙《诗本义》说“《摽有梅》，急婿也”。一个“急”字，抓住了本篇的情感基调，也揭示了全诗的旋律节奏。

从抒情主人公的主观心态看，“急”就急在青春流逝而夫婿无觅。全诗三章，“庶士”三见。“庶”者，众多之意；“庶士”，意谓众多的小伙子。可见这位姑娘尚无意中人。她是在向整个男性世界寻觅、催促，呼唤爱情。青春无价，然流光易逝。“真正的青春，贞洁的妙龄的青春，周身充满了新鲜的血液、体态轻盈而不可侵犯的青春，这个时期只有几个月』（《罗丹艺术论·女性美》）。如今梅子黄熟，嫁期将尽，仍夫婿无觅，怎能不令人情急意迫！青春流逝，以落梅为比。『其实七兮』『其实三兮』『顷筐塈之』，由繁茂而衰落；这也正一遍遍在提醒『庶士』：『花枝堪折直须折，莫待无花空折枝。』唐无名氏《金缕曲》之忧心『无花空折枝』，似乎深有《摽有梅》之遗意。

从诗篇的艺术结构看，『急』就急在三章复唱而一步紧逼一步。重章复唱，是《诗经》的基本结构。但从诗意的表达看，有两种不同的形态，即重章之易辞申意和重章之循序渐进。《草虫》首章末句『我心则降』、次章末句『我心则说』、末章末句『我心则夷』，即为语虽异而情相类似的重章之易辞申意。《摽有梅》则属于重章之循序渐进。三章重唱，却一层紧逼一层，生动有力地表现了主人公情急意迫的心理过程。首章『迨其吉兮』，尚有从容相待之意；次章『迨其今兮』，已见敦促的焦急之情；至末章『迨其谓之』，可谓真情毕露，迫不及待了。三复之下，闻声如见人。

珍惜青春，渴望爱情，是中国诗歌的母题之一。《摽有梅》作为春思求爱诗之祖，其原型意义在于建构了一种抒情模式：以花木盛衰比青春流逝，由感慨青春易逝而追求婚恋及时。《摽有梅》作为先民的首唱之作，显得质朴而清新，明朗而深情。

江有汜

【一句话点评】

写男子失恋后的哀诉。

【原文】

江有汜，之子归，不我以①；不我以，其后也悔②。

江有渚，之子归，不我与③；不我与，其后也处④。

江有沱，之子归，不我过⑤；不我过，其啸也歌⑥。

【注释】

①汜：由主流分出而又汇合的河水。以：用，需要。不我以：不用我，不需要我。

②其后也悔：想必以后会后悔。其：副词，表推测。也：句中语气词。

③渚：水中的小沙洲。与：交往，相交。不我与：不同我交往。

④处：忧愁。

⑤沱：江水的支流。过：来，至。不我过：不到我这里来。

⑥啸：一说蹙口出声，以抒愤懑之气。一说号哭。

【译文】

长江支流又复回，这个姑娘出嫁去，不肯友善来待我。不肯友善来待我，料她日后必后悔。长江洲岛把水分，这个姑娘忙出嫁，不肯友善来看我。不肯友善来看我，料其今后有忧愁。长江之水有支流，这个姑娘出嫁了，不能到我这里来。不能到我这里来，悲歌长啸我哀叹。

【品读】

这首诗描写的是一个失恋男子的内心独白与呼唤。重点描述了自己的恋人出嫁他人后自己久久难以平静的心情。以奔流而出的江水会重归大江比喻感情的回归，期盼有一天自己深爱的女子能够回心转意，重投自己的怀抱。由此看来，该男子还是爱着她的。对于女子的出嫁，虽然该男子表面故作潇洒，但其实包含深切的悔恨和懊恼。全诗波涛汹涌，情绪起伏跌宕，由此可以具体感受他们之间曾经深厚的情感和此男子的用情之深，受伤之痛。

三章诗的开头都是写景。『汜』『渚』『沱』，在男子心目中，这一条条不同的支流都是看得见的具体存在。她住在『汜』『渚』『沱』一带，她当年从水路而来，最后又从这些支流中的一条乘坐小船悄然离去。从表现手法说，各章的首句都是直陈其事，用的是赋体；从江水有支流，引出『之子归』的事实，则在赋体之中又兼有比兴的意味。

在三章诗中，那男子分别用『不我以』『不我与』『不我过』来诉说女子对他的薄情。『不我以』，是不一道回去；『不我与』，是行前不和我在一起；『不我过』，是有意回避，干脆不露面。女子在感情上是如此吝啬，做得是那样恩尽义绝，无需再添加笔墨，其薄情薄意已如画出。

诗中的男子是一个自信心很强的人。他相信自己在感情生活中的重要地位，因而预言女子今日的背弃行为，日后必将在感情上受到自我惩罚，这就是各章结句所说的『其后也悔』『其后也处』『其啸也歌』。值得注意的是，女子将受到的感情上的自我惩罚与她背弃感情的行为之间的对应关系：『不我以』引出『悔』，『不我与』带来『处』，『不我过』导致『啸歌』。其愈是绝情，其后果也就愈加严重。当然，这只是男子一厢情愿的假想之词。对于理解这首诗来说，重要的不在于男子自信的论断日后是否会成为事实，而是隐藏在这一论断背后的复杂感情，其中就隐含了男子对于感情关系重归于好的企盼。坚强中又有一些软弱，由此决定了这首诗风格上的特点，既一唱三叹，极尽缠绵，又柔中见刚，沉着痛快。

此诗每章的前三句叙事，后两句抒情。其中第三、四句重出——女子的薄情集中表现在这一句，男子的痛苦不幸也根源于这一句，因而采取了反复咏叹的形式。重出的这一句子中的关键字，各章不同。从一章的「以」，一转而为二章的「与」，再转而为三章的「过」，愈转愈深，女子如何薄情，男子又是如何痛苦不幸，都因了这一关键字的置换而得到一层深于一层的表现。全诗形式整齐，结构严谨，用字精审，笔法却极为自然，语言又十分浅近，达到了精工与自然、深入与浅出的完美结合，显示出极高的艺术水平。

野有死麕

【一句话点评】

描写男女约会的兴奋和紧张。

【原文】

野有死麕①，白茅包之②。有女怀春③，吉士诱之④。

林有朴樕⑤，野有死鹿。白茅纯束⑥，有女如玉。

「舒而脱脱兮⑦！无感我帨兮⑧！无使龙也吠⑨！」

【注释】

①麕：獐子，与鹿相似，没有角。

②白茅：一种白而软的草，可用以包裹。

③春：春情，对异性爱慕之情。

④吉士：古时对男子的美称。诱：求，指求爱。

⑤朴樕：小木，灌木。

⑥纯：包裹，捆扎。

⑦舒：从容。脱脱：徐缓的样子。

⑧感：同『撼』，意思是动摇。帨：女子拴在腰上的佩巾。

⑨尨：长毛狗，多毛狗。

【译文】

在野外猎获獐子，都用白茅包起来。有个姑娘思配偶，男子引诱来求爱。林中小树嫩又青，郊外猎获那野鹿。快用白茅捆死鹿，那位姑娘纯如玉。姑娘惊喜来规劝：你的动作需稳重，莫弄散我的佩巾，勿使狗儿叫得欢！

【品读】

这首诗描写了一对男女在野外约会的场面。诗的开篇即点明地点是在野外——『野有死麕』。同时，白茅的描写和少女的描写是相通的，我们由此可以联想到少女的温柔，皮肤的细腻，相貌的美丽等等。诗中通过女子的话语描写了约会的场面，可谓是直接描写。但是，这种笔法的运用却让人感到欢愉并无猥亵之感。整首诗情景优美，意境纯净、透明，给人清新自然的感觉，毫无做作。

全诗三段，前两段以叙事者的口吻旁白描绘男女之情，朴实率真；后一段全录女子约会时的言语，活泼生动。侧面表现了男子的情炽热烈和女子的含羞慎微。转变叙事角度的描写手法使整首诗情景交融，正面侧面相互掩映，含蓄诱人，赞美了男女之间自然、纯真的爱情。对于打破章法、句法的卒章，人们常常难以理解。周蒙、冯宇《诗经百首译释》就说：『至于卒章三句，错互成文，且无来由，更觉「突兀」，亦当有过渡衔接词句。』其实，仔细研究《诗经》，不难发现这种在复沓中突兀的单行章段是《诗经》尤甚是《国风》的常见现象。它们往往出现在作品文本的首尾。比如，《周南》的《葛覃》《卷耳》《汉广》《汝坟》，《召南》的《采蘩》《草虫》《行露》《何彼襛矣》，《邶风》的《燕燕》《日月》《终风》《简兮》《北门》《静女》《新台》，《鄘风》的《君子偕老》《蝃蝀》，《郑风》的《女曰鸡鸣》、《子衿》，《齐风》的《东方未明》、《甫田》，《唐风》的《扬之水》《葛生》，《陈风》的《东门之枌》《衡门》，《王风》的《大东》，《秦风》的《车邻》，《曹风》的《下泉》以及《小雅》中的《皇皇者华》《南有嘉鱼》《湛露》《菁菁者莪》等。

《野有死麕》的语言生动而隽永，这主要归功于口语、方言的使用和刻意营造音乐效果的语词的创造运用。卒章三句由祈使句组成，纯属口语。直接采用口头语言能够最完整最准确地再现女子偷情时既欢愉急切又紧张羞涩的心理状态。而祈使句本身也提示了这样一个动作场面的微妙紧张。《诗经》的语言是诗人创作的艺术语言，它来自生活口语，又经过精心提炼。《诗经》用的是周代的共同语雅言，也就是西周王畿所在地的镐京话。但诗人在《野有死麕》中，也用到了方言。《野有死麕》用了东方方言。方言的使用使整首诗更贴近日常生活，更自然朴实。四字成句，四句成段，是《诗经》的标准句法、章法。整饬的句式其原始实质和有组织地分布用韵字的押韵一样，是为了产生和谐悦耳、间断有序的声音效果。因为汉语的固有特性，间断有序的声音的产生就自然会要求句式的整饬。

邶风

柏舟

【一句话点评】

女子倾诉家庭生活的烦恼。

【原文】

汎彼柏舟①，亦汎其流②。耿耿不寐③，如有隐忧④。微我无酒⑤，以敖以游⑥。

我心匪鉴⑦，不可以茹⑧。亦有兄弟，不可以据⑨。薄言往愬⑩，逢彼之怒⑪。

我心匪石，不可转也。我心匪席，不可卷也。威仪棣棣⑫，不可选也⑬。

忧心悄悄⑭，愠于群小⑮。觏闵既多⑯，受侮不少。静言思之，寤辟有摽⑰。

日居月诸⑱，胡迭而微⑲？心之忧矣，如匪浣衣⑳。静言思之，不能奋飞。

【注释】

①汎：同『泛』，意思是漂浮在水面上，随水冲走。柏舟：柏木制成的小船。

②流：中流，水中间。

③耿耿：心中忧愁不安的样子。寐：睡着。

④隐忧：内心深处的痛苦。

⑤微：非，无，不是。

⑥敖：同『遨』，出游。

⑦匪：非、不是。鉴：铜镜。

⑧茹：容纳，包容。

⑨据：依靠。

⑩愬：同『诉』，告诉，倾诉。

⑪逢：碰上、遇到。

⑫威仪：庄严的容貌举止。棣棣：雍容娴雅貌。

⑬选：屈挠退让。

⑭悄悄：心里忧愁的样子。

⑮愠：怨恨。群小：众多奸邪的小人。

⑯觏：遭受。闵：痛苦忧伤。

⑰寤：醒来。辟：同『僻』，意思是捶胸。摽：捶，打。

⑱居、诸：语气助词，没有实义。

⑲胡：为什么。迭：更换，更动。微：隐微无光。

⑳如匪浣衣：就像没有洗衣服。

【译文】

双手划起柏木船，船儿随水流任意漂荡。心烦意乱难入眠，如同心中蓄深忧。不是无酒来浇愁，也非不能去遨游。我心不是照面镜，不能美丑兼容多。虽然亦有亲兄弟，不能前往相寄托。我向他们去诉说，他们怒把我数落。我心不是小石头，不能随便来翻转。我心不是一张席，不能随意来翻卷。威仪端庄又娴雅，不能委屈退一边。我心忧愁甚不安，怨怒相加是群小。遭受忧患多又多，蒙受侮辱也不少。静心细细来思考，醒来拍胸气难消。太阳月亮挂天上，为何轮番黑无光？心中不净有忧伤，好像衣服没有洗。静心仔细来思量，不能奋力高飞翔。

【品读】

诗的开篇用一条小木舟在波涛汹涌的江里身不由己地随波逐流，来比喻自己的身世，同时也表明了诗人对此的愤怒与不满。这一章只是泛泛地诉说自己的深忧，但全诗的基调却已奠定。接下来说自己的内心并非镜子、石头、席子，而且又不能向兄弟倾诉忧愁，既说明了自己可怜的处境，又表明了自己的尊严。最后，诗人说出了她的失意根源，理想和抱负虽有，心性纵也高洁，但现实是『不能奋飞』，无可奈何，从而化解了先前种种的忧愁、悲愤，使跳跃、激昂的情绪回归静寂。所谓不平则鸣，当是这首诗的情结所在。

全诗共五章三十句。首章以『泛彼柏舟，亦泛其流』起兴，以柏舟作比。这两句是虚写，为设想之语。用柏木做的舟坚牢结实，但却漂荡于水中，无所依傍。这里用以比喻女子飘摇不定的心境。因此，才会『耿耿不寐，如有隐忧』了，笔锋落实，一个暗夜辗转难眠的女子的身影便显现出来。饮酒遨游本可替人解忧，独此『隐忧』非饮酒所能解，亦非遨游所能避，足见忧痛至深而难销。次章紧承上一章，这无以排解的忧愁如果有人能分担，那该多好！女子虽然逆来顺受，但已是忍无可忍，此时此刻想一吐为快。寻找倾诉的对象，首先想到的便是兄弟，谁料却是『不可以据』。勉强前往，又『逢彼之怒』，旧愁未吐，又添新恨。自己的手足之亲尚且如此，更何况他人？既不能含茹，又不能倾诉，用宋女词人李清照的话说，真是『这次第，怎一个「愁」字了得』（《声声慢》词）。第三章是反躬自省之词。前四句用比喻来说明自己虽然无以销愁，但心之坚贞有异石席，不能屈服于人。『威仪棣棣。不可选也』，我虽不容于人，但人不可夺我之志，我一定要保持自己的尊严，决不屈挠退让。读诗至此，不由人从同情而至敬佩。那么主人公那如山如水的愁恨又是从何而来呢？诗的第四章做了答复：原来是受制于群小，又无力对付他们。『覯闵既多，受侮不少』是一个对句，倾诉了主人公的遭遇，真是满腹辛酸。入夜，静静地思量这一切，不由地抚心拍胸连声叹息，自悲身世。末章作结，前两句『日居月诸，胡迭而微』，于无可奈何之际，把目标转向日月。日月，是上天的使者，光明的源泉。人穷则反本，『故劳苦倦极，未尝不呼天也』（司马迁语），女子怨日月的微晦不明，其实是因为女子的忧痛太深，以至于日月失其光辉。内心是那样渴望自由，但却是有奋飞之心，无奋飞之力，只能叹息作罢。出语如泣如诉，一个幽怨悲愤的女子形象便宛然眼前了。

全诗紧扣一个『忧』字，忧之深，无以诉，无以泻，无以解，环环相扣。五章一气呵成，娓娓而下，语言凝重而委婉，感情浓烈而深挚。诗人调用多种修辞手法，比喻的运用更是生动形象，『我心匪石，不可转也；我心匪席，不可卷也』，几句最为精彩，经常为后世诗人所引用。

绿衣

【一句话点评】

诗人睹物伤心，感情缠绵地怀念亡妻。

【原文】

绿兮衣兮，绿衣黄里①。心之忧矣，曷维其已②！

绿兮衣兮，绿衣黄裳。心之忧矣，曷维其亡③！

绿兮丝兮，女所治兮④。我思古人⑤，俾无訧兮⑥！

絺兮绤兮，凄其以风⑦。我思古人，实获我心！

【注释】

①里：指在里面的衣服。古人上曰衣，下曰裳；外曰衣，内曰里。

②曷：何，怎么。维：语气助词，没有实义。已：止息，停止。

③亡：用作『忘』，忘记。一说停止。

④女：同『汝』，你。治：纺织。

⑤古人：故人，这里指亡故的妻子。

⑥俾：使。訧：同『尤』，过失，罪过。

⑦凄：寒意，凉意。

【译文】

绿颜色的上衣啊，绿上衣来黄内衣。睹物思妻心忧伤，忧思何时才能止！绿颜色的上衣啊，上衣绿色裙子黄。见物忧伤把妻思，何时才能把她忘。绿颜色的好细丝，你把衣裙来裁制。心中想念我亡妻，不会使我有过失。细葛布啊粗葛布，穿它似觉秋风凉。心中思念我亡妻，事事称心我难忘。

【品读】

这首诗是一位丈夫为了悼念已经故去的妻子所作，流露出悲伤真挚的感情，十分感人。诗中并没有直接描写妻子，而是直接描写了绿色的外衣和黄色的里衣，从对衣服的反复描写中我们可以推断，这衣服很可能就是妻子亲手缝制的。我们也感受到了这位妻子的心灵手巧。如今睹物思人，心里怎能不悲伤，怎会不想念妻子以及往日的爱情生活？起伏的诗句、递进的节奏传达给我们的是真挚和哀伤的情感。

这首诗有四章，也采用了重章叠句的手法。鉴赏之时，要四章结合起来看，才能体味到包含在诗中的深厚感情，及诗人创作此诗时的情况。

第一章说：『绿兮衣兮，绿衣黄里。』表明诗人把故妻所做的衣服拿起来翻里翻面地看，诗人的心情是十分忧伤的。第二章『绿衣黄裳』与『绿衣黄里』相对为文，是说诗人把衣和裳都翻里翻面细心看。妻子活着时的一些情景是他所永远不能忘记的，所以他的忧愁也是永远无法摆脱的。第三章写诗人细心看着衣服上的一针一线。他感到，每一针都反映着妻子对他的深切的关心和爱。由此，他想到妻子平时对他在一些事情上的规劝，使他避免了不少过失。这当中包含着多么深厚的感情啊！第四章说到天气寒冷之时，还穿着夏天的衣服。妻子活着的时候，四季换衣都是妻子为他操心，衣来伸手，饭来张口。妻子去世后，自己还没有养成自己关心自己的习惯。到实在忍受不住萧瑟秋风的侵袭，才自己寻找衣服，便勾起他失去贤妻的无限悲恸。『绿衣黄里』说的是夹衣，为秋天所穿；『絺兮绤兮』则是指夏衣而言。这首诗应作于秋季。诗中写诗人反复看的，是才取出的秋天的夹衣。人已逝而为他缝制的衣服尚在。衣服的合身，针线的细密，使他深深觉得妻子事事合于自己的心意，这是其他任何人也代替不了的。所以，他对妻子的思念，他失去妻子的悲伤，都将是无穷尽的。『天长地久有尽时，此恨绵绵无绝期』（白居易《长恨歌》），诗是写得十分感人的。

这首诗在文学史上有较大的影响。晋潘岳《悼亡诗》很出名，其实在表现手法上受到了《绿衣》的影响。如其第一首『帏屏无仿佛，翰墨有余迹；流芳未及歇，遗挂犹在壁』『寝兴何时忘，沉忧日盈积』等，实《绿衣》第一、二章意；第二首『凛凛凉风起，始觉夏衾单；岂曰无重纩？谁与同岁寒』『床空委清尘，室虚来悲风』『寝兴目存形，遗音犹在耳』等，实《绿衣》第三、四章意。再如元稹《遣悲怀》，也是悼亡名作，其第三首云：『衣裳已施行看尽，针线犹存未忍开。』全由《绿衣》化出。可见此诗在表现手法上实为后代开先河。

燕燕

【一句话点评】

送妹妹出嫁。

【原文】

燕燕于飞①，差池其羽②。之子于归，远送于野③。瞻望弗及④，泣涕如雨。

燕燕于飞，颉之颃之⑤。之子于归，远于将之⑥。瞻望弗及，伫立以泣。

燕燕于飞，下上其音⑦。之子于归，远送于南⑧。瞻望弗及，实劳我心。

仲氏任只⑨，其心塞渊⑩。终温且惠⑪，淑慎其身⑫。先君之思，以勖寡人⑬。

【注释】

①燕燕：燕子燕子。于：助词，无实义。

②差池：参差，长短不齐的样子。差池其羽：形容燕子张舒其尾翼。

③远送于野：远远地送到郊野。

④瞻望：远望。弗及：达不到。

⑤颉：鸟飞向上。颃：鸟飞向下。

⑥将：送。

⑦下上其音：声音忽高忽低。

⑧南：一说野外。

⑨仲：排行第二。氏：姓氏。任：信任。只：语气助词，无实义。

⑩塞：秉性诚实。渊：宽厚、博大。

⑪终：既，已经。

⑫淑：善良。慎：小心、谨慎。

⑬勖：勉励。

【译文】

燕子燕子飞啊飞，扬翅相随时上下。这个姑娘要出嫁，亲自送她到郊外。倩影远逝望不见，泪落如雨思念她。长空燕儿双双飞，扬翅相随忽上下。这个姑娘要出嫁，前往远处来送她。倩影远逝望不见，久立泪落思念她。长空燕儿双双飞，和鸣声儿忽高低。这个姑娘要出嫁，远送南郊意凄惶。倩影远逝望不见，我心劳苦甚忧伤。二妹诚信能依靠，谋事依实思虑深。她既温柔又贤惠，自身善良又谨慎。『时记先父有大恩』，时刻用来勉我身。

【品读】

本诗以飞过天空的燕子起兴，描写一位国君送妹妹远嫁的情景。本诗虽以妹妹出嫁为寄托，但全诗充满了忧伤的情调，没有一点喜气。该国君和妹妹的感情非常好，因此十分舍不得。在当时的社会环境下，妹妹远嫁之后再想见面是很困难的，因此全诗充满了哀伤悲凉之感，近乎生离死别。由此我们可以看出，这份兄妹、手足、骨肉间的亲情是多么厚实、尊贵。在这里，昔日的情和今日的景互为衬托，把诗的意境和场面拓展得十分开阔、辽远，读来深挚、至诚。

全诗四章，前三章重章渲染惜别情境，后一章深情回忆被送者的美德。抒情深婉而语意沉痛，写人传神而敬意顿生。

前三章开首以飞燕起兴：『燕燕于飞，差池其羽』，『颉之颃之』，『下上其音』。《朱子语类》赞曰：

『譬如画工一般，直是写得他精神出。』你看，阳春三月，群燕飞翔，蹁跹上下，呢喃鸣唱。然而，诗人用意不只是描绘一幅『春燕试飞图』。而是以燕燕双飞的自由欢畅，来反衬同胞别离的愁苦哀伤。此所谓『譬如画工』又『写出精神』。明代陈舜百《读风臆补》曰：『「燕燕」二语，深婉可诵，后人多许咏燕诗，无有能及者。』不可及处，正在于兴中带比，以乐景反衬哀情，故而『深婉可诵』。

接着点明事由：『之子于归，远送于野。』父亲已去世，妹妹又要远嫁，同胞手足今日分离，『别时容易见时难』（南唐李煜《浪淘沙》），此情此境，依依难别。『远于将之』『远送于南』，相送一程又一程，更见离情别绪之黯然。

然而，千里相送，终有一别。远嫁的妹妹终于遽然而去，深情的兄长仍依依难舍。于是出现了最感人的情境：『瞻望弗及，泣涕如雨』『伫立以泣』『实劳我心』。先是登高瞻望，虽车马不见，却行尘时起；后是瞻望弗及，唯伫立以泣，伤心思念。真是兄妹情深，依依惜别，缠绵悱恻，鬼神可泣。前人对此，极为称赞。清人陈震《读诗识小录》说：『哀在音节，使读者泪落如豆，竿头进步，在「瞻望弗及」一语。』以『瞻望弗及』的动作情境，传达惜别哀伤之情，不言怅别而怅别之意溢于言外，这确为会心之言。

这三章重章复唱，既易辞申意，又循序渐进，且乐景与哀情相反衬；从而把送别情境和惜别气氛，表现得深婉沉痛，不忍卒读。

为何兄长对妹妹如此依依难舍？四章由虚而实，转写被送者。原来二妹非同一般，她思虑切实而深长，性情温和而恭顺，为人谨慎又善良，正是自己治国安邦的好帮手。你看，她执手临别，还不忘赠言勉励：莫忘先王的嘱托，成为百姓的好国君。这一章写人，体现了上古先民对女性美德的极高评价。在写法上，先概括描述，再写人物语言；静中有动，形象鲜活。而四章在全篇的结构上也有讲究，前三章虚笔渲染惜别气氛，后一章实笔刻画被送对象，采用了同《采蘋》相似的倒装之法。

日月

【一句话点评】

女子控诉丈夫对她的遗弃。

【原文】

日居月诸①，照临下土②。乃如之人兮③，逝不古处④。胡能有定⑤？宁不我顾⑥。

日居月诸，下土是冒⑦。乃如之人兮，逝不相好⑧。胡能有定？宁不我报⑨。

日居月诸，出自东方。乃如之人兮，德音无良⑩。胡能有定？俾也可忘⑪。

日居月诸，东方自出。父兮母兮，畜我不卒⑫。胡能有定？报我不述⑬。

【注释】

①居、诸：语气助词，无实义。

②下土：即大地。

③乃如：就像。之人：这样的人。

④逝：发语词，没有实义。不：不能。古处：像从前那样相处。

⑤胡：哪里、怎么。定：止，停止，止息。

⑥宁：岂，难道。一说乃，曾。顾：顾念，顾怜。
⑦冒：覆盖，普照。
⑧相好：和我交好。
⑨报：理会，搭理。
⑩德音：言词动听。无良：行为不善。
⑪俾：使。也：助词。
⑫畜：同『慉』，养。卒：终，到底。
⑬述：循，依循。不述：指不遵循义理。《集传》：『述，循也。言不循义理也。』

【译文】

天上的太阳和月亮，光辉普照在大地上。至于提起你这个人，不肯光顾旧住房。为何德行没有定准？竟然不肯去思念我。天上的太阳和月亮，光照在四方大地上。至于提起你这个人，不肯和我相来往。为何德行没有定准？一心爱你没回响。天上的太阳与月亮，升高到蓝天在东方。至于提起你这个人，好话说尽行不端。为何德行没有定准？使我能够全忘记。天上的太阳和月亮，升到东方蓝天上。我的父亲和母亲，何不一生把我养。何时丈夫有定准？待我无道我心伤。

【品读】

主人公满腹的委屈、愤怒无处宣泄，委屈无人诉说，只好对着太阳、月亮倾诉。诗的第一章就把我们带入这样的境界：在太阳和月亮的光辉照耀下，一位妇人在她的屋旁呼日月而申诉。第二章、第三章承第一章的反复咏叹，真是『一诉不已，乃再诉之，再诉不已，更三诉之』（方玉润《诗经原始》）。第四章沉痛至极，无可奈何，只有自呼父母而叹其生我而不辰了，前面感情的回旋，至此突然一纵，扣人心弦。这首诗的气势比较宏大，这对主人公感情的抒发起到了很好的衬托作用。太阳与月亮的永恒与自己丈夫行为的反复是很好的对比，突显了主人公的伤心、愤慨，同时暗藏着内在的对一份真挚且永恒情感的期盼和皈依，其心性中的孤高和挺拔由此可见一斑。诗的格局开阔，句子中情感的表达爱恨分明，语气坚决感慨而又不失妩媚温柔。

这又是一首弃妇申诉怨愤的诗。《毛诗序》说：『《日月》，卫庄姜伤己也。遭州吁之难，伤己不见答于先君，以至困穷之诗也。』朱熹《诗集传》说：『庄姜不见答于庄公，故呼日月而诉之。言日月之照临下土久矣，今乃有如是之人，而不以古道相处，是其心志回惑，亦何能有定哉？』都说此诗作于卫庄姜被庄公遗弃后，以此诗作者为卫庄姜，所指责的男子为卫庄公。而鲁诗则认为是卫宣公夫人宣姜为让自己的儿子寿继位而欲杀太子伋，寿为救伋，亦死，后人伤之，为作此诗。今人一般认为这是弃妇怨丈夫变心的诗。

诗中没有具体去描写弃妇的内心痛苦，而是着重于弃妇的心理刻画。女主人公的内心世界是很复杂的，有种被遗弃后的幽愤，指责丈夫无定止。同时她又很怀念她的丈夫，仍希望丈夫能回心转意，能够『顾』（想念）我，『报』（答理）我。理智上，她清醒地认识到丈夫『德音无良』；但情感上，她仍希望丈夫『畜我』以『卒』。朱熹《诗集传》说：『见弃如此，而犹有望之意焉。此诗之所为厚也。』这种见弃与有望之间的矛盾，又恰恰是弃妇真实感情的流露。因此，《日月》能强烈震撼读者的心灵。

终风

【一句话点评】

女子遭遇戏弄，心存懊恼而又不能忘怀。

【原文】

终风且暴①，顾我则笑。谑浪笑敖②，中心是悼③。

终风且霾④，惠然肯来⑤。莫往莫来，悠悠我思⑥。

终风且曀，不日有曀⑦。寤言不寐⑧，愿言则嚏⑨。

曀曀其阴，虺虺其雷⑩。寤言不寐，愿言则怀⑪。

【注释】

①终……且：既……又。暴：疾也。

②浪：放荡。敖：同『傲』，摆架子，一说放纵。

③中心：心中。悼：悲伤，痛苦。

④霾：阴霾，空气中悬浮着大量烟尘所形成的混浊现象。

⑤惠然：友好的样子。肯：愿意。

⑥悠悠：忧思不已的样子。

⑦不日：没有太阳。有：通『又』。曀：阴云密布有风。

⑧言：连词，而。

⑨愿：思念，想念。

⑩虺虺：形容雷声震动。

⑪怀：忧伤。

【译文】

大风骤起尘风扬，丈夫见我笑呵呵。戏谑放荡把我欺，难忘心中伤心事。风急云骤起阴霾，丈夫佯顺到身旁。他若不肯相来往，我又时时想起他。风急天昏飞尘扬，霎时又见天昏昏。醒而不眠意沉沉，你打喷嚏好知道我的心思。尘土飞扬天昏昏，雷声滚滚满天响。醒而不眠意沉沉，我心依旧很悲伤。

【品读】

这首诗写出了一个痴情怨女的内心独白。从诗中的描写我们可以得知，自己喜欢的男人并不是真心喜欢自己，只是取乐，因此有难忍的愤怒与埋怨要倾诉。事实上她也正是如此做的。诗句中充满了埋怨与喜欢的矛盾心态，而且展现得淋漓尽致。诗的最后一节写了环境，天上的乌云，隆隆的雷声，黑夜的孤独，这些都烘托了主人公复杂无奈的心情。全诗以风雨、雷暴、阴霾起兴，反映主人公所面对、所遭遇的情景，衬托主人公对自己喜欢的男人的复杂心境，因而让人不由对那女子心生叹惋。

诗共四章。以女子的口吻，写她因男子的肆意调戏而悲凄，但男子离开后，她又转恨为念，忧其不来；夜深难寐，希望男子悔悟能同样也想念她。其感情一转再转，把那种既恨又恋，既知无望又难以割舍的矛盾心理真实地传达出来了。

第一章写欢娱，是从男女双方来写。『谑浪笑敖』，《鲁诗》曰：『谑，戏谑也。浪，意萌也。笑，心乐也。敖，意舒也。』连用四个动词来摹写男方的纵情粗暴，立意于当时的欢娱。『中心是悼』，悼，担心忧惧的意思，是女方担心将来的被弃，着意于将来的忧惧。

第二章承『悼』来写女子被弃后的心情。『惠然肯来』，疑惑语气中不无女子的盼望；『莫往莫来』，肯定回答中尽是女子的绝望。『悠悠我思』转出二层情思，在结构上也转出下面二章。

第三、四章表现『思』的程度之深。『寤言不寐』，是直接来写，『愿言则嚏』『愿言则怀』则是女子设想男子是否想她，是曲折来写。而归结到男子，又与第一章写男子欢娱照应。全诗结构自然而有法度。

诗各章都采用『比』的表现手法。陈启源指出其比喻的特点：『篇中取喻非一，曰终风曰暴，曰霾曰曀，曰阴曰雷，其昏惑乱常，狂易失心之态，难与一朝居。』（《毛诗稽古编》）因比而兴，诗中展示出狂风疾走、尘土飞扬、日月无光、雷声隐隐等悚人心悸的画面，衬托出女主人公悲惨的命运，有强烈的艺术震撼力。这在古代爱情婚姻题材的诗歌中是别具一格的。

击鼓

【一句话点评】

士兵久戍在外，怀念妻子，唯恐不能白头偕老。

【原文】

击鼓其镗①，踊跃用兵②。土国城漕③，我独南行。

从孙子仲④，平陈与宋⑤。不我以归，忧心有忡。

爰居爰处⑥？爰丧其马？于以求之？于林之下。

“死生契阔”⑦，与子成说⑧。执子之手，与子偕老。

于嗟阔兮⑨，不我活兮。于嗟洵兮⑩，不我信兮⑪。

【注释】

①镗：击鼓的声音。

②兵：武器，刀枪之类。

③土国：或役土功于国。土，动词，修建土木。

④孙子仲：人名，统兵的主帅。

⑤平：和也，和二国之好。

⑥爰：何处，哪里。

⑦契阔：离散聚合。

⑧成说：成言也，预先约定的话。

⑨于嗟：感叹词。阔：远离。

⑩洵：远。

⑪信：一说誓约有信。一说古伸字，志不得伸。

【译文】

击起战鼓咚咚响，手持武器奔沙场。宁肯修城在都漕，随军南征不曾想。跟随统帅孙子仲，联合盟国陈和宋。不愿让我回卫国，致使我心忧忡忡。军队留驻在何方？战马丢失在何乡？何地寻找那失马？就在树林正中央。一同生死不分离，我们早已有盟约。拉着你的一双手，与你一起到白头。哀叹你我相离远，没有缘分相会合。哀叹你我相离远，无法坚定守信约。

【品读】

这首诗是战场上的一个普通士兵的内心独白。该打的仗已经打完，可是长官不让回家，还要『我独南行』——即还要去南方打仗。士兵心里充满了对妻子的深深思念，可是未来却很不确定，打仗的日子还没有尽头，自己也随时可能战死，不知何时才能回家，对未来很是担心。诗中把现实的残酷与内心的矛盾和担心描写得很深刻。士兵的柔情映衬着现实的悲哀，从而加深了我们对士兵身不由己的矛盾心理的了解。那种动荡莫测的怅惘和恍惚，在『执子之手，与子偕老』的誓言中有着别样的悲壮和感动。

第一章总言卫人救陈，平陈宋之难，叙卫人之怨。结云『我独南行』者，诗本以抒写个人愤懑为主，这是全诗的线索。诗的第三句言『土国城漕』者，《鄘风·定之方中》毛诗序云：『卫为狄所灭，东徙渡河，野居漕邑，齐桓公攘夷狄而封之。文公徙居楚丘，始建城市而营宫室。』文公营楚丘，这就是诗所谓『土国』，到了穆公，又为漕邑筑城，故诗又曰『城漕』。『土国城漕』虽然也是劳役，犹在国境以内，现在南行救陈，其艰苦就更甚了。

第二章『从孙子仲，平陈与宋』，承『我独南行』为说。假使南行不久即返，犹之可也。诗之末两句云『不我以归，忧心有忡』，叙事更向前推进，如芭蕉剥心，使人酸鼻。

第三章写安家失马，似乎是题外插曲，其实文心最细。《庄子》说：『犹系马而驰也。』好马是不受羁束、爱驰骋的；征人是不愿久役、想归家的。这个细节，真写得映带人情。毛传解释一二句为：『有不还者，有亡其马者。』把『爰』解释为『或』，作为代词，则两句通叙营中他人。其实全诗皆抒诗人一己之情，所以四、五两章文情哀苦，更为动人。

第四章『死生契阔』，毛传以『契阔』为『勤苦』是错误的。黄生《义府》以为『契，合也；阔，离也；与死生对言』是正确的。四句为了把叶韵变成从AABB式，次序有颠倒，前人却未尝言及。今按本章的原意，次序应该是：执子之手，与子成说；『死生契阔，与子偕老。』这样诗的韵脚，就成为ABBA式了。本来『死生契阔，与子偕老』，是『成说』的内容，是分手时的信誓。诗为了以『阔』与『说』叶韵，『手』与『老』叶韵，韵脚更为紧凑，诗情更为激烈，所以作者把语句改为现在的次序。

第五章『于嗟阔兮』的『阔』，就是上章『契阔』的『阔』。『不我活兮』的『活』，应该是上章『契阔』的『契』。所以『活』是『佸』的假借，『佸，会也。』『于嗟洵兮』的『洵』，应该是『远』的假借，所以指的是『契阔』的『阔』。『不我信兮』的『信』，应该是『信誓旦旦』的『信誓』，承上章『成说』而言的。两章互相紧扣，一丝不漏。

诗凡五章，前三章征人自叙出征情景，承接绵密，已经如怨如慕，如泣如诉。后两章转到夫妻别时信誓，谁料到归期难望，信誓无凭，上下紧扣，词情激烈，更是哭声干霄了。写士卒长期征战之悲，无以复加。

北门

【一句话点评】

这是一篇位卑任重，处境困窘，无处诉说的小官吏的怨诗。

【原文】

出自北门，忧心殷殷①。终窭且贫②，莫知我艰。已焉哉③！天实为之，谓之何哉！

王事适我④，政事一埤益我⑤。我入自外，室人交遍谪我⑥。已焉哉！天实为之，谓之何哉！

王事敦我，政事一埤遗我。我入自外，室人交遍摧我⑦。已焉哉！天实为之，谓之何哉！

【注释】

①殷殷：忧伤貌。

②窭：贫寒，艰窘。

③已焉哉：算了吧。

④王事：王室的差事。适：掷，扔。

⑤一：完全。埤：增加。

⑥交：普遍。偏：同『遍』。谪：谴责。

⑦摧：讽刺，嘲讽。

【译文】

我由北门走出来，满怀忧伤无可言。生活家境太贫困，这种艰难无人知。算了吧！上天如此来安排，我们完全无奈何。君王之事抛给我，政事全部交给我。我从外面还家来，家人一齐责备我。算了吧！上天如此来安排，我们真是无奈何。君王之事敦促我，政事全部交与我。我从外面回家来，家人全部责备我。算了吧！上天如此来安排，我们完全无奈何。

【品读】

这首诗是一个官职卑微的小官员的倾诉。他不得志于官场，步履维艰，公差一个接着一个，回到家还遭到家人的责备。因此，满腹牢骚宣泄而出。公事家事都是如此，小官员在发牢骚中也充满了无奈，认为这是『天实为之』，而自己也没有办法。细读全诗，体会诗中主人公的语气、措辞，一个生动的小差吏的形象跃然纸上，虽满腹牢骚，倒十分真实可信。

这首诗的主人公虽然是一名官吏，但全诗并非无病呻吟，的确体现了《诗经》『饥者歌其食，劳者歌其事』的现实主义精神。对诗中连用『我』字而蕴含的感情色彩，昔人评曰：『三章共八「我」字，无所控诉，一腔热血。』（邓翔《诗经绎参》）全诗纯用赋法，不假比兴，然而每章末尾『已焉哉！天实为之，谓之何哉』三句重复使用，大大增强了语气，深有一唱三叹之效，牛运震《诗志》认为这些句段与《古诗十九首》中『弃捐勿复道，努力加餐饭』等一样，『皆极悲愤语，勿认作安命旷达』，这是很有见地的。

关于《北门》一诗的历史背景及其本事，明代何楷《诗经世本古义》根据《邶风·柏舟》推断此诗作于卫顷公之时，清代姜炳璋《诗序补义》猜测此诗作于『西周之世夷厉之时，卫未并邶之日』，但这两种说法均与史实、诗事不符。今人翟相君《北门臆断》一文，首先根据《诗经》用词惯例，考释『王』特指周王，『事』专指战争，然后根据《左传·桓公五年》记载，考定诗中所谓『王事』，是指卫宣公十二年（707）秋天卫人帮助周桓王伐郑而战败一事。他认为诗中主人公参与了这次战争，归来后受到同僚的埋怨，作这首诗抒愤；或是卫人借这位官吏之口，作诗表达对这次战争的不满。

北风

【一句话点评】

卫行虐政，百姓惧祸，相携离去。

【原文】

北风其凉①，雨雪其雱②。惠而好我③，携手同行。其虚其邪④？既亟只且⑤！

北风其喈⑥，雨雪其霏⑦。惠而好我，携手同归。其虚其邪？既亟只且！

莫赤匪狐⑧，莫黑匪乌⑨。惠而好我，携手同车。其虚其邪？既亟只且！

【注释】

①凉：冰冷刺骨。

②雱：雪盛貌。

③惠：依赖、信任。好：喜欢。

④其：助词，无义。虚、邪：舒缓的样子。虚，一说宽貌。

⑤亟：急。只且：语气词。

⑥喈：疾貌。

⑦霏：雨雪纷飞。

⑧莫：无。匪：通“非”，不。赤：红色。狐：狐狸。

⑨乌：乌鸦。

【译文】

北风寒冷又刺骨，雪花满天纷扬扬。和我一起的人儿呀，携手同行远逃亡。欲逃且勿慢悠悠，形势危急甚紧张。北风吹来天气凉，大雪漫天纷扬扬。和我一起的人儿呀，携手同归到他乡。想逃且勿慢腾腾，形势急迫莫慌张。天下狐狸一般赤，天下乌鸦一般黑。和我一起的人儿呀，携手逃奔不须归。欲逃且勿慢悠悠，形势危急莫回头。

【品读】

全诗开头“北风其凉，雨雪其雱”这两句诗在全诗中的地位，《毛诗》说是“兴也”，指国家的政教酷暴，不可久留。所以下文紧接“惠而好我，携手同行”。第二章在第一章基础上重复与加强了国家不可久留之意。全诗的节奏、问话很好地配合和衬托了诗人及其同伴毫无畏惧，在大雪中共同跋涉的精神，给人以深刻的印象。

诗共三章，前两章内容基本相同，只改了三个字。把“北风其凉”改为“北风其喈”，意在反复强调北风的寒凉。而改“雨雪其雱”为“雨雪其霏”，无非是极力渲染雪势的盛大密集。把“携手同行”改为“携手同归”，也是强调逃离的意向。复沓的运用产生了强烈的艺术效果。

诗各章末二句相同。“其虚其邪”，虚邪，即舒徐，为叠韵词，加上二“其”字，语气更加宽缓，形象地表现同行者委蛇退让、徘徊不前之状。『既亟只且』，『只且』为语气助词，语气较为急促，加强了局势的紧迫感。语言富于变化，而形象更加生动。

北风与雨雪，是兴体为主，兼有比体。它不只是逃亡时的恶劣环境的简单描写，还是用来比喻当时的虐政。后面赤狐、黑乌则是以比体为主，兼有兴体。它不仅仅是比喻执政者为恶如一，还可以看作逃亡所见之景。这种比兴手法的运用，使诗句意蕴丰富，耐人玩味。

朱熹《诗集传》说此诗『气象愁惨』，指出了其基本风格。诗三章展示了这样的逃亡情景：在风紧雪盛的时节，一群贵族相呼同伴乘车去逃亡。局势的紧急（『既亟只且』），环境的凄凉（赤狐狂奔，黑乌乱飞）跃然纸上，让人悚然心惊。

静女

【一句话点评】

男女青年的约会。

【原文】

静女其姝①，俟我于城隅②。爱而不见③，搔首踟蹰④。

静女其娈，贻我彤管⑤。彤管有炜⑥，说怿女美⑦。

自牧归荑⑧，洵美且异⑨。匪女之为美，美人之贻。

【注释】

①静：娴雅安详。姝：美好的样子。

②城隅：城角。

③爱：隐藏。

④踟蹰：徘徊不定。

⑤彤管：一说红管的笔。一说和荑应是一物。贻：赠。

⑥炜：红色的光彩。

⑦说怿：喜悦。

⑧牧：旷野，野外。归：赠送。荑：白茅，茅之始生也，男女相赠表示结下爱情。

⑨洵：信，实在。

【译文】

娴静姑娘真美好，久立城角等我来。姑娘藏身不出现，心急挠头我徘徊。娴静姑娘真娇美，赠我彤管表深情。彤管美丽有光泽，爱它美艳特真诚。郊外归来赠白茅，白茅确实美且奇。不是白茅它美丽，因是美人赠我怀。

【品读】

这首诗描写的是一对青年男女约会的情景。本诗的场景描写十分美丽，从等待、见面到约会都透露着美感，给人的感觉很像是初恋。全诗三章，用活泼、优美的笔触，叙述了诗人和『静女』的一次约会。首章交代了人物、地点和事件，情节发展中还略带波澜，『爱而不见』，生动活泼。第二章写相见相赠。娇美文静的姑娘送给情人一枚彤管，诗人用『说怿女美』把物和人结合起来，使爱慕之情表现得婉曲有致。第三章用『洵美且异』肯定了彤管的价值，而后又以『匪女之为美，美人之贻』加以否定，卒章显志，它的价值原来在于它是所爱之人所赠。在初恋的情人眼里一切都是美好的，全诗很好地描绘和表达了这层内在的含义，借此我们仿佛看到一个温柔女孩和一个纯真少年俏丽活泼的姿态。

诗是从男子一方来写的，但通过他对恋人外貌的赞美，对她待自己情义之深的宣扬，也可见未直接在诗中出现的那位女子的人物形象，甚至不妨说她的形象在男子的第一人称叙述中显得更为鲜明。而这又反过来使读者对小伙子的痴情加深了印象。

读诗的第二、第三两章，我们会发出会心的微笑，对诗人的『写形写神之妙』（陈震《读诗识小录》）有进一步的感受。照理说，彤管比荑草要贵重，但男主人公对受赠的彤管只是说了句『彤管有炜』，欣赏的是它鲜艳的色泽，而对受赠的普通荑草却由衷地大赞『洵美且异』，显然欣赏的不是其外观而别有所感。原来，荑草是她跋涉远处郊野亲手采来的，物微而意深，一如后世南朝宋陆凯《赠范晔》诗之『江南无所有，聊赠一枝春』，重的是情感的寄托、表达，不妨说已成为一个具有能指优势的特殊符号。接受彤管，想到的是恋人红润的面容，那种『说（悦）怿』只是对外在美的欣赏；而接受荑草，感受到普通的小草也『洵美且异』，则是对她所传送的那种有着特定内容的异乎寻常的真情的深切体验。在我们看来，那已经超越了对外表的迷恋而进入了追求内心世界的和谐的高层次的爱情境界。而初生的柔荑将会长成茂盛的草丛，也含有爱情将更加发展的象征意义。

墙有茨

【一句话点评】

卫国人民对统治者荒淫无耻的揭露。

【原文】

墙有茨①，不可埽也②。中冓之言③，不可道也。所可道也，言之丑也！

墙有茨，不可襄也④。中冓之言，不可详也⑤！所可详也，言之长也！

墙有茨，不可束也⑥。中冓之言，不可读也⑦！所可读也，言之辱也！

【注释】

①茨：蒺藜，一年生草本植物，果实有刺。

②埽：同『扫』，意思是除去。

③中冓：内室，宫中龌龊之事。

④襄：消除。

⑤详：详细讲述。

⑥束：捆走。

⑦读：宣扬。

【译文】

墙头上面长蒺藜，不能把它尽扫除。宫廷里面私房话，不能把它全说出来呀。如果能够说出来，那话丑陋太粗俗。墙头上面有蒺藜，不能将它全拔除。宫廷里面秘密话，不能详细来张扬。如果能够详尽说，说来肯定话很长。墙头上面生蒺藜，不能捆起一扫光。宫廷里面私房话，不能反复来张扬。如果能够反复说，说起真羞辱人呀。

【品读】

这首诗批判了卫国朝廷中荒淫无道的行为和风气。本诗三章重叠，头两句起兴含有比意，以巴紧宫墙的蒺藜清扫不掉，暗示宫闱中淫乱的丑事是掩盖不住、抹杀不了的。接着诗人便故弄玄虚，宣称宫中的秘闻『不可道』！丑、长、辱三字妙在藏头露尾，欲言还止，的确起到了欲盖而弥彰的特殊效果。诗人特意点到为止，以不言为言，调侃中露讥刺，幽默中见辛辣，比直露叙说更有情趣。全诗从小到大，一一把宫廷种种丑闻涵盖进来，并以夸张而写实的手法生动地对这些丑闻加以讽刺、抨击，语气中不乏冷静、审慎，体现了人民的智慧和勇气。

全诗皆为俗言俚语，六十九个字中居然有十二个『也』字，相当于今『呀』，读来节奏绵延舒缓，意味俏皮而不油滑，与诗的内容相统一。三章诗排列整齐，韵脚都在『也』字前一个字，且每章四、五句韵脚同字，这种押韵形式在《诗经》中少见，译诗力求保留这一韵味。

鹑之奔奔

【一句话点评】

卫国人民讽刺卫公子顽和宣姜而作。

【原文】

鹑之奔奔①，鹊之彊彊②。人之无良③，我以为兄④。

鹊之彊彊，鹑之奔奔。人之无良⑤，我以为君⑥。

【注释】

①鹑：鹌鹑。奔奔：形容鹌鹑居有常匹，飞则相随的样子。

②鹊：喜鹊。彊彊：同『奔奔』。

③人：指公子顽。良：品行高尚。

④我：何。兄：兄长。

⑤人：此处特指宣姜。

⑥君：小君，是春秋时对国君夫人的敬称。

【译文】

鹌鹑成双相随飞，喜鹊成对来飞翔。公子品德实在坏，怎么称得上兄长？喜鹊成双相随飞，鹌鹑成对来飞翔。宣姜品德真是糟，怎么称得上小君？

【品读】

这首诗是卫国人民为了讽刺卫公子顽和宣姜而作。宣姜为卫宣公的夫人，但她不顾礼仪廉耻，和公子顽私通，卫国人知道这件事情后，感到十分愤怒。诗的前半部分讽刺了公子顽，后半部分讽刺了宣姜。其中，强烈的对比是本诗的一大特色，鹌鹑与喜鹊，流氓与兄长，娼妇与国母等形象鲜明，表达了人民对这一事件的强烈讽刺。

全诗两章，每章四句，均以『鹑之奔奔』与『鹊之彊彊』起兴，极言禽兽尚有固定的配偶，而卫宣公纳媳杀子、荒淫无耻，其行为可谓腐朽堕落、禽兽不如，枉为人兄、人君。元刘玉汝《诗缵绪》云：『取二物为兴，二章皆用而互言之，又是一体。』全诗两章只有『兄』『君』两字不重复，虽然诗人不敢不以之为兄、以之为君，貌似温柔敦厚，实则拈出『兄』『君』两字，无异于对卫宣公进行口诛笔伐，畅快直切、鞭辟入里。清陈震《读诗识小录》评曰：『用意用笔，深婉无迹。』

相鼠

【一句话点评】

诅咒无礼的人，暗指虚伪的统治阶级。

【原文】

相鼠有皮①，人而无仪②。人而无仪，不死何为？

相鼠有齿，人而无止③。人而无止，不死何俟④？

相鼠有体，人而无礼⑤。人而无礼，胡不遄死⑥？

【注释】

①相：视也。

②仪：礼仪。

③止：容止，指守礼法的行为，一说同『耻』。

④俟：等待。

⑤礼：道义，道理。

⑥遄：迅速。

【译文】

瞧那老鼠尚有皮，你是活人无礼仪。你是活人无礼仪，不死去干什么呢？瞧那老鼠尚有齿，你是活人无羞耻。你是活人无羞耻，不死心中何所期？瞧那老鼠尚有体，你是活人无道义。你是活人无道义，何不快点早死去？

【品读】

这首诗讽刺了高高在上、贪得无厌的统治者，表达了百姓对他们的痛恨。诗以老鼠起兴，巧妙地运用了比喻、对比和反衬手法，其过程是：先用比喻手法，肯定老鼠有皮有体，比喻人应当讲究仪表礼貌；次将老鼠与人对照，揭露讽刺这些人竟不讲究仪表礼貌；再用反衬手法，指出连『人人喊打』的老鼠都要体要皮，而有的人却不要礼仪，这些人还活着干什么呢？寓意层层深入，语言尖锐辛辣，富有强烈的现实战斗性。全诗文字生动形象，语气强烈，在讽刺咒骂统治者的同时也反映了当时人们对礼仪的重视和推崇。

本篇三章重叠，以鼠起兴，反复类比，意思并列，但各有侧重，第一章『无仪』，指外表；第二章『无止（耻）』，指内心；第三章『无礼』，指行为。三章诗重章互足，合起来才是一个完整的意思，这是《诗经》重章的一种类型。本诗尽情怒斥，通篇感情强烈，语言尖刻，所谓『痛呵之词，几于裂眦』（牛运震《诗志》）；每章四句皆押韵，并且二、三句重复，末句又反诘进逼，『意在笔先，一波三折』（陈震《读诗识小录》），既一气贯注，又回流激荡，增强了讽刺的力量与风趣。

载驰

【一句话点评】

许穆夫人念故国覆亡，不能往救，赴漕吊唁，因赋诗以言志。

【原文】

载驰载驱[1]，归唁卫侯[2]。驱马悠悠，言至于漕[3]。大夫跋涉，我心则忧。

既不我嘉[4]，不能旋反[5]。视尔不臧[6]，我思不远。

既不我嘉，不能旋济[7]。视尔不臧，我思不閟[8]。

陟彼阿丘[9]，言采其蝱[10]。女子善怀[11]，亦各有行[12]。许人尤之[13]，众稚且狂[14]。

我行其野，芃芃其麦[15]。控于大邦[16]，谁因谁极[17]？

大夫君子，无我有尤。百尔所思，不如我所之。

【注释】

①载：语气词，没有实义。驰、驱：车马奔跑。

②唁：哀吊失国。卫侯：指已死的卫戴公申。

③漕：卫国的邑名。

④嘉：嘉许，赞成。

⑤旋反：返回。

⑥臧：善，好。

⑦济：止，停止，阻止。

⑧閟：同『毖』，意思是谨慎。

⑨陟：登高。阿丘：一边倾斜的山丘。

⑩蝱：药名，贝母。

⑪善：常，多。

⑫行：道理。

⑬许人：许国的人。尤：怨恨，责备。

⑭稚：幼稚。狂：愚妄。

⑮芃芃：草木茂盛的样子。

⑯控：告诉。

⑰因：亲近，依靠。极：至，到。

【译文】

驱马疾驰回卫国，赶回吊唁失故国。打马前进路漫漫，来到漕邑心难过。许国大夫远跋涉，挡我回卫忧虑多。救卫主张遭阻挠，不能马上把卫返。比起你们坏主张，我的考虑眼光远。救卫主张遭反对，不能马上返卫国。比起你们坏主张，我的谋划更深远。登上阿丘高山坡，我把贝母来采取。女子喜欢勤思索，都有道理益处多。许国大夫责怪我，既骄又愚乱指责。走在郊外大道上，麦苗茂盛长得旺。我向大国来求援，求谁谁就来帮助。许国大夫与君子，莫要给我定罪状。上百主意你们出，全都不如我所想。

【品读】

本诗为一首政治抒情诗。诗人选取了归国吊唁这一重要题材，巧妙地将自己安排在驱马返卫途中，通过与许国大夫冲突的情景描述，来展开自己强烈感情的抒发，使这首抒情诗有了特定的场景和情节内容。许国大夫无理阻挠和矛盾冲突正像一块巨石投进了本来就不平静的河水。女诗人胸中那无言可传的悲哀、愤懑和对祖国命运的关切之情，因此得到了淋漓尽致的展现。诗一开篇就把我们带入了一个紧张、强烈的氛围中，让人感到当时形势十分紧迫，也能体会到许穆夫人急于回国的心情。在写法上，诗人不断变换句式，或低吟，或陈述；或慨叹，或斥责；舒缓的抒情，突而又化作热切的呼告；中间还时时交替运用散句和排句，这就使本诗慷慨激昂，像潮水一样，呈现出飞卷、澎湃、跌宕的气势，一阵又一阵地冲击着读者的心弦，体现了许穆夫人的强烈爱国主义精神。

诗的第一章，交代本事。当诗人听到卫国灭亡、卫侯逝世的凶讯后，立即快马加鞭，奔赴漕邑，向兄长的家属表示慰问。可是目的地未到，她的丈夫许穆公便派遣大夫跋山涉水，兼程而至，劝她马上停止前进。处此境地，她内心极为忧伤。这一章先刻画了诗人策马奔驰、英姿飒爽的形象，继而在许国大夫的追踪中展开了剧烈的矛盾冲突。

现实的冲突引起内心的冲突，经过以上的铺叙，第二章便开始写诗人内心的矛盾。此时诗中出现两个主要人物：尔，指许国大夫；我，许穆夫人自指。一边是许国大夫劝她回去，一边是许穆夫人坚持赴卫，可见矛盾之激烈。按诗意理解，应有两层意思：前四句为一层，是说你既待我不友好，我就不能返回许国，比起你这般没良心来，我对宗国总是念念不忘的；后四句为第二层，是说你既待我不友好，我就不能渡过黄河到卫国，比起你这般没良心来，我的感情是不会轻易改变的。诗人正是处于这种前不能赴卫、后不能返许的境地之中，左右为难，十分矛盾。然而她的爱与憎却表现得非常清楚：她爱的是娘家，是宗国；憎的是对她不予理解又不给支持的许国大夫及其幕后指挥者许穆公。

第三章矛盾没有前面那么激烈，诗的节奏渐渐放慢，感情也渐渐缓和。朱熹分析此章云：『又言以其既不适卫而思终不止也，故其在涂，或升高以舒忧想之情；或采蝱以疗郁结之疾。』（《诗集传》）也就是说夫人被阻不能适卫，心头忧思重重，路上一会儿登上高山以舒解愁闷，一会儿又采摘草药贝母以治疗抑郁而成的心病。所谓『女子善怀，亦各有行』，是说她身为女子，虽多愁善感，但亦有她的做人准则——这准则就是关心生她养她的宗国。而许国人对她毫不理解，给予阻挠与责怪，这只能说明他们的愚昧、幼稚和狂妄。这一段写得委婉深沉，曲折有致，仿佛让人窥见她有一颗美好而痛苦的心灵。细细玩索，简直催人泪下。

第四章写夫人归途所思。此时夫人行迈迟迟，一路上考虑如何拯救祖国。『我行其野，芃芃其麦』，说明时值暮春，麦苗青青，长势正旺。此刻诗人『涉芃芃之麦，又自伤许国之小而力不能救，故思欲为之控告于大邦，而又未知其将何所因而何所至乎？』（《诗集传》）所谓『控于大邦』，指向齐国报告狄人灭卫的情况，请求他们出兵，但诗人又想不出用什么办法才能达到目的。此处既写了景，又写了情，情景双绘中似乎让人看到诗人缓辔行进的形象。同第一章的策马奔驰相比，显然表现了不同的节奏和不同的情绪。诗笔至此，真令人赞叹！

卫风

淇奥

【一句话点评】

卫武公为周平王卿相，年过九十，深自儆惕，能纳人规谏。卫人颂其德，作此诗。

【原文】

瞻彼淇奥[1]，绿竹猗猗[2]。有匪君子[3]，如切如磋[4]，如琢如磨[5]。
瑟兮僩兮[6]，赫兮咺兮[7]。有匪君子，终不可谖兮[8]！

瞻彼淇奥，绿竹青青[9]。有匪君子，充耳琇莹[10]，会弁如星[11]。
瑟兮僩兮，赫兮咺兮。有匪君子，终不可谖兮！

瞻彼淇奥，绿竹如箦[12]。有匪君子，如金如锡，如圭如璧[13]。

宽兮绰兮⑭，猗重较兮⑭。善戏谑兮⑯，不为虐兮⑰！

【注释】

①奥：音玉，水边弯曲的地方。

②猗猗：长而美貌。

③匪：通“斐”，有文采的样子。

④如切如磋：就像切割打磨过的象牙般精致。

⑤如琢如磨：就像雕琢、磨光过的玉石般温润。

⑥瑟：庄严貌。僩：宽大貌。

⑦赫：威严貌。咺：有威仪貌。

⑧谖：遗忘，忘怀。

⑨青青：同“菁菁”，繁盛的样子。

⑩充耳：用以塞耳的垂玉。琇莹：美石。

⑪会弁：鹿皮帽的缝合处。

⑫箦：通“积”，堆集。

⑬圭、璧：美玉。

⑭绰：旷达的样子。

⑮猗：通“倚”，依靠。重较：车两边的扶手。

⑯戏谑：说笑。

⑰虐：刻薄，伤人。

【译文】

看那淇水弯弯岸，碧绿竹林片片连。那君子文采奕奕，好像细切细磋过，似已精琢又细磨。光彩照人多勇武，德行显赫美名播。那君子文采奕奕，永不忘却记心里。远望弯曲淇水岸，绿竹青翠叶婆娑。那君子文采奕奕，美玉充耳光闪烁，帽缝镶玉如星火。光彩照人多威猛，德业显赫美名播。那君子文采奕奕，永不忘却记心间。远望弯曲淇河岸，绿竹有如栅栏密。那君子文采奕奕，德行精纯如金锡。高贵如同圭和璧。广阔心胸多美好，斜依重较在车里。善于诙谐来谈笑，却不刻薄把人欺。

【品读】

据《毛诗序》说：『《淇奥》，美武公之德也。有文章，又能听其规谏，以礼自防，故能入相于周，美而作是诗也。』这是《淇奥》这首诗的由来。全诗分三章，反复吟咏，但在内容上，并不按诗章分派，而是融汇赞美内容于三章之中。同时三章内容基本一致，从内心世界到外貌装饰，从内涉公文或外事交涉，从外到内，就起到了反复歌颂的作用，使听者印象更加深刻。诗中一些句子，如『如切如磋，如琢如磨』成为日后人们称许某种品德或性格的词语，可见《淇奥》一诗影响之深远。

那么，《淇奥》反复吟颂的是士大夫的哪些方面的优秀之处呢？首先是外貌。这位官员相貌堂堂，仪表庄重，身材高大，衣服也整齐华美。『会弁如星』『充耳琇莹』，连冠服上的装饰品也是精美的。外貌的描写，对于塑造一个高雅君子形象，是很重要的。这是给读者的第一印象。其次是才能。『如切如磋，如琢如磨』，文章学问很好。实际上，这是赞美这位君子的行政处事的能力。因为卿大夫从政，公文的起草制定，是主要工作内容。至于『猗重较兮』『善戏谑兮』，突出君子的外事交际能力。春秋时诸侯国很多，能对应诸侯，不失国体，对每个士大夫都是个考验。看来，诗歌从撰写文章与交际谈吐两方面，表达了这君子处理内政和处理外事的杰出能力，突出了良臣的形象。最后，也是最重要的方面，是歌颂了这位君子的品德高尚。『如圭如璧，宽兮绰兮』，意志坚定，忠贞纯厚，心胸宽广，平易近人，的确是一位贤人。正因为他是个贤人，从政就是个良臣，再加上外貌装饰的庄重华贵，更加使人尊敬了。所以，第一、第二两章结束两句，都是直接的歌颂：『有匪君子，终不可谖兮！』从内心世界到外貌装饰，从内政公文到外事交涉，这位士大夫都是当时典型的贤人良臣，获得人们的称颂，是必然的了。此诗就是这样从三个方面，从外到内，突出了君子的形象。

考槃

【一句话点评】

写隐者徜徉山水间，自得其乐。

【原文】

考槃在涧①，硕人之宽②。独寐寤言③，永矢弗谖④。

考槃在阿⑤，硕人之薖⑥。独寐寤歌，永矢弗过⑦。

考槃在陆⑧，硕人之轴⑨。独寐寤宿，永矢弗告⑩。

【注释】

①考槃：逗留，盘桓。指避世隐居。

②硕人：形象高大丰满的人，不仅指形体而言，更主要指人道德高尚。宽：宽宏。

③寐：睡着。寤：醒来。

④矢：誓。谖：忘记。

⑤阿：山坳。

⑥薖：貌美，引为心胸宽大。

⑦过：失也，失亦忘也。

⑧陆：高而平的地方。

⑨轴：徘徊往复，自由自在。

⑩告：述说，表达。

【译文】

在谷溪边歌唱盘桓，高大人儿心宽阔。独睡独醒独自说，誓记此乐不相忘。在谷溪边歌唱盘桓，高大人儿心欢畅。独睡独醒独歌唱，誓记此乐不相忘。在谷溪边歌唱盘桓，高大人儿心不放。独睡独醒独呼啸，誓记此乐不相忘。

【品读】

这是一首隐士的赞歌。全诗分三章，变化不大，意思连贯。无论这位隐士生活在水湄山间，无论他的言辞行动如何特立独行，都显示出畅快自由的样子。诗反复吟咏这些言行形象，用复沓的方式，加深读者的感受。诗中集中描写两个内容：一是隐士形象。『硕人』一词兼具身体高大与思想高尚双重含义。全诗反复强调『硕人之宽』『硕人之薖』『硕人之轴莛』，实际上表示隐士的生活是自由舒畅的，心胸是宽广高尚的。他远离浊世，又使浊世景仰。诗中描写的另一个内容，是隐居的环境。『考槃在涧』『考槃在阿』『考槃在陆』，无论是水涧、山丘、高原，在作者笔下都成了幽静雅致的隐居之所。那么贤良的隐士在优雅的环境中，就如鱼得水，自得其乐，舒畅自由。贤人、幽境、愉悦三者相结合，强烈地表达出硕人的隐居是一种高尚而快乐的行为。

诗歌每章一韵，使四言一句，四句一章的格式，在整齐中见出变化。特别是可歌的《诗经》，在吟唱中音韵的变化，就使歌声抑扬有序，载着作者的赞美之情，充盈空间，不绝于耳了。

硕人

【一句话点评】

卫庄公夫人庄姜初适卫，国人称赞她的美丽。

【原文】

硕人其颀①，衣锦褧衣②。齐侯之子，卫侯之妻，东宫之妹③，邢侯之姨，谭公维私④。

手如柔荑⑤，肤如凝脂。领如蝤蛴⑥，齿如瓠犀⑦，螓首蛾眉⑧。巧笑倩兮⑨，美目盼兮⑩。

硕人敖敖⑪，说于农郊⑫。四牡有骄⑬，朱帻镳镳⑭，翟茀以朝⑮。大夫夙退，无使君劳。

河水洋洋⑯，北流活活⑰。施罛涉涉⑱，鳣鲔发发⑲，葭菼揭揭⑳。庶姜孽孽㉑，庶士有朅㉒。

【注释】

①硕：高大白胖貌。颀：身材修长貌。

②锦：锦衣，翟衣。褧：麻布制的罩衣，用来遮灰尘，即披风。

③东宫：指太子。

④私：姊妹的丈夫。

⑤荑：白茅初生的嫩芽。

⑥领：脖子。蝤蛴：天牛的幼虫，色白身长。

⑦瓠犀：瓠瓜子，洁白整齐。

⑧螓：似蝉而小，头宽广方正。蛾眉：蚕蛾触角，细长而曲。

⑨倩：笑时脸颊现出酒窝的样子。

⑩盼：眼睛里黑白分明。

⑪敖敖：身长貌。

⑫说：同『税』，停息。农郊：近郊。

⑬牡：雄，这里指雄马。骄：指马身体雄壮。

⑭朱：红色。

⑮翟茀：以雉羽为饰的车围子。

⑯洋洋：河水盛大的样子。
⑰北流：向北流的河。活活：水流声。
⑱施：设，放下。罛：大鱼网。涉涉：撒网的声音。
⑲鳣：鳇鱼。鲔：鳝鱼。发发：鱼尾击水之声。一说盛貌。
⑳葭：初生的芦苇。菼：初生的荻。揭揭：长的样子。
㉑庶姜：众姜，指随嫁的姜姓女子。孽孽：盛饰貌。
㉒士：指陪嫁的媵臣。朅：勇武貌。

【译文】

个子高挑卫庄姜，身穿披风新嫁娘。父乃齐国之国君，丈夫就是卫君王。东宫得臣是兄长，姐夫是那邢国王，谭侯之妻姊妹行。手如柔荑嫩而白，肤如凝固柔脂膏。脖似蝤蛴白又长，齿如葫籽齐而白，额像螓首蛾须眉。两腮酒窝因俏笑，美目流盼神态娇。身材高高卫庄姜，停车城郊修整忙。四匹公马多健壮，马衔红绸随风扬，她坐翟车见君王。大夫退朝要尽早，莫使庄姜劳累伤。河水流淌浩荡荡，向北流去哗哗响。苏苏之声撒渔网，鲤鳝摆尾畅游荡，芦苇茂盛向高长。陪嫁齐女个子高，送嫁大夫多雄壮。

【品读】

这首诗描写了卫庄公的妻子庄姜的美丽、贤淑，表达了人民对她的赞美。诗中第一节主要介绍了庄姜的身份和她的周边关系，出身高贵，外表俊美，服饰华丽。第二节详细地描写了她美丽的容貌和端庄的神态，手指白嫩，肤色光润，脖颈长而白，牙齿洁白整齐，额头宽阔方正，眉毛似卧蚕，俊俏的脸蛋笑得很美，眉眼转动得令人销魂。这一连用了六个比喻，使人物的形象整体突现出来。三、四节主要写了她出嫁时的盛大场景。通过本诗的描述与解读，对于庄姜，不仅当时的观者，就连我们读者也为她的美丽所倾倒。其中对于她美丽的那段描述十分生动贴切，意象分明。

上述所有这一切，从华贵的身世到隆重的仪仗，从人事场面到自然景观，无不或明或暗、或隐或显、或直接或间接地衬托着庄姜的天生丽质。而直接描写她的美貌者，除开头『硕人其颀，衣锦褧衣』的扫描外，主要是在第二章。这里也用了铺叙手法，以七个生动形象的比喻，犹如电影的特写镜头，犹如纤微毕至的工笔画，细致地刻画了她艳丽绝伦的肖像——柔软的纤手，鲜洁的肤色，修美的脖颈，匀整洁白的牙齿，直到丰满的额角和修宛的眉毛，真是毫发无缺憾的人间尤物！但这些工细的描绘，其艺术效果，显然都不及『巧笑倩兮，美目盼兮』八字。

清人姚际恒极为推赏此诗，称言『千古颂美人者，无出其右，是为绝唱』（《诗经通论》）。方玉润同意其『绝唱』之说，并指出这幅『美人图』真正美的所在：『千古颂美人者，无出「巧笑倩兮，美目盼兮」二语』（《诗经原始》）。孙联奎《诗品臆说》也拈出此二语，并揭示出其所以写得好的奥窍：『《卫风》之咏硕人也，曰「手如柔荑」云云，犹是以物比物，未见其神。至曰「巧笑倩兮，美目盼兮」，则传神写照，正在阿堵，直把个绝世美人，活活地请出来，在书本上滉漾。千载而下，犹亲见其笑貌。』在他看来，『手如柔荑』等等的比拟譬况，诗人尽管使出了浑身解数，却只是刻画出美人之『形』，而『巧笑』『美目』寥寥八字，却传达出美人之『神』。我们还可以补充说，『手如柔荑』等句是静态，『巧笑』二句则是动态。在审美艺术鉴赏中，『神』高于『形』，『动』优于『静』。形的描写、静态的描写当然也必不可少，它们是神之美、动态之美的基础。如果没有这些基础，那么其搔首弄姿也许会成为令人生厌的东施效颦。但更重要的毕竟还是富有生命力的神之美、动态之美。形美悦人目，神美动人心。一味静止地写形很可能流为刻板、呆板、死板，犹如纸花，了无生气，动态地写神则可以使人物鲜活起来，气韵生动，性灵毕现，似乎从纸面上走出来，走进你的心灵，摇动你的心旌。在生活中，一位体态、五官都无可挑剔的丽人固然会给你留下较深的印象，但那似乎漫不经心的嫣然一笑、含情一瞥却更能使你久久难忘。假如你是一位多情的年轻人，这一笑一盼甚至会进入你的梦乡，惹起你多少纯真无邪的爱的幻梦！在本诗中，「巧笑」「美目」二句确是「一篇之警策」，「倩」「盼」二字尤富表现力。古人释「倩」为「好口辅」，释「盼」为「动目也」。「口辅」指嘴角两边，「动目」指眼珠的流转。读者可以凭借自己的生活经验，想象出那楚楚动人的笑靥和顾盼生辉的秋波，是怎样的千娇百媚，令人销魂摄魄。

「传神写照，正在阿堵」，这原是六朝画家所总结出的创作经验，它也适用于其他艺术创造活动。此「阿堵」即眼睛。眼睛是心灵的窗户，表现人物莫过于表现眼睛。几千年过去了，诗中所炫夸的高贵门第已成为既陈刍狗，「柔荑」「凝脂」等比喻也不再动人，「活活」「涉涉」等形容词更不复运用，而「巧笑倩兮，美目盼兮」却仍然亮丽生动，光景常新，仍然能够激活人们美的联想和想象。

氓

【一句话点评】

一个勤劳善良的妇女，哀诉被遗弃的不幸遭遇。

【原文】

氓之蚩蚩①，抱布贸丝②。匪来贸丝③，来即我谋④。送子涉淇⑤，至于顿丘⑥。匪我愆期⑦，子无良媒。将子无怒⑧，秋以为期。

乘彼垝垣⑨，以望复关⑩。不见复关，泣涕涟涟。既见复关，载笑载言。尔卜尔筮，体无咎言⑪。以尔车来，以我贿迁⑫。

桑之未落，其叶沃若⑬。于嗟鸠兮！无食桑葚。于嗟女兮！无与士耽⑭。士之耽兮，犹可说也⑮。女之耽兮，不可说也。

桑之落矣，其黄而陨。自我徂尔⑯，三岁食贫。淇水汤汤，渐车帷裳⑰。女也不爽，士贰其行⑲。士也罔极⑳，二三其德。

三岁为妇，靡室劳矣。夙兴夜寐，靡有朝矣。言既遂矣⑳，至于暴矣。兄弟不知，咥其笑矣。静言思之，躬自悼矣。

『及尔偕老』，老使我怨。淇则有岸，隰则有泮㉑。总角之宴㉒，言笑晏晏㉓。信誓旦旦㉔，不思其反。反是不思，亦已焉哉！

【注释】

①氓：民。蚩蚩：憨厚貌。一说嘻笑貌。

②布：古时的货币，即布币。一说布匹。贸：交换。

③匪：非。

④即我：到我这里来。谋：商议，这里指商谈婚事。

⑤涉：渡过。淇：河名。

⑥顿丘：地名。

⑦愆：过，误。

⑧将：请。

⑨乘：登上。垝垣：破颓的墙。

⑩复关：地名，诗中男子居住的地方。

⑪卜：用龟甲卜吉凶。筮：用蒲草占吉凶。体：卦体。咎言：不吉利的话。

⑫贿：财物，这里指嫁妆。

⑬沃若：润泽貌。

⑭耽：沉迷，迷恋。

⑮说：同『脱』，摆脱。

⑯徂：去，往。

⑰渐：沾湿，浸湿。帷裳：车饰的帷幔。

⑱爽：差错，过失。

⑲罔极：没有准则，行为不端。贰：差错。

⑳遂：安定无忧。

㉑隰：即“湿”，河名，指漯河。泮：通“畔”，岸，水边。
㉒总角：古时儿童两边梳辫，如双角，借指童年。宴：逸乐。
㉓晏晏：和好柔顺的样子。
㉔旦旦：诚恳的样子。

【译文】

氓既憨厚又老实，手持钱币来买丝。非是真想把丝买，实来同我议婚事。送你走过淇水河，直到顿丘才停下。非我特意拖婚期，你无良媒把婚提。希望你啊别生气，秋天结婚好日期。登上倒塌旧城墙，遥望复关把他想。复关未见他身影，眼泪涟涟好心伤。我见情郎到复关，又说又笑好舒畅。你在家中忙卜筮，卦言显兆皆吉祥。迎亲礼车至我家，满载嫁妆上路忙。桑树生长正勃勃，桑叶翠绿有光泽。可叹那些斑鸠鸟，不要多吃桑树果。可叹年少好姑娘，莫要沉浸爱情里。男女沉浸爱情里，男人尚可得解脱。男女沉浸爱情里，女人没法来摆脱。桑树生机已衰微，叶儿变黄而后落。自从来到你们家，多年煎熬苦生活。淇水满溢浩荡荡，水湿车幔心事多。想来自身无过错，丈夫德行有大错。他的思想无准则，三心二意变化多。多年为妻患难多，从不逃避苦和累。早起晚睡家常事，也不偷懒来取乐。你的誓言抛脑后，异常暴怒对待我。兄弟知我被遗弃，嘻嘻哈哈嘲笑我。静心思考这婚变，只能自悲又自责。“白头到老心不变”，到老使我心埋怨。淇水虽深尚有岸，渭河虽宽还有边。少年一同多欢乐，说笑和乐心相安。诚恳发誓意志坚，谁料你把诺言反。违背誓言你不改，坚决要与你分手！

【品读】

这首诗是一位遭丈夫遗弃的女子的深刻控诉，向人哭诉了她的不幸遭遇。诗从男子的求婚开始一直写到女子的被遗弃，这不仅展示了此事件发生的全过程，也描述了女子心理变化的全过程。诗的开头四句：被弃女子追述二人的相识过程；『乘彼垝垣』六句，写当时的热恋情景与心情，及与那男子结婚的以过；『桑之未落，其叶沃若；于嗟鸠兮，无食桑葚！』这是借桑树和斑鸠来形容被遗弃觉醒的痛悔。第四章追述在男子家的生活，最后一章是以自省的愤慨之语作结。面对所遭遇的悲惨境遇，最后女子的狠心决绝让人不由拍手称赞。其诗中书写的感情真挚而强烈，让人不禁给予该女子深深的同情。诗中以桑喻女，『桑之未落』，『桑之既落』，比而兴，连及自身，耐人寻味，手法颇启迪后人。

全诗六章，每章十句，但并不像《诗经》其他各篇采用复沓的形式，而是依照人物命运发展的顺序，自然地加以抒写。它以赋为主，兼用比兴。赋以叙事，兴以抒情，比在于加强叙事和抒情的色彩。开头一、二章，《诗集传》云：『赋也。』具体描写男子向女主人公求婚以至结婚的过程。那是在一次集市上，一个男子以买丝为名，向女主人公吐露爱情，一会儿嬉皮笑脸，一会儿又发脾气，可谓软硬兼施。可是这位单纯的女子看不透他的本质，说是必须有人来说媒，最后将婚期定在秋天。从此以后，女子朝思暮想，『乘彼垝垣，以望复关』，望不到男子所住的复关，便泪流不止；既见复关，就像见到所恋之人，不禁眉开眼笑。她还打卦占卜，预测婚事的吉凶。及至男方派车前来迎娶，她就带着全部的财物，嫁了过去。这两章叙事真切，历历可见，而诗人作为一个纯情少女的自我形象，也刻画得栩栩如生。方玉润评这一段云：『不见则忧，既见则喜，夫情之所不容已者，女殆痴于情者耳。』（同上）一个『痴』字，点出了此女钟情之深。

《诗集传》谓第三章『比而兴也』，第四章『兴也』，也就是说这两章以抒情为主，诗中皆以桑树起兴，从诗人的年轻貌美写到体衰色减，同时揭示了男子对她从热爱到厌弃的经过。『桑之未落，其叶沃若』，以桑叶之润泽有光，比喻女子的容颜亮丽。『桑之落矣，其黄而陨』，以桑叶的枯黄飘落，比喻女子的憔悴和被弃。『于嗟鸠兮，无食桑葚；于嗟女兮，无与士耽』，则以『戒鸠无食桑葚以兴下句戒女无与士耽也』（《诗集传》）。桑葚是甜的，鸠多食则易致醉；爱情是美好的，人多迷恋则易上当受骗。男人沉溺于爱情犹可解脱。女子一旦堕入爱河，则无法挣离。这是多么沉痛的语言！从桑叶青青到桑叶黄落，不仅显示了女子年龄的由盛到衰，而且暗示了时光的推移。『自我徂尔，三岁食贫』，一般以为女子嫁过去三年，但另有一种解释：『三岁，多年。按「三」是虚数，言其多，不是实指三年。』（程俊英《诗经译注》）实际上是说女子嫁过去好几年，夫妻关系渐渐不和，终至破裂。女子不得已又坐着车子，渡过淇水，回到娘家。她反复考虑，自己并无一点差错，而是那个男子『二三其德』。在这里女子以反省的口气回顾了婚后的生活，找寻被遗弃的原因，结果得到了一条教训：在以男子为中心的社会里，只有痴心女子负心汉！

诗之五章用赋的手法叙述被弃前后的处境，前六句承上章『自我徂尔，三岁食贫』，补叙多年为妇的苦楚，她起早睡晚，辛勤劳作，一旦日子好过一些，丈夫便变得暴戾残酷。这个『暴』字可使人想象到丈夫的狰狞面目，以及女主人公被虐待的情景。后四句写她回到娘家以后受到兄弟们的冷笑。《诗集传》释此段云：『盖淫奔从人，不为兄弟所齿，故其见弃而归，亦不为兄弟所恤，理固有必然者，亦何所归咎哉，但自痛悼而已。』说女主人公『淫奔』，固不足取；但其他的话可以帮助我们理解她当时所受到的精神压力和由此而产生的内心矛盾。

第六章赋兼比兴，在抒情中叙事，当初他们相恋时，有说有笑；男子则『信誓旦旦』，表示白头偕老。可是他还未老时就产生怨恨，而且无法挽回。这里用了两个比喻：浩浩荡荡的淇水，总有堤岸；广阔连绵的沼泽，也有边际。言外之意，我的痛苦为什么竟没有到头的时候？《诗集传》指出『此则兴也』，其实它是比中有兴。诗人运用这两个比喻，强烈地抒发了一腔怨愤，诉说了弃妇无边无际的痛苦。为了摆脱这些痛苦，她下决心与那男子割断感情上的联系：『反是不思，亦已焉哉！』从此以后不再希望他回心转意，算了，算了。然而她果真能做到吗？方玉润认为：『虽然口纵言已，心岂能忘？』（《诗经原始》）是的，从这女子一贯钟情的性格来看，她对男子不可能在感情上一刀两断，这就是我们今天常说的悲剧性格。

这首诗所写的婚姻悲剧，反映了当时社会普遍存在的情与礼的矛盾与夫权对妇女的压迫。古礼认为女子嫁人，须有父母之命，媒妁之言。如果『不待父母之命，媒妁之言，钻穴隙相窥，踰墙相从，则父母国人皆贱之』（《孟子·滕文公》下）。这位女子开始时是在集市上与一平民一见钟情、私订终身的，后来又乘垝垣相望，显然与礼有悖，终遭丈夫的休弃，兄弟的讥讽。她对爱情的热烈追求与旧礼教产生直接的冲突，因而导致了婚姻悲剧的发生。在几千年的封建社会中，这是具有典型意义的。

此诗充分运用了赋比兴交替使用的手法，时时注意情与景的结合，它首先让我们窥见古代集市贸易的一个侧面，以后又让我们感受到古代嫁娶的简单礼俗。特别是将一条淇水作为背景贯穿全诗，显示了构思的严密与巧妙。如『送子涉淇，至于顿丘』，写相恋时的依依不舍；『淇水汤汤，渐车帷裳』，写被弃后再涉淇水返回娘家的情景；『淇则有岸，隰则有泮』，则以生活中所经历的印象最深的场景兴起内心的感情。同是一条淇水，随着主人公前后处境的不同，表现了悲喜不同的心境，真是情以物迁，情与景会，妙极妙极！

伯兮

【一句话点评】

丈夫久役不归，妻子怀念远人的抒情诗。

【原文】

伯兮朅兮①，邦之桀兮②。伯也执殳③，为王前驱④。
自伯之东⑤，首如飞蓬⑥。岂无膏沐⑦？谁适为容⑧？
其雨其雨⑨，杲杲出日⑩。愿言思伯⑪，甘心首疾⑫。
焉得谖草⑬？言树之背⑭。愿言思伯，使我心痗⑮。

【注释】

①朅：英武高大。
②桀：通『杰』，杰出。
③殳：古兵器，杖类，长丈二无刃。
④为：是。前驱：先锋。
⑤之：到……去。
⑥首：头发。飞蓬：草本植物，叶细长而散乱，茎干枯易断。这里形容头发乱糟糟的样子。
⑦膏沐：妇女润发的油脂。
⑧适：取悦。为容：打扮。

⑨其：语气词。雨：下雨。

⑩杲杲：明亮的样子。

⑪愿：殷切思念的样子。言：副词词尾。伯：指丈夫。

⑫首疾：头痛。

⑬谖草：萱草，忘忧草。

⑭言：助词，用在单音动词之前。树：用作动词，种树。背：屋子的北面。

⑮痗：忧思成病。

【译文】

我的丈夫高大魁梧，卫国豪杰英名显。丈夫持殳去从军，卫王先锋走在前。自从丈夫去东方，我头如蓬不装扮。非无头油来洗发，打扮漂亮给谁看？期盼天上能下雨，太阳出来光灿灿。念念不忘思丈夫，想得心甘头也疼。哪里能获忘忧草？将它栽种北檐下。念念不忘思丈夫，忧思成病也不怕。

【品读】

这首诗是一首妇女怀念征夫的诗。第一章诗的开头并没有写思夫，而是夸夫，自豪之感，溢于言表。构成她日夜思念丈夫的思想基础。第二、三、四章都是写思夫，一层深过一层，分别写出了思夫的三种情态。第二章写思夫之深，第三章写思夫之切，第四章写思夫之痛。丈夫在外为国征战，但诗中并没有体现她对丈夫情况的担心，而只是单纯地表达对丈夫的想念和急于想见到丈夫的迫切心情，日常的生活都因此混乱起来。虽然如此，对于丈夫的卫国征战，她还是感到很自豪的，同时也表明了自己对爱情的忠贞，让人感受到她的胸怀和他们夫妇间的深厚感情。

诗必须有真实的感情，否则不能打动人。但诗人的感情也并不是可以尽情抒发的，它常常受到社会观念的制约。拿《伯兮》来说，如果一味写那位妻子为丈夫的报效国家而自豪，那会让人觉得不自然——至少是不近人情；反过来，如果一味写妻子对丈夫的盼待，乃至发展到对战争的厌恶，却又不符合当时社会的要求。所以最后它成为我们读到的这个样子：对亲人的强烈感情经过责任感的梳理而变得柔婉，有很深的痛苦与哀愁，但并没有激烈的怨愤。由于本诗所涉及的那种社会背景在中国历史上是长期存在的，所以它的感情表现也就成为后世同类型诗歌的典范。

关于本篇的题旨，《毛诗序》解释为：『刺时也。言君子行役，为王前驱，过时而不反（同「返」）焉。』意思就是：理想的政治不应该使国人行役无度，以至破坏了他们的家庭生活。实际所谓『刺』在诗中并无根据，不过作者所表达的儒家政治理想，却是符合诗中女主人公的愿望的。

木瓜

【一句话点评】

男女相爱，互相赠答。

【原文】

投我以木瓜①，报之以琼琚②。匪报也③，永以为好也④。

投我以木桃，报之以琼瑶⑤。匪报也，永以为好也。

投我以木李，报之以琼玖⑥。匪报也，永以为好也！

【注释】

①投：投送。

②琼：赤色玉。琚：佩玉。

③匪：非。

④永以为好也：希望能永久相爱。

⑤瑶：美玉。

⑥玖：浅黑色的玉。

【译文】

她送给我木瓜，我拿琼琚回赠她。此非回赠相报答，希望能永久相爱。她将木桃赠送我，我拿琼瑶回赠她。不是回赠相报答，欲结深情永爱她。她将木李赠送我，我拿琼玖回赠她。不是回赠相报答，希望能永久相爱。

【品读】

这是一首优美的抒情诗。诗句简洁易懂，赞美了美好的爱情。在诗中，『她』送给『他』木瓜、桃子、李子等水果，而『他』却回赠『她』『琼琚、琼瑶、琼玖』等美玉。这看起来很不对等，但正是这种不对等，深刻揭示了爱情的实质不是获取，而是给予。诗中也写出了『他』的本意，『他』并不是为了回报，而是为了能和『她』天长地久，永不分离。

对于这么一首知名度很高而语句并不复杂的先秦古诗，古往今来解析其主旨的说法居然有七种之多。《毛诗序》云：『《木瓜》，美齐桓公也。卫国有狄人之败，出处于漕，齐桓公救而封之，遗之车马器物焉。卫人思之，欲厚报之，而作是诗也。』这一说法在宋代有严粲（《诗缉》）等人支持，在清代有魏源（《诗古微》）等人支持。与毛说大致同时的三家诗，据陈乔枞《鲁诗遗说考》考证，鲁诗『以此篇为臣下思报礼而作』，王先谦《诗三家义集疏》意见与之相同。从宋代朱熹起，『男女相互赠答说』开始流行，《诗集传》云：『言人有赠我以微物，我当报之以重宝，而犹未足以为报也，但欲其长以为好而不忘耳。疑亦男女相赠答之词，如《静女》之类。』这体现了宋代《诗》学废序派的革新疑古精神。但这一说法受到清代《诗》学独立思考派的重要代表之一姚际恒的批驳，《诗经通论》云：『以（之）为朋友相赠答亦奚不可，何必定是男女耶！』现代学者一般从朱熹之说，而且更明确指出此诗是爱情诗。平心而论，由于诗的文本语义很简单，就使得对其主题的探寻反而可以有较大的自由度，正如一个概念的内涵越小它的外延越大，因此，轻易肯定否定某一家之说是不甚可取的。有鉴于此，笔者倾向于在较宽泛的意义上理解本诗，将其视为一首通过赠答表达深厚情意的诗作。

王风

黍离

【一句话点评】

周大夫行役路过宗周镐京，因悲周室颠覆，乃作此诗。

【原文】

彼黍离离[1]，彼稷之苗[2]。行迈靡靡[3]，中心摇摇[4]。知我者[5]，谓我心忧[6]；不知我者，谓我何求。悠悠苍天，此何人哉[7]！

彼黍离离，彼稷之穗[8]。行迈靡靡，中心如醉。知我者，谓我心忧；不知我者，谓我何求。悠悠苍天，此何人哉！

彼黍离离，彼稷之实[9]。行迈靡靡，中心如噎[10]。知我者，谓我心忧；不知我者，谓我何求。悠悠苍天，此何人哉！

【注释】

①黍：谷物名。离离：行列貌。

②稷：谷物名。

③行迈：前行。靡靡：行步迟缓貌。

④中心：心中。摇摇：心中不安的样子。

⑤知我者：了解我的人。

⑥谓：说。心忧：心里有忧愁。

⑦此何人哉：致此颠覆者是什么人？

⑧穗：谷穗。

⑨实：果实，种子。

⑩噎：忧闷已极而气塞，无法喘息。

【译文】

那边是一排排黍秧，那边是长得旺的稷苗。远行路上慢腾腾，心有隐忧暗悲怆。了解我的人们呀，说我心中有忧伤。不知我的人们呀，说我寻物为哪桩？请问遥远上苍天，这是何人造灾殃？那边是一排排黍秧，高粱结穗长得旺。远行路上慢腾腾，心中如醉暗凄怆。知道我的人们呀，说我心中有忧愁。不知我的人们呀，说我寻物为哪桩？请问遥遥上苍天，这是何人造灾殃？那边是一排排黍秧，高粱结粒田地上。远行路上慢腾腾，心如堵塞暗悲怆。理解我的人们呀，说我心中有忧伤。不知我的人们呀，说我寻物为哪桩？请问遥远上苍天，这是何人造灾殃？

【品读】

这首诗以黍谷成熟起兴，描写了一位东周的官员重游西周故土时，触景生情而作此诗。全诗共分三章，每章十行。采用了反复吟唱、重复叠章的写法，中间只要更换几个字，便把那种强烈的忧愤感情淋漓尽致地表现了出来。从『中心如摇』，到『中心如醉』，到『中心如噎』，感情不断加浓，层层变换。此外，本诗采用了即景生情，由彼而此，即『兴』的起头方法，以『彼黍离离，彼稷之苗』起兴，之后描写西周遗址荒凉破败的景象，形成了鲜明对比，表达了作者对昔日的回忆与感伤。同时，诗人也向苍天发问，到底是谁把国家弄成这样，表达了他对西周覆亡的感慨，其间透露着对周幽王的声讨。

诗中除了黍和稷等具体物象之外，都是空灵抽象的情境，抒情主体『我』具有很强的不确定性。基于这一点，欣赏者可根据自己不同的遭际从中寻找到与心灵相契的情感共鸣点。诸如物是人非之感，知音难觅之憾，世事沧桑之叹，无不可借此宣泄。更进一层，透过诗本文所提供的具象，我们可以看到一个孤独的思想者，面对虽无灵性却充满生机的大自然，对自命不凡却无法把握自己命运的人类的前途的无限忧思，这种忧思只有『知我者』才会理解，可这『知我者』是何等样的人呢？『悠悠苍天，此何人哉？』充满失望的呼号中我们看到了另一个诗人的影子。『前不见古人，后不见来者，念天地之悠悠，独怆然而涕下』！吟出《登幽州台歌》的陈子昂心中所怀的不正是这种难以被世人所理解的对人类命运的忧思吗？读此诗者当三思之。

君子于役

【一句话点评】

妻子怀念行役无期不能归家的丈夫。

【原文】

君子于役，不知其期①，曷至哉②？鸡栖于埘③，日之夕矣，羊牛下来。君子于役，如之何勿思！

君子于役，不日不月④，曷其有佸⑤？鸡栖于桀⑥，日之夕矣，羊牛下括⑦。君子于役，苟无饥渴⑧？

【注释】

①期：行期，归期。

②曷：什么时候。至：回到家。

③埘：鸡舍，墙壁上挖洞做成。

④不日不月：不分日月。

⑤有：“又”，再一次。佸：相见，相聚。

⑥桀：鸡栖木。

⑦括：来。

⑧苟：句首语气词，表示希望，大概，也许。

【译文】

丈夫前去服兵役，不知何时是归期。什么时候回家乡？小鸡回到土窝里。太阳落山已黄昏，牛羊成群回圈里。丈夫前去服兵役，如何让我不思念？丈夫前去服兵役，不知归来是何日，什么时候回家里？木橛上面鸡栖息。太阳落山已黄昏，牛羊自外进圈里。丈夫前去服兵役，盼他不渴也不饿。

【品读】

这首诗描写的是丈夫在外为国打仗，妻子在家里思念丈夫的情景。全诗描绘了一幅色彩鲜明、风光迷人的乡村晚景图：日暮黄昏，六畜归圈，家禽归窝的典型环境。诗人以此来反衬征人居无定所、归无定期。同时这也同思妇那寻寻觅觅、冷冷清清、倚门远望、伤别盼归的孤苦、焦虑的情感融合在一起，形成了鲜明的对比。而对比的运用反映了本诗高超的艺术技巧。

这是一首很朴素的诗。两章相重，只有很少的变化。女主人公等待亲人归来，最令人心烦的就是这种归期不定的情形，好像每天都有希望，结果每天都是失望。如果只是外出时间长但归期是确定的，反而不是这样烦人。正是在这样的心理中，女主人公带着叹息地问出了“曷至哉”——到底什么时候才能回来呢？

下面的一节有一种天然的妙趣。诗中不再正面写妻子思念丈夫的哀愁乃至愤怨，而是淡淡地描绘出一幅乡村晚景的画面：在夕阳余晖下，鸡儿归了窠，牛羊从村落外的山坡上缓缓地走下来。这里的笔触好像完全是不用力的，甚至连一个形容词都没有，不像后代的文人辞章总是想刻画得深入、警醒，恐怕读者不注意。然而这画面却很感动人，因为它是有情绪的。我们好像能看到那凝视着鸡儿、牛儿、羊儿，凝视着村落外蜿蜒延伸、通向远方的道路的妇人，是她在感动我们。这之后再接上『君子于役，如之何勿思』，我们分明地感受到女主人公的愁思浓重了许多。倘试把中间『鸡栖于埘，日之夕矣，羊牛下来』三句抽掉，将最后两句直接接继在『曷至哉』之后，感觉会完全不同。这里有抒情表达的节奏问题——节奏太快，没有起伏，抒情效果出不来；同时，这画面本身有其特别的韵味。

兔爰

【一句话点评】

普通百姓遭遇不幸，自叹命苦。

【原文】

有兔爰爰①，雉离于罗②。我生之初，尚无为③。我生之后，逢此百罹④，尚寐无吪⑤。
有兔爰爰，雉离于罦⑥。我生之初，尚无造。我生之后，逢此百忧，尚寐无觉。
有兔爰爰，雉离于罿⑦。我生之初，尚无庸。我生之后，逢此百凶，尚寐无聪⑧！

【注释】

①爰爰：同『缓缓』，悠然自得貌。

②雉：山鸡。离：同罹，陷，遭难。罗：罗网。

③尚：还，仍然。为：劳役，与下文中『造』『庸』同义。

④罹：祸患。

⑤尚：还是。吪：说话，活动。

⑥罦：一种装设机关的网，能自动掩捕鸟兽。

⑦罿：同『罦』。

⑧聪：听。

【译文】

野兔悠闲又自在，野鸡背地遭网罗。多年之前我出生，天下无事尚欢乐；自从降生到今天，遭受患难实在多。我愿长眠不活动。野兔缓行而逍遥，野鸡遭罦而丧生。多年之前我出生，天下无事尚欢腾；自从降生到今天，遭受忧患数不清。希望长眠永不醒。野兔悠闲而逍遥，野鸡遭罦而丧生。多年之前我出生，没有劳役尚轻松；自从降生到今日，遭受忧患数不清。希望长眠不想听。

【品读】

本诗是生活不如意的人自诉生不逢时，自叹命苦之作。诗中将活得很舒服的兔子与在网子里备受折磨的山鸡进行对比，喻指自己现在就像那山鸡一样，事事不顺。同时，诗人想采取逃避的方法不去面对这些烦恼，睡吧，不听、不说、不醒等等，表达了诗人无可奈何的心态。诗中主人公试图通过对兔子和山鸡的调侃来做自我的一种安慰，但事与愿违，首先引起我们关注的是『他』而不是兔子和山鸡，或许这正是主人公写作的真正目的所在，让人不由地产生同情之心。

诗共三章，各章首二句都以兔、雉作比。兔性狡猾，用来比喻小人；雉性耿介，用以比喻君子。罗、罦、罿，都是捕鸟兽的网，既可以捕雉，也可以捉兔。但诗中只说网雉纵兔，意在指小人可以逍遥自在，而君子无故遭难。通过这一形象而贴切的比喻，揭示出当时社会的黑暗。

各章中间四句，是以『我生之初』与『我生之后』作对比，表现出对过去的怀恋和对现在的厌恶：在过去，没有徭役（『无为』），没有劳役（『无造』），没有兵役（『无庸』），我可以自由自在地生活；而现在，遇到各种灾凶（『百罹』『百忧』『百凶』），让人烦忧。从这一对比中可以体会出时代变迁中人民的深重苦难。这一句式后来在传为东汉蔡琰所作的著名长篇骚体诗《胡笳十八拍》中被沿用，『我生之初尚无为，我生之后汉祚衰；天不仁兮降乱离，地不仁兮使我逢此时』，那悲怆的诗句，无疑脱胎于《兔爰》一诗。

各章最后一句，诗人发出沉重的哀叹：生活在这样的年代里，不如长睡不醒。愤慨之情溢于言表。方玉润说：『「无吪」「无觉」「无聪」者，亦不过不欲言、不欲见、不欲闻已耳。』（《诗经原始》）这也符合《毛诗序》中所点出的君子『不乐其生』的主题。

采葛

【一句话点评】

叙述别后相思。

【原文】

彼采葛兮①，一日不见，如三月兮！

彼采萧兮②，一日不见，如三秋兮③！

彼采艾兮④，一日不见，如三岁兮！

【注释】

①葛：葛麻。

②萧：植物名，蒿的一种，即青蒿，有香气，古时用来祭祀。

③三秋：这里指三季。

④艾：艾草。

【译文】

那位采葛好姑娘，一日若不能见到她，好像三月未见面。那位采萧好姑娘，一日见不到她的面，好像三季未见她。那位采艾好姑娘，一日不能把她见，好像三年未见面。

【品读】

这首诗简洁明快，表达了一位男子对中意女子的相思之情。诗中反复吟唱了一天不见，就像隔了『三月、三秋、三岁』那样长的时间。可见该男子想见面的心情有多急迫。所谓『一日不见，如隔三秋』即源于此，是对恋爱中人物心理描写的细致刻画，可见作者落笔时用心的质朴和细腻。

热恋中的情人无不希望朝夕厮守，耳鬓相磨，分离对他们是极大的痛苦，所谓『乐哉新相知，忧哉生别离』，即使是短暂的分别，在他或她的感觉中也似乎时光很漫长，以至于难以忍耐。本诗三章正是抓住这一人人都能理解的最普通而又最折磨人的情感，反复吟诵，重叠中只换了几个字，就把怀念情人愈来愈强烈的情感生动地展现出来了，仿佛能触摸到诗人激烈跳动的脉搏，听到他那发自心底的呼唤。全诗既没有卿卿我我一类爱的呓语，更无具体的爱的内容叙述，只是直露地表白自己思念的情绪，然而却能拨动千古以来读者的心弦，并将这一情感浓缩为『一日三秋』的成语，审美价值永不消退，至今仍活在人们口头。其艺术感染力的奥妙在哪里？从科学时间概念衡量，三个月、三个季节、三个年头怎能与『一日』等同呢？当是悖理的，然而从抒情看却是合理的艺术夸张，合理在热恋中情人对时间的心理体验，一日之别，逐渐在他或她的心理上延长为三月、三秋、三岁，这种对自然时间的心理错觉，真实地映照出他们如胶似漆、难分难舍的恋情。这一悖理的『心理时间』由于融进了他们无以复加的恋情，所以看似痴语、疯话，却能妙达离人心曲，唤起不同时代读者的情感共鸣。

大车

【一句话点评】

女子对男子表示坚贞的爱情。

【原文】

大车槛槛[1]，毳衣如菼[2]。岂不尔思？畏子不敢。

大车啍啍[3]，毳衣如璊[4]。岂不尔思？畏子不奔[5]。

谷则异室[6]，死则同穴。谓予不信，有如皦日[7]。

【注释】

①大车：古代用牛拉货的车。槛槛：车轮的响声。

②毳衣：古代冕服，一种绣衣。菼：青翠的芦苇。

③啍啍：车行迟缓的声音。

④璊：红色的玉。

⑤奔：私奔。

⑥谷：生，活着。异室：不住在一起。

⑦皦：同『皎』，意思是明亮。

【译文】

大车走过车轮响，他穿嫩绿绣衣裳。岂能不来思念你？怕你相爱无胆量。大车慢慢向前行，红色衣服身上穿。怎能不把你来思？与你私奔你不敢。活时无法相结合，死后同葬一墓穴。以为这话不可信，皎皎太阳可做证。

【品读】

这首诗描写的是一位女子对她所爱之人的爱情誓言。本诗的语气坚定，表明了女方对他们之间爱情的忠贞态度，同时也是在向对方发问，试探对方的态度。即使双方地位不对等，并非『门当户对』，但女子『谷则异室，死则同穴』的宣誓仍可看出其对爱情的坚贞态度，让我们感动。

这首诗的一个特色是把环境气氛与主人公的心情结合起来，相互烘托促进。第一章写小伙子赶着盖有青色车篷的大车奔驰，在隆隆的车声里，小伙子心潮澎湃：『岂不尔思，畏子不敢。』姑娘，你到底敢不敢与我相爱相恋呢？小伙子的冲动，与姑娘的犹疑，制造了恋爱中的痛苦。第二章以沉重的车轮声，衬托小伙子内心的苦恼。这时候，小伙子终于明白了：姑娘的犹疑是因为她家里不同意这段恋情。因此，摆在面前的是：姑娘敢不敢、能不能不经父母许可就和小伙子私奔，结成夫妻。这是姑娘的终身大事，不能不慎重考虑。因为一旦遇人不淑，又背叛了父母，那么自己的前途就十分悲惨了。

第二章既回溯了第一章姑娘犹疑的原因，又提出私奔有无后顾之忧的考虑。诗歌是由小伙子口中唱出来的，表示小伙子已经明白姑娘的处境和心思了。于是，自然地引出第三章：小伙子指天发誓，永远忠于爱情，即使生不能同床，死后也要同穴。古人指天发誓是十分慎重的行为，这是自然崇拜与祖先崇拜时代极为庄严的仪式。因为他们相信，违反了诺言是要受到天谴的。小伙子慎重的发誓，从意蕴而言，已是圆满地解释了姑娘的疑虑，使姑娘放心大胆地投向恋人的怀抱。从情节而言，诗歌却不再描述其最后结局了。人们可以从诗意延续中推想：这一对恋人，一定高高兴兴地驾着大车，奔向相爱相伴的幸福生活了。

丘中有麻

【一句话点评】

女子渴望情人快来。

【原文】

丘中有麻，彼留子嗟①。彼留子嗟，将其来施施②。

丘中有麦，彼留子国③。彼留子国，将其来食。

丘中有李，彼留之子④。彼留之子，贻我佩玖⑤。

【注释】

①留：一说留客的留，一说指刘姓。子嗟：人名。

②将：请，愿，希望。施施：高兴貌。

③子国：人名，与前面子嗟均指一人。

④之子：这个人。

⑤佩玖：黑色佩玉。

【译文】

山丘之上种着麻，我等子嗟来见面。我等子嗟来幽会，盼他到来相欢聚。山丘之上种着麦，我等子国来见面。我等子国来幽会，盼他到来相甚欢。山丘之上种着李，我等这人来相见。我等这人来幽会，他把佩玉赠给我。

【品读】

这首诗描写的是一位女子在焦急地等待情郎到来的情景。久等不来，女子有点胡思乱想了，因此，越想越急，以致出现了幻觉，幻想中那个人来了，并把佩玉送给了自己。因此诗的最后一节，并不是实写，而是女子自我安慰的想象，也是她的愿望。

《丘中有麻》反映了原始择偶婚配的形式。诗歌是以一个姑娘的口吻写出来的，诗中提到的事件，恰恰是姑娘与情郎激情幽会的地点：『丘中有麻』『丘中有麦』『丘中有李』，那一蓬蓬高与肩齐的大麻地，那一片片密密的麦田垄间，那一棵棵绿荫浓郁的李子树下，都是姑娘与情郎情爱激发的地方。所以，当姑娘回味这种强烈的情爱行为时，总也忘不了那个神奇的地方。我们特别注意到，诗的一、二章，都有『彼留子』的明确指涉。而一章的『将其来施施』，二章的『将其来食』，更明确地写出，姑娘与情郎的幽会不仅仅是一次，而是多次。他们在大麻地里、小麦垄头、李子树下，演出过一次次激情的戏剧，付出了整个身心。他们的情爱是真实的，也是牢固的。他们并没有追求一次性的疯狂，而是让纯真的爱掀起一层又一层的热浪，永久地持续。三章的最后，写到『彼留之子，贻我佩玖』，用物质的形式（佩玉），把非物质的关系（情爱）确定下来，以玉的坚贞纯洁牢固，表示两人的爱情的永恒。可以想象，接下去，姑娘将与情郎共结连理，成家育子，延续生命。一个新的家庭，将延续那一段热烈纯真的爱情。这就是姑娘在歌唱爱情时寄托的热望。

这首诗的情绪热烈大胆，敢于把与情郎幽会的地点一一唱出，既显示姑娘的纯朴天真，又表达俩人的情深意绵。敢爱，敢于歌唱爱，这本身就是可敬的；而这一点，也正是后代理学先生们所不能正视的。

郑风

缁衣

【一句话点评】

妻子对丈夫无微不至的关怀。

【原文】

缁衣之宜兮①，敝，予又改为兮②。适子之馆兮③，还，予授子之粲兮④！

缁衣之好兮，敝，予又改造兮。适子之馆兮，还，予授子之粲兮！

缁衣之蓆兮⑤，敝，予又改作兮。适子之馆兮，还，予授子之粲兮！

【注释】

①缁衣：黑色的衣服，当时卿大夫到官署所穿的衣服。

②敝：坏。予：我。又：再。改：重新。为：做。

③馆：客舍。

④还：回来。粲：餐，饭食。一说形容新衣鲜明的样子。

⑤蓆：宽大舒适。

【译文】

你穿黑衣很合身，衣旧，我给你改成新衣。早晨你去那官府，回到家，我把新衣献给你。你穿黑衣很英俊，衣旧，我把它改成新装。早晨你去那官府，回到家，我把新衣快献上。你穿黑衣很宽松，衣旧，我为你改新衣裳。清晨你去那官府，回到家，我就给你新衣穿。

【品读】

全诗共三章，直叙其事，属赋体。采用的是《诗经》中常见的复沓联章形式。诗中形容缁衣之合身，虽用了三个形容词：『宜』『好』『蓆』，实际上都是一个意思，准备为丈夫改制新的朝衣，也用了三个动词：『改为』『改造』『改作』，实际上也都是一个意思，只是变换语气而已。全诗用的是夫妻之间日常所说的话语，一唱而三叹，把抒情主人公对丈夫无微不至的体贴之情刻画得淋漓尽致。

其实，我们仔细玩味这首诗，会充分感受到诗中有一种温馨的亲情洋溢其间，因此，与其说这是一首描写国君与臣下关系的诗，还不如说这是一首写家庭亲情的诗更为确切。当代不少学者认为，这是一首赠衣诗。诗中『予』的身份，看来像是穿缁衣的人之妻妾。孔颖达《毛诗正义》说：『卿士旦朝于王，服皮弁，不服缁衣。退适治事之馆，释皮弁而服（缁衣），以听其所朝之政也。』说明古代卿大夫到官署理事（古称私朝），要穿上黑色朝服。诗中所咏的黑色朝服看来是抒情主人公亲手缝制的，所以她极口称赞丈夫穿上朝服是如何合体，如何称身，称颂之词无以复加。她又一而再，再而三地表示，如果这件朝服破旧了，我将再为你做新的。还再三叮嘱，你去官署办完公事回来，我就给你试穿刚做好的新衣，真是一往而情深。表面上看来，诗中写的只是普普通通的赠衣，而骨子里却唱出了一位妻子深深挚爱自己丈夫的心声。

将仲子

【一句话点评】

描写女子怕家人说闲话而对情郎的嗔怪。

【原文】

将仲子兮①，无逾我里②，无折我树杞③。岂敢爱之④？畏我父母⑤。仲可怀也⑥，父母之言，亦可畏也。

将仲子兮，无逾我墙，无折我树桑。岂敢爱之？畏我诸兄。仲可怀也，诸兄之言，亦可畏也。

将仲子兮，无逾我园，无折我树檀⑦。岂敢爱之？畏人之多言⑧。仲可怀也，人之多言，亦可畏也。

【注释】

①将：请，希望。仲子：诗中男子的名字。仲：第二。相当于称为二哥。

②逾：越过。里：邻里，二十五家为里，里四周有墙，此指邻里院墙。

③杞：树木名，即杞树。

④爱：吝惜，痛惜。

⑤畏：害怕。

⑥可怀：令人思念。

⑦檀：檀树。

⑧多言：说闲话。

【译文】

但愿我的小二哥，莫越里墙进我里，别折杞树来约会。岂是吝啬杞树枝？父母知晓太可怕。二哥真是可怀恋，父母知道这件事，开口说话真可畏！希望我的小二哥，莫要越墙进我里，莫爬桑树来约会。岂是吝啬桑树枝？诸兄知晓太可怕。二哥真是可思念，诸兄若要知此事，开口说话真可畏！只想我的小二哥，莫越园墙到我家，莫爬檀树来约会。岂敢吝啬檀树枝？人言纷纷甚可畏。二哥真是可怀念，他人若是知此事，窃窃私议太可怕。

【品读】

这首诗描写了一个身处恋爱中的女子的矛盾心情。一方面，她对情人苦苦相思，很想见到对方。可另一方面，家人的强烈反对，周围的流言蜚语，真的让她难以承受，所以十分苦恼。全诗按照姑娘的心境，想象『仲』由里而墙，由墙而园，愈走愈近，她和『仲』的相会愈有可能变成现实的时候，姑娘则愈是感到害怕。作者运用了递进式重章叠句的手法，三章的格式，从逾里、逾墙到逾园，配以树杞、树桑、树檀，层层推进、细致入微地刻画了姑娘的心理情态。本诗用『将仲子』这样一种请求和无奈的语气开头，将女子的矛盾心情刻画得淋漓尽致，更加深了我们对古代婚姻、爱情的体会。

诗中第一章跳出了一段绝妙的内心表白：『岂敢爱之？畏我父母。仲可怀也，父母之言，亦可畏也。』前一句反问问得蹊跷，正显出了女主人公的细心处，她唯恐『无折我树杞』的求告，会被心上人误会，故又赶紧声明：『岂敢爱之？畏我父母。』——我不是吝惜杞树，我只是怕我父母知道；因此虽然爱着你，却不能让你翻墙折杞前来，我实在是迫不得已啊。这番对心上人作解释的自白，一个『畏』字，吐露着她对父母的斥责，竟是怎样的胆战心惊！这样一来，仲子岂非完全绝望？也不。『仲可怀也』三句表明，可怜的女主人公在担心之余，毕竟又给了心上人以温言软语的安慰：『我实在是天天想着你呀，只是父母的斥骂，也实在让我害怕呀……』话语絮絮、口角传情，似乎是安慰，又似乎是求助，活脱脱画出了热恋中少女那既痴情、又担忧的情态。

第二、三两章初看只是对首章的重复，其实却是情意抒写上的层层递进。从女主人公呼告的『无窬我里』，到『无窬我墙』『无窬我园』，可推测她那热恋中的『仲子』，已怎样不顾一切地翻墙逾园、越来越近。但男子可以鲁莽行动，女子却受不了为人轻贱的闲话。所以女主人公的畏惧也随之扩展，由『畏我父母』至于『畏我诸兄』，最后『畏』到左邻右舍的『人之多言』。使你觉得，那似乎是一张无形的大网，从家庭一直布向社会，谁也无法挣得脱它。这就是不准青年男女恋爱、私会的礼法之网，它经了『父母』『诸兄』和『人之多言』的重重围裹，已变得多么森严和可怕。由此品味女主人公的呼告之语，也难怪一次比一次显得急切和焦灼了——她实在孤立无助，难于面对这众口嚣嚣的舆论压力呵！

全诗纯为内心独白式的情语构成。但由于女主人公的抒情，联系着自家住处的里园墙树展开，并用了向对方呼告、劝慰的口吻，使诗境带有了絮絮对语的独特韵致。字面上只见女主人公的告求和疑惧，诗行中却历历可见『仲子』的神情音容：那试图逾墙来会的鲁莽，那被劝止引发的不快，以及唯恐惊动父母、兄弟、邻居的犹豫，连同女主人公既爱又怕的情态，俱可于诗中得之。我国古代诗论，特别推重诗的『情中景』『景中情』，《将仲子》所创造的，正是这种情中见景的高妙诗境。

羔裘

【一句话点评】

赞美正直的官吏。

【原文】

羔裘如濡①，洵直且侯②。彼其之子，舍命不渝③。

羔裘豹饰，孔武有力④。彼其之子，邦之司直⑤。

羔裘晏兮⑥，三英粲兮⑦。彼其之子，邦之彦兮⑧。

【注释】

①濡：湿，润泽。

②洵：信，的确。侯：美。

③渝：变。

④豹饰：用豹皮做衣服的边。孔：甚，很。

⑤司直：负责正人过失的官吏。

⑥晏：鲜盛的样子。

⑦英：裘饰。粲：鲜艳亮丽。

⑧彦：士的美称。

【译文】

羊羔皮袄有光泽，大夫正直而好看。他是这样一个人，宁丢性命不变节。羊皮袄袖豹皮镶，大夫勇武有力量。他是这样一个人，担任司直谏君王。羊羔皮袄多鲜艳，三列豹饰光粲粲。他是这样一个人，堪称国家之楷模。

【品读】

这首诗以羔裘起兴，采用直接描写的方法，描写了羔裘的美丽与合身，进而描写了主人公的巨大才能和美好品德。所谓『好马配好鞍』，如此美丽的羔裘也必须让这样一个杰出的人穿着才会使它看起来更加美丽，做到人与物的相映成辉。通过羔裘和主人公的双面刻画，本诗深切地赞扬了这位正直无私、身为国家柱石的官员。

这首诗，从表现手法说，属赋体。作者以衣喻人，从羊羔皮制的朝服的质地、装饰，联想到穿朝服的官员的品德、才能，极其自然，也极为高明。因为衣裳总是人穿的，从衣裳联想到人品，再自然不过了。至于一个人的品质、德行要说得很生动、形象，就不那么容易，而本诗作者的聪明之处，也在这里。他用看得见的衣服的外表，来比喻看不见、感得到的较为抽象的品行德性，手法是极为高明的。比如，从皮袍子上的豹皮装饰，联想到穿这件衣服的人的威武有力就十分贴切，极为形象。但作为一首讽刺诗来说，有些过于含蓄，以致千百年来聚讼不已。

遵大路

【一句话点评】

女要求男莫要骤然丢掉旧情，希望两情长久。

【原文】

遵大路兮①，掺执子之袪兮②。无我恶兮，不寁故也③。

遵大路兮，掺执子之手兮。无我魗兮④，不寁好也⑤。

【注释】

①遵：循，沿着。

②掺：持握，拉住。袪：袖口。

③寁：快，迅速。故：故人。

④魗：同『丑』，厌恶，嫌弃。

⑤好：旧好。

【译文】

顺着大路向前走，我拉住你的袖口。不要如此讨厌我，莫断旧情变成仇。顺着大路往前走，我紧紧拉住你的手。不要如此嫌弃我，莫断友好变成仇。

【品读】

这首诗短小精悍，表达的感情真切丰富。描写的是一位遭遗弃的妇人在道行途中遇到了以前的情人，因此拽着他的袖口，一面控诉他的所作所为，一面又追述从前苦苦哀求，希望能重归于好。本诗虽然没有细写弃妇的悲惨遭遇，也没有写那男子的反应，但是从妇人悲哀的语气当中，我们可以感受得到，妇人的遭遇是何等不幸，该男子的态度是何等冷漠无情。

女曰鸡鸣

【一句话点评】

描写夫妇间一段平淡而快乐的对话。

【原文】

女曰：『鸡鸣。』士曰：『昧旦①。』『子兴视夜②，明星有烂③。』『将翱将翔，弋凫与雁④。』

『弋言加之⑤，与子宜之⑥。宜言饮酒，与子偕老。琴瑟在御⑦，莫不静好。』

『知子之来之⑧，杂佩以赠之⑨；知子之顺之⑩，杂佩以问之⑪；知子之好之，杂佩以报之。』

【注释】

①昧旦：天色将明未明之际。

②兴：起。视夜：察看天色。

③明星：启明星。烂：明亮。

④弋：射箭，以生丝系矢。凫：野鸭。

⑤加：射中。

⑥宜：肴也。这里作动词，烹调菜肴。

⑦御：弹奏。

⑧来：读为劳，抚慰之意。

⑨杂佩：用各种佩玉构成，称杂佩。

⑩顺：顺从，体贴。

⑪问：赠送。

【译文】

妻说：『鸡叫了天亮了。』夫说：『将亮还没亮。』『你快起床看天色，启明星光闪闪亮。』『出外打猎瞧一瞧，射落凫雁喜洋洋。』『拿箭射落凫和雁，我为你烹好菜肴。做好菜肴来饮酒，我们一起活到老。再弹奏一曲琴瑟，必然是和睦友好。』『知你殷勤把我爱，我把杂佩赠与你。知你和顺把我待，我把杂佩赠给你。知你对我这般好，我用杂佩回报你。』

【品读】

这首诗描写的是黎明时分，天快亮了，妻子叫丈夫快起床，而丈夫不愿起，进而夫妻之间的一场对话。对话开始先是妻子以浓情对自己的丈夫进行劝导，接下来是丈夫回应妻子对自己无微不至的照顾。体现了夫妻间的深厚感情，由此我们可以想见一份简单温馨的幸福生活。全诗结构紧凑，读起来也朗朗上口，于日常对话中见真情。

具体来说，这首诗展示了三个情意融融的特写镜头。第一个镜头：鸡鸣晨催。起先，妻子的晨催，并不令丈夫十分惬意。公鸡初鸣，勤勉的妻子便起床准备开始一天的劳作，并告诉丈夫『鸡已打鸣』。『女曰：「鸡鸣」』，妻子催得委婉，委婉的言辞含蕴不少爱怜之意；『士曰：「昧旦」』，丈夫回得直白，直接的回答显露出明显的不快之意。他似乎确实很想睡，怕妻子连声再催，便辩解地补充说道：『不信你推窗看看天上，满天明星还闪着亮光。』妻子是执拗的，她想到丈夫是家庭生活的支柱，便提高嗓音提醒丈夫担负的生活职责：『宿巢的鸟雀将要满天飞翔了，整理好你的弓箭该去芦苇荡了。』口气是坚决的，话语却仍是柔顺的。钱钟书说：『「子兴视夜」二句皆士答女之言；女谓鸡已叫旦，士谓尚未曙，命女观明星在天便知』（《管锥编》第一册）。此说符合生活实情；而士女的往复对答，也使第一个镜头更富情趣。就女催起而士贪睡这一情境而言，《齐风·鸡鸣》与此仿佛，但人物的语气和行动与此不同。《鸡鸣》中女子的口气疾急决然，连声催促，警夫早起，莫误公事；男的却一再推脱搪塞，淹恋枕衾而纹丝不动。本篇女子的催声中饱含温柔缱绻之情，男的听到再催后显然做出了令妻子满意的积极反应。首章与次章之间的空白，可理解为对男子的举动做了暗场处理，这样就自然地进入下面的情节。

第二个镜头：女子祈愿。妻子对丈夫的反应是满意的，而当他整好装束，迎着晨光出门打猎时，她反而对自己的性急产生了愧疚，便半是致歉半是慰解，面对丈夫发出了一连串的祈愿：一愿丈夫打猎箭箭能射中野鸭大雁；二愿日常生活天天能有美酒好菜；三愿妻主内来夫主外，家庭和睦，白首永相爱。丈夫能有如此勤勉贤惠、体贴温情的妻子，怎能不充满幸福感和满足感？因此，下面紧接着出现一个激情热烈的赠佩表爱的场面，就在情理之中了。其实，诗人唱到这个琴瑟和谐的场面也为之激动，他情不自禁地在旁边感叹道：『琴瑟在御，莫不静好。』恰似女的弹琴，男的鼓瑟，夫妇和美谐调，生活多么美好。诗歌具有跳跃性，此篇的章节和诗句间的跳跃性更大。因而也给接受者留下了更为广宽的想象再创造的空间。关于这两句，张尔歧《蒿菴闲话》说：『此诗人凝想点缀之词，若作女子口中语，觉少味，盖诗人一面叙述，一面点缀，大类后世弦索曲子。』此解颇具创意，诗境也更饶情致，实为明通之言。

第三个镜头：男子赠佩。投之以木瓜，报之以琼琚。丈夫这一赠佩表爱的热烈举动，既出于诗人的艺术想象，也是诗歌情境的逻辑必然。深深感到妻子对自己的『来之』『顺之』与『好之』，便解下杂佩『赠之』『问之』与『报之』。一唱之不足而三叹之，易词申意而长言之。在急管繁弦之中洋溢着恩酣爱畅之情。至此，这幕情意融融的生活小剧也达到了艺术的高潮。末章六句构成三组叠句，每组叠句易词而申意，把这位猎手对妻子粗犷热烈的感情表现得淋漓酣畅。

有女同车

【一句话点评】

赞美同车姑娘孟姜。

【原文】

有女同车①，颜如舜华②。将翱将翔，佩玉琼琚。彼美孟姜，洵美且都③。

有女同行，颜如舜英④。将翱将翔，佩玉将将⑤。彼美孟姜，德音不忘⑥。

【注释】

①有：助词，位于单音节词前。同车：同乘一辆车。

②舜华：木槿花。

③洵：诚然，实在。都：文雅贤淑。

④舜英：木槿花。

⑤将将：象声词，佩玉互相碰击的声音。

⑥德音：人品音容。

【译文】

和我同车的姑娘，容颜美丽如舜花。举步飘逸如鸟飞，各色佩玉身上戴。那位漂亮姜大姐，确实姣美又文雅。和我同车的姑娘，面如舜花真漂亮。步履飘然像鸟飞，佩玉相撞声锵锵。那位美艳姜大姐，人品音容不相忘。

【品读】

这首诗表达的是一男子对同车女子的赞美与仰慕。男女同车，女子面容姣好美丽，体态风韵轻盈，让该男子心动不已。全诗用华丽的语言，抒发了直向真切的感情。但与绚丽的外表相比，女子优雅的德行和品性更是让男子印象深刻的根源，笔墨重彩辉映，激荡在前平复于后，『德音不忘』让人不禁联想到一位娴雅、漂亮、声誉美好的姑娘坐在自己身旁，陶醉于有女同车的动人情景中。

俗话说：『情人眼里出西施。』在诗人看来，他的女友真是『细看诸处好』，美不可言。这位女子姓姜，在家里排行第一，用今天的话说，就是姜家的大姑娘。她的面颊像木槿花一样又红又白；她走起路来像鸟儿飞翔一样，十分轻盈；她身上还佩带着珍贵的环佩，行动起来，环佩轻摇，发出悦耳的响声。她不但外貌美丽，而且品德高尚，风度娴雅。总之，诗人以无比的热情，从容颜、行动、穿戴以及内在品质诸方面，描写了这位少女的形象，同《诗经》中写平民的恋爱迥然有别。这也可以说是本诗的主要特色。

全诗分为二章，每章六句，字数、句数完全相等，意思也大致一样，唯有所押的韵不同。第一章『舜华』之『华』，朱熹《诗集传》谓『叶芳无反』，用反切的方法说明这个『华』字音『夫』，因此与以下的『琚』『都』属于一个韵部。第二章的『行』字，《诗集传》注云：『叶户郎反』，即音杭（háng）；『英』字『叶于良反』，即音央（yāng），皆与以下的『将』『忘』属于一个韵部。从首章『六鱼』韵到次章『七阳』韵的转换，也反映了诗中情绪的变化，它更为欢快和昂扬了。

山有扶苏

【一句话点评】

女子与情人失约的感叹。

【原文】

山有扶苏①，隰有荷华②。不见子都③，乃见狂且④。

山有桥松，隰有游龙⑤。不见子充，乃见狡童⑥。

【注释】

①扶苏：茂木。一说桑树。

②隰：低湿的洼地。荷华：荷花。

③子都：古代的美男子。下文「子充」同。
④乃：却，反而。狂：轻狂的人。且：音居，句末语气助词。
⑤游龙：植物名，即荭草。
⑥狡童：轻浮少年。

【译文】

山上长着参天树，洼地开遍了荷花。未能见到美男子，却见轻狂的人来。高大松树遍山坡，洼地荭草处处开。没有见到美男子，却见轻浮少年来。

【品读】

本诗头两句描绘了一幅很美的野外景色：山上有高大的扶苏木，山下低洼的地方有荷花，一年轻女子正在游玩，可是，情窦初开的她却没有碰上美男子，而是遇到一个「轻狂且愚蠢的人」。全诗充满了调侃、戏谑的意味。诗中的「狂且」「狡童」并不是真实意义的讽刺，而是一种开玩笑式的嬉闹。又因为全诗出自少女之口，读来趣味盎然，不失其天真、烂漫。

至于诗中「山有扶苏，隰有荷华」和「山有桥松，隰有游龙」这四句，读者大可不必当真，以为是恋人约会环境的真实写照。在《诗经》中，「山有……，隰有……」是常用的起兴句式。如《简兮》中有「山有榛，隰有苓」；《山有枢》中有「山有枢，隰有榆」「山有漆，隰有栗」等。清代的方玉润在《诗经原始》中说得好：「诗非兴会不能作。或因物以起兴，或因时而感兴，皆兴也。」姚际恒在《诗经通论》中也说：「兴者，但借物以起兴，不必与正意相关也。」本诗中的起兴就属于这种性质。当然，无论是高山上长的扶苏树、松树，还是水洼里盛开的荷花、荭草，这些美好的形象，还是起到了烘托诗的意境的作用。

萚兮

【一句话点评】

描写男女唱和的快乐。

【原文】

萚兮萚兮①，风其吹女②。叔兮伯兮，倡予和女③。

萚兮萚兮，风其漂女④。叔兮伯兮，倡予要女⑤。

【注释】

①萚：从草木上脱落下来的枯皮黄叶。

②其：助词，无义。女：同『汝』，你。

③倡：一说倡导，一说唱和。和：跟着唱。

④漂：飘。

⑤要：成也，和也。

【译文】

草木凋零落叶飞，大风来把你们吹。小弟弟啊大哥哥，你们领唱我跟随。草木凋零落叶飞，漫天飘荡任风吹。小弟弟啊大哥哥，你们领唱我跟随。

【品读】

本诗语意简洁，用语活泼，写的是在一个聚会上男女间相互邀请，一起唱歌的热闹场面。诗的节奏感很强，读来朗朗上口，给人轻松、快活之感。同时，也表现了当时男女间比较开放和自由的关系。诗的起兴采用正反相衬的手法，以风吹落叶、草木凋零的萧瑟来映衬男女相邀歌舞的热烈和激动，从而更突现了该聚会的难得和人们之间真挚的感情。

在《诗经》305篇中，《箨兮》该是最短小的之一，它的文辞极为简单。诗人看见枯叶被风吹落，心中自然而然涌发出伤感的情绪；这情绪到底因何而生呢？却也难以明说——或者说出来也没有多大意思，无非是岁月流逝不再，繁华光景倏忽便已憔悴之类。他只是想有人与他一起唱歌，让心中的伤感随着歌声流出。『叔兮伯兮』，恐怕也并无实指之人，不过是对于可能有的亲近者的呼唤罢了。

褰裳

【一句话点评】

男女间挑逗之词，表现民间爱情的淳朴。

【原文】

子惠思我，褰裳涉溱①。子不我思，岂无他人？狂童之狂也且②！

子惠思我，褰裳涉洧③。子不我思，岂无他士？狂童之狂也且！

【注释】

①惠：爱慕。褰：用手提起。裳：下身的衣服。涉：渡过。溱：河名。

②狂：痴狂。也、且：语气助词，没有实义。

③洧：河名，即今河南省双洎河。

【译文】

你若爱我把我想，提裙涉过溱河来。你若不把我来念，岂无他人把我爱？傻小子里你最呆！你若爱我思念我，提裙涉过洧河来。你若不把我来念，岂无别人把我爱？傻小子里你最呆！

【品读】

这首诗直接、大胆、明了地描写了一位少女对情郎的挑逗。从诗句的描写上看，对比鲜明地刻画了两人的性格：男子性格胆小、羞涩，喜欢女子又不敢直接挑明，在二人关系中处于被动；女子则大胆、直率，是主动的一方。诗句出自女子之口，带有女子简洁、直接的性格特征，表现了她在爱情生活中要求平等，追求自由的精神。虽然表面看来泼辣、干脆，细品实则包含着十分复杂而深沉的感情，有怨尤，有劝诫，有爱恋，文辞婉曲且粗犷，明白地表达了姑娘珍视爱情，等待对方能给她肯定回答的殷切希望。独特的风调，富有情味，显示出郑国民歌爽朗的艺术特色。

子衿

【一句话点评】

写女子对情人的思念。

【原文】

青青子衿①，悠悠我心。纵我不往②，子宁不嗣音③？

青青子佩，悠悠我思。纵我不往，子宁不来？

挑兮达兮④，在城阙兮⑤。一日不见，如三月兮。

【注释】

①衿：衣领。

②纵：即使，就算。

③宁：岂，难道。嗣音：传音讯。

④挑兮达兮：往来轻疾的样子。

⑤城阙：城楼。

【译文】

你的衣领颜色青青，我的心思悠悠绵长。即使我不把你见，难道你竟无音信？你的佩玉青又青，我的情思长又长。即使我不去见你，你竟不肯来探望？往来游走心焦急，就在那城楼上面。一天未能看到你，好像三月没见面！

【品读】

这首相思诗表达了女子对情人的思念。诗中没有交代具体的原因，也没有直接描写那个男子，只提到了他的衣领和玉佩。但物之所系，心之所想，一个『青青』，一个『悠悠』，物无情、人有情，读来不禁使人激荡不已，女子深深的爱恋呼之欲出。全诗围绕着女子的思念展开，此时女子的心情既有对情人的想念，又带着丝丝忧伤，爱之深责之切，让人不觉感触良深。

全诗三章，采用倒叙手法。前两章以『我』的口气自述怀人。『青青子衿』，『青青子佩』，是以恋人的衣饰借代恋人。对方的衣饰给她留下这么深刻的印象，使她念念不忘，可想见其相思萦怀之情。如今因受阻不能前去赴约，只好等恋人过来相会，可望穿秋水，不见影儿，浓浓的爱意不由转化为惆怅与幽怨：纵然我没有去找你，你为何就不能捎个音信？纵然我没有去找你，你为何就不能主动前来？第三章点明地点，写她在城楼上因久候恋人不至而心烦意乱，来来回回地走个不停，觉得虽然只有一天不见面，却好像分别了三个月那么漫长。

扬之水

【一句话点评】

兄弟之间规劝不要轻信人言。

【原文】

扬之水①，不流束楚②。终鲜兄弟③，维予与女④。无信人之言，人实诳⑤女。

扬之水，不流束薪。终鲜兄弟，维予二人。无信人之言，人实不信。

【注释】

①扬：悠扬，缓慢流动貌。

②束：捆扎。楚：荆条。

③鲜：少，缺少。

④女：同『汝』，你。

⑤诳：骗。

【译文】

小河之水慢慢地流，冲不走一束荆条。我家本来兄弟少，总共才有我和你。勿听外人来进言，他们说谎来诳你。小河之水缓缓地流，冲不走一束柴禾。我家本来兄弟少，只有你我相关心。勿听外人说闲话，他们实不可信赖。

【品读】

本诗可以看作是一首劝谏诗。在艺术手法上，此诗运用了有较确定蕴含的兴词，表现含蓄而耐人寻味。第一句作三言，第五句作五言，与整体上的四言相搭配，节奏感强，又带有口语的韵味，显得十分诚挚，有很强的感染力。在内容上，诗中主人公恳切地规劝对方不要听信别人的流言蜚语，要相信他。诗中反复提到『终鲜兄弟』，说明他们二人之间的关系很亲密，彼此也很珍惜，因而在这种情况下，哪里还有比自己更值得也更应该相信的人呢？这对于劝谏起到了很好的支持作用。诗中对于兄弟情深、相知相依的注重和维系通过『扬之水』的正面反映，显示了主人公极为真诚恳切的态度。

出其东门

【一句话点评】

男子表现自己爱有所专。

【原文】

出其东门，有女如云。虽则如云，匪我思存①。缟衣綦巾②，聊乐我员③。

出其闉阇④，有女如荼⑤。虽则如荼，匪我思且⑥。缟衣茹藘⑦，聊可与娱。

【注释】

①匪：非。思：语气助词。存：心中想念。

②缟：白色，素白绢。綦：暗绿色。

③聊：且。员：同『云』，语气助词，没有实义。

④闉阇：曲折的城墙重门，这里指城门。

⑤荼：白色茅花。

⑥且：语气助词，没有实义。一说慰藉。

⑦茹藘：茜草，可做红色染料。这里借指红色佩巾。

【译文】

走出郑国东城门，姑娘多如天上云。虽然多如天上云，都不是我心中想的人。白衣绿巾好姑娘，暂且使我乐开心。走出郑都曲城外，姑娘就像白茅花。虽然好似白茅花，非我日夜想的她。白衣红巾好姑娘，姑且与她共欢洽。

【品读】

这首诗是男子对相恋女子的忠贞表白，表达了自己爱有所专。走出东门，女孩子多得就像天上的云彩，但是，没有一个能赢得我的心，让我有其他的想法。我只对你一往情深，只有你才是我的知音。诗章运用烘托与对照的手法，深刻地表现了诗中主人公纯洁美丽的心灵。本诗对我国自古以来的纯洁的爱情观进行了高度的赞扬。诗中没有描绘主人公心仪女子的形象，但通过对比和对那女子衣裙的清晰记忆，可见那女子的美好和主人公对她的眷恋之深。这首诗既有叠调，又有叠句，复沓回环，组合巧妙，大大增强了音节的和美，感情的表达因此也更加曲折有致，美妙动人，别具一种风采。

在迈出城门的刹那间，我们的主人公，无疑被那『如云』『如荼』的美女吸引了。那毫不掩饰的赞叹之语，正表露出这份突然涌动的情不自禁。然而，人的感情是奇特的，『爱情』则更要微妙难猜：『虽则如云，匪我思存』『虽则如荼，匪我思且』——在众多美女前怦然心动的主人公，真要做出内心所爱的选择时，所选竟如此出人意料。两个『虽则……匪我……』的转折句，正以无可动摇的语气，表现着主人公的情有独钟。好奇的读者自然要打听：他那幸运的恋人而今安在？『缟衣綦巾，聊乐我员』『缟衣茹藘，聊可与娱』二句，即带着无限的喜悦和自豪，将这位恋人推到了你的眼前。如果你还知道，『缟衣綦巾』『缟衣茹藘』，均为『女服之贫贱者』（朱熹），恐怕在惊奇之际，更会对我们的主人公肃然起敬：原来他所情有独钟的，竟是这样一位素衣绿巾的贫贱之女！只要两心相知，何论贵贱贫富——这便是弥足珍惜的真挚爱情。主人公以断然的语气，否定了对『如云』『如荼』美女的选择，而以喜悦和自豪的结句，独许那『缟衣茹藘』的心上人，也足见他对伊人的爱之深！

由此回看诗章之开篇，那对东门外『如云』『如荼』美女的赞叹，其实都只是一种渲染和反衬。当诗情逆转时，那盛妆华服的众女，便全在『缟衣綦巾』心上人的对照下黯然失色了。这是主人公至深至真的爱情所投射于诗中的最动人的光彩，在它的照耀下，贫贱之恋获得了超越任何势利的价值和美感！

野有蔓草

【一句话点评】

写情人邂逅乍见的喜悦。

【原文】

野有蔓草①，零露漙兮②。有美一人，清扬婉兮③。邂逅相遇④，适我愿兮。
野有蔓草，零露瀼瀼⑤。有美一人，婉如清扬。邂逅相遇，与子偕臧⑥。

【注释】

①蔓：蔓延，茂盛。
②零：落。

③清扬：眉清目秀的样子。婉：美好。

④邂逅：无意中相见。

⑤瀼：同『汚』。

⑥偕：一起。臧：善，美好。

【译文】

郊野蔓延着茂盛的春草，露落草上水珠圆。有一美人在草间，眉清目秀真好看。不期相遇很有缘，感情投合遂我愿。郊野长着连成片的青草，露落草上水晶莹。有一美人在草间，身姿飘逸眼明亮。不期相遇很有缘，同她珍惜这初见。

【品读】

这是一首以感情的力量驱使语言像喷泉一样喷出来的情诗。描写的是一男子在野外踏青时偶然遇到了一位美丽的女孩子，他一见钟情，因而作了这首诗。诗的开头以轻灵的笔调描绘出大清早的明彻晶莹之景，安排了一个十分清丽、幽静的自然环境。这时，一位女孩走来，她眼睛明亮，容貌姣好，亭亭玉立，让男子心动不已。其中对于女子眼睛的描绘是全诗的一个重点，也是该男子反复吟咏、让他印象深刻的地方。清新的乡野在一双清亮的眼睛的点染下，显得生气勃勃，美景与佳人一时共入心怀该是男子此刻最大的自豪和满足。怎能不使小伙子充满幸福之感而欢呼雀跃呢？这不期而遇的相会，真是合我的心愿啊！美丽的姑娘呀，我要和你永远相爱，永远相好！小伙子埋在内心的爱慕与相思之情，好像火山喷发一样，喷薄而出，从而形成了诗的感情高潮。

溱洧

【一句话点评】

写青年男女春游之乐。

【原文】

溱与洧，方涣涣兮①。士与女②，方秉蕑兮③。女曰：『观乎④？』士曰：『既且⑤。』『且往观乎？』洧之外，洵訏且乐⑥。维士与女，伊其相谑，赠之以勺药。

溱与洧，浏其清矣⑦。士与女，殷其盈矣⑧。女曰：『观乎？』士曰：『既且。』『且往观乎？』洧之外，訏且乐。维士与女，伊其将谑，赠之以勺药。

【注释】

①溱、洧：河名。涣涣：春水盛貌。

②士：古代对男子的称呼。

③方：正。秉：执。

④观乎：去看么？

⑤既：已经。且：通『徂』，去、往。

⑥訏：大。

⑦浏：水深而清。

⑧殷：众多。

【译文】

溱河与洧河，河水弥漫茂盛。小伙和姑娘，双手拿着兰草。女曰『观看』，男士答『已看完』。『应再去看一看，洧河水流两岸边，宽阔欢乐真好玩。』姑娘与小伙，说笑戏逗两相恋，手拿芍药赠情人。溱河与洧河，河水清澈见底。小伙子啊大姑娘，熙熙攘攘河两岸。女曰『观看』，答曰『已看完』。『应当再去看一看，洧河水流两岸边，宽阔欢乐真好玩。』小伙子啊大姑娘，说笑戏逗两相恋，手拿芍药赠情人。

【品读】

这是首爱情诗，运用赋的手法，生动地描述了三月上巳之辰，郑国青年男女在溱、洧河畔相约游春、嬉戏谈爱的情景。作品概括地写出了当时的地点、景物、对话、动作，形象生动，情节曲折。诗的每章前四句，描绘自然风光，叙述春游盛况。接下来作品主要是通过对话显示情节的发展，富有戏剧性地展示出一对情侣游会笑谑、赠物定情的镜头，诗句写戏谑的欢乐、亲昵，但并不轻佻，拳拳之情溢于言表，依依之态跃然纸上。这明白如话的语言，燃烧起一对情侣炽热、明丽的爱情火焰。节日的盛况就是通过一对男女的对话来侧面描写的，进而也反映了当时社会的自由爱情观。

尽管小小的郑国常常受到大国的侵扰，本国的统治者也并不清明，但对于普普通通的人民来说，这个春天的日子仍使他们感到喜悦与满足，因为他们手中有『蔄』，有『勺药』，有对美好生活的憧憬与信心。因此，来自民间的歌手满怀爱心和激情，讴歌了这个春天的节日，记下了人们的欢娱，肯定和赞美了纯真的爱情，诗意明朗，欢快，清新，没有一丝邪思。

齐风

鸡鸣

【一句话点评】

这是一段妻子催促丈夫去早朝的对话。

【原文】

『鸡既鸣矣，朝既盈矣①。』『匪鸡则鸣，苍蝇之声。』

『东方明矣，朝既昌矣②。』『匪东方则明，月出之光。』

虫飞薨薨，甘与子同梦③。『会且归矣④，无庶予子憎⑤。』

【注释】

①朝：朝廷，朝堂。盈：满。

②昌：盛也，意味人多。

③薨薨：虫聚飞貌。甘：愿。

④会：朝会。且：就要，即将。归：回家。

⑤无庶：即『庶无』，希望，但愿。予：给予。憎：憎恶。

【译文】

『晨鸡已经在啼叫，群臣早朝全都到。』『不是晨鸡在鸣叫，而是苍蝇嗡嗡叫。』『东方天空已大亮，群臣全都上朝廷。』『不是东方天已明，乃是月光亮晶晶。』虫儿纷飞闹哄哄，情愿与你在梦中。』『暂且上朝及早归，愿你莫招群臣憎。』

【品读】

这首诗是一对夫妻的对话。丈夫是一位朝廷官员，早上要上早朝，可他却一直赖在床上不肯起来，因此妻子催促他赶紧起床，别耽误上朝。本诗写法独特，从头到尾一直是直接的夫妻对话描写，写得很有人情味，很有风趣。第一章妻子是从听觉方面督促丈夫起床，丈夫推说不是鸡鸣。第二章，妻子又从视觉方面提醒：『东方明矣，朝既昌矣。』丈夫再一次推托：哪里是什么东方发明，是月亮发出的光。第三章的『虫飞薨薨，甘与子同梦』改为丈夫先开口：『在这一片薨薨然的虫飞声中，我真愿意陪你再美美地睡一觉。』在两次推脱都被证明无效以后，他不再推辞了，干脆涎皮赖脸地不肯起床，『甘与子同梦』五个字实在写得很传神。官员和妻子耍赖不起床的借口看似无礼，其实表明了他自己对朝廷、及为官的一种真实的厌烦态度，通过他我们也可以窥见当时朝政的一般情形。

东方之日

【一句话点评】

写男女之间的恩爱。

【原文】

东方之日兮，彼姝者子，在我室兮。在我室兮，履我即兮①。
东方之月兮，彼姝者子，在我闼兮②。在我闼兮，履我发兮③。

【注释】

①履：蹑，放轻脚步。即：“行”，足迹。

②闼：门内。

③发：走去。一说脚迹。

【译文】

东方升起了太阳，那位姑娘真漂亮，来我室中在一起。来我室中在一起，伸出脚来轻踩我的足迹。月亮升起在东方，那位姑娘真美丽，来我夹室一起住。来我夹室一同住，伸出脚来轻踩我的脚印。

【品读】

这首诗写了一对青年男女间的恩爱。其中，男子把情人比作火热的太阳、皎洁的月亮，可见女子的美丽之处，同时，使这首诗充满了光亮与色彩，烘托了气氛。诗中美丽的女子主动来和情郎相会，男子欢喜非常，从而作此诗，表达对女子的喜爱之情。同时，全文从太阳升起写到月亮出来，时间不觉一晃而过，相互爱慕的情人完全陶醉在彼此的欣赏和喜悦当中，可见他们之间真挚的感情和热切的爱恋，那种发自内心的依恋读来也让人不由为之心动。

东方未明

【一句话点评】

揭露剥削者日以继夜的残酷奴役。

【原文】

东方未明，颠倒衣裳①。颠之倒之，自公召之②。

东方未晞③，颠倒裳衣。倒之颠之，自公令之。

折柳樊圃④，狂夫瞿瞿⑤。不能辰夜⑥，不夙则莫⑦。

【注释】

①衣裳：古时上称衣，下为裳。

②自：因为。公：指王公贵族。

③晞：破晓，天刚亮。

④樊：篱笆。圃：菜园。

⑤瞿瞿：惊顾貌。

⑥不能：不能分辨。辰：白天。

⑦夙：早。莫：同『暮』，晚。

【译文】

太阳还未在东方升起，颠倒衣裳穿身上。颠颠倒倒穿衣裳，只因主人召唤忙。太阳未出天未亮，颠倒裙衣穿身上。倒倒颠颠穿衣裳，主人吩咐我紧张。折断柳枝做篱笆，狂夫瞪眼细监视。伺夜之人不胜任，主人召令没定时。

【品读】

这首诗是穷苦劳动人民的内心独白。工作繁忙，主人催得又很紧，因此他不敢怠慢，天还没亮就赶快起来，从早忙到晚。这样，他的时间全部都被工作占据了，给自己家做个篱笆都得小心翼翼，时不时地四处张望一下，生怕被主人看到，而且是在天还没有亮的时候。由此我们可以看出当时劳动人民的辛苦和繁忙，全诗以时间为着眼点和切入点，就是为了表现当时下层劳动人民紧张、忙碌的生活。

南山

【一句话点评】

讽刺齐襄公与其异母妹文姜私通淫乱。

【原文】

南山崔崔①，雄狐绥绥②。鲁道有荡③，齐子由归④。

既曰归止⑤，曷又怀止⑥？葛屦五两⑦，冠緌双止⑧。

鲁道有荡，齐子庸止⑨。既曰庸止，曷又从止？

蓺麻如之何⑩？衡从其亩⑪。取妻如之何？必告父母。

既曰告止，曷又鞠止⑫？析薪如之何⑬？匪斧不克⑭。

取妻如之何？匪媒不得。既曰得止，曷又极止⑮？

【注释】

①崔崔：山势高峻。

②绥绥：求匹之貌。

③荡：平坦。

④齐子：齐女，指文姜。由：从（这里）。归：女子出嫁。

⑤既：既然。止：句末语气词。

⑥曷：为什么。怀：怀念，想念（对方）。

⑦葛屦：葛布鞋。五两：五，通伍，行列也。两为一列之意。

⑧緌：帽带结于下巴后下垂的部分。

⑨庸：由；用，指文姜嫁与鲁桓公。

⑩蓺：种植。如之何：如何，怎么样。

⑪衡从：横纵之异体。

⑫鞠：穷，极，尽其淫欲。

⑬析：劈开。

⑭匪：通『非』，没有。克：能，完成。

⑮极：恣极，放纵无束。

【译文】

南山啊山势高峻，雄狐啊缓步摇晃。去鲁大道坦荡荡，文姜从这里出嫁。已经嫁给鲁桓公，襄公何又将她想？鞋带交错成一对，帽带飘飘是一双。去鲁大道坦荡荡，文姜从这里出嫁。已经嫁给鲁桓公，襄公何又将她想？种麻应当怎样种？必须纵横耕田垄。娶妻应该如何做？必告父母且遵从。桓公既已告父母，何又携妻见襄公？劈柴应当怎样劈？没有斧子劈不成。娶妻应该怎样做？没有媒人娶不成。桓公既已娶文姜，何又携妻到齐城？

【品读】

本诗以齐襄公与其同父异母的妹妹文姜淫乱私通为背景，文姜嫁给鲁桓公之后，鲁桓公纵容妻子，而且不加以防范，最终招来杀身之祸，被齐襄公谋杀。本诗以这一件事为重点，以此讽刺了齐襄公和文姜的荒淫，表达了人民的极大愤慨。诗中不是单纯地从一个人的对错来陈述这件事情，而是进一步追查了当事人三方，使得大家对这件事有明确、客观的评判，从叙述角度来说明这一切很成功。行文中以问句提示思考，这点也是颇为出色的一笔。

甫田

【一句话点评】

思念远方的亲人之作。

【原文】

无田甫田①，维莠骄骄②。无思远人，劳心忉忉③。

无田甫田，维莠桀桀④。无思远人，劳心怛怛⑤。

婉兮娈兮⑥，总角丱⑦。未几见兮，突而弁兮⑧！

【注释】

①无：勿，不要。田：第一个为动词耕种，第二个是名词田地。甫田：很大的田地。

②莠：田间的杂草。骄骄：杂乱茂盛的样子。

③忉忉：忧劳貌。

④桀桀：杂乱茂盛的样子。

⑤怛怛：悲伤的样子。

⑥婉：貌美。娈：清秀。

⑦总角：童子将头发梳成两个髻。丱：形容总角翘起之状。

⑧弁：帽子。古时男子成人才戴帽子。

【译文】

不要耕种大片田，满地长着繁盛的野草。不要想念远方人，思而不得心烦恼。不要耕种大片田，满地长着高高的野草。不要思念远方人，思而不得心忧愁。他真年轻又漂亮，一双总角分两边。没有见他几次面，忽然长大戴弁冠。

【品读】

这首诗中妇女深切地呼唤自己的丈夫，表达了对远在他乡的丈夫的思念。诗中是借用耕种大面积的田地忙不过来，力所不及来比喻妻子对丈夫的思念，也表达了自己的伤心之情。丈夫远在他乡，不知何时才能回来，自己还要耕种，无缘见面，内心充满了无可奈何之意。诗的最后一节描写了她丈夫的成长变化，表达了她对时光匆匆过去的感怀。诗句以气恼的意象开始到最后以甜蜜的意象结束，妻子对丈夫的爱深刻到骨髓，一时之愤相对于一片浓情蜜意而言，仅仅是细小的一道波澜，融化在其中了。

卢令

【一句话点评】

赞美猎人。

【原文】

卢令令①，其人美且仁。卢重环②，其人美且鬈③。卢重鋂，其人美且偲④。

【注释】

①卢：猎犬。令令：铃声。

②重环：子母环。

③鬈：美好。一说勇壮。

④偲：多才。

【译文】

黑猎狗儿颈环响，猎人仁爱又勇壮。黑猎狗儿带双环，猎人漂亮又强健。黑狗颈环套双环，他是帅气多才男。

【品读】

这是一首赞美猎人的诗。他帅气漂亮，勇敢，和善，而且才能出众，让人不由得赞叹与佩服。本诗并没有直接切入对猎人的描写，而是通过描写猎犬所戴的项圈、锁链等来说展现猎人的优点，因为好的猎狗来自好的猎人，二者相辅相依，可爱的猎狗显现出可爱的猎人，人们喜爱猎狗，更敬仰猎人，这样的写法使猎人不但通过其本身、还通过其身边的『伙伴』得到了双重的彰显，给人留下了独特而新颖的印象。

魏风

葛屦

【一句话点评】

讽刺了傲慢的贵族妇女。

【原文】

纠纠葛屦①，可以履霜②。掺掺女手③，可以缝裳。要之襋之④，好人服之⑤。好人提提⑥，宛然左辟⑦，佩其象揥⑧。维是褊心⑨，是以为刺⑩。

【注释】

①纠纠：缭缭，缠绕。葛屦：葛布鞋。

②履：踏。

③掺掺：同纤纤，形容手的纤细。

④要：即『腰』，作动词。襋：衣领，作动词。

⑤好人：对自己主人的尊称。

⑥提提：一说腰细貌，一说安舒貌。

⑦宛然：回转的样子。辟：同『避』。

⑧象揥：象牙做的发簪。揥：古首饰，可以搔头，类似发篦。

⑨维：因为。是：指这个人。褊心：心地狭窄。

⑩是：因此，所以。刺：讽刺。

【译文】

葛草鞋破用绳系，可以穿着来踩霜。两手纤细干干瘦，我又能来缝衣裳。缝好了裙腰裙襟，贵妇穿在她身上。贵妇移步很安详，扭转腰肢躲一方。象牙簪子头上戴。由于贵妇心底坏，写诗讽刺为此桩。

【品读】

这首诗描绘了一个女仆为贵妇人缝制新衣服、新鞋子的场面。本诗以对比手法为切入点，一方面刻画了不辞劳苦工作的女仆的形象，另一方面，那位贵妇人却大模大样，对她不理不睬，并理所当然地享受这一切，二人的身份地位以及个性都形成了鲜明的对比。本诗既对劳苦百姓表示了深深同情，也对剥削阶级进行了强烈讽刺。

园有桃

【一句话点评】

士人处于困境，叹息知己难求。

【原文】

园有桃，其实之肴[1]。心之忧矣，我歌且谣[2]。不知我者，谓我『士也骄。彼人是哉[3]，子曰何其[4]。』心之忧矣，其谁知之[5]！其谁知之，盖亦勿思[6]！

园有棘[7]，其实之食。心之忧矣，聊以行国[8]。不知我者，谓我『士也罔极[9]。彼人是哉，子曰何其。』心之忧矣，其谁知之？其谁知之，盖亦勿思！

【注释】

①肴：吃。

②歌谣：有乐曲为歌，无曲调为谣。

③是哉：对吗，正确吗？

④子曰何：你认为如何。其：语气词，表疑问。

⑤其：语气词，表推测。谁知之：谁了解我？

⑥盖：通盍，何。何不，为什么不。

⑦棘：酸枣树。

⑧行国：在国内周游。

⑨罔极：无极，妄想。

【译文】

果园里边种桃树，桃子成熟可以吃。我的心中有忧愁，排忧遣愁用歌谣。一些人不了解我，说我『做人太骄傲。』『他们所说正确否？对错你把态度表。』我的心里有忧愁，又有谁能够知晓？几多苦衷谁人知？何须多想费思考！果园里边种棘树，果实可吃是酸枣。我的心中有忧愁，且游国内把忧消。一些人不了解我，说我立身无准则。『他们所说正确否？对错你把态度表。』我的心中有忧愁，又有谁能够知道？几多苦衷谁知道？何须多想费思考！

【品读】

这首诗写出了一个生活不得志之人的牢骚、苦闷以及对此的无可奈何。事事不如意，他别无他法，只能耸耸肩膀，作诗来聊以自慰。本诗写得感情很强烈，也很真实，尤其是反复写『其谁知之？』更是他对上天的发问，对人间的呼唤，叹出了一种知己难求的苦闷。全诗以桃树、枣树起兴，与内心的痛苦相连，突出了主人公不为人知的内心苦闷，节奏哀婉而不失力量，同时也表明了主人公宁可黯然神伤也不愿背离自己的高贵品性。

伐檀

【一句话点评】

劳动者对统治者不劳而获的揭露和讽刺。

【原文】

坎坎伐檀兮①，置之河之干兮②，河水清且涟猗③。不稼不穑④，胡取禾三百廛兮⑤？不狩不猎，胡瞻尔庭有县貆兮⑥？彼君子兮，不素餐兮⑦！

坎坎伐辐兮⑧，置之河之侧兮，河水清且直猗⑨。不稼不穑，胡取禾三百亿兮⑩？不狩不猎，胡瞻尔庭有县特兮⑪？彼君子兮，不素食兮！

坎坎伐轮兮，置之河之漘兮⑫，河水清且沦猗⑬。不稼不穑，胡取禾三百囷兮⑭？不狩不猎，胡瞻尔庭有县鹑兮⑮？彼君子兮，不素飧兮⑯！

【注释】

①坎坎：用力伐木的声音。

②干：河岸。

③涟：波纹。猗：语气助词，没有实义。

④稼：播种。穑：收获。

⑤禾：稻谷。廛：束，捆。

⑥县：同『悬』，挂。貆：小貉。一说獾。

⑦素：空，白。素餐：意思是不劳而获。

⑧辐：车轮上的辐条。

⑨直：水流的直波。

⑩亿：束，捆。

⑪特：三岁的兽。

⑫漘：水坝。

⑬沦：小波纹。

⑭囷：束，捆。

⑮鹑：鹌鹑。

⑯飧：晚餐。

【译文】

砍伐檀树咚咚响，把它放在河岸边，河水清清泛波澜。你们不种亦不收，为何取禾三百廛？你们从来不狩猎，为何院中挂猪獾？那些大人先生们，就是白白吃闲饭！砍木做辐响叮当，车辐放于河岸旁，河水清清波浪直。你们不种亦不收，为何取禾三百束？你们从来不狩猎，为何院里挂大兽？那些大人先生们，就是白白把饭吃！砍木叮当做车轮，车轮放置在河岸，河水清清小波纹。你们不种亦不收，为何取禾三百捆？你们从来不打猎，为何院中挂鹌鹑？那些大人先生们，就是白白把饭吞！

【品读】

这首诗描写的是一群伐木工对剥削阶级的强烈控诉。诗中赤裸裸地揭露了剥削阶级的不劳而获，无情占有劳动人民的生产成果，而劳动者辛勤劳动却一无所获。檀木坚韧，故砍伐之声坎坎，这话很对。车辐和车轮都需要坚韧的檀木来做，所以农人在用力地斫，用力地削。当他在河边斫削着檀木的时候，眼望着河水，心里却不平地想着地主的享用。地主为什么不用耕种，不收割而可以有米盈数百仓；不用打猎却吃着貉子、野味和鹌鹑，心里充满了不平。本文诗句自由活泼，长短句错落有致；同时，对比强烈，有穷苦的劳动阶级和剥削阶级的对比，也有不劳而获的统治者和正直清廉的君子的对比，对贪得无厌的剥削者进行了绝好有力的讽刺。

硕鼠

【一句话点评】

揭露剥削者的贪婪。

【原文】

硕鼠硕鼠，无食我黍！三岁贯女①。莫我肯顾②。逝将去女③，适彼乐土。乐土乐土，爱得我所。

硕鼠硕鼠，无食我麦！三岁贯女，莫我肯德④。逝将去女，适彼乐国。乐国乐国，爱得我直⑤。

硕鼠硕鼠，无食我苗！三岁贯女，莫我肯劳⑥。逝将去女，适彼乐郊。乐郊乐郊，谁之永号⑦？

【注释】

①硕：大。三岁：泛指多年。贯：事，侍奉。女：同『汝』，你。

②顾：顾怜。莫我肯顾：莫肯顾我。

③逝：用作『誓』。去：离开。

④德：此指感激。

⑤爰：乃。直：同『值』，代价。

⑥劳：慰劳。

⑦号：感叹。

【译文】

大老鼠啊大老鼠，莫要再吃我的黍。多年我一直侍奉你，你却不把我照料。发誓将要离开你，前往幸福好乐土。乐土乐土真是好，那是我们好归处。大老鼠啊大老鼠，不要再吃我的粮。多年一直供养你，得你感激是妄想。发誓将要离开你，前去乐国好地方。乐国乐国真是好，劳动所得自己享。大老鼠啊大老鼠，不要再吃我禾苗。多年我一直豢养你，你却不把我慰劳。发誓将要离开你，我们马上去乐郊。乐郊乐郊真是好，谁还长声去哀号。

【品读】

本诗共分三章，每章三行，采用重叠递进式的咏唱，表现了十分强烈的抒情性。全文感情有三次变化，一次比一次强烈！各节之间，由『硕鼠硕鼠，无食我黍！』到『硕鼠硕鼠，无食我麦！』再到『硕鼠硕鼠，无食我苗！』象征奴隶主的硕鼠，由食黍、食麦到食苗，一层比一层残酷，因而，奴隶们反抗奴隶主的思想感情也一层比一层递进，一章比一章更为强烈！在诗中，硕鼠的形象是猥琐的，它任意挥霍、毫无情义。本诗表达了人民不堪重负，强烈地控诉统治者的『硕鼠』行为；同时这首诗的主要价值和意义还在于它表达了一种向往，说出了内心的呼唤，希望能离开，去到『乐土』那里，过上平等、快乐的生活。诗中的乐土虽属虚幻，但却无疑给苦难中的人们带来了希望和力量，是他们精神的支柱和向往。本诗是《诗经》中的一大名篇，世代为人们传唱。

唐风

蟋蟀

【一句话点评】

诗人告诫自己勉别人及时行乐，但要有节制，不荒废正事。

【原文】

蟋蟀在堂①，岁聿其莫②。今我不乐，日月其除③。无已大康④，职思其居⑤。好乐无荒⑥，良士瞿瞿⑦。

蟋蟀在堂，岁聿其逝。今我不乐，日月其迈⑧。无已大康，职思其外⑨。好乐无荒，良士蹶蹶⑩。

蟋蟀在堂，役车其休⑪。今我不乐，日月其慆⑫。无已大康，职思其忧⑬。好乐无荒，良士休休⑭。

【注释】

①堂：堂屋。天气寒冷时蟋蟀从野外进到堂屋。

②聿：语气助词，没有实义。莫：古暮字。

③除：消逝，过去。

④已：过度，过分。大康：康乐，安乐。

⑤职：常。居：所处的地位。

⑥好：喜欢。荒：荒废。

⑦瞿瞿：心中警戒的样子。

⑧迈：消逝，过去。

⑨外：指分外的事。

⑩蹶蹶：动而敏于事。

⑪役车：服役出差乘坐的车。休：休息。

⑫慆：过，逝去。

⑬忧：忧患。

⑭良士：贤能人士。休休：安闲自得貌。

【译文】

天冷蟋蟀进堂屋，一年又即将结束。如今我若不享乐，光阴如流身边过。也别过分享安乐，记得工作还要做。喜欢享乐业别废，贤良常以此自勉。天冷蟋蟀进堂屋，一年即将到岁末。如今我若不享乐，光阴似箭不可留。不要只顾享安乐，分外之事要思虑。喜欢享乐业别废，贤良之士勤诫勉。天冷蟋蟀进堂屋，役车休息回故乡。现在我若不享乐，光阴如箭不回还。也别太过度享乐，国家忧患还要想。喜爱享乐业别废，贤良之士心安详。

【品读】

本诗是首勉诫诗，诗人通过这首诗，在提倡、勉励自己和读者要及时行乐的同时，一再要求、告诫自己和读者，玩乐要有分寸，有节制，要不耽误工作。全诗三章均以『蟋蟀在堂』起兴，蟋蟀在叫，年复一年，眨眼间又到了年底。他慨叹时光飞逝，主张及时行乐。同时也告诫人们要居安思危，在行乐时也要不耽误正事，生活劳逸结合。只有这样才是贤士的所为。蟋蟀的存在提示时间的流转，在时间的流转中主人公最为在意和关心的是行乐和公职两件事，从诗句的叙述中我们可以看到时人对于时间、行乐、公职的一种健康而理智的看法和态度。

山有枢

【一句话点评】

讽刺贵族的贪婪懒惰。

【原文】

山有枢①，隰有榆②。子有衣裳，弗曳弗娄③。子有车马，弗驰弗驱。宛其死矣④，他人是愉。

山有栲⑤，隰有杻⑥。子有廷内⑦，弗洒弗扫。子有钟鼓，弗鼓弗考⑧。宛其死矣，他人是保⑨。

山有漆⑩，隰有栗⑪。子有酒食，何不日鼓瑟？且以喜乐，且以永日⑫。宛其死矣，他人入室。

【注释】

①枢：树名，即刺榆树。

②隰：潮湿的低地。榆：树名，白榆，又名枌，落叶乔木。

③弗曳弗娄：有好衣裳而不穿。曳：拖。娄：搂。古时裳长拖地，需提着走。

④宛：死去的样子。

⑤栲：树名，即山樗。

⑥杻：树名，即檍树。

⑦廷：庭院。内：堂与室。

⑧考：敲击。

⑨保：占有，据为己有。

⑩漆：漆树。

⑪栗：栗子树。

⑫永日：指度过漫漫长日。

【译文】

高山之上长刺榆，低湿土地生白榆。你的衣裳好又多，向来不穿也不取。你有好车和好马，从不驾车去驰驱。不知哪天命归天，全让别人窃取走。高山之上长栲树，低湿土地生杻树。你有内室与庭堂，从不洒水来扫除。你有钟来又有鼓，从不敲打寻欢娱。不知哪天你死去，都被别人全占有。高山之上长漆树，低湿土地生栗树。你是酒肉全都有，何不天天把瑟弹？且用奏乐来找乐，且借弹瑟混时间。不知哪天命归天，别人住进你房间。

【品读】

从表面上看，本诗写的是诗人在劝那些有钱有势的贵族要及时行乐，因为人生苦短，年华易逝，而且钱财死不带去。其实，本诗采用的是暗讽的写法，其真意是对那些贵族贪婪、吝啬的守财奴嘴脸进行了反讽。这种写法，效果比直接指责更胜一筹，其讽刺意味更加浓烈，读者须好好体会。

诗经·楚辞

第二册

〔春秋〕孔子　〔战国〕屈原　著
李楠　编译

绸缪

【一句话点评】

这是一首祝贺新婚夫妇的喜歌。

【原文】

绸缪束薪①，三星在天②。今夕何夕③，见此良人？子兮子兮④，如此良人何⑤？

绸缪束刍⑥，三星在隅。今夕何夕，见此邂逅⑦？子兮子兮，如此邂逅何？

绸缪束楚，三星在户。今夕何夕，见此粲者⑧？子兮子兮，如此粲者何？

【注释】

①绸缪：捆绑，缠绕。束薪：比喻夫妇同心，情意缠绵。

②三星：参星，主要由三颗星组成。

③今夕何夕：今晚是怎样的夜晚？

④子兮：你呀。诗人兴奋自呼。

⑤如……何：把……怎么样。

⑥刍：喂牲口的青草。

⑦邂逅：不期而遇。这里指志趣相投的人。

⑧粲：鲜明的样子。

【译文】

用绳子捆紧薪柴，参星高悬在天边。今晚究竟怎么样？与这良人来相会。哎呀你呀哎呀你，对这良人如何办？拿绳子捆紧草料，参星已到天东南。今夜到底怎么样？能和悦人儿会面。哎呀你呀哎呀你，和悦人儿如何办？拿绳紧把荆条缠，参星高照门上边。今晚究竟怎么样？得与美人来相见。哎呀你呀哎呀你，对这美人如何办？

【品读】

全诗三章，采用重章叠句之法，结构完全相同，意思也基本相同。各章的前两句，都是借物起兴，点明了闹新房的时间，烘托出新婚之夜的欢乐气氛。后四句，则以开玩笑的口吻，来戏弄那还带点腼腆的新婚夫妇，问他们将如何度过这洞房花烛之夜。全诗热烈欢快，洋溢着一种嬉笑喧闹的气氛，充满着浓厚的生活情趣。这首诗，无论从周围的环境气氛还是从洞房中的嬉闹戏弄，都生动逼真地反映出古代社会闹新房的习俗和欢快情景，读来颇有韵味。

无衣

【一句话点评】

通过赞美衣服来赞美爱人。

【原文】

岂曰无衣，七兮①。不如子之衣，安且吉兮②！

岂曰无衣，六兮。不如子之衣，安且燠兮③！

【注释】

①岂：难道，哪里。七：表示衣服很多。

②安：满足。吉：舒适。

③燠：暖和。

【译文】

哪里没有衣裳穿？算算总共有七样。虽多但比不上你的衣，穿上舒服又吉祥。哪里没有衣服穿？算算总共有六件。虽多但比不上你的衣，穿上舒适又暖和。

【品读】

本诗采取由物及人的手法，表面看来诗人是在赞美爱人的衣服，自己的衣服再多也不如爱人的衣服舒适、暖和。其实，作者真实的目的在于通过赞美爱人的衣服来赞美爱人，表达自己对爱人的深情厚爱，写法寄情于物，新颖独特。本诗虽然简短明快，但读起来节奏铿锵，表现的感情深刻隽永。因为有感情寄托，所以爱人的衣服才具有了自己衣服所比不了的温馨和美好。这种对情感的赞叹在《诗经》中应用得相当普遍。

葛生

【一句话点评】

这是一篇悼念丈夫从军丧亡的诗。

【原文】

葛生蒙楚①，蔹蔓于野②。予美亡此③，谁与④？独处。

葛生蒙棘，蔹蔓于域⑤。予美亡此，谁与？独息。

角枕粲兮⑥，锦衾烂兮⑦。予美亡此，谁与？独旦。

夏之日，冬之夜。百岁之后，归于其居⑧。

冬之夜，夏之日。百岁之后，归于其室⑨。

【注释】

①蒙：覆盖。楚：荆条。

②蔹：草名，即白蔹，攀缘性草本植物，根可入药。

③予美：指所爱的人。

④谁与：与谁，能和谁在一起？

⑤域：坟地。

⑥角枕：敛尸所用的枕头。粲：色彩鲜明。

⑦锦衾：锦缎褥子，敛尸的物品。烂：同『粲』。

⑧居：指亡夫的墓穴。

⑨室：同『居』。

【译文】

葛藤布满那荆条，蔹草蔓延满荒郊。我那丈夫离人世，无人陪伴真难熬。葛藤缠绕酸枣树，蔹草蔓延满墓地。我那丈夫已去世，无伴独寝意凄凄。看那鲜丽的角枕，见那灿烂的锦被。我那丈夫离人间，无伴独自夜待旦。夏季白天天很长，冬天夜晚甚漫长。一旦百年我死亡，地下伴夫夙愿强。冬天夜晚长又长，夏季白天甚漫长。一旦百年我死亡，墓中伴夫夙愿强。

【品读】

本诗描写的是一位妇女在悼念已经死去的丈夫的情景。共分五章，每章四句。前三章是一个段落。用大致相同的句式，反复咏叹，表现女主人公对丈夫的无限思念。前两章由眼前事物起兴，『葛生蒙楚，蔹蔓于野』，『葛生蒙棘，蔹蔓于域』，感情层层推进，由『独处』到『独息』再到第三章的『独旦』，第三章不再沿用景物起兴，而是想到寝具的美好，勾起往日的美好回忆，把女主人公的思念推向了高峰。接下来第四、五章又另辟蹊径，把深深的思念变为坚定的誓言，使悲歌的情调从悲痛转入激愤。丈夫已经去世，自己现在孤单地活在人世间，春夏秋冬，每日每夜都在想念丈夫，现在只等自己百年之后，在坟墓中与丈夫相会、团聚。本诗读来感情真挚深刻，缠绵悱恻，悲哀之至，可谓古今悼亡诗的鼻祖。『谁与』的设问把主人公的处境清晰地展现出来，在寂寥的心绪中周围的景物也笼罩在阴冷哀亡的氛围里，感情深入、厚重得透不过气来。

采苓

【一句话点评】

告诫人们切勿轻信谣言。

【原文】

采苓采苓①，首阳之巅②。人之为言③，苟亦无信④。舍旃舍旃⑤，苟亦无然⑥。人之为言，胡得焉⑦？

采苦采苦，首阳之下。人之为言，苟亦无与⑧。舍旃舍旃，苟亦无然。人之为言，胡得焉？

采葑采葑⑨，首阳之东。人之为言，苟亦无从⑩。舍旃舍旃，苟亦无然。人之为言，胡得焉？

【注释】

①苓：甘草。

②首阳之巅：首阳山山顶。

③为言：伪言，谎话。

④苟：一定。无信：不要相信。

⑤舍旃：离开它，舍弃它。

⑥无然：不要以为然。

⑦胡得：何所取？

⑧无与：不要参与。

⑨葑：芜菁。

⑩无从：不要跟随。

【译文】

采甘草啊采甘草，在那首阳山顶上。那人说的虚伪话，千万不要轻信它。劝你把它全丢弃，别信它对不提防。那人说的是谎话，听后能得到什么？采苦菜啊采苦菜，首阳山下采些来。那人说的虚伪话，切勿赞许别受害。劝你把它全抛弃，莫信它对把事坏。那人说的是谎话，有何可取记心怀？采芜菁啊采芜菁，首阳山东采起来。那人说的虚伪话，可别信从把事坏。劝你把它全舍弃，别信它对遭侵害。那人说的是谎话，有何可取值得爱？

【品读】

本诗作为一首劝谏诗，旨在劝告人们切勿听信别人制造的谣言，以免受其害。当时社会风气有些混乱，谣言四起，诗人对这种行为十分痛恨，因此作了这首诗。在诗中，他一方面在劝告人们不要轻信谣言，同时也对那些制造谣言的人进行了猛烈的抨击，并暗示他们最后会无所得。

秦风

车邻

【一句话点评】

劝人及时行乐。

【原文】

有车邻邻①，有马白颠②。未见君子，寺人之令③。

阪有漆，隰有栗。既见君子，并坐鼓瑟。今者不乐，逝者其耋④！

阪有桑，隰有杨。既见君子，并坐鼓簧。今者不乐，逝者其亡⑤！

【注释】

①邻邻：辚辚，车行声。

②白颠：白额，一种良马。

③寺人：侍人，宫中侍奉贵族的小臣。

④逝者：今后，将来。其：语气词，表推测。耋：七八十岁，指年老。

⑤亡：死去。

【译文】

车队向前邻邻响，马儿额头白毛长。没见秦伯他的面，近侍前去报君王。山坡之上种漆树，低湿之地植栗树。见到秦王面以后，并肩而坐把瑟鼓。现在若是不享乐，以后年老无机会。山坡之上种桑树，低湿地上长白杨。见到秦王面以后，并肩而坐演奏簧。现在若不享欢乐，以后想乐人已亡。

【品读】

这首诗慨叹了人生苦短，意在劝告人们应及时行乐。诗中描写了君臣对话的场景，二人并排而坐，一同吹拉弹唱，同时后两段中以『今者不乐，逝者其耋！』『今者不乐，逝者其亡！』来反复说明光阴似箭，应及时行乐的感慨。

蒹葭

【一句话点评】

这是一首美丽的情歌。想望伊人，可望而不可即，饱含无限情意。

【原文】

蒹葭苍苍①，白露为霜。所谓伊人②，在水一方。溯洄从之，道阻且长。溯游从之，宛在水中央。

蒹葭萋萋，白露未晞③。所谓伊人，在水之湄④。溯洄从之，道阻且跻⑤。溯游从之，宛在水中坻⑥。

蒹葭采采⑦，白露未已⑧。所谓伊人，在水之涘⑨。溯洄从之，道阻且右⑩。溯游从之，宛在水中沚⑪。

【注释】

①蒹：没长穗的芦苇。葭：初生的芦苇。苍苍：茂盛貌。

②伊人：那个人。

③萋萋：茂密貌。晞：干。

④湄：岸边。

⑤跻：登，升。

⑥坻：水中的小沙洲。

⑦采采：茂盛貌。

⑧已：止，干。

⑨涘：水边。

⑩右：绕弯，迂回。

⑪沚：水中的小沙洲。

【译文】

河岸芦苇茂苍苍，早晨秋露结成霜。心中思念好姑娘，她在小河那一边。逆河而上去找她，道路阻塞又漫长。顺水而下去找她，好像她在水中央。河岸芦苇茂又密，早晨露水未晒干。心中思念好姑娘，她在河的那一边。逆河而上去找她，道路渐高又危险。顺流而下把她找，好像她在水中洲。河岸芦苇密麻麻，早晨露珠未全干。心中思念好姑娘，她在河水那一方。逆河而上去找她，道路险阻又转弯。顺水而下去寻她，好像她在水中沚。

【品读】

这是一首被古今人誉为情真景真、风神摇曳的绝唱，是思心徘徊、百读不厌的佳作。全诗写得亦真亦幻，闪烁缥缈，是我国最早的朦胧诗之一，开朦胧诗之先河。心中想着她，看着她，可望而不可即，心中的情意如何诉说。此外另有一说，诗中的伊人不是实实在在的意中人，而是诗人的某种可望不可即的理想和抱负。二、从全诗看来，这种说法也是不无道理的。全诗共三章，每章各八句：上四句写景，下四句叙事抒情。二、三两章是首章的反复，只在协韵处换了几个字，如『苍苍』『萋萋』、『采采』等。总之，全诗采用叠章的形式，所谓一唱三叹，反复歌咏，以表达诗人内心的婉曲深挚的、难以表达的思想感情。诗人站在苍茫的河水边，广阔的自然环境令诗人有纵目骋怀的宽广余地，而且蒹葭白露，也点缀了寥落凄清的秋容，隐喻诗人此时情怀的凄寂。寥寥数语，达到了写景、抒情融合无间的艺术境界。

终南

【一句话点评】

表达人们对秦襄公的敬慕之情。

【原文】

终南何有？有条有梅①。君子至止②，锦衣狐裘。
颜如渥丹③，其君也哉？终南何有？有纪有堂④。
君子至止，黻衣绣裳⑤。佩玉将将⑥，寿考不忘⑦。

【注释】

①何有：有何。条：山楸。梅：楠树。

②至：到达，来到。止：句末语气词。

③颜：脸色。如：像。渥：湿润，厚重。丹：红色涂料。

④纪：通『杞』，乔木名。堂：通『棠』，棠梨树。

⑤黻：古代礼服上，黑与青相间的花纹。绣：五彩俱备的绘画。

⑥将将：叮叮当当的声音。

⑦寿考：万寿无疆。不忘：不止，没有尽头。

【译文】

终南山上有什么？有那山楸与楠树。君王驾临名山中，狐裘锦衣穿身上。面色红润有光泽，真乃秦国好君王！终南山上有什么？有那杞柳棠梨树。秦王来到大山中，绣花衣裙高贵服。身上佩玉锵锵响，祝君长寿永无疆！

【品读】

平日里平易近人的襄公驾临终南山，人民纷纷前来探望。襄公穿锦衣、披狐裘，衣服光鲜亮丽，玉佩叮当作响。人们作此诗，表达了对襄公的赞美以及对他长寿的良好祝愿。秦襄公礼贤下士，平易近人，深得民心。秦国自他始才真正强大起来。全诗以『终南何有』起兴，表明人们希望把最美好的事物奉献给这位仁德的君王，奉献出自己的敬慕和感激之情，但和君王的仁德比较起来，似乎倾尽终南山所有也不足以表达出人民对襄公的敬慕之情，充分体现了人民对襄公的爱戴。

黄鸟

【一句话点评】

秦穆公死后，杀三良以殉葬。秦人痛惜三良，写此诗以示反抗。

【原文】

交交黄鸟①，止于棘。谁从穆公②？子车奄息③。维此奄息，百夫之特④。临其穴，惴惴其栗⑤。彼苍者天，歼我良人⑥！如可赎兮⑦，人百其身⑧！

交交黄鸟，止于桑。谁从穆公？子车仲行。维此仲行，百夫之防⑨。临其穴，惴惴其栗。彼苍者天，歼我良人！如可赎兮，人百其身！

交交黄鸟，止于楚。谁从穆公？子车鍼虎。维此鍼虎，百夫之御。临其穴，惴惴其栗。彼苍者天，歼我良人！如可赎兮，人百其身！

【注释】

①交交：飞而往来之貌。一说鸟叫声。

②从：殉葬。

③子车：姓。奄息：名。

④特：杰出之称。一说匹敌。

⑤栗：战栗。

⑥歼：消灭，杀尽。

⑦如：如果，假设。可：可以，能够。赎：交换，换回。

⑧人百其身：一人替三良死百次都愿意。

⑨防：抵挡。

【译文】

黄雀飞来又飞去，栖息在那枣树上。谁随穆公一起死？子车奄息去殉葬。就是这位好奄息，百个男人比不上。走近墓穴他惊望，全身发抖心慌张。高高苍天你在上，竟使好人遭陷害。如能允许赎他命，愿死百次来抵偿。黄雀鸣叫声凄凉，落在那棵桑树上。谁与穆公去死亡？子车仲行去陪葬。这位仲行才德强，百个男人也难挡。走近墓穴他惊望，全身发抖心惶恐。高高苍天你在上，怎使好人遭此下场？如果可以赎他命，愿死百次来抵偿。黄雀鸣叫声凄凉，集于那些荆条上。谁随穆公去死亡？子车鍼虎得殉葬。这位鍼虎有才德，百个男人比不了。走近墓穴他惊望，浑身发抖心慌张。苍天高高在上方，竟使好人被灭亡。如果可以赎他命，愿死百次去抵偿。

【品读】

关于此诗的主题和背景，《毛诗序》曰：『哀三良也。国人刺穆公以人死而作是诗也。』秦穆公去世，子车氏三子奄息、仲行、鍼虎为之殉葬。这三人都是秦国当时可以一当百的贤良之才，人民十分痛惜，因此作了这首诗。全诗三章，分挽『三良』。各章的前八句，分别记叙三良的才德出众以及他们从葬时的惨状。每章的后四句，则是诗人对他们的哀悼，表现出人们对他们被迫殉葬的惋惜和悲痛。诗以黄鸟的急急飞叫起兴，象征着当时情况的紧急，形势的严峻。一国人无奈，问以苍天，如能换子车三氏不殉，愿意死一百次换一命。全诗集急迫、悲痛、愤慨、惋惜、无奈等感情于一体，控诉了古代的殉葬制度，同时对三人的遭遇给予莫大的同情。

渭阳

【一句话点评】

舅甥惜别。相传为秦康公送晋文公之作。

【原文】

我送舅氏，曰至渭阳①。何以赠之？路车乘黄②。

我送舅氏，悠悠我思③。何以赠之？琼瑰玉佩④。

【注释】

①曰：语气助词，无实义。渭：渭水。阳：山的南面或水的北面。

②路车：贵族使用的马车。乘：四匹。黄：黄红相间的马。

③悠悠我思：孔颖达：『悠悠我思，念母也。因送舅氏而念母，为念母而作诗』。

④琼：美玉。瑰：美石。

【译文】

我送舅父归晋国，在渭河南面相告别。我用什么赠亲人？四匹黄马和路车。我送舅父回晋国，悠悠思念感情深。我用什么赠亲人？美玉佩饰表衷肠。

【品读】

这首诗是秦康公送其舅舅晋国的公子重耳回晋国时所作的。本诗虽然短小精悍到只有两节，但表达了深挚的感情，怀念、祝福之情溢于言表。诗的写法朴素自然，没有大肆的渲染。十分简洁地描述了送别场景，情却隽永而温馨。此外，秦国和晋国世代通婚，重耳的妹妹就是秦穆公的妻子，因而有『结秦晋之好』的成语。

权舆

【一句话点评】

没落贵族的悲叹。

【原文】

於我乎①！夏屋渠渠②，今也每食无余。於嗟乎！不承权舆③！

於我乎！每食四簋④，今也每食不饱。於嗟乎！不承权舆⑤！

【注释】

①於：感叹词。

②夏：大。夏屋：大房子。渠渠：深广或高大貌。

③权舆：形容草木萌芽的样子，引申为开始、初始，即曾经、当初。

④簋：古时盛食物的器皿。

⑤承：继续、接续。此指不如从前。

【译文】

我呀我呀想当年，深广高大的房屋，现在每餐无剩余。哎呀哎呀真可叹，无法再回到从前。我呀我呀想当年，每餐四簋饭菜足，现在吃饭不饱肚。哎呀哎呀真可叹，无法像从前一样。

【品读】

这首诗描写的是一位落魄的旧贵族对过去的富贵生活的留恋，对现在生活不如从前的喟叹。全诗对比鲜明，刻画了他典型的败家子心态，此时的他并没有积极向上的心态，而只是在嗟叹中回忆以前的美好。诗的感情基调并不足取，但十分到位传神地拿捏和表现了贵公子昔日鼎盛时飞扬抖擞的精神，即便在他破落时，我们仍能从他回忆时的自豪语气中想见他当年的气势。

陈风

宛丘

【一句话点评】

表达对舞姿优美的巫女的爱慕。

【原文】

子之汤兮①，宛丘之上兮②。洵有情兮③，而无望兮④。
坎其击鼓⑤，宛丘之下。无冬无夏，值其鹭羽⑥。
坎其击缶⑦，宛丘之道。无冬无夏，值其鹭翿⑧。

【注释】

①汤：荡之借字。游荡；这里指摇摆的舞姿。

②宛丘：四方高、中央凹下的土山。

③洵：确实。此指诗人确实钟情于巫女。

④望：希望。

⑤坎：象声词，击鼓声。

⑥值：同「执」，拿着。鹭羽：用白鹭羽毛做的舞具。

⑦缶：古时瓦制打击乐器。

⑧翿：以白鹭羽毛做成的舞具。

【译文】

你的身姿飘悠悠，在宛丘上尽情跳舞。我真爱你情义重，心中明知没希望。伴舞鼓声咚咚响，你在宛丘下恣意舞蹈。没有冬来也没夏，手持鹭羽似飞翔。伴舞敲鼓咚咚响，你在宛丘道翩然起舞。没有冬来也没夏，手持鹭羽盖头上。

【品读】

这首诗是一男子对一正在跳舞的女子的描述，钟情赞美之词溢于言表。她很美丽，穿着华丽，舞姿袅娜，充满无限风韵。男子呆呆地看着她跳舞，心中充满无限幻想，因而作了这首诗。本诗既是对女子的赞美，同时也流露出了对那女子的爱慕之情，只恨无缘结识。

东门之枌

【一句话点评】

青年男女在游乐日子里歌舞聚会，互致倾慕之情。

【原文】

东门之枌①，宛丘之栩②。子仲之子，婆娑其下③。

谷旦于差④，南方之原⑤。不绩其麻⑥，市也婆娑⑦。

谷旦于逝⑧，越以鬷迈⑨。视尔如荍⑩，贻我握椒⑪。

【注释】

①枌：白榆树。

②栩：柞树。

③子仲：陈国的姓氏。婆娑：舞蹈。

④谷旦：良辰，好日子。差：择。

⑤南方之原：南方的原野。

⑥绩：把麻纤维披开接续起来搓成线。

⑦市：到集市去。

⑧逝：去，往。

⑨越以：语气助词。鬷：汇集。迈：前行。

⑩莜：草本植物，花淡紫，又名锦葵。

⑪握：一把。椒：花椒。

【译文】

东门之外长白榆，宛丘之上生柞树。子仲家中好女儿，树下欢乐蹁跹舞。请你挑选好日子，同去南方原野上。不纺手中那些麻，闹市起舞心欢畅。趁此吉日一起去，屡次幽会去远方。我看你像锦葵花，你赠我花椒一把。

【品读】

这首诗描写了陈国的青年男女在节日里一同聚会，又唱歌又跳舞的热闹场面。全诗结构紧凑，风格活泼，读来让人置身其中。第一章写在国都东门之外游乐的情况。点明了歌舞集会的地点是东门外之宛丘，以白榆、柞树的苍郁渲染出此地春天的环境极为幽美。并从众多的青年男女中特别提出了仲氏家的姑娘，极写她的翩翩舞姿。第二章就写相约而至『南方之原』会舞。其中『不绩其麻，市也婆娑』两句，写得绝妙。它把姑娘急于赴约，扔掉手中正搓的麻线，急匆匆赶往相会处的神态写活了。第三章写他们互致倾慕，赠送礼物，表示爱情。全诗描写生动活泼，反映出陈地青年男女自由相爱的愉悦和欢乐。

防有鹊巢

【一句话点评】

因爱人受人欺诳而担忧。

【原文】

防有鹊巢①，邛有旨苕②。谁侜予美③？心焉忉忉④。

中唐有甓⑤，邛有旨鹝⑥。谁侜予美？心焉惕惕⑦。

【注释】

①防：堤岸，堤坝。一说枋，常绿乔木，可为红色染料。

②邛：土丘。旨：美，好。苕：草名，凌霄花。一说翘摇，一说苇花。

③侜：欺诳。予美：我所爱的人。

④忉忉：忧愁的样子。

⑤中唐：庙和朝堂门内的大路。甓：古代的砖，用以作瓦沟。

⑥鹝：绶草。

⑦惕惕：忧惧。

【译文】

喜鹊在枋树上筑起窝，土丘生出甜苕。谁欺骗我心爱的人？我心忧愁像火烧。池塘里有野鸭过，土丘之上生绶草。谁欺骗我心爱的人？我心忧惧又烦躁。

【品读】

这首诗描写的是诗人的恋人受他人挑拨、蒙骗，从而导致两人之间的关系出现裂痕，表达了作者的忧伤、苦恼和对离间者的愤怒。诗的开头以对比的手法强化不期望出现的事物，反映了主人公遭遇的痛苦，语气的铿锵表明其对感情的重视和珍惜，同时表明问题的棘手，弄得他整个人感觉很疲惫。本诗简短，只有两节，所以，作者直抒胸臆，淋漓尽致地表达了自己的感情。

月出

【一句话点评】

望月思情人。

【原文】

月出皎兮①，佼人僚兮②。舒窈纠兮③，劳心悄兮④。

月出皓兮⑤，佼人懰兮⑥。舒忧受兮⑦，劳心慅兮⑧。

月出照兮，佼人燎兮⑨。舒夭绍兮⑩，劳心惨兮⑪。

【注释】

①皎：明亮。

②佼：娇之借，美好貌。僚：美好的样子。

③窈纠：女子行步舒缓。

④劳：忧。悄：忧愁的样子。

⑤皓：洁白。

⑥懰：妩媚。

⑦忧受：舒迟的样子。

⑧慅：忧愁，心神不安。

⑨燎：明也。一说姣美。

⑩夭绍：女子体态柔美的样子。

⑪惨：忧愁烦躁的样子。

【译文】

月亮出来光皎洁，姑娘容貌真漂亮。缓步轻行体态娇，时时想她心忧伤！明月升天光洁白，姑娘月下更娇美。缓步轻盈身姿美，每时想她心不宁！清澈明亮月升天，姑娘月下面姣好。身姿轻盈飘飘然，日日想她心烦忧！

【品读】

本诗描写了诗人对自己喜欢的女子的赞美和思念。诗共分三节，结构清晰，每节的第一句写皎洁的月亮，赞美月亮之美；二、三句写月下恋人的娇美，婀娜多姿，风情万种；第四句写出自己深深的思念。四节的结构相同但文字上有变化。本诗的感情流露很自然，孤戚的黑夜，皎洁的月光，诗人月下对空，在这样的氛围下，自然而然地想念恋人，情真意切，感人至深。

株林

【一句话点评】

陈灵公淫于夏姬，国人作此诗讽刺他。

【原文】

胡为乎株林①？从夏南②。匪适株林，从夏南③。

驾我乘马④，说于株野⑤。乘我乘驹，朝食于株。

【注释】

①胡为：为胡，为什么。乎：介词『于』。株林：地名，夏氏的食邑，指夏姬的住地。

②从：跟随，伴随。

③夏南：夏姬之子，夏征舒，字夏南。

④我：指陈灵公。

⑤说：停车休息。

【译文】

灵公为何到株林？追随夏南去游玩。原来灵公到株林，并非跟同夏南一起玩。驾起我那四匹马，歇息在株林郊野。驾起我那四匹驹，株邑清早找夏姬。

【品读】

这首诗写的是陈灵公与夏姬私通，淫乱朝廷，陈国人民痛恨之，作诗讽刺。『胡为乎株林？从夏南。』

这是以设问的口吻问陈灵公。在特定的语言环境中，问话本身就带有答案。只此一句简单的设问，人们便能心领神会，便能读出文字后面的潜台词。而诗的下一句，便把这薄薄的帷幕戳穿了。『匪适株林，从夏南。』此诗的讽刺意味是尖刻的，可手法却是婉转、隐晦的。这也是本诗在艺术上的最大特点——巧用曲笔。它极尽婉转、曲折之笔，将辛辣的讽刺蕴藏于含蓄之中。当辛辣的讽刺意味一经悟出，统治者那荒淫无耻的真面目暴露在人们面前，自会引起人们会心的讥笑，那含而不露的讽刺力量就表现出来了。

泽陂

【一句话点评】

少年在荷塘畔碰见一漂亮女子，怦然心动，久久不能忘怀。

【原文】

彼泽之陂①，有蒲与荷。有美一人，伤如之何②？寤寐无为③，涕泗滂沱④。

彼泽之陂，有蒲与蕑⑤。有美一人，硕大且卷⑥。寤寐无为，中心悁悁⑦。

彼泽之陂，有蒲菡萏⑧。有美一人，硕大且俨⑨。寤寐无为，辗转伏枕。

【注释】

①陂：堤防，堤岸。一说水池的边沿，水滨。

②伤：忧思。

③寤寐：醒着和睡着。

④涕：眼泪。泗：鼻涕。滂沱：大雨般地淋下。

⑤蕑：兰花。

⑥硕大：身材高大。卷：好貌。一说勇壮。

⑦中心：心中。悁悁：郁郁不乐。

⑧菡萏：荷花。

⑨俨：庄重，端庄。

【译文】

那个池塘的岸边，长着蒲草与荷花。有个姑娘美无双，我心爱她当如何！无心做事日夜想，眼泪鼻涕哗哗淌。那个池塘的堤岸，长着蒲草和莲花。有个姑娘美无比，个儿高大脸漂亮。无心做事将她想，心中忧愁仍难忘。那个池塘的堤岸，长着蒲草和荷花。有个美女世无双，身材高大真漂亮。无心做事把她想，翻来覆去枕上想。

【品读】

本诗描写的是一位少年在野外的湖畔偶然看到一个漂亮的女孩，怦然心动，久久不能忘怀的情景。荷叶青青，红莲映日，蒲草如丝，波光闪闪的湖畔，忽遇美丽的女子，她端庄典雅，怎能不让人怦然心动？男主人公正是处在情窦初开的年纪，因此，他很自然地喜欢上了那个女孩，难以忘记。本诗有着十分浓厚的青春气息，风格活泼，将男孩子的浪漫、敏感以及炽热的感情表达得非常到位，特别是三章里『涕泗滂沱、中心悁悁、辗转伏枕』把少年对女子的思念表现得至真至纯。

羔裘

【一句话点评】

贵族女子追念她的恋人。

【原文】

羔裘逍遥①，狐裘以朝②。岂不尔思？劳心忉忉。

羔裘翱翔③，狐裘在堂。岂不尔思？我心忧伤。

羔裘如膏④，日出有曜⑤。岂不尔思？中心是悼⑥。

【注释】

①逍遥：游逛。

②朝：上朝。

③翱翔：同『逍遥』。

④膏：脂膏。

⑤曜：发光。

⑥悼：难过，悲伤。

【译文】

你穿羔裘到处走，穿好狐裘来上朝。难道我不将你想？心有忧愁苦难消。你穿羔裘到处逛，穿好狐裘到朝堂。难道我不将你想？我的心中多忧伤。你穿羔裘有光泽，太阳一出闪闪亮。难道我不将你想，心中忧惧多悲伤。

【品读】

该诗描写一位女子爱上了一个在朝廷当官的男子。男子上朝后，女子的心却难以平静，思绪万千。一方面，她爱那男子，自己把心全都给了他；但另一方面，男子并没有明显的感觉。本诗就是写女子的这种心理状态，既想念，又担心，对这份感情充满了疑惑和担忧。诗中男子的自在、逍遥与女子不可言说的悲苦相映照，将女子为这份感情所受的煎熬深刻地揭示出来。

隰有苌楚

【一句话点评】

诗人生处乱世，自叹不如草木无知无累，无家无室。

【原文】

隰有苌楚①，猗傩其枝②。夭之沃沃③，乐子之无知④。

隰有苌楚，猗傩其华。夭之沃沃，乐子之无家。

隰有苌楚，猗傩其实。夭之沃沃，乐子之无室⑤。

【注释】

①苌楚：植物名，即猕猴桃。

②猗傩：同婀娜，轻盈柔美貌。

③夭：初生的草木。沃沃：有光泽的样子。

④乐：羡慕。子：指代猕猴桃树。无知：没有知觉。

⑤室：妻室。

【译文】

羊桃长在低湿处，枝儿旖旎姿态好。小树茂盛光泽艳，美你无知不烦恼。羊桃长在低湿处，花儿怒放风中摇。小树茂盛光泽美，美你无家乐陶陶。低湿地中长羊桃，果实累累挂满枝。小树繁茂光泽好，美你无妻乐悠悠。

【品读】

本诗是一位生活不如意的人的自嗟自叹。诗人生逢乱世，事业、生活都很不顺心，因此，他把自己和生长在洼地中的羊桃相比较，慨叹自己还不如那羊桃能够过着无牵无挂，没有忧愁，不知烦恼的生活。全诗虽简短，意义却是颇为深刻的。它深刻地反映出当时广大人民身处昏暗乱离之世，忧苦重重，濒于绝望的悲痛。诗中采用反兴手法，首章以乐苌楚之无知，反兴人之有知而不乐；次章以乐苌楚之无家，反兴人之有家而不乐；末章以乐苌楚之无室，反兴人之有室而不乐。全诗将草木与人对照来写，竟至痛感人生有知有家有室之苦，而转慕草木无知无家无室之乐，诗人苦不堪言之境，不言自明矣。

匪风

【一句话点评】

游子怀乡的慨叹。

【原文】

匪风发兮①，匪车偈兮②。顾瞻周道③，中心怛兮④。
匪风飘兮⑤，匪车嘌兮⑥。顾瞻周道，中心吊兮⑦。
谁能亨鱼⑧？溉之釜鬵⑨。谁将西归？怀之好音。

【注释】

①匪：彼。发：风声。
②偈：疾驰貌。
③周道：大路。
④中心：心中。怛：悲伤。
⑤飘：轻捷之貌。一说疾速貌。
⑥嘌：飞奔，疾驰。
⑦吊：悲伤。
⑧亨：烹。
⑨溉：洗。釜：锅。鬵：大釜。

【译文】

那风在哗哗地刮，那车在快速地跑。西去大道我回望，心中思乡甚忧伤。那风回旋天地转，那车疾速奔向前。西去大道我回望，心中充满思乡情。谁能烹制那条鱼？我帮你来刷锅儿。谁要西归回故乡？请他捎信报平安。

【品读】

这首诗是一个流落他乡之人思念家乡的慨叹。刮得尘土飞扬的大风，疾驰飞奔的车马，渲染了诗人所处的悲凉的环境。面对着通向家乡的大道，他却不能回家。这种困苦而又深深无奈的感受，最后就连寄予谁能代自己给家里报个平安的希望，都感觉很渺茫。全诗读来有独立苍茫之感，寥落之情、破败之境跃然纸上。那个大道上无言张望的人，他的心里只留下了孤独，思乡的情感，本诗就是诗人在这种心境下的喟叹之作。

曹风

蜉蝣

【一句话点评】

感叹人生短暂而飘零。

【原文】

蜉蝣之羽①，衣裳楚楚②。心之忧矣，于我归处③。

蜉蝣之翼，采采衣服④。心之忧矣，于我归息。
蜉蝣掘阅⑤，麻衣如雪。心之忧矣，于我归说⑥。

【注释】

①蜉蝣：昆虫，常在水面上飞，寿命很短，一般都是朝生暮死，其羽翼极薄并有光泽。
②楚楚：鲜明的样子。
③于：通『何』哪里。归：归依，回归。处：地方，居所。
④采采：华丽的样子。
⑤掘阅：穿穴。阅通穴。
⑥说：止息，歇息。

【译文】

蜉蝣翅膀有光泽，漂亮衣裳五彩画。心有忧愁不欢乐，我的归依在何处。蜉蝣展翅白又亮，华美衣服真高贵。心有忧愁不舒畅，哪里是我的归宿。蜉蝣出土白而亮，麻布衣裳似白雪。心藏忧痛不欢畅，哪里是我的归处。

【品读】

在本诗中，敏感的诗人借朝生暮死的蜉蝣写出了脆弱的人生在消亡前的短暂美丽和对于终须面临消亡的困惑。这首诗的内容简单，结构更是单纯，却有很强的表现力。变化不多的诗句经过三个层次的反复以后给人的感染是浓重的：蜉蝣翅膀的小小美丽经过这样处理，便有了一种不真实的艳光，那小虫的一生竟带上了铺张的华丽；但因这种描写之间相隔着对人生忧伤的深深感喟，所以对美的赞叹描画始终伴随着对生命的短暂与消亡的无奈，那种昙花一现、浮生如梦的感觉就分外强烈。

候人

【一句话点评】

同情候人，讽刺不称其服的贵族士大夫。

【原文】

彼候人兮①，何戈与祋②。彼其之子③，三百赤芾④。

维鹈在梁⑤，不濡其翼。彼其之子，不称其服⑥。

维鹈在梁，不濡其咮⑦。彼其之子，不遂其媾⑧。

荟兮蔚兮⑨，南山朝隮⑩。婉兮娈兮⑪，季女斯饥。

【注释】

①候人：管迎宾送客的小武官。

②何：同『荷』，扛。祋：古时的一种兵器，棍棒类。

③彼其之子：他这个人，指前面提到的小官。

④赤芾：冕服之称。大夫以上高官朝服的一部分，熟皮制成，穿起来遮住两膝，又叫蔽膝。

⑤鹈：鹈鹕，一种水鸟。梁：鱼梁。

⑥不称：不配。

⑦咮：鸟嘴。

⑧遂：如愿。媾：宠，这里指高官厚禄。

⑨荟、蔚：云雾弥漫的样子。

⑩朝：升云，一说虹。

⑪婉、娈：相貌柔美。季女：排行最小的女子。斯：语气词，无义。饥：挨饿。

【译文】

那个迎宾的小武官，肩上扛着戈与祋。再看那些人们啊，三百大夫穿赤芾。鱼鹰站于鱼梁上，不曾沾湿其翅膀。再看那些人们啊，不配穿那大夫衣。鱼鹰站于鱼梁上，未曾弄湿自己的嘴。再看那些人们啊，不配君王施恩宠。云霞漫漫浮天空，朝云升起南山巅。相貌柔美令人美，少女贫苦受饥寒。

【品读】

本诗将候人与士大夫的服饰和形态动作进行了对比，从而指责那些闲散的士大夫不配穿好衣服，不配享受高官厚禄，强烈地显示出诗人对于那些不劳而食的达官贵人们的讽刺。诗的最末两句回到自己身处的现实处境，候人值勤到天明，看见南山朝云升腾，想到了自己的家。又是一个早晨来临，小女儿不知道有没有早饭吃！至此，诗的内涵更加丰厚了。候人的苦处已不仅落在他一个人身上，他的家庭也跟着一起受苦，连小女儿的温饱都顾不了。在这些乌七八糟的贵族士大夫的统治下，本来应该是很美好的生活却遭受着饥饿的威胁，更突出了全诗愤恨不平的情绪。

下泉

【一句话点评】

曹国人对周王室的怀念。

【原文】

洌彼下泉①，浸彼苞稂②。忾我寤叹③，念彼周京④。
洌彼下泉，浸彼苞萧⑤。忾我寤叹，念彼京周。
洌彼下泉，浸彼苞蓍。忾我寤叹，念彼京师。
芃芃黍苗⑥，阴雨膏之⑦。四国有王，郇伯劳之⑧。

【注释】

①洌：寒冷。下泉：奔流而下的山泉。
②稂：童粱，田间害草。
③忾：感慨。寤：醒来。
④念：怀念，想念。周京，周的京城。
⑤萧：植物名，蒿的一种，即青蒿。
⑥芃芃：繁盛的样子。
⑦膏：润泽，滋润。
⑧郇伯：郇国君。劳：慰问，慰劳。

【译文】

寒冷泉水往下流，浸泡莠草难生长。醒来一声长叹息，怀念成周心悲伤。冰冷泉水地下淌，浸泡萧艾难生长。醒来我忙声声叹，怀念京城伤心肝。寒冷泉水地底流，浸泡蓍草难生长。刚刚睡醒我叹息，怀念京都心意凉。黍苗青青多繁盛，阴雨浇灌助它长。天下各国有国君，郇伯劳苦来勤王。

【品读】

本诗通过描写惨淡、冷调的环境表达了诗人对昔日西周全盛时期的怀念以及对当时社会状况的感伤与担忧。本诗以受伤的野草起兴，象征着日渐衰微的曹国，让人不禁想起昔日周室的强盛。作者看到如此景象，怀伤不已，怀的是昔日的盛世，伤的是当今的萧索景象，读来令人深深感慨。

豳风

鸱鸮

【一句话点评】

诗人以鸟筑巢养雏，历尽艰辛来代言其穷苦经历和对统治者的愤恨。

【原文】

鸱鸮鸱鸮①，既取我子，无毁我室。恩斯勤斯②，鬻子之闵斯③。

迨天之未阴雨，彻彼桑土④，绸缪牖户⑤。今女下民⑥，或敢侮予？

予手拮据⑦，予所捋荼⑧，予所蓄租⑨，予口卒瘏⑩，曰予未有室家。

予羽谯谯⑪，予尾翛翛⑫，予室翘翘⑬，风雨所漂摇，予维音哓哓⑭！

【注释】

①鸱鸮：猫头鹰。

②恩、勤：勤劳。斯：语气助词，没有实义。

③鬻：养育。闵：同悯。一说病。

④迨：趁着。彻：剥取。桑土：桑树根。

⑤绸缪：本意为缠绵，引申为缠缚、修缮。牖：窗。户：门。

⑥女：汝，你。

⑦拮据：手指屈伸不能自如。

⑧所：语气助词。捋：用手握住东西顺着抹取。

⑨蓄：积蓄，积攒。租：这里指茅草。

⑩卒瘏：因劳累而得病。

⑪谯谯：羽毛残敝。

⑫翛翛：羽毛枯焦。

⑬翘翘：危险的样子。

⑭哓哓：由于恐惧而发出凄苦的叫声。

【译文】

猫头鹰啊猫头鹰，你已把我儿女抓走，不可再毁我的家。爱子使我付辛劳，抚养子女患病多。趁着天还未下雨，取来桑根把皮剥，缠缚门窗加牢固。现在你们这些住在树下的人，谁再敢来欺侮我！我的双手已累麻，还要拾取茅草花，要多积蓄干茅草。我的嘴巴累病了，由于我无安全巢。我的羽毛稀落落，我的尾巴已枯焦，我的窝高多危险，风吹雨打任飘摇。提心吊胆喳喳叫。

【品读】

本诗大约成诗于公元前十一世纪，是一首警告侵略者不得再相侵扰的童话诗，也是一篇劳动人民给那残酷的统治者的暗示的寓言诗。本诗以小鸟养育自己的孩子起兴，倾诉了孩子被夺走，家也险遭毁坏的痛苦经历。本诗共四章，首章写母鸟对迫害它的鸱鸮的警告。二章写母鸟趁天晴加固窝，以便抵御自然灾害和人祸。三章写母鸟筑窝，所付出的辛勤劳动。末章写窝未造成，母鸟为此而忧惧而愁苦。全诗各章，分别诉说她建立家室的艰辛，以反衬猫头鹰的残暴。通篇都是深忧危苦之词，并指明诗人就是那只可怜的小鸟，是一个饱受苦难，横遭统治者野蛮剥削的穷苦平民，因此作此诗诉说其不幸，表达了他对统治阶级的强烈愤恨。诗中的每个形象都有象征意义，而且，从头到尾都没有出现喻体也是本诗的一大特色，能够引发读者的联想。

东山

【一句话点评】

从征士兵还乡，途中想念家乡、田园荒芜、妻子悲叹的心情。

【原文】

我徂东山①，慆慆不归②。我来自东，零雨其濛③。我东曰归④，我心西悲⑤。制彼裳衣，勿士行枚⑥。蜎蜎者蠋⑦，烝在桑野⑧。敦彼独宿⑨，亦在车下。

我徂东山，慆慆不归。我来自东，零雨其濛。果赢之实⑩，亦施于宇⑪。伊威在室⑫，蟏蛸在户⑬。町畽鹿场⑭，熠熠宵行⑮。不可畏也，伊可怀也。

我徂东山，慆慆不归。我来自东，零雨其濛。鹳鸣于垤⑯，妇叹于室。洒扫穹室，我征聿至⑰。有敦瓜苦，烝在栗薪⑱。自我不见，于今三年。

我徂东山，慆慆不归。我来自东，零雨其濛。仓庚于飞，熠耀其羽。之子于归，皇驳其马⑲。亲结其缡⑳，九十其仪㉑。其新孔嘉㉒，其旧如之何㉓？

【注释】

①徂：往。

②慆慆：久。

③濛：微雨貌。

④我东日归：我在东边的时候听说要回家了。

⑤我心西悲：我心里想着在西边的家伤心不已。

⑥勿：不要。士：通『事』，从事，进行。行枚：士兵行军口中衔枚（似筷），以防喧哗。

⑦蜎蜎：蠕动的样子。蠋：蚕虫。

⑧烝：乃。一说放置。桑野：长满桑树的田野。

⑨敦：蜷缩。

⑩果臝：瓜蒌。实：果实。

⑪施：蔓延，攀延。宇：屋檐。

⑫伊威：一种小虫。

⑬蟏蛸：长腿蜘蛛。

⑭町畽：田舍旁空地。鹿场：鹿的活动场所。

⑮熠耀：荧光。宵行：萤火虫。

⑯鹳：一种水鸟。垤：蚂蚁壅的土堆。

⑰我征：我那远征的人。聿：助词。至：回来，到家。

⑱栗：通『裂』。

⑲皇：黄色。驳：杂色。

⑳亲：母亲。结：系。缡：古时女子的佩巾。

㉑九十：形容仪式隆重繁多。仪：礼仪，礼节。

㉒其：助词，无义。新：新人，新娘。孔：很，十分。嘉：美好。

㉓旧：旧人，指妻子。如之何：如何，怎样。

【译文】

我往东山去平叛，久久不能回到家。今天我从东方来，濛濛细雨不曾断。返乡消息刚听到，心向西方悲不安。身穿新制平民装，不再衔枚在口中。蚕虫蠕动爬得慢，久在桑林身孤单。躯体蜷缩成一团，战车下面不成眠。我到东山去打仗，久久没能回故乡。今天我从东方来，濛濛细雨心惆怅。家中瓜蒌已结实，蔓已爬到屋檐上。室内潮虫满地爬，门上喜蛛结了网。房前屋后鹿出没，萤火虫儿光闪闪。家园虽荒凉可怕，毕竟是家令人想。我到东山来征伐，长久不能回故乡。今天我由东方归，濛濛细雨心凄凉。蚂蚁土堆鹳鸣叫，妻子在房间叹息。洒扫房室堵窟窿，我的丈夫将回乡。那个圆圆大葫芦，长久放在柴堆上。自从未见丈夫面，至今已经有三年。我往东山去平乱，久久没能回家乡。今天我由东方回，濛濛细雨心忧伤。那天黄莺在飞翔，太阳光下闪金光。这个姑娘做新娘，迎亲马儿赤白黄。母为女儿挂佩巾，婚礼仪式讲得详。新婚之时很恩爱，久未见面会怎样？

【品读】

战事结束，士兵远征归家。这是一首杰出的征夫诗。本诗描写的就是一位远征归来的士兵，在回家的路上触景生情，因此作了这首诗，表达了他对家乡、对妻子的深切思念。全诗共分四章，每章前四句相同，以叙事和绘景，写出了征人由东山西归还家时的特定环境和氛围：阴雨连绵，景色凄惨。通过四章的重复咏唱，将复杂的内容统一起来，限定了它们都是抒情主人公在还乡途中的所感所想；这就把各章紧密联系起来，浑然成为一体，使这一悲凉的气氛浓郁弥漫，笼罩全诗。正如宋代学者朱熹所评述：『章首四句，言其往来之劳，在外之久，故每章重言，见其感念之深。』诗中描写了他想象中的家乡田园的破败、荒凉的景象，反映了他担忧、焦急的心情，使他更加急于回到家；同时描写了妻子出嫁时的美丽、热闹的场面，说明他对妻子的爱之深、思之切。此外，本诗的联想运用得丰富而自然：由桑蚕蠕动联想到自己在战车下过夜的情景，由路边的瓜果联想到家乡田园的破败和荒凉，由鸟的叫声联想到妻子的深深叹息，由黄鹂的飞翔联想到妻子出嫁时的场面。

伐柯

【一句话点评】

言婚姻中媒人的作用。

【原文】

伐柯如何①？匪斧不克②。取妻如何？匪媒不得。

伐柯伐柯，其则不远③。我觏之子④，笾豆有践⑤。

【注释】

①柯：草木的茎枝或斧柄。

②克：克服，完成。

③则：法则。

④觏：遇见。

⑤笾：古时竹制的盛果物的器具。豆：古时木制的盛肉或其他食品的器具。践：成行成列之状。

【译文】

斧柄怎么砍成？没有斧子做不成。娶妻应当怎么办？没有媒人就不行。砍斧柄啊砍斧柄，标准就在手中擎。我与这人结夫妇，摆好果肴来相庆。

【品读】

这首诗以没有斧头无法去砍斧柄起兴，描写了古代社会里那种经由媒人介绍的婚姻，可见“媒人”在当时婚姻中的重要性，后来即称媒人为“伐柯”。同时，伐柯也比喻做事要遵循一定的规则。诗中虽然透露规则不可违的严苛与无奈，但语气中也有自己对原则的一种把握和坚持，可见当时个人婚姻还是有一定自由度的。

雅

小雅

鹿鸣

【一句话点评】

大宴群臣宾客的诗篇。

【原文】

呦呦鹿鸣①，食野之苹②。我有嘉宾，鼓瑟吹笙。吹笙鼓簧③，承筐是将④。人之好我⑤，示我周行⑥。

呦呦鹿鸣，食野之蒿。我有嘉宾，德音孔昭[7]。视民不恌[8]，君子是则是效[9]。我有旨酒[10]，嘉宾式燕以敖[11]。

呦呦鹿鸣，食野之芩[12]。我有嘉宾，鼓瑟鼓琴。鼓瑟鼓琴，和乐且湛[13]。我有旨酒，以燕乐嘉宾之心。

【注释】

①呦呦：鹿的叫声。

②苹：皤蒿，俗名艾蒿。

③簧：乐器中用以发声的片状振动体，这里指乐器。

④承：捧着。将：献上。

⑤好：关爱。

⑥周行：大路，路途。

⑦德音：美德。孔：很，十分。昭：鲜明。

⑧视：示，昭示。恌：陈奂《传疏》：『恌，当为佻。……「佻，愉。」今《尔雅》愉作偷。愉，偷古今字。』

⑨则：榜样。效：模仿。

⑩旨：美味。

⑪式：语气助词，无实义。燕：同『宴』。敖：同『遨』，意思是游玩。

⑫芩：草名，属蒿类植物。

⑬湛：《传》『乐之大』，《集传》『湛，乐之久也』。

【译文】

郊外群鹿呦呦叫，尽情吃苹甚安闲。我有嘉宾来相会，奏瑟吹笙表欢迎。吹起笙来接贵客，捧筐赠物甚尊敬。贵客心中对我好，治国大道给我呈。群鹿呦呦在鸣叫，吃那青蒿野地里。我有嘉宾喜相见，他们德高美名彰。做民表率不轻薄，君子效法好榜样。我有美酒来奉上，嘉宾宴饮心欢畅。群鹿呦呦鸣叫欢，野外食芩乐悠悠。我有嘉宾来相见，奏瑟弹琴热烈迎。奏瑟弹琴来助兴，和平安乐情意深。我有甜酒勤奉献，嘉宾畅饮心欢腾。

【品读】

本诗描写的是统治者宴请群臣宾客的场面。宴席间主人彬彬有礼，以诚相待，客人坦荡、开诚布公，宾主之间一片和谐融洽的气氛。诗以『呦呦鹿鸣』起兴，即是为了渲染、推崇这种不沾纤尘、原始美好的君臣情谊。接下来通过对宴会上鼓瑟弹琴，畅饮畅谈的描绘，充分地突显了臣子的忠心进谏，君王善于纳谏的美好品行和君臣之间的良好关系。

四牡

【一句话点评】

差人苦于劳役，叹息不能回乡。

【原文】

四牡騑騑①，周道倭迟②。岂不怀归？王事靡盬③，我心伤悲！

四牡騑騑，啴啴骆马④。岂不怀归？王事靡盬，不遑启处⑤。

翩翩者鵻，载飞载下⑥，集于苞栩。王事靡盬，不遑将父！

翩翩者鵻，载飞载止，集于苞杞。王事靡盬，不遑将母！

驾彼四骆，载骤骎骎⑦。岂不怀归？是用作歌，将母来谂⑧！

【注释】

①四牡：四匹驾车的公马。

②周道：大路。倭迟：迂回遥远的样子。

③盬：停止。

④啴啴：喘息的样子。

⑤遑：暇，顾。启处：安居休息。

⑥载：则。

⑦骤：马奔驰。骎骎：马速行貌。

⑧谂：思念。

【译文】

四匹雄马蹄不停，在曲折大道上疾驰。难道不把家人想？国王事情无休止，使我心中常悲伤。四匹雄马脚不停，骆马劳累都喘息。难道不想把家回？国王之事无尽时，没有歇息的时间。鸽子在蓝天展翅，忽上忽下不安闲。停落丛生柞树间。国王事情没有完，供养父亲无时间。鸽子展翅飞蓝天，时飞时落尽情耍。栖息丛生杞树间。国王事情忙不尽，无暇来供养老母。四匹骆马同驾车，快速奔跑冲向前。难道不想将家返？所以写了这首诗，将我母亲来想念。

【品读】

这首诗是一个出征在外，无法回家的人所作，用以怀念家人。本诗简单明了，意思也明白易懂，诗人想念家人，想念白发的父亲母亲，很想马上回家，但没完没了的公家事务缠身，自己也无可奈何。诗的前半部分以四匹马的奔驰，突出公事繁忙，后半部分通过鸽子的嬉戏，表达对家人的愧疚。因此，本诗既表达了对家人的深切思念，也提出了对永无休止的征役的强烈抗议。

伐木

【一句话点评】

宴朋友亲戚故旧。

【原文】

伐木丁丁，鸟鸣嘤嘤①。出自幽谷，迁于乔木。嘤其鸣矣，求其友声。

相彼鸟矣②，犹求友声③。矧伊人矣④，不求友生？神之听之，终和且平。

伐木许许，酾酒有藇⑤！既有肥羜⑥，以速诸父⑦。宁适不来⑧，微我弗顾。

於粲洒扫，陈馈八簋⑨。既有肥牡，以速诸舅。宁适不来，微我有咎⑩。

伐木于阪，酾酒有衍。笾豆有践，兄弟无远。民之失德，干糇以愆⑪。

有酒湑我⑫，无酒酤我⑬。坎坎鼓我⑭，蹲蹲舞我⑮。迨我暇矣，饮此湑矣。

【注释】

①丁丁：伐木声。嘤嘤：鸟和鸣声。

②相：看。

③犹：还是，仍旧。

④矧：况且；何况。

⑤酾：滤酒。有：助词，放在形容词前。

⑥羜：五个月的小羊。

⑦以：用。速：邀请，宴请。诸父：同族的长辈。

⑧宁：宁可。适：恰好。

⑨陈：摆放。馈：食物。簋：古代的一种食器。

⑩咎：过错，过失。

⑪干糇：干粮，指普通食物。愆：过失。

⑫湑：滤酒去渣。

⑬酤：买酒。

⑭坎坎：鼓声。

⑮蹲蹲：舞貌。

【译文】

丁丁作响代木声，嘤嘤群鸟相和鸣。它从深谷飞出来，现在飞落大树上。嘤嘤连声唱不停，寻找同伴来相帮。来看那些小飞鸟，尚知求友来帮忙。何况我们乃人类，岂能不知重友情？神灵察知人求友，必让你把和平享。砍伐树木丁丁响，滤过美酒散芳香。已经宰杀小肥羊，敬请父辈来品尝。宁肯请他不能来，非我不把他看望。内外洒扫多鲜亮，佳肴八盘桌上放。已经宰杀肥公羊，快请舅辈俱品尝。宁肯请他来不成，非我有错任人讲。伐木就在山坡边，滤过美酒都斟满。食器样样摆整齐，兄弟叙谈莫疏远。人们有时来争吵，一点干粮致罪愆。有酒我要先过滤，无酒去买我拿钱。我来击鼓咚咚响，我们大伙舞翩翩。等到我有闲暇时，畅饮清酒尽欢颜。

【品读】

这是一首赞美友情、亲情的诗。诗中描写了宴请亲朋好友的场面，说明了亲情、交情的重要意义，表达了对和谐、美好的亲情、友情的赞美与向往。诗以大自然中伐木的场景为切入点，从对自然中和谐、美好情感的关注和期待着眼，引入人们对亲情、友情的维护和热爱。全诗展现了人们纯正善良的本性，洋溢着浓厚的喜悦氛围。诗歌风格活泼明快，读起来朗朗上口，散发着淳朴的气息。

天保

【一句话点评】

为君王祝愿和祈福的诗。

【原文】

天保定尔，亦孔之固。俾尔单厚①，何福不除②？俾尔多益，以莫不庶③。

天保定尔，俾尔戬谷④。罄无不宜⑤，受天百禄。降尔遐福⑥，维日不足。

天保定尔，以莫不兴。如山如阜，如冈如陵，如川之方至，以莫不增。

吉蠲为僖⑦，是用孝享⑧。禴祠烝尝⑨，于公先王。君曰卜尔⑩，万寿无疆。

神之吊矣⑪，诒尔多福。民之质矣，日用饮食。群黎百姓，遍为尔德。

如月之恒⑫，如日之升。如南山之寿，不骞不崩⑬。如松柏之茂，无不尔或承⑭。

【注释】

①俾：让，使。单厚：富足，丰厚。单，厚。

②除：予；赐。

③以：发语词，无实义。庶：众。

④戬：福。谷：禄。

⑤罄：尽。

⑥遐：远。

⑦蠲：通『涓』清洁。饎：酒食。

⑧孝享：献祭。

⑨禴：夏祭。祠：春祭。烝：冬祭。尝：秋祭。

⑩卜：予。

⑪吊：至。

⑫恒：月上弦。

⑬骞：亏也。崩：毁坏。

⑭或：无词义。承：拥护。

【译文】

上天保佑你安定，致使政权很稳固。使你国势甚雄厚，赐予你一切幸福。赏赐财物多又多，使你周朝极富裕。上天保佑你安定，福禄双全赐予你。使你一切都适宜，承受上天样样福。降你幸福久远长，唯恐时间有不足。上天保佑你安定，使你一切全兴盛。多如山阜的财物，又像山冈和丘陵。如同河水滚滚来，使你万物逐日增。择取吉日备酒食，拿到祖庙来献祭。春夏秋冬都祭祀，奉献先王和先公。先祖都说赐给你，『万寿无疆』，水无终。天神已经到身边，赐予幸福大又多。百姓质朴无伪饰，只求饮食不求它。所有民众和贵族，受你恩德都感化。周朝就像上弦月，如同朝日升蓝天。如同高寿的南山，不损不崩稳而坚。如同松柏永茂盛，拥戴周王众人愿。

【品读】

这首诗表现了群臣对周王的赞美和祝福。全诗运用了夸张的写法，极尽重复地赞美与祝福，使读者仿佛看到了君王高高在上和群臣在下跪拜的场面。本诗意思简明，容易理解，就像题目天保一样，上天保佑你平安。另有一说认为此诗包含着深深的讽刺意味，与其高高在上、与其吹嘘鼓噪，不如踏踏实实、认认真真地为百姓做点实事，那才能真正地获得上天的护卫。当然这些都是今人的看法，不足以约束古人。

杕杜

【一句话点评】

征人思念父母妻子。

【原文】

有杕之杜，有睆其实①。王事靡盬，继嗣我日②。日月阳止③，女心伤止，征夫遑止！

有杕之杜，其叶萋萋。王事靡盬，我心伤悲。卉木萋止，女心悲止，征夫归止！

陟彼北山，言采其杞④。王事靡盬，忧我父母。檀车幝幝⑤，四牡痯痯⑥，征夫不远！

匪载匪来，忧心孔疚。斯逝不至？而多为恤⑦。卜筮偕止⑧，会言近止，征夫迩止！

【注释】

①有：助词，在形容词前，无义。睆：实貌。一说光泽貌，一说果实浑圆貌。

②嗣：续，延长。我日：服役时间。

③日月：时间，光阴。阳：阴历十月。止：句末语气词。

④杞：枸杞。

⑤檀车：一说役车。幝幝：破敝的样子。

⑥痯痯：疲惫的样子。

⑦恤：忧。

⑧偕：嘉。

【译文】

棠梨树干笔直，圆圆果实挂枝头。国王之事无休止，服役之期又延长。时间已经到十月，妇人心中好悲伤，征人应有闲时光。棠梨树干挺拔，青青枝叶长得旺。国王之事没有完，使我心中感伤多。草木在茂盛地长，妇人心中真凄凉，征人将要归故乡。登上北边那山冈，多多将那枸杞采。国王之事无尽头，父母无靠我心忧。檀木兵车已破败，四匹雄马已累坏，离家不远征人来。役期已满没人问，心愁成病好悲伤。役期早过人未还，徒增忧虑心内伤。龟甲蓍草俱卜卦，二者之言都一样，征人已近家门旁。

【品读】

这是一首描写在外服徭役的人思念父母妻子的诗。国家征役无休止，王差没完没了，人民饱受徭役之苦。征人应付王差，年年在外，无法回家。妻子思念丈夫，愿他早日回家，但是无可奈何。全诗从征人的角度来写，从他对日常场景的关注写起，进而深入他的悲戚，突出他对在家妻子父母的关切，感情表达真挚、强烈，感人肺腑。全诗分为四章，首章以『有杕之杜，有睆其实』起兴，诗人即景生情，因树而想起家乡的亲人。而后由想念家乡而怨恨服役，由怨恨而更思念家乡。接着写诗人想象家中的妻子此刻正忧伤地思念远方的征人——自己。己在思人，而写人正思己，把思念之情更深化一层。第二章句式上与上章相同而略有变化，在复沓中加强了感情的表达。第三章表达对父母的思念。在念及妻子的同时念及父母，具有逻辑的合理性。第四章写征夫想象家人对他的翘盼。诗人视角发生了转移，即由被描写主体变成了抒情主体。全诗以家人久盼不归而仍盼其归结尾，含有思不尽之思，味不尽之味。

南有嘉鱼

【一句话点评】

贵族宴请宾客。

【原文】

南有嘉鱼，烝然罩罩①。君子有酒，嘉宾式燕以乐②。

南有嘉鱼，烝然汕汕③。君子有酒，嘉宾式燕以衎④。

南有樛木，甘瓠累之⑤。君子有酒，嘉宾式燕绥之⑥。

翩翩者鵻⑦，烝然来思。君子有酒，嘉宾式燕又思⑧。

【注释】

①南：江汉之间。一说南方。烝：众。这里指鱼很多。罩：捕鱼具。

②式：应当。燕：饮酒。

③汕汕：游来游去的样子。

④衎：乐。

⑤累：缠绕。

⑥绥：惬意，安乐。

⑦鵻：斑鸠。

⑧又：劝酒。

【译文】

南方江河有好鱼，用来打捞有很多。贵族老爷有酒吃，嘉宾宴饮乐陶陶。南方江河有好鱼，游来游去尾摇摆。贵族老爷有美酒，嘉宾宴饮心欢快。南山有树枝干弯，甘瓠秧蔓绕枝缠。贵族家里藏美酒，嘉宾畅饮心意舒。鹁鸪展翅在蓝天，群鸟到此来游玩。贵族老爷藏美酒，嘉宾畅饮将酒劝。

【品读】

本诗是一首祝酒词，描写了丰盛的宴会，表达了诗人对宴会主人盛情款待的感谢与赞美。本诗可与《鱼丽》连起来读，但与其比较起来，《鱼丽》不见人只见物，作者主要通过描绘宴会本身，从侧面烘托宾主气氛，通过描述的语气加以传达情感，给读者的扩展空间较大；而本诗加入了宴会场面的正面描写，虽然内容多了，但言语间却少了激情，显得比较平淡。

南山有台

【一句话点评】

祝贤才有德有寿，为国柱石。

【原文】

南山有台[①]，北山有莱。乐只君子[②]，邦家之基。乐只君子，万寿无期！

南山有桑，北山有杨。乐只君子，邦家之光。乐只君子，万寿无疆！

南山有杞，北山有李。乐只君子，民之父母。乐只君子，德音不已[③]！

南山有栲，北山有杻。乐只君子，遐不眉寿[④]。乐只君子，德音是茂！

南山有枸，北山有楰。乐只君子，遐不黄耇[⑤]。乐只君子，保艾尔后[⑥]！

【注释】

①台：莎草，可做蓑衣。莱：草名，即藜，亦称灰菜，嫩叶可食。

②乐：快乐，愉快。只：句中语气词。君子：这里指贤人。

③已：停止。

④遐：同『胡』，为什么。眉寿：长寿。

⑤黄耇：黄发老者。人老发白，白久而黄。耇：老。

⑥保：安。艾：养。一说长。

【译文】

南山上长着莎草，北山莱草盖山脊。君子贤人好快乐，他是国家好根基。君子贤人好快乐，祝你长寿永无疆。南山上长着桑树，北山处处长白杨。君子贤人好快乐，他为国家争光荣。君子贤人好快乐，祝福你万寿无疆。南山生有那杞树，北山李树在生长。君子贤人好快乐，他是人们好爹娘。君子贤人好快乐，美名永久天下扬。南山之上栲树长，北山杻树长得旺。君子贤人好快乐，能不长寿把福享？君子贤人好快乐，声誉美好永传扬。南山生长那枸树，北山生长那山楸。君子贤人好快乐，能不长寿岁千秋？君子贤人好快乐，保养子孙江山久。

【品读】

周王得贤才辅佐，国家繁荣昌盛。本诗描写的就是周王宴请群臣，在宴会上赞美和祝福群臣的场面。『乐只君子』表现了周王对君子贤臣由衷的钦佩和赞赏。本诗在一唱三叹中表达了强烈、诚恳的感情，表达了周王的感激之意；同时，周王对臣子进行祝福，祝他们万寿无疆，说明当时君臣的关系相对宽松、地位相对平等，也说明当时『万寿无疆』并不仅仅为君王所独享。

蓼萧

【一句话点评】

周天子宴饮诸侯，一位官员对周天子的赞美。

【原文】

蓼彼萧斯，零露湑兮①。既见君子，我心写兮②。燕笑语兮，是以有誉处兮③。

蓼彼萧斯，零露瀼瀼④。既见君子，为龙为光。其德不爽，寿考不忘。

蓼彼萧斯，零露泥泥⑤。既见君子，孔燕岂弟⑥。宜兄宜弟，令德寿岂⑦。

蓼彼萧斯，零露浓浓。既见君子，鞗革冲冲⑧。和鸾雝雝，万福攸同⑨。

【注释】

①蓼：长大貌。零：落。湑：盛貌。一说晶莹貌。

②写：宣泄。

③是以：以是，因此。誉处：安处。

④瀼瀼：露盛的样子。

⑤泥泥：濡湿貌。

⑥岂弟：同恺悌，和易近人。

⑦岂：乐。

⑧鞗革：皮革制马缰绳。冲冲：垂饰的样子。

⑨攸：所。

【译文】

艾蒿长得高又大，落满露珠湿漉漉。真命天子我见到，心中舒畅好欢乐。饮酒说笑意相投，因此才有安乐处。艾蒿生得高又大，落满露珠湿漉漉。真命天子我见到，拥有宠爱和荣光。你有美德无偏差，永生人世不消亡。艾蒿生得高又大，落满露珠湿漉漉。真命天子我见到，安乐平易真和睦。如兄如弟情意浓，美德长寿又幸福。艾蒿生得高又大，枝叶湿润露水浓。真命天子我见到，金光闪闪马络头。鸾铃声声真和谐，万种幸福你聚拢。

【品读】

周天子宴请诸侯，一位官员在宴会上有幸见到了周天子，因而作了这首诗，赞美周天子的美好品行，以及衷心祝愿周天子长寿健康。诗以高大茂盛的植物起兴，象征着在诗人心中周天子形象的高大，泽被世人；上面露珠的闪亮象征着周天子的美好品德，为世人景仰。全诗充满和谐的基调，明亮、疏放，读来神清气爽，给人幸福、豪迈的感觉，可见周天子在人民心目中的地位。

湛露

【一句话点评】

周天子宴请诸侯。

【原文】

湛湛露斯①，匪阳不晞②。厌厌夜饮③，不醉无归。

湛湛露斯，在彼丰草。厌厌夜饮，在宗载考④。

湛湛露斯，在彼杞棘。显允君子⑤，莫不令德⑥。

其桐其椅，其实离离⑦。岂弟君子⑧，莫不令仪⑨。

【注释】

①湛湛：露重貌。

②阳：阳光，太阳。晞：干。

③厌厌：安乐的样子。

④宗：宗庙。载：充满。考：通『孝』。

⑤显：光明坦荡。允：诚实守信。

⑥令：善美。

⑦离离：果实多而密集的样子。

⑧岂弟：同『恺悌』，和乐平易的样子。

⑨仪：礼仪风范。

【译文】

清晨露水很浓重，不见朝阳不蒸发。夜晚饮酒多安乐，谁不喝醉不回返。清晨露水很浓重，沾在繁茂野草间。夜晚饮酒多安乐，在那宗庙尽孝道。清晨露水很浓重，沾湿枸杞酸枣树。坦荡诚信的君子，无处不显示美德。山桐子树梧桐树，果实累累无可数。和乐平易众宾客，容止礼节都超俗。

【品读】

这是一首描写周王宴请诸侯的诗，表达了对群臣的赞美。诗以露水浓浓起兴，象征着周天子对群臣的情义十分浓厚。因而鼓瑟弹琴，畅饮美酒来感谢。全诗四章，每章四句，各章前两句均为起兴，且兴词紧扣下文事象：宴饮是在夜间举行的，而大宴必至夜深，夜深则户外露浓；宗庙外的环境，最外是萋萋的芳草，建筑物四围则遍植杞、棘等灌木，而近户则是扶疏的桐、梓之类乔木，树上且挂满果实。现在一切都笼罩在夜露之中。从夜露甚浓可知天气晴朗，或明月当空或繁星满天，户厅之外，弥漫着祥和的静谧之气；户厅之内，则杯觥交错，宾主尽欢，内外动静相衬，是一幅绝妙的『清秋夜宴图』。诗句恳切，言语间足见周天子体及下臣、礼贤下士的道德品质和优秀节操，是一位谦和、宽厚、仁慈、爱民的好君王。

彤弓

【一句话点评】

歌颂周天子举行宴会，将彤弓赠予有功诸侯之事。

【原文】

彤弓弨兮①，受言藏之②。我有嘉宾，中心贶之③。钟鼓既设，一朝飨之④。

彤弓弨兮，受言载之。我有嘉宾，中心喜之。钟鼓既设，一朝右之⑤。

彤弓弨兮，受言櫜之⑥。我有嘉宾，中心好之。钟鼓既设，一朝酬之⑦。

【注释】

①彤弓：朱红的弓。弨：弓弦松弛貌。

②言：语气助词。藏：珍藏于祖庙中。

③贶：爱戴。

④一朝：整个上午。飨：用酒食款待人。

⑤右：通『侑』，劝酒。

⑥櫜：装弓的袋，此处指装入弓袋。

⑦酬：劝酒。

【译文】

朱红之弓弦松弛，赠予功臣庙中藏。我有嘉宾在朝堂，赞美他们在心上。钟鼓乐器陈列好，终朝尽情来宴飨。朱红之弓弦松弛，接受过来载车上。我有嘉宾于朝堂，喜欢他们在心房。钟和鼓来排列好，终朝劝酒真欢畅。朱红之弓弦松弛，将它收到囊中间。我有嘉宾在朝堂，赏爱他们在心底。钟和鼓啊都排好，终朝醉酢把酒劝。

【品读】

这首诗描写的依旧是周天子宴请诸侯，答谢有功之臣，可与前面几首诗并读。字里行间显露的依旧是周天子收放自如、坦荡温暖的胸怀。所谓『大象无形』在周天子身上得到了集中的体现，其所作所为无不令人感觉妥帖、安稳，心悦诚服。诗中所反映的当时君臣之间的那种相互尊重的和谐关系，大大不同于后世君臣之间的主奴关系。

菁菁者莪

【一句话点评】

女子喜逢爱人之歌。

【原文】

菁菁者莪①，在彼中阿②。既见君子，乐且有仪。

菁菁者莪，在彼中沚③。既见君子，我心则喜。

菁菁者莪，在彼中陵④。既见君子，锡我百朋⑤。

泛泛杨舟，载沉载浮⑥。既见君子，我心则休⑦。

【注释】

①菁菁：草木繁盛的样子。莪：莪蒿，又名萝蒿，一种可吃的野草。

②阿：大的丘陵。

③沚：水中小洲。

④陵：大土丘。

⑤锡：同『赐』。赠送。百朋：指极多的货币。朋，上古以贝壳为货币，十贝为朋。

⑥载：则。

⑦休：喜。

【译文】

萝蒿葱茏真繁茂，在丘陵中遍地生。已经看到那君子，高兴又举止得体。萝蒿长得多茂盛，簇簇生长在小洲。已经看到那君子，心中欢喜是真情。萝蒿葱茏真茂盛，土山之上满地生。已经看到那君子，心情胜过赐百朋。杨木船儿漂荡荡，忽落忽浮水中间。已经看到那君子，心中欢喜好舒畅。

【品读】

本诗的主旨，《毛诗序》说是『乐遇才』，朱熹《诗集传》则批评《毛诗序》『全失诗意』，认为『此亦宴饮宾客之诗』。今人多以为是古代女子喜逢爱人之歌。诗前三章都以『菁菁者莪』起兴，意象清舒爽朗。第一章，女子在莪蒿茂盛的山坳里，邂逅了一位性格活泼开朗、仪态落落大方、举止从容潇洒的男子，两人一见钟情，在女子内心深处引起了强烈震撼。第二章写两人又一次在水中沙洲上相遇，作者用一个『喜』字写怀春少女既惊又喜的微妙心理。第三章，两人见面的地点从绿荫覆盖的山坳、水光萦绕的小洲转到了阳光明媚的山丘上，暗示了两人关系的渐趋明朗化。第四章笔锋一转，以『泛泛杨舟』起兴，象征两人在人生长河中同舟共济、同甘共苦的誓愿。至此，全诗把一个美妙的爱情故事诠释得如此引人入胜。

车攻

【一句话点评】

叙述周宣王在东都会同诸侯举行田猎的诗。

【原文】

我车既攻①，我马既同②。四牡庞庞③，驾言徂东。

田车既好，田牡孔阜④。东有甫草，驾言行狩。

之子于苗，选徒嚣嚣⑤。建旐设旄，搏兽于敖⑥。

驾彼四牡，四牡奕奕。赤芾金舄⑦，会同有绎⑧。

决拾既佽⑨，弓矢既调。射夫既同⑩，助我举柴⑪。

四黄既驾，两骖不猗。不失其驰，舍矢如破⑫。

萧萧马鸣，悠悠旆旌。徒御不惊⑬，大庖不盈⑭。

之子于征，有闻无声。允矣君子⑮，展也大成⑯。

【注释】

①攻：修缮，使之牢固。

②同：聚。指选择调配足力相当的健马驾车。

③庞庞：强壮。

④阜：高大肥硕有气势。

⑤选：通『算』。嚣嚣：喧嚣。

⑥敖：敖山，地名。在今河南荥阳东北。

⑦赤芾：红色蔽膝。金舄：用铜装饰的鞋。

⑧绎：秩序井然。

⑨决：用象牙和兽骨做成的扳指。拾：皮制的护臂。既：已经。佽：『齐』之假借字，齐全。

⑩射夫：射手。

⑪举：抬起。柴：打死的猎物。

⑫舍矢：放箭。如：而。破：射中。

⑬徒：士卒。御：车夫。不：通『丕』，很，十分。惊：机警，敏捷。

⑭庖：厨房。大庖：天子的厨房。

⑮允：信，确实。

⑯展：诚。

【译文】

猎车修理已坚牢，我的马匹选配齐。四匹骏马壮又高，驾车向东去洛邑。猎车已经准备齐，四匹雄马多肥壮。洛邑圃田茂草长，驾车烧草围猎场。宣王六月来打猎，清点士卒声嘈嘈。竖起旒旗牦牛尾，敖山野兽我来打。四匹雄马驾猎车，雄马四匹高又壮。红色蔽膝金头鞋，诸侯会合有序列。扳指护袖多便利，弓箭调配已相称。对对射手配合好，帮我将那猎物抬。四匹黄马来驾车，两匹骖马不外跑。指挥驱驰他得法，箭箭射出中目标。凯旋萧萧驷马鸣，旌旗众多随风摆。步卒车夫很机警，厨房遍堆鹿虎豹。宣王猎罢把京还，只闻车声无哗喧。勇武果敢真天子，真真把那大功建。

【品读】

周宣王英明神武，实现了周朝的复苏与兴盛，征讨西戎，打败荆蛮，很有作为。因而人们纷纷作诗来歌颂、赞美他。本诗描写的就是周宣王在东方进行大规模狩猎时的雄壮场面，不仅赞美了周宣王的伟大，同时也显示了当时周朝强大的力量，暗示着那些进犯周朝的敌人都会像那狩猎的猎物一样，被周朝消灭。整首诗以第一人称开篇，给人以真实、客观的印象，仿佛身临其中，增强了诗的气势。全诗结构完整，层次分明，按田猎过程依次道来，有条不紊，纹丝不乱。运用具有高度概括性和极富表现力的语言，生动传神地描写了射猎的场面及各种不同的景象，使读者如见其人，如闻其声。如写田猎，仅用四句十六字就绘声绘色地将大规模的场面呈现于读者眼前。『不失其驰，舍矢如破』凝练传神；『萧萧马鸣，悠悠旆旌』，画出一幅队伍归来的景象，意境宏大而优美，充满了诗情画意。

吉日

【一句话点评】

周宣王田猎并宴会宾客。

【原文】

吉日维戊，既伯既祷①。田车既好，四牡孔阜。升彼大阜，从其群丑②。吉日庚午，既差我马③。兽之所同，麀鹿麌麌④。漆沮之从⑤，天子之所。

瞻彼中原，其祁孔有⑥。儦儦俟俟⑦，或群或友。悉率左右，以燕天子⑧。

既张我弓，既挟我矢。发彼小豝⑨，殪此大兕⑩。以御宾客，且以酌醴⑪。

【注释】

①伯：『祃』之假借。祃，师祭。祷：『禂』之假借。禂，马祭。

②从：追逐。丑：指野兽。

③差：选择。

④麀：母鹿。麌麌：众多貌。

⑤漆沮：漆水、沮水。

⑥其：那里。祁：原野辽阔。孔：非常。有：多。

⑦儦儦：奔跑的样子。俟俟：行走的样子。

⑧燕：乐。

⑨小豝：小母猪。

⑩殪：射死。兕：野牛。

⑪醴：甜酒。

【译文】

戊日吉利好时辰，师祭之后祭马祖。猎车辚辚真漂亮，四匹公马多肥壮。登上那边大土山，追逐群兽意气场。庚午也是吉祥日，最好猎马已选得。群兽惊慌聚一处，母鹿成群真丰富。追到漆沮河水边，天子猎场在此间。瞻望高原草地广，大兽很多好猎场。或疾驰来或缓行，三只两只成群跑。左面右面来围赶，供王尽射好舒畅。已经拉开我的弓，手挟箭杆定方向。一箭射死小母猪，再射野牛倒草里。烹调猎物宴宾客，兕角作杯甜酒香。

【品读】

这首诗描写了周宣王野外狩猎的场面，与前一首不同的是，本诗可看作是细节的描写和近距离的描绘。整个狩猎过程得到充分的显现和表达，全诗四章，艺术地再现了周宣王田猎时选择吉日祭祀马祖、野外田猎、满载而归、宴饮群臣的整个过程。对于环境和场景的描写生动、直接，有秩序和节奏。诗中最后描绘了周宣王引弓射野猪、野牛的细节场景，由衷地赞美了他的武艺高强，暗示周朝强大的力量。

鸿雁

【一句话点评】

流民诅咒徭役，他们辛劳地在荒野筑起百堵高墙，却没有安身之所。

【原文】

鸿雁于飞，肃肃其羽①。之子于征②，劬劳于野③。爰及矜人④，哀此鳏寡⑤。

鸿雁于飞，集于中泽⑥。之子于垣⑦，百堵皆作⑧。虽则劬劳，其究安宅⑨。

鸿雁于飞，哀鸣嗷嗷。维此哲人⑩，谓我劬劳。维彼愚人，谓我宣骄⑪。

【注释】

①肃肃：鸟飞时扇动翅膀的声音。

②之子：那个人，指服劳役的人。征：出行。

③劬劳：辛苦劳累。

④爰：助词，无义。及：施加。矜人：穷苦人。

⑤鳏：老而无妻者。寡：老而无夫者。

⑥中泽：泽中，水中。

⑦垣：墙头。

⑧堵：长、高各一丈的墙叫一堵。作：筑起。

⑨究：穷。宅：居。

⑩哲人：通情达理的人。

⑪宣骄：外表骄傲、逞强。

【译文】

鸿雁空中翩翩飞，奋击双翅肃肃响。那人离家出远门，野外辛劳奔波累。关照这些贫苦人，可怜鳏寡更心伤。大雁蓝天群翱翔，暂聚在沼泽的中央。那人筑墙服苦役，许多高墙被筑起。虽然大家皆劳苦，终究将有安居房。大雁蓝天群翱翔，嗷嗷哀鸣真凄凉。唯有那些明白人，言我为民操劳忙。也有那些愚昧人，说我骄奢令民伤。

【品读】

这是一首『饥者歌其食，劳者歌其事』的现实主义诗作，具有国风民歌的特点。全诗三章，每章均以『鸿雁』起兴，并借以自喻。首章写流民被迫到野外去服劳役，连鳏寡之人也不能幸免，反映了受害者的广泛，揭露了统治者的残酷无情。振翅高飞的大雁勾起了流民颠沛流离无处安身的感叹，其中包含着对繁重徭役的深深哀怨。次章承接上章，具体描写流民服劳役筑墙的情景。鸿雁聚集泽中，象征着流民在工地中集体劳作，协同筑起很多堵高墙，然而自己却无安身之地。『虽则劬劳，其究安宅』的发问，道出了流民心中的不平和愤慨。末章写流民悲哀作歌，诉说悲惨的命运，反而遭到那些贵族富人的嘲弄和讥笑。大雁一声声的哀鸣叫出了流民凄苦的共鸣，他们就情不自禁地唱出了这首歌，表达了心中的怨愤。

庭燎

【一句话点评】

赞美周宣王勤于政事。

【原文】

夜如何其①？夜未央②，庭燎之光③。君子至止，鸾声将将。

夜如何其？夜未艾④，庭燎晣晣⑤。君子至止，鸾声哕哕。

夜如何其？夜乡晨⑥，庭燎有辉。君子至止，言观其旂⑦。

【注释】

①如何：怎么样。其：语尾助词，表疑问。

②央：尽，完。

③庭燎：庭中用以照明的火炬；大烛。

④艾：止，尽。

⑤晰晰：光明貌。

⑥乡：同“向”，趋于，倾向。

⑦旂：上面画有蛟龙、竿顶有铃的旗。

【译文】

已是夜里什么时候？时间还未到天明，庭中火炬熊熊火光。诸侯高官来到朝廷，鸾铃锵锵声声鸣响。夜色已到什么时候？夜色还未全退却，庭中火炬明煌煌。诸侯高官至朝堂，唯闻铃声叮当响。夜色已到什么时候？时间已经近破晓，庭中火炬光芒昭明。诸侯高官至朝廷，已见龙旗风中影。

【品读】

本诗描写的是天还没有亮，大臣们已纷纷来到朝堂，准备早朝，却发现庭中的火炬依然燃烧着，说明君王周宣王彻夜都在处理政务，整夜未眠。因而，诗人作了这首诗，意在对周宣王的勤政，励精图治进行赞美。诗以“夜如何其？”起兴，带着一种关切和急迫的心绪，与之后安静的描述形成鲜明的对比，表现出了臣子的得力和君王的镇定。全诗读来感觉温暖舒适、和谐美好。“君子至止，言观其旂”，写人写景结合在一起，颇为传神。

鹤鸣

【一句话点评】

招揽人才，为国所用。

【原文】

鹤鸣于九皋①，声闻于野。鱼潜在渊，或在于渚②。乐彼之园，爰有树檀③，其下维萚④。它山之石⑤，可以为错⑥。

鹤鸣于九皋，声闻于天。鱼在于渚，或潜在渊。乐彼之园，爰有树檀，其下维榖⑦。它山之石，可以攻玉⑧。

【注释】

①九皋：皋，沼泽。九，虚数，言沼泽之多。

②渚：水中的小块陆地。

③爰：语气助词，没有实义。檀：紫檀树。

④萚：枯落的枝叶。

⑤它：别的，其他。

⑥错：砺石，可以打磨玉器。

⑦榖：楮树，其树皮可作造纸原料。

⑧攻：打磨制作。

【译文】

幽幽沼泽仙鹤鸣，声传四野真亮清。鱼儿潜伏在深渊，有的游荡沙滩边。我爱那些美林园，檀树生长上参天，下面树木叶凋零。别的山上有美石，用作磨石可琢玉。幽幽沼泽仙鹤唳，叫声天上听得见。鱼儿潜伏在深渊，有的游动沙滩边。我爱那些美林园，檀树高高枝叶密，树下楮树连成片。别的山上有美石，可以用来琢玉器。

【品读】

全诗分两节，各由鹤、鱼、树、石四组并列的意象组成。全诗为一首具有完整象征意义的诗，以物喻人，人和物一样，都有自己的才能，均可为国家、为自己来实现价值。诗中以鹤比隐居的贤人，以鱼在渊在渚，比贤人隐居或出仕，以园隐喻国家，以檀树喻贤人，以萚比小人，他山之石指别国的贤人，构成了此诗『招隐诗』的主题。

我行其野

【一句话点评】

弃妇诗。

【原文】

我行其野①，蔽芾其樗②。婚姻之故，言就尔居。尔不我畜③，复我邦家④。

我行其野，言采其蓫。婚姻之故，言就尔宿。尔不我畜，言归斯复。

我行其野，言采其葍。不思旧姻⑤，求尔新特⑥。成不以富⑦，亦祇以异⑧。

【注释】

①行：徘徊。

②蔽芾：树木枝叶繁盛貌。樗：臭椿树。

③畜：养活。

④复：返回。邦家：故乡。

⑤思：想。旧姻：原先的婚约。

⑥特：配偶。

⑦成：借为诚，实在。以：凭借。富：富裕。

⑧祇：恰恰。

【译文】

我独徘徊在郊野，臭椿枝叶多茂盛。由于和你有婚约，和你同居来生活。如今你不把我爱，返回故乡赶路程。我独行走在郊外，采羊蹄菜充饥肠。由于和你有婚约，和你同宿配成双。如今你不好待我，返回家乡赶路忙。我在郊外独自行，采些葍根充饥肠。不念结发旧恩情，追求新妇喜洋洋。确非因为她家富，恰是你已全变心。

【品读】

这首诗是一位嫁入他乡却被丈夫遗弃的妇女在回乡途中的内心独白。丈夫喜新厌旧，无情地抛弃自己，女子独自回乡，心中充满愤怒、悔恨。诗以臭椿、羊蹄菜、葍根等令人厌恶的丑陋植物起兴，象征着自己嫁给恶人，暗示此时女子为人所弃的愤怒心情，融情于景，情景交织。

斯干

【一句话点评】

祝贺宫室落成。

【原文】

秩秩斯干，幽幽南山①。如竹苞矣，如松茂矣。兄及弟矣，式相好矣②，无相犹矣③。

似续妣祖④，筑室百堵，西南其户。爰居爰处⑤，爰笑爰语。

约之阁阁⑥，椓之橐橐⑦。风雨攸除⑧，鸟鼠攸去，君子攸芋⑨。

如跂斯翼⑩，如矢斯棘⑪，如鸟斯革⑫，如翚斯飞⑬，君子攸跻⑭。

殖殖其庭⑮，有觉其楹⑯。哙哙其正⑰，哕哕其冥⑱。君子攸宁。下莞上簟⑲，乃安斯寝。乃寝乃兴，乃占我梦。吉梦维何？维熊维罴，维虺维蛇。

大人占之⑳：维熊维罴，男子之祥；维虺维蛇，女子之祥。

乃生男子，载寝之床，载衣之裳，载弄之璋㉑。其泣喤喤，朱芾斯皇，室家君王。

乃生女子，载寝之地，载衣之裼㉒，载弄之瓦㉓。无非无仪，唯酒食是议，无父母诒罹㉔。

【注释】

①秩秩：涧水清清流淌的样子。斯：语气助词，犹『之』。干：通『涧』，山间流水。幽幽：深远的样子。

②式：助词，表示劝诱。

③无：不要。犹：算计。

④似续：同『嗣续』，继承。妣祖：祖先。

⑤爰：在这里。

⑥约：用绳索捆扎。阁阁：牢固。

⑦椓：击。橐橐：敲击的声音。

⑧攸：乃。

⑨芋：通『宇』指居住。

⑩跂：踮起脚。斯：结构助词，相当于『的』。翼：严肃齐整的样子。

⑪矢：箭。棘：借作『翮』，此指箭羽翎。

⑫革：翅膀。

⑬翚：野鸡。飞：飞翔。

⑭跻：登。

⑮殖殖：平正貌。

⑯觉：高大直立。楹：柱子。
⑰哙哙：宽敞，透亮。正：向阳的正厅。
⑱哕哕：幽暗宁静。冥：黑夜。
⑲莞：蒲草，可用来编席，此指蒲席。簟：竹席。
⑳占：占卜。
㉑弄：把玩。璋：玉制的礼器。
㉒裼：婴儿用的褓衣。
㉓瓦：古代纺线的纺锤。这里指将来纺线主持家务。
㉔诒：同『贻』，给予，遗留。罹：祸患。

【译文】

涧水清清流不停，隐隐幽深终南山。有那密集的竹丛，有那茂盛的松林。周王兄弟来相处，和睦友好都相安，没有诈骗和欺凌。继承先祖大事业，筑起宫室几百间，西面南面修宫门。周家子孙把家搬，说说笑笑皆喜欢。捆绑筑板格格响，橐橐夯泥实墙土。风风雨雨都挡住，鸟害鼠患全消除，周王一家有新居。宫高如人踮脚站，檐角如箭棱分明，又像大鸟展双翼，又像锦鸡正飞腾，周王家庭登新堂。庭院平坦又宽阔，楹柱直立而高扬。白天堂内真明亮，黑夜幽暗多深广，周王住处确安宁。竹席铺在蒲席上，安然舒适将身耽。睡下起来都欢畅，占卜梦兆定吉祥。做的好梦是什么？是熊是罴多勇壮，是虺是蛇模样柔。太卜详把梦兆讲：梦乡之中有熊罴，预示男婴要降生；梦乡之中有虺蛇，产下女婴吉兆呈。若是夫人生男孩，叫他睡在高床上。

给他穿上那下裳，让他玩弄那玉璋。他的哭声真洪亮，红色蔽膝真鲜亮，长大定是周家王。若是夫人生女娃，叫她睡在那地上。包她要用那褓褓，给她玩弄纺锤棒。不违公婆无邪僻，只是做饭家务忙，别给父母添忧伤。

【品读】

这是一首祝贺西周奴隶主贵族宫室落成的歌辞。全诗九章，一、六、八、九四章七句，二、三、四、五、七五章五句，句式参差错落，自然活脱，使人没有板滞、臃肿之感，在雅颂篇章中是颇具特色的。就诗的内容来看，全诗可分为两个部分，一至五章，主要就宫室本身加以描绘和赞美；六到九章，则主要是对宫室主人的祝愿和歌颂。总观全诗，以描述宫室建筑为中心，把叙事、写景、抒情交织在一起，做到了具体生动、层次分明，是雅颂诸篇中比较优秀的作品。

正月

【一句话点评】

失意官吏忧国忧民，愤世嫉俗。

【原文】

正月繁霜，我心忧伤。民之讹言，亦孔之将①。念我独兮，忧心京京②。哀我小心，癙忧以痒③。

父母生我，胡俾我瘉④？不自我先，不自我后。好言自口，莠言自口。

忧心愈愈⑤，是以有侮。忧心茕茕，念我无禄。民之无辜，并其臣仆⑥。哀我人斯，于何从禄？

瞻乌爰止⑦，于谁之屋？瞻彼中林，侯薪侯蒸⑧。民今方殆，视天梦梦⑨。既克有定，靡人弗胜。有皇上帝，伊谁云憎⑩？

谓山盖卑⑪，为冈为陵。民之讹言，宁莫之惩！召彼故老，讯之占梦。具曰予圣，谁知乌之雌雄！

谓天盖高，不敢不局⑫。谓地盖厚，不敢不蹐⑬。维号斯言⑭，有伦有脊⑮。哀今之人，胡为虺蜴⑯？

瞻彼阪田⑰，有菀其特⑱。天之杌我⑲，如不我克。彼求我财，如不我得。执我仇仇⑳，亦不我力。

心之忧矣，如或结之。今兹之正，胡然厉矣？燎之方扬，宁或灭之？赫赫宗周，褒姒灭之！

终其永怀，又窘阴雨。其车既载，乃弃尔辅。载输尔载㉑，将伯助予㉒！

无弃尔辅，员于尔辐㉓。屡顾尔仆，不输尔载。终逾绝险，曾是不意。

鱼在于沼，亦匪克乐。潜虽伏矣，亦孔之炤㉔。忧心惨惨㉕，念国之为虐㉖！

彼有旨酒，又有嘉殽。洽比其邻㉗，昏姻孔云。念我独兮，忧心殷殷。

佌佌彼有屋，蔌蔌方有谷，民今之无禄，天夭是椓㉘。哿矣富人㉙，哀此茕独！

【注释】

①孔：很。将：盛大，猖獗。

②京京：忧愁深长。

③癙：抑郁，烦闷。痒：生病。

④胡：为什么。俾：使。瘠：痛苦，烦恼。

⑤愈愈：忧惧的样子。

⑥并：全，皆。臣仆：奴仆。

⑦瞻：看。乌：周家受命之征兆。爰止：落在什么地方。
⑧侯：维，只。薪：柴禾。
⑨梦梦：形容昏聩。
⑩伊谁云憎：憎谁，恨哪个人。伊、云：助词。
⑪盖：何。卑：矮小，低微。
⑫局：弯曲。
⑬蹐：放轻脚步走路。
⑭维：只有，只能。号：大声说出。斯言：这些话。
⑮伦：条理。脊：内涵。
⑯虺蜴：毒蛇和蜥蜴。
⑰阪田：山坡上的田。
⑱有菀：茂盛貌。
⑲杌：动、摇。
⑳执：得到。仇仇：傲慢不逊。
㉑输：掉落。
㉒将：请求。伯：排行大的人，等于说老大哥。助：帮助。
㉓员：巩固。

㉔炤：明。
㉕惨惨：忧郁不安。
㉖为：遭受。虐：灾祸。
㉗洽：和谐。邻：亲近的人。
㉘夭：摧残。椓：以斧劈柴。比喻沉重的打击。
㉙哿：欢乐。

【译文】

四月时节繁霜降，天道反常我心忧。民心已乱谣言起，沸沸扬扬极夸张。想起自己很孤独，无数忧愁堆心上。谨慎小心我悲哀，烦闷忧虑受祸殃。父母生我在人间，为何让我遭祸患？苦难不早也不晚，此时恰落我头上。好话打从人口出，坏话也由人口传。心中忧伤日日深，反遭侮辱心不宁。心忧孤独甚不安，想我没福能消受。百姓人人无罪过，一旦亡国变奴仆。可怜我们众辅臣，将从何处得幸福？看那乌鸦将止息？觅食降落谁家屋。看那茫茫树林里，唯有柴草在其间。百姓正在遭灾难，上天不明多昏庸。如今天命已确定，没人能把它战胜。光明伟大上帝神，不知你把谁来憎？那山何尝矮而低，是冈是陵高高站。民间谣言纷纷起，竟不制止任其传。故旧老臣都召见，请他占梦来问讯。占梦之人都自夸，乌鸦雌雄谁分辨？苍天空阔何等高，敢不弯腰来低头？人说大地多么厚，敢不轻轻小步走？高声呼叫这些话，合情合理有原因。可怜如今执政官，为何与蛇结成友？看那山坡崎岖田，庄稼长得好茂盛。上天肆意摧残我，唯恐把我打不倒。君王求我心好急，唯恐稍晚用不成。君王把我得到手，却又怠慢不重用。心中忧愁深又长，好像绳子打了结。当今政坛大官们，为何如此心凶恶？野火熊熊好旺盛，难道有谁能扑灭。兴隆显赫周王朝，褒姒竟能把它灭。忧伤满怀常惨惨，阴雨困扰增凄凉。大车已经装货满，却把夹板丢一旁。车载货物掉路上，大哥帮忙才叫唤。不要丢弃车夹板，还要加固那车辐。常常看视赶车夫，货物不致丢大路。这样终能度艰险，莫将此事等闲看。鱼儿游在浅池中，始终不能尽欢腾。即使潜伏深水中，仍然显著看得见。心中忧伤很悲痛，忧虑国家施暴政。达官贵人饮甜酒，美味佳肴享口福。四邻五党多融洽，亲戚周旋相推许。想起只有我孤单，郁郁不乐心忧伤。卑微小人有屋住，鄙陋小人有五谷。现在百姓无幸福，上天降灾人民苦。富贵人家多欢乐，可怜我啊太孤独。

【品读】

本诗作为一首政治抒情诗，其中大量比喻和象征的运用，极大地增强了诗的生动性和说服力。讽刺了周幽王昏庸无道，最终导致国家灭亡的结局，言语激烈，十分愤慨。全诗四言中杂以五言，便于表现激烈的情感，又显得错落有致。全诗以诗人忧伤、孤独、愤懑的情绪为主线，首尾贯穿，一气呵成，感情充沛。诗中注重对细节和场景的描绘，将人物性格特征的揭示与社会环境及时代的背景相结合，视野开阔，论述发人深省，让我们不禁对那个时代的动乱以及民不聊生发出感慨，深深体会到主人公的境遇和心情。

十月之交

【一句话点评】

揭露周幽王无道，民不聊生。

【原文】

十月之交，朔月辛卯①。日有食之，亦孔之丑。彼月而微，此日而微。今此下民，亦孔之哀。

日月告凶，不用其行②。四国无政，不用其良。彼月而食，则维其常。此日而食，于何不臧。

烨烨震电，不宁不令。百川沸腾，山冢崒崩③。高岸为谷，深谷为陵。哀今之人，胡憯莫惩④！

皇父卿士，番维司徒，家伯维宰，仲允膳夫。聚子内史，蹶维趣马，楀维师氏，艳妻煽方处⑤。

抑此皇父，岂曰不时？胡为我作，不即我谋？彻我墙屋，田卒污莱⑥。日予不戕⑦，礼则然矣。

皇父孔圣⑧，作都于向。择三有事⑨，亶侯多藏⑩。不慭遗一老，俾守我王。择有车马，以居徂向。

黾勉从事，不敢告劳。无罪无辜，谗口嚣嚣。下民之孽⑪，匪降自天。噂沓背憎⑫，职竞由人⑬。

悠悠我里⑭，亦孔之痗⑮。四方有羡⑯，我独居忧。民莫不逸，我独不敢休。天命不彻⑰，我不敢效我友自逸。

【注释】

①交：日月交会，指晦朔之间。朔月：月朔，初一。

②行：道；度。

③冢：山顶。

④胡憯：怎么。莫惩：不制止。

⑤艳妻：指周幽王的宠妃褒姒。方：正在；现时。

⑥莱：指田土荒芜，杂草丛生。

⑦戕：残害。

⑧圣：聪明。这里有讽刺之意。

⑨三有事：三有司，即三卿。

⑩亶：信，确实。藏：积蓄，聚敛。

⑪孽：灾难。

⑫噂：会聚。沓：语多貌。噂沓：聚在一起说话。背憎：背后互相憎恨。

⑬职：主。

⑭悠：忧思。里：『悝』之假借，忧愁。

⑮痗：病。

⑯羡：宽裕。

⑰彻：毁灭。

【译文】

九月底来十月初，就在辛卯那一天。天上日食忽发生，极坏征兆太惊险。不久之前有月食，现在日食又出现。当今天下老百姓，心中忧伤不堪言。太阳月亮显凶兆，运行常规不遵照。天下各国无善政，都因不用众贤良。平时月食也曾有，习以为常心不忧。今天日食又出现，为何如此不吉祥？雷鸣不停电闪光，政治恶劣民不宁。条条河流水沸腾，山峰座座尽坍崩。一时高崖成河谷，深谷忽然变成山。可怜现在执政官，为何不肯引为鉴？皇父本是卿士官，番氏官职是司徒。冢宰之职家伯掌，仲允任职是膳夫。棸子做了内史官，趣马蹶氏把王辅。楀氏担任师氏官，美妻惑王势正炽。哎呀这位皇父爷，恐怕不是好高官。为何你将我来骗，事先一点不告诉。拆毁我家墙和屋，良地积水变荒田。还说『不是我残暴，按理就该如此办』？皇父真是『大圣人』，建筑都城就在向。亲自择选三有司，多藏财物饱私囊。不肯留下一老臣，让他守卫我周王。有车马人被挑走，同往向邑奔驰忙。尽力做事为周王，不敢诉说我辛劳。本来无错又无罪，谗言诬我声嚣嚣。百姓遭受到灾祸，非自天上向地落。相聚谈笑背后恨，坏事全由人制造。我的心中忧思长，好像大病得一场。四方之人皆欢喜，唯独我在把心伤。人们生活皆安乐，唯我劳苦不敢闲。只要周朝天命在，不敢效友苟偷安。

【品读】

这首诗以发生日食、地震等自然现象为切入点，进而对社会所遭受的苦难进行了描绘，揭示了社会的黑暗、人民流离失所的社会现实，讽刺了周幽王的昏庸无道。同时，诗中也表达了诗人的进步思想，他认为人间的灾难并非来源于上天，而是君王的昏庸和朝廷的腐败造成的。

小宛

【一句话点评】

告诫兄弟小心谨慎，避祸全身于乱世。

【原文】

宛彼鸣鸠[1]，翰飞戾天[2]。我心忧伤，念昔先人。明发不寐[3]，有怀二人[4]。

人之齐圣[5]，饮酒温克[6]。彼昏不知，壹醉日富[7]。各敬尔仪，天命不又[8]。

中原有菽，庶民采之。螟蛉有子[9]，蜾蠃负之[10]。教诲尔子，式谷似之[11]。

题彼脊令[12]，载飞载鸣。我日斯迈，而月斯征。夙兴夜寐，无忝尔所生[13]。

交交桑扈[14]，率场啄粟。哀我填寡[15]，宜岸宜狱[16]，握粟出卜[17]，自何能谷？

温温恭人[18]，如集于木。惴惴小心，如临于谷。战战兢兢，如履薄冰。

【注释】

①宛：小的样子。

②翰飞：高飞。戾：至，达到。

③明发：天亮。

④二人：指父母亲。

⑤齐圣：聪明正直。

⑥温克：善于克制自己以保持温和、恭敬的仪态。

⑦壹：语气助词，没有实义。富：盛，甚。

⑧又：通『佑』，保佑。

⑨螟蛉：螟蛾的幼虫。

⑩蜾蠃：细腰蜂。负：背。

⑪式：句首语气词。似：继嗣。

⑫题：通『睇』，看。

⑬忝：愧，辱没。所生：指父母。

⑭交交：飞来飞去的样子。桑扈：鸟名。
⑮填：苦。
⑯岸：诉讼。
⑰出：问。
⑱温温：和软的样子。恭人：谦逊谨慎的人。

【译文】

小小斑鸠鸣不停，展翅高飞向蓝天。我的心中甚忧伤，怀念祖先备感亲。醒来无法再入眠，思念父母在心间。人若聪明懂事理，醉能温柔而克制。可是那些糊涂蛋，饮酒必醉日严重。请各自慎重举止，天命恩赐就一次。田里大豆在生长，百姓采叶做羹汤。螟蛉小虫生幼子，蜾蠃背负将它伤。儿子一定要教育，继承祖先好风采。你看那些脊令鸟，边飞边鸣于天空。我呀天天在奔波，你呀月月要出征。起早贪黑不停歇，莫辱父母的美名。青雀鸟儿在飞翔，沿着谷场把米啄。可叹我们穷病人，将打官司把牢坐。抓把粮食去卜卦，看我何时得吉利。要做温和谦恭人，好像鸟儿落树上。惴惴不安心慌张，好像走近深谷旁。心惊胆战太不安，好像走在薄冰上。

【品读】

本诗是由一位周朝的士大夫所作，用以劝诫兄弟要谨慎言行、严于教子的诗。全诗由古及今，由表及里，层层展开推进，言辞恳切、用心良苦。诗中所用的如斑鸠、豆角、螟蛉等象征非常贴切，这些意象既有丰富的内涵，又为本诗增添了鲜活、生动的气息，使读者读来感觉十分活泼，充满生机。

巷伯

【一句话点评】

被谗遭害者的抒愤诗。

【原文】

萋兮斐兮[1]，成是贝锦。彼谮人者[2]，亦已大甚！

哆兮侈兮[3]，成是南箕[4]。彼谮人者，谁适与谋？

缉缉翩翩[5]，谋欲谮人。慎尔言也，谓尔不信。

捷捷幡幡，谋欲谮言。岂不尔受？既其女迁。

骄人好好[6]，劳人草草[7]。苍天苍天，视彼骄人，矜此劳人[8]。

彼谮人者，谁适与谋？取彼谮人，投畀豺虎[9]！

豺虎不食，投畀有北[10]。有北不受，投畀有昊！

杨园之道，猗于亩丘[11]。寺人孟子[12]，作为此诗。凡百君子，敬而听之。

【注释】

①萋、斐：文采相错貌。

②谮：陷害，诬陷。

③哆：张口。

④成：简直，就像。箕：星宿名，位南方，共四星，连接成梯形，如簸箕状。

⑤缉缉：附耳私语状。翩翩：来来往往。

⑥好好：得意非凡。

⑦草草：忧郁，愁苦。

⑧矜：同情，怜悯。

⑨畀：给予。

⑩有北：北方苦寒之地。

⑪猗：在……之上。庙丘：丘名。

⑫寺人：阉人，宦官。

【译文】

五彩丝啊色缤纷，织成锦缎有贝纹。嚼舌头的害人精，造谣生事真过分。臭嘴一张何其大，形成南方那箕星。善进谗言那些人，谁愿和他谋事情？附耳私语说坏话，一心想把人来害。你们讲话需谨慎，都说你们把谎撒。花言巧语翻新样，一心造谣又说谎。哪能无人信谎言？终于你把高官任。谗人得志心欢畅，被害忠良心忧伤。苍天苍天你在上，细察骄人罪状多。怜悯劳人真凄凉。爱进谗言那些人，谁愿同他把事商？抓住长舌害人精，一齐丢到豺虎旁。豺虎若是不屑吃，把他扔到大北方。北方若是不接受，还交老天来惩罚。宽敞大路通杨园，路倚山丘紧相连。我是寺人叫孟子，作下这诗刺黑暗。过往君子慢慢行，都要警惕记心间。

【品读】

巷伯即寺人，宫中内侍，就是后来的宦官。本诗就是一个名叫孟子的诗人所作，为的是劝谏国君要警惕小人的谗言，不要被谗言所迷惑，以致误国。诗人也十分痛恨那些制造流言的人，因此本诗言辞强烈，情绪高亢，读来让人热血沸腾，心中充满对那些制造谗言的小人的愤恨。

谷风

【一句话点评】

弃妇责备丈夫忘恩负义。

【原文】

习习谷风①，维风及雨。将恐将惧②，维予与女③。将安将乐，女转弃予。

习习谷风，维风及颓④。将恐将惧，寘予于怀⑤。将安将乐，弃予如遗。

习习谷风，维山崔嵬⑥。无草不死，无木不萎。忘我大德，思我小怨⑦。

【注释】

①习习：大风声。谷风：东风。

②将：连词，且。

③与：亲近，救助。女：汝，你。

④颓：自上而下的旋风。

⑤寘：同『置』，放置。

⑥崔嵬：山势高峻的样子。

⑦小怨：小毛病。

【译文】

山谷呼呼刮大风，风雨交加天气坏。以前忧患甚艰苦，唯我帮你分忧虑。如今生活很安乐，你却把我远抛开。山谷大风呼呼响，风雨激荡震寰宇。以往忧患不安定，你搂我在怀抱里。现在生活很安乐，弃我如同扔废物。山谷大风呼呼刮，吹遍高高那山冈。刮得百草全枯死，所有树木都枯黄。我的大德你全忘，我的小错你总想。

【品读】

本诗是一位遭丈夫遗弃的妇女的哀怨自诉。诗中的女主人公被丈夫遗弃，她满腔幽怨地回忆旧日家贫时，她辛勤操劳、帮助丈夫克服困难，丈夫对她也体贴疼爱；但后来生活安定富裕了，丈夫就变了心，忘恩负义地将她一脚踢开。因而她唱出这首诗谴责那只可共患难，不能同安乐的负心丈夫。诗歌以从山谷吹来的大风起兴，风雨大作，在如此恶劣的环境下，女子又惨遭抛弃，狂暴的山风与激烈的愤恨交织在一起，显示女子境遇的悲惨。诗中的压抑、灰暗、沉闷的气氛与妇女的心情相互映衬，更突显了她内心的失落与悲伤。

四月

【一句话点评】

失意官吏诉说行役之苦和忧世之情。

【原文】

四月维夏，六月徂署①。先祖匪人，胡宁忍予？

秋日凄凄，百卉具腓②。乱离瘼矣③，爰其适归？

冬日烈烈，飘风发发。民莫不谷，我独何害？

山有嘉卉，侯栗侯梅。废为残贼④，莫知其尤⑤！

相彼泉水，载清载浊。我日构祸⑥，曷云能谷？

滔滔江汉，南国之纪⑦。尽瘁以仕，宁莫我有⑧？

匪鹑匪鸢，翰飞戾天。匪鳣匪鲔，潜逃于渊。

山有蕨薇，隰有杞桋。君子作歌，维以告哀！

【注释】

①徂：往，到。徂暑：指盛暑即将过去。

②腓：草木枯萎。

③乱离：祸乱，忧愁。瘼：病，疾苦。

④废：大。残贼：残害。

⑤尤：罪过。

⑥构祸：遭遇祸害。

⑦纪：守则，纲纪。

⑧有：通「友」，友爱，相亲。

【译文】

四月已经是夏天，六月酷暑就将完。祖宗不是别人家，忍心使我受苦难？秋天风雨甚凄凉，百草凋零百花稀。遭到离乱心忧伤，身归何处是乐乡？寒气凛凛刺人骨，狂风呼啸肤欲裂。他人都有好生活，为何我独遭祸殃？山上处处草木好，既有栗树也有梅。官吏肆意做残贼，竟然不知犯何罪。看那山涧泉水横，有时清澈有时浊。天天我都遭祸患，何时能有好生活？长江汉水滚滚流，统领南方诸河道。尽心苦为君王事，不肯友善来待我。看那大雕和鸢鸟，展翅高飞到蓝天。瞧那鲤鱼和鲔鱼，潜身逃进那深渊。山上长出蕨和薇，湿地生长杞棱树。我今作首歌儿唱，只是要把哀忧诉。

【品读】

从此诗「卒章显志」的末两句「君子作歌，维以告哀」来看，诗人系为抒发强烈悲愤之情而作。一个小官吏尽心为朝廷办事，却得不到提拔和重用，相反，还遇到不公正的待遇，横遭构祸，因此，作此诗来表达心中的愤懑与不满。诗中的环境描写很符合诗人此时的心境，利于感情的抒发，感染读者。诗中几个问句强化了主人公的境遇，揭示了牢骚、抱怨的根源。诗的最后把希望寄托于对现实的逃避，实是一种无奈之举。

北山

【一句话点评】

行役士子感伤王事繁重，劳逸不均。

【原文】

陟彼北山，言采其杞①。偕偕士子②，朝夕从事。王事靡盛，忧我父母。

溥天之下③，莫非王土。率土之滨④，莫非王臣。大夫不均，我从事独贤⑤。

四牡彭彭⑥，王事傍傍⑦。嘉我未老⑧，鲜我方将⑨。旅力方刚⑩，经营四方⑪。

或燕燕居息⑫，或尽瘁事国；或息偃在床，或不已于行。

或不知叫号⑬，或惨惨劬劳⑭。或栖迟偃仰⑮，或王事鞅掌⑯。

或湛乐饮酒⑰，或惨惨畏咎⑱。或出入风议⑲，或靡事不为。

【注释】

①言：语气助词。杞：枸杞，落叶灌木，果实入药，有滋补功用。

②偕偕：身体强壮的样子。

③溥：大。

④率：从，沿着。滨：水边。率土之滨：意思是说四海之内。

⑤贤：多。

⑥彭彭：形容马奔走不息。

⑦傍傍：无穷无尽。

⑧嘉：夸奖。

⑨鲜：珍视，重视。方将：正强壮。

⑩旅力：体力，筋力。

⑪经营：规划治理，此处指操劳办事。

⑫燕燕：安闲的样子。

⑬叫号：辛苦叫喊的声音。

⑭惨惨：忧虑不安貌。

⑮栖迟：闲游。

⑯鞅掌：负荷捧持，指公事繁忙。

⑰湛：同『耽』，沉湎。

⑱咎：过错。

⑲风议：放高言论，夸夸其谈。

【译文】

爬上高高的北山，我采枸杞来品尝。体格健壮的士子，从早到晚劳作忙。国王之事没完尽，担忧父母无人养。普天之下每寸土，没有不是王的地。四海之内人众多，无一不是王的臣。执政大夫不公正，使我出力独自多。四匹公马跑不停，国王之事忙不完。夸我年龄正相当，赞我身体真强健。说我年富力正强，四方劳作理当然。有人安逸家中坐；有人累病替国忙。有人休息卧床上；有人赶路急星火。有人不问民间苦；有人劳苦多忧伤。有人游乐床上躺；有人王事长操劳。有人贪图美酒乐；有人不安怕责难。有人内外空议论；有人万事都得干。

【品读】

这首诗描写的是一个为官差所累，不得歇息的小官吏对苦乐不均的抱怨，自己受到不公正待遇，因而作此诗来表达心中的不满。本诗最为精彩的地方莫过于诗的后三节，连用了十二个排比句，说出了人们截然不同的生活，虽然并没有直接加以评论，但通过诗人强烈的感情，我们也可以看出他对这种不公平的待遇是很不满意的，同时也说出出现这种情况就是因为士大夫有私心，对上层官员进行了讽刺。其中『溥天之下，莫非王土』一句成为了常用的名句。

无将大车

【一句话点评】

诗人感时伤乱。

【原文】

无将大车①，祇自尘兮②。无思百忧，祇自疧兮③。

无将大车，维尘冥冥④。无思百忧，不出于颎⑤。

无将大车，维尘雍兮。无思百忧，祇自重兮⑥。

【注释】

①将：扶进，此指推车。大车：牛拉的载重车。

②祇：只。自尘：招惹灰尘。

③疷：病痛。

④冥冥：昏暗。此处形容尘土迷蒙的样子。

⑤颎：通『耿』，心绪不宁，心绪重重。

⑥重：拖累。

【译文】

不要去推那牛车，若推只会沾灰尘。不要多想烦心事，若想只会添病身。不要去推那牛车，扬起灰尘天昏暗。不要多思忧心事，越想前途越不明。不要去推那牛车，灰尘扬起遮天空。不要寻思悲伤事，只会添病惹悲伤。

【品读】

本诗是一位正苦于服役的人的无奈感叹。全诗三章，每章均以推车起兴，人帮着推车前进，只会让扬起的灰尘洒满全身，辨不清天地四方。诗人由此兴起了『无思百忧』的感叹：心里老是想着世上的种种烦恼，只会使自己百病缠身，不得安宁。无论怎么想，现实还是要不停地工作干活，徭役还没有结束，自己也只能扛下去。想与不想都是一样，因此索性就不想了，表现出诗人深深的无奈，这种无奈，也是对繁重劳役的最有力的控诉。全诗语体采用自我劝解的方式，主人公深深的孤独感和挫败感包含其中，面对现实无法可想、无力改变，只能保留一点自我安慰。

小明

【一句话点评】

久役在外的官吏思归念友。

【原文】

明明上天，照临下土。我征徂西，至于艽野①。二月初吉，载离寒暑。心之忧矣，其毒大苦②！念彼共人③，涕零如雨。岂不怀归？畏此罪罟④！

昔我往矣，日月方除。曷云其还？岁聿云莫⑤。念我独兮，我事孔庶⑥。心之忧矣，惮我不暇。念彼共人，睠睠怀顾！岂不怀归？畏此谴怒⑦！

昔我往矣，日月方奥⑧。曷云其还？政事愈蹙。岁聿云莫，采萧获菽。心之忧矣，自诒伊戚！念彼共人，兴言出宿。岂不怀归？畏此反覆⑨！

嗟尔君子，无恒安处！靖共尔位⑩，正直是与。神之听之，式谷以女。

嗟尔君子，无恒安息！靖共尔位，好是正直。神之听之，介尔景福⑪。

【注释】

①艽野：荒远的边地。

②毒：痛苦，磨难。

③共人：指同僚。

④罪罟：指法网。

⑤岁：年。聿云：助词，无义。莫：晚。

⑥事：差事。庶：众，多。

⑦譴怒：譴责，生气。

⑧奥：『燠』之假借，温暖。

⑨反覆：乱加罪名。

⑩靖：敬。共：通『恭』，奉，履行。位：职位，职责。

⑪景福：犹言大福。

【译文】

朗朗上天真辉煌，普照人间大地上。周王让我到西方，来到茫茫这远荒。二月吉日忙启程，一度寒暑时间长。心中渐生无限忧，蒙受苦难真凄凉。念起我的好朋友，潸潸眼泪如涌泉。岂能不想回故乡，害怕周王撒法网。

想我当初踏征途，正是改岁过新年。何时才能把家还？今年岁末快过完。顾念自己形影只，公事很多忙得欢。心中忧伤时烦恼，疲于奔命无暇顾。想起我的好朋友，情意眷眷甚怀恋。哪能不想回故乡，害怕周王的责罚。

从前动身那一天，正好春来日和暖。何时才能把家还？公事繁忙甚急促。今年又至岁暮时，割蒿摘豆忙不完。心中忧伤时凄凉，自找烦恼惹哀怨。想起我的好朋友，辗转难眠念不休。哪能不想把家还，害怕周王话不算。

哎呀我的同事们，不要安居常逸乐。恭谨做事忠职守，结交正人要选择。神明察知你们好，赐你福禄没得说。哎呀我的同事们，切勿安息无事做。对待职务要认真，亲近伴随正直人。神明察知你们好，必赐你们福禄多。

【品读】

一位官员出差在外，因王差没完没了，自己久久不能回家，他思念家人，思念朋友，思念同事，因此作了这首诗，表达了他对家人的想念以及对朋友和同事的真挚祝福，同时也表达了他对繁重官差的不满。诗中独特而真实地描绘了官吏的心态，把他此刻的复杂、矛盾的心情刻画得很到位，集思念、愤懑、恐惧、祝福等于一身。

鼓钟

【一句话点评】

聆听音乐，怀念善人君子。

【原文】

鼓钟将将①，淮水汤汤②。忧心且伤。淑人君子③，怀允不忘④。

鼓钟喈喈⑤，淮水湝湝⑥。忧心且悲。淑人君子，其德不回⑦。

鼓钟伐鼛⑧，淮有三洲。忧心且妯⑨。淑人君子，其德不犹⑩。

鼓钟钦钦⑪，鼓瑟鼓琴。笙磬同音⑫。以雅以南⑬。以籥不僭⑭。

【注释】

①鼓：敲击。将将：同『锵锵』，象声词。

②汤汤：水势奔腾的样子，犹荡荡。

③淑：善。

④允：语气助词，没有实义。

⑤喈喈：声音和谐。

⑥湝湝：水势奔腾的样子。

⑦回：奸邪。

⑧伐：击打。鼛：一种大鼓。

⑨妯：因悲伤而动容，心绪不宁。

⑩犹：终止。

⑪钦钦：象声词。

⑫笙：古代的一种管乐器。磬：古代的一种打击乐器。

⑬雅：雅乐。南：南夷之乐。

⑭籥：古代的一种乐器。僭：超越本分。

【译文】

钟声敲起音铿锵，淮水奔流浩荡荡，我心忧愁又悲伤。周王先祖品德佳，真是怀念不能忘。敲起钟声音和谐，淮水滔滔不停歇，我心忧愁真悲伤。周王先祖有声望，品德纯正又无邪。敲起钟来打大鼓，淮河三岛奏乐舞，心里忧伤多恐惧。周王先祖威名好，品德极高无错误。敲打钟乐音清脆，演奏瑟乐又弹琴，吹笙击磬齐奏鸣。敲打雅来又敲南，吹籥和谐不紊乱。

【品读】

这是一首借古讽今的诗。周朝当权统治者荒淫无度，整日鼓乐之声不绝于耳。诗人听到乐声，心生悲凉，不禁想起昔日繁盛的周朝、品德高尚的周王，心里深深感叹。钟声的悠扬和河水的浩荡，提示的是一种亘古的期盼和缅怀，全诗以此起兴，可见作者深远的立意，同时也突现了其对现实的忧虑和感伤。

楚茨

【一句话点评】

周王率王室子孙祭祀祖先。

【原文】

楚楚者茨①，言抽其棘②，自昔何为？我蓺黍稷。我黍与与③，我稷翼翼④。我仓既盈，我庾维亿⑤。以为酒食，以飨以祀，以妥以侑⑥，以介景福⑦。

济济跄跄⑧，絜尔牛羊⑨，以往烝尝。或剥或亨，或肆或将⑩。祝祭于祊，祀事孔明⑪。先祖是皇，神保是飨。孝孙有庆，报以介福，万寿无疆！

执爨踖踖⑫，为俎孔硕。或燔或炙。君妇莫莫⑬，为豆孔庶。为宾为客，献酬交错。礼仪卒度，笑语卒获。

神保是格[14]，报以介福，万寿攸酢！

我孔熯矣[15]，式礼莫愆。工祝致告，徂赉孝孙[16]。苾芬孝祀[17]，神嗜饮食。卜尔百福[18]，如几如式[19]。既齐既稷[20]，既匡既敕。永锡尔极，时万时亿！

礼仪既备，钟鼓既戒。孝孙徂位。工祝致告。神具醉止，皇尸载起[21]。钟鼓送尸，神保聿归[22]。譬诸宰君妇，废彻不迟[23]。诸父兄弟，备言燕私[24]。

乐具入奏，以绥后禄。尔肴既将，莫怨具庆。既醉既饱，小大稽首。神嗜饮食，使君寿考。孔惠孔时，维其尽之。子子孙孙，勿替引之！

【注释】

①楚楚：植物丛生的样子。茨：蒺藜：草本植物，有刺。

②抽：除去，拔除。

③与与：茂盛的样子。

④翼翼：整齐貌。

⑤庾：雨天堆积谷物处。

⑥妥：安。侑：劝饮食。

⑦景：大。

⑧济济：严肃恭敬貌。跄跄：步趋有节貌。

⑨絜：同『洁』，清洗。

⑩肆：陈设。将：捧持。

⑪明：指祭礼齐备。

⑫爨：烧火煮饭。踖踖：恭敬敏捷貌。

⑬莫莫：恭谨。

⑭格：至。

⑮熯：敬惧。

⑯徂：往。赉：赏赐。

⑰苾芬：形容祭品的香味。苾：浓香。孝祀：祭献。

⑱卜：给予，赐予。

⑲几：期。

⑳稷：急。

㉑皇尸：代表祖先受祭的人。皇：大，赞美之词。

㉒聿：乃。

㉓废彻：撤去。不迟：不拖延。

㉔备：尽，完全。燕私：私燕，私家宴会。燕，通『宴』。

【译文】

从丛蒺藜生长茂，除去棘刺开田地。为啥自古这样做？就为种黍和植稷。我的黍苗真茂盛，我的稷秧多整齐。粮食堆满我粮仓，囤中粮米已上亿。用粮酿成的美酒，用来敬祖把神祭。请神安坐忙劝酒，请神快把宏福赐。恭敬端庄至祖庙，牵来你的牛和羊。冬祭秋祭不一般。宰割烹煎很繁忙，或陈设来或献上。司仪站于庙门旁，冬秋祭祀甚周详。先祖大驾来光临，神尸把那酒肉尝。主祭周王有吉祥，万寿无疆归周王。厨师谨慎又麻利，大肉放置俎板上。有烧有烤味道香。主妇勤劳操作忙，豆盛食物很多样。贵宾嘉客助祭来，交互敬酒都谦让。举动合规彬彬礼，说说笑笑都得当。神尸此时已到场，要让祭主享大福。周王长寿得报答。我们谨慎敬先祖，一切礼仪不走样。司仪代神告周王：『先祖必把子孙赏，祭品芬芳献神享，美味酒食神爱尝。赐予你的福禄多，合乎法度与期望。既恭敬来又严肃，既整饬来又端庄。永远赐予宏大福，福祥亿万永传扬。』各种礼仪俱完美，钟鼓之乐正奏鸣。主祭周王到祭位，工祝代神把话讲。神灵畅饮都已醉，皇尸起身离神位。敲钟打鼓送尸归，神尸礼毕开始退。诸位厨师与主妇，快速撤去祭祀品。各位父辈和兄弟，私相聚首开宴会。各样乐器同演奏，安享祭后那福禄。这些酒菜味道好，感谢神赐莫烦恼。全喝醉来都吃饱，小孩大人皆叩首。神灵爱吃那祭品，定会让你得长寿。祭祀顺利且善好，真是尽善又尽美。子孙莫荒废此礼，永远继承福永葆。

【品读】

这是一首祭祖祀神的乐歌。秋收之后，由于粮食大丰收，此时统治阶级多进行祭祀活动和仪式，以求上天降福。本诗所描写的就是周王祭祀祖先的场面。从祭前的准备一直到祭后的宴乐，详细展现了周代祭祀的仪制风貌。诗中关于祭祀的场面和步骤，有详细的描写，这对于我们了解、研究古代的祭祀有重要的历史价值。此后，这种祭祀的仪式，由王室流传到民间，由此成为一种民俗，延续了几千年。

甫田

【一句话点评】

周王祭神求福，馈食劝农。

【原文】

倬彼甫田①，岁取十千。我取其陈，食我农人，自古有年。今适南亩，或耘或耔②。黍稷薿薿③。攸介攸止，烝我髦士④。

以我齐明，与我牺羊⑤。以社以方，我田既臧。农夫之庆，琴瑟击鼓。以御田祖，以祈甘雨。以介我稷黍，以穀我士女。

曾孙来止，以其妇子，馌彼南亩⑥，田畯至喜。攘其左右⑦，尝其旨否。禾易长亩⑧，终善且有，曾孙不怒，农夫克敏。

曾孙之稼，如茨如梁。曾孙之庾，如坻如京⑨。乃求千斯仓，乃求万斯箱。黍稷稻粱，农夫之庆。报以介福，万寿无疆。

【注释】

①倬：广阔。甫：大。

②耘：锄草。耔：培土。

③黍稷：谷类稻物。薿薿：茂盛的样子。

④髦：漂亮潇洒。

⑤牺：牛。

⑥馌：给在田耕作的人送饭。

⑦攘：礼让。

⑧易：治理。

⑨坻：小丘，京：冈峦。

【译文】

那片田地多宽广，一年收获千千万。我把陈粮取些来，送给农夫度艰难。自古以来多丰年，快去南亩走一趟。锄草培土忙操劳，谷子高粱长得欢。周王停下来休息，招来俊才做田官。谷物装得礼器满，还要摆设牛与羊。祭罢土神祭四方。我的庄稼获丰收，这是农民的福气。弹琴奏瑟打鼓响，迎接神农把祭享，祈求上苍降甘霖。保佑黍稷能丰产，养育百姓心欢畅。周王亲自来督田，正遇农夫妻和子，把饭送到南亩旁，田官到来心喜欢。提袖露臂出双手，田官尝饭是否香。遍地禾苗长势好，枝叶茂密果实繁。周王何必来发怒，农夫勤勉应夸奖。王的庄稼遍地长，好像屋顶和桥梁。周王粮囤在露天，好像山坡和高丘。快快筑起囤千座，祈求万车运粮忙。有黍有稷有稻粱，农夫庆贺喜洋洋。神灵回报降大福，周王长寿永无疆！

【品读】

本诗描写周天子祭祀上天，祈祷丰收的场面。乐歌共分四章。第一章首述大田农事。第二章即写为了祈盼丰收，虔诚地举行了祭神仪式。第三章进一步写主祭者，也就是周王在仪式之后的亲自督耕。末章则专记丰收景象及对周王的美好祝愿。禾苗茁壮成长，风调雨顺，看来一定是个丰收之年，因此，农民和天子都很高兴。本诗所抒发的感情也是欢快的，因此，诗中的祭祀更像是在感谢上天的保佑。从诗中我们可以很轻易地想见一幅政泰民和、国事昌隆、百姓安居乐业、生活美满欢畅的动人情景。

裳裳者华

【一句话点评】

赞美君子的美德。

【原文】

裳裳者华①，其叶湑兮②。我觏之子③，我心写兮④。我心写兮，是以有誉处兮。

裳裳者华，芸其黄矣⑤。我觏之子，维其有章矣。维其有章矣，是以有庆矣⑥。

裳裳者华，或黄或白。我觏之子，乘其四骆。乘其四骆，六辔沃若⑦。

左之左之，君子宜之。右之右之，君子有之。维其有之，是以似之⑧。

【注释】

①裳裳：犹："堂堂"，旺盛鲜艳的样子。

②湑：茂盛貌。

③觏：遇见。

④写：通"泻"，高兴，畅快。

⑤芸：色彩浓艳。

⑥庆：福气。

⑦沃若：光滑柔软的样子。

⑧似：嗣。指继承祖宗的功业。

【译文】

花儿盛开朵朵艳，叶儿茂盛绿莹莹。我遇见了那个人，心中欢喜真轻松。心中欢喜很舒畅，从此有了安乐处。群花怒放真美丽，朵朵花儿皆深黄。我已见到这个人，他的服饰有文采。他的服饰有文采，于是有了喜庆的排场。群花怒放很漂亮，花儿有白亦有黄。我已见到这个人，四匹骆马套车上。四匹骆马套车上，六根缰绳滑又软。要向左啊就向左，君子应付很得宜。要向右啊就向右，君子发挥有余地。因为用他把官做，继承祖业保荣光。

【品读】

这首诗是周天子赞美诸侯的诗，是对《瞻彼洛矣》的答谢。全诗以『裳裳者华』起兴，怒放的花朵伴随着鲜亮、愉悦的心情，反映了周天子此时的心境。诸侯对天子的称颂和天子对诸侯的感激之情溢于言表，宾主之间融合在国家昌盛、事业兴隆的共同憧憬和目标里。整首诗以花起兴，赞颂人物之美，节奏变化有致，结构收束得当，读来兴味盎然，且无阿谀之感，确是一首轻松欢快又不失稳当的雅诗。整首诗读来具有很强的凝聚力和感染力，充分体现了君臣之间互敬互重的礼节和和谐气氛。

桑扈

【一句话点评】

周王宴会诸侯，祝酒祈福。

【原文】

交交桑扈①，有莺其羽②。君子乐胥③，受天之祜。

交交桑扈，有莺其领④。君子乐胥，万邦之屏。

之屏之翰⑤，百辟为宪⑥。不戢不难⑦？受福不那⑧？

兕觥其觩⑨，旨酒思柔⑩。彼交匪敖⑪，万福来求⑫。

【注释】

①交交：鸟的叫声。桑扈：鸟名，即青雀。

②莺：鸟羽有文采。

③君子：此指群臣。胥：语气词。

④领：颈。

⑤翰：『幹』的假借，栋梁。

⑥辟：君王。

⑦不：通『丕』，很，十分。戢：克制。难：通『傩』，行有节度。

⑧那：多。

⑨兕觥：兕角做的酒杯。觩：兽角弯曲的样子，这里指酒杯。
⑩思：助词，无义。
⑪交：通“骄”，骄横。敖：通“傲”，骄傲。
⑫求：同“逑”，集聚。

【译文】

青雀叫得悦耳听，羽色鲜艳色彩明。各位诸侯心欢畅，上天赐福甚关怀。青雀叫得悦耳听，颈毛文采闪闪亮。各位诸侯多欢快，皆是周王好屏障。是屏障啊是干才，诸侯百官做表率。他很谦和很严肃，因而福多任他享。兕牛角杯弯又弯，酌满美酒清香浓。他不侮慢不骄傲，万种幸福全聚全。

【品读】

这首诗描写的是周天子宴请诸侯的场面，充满了对诸侯属臣的溢美之词。本诗简洁明快，意思明白，前两节以桑扈羽毛的美丽映衬诸侯的贤德，后两节笔锋由赞誉转向劝诫、勉励，天子对诸侯殷切的关怀和美好的期待饱含其中，愿他们保万世安定，言辞贴切，很符合宾主身份，体现出天子的气度和优雅。

鸳鸯

【一句话点评】

祝贺婚礼的诗。

【原文】

鸳鸯于飞，毕之罗之①。君子万年，福禄宜之。

鸳鸯在梁，戢其左翼②。君子万年，宜其遐福。

乘马在厩，摧之秣之③。君子万年，福禄艾之④。

乘马在厩，秣之摧之。君子万年，福禄绥之⑤。

【注释】

①毕：长柄的小网。罗：无柄的捕鸟网。

②戢：收起。

③摧：通『莝』，铡草喂马。秣：用粮食喂马。

④艾：养。

⑤绥：平安。

【译文】

鸳鸯双双轻飞翔，及时捕捉使鸟网。好人万年寿而康，永享幸福心欢畅。鸳鸯栖息在坝上，嘴埋左翼多安详。好人万年寿而康，宜把幸福长久享。四匹马儿于马房，既喂草料又喂粮。好人万年寿而康，有福有禄得保养。四匹马儿于马房，粮谷草料喂得全。好人万年寿而康，福禄尽享永平安。

【品读】

根据明代人何楷的解释，本诗是一首祝贺新婚的诗，前二章赞美男女双方才貌匹配，爱情忠贞。此二章以鸳鸯匹鸟兴夫妇爱慕之情。描绘了一对五彩缤纷的鸳鸯，拍动着羽毛绚丽的翅膀，双双飞翔在辽阔的天空，雌雄相伴，两情相悦，情有独钟，心有所属，多么美妙的时刻，多么美好的图画！后二章祝福其生活富足美满，无疑更贴近诗旨。此二章以摧秣乘马，兴结婚亲迎之礼，充满了对婚后生活的美好憧憬。

青蝇

【一句话点评】

斥责谗人害人祸国。

【原文】

营营青蝇①，止于樊②。岂弟君子③，无信谗言！

营营青蝇，止于棘。谗人罔极④，交乱四国⑤。

营营青蝇，止于榛。谗人罔极，构我二人⑥。

【注释】

①营营：象声词，拟苍蝇飞舞声。

②止：停下。樊：篱笆。

③岂弟：同『恺悌』，平和有礼。

④罔极：没有定准。

⑤交：都。乱：搅乱，破坏。

⑥构：离间。

【译文】

苍蝇飞舞嗡嗡鸣，落到那边篱笆上。和蔼可亲的君子，莫信谗言坏主张。苍蝇往来嗡嗡鸣，落到酸枣小树间。谗人的话无标准，挑拨各国互相乱。苍蝇往来嗡嗡鸣，落到那边榛树间。谗人思想无定准，离间你我起祸端。

【品读】

本诗讽刺了制造谣言、挑拨离间的人，是一首劝谏诗，意在规劝周王不要相信谗言，以免祸国殃民。诗以青蝇乱飞起兴，象征着进谗言的小人居心不良的特性，显得很形象，具有强烈的讽刺效果。本诗短小精悍，语气强烈，富有节奏感。全诗在青蝇的嗡嗡声中，从一开始就使人具有一种紧张不安的情绪，表明了诗人的警觉和厌恶，这和叙述中诗人思想的深刻、清晰形成相互的映照，表达了诗人对小人必不能得逞的自信。

宾之初筵

【一句话点评】

讽刺饮酒无度，失礼败德。

【原文】

宾之初筵，左右秩秩。笾豆有楚，殽核维旅。酒既和旨，饮酒孔偕。钟鼓既设，举酬逸逸。大侯既抗①，弓矢斯张。射夫既同②，献尔发功③。发彼有的，以祈尔爵。

籥舞笙鼓，乐既和奏。烝衎烈祖④，以洽百礼。百礼既至，有壬有林⑤。锡尔纯嘏⑥，子孙其湛⑦。其湛日乐，各奏尔能。宾载手仇，室人入又。酌彼康爵，以奏尔时。

宾之初筵，温温其恭。其未醉止，威仪反反⑧。日既醉止，威仪幡幡⑨。舍其坐迁，屡舞僊僊⑩。其未醉止，威仪抑抑⑪。日既醉止，威仪怭怭⑫。是日既醉，不知其秩。

宾既醉止，载号载呶⑬。乱我笾豆，屡舞僊僊。是日既醉，不知其邮⑭。侧弁之俄，屡舞傞傞⑮。既醉而出，并受其福⑯。醉而不出，是谓伐德⑰。饮酒孔嘉，维其令仪。

凡此饮酒，或醉或否。既立之监，或佐之史。彼醉不臧，不醉反耻。式勿从谓，无俾大怠。匪言勿言，匪由勿语⑱。由醉之言⑲，俾出童羖⑳。三爵不识，矧敢多又㉑？

【注释】

①大侯：射箭用的大靶子，用虎、熊、豹三种皮制成。抗：高挂。

②同：协调一致。

③献：展现。发功：发箭射击的功夫。

④烝：进献。衎：使……快乐。

⑤有壬：即『壬壬』，礼大之貌。有林：即『林林』，礼多之貌。

⑥纯：大。嘏：福。

⑦湛：安乐、祥和。

⑧威仪：严肃的仪容。反反：得体适宜。

⑨幡幡：轻浮无威仪之貌。

⑩僊僊：同『跹跹』，飞舞貌。

⑪抑抑：态度谨慎。

⑫怭怭：轻薄的样子。比前文『幡幡』有所递进。

⑬呶：喧哗不止。

⑭邮：过错。

⑮傞傞：醉舞不止的样子。

⑯并：指主人和客人。

⑰伐德：败坏道德。

⑱由：事由；情由。

⑲由：因；由于。

⑳童羖：没角的公山羊。

㉑又：劝酒。

【译文】

宾客来到初入席，宾主谦让井井然。竹笾木豆排成行，荤菜果品皆摆全。既然好酒甘又醇，大家痛饮来尽欢。钟鼓乐器陈列毕，敬酒有序不间断。箭靶早已张挂好，利箭也已上了弦。射手会聚在一堂，各献本领众人前。发箭射中那靶心，以求罚酒把你灌。执籥而舞笙鼓响，音乐和谐声调柔。进献乐舞娱先祖，符合礼仪各条款。各种礼节皆齐全，规模宏大仪式繁。神灵爱你赐洪福，子子孙孙乐无限。大家尽兴寻欢乐，各献本领来射箭。宾客选人互较量，主人进场陪客玩。大酒杯中斟满酒，献与善射众好汉。客人入座开了宴，温良恭谨堪赞叹。宾客喝酒尚未醉，仪表庄重很好看。待到大家全喝醉，举止行为纷纷乱。离开座位随意窜，屡次起舞飘飘然。宾主喝酒还未醉，仪表严谨甚美观。一旦宾主皆喝醉，威严庄重全不见。这是喝酒已大醉，不知已把过失犯。宾客全都吃醉酒，喧哗不止大声喊。竹笾木豆全打翻，左摇右晃舞蹁跹。这是喝酒已大醉，不知已把过错犯。歪戴皮帽身体倾，歪歪扭扭舞盘旋。既已喝醉便离席，主客托福两无伤。若是已醉不肯出，这叫缺德叫人嫌。喝酒虽然是好事，只是礼节要顾全。所有这些喝酒人，或是清醒或醉倒。既设司正来监视，又有史宫来督导。醉者自觉很美好，醒者认为他可耻。莫再跟着去劝酒，别让醉者更胡闹。不该询问莫要问，不合法道别出声。因酒而言不可靠，如说公羊没有角。三杯下肚已不适，怎敢多劝夸酒好。

【品读】

本诗描写了统治阶级贵族饮酒作乐的萎靡场面，刻画了贵族官员荒淫、丑恶的嘴脸，讽刺了他们腐朽的生活作风。诗中对客人们从彬彬有礼的入席到醉酒后丑态毕露的过程给予了生动细致的描绘，使读者对那些人的神态、嘴脸有了更加深刻的印象，因而诗篇的讽刺效果十分到位。诗中充满调侃意味的语气，一板一眼徐徐道来，让人在那些醉汉的丑态面前忍俊不禁地笑了起来，幽默感随之而出，读来有淋漓、畅快之感。

鱼藻

【一句话点评】

周王在镐京安乐宴饮。

【原文】

鱼在在藻。有颁其首①。王在在镐。岂乐饮酒②。

鱼在在藻。有莘其尾③。王在在镐。饮酒乐岂。

鱼在在藻。依于其蒲。王在在镐。有那其居④。

【注释】

①颁：头大的样子。

②岂乐：欢乐。

③莘：尾巴长的样子。

④那：安闲的样子。

【译文】

鱼在哪儿在藻中，大大脑袋漫游荡。王在哪儿在镐京，对饮美酒真自在。鱼在哪儿在藻中，长长尾巴在摆动。王在哪儿在镐京，饮酒享乐在深宫。鱼在哪儿在藻中，依靠蒲草歇其间。王在哪儿在镐京，所居安乐好地方。

【品读】

本诗以居住在藻丛中那安逸、自由的大鱼起兴，描写了周天子生活的逍遥放纵，借古讽今，所要表达的真意是在提醒当朝统治者，应该居安思危，不要盲目地逍遥享乐下去。本诗将周王的生活和大鱼的生活作比，切入点十分巧妙独特。其中对大鱼的描绘生动可爱、轻快活泼，和周王的生活相比，表明了诗人对其生活的忧虑和对国家前途命运的系念，饱含了诗人质朴深刻的感情。

采菽

【一句话点评】

诸侯来朝，周王赐予赏赐。

【原文】

采菽采菽，筐之筥之①。君子来朝，何锡予之？虽无予之？路车乘马。又何予之？玄衮及黼。

觱沸槛泉②，言采其芹。君子来朝，言观其旂。其旂淠淠，鸾声嘒嘒。载骖载驷，君子所届③。

赤芾在股④，邪幅在下⑤。彼交匪纾⑥，天子所予。乐只君子，天子命之。乐只君子，福禄申之⑦。

维柞之枝，其叶蓬蓬。乐只君子，殿天子之邦⑧。乐只君子，万福攸同。平平左右，亦是率从。

泛泛杨舟，绋纚维之⑨。乐只君子，天子葵之。乐只君子，福禄膍之⑩。优哉游哉，亦是戾矣⑪。

【注释】

①菽：大豆。筐之筥之：用筐和筥盛。筐：方形竹制器具。筥：圆形竹制器具。

②沸：形容泉水冒出，像沸水一样。
③届：至。
④芾：蔽膝。
⑤邪幅：绑腿。
⑥彼交：不急不躁。彼：通「匪」。交，通「绞」，急。纾：怠慢。
⑦申：重复。
⑧殿：镇抚。
⑨绋：粗大的绳索。
⑩膍：厚赐。
⑪戾：安定。

【译文】

采大豆呀采大豆，方筐圆筐将它装。诸侯前去朝天子，要拿什么把他赏？纵无珍奇将他赠？四马辂车来嘉奖。再拿何物奖励他？黑色龙袍画斧裳。泉眼喷涌清清水，我去采下水中芹。诸侯前来朝天子，瞧那旂子啥模样。众旂随风飘荡荡，鸾铃声声和谐响。三马四马驾车来，诸侯已到京门旁。赤红蔽膝盖大腿，绑腿缠绕膝下边。不急躁来不怠慢，天子因此有赐赏。和乐君子心舒畅，天子策命把他奖。诸侯君子真快乐，福禄一再加身上。瞧那柞树枝条多，叶子繁茂而丰满。诸侯君子心舒畅，镇抚天下国得安。诸侯君子心欢畅，各种幸福皆齐全。聪慧善治众亲信，随你为国把力献。杨木船儿水中漂，索缆系住不会跑。和乐君子心舒畅，天子衡量功德全。诸侯君子心欢畅，重赏福禄没有完。悠闲从容很自得，这样生活心也安。

【品读】

本诗对诸侯来京朝拜周天子，周天子赏赐诸侯的场面进行了描绘。前两节描绘诸侯不辞辛劳来京的情景；中间两节描绘诸侯朝拜周天子时的表现；最后两节则是表达了周天子对诸侯的感激和答谢。全诗开篇以采菽起兴，即透露着自然、美好、和谐的意蕴。全诗虽时有比兴，但总体上还是用赋法。从未见君子之思，到远见君子之至，近见君子之仪和最后对君子功绩和福禄的颂扬，可概见赋体端倪。整首诗场景繁复，但读来却很顺畅、宜人，体现了周天子与诸侯之间的关系融洽、和平，同时暗示国家的安定昌盛，与慰劳诸侯的主题相得益彰。

菀柳

【一句话点评】

被逐大臣揭露国君暴虐无常。

【原文】

有菀者柳①，不尚息焉②。上帝甚蹈③，无自昵焉。俾予靖之④，后予极焉⑤！

有菀者柳，不尚愒焉⑥。上帝甚蹈，无自瘵焉⑦。俾予靖之，后予迈焉⑧！

有鸟高飞，亦傅于天⑨。彼人之心，于何其臻⑩？曷予靖之，居以凶矜！

【注释】

①菀：树木茂盛。

②尚：庶几。

③蹈：动，指变动无常。

④俾：使。靖：谋划。

⑤极：诛，惩罚。

⑥愒：歇息，休息。

⑦瘵：病，生病。

⑧迈：行，指放逐。

⑨傅：至。

⑩臻：至，到。

⑩以：于。矜：危。

【译文】

柳树枝叶很茂盛，不该依傍去休息。周王处事太无常，勿要亲近招祸殃。让我谋划治国家，后来受罚遭排挤。柳树枝叶很茂盛，不应休息树干旁。周王喜怒太无常，莫自找祸使悲伤。当初让我谋国政，后来把我远流放。有只鸟儿高飞翔，还要依附青天上。周王想法难推测，不知思绪到何方？为何叫我治国家，反又突兀遭祸殃。

【品读】

这是一首揭露王者暴虐无常的诗。一位士大夫，为朝廷尽心尽力地工作，没有得到君王的夸奖与重用，反而被国君贬斥、流放，诗人愤懑不已，因而作了这首诗。『菀柳』是诗人自己心态和处境的映照，全诗读来饱含哀怨忧伤，讽刺了反复无常、让人捉摸不透想法的君王，同时为自己的不幸遭遇深深地鸣不平。本诗感情抒发强烈而真挚，引发了人们深深的同情。

黍苗

【一句话点评】

叙述召伯经营治理谢邑的过程。

【原文】

芃芃黍苗，阴雨膏之。悠悠南行，召伯劳之。

我任我辇①，我车我牛②。我行既集③，盖云归哉。

我徒我御④，我师我旅。我行既集，盖云归处。

肃肃谢功⑤，召伯营之。烈烈征师⑥，召伯成之。

原隰既平⑦，泉流既清。召伯有成，王心则宁。

【注释】

①任：负荷。辇：人推挽的车子。

②车：手扶车行。

③集：完成。

④徒：步行。御：驾驶。

⑤谢功：营建谢邑的工程。

⑥烈烈：威武的样子。

⑦原：高平之地。隰：低湿之地。

【译文】

黍苗生长真茂盛，阴雨滋润长得壮。众人南行路途遥，召伯慰劳暖心间。我挽辇来你肩扛，或驾车来或牵牛。远行任务都完成，何不今日回家去。我驾御车你步行，我身在师你在旅。远行任务皆完成，何不归家去安歇。赶忙修起那谢城，召伯亲自来经营。威武远征众兵将，召伯经心来统领。高原低地都平整，泉水河流全疏通。召伯治谢大功成，宣王心中得安宁。

【品读】

本诗产生的背景是：周宣王封他的舅舅申伯于申地，又命令召伯即召穆公为申伯营建谢邑作为申的国都。本诗描写的就是召伯建谢邑。工程即将完工的时候，工人们作了这首诗。诗中追忆了工程的过往，表明建设工作的辛苦，很好地映衬了大功告成的喜悦和欣慰。全诗字里行间充满了对召伯的由衷赞美，在表现他的丰功伟绩的同时，也反映了工人们得以见证历史的成就感和责任感。

隰桑

【一句话点评】

女子爱慕一位君子。

【原文】

隰桑有阿①，其叶有难②。既见君子，其乐如何。

隰桑有阿，其叶有沃③。既见君子，云何不乐？

隰桑有阿，其叶有幽④。既见君子，德音孔胶⑤。

心乎爱矣，遐不谓矣⑥？中心藏之⑦，何日忘之！

【注释】

①隰：低温的地方。阿：美好的样子。

②难：通『娜』，枝叶茂盛的样子。

③沃：柔嫩润泽的样子。

④幽：深黑色。

⑤德音：善言，此指情话。胶：牢固。

⑥遐不：何不，为什么不。

⑦藏：同『臧』，善。

【译文】

洼地桑树多婀娜，桑叶密密真好看。我见到了那人儿，我的心中好喜欢。低湿地里桑树美，桑叶光润绿汪汪。我见到了那人儿，怎不欢喜心乐畅。低湿地里桑树美，桑叶肥厚青光闪。我见到了那人儿，两情浓浓心意坚。既然心里把你爱，何不情意向他说。我已深深将你爱，哪天把你能忘记。

【品读】

本诗是《小雅》中少有的几篇爱情诗之一，是一首女子向爱人表达深厚爱恋之情的诗。诗以美丽的桑树、树叶起兴，象征着爱人就像那树和树叶一样美好，表达了女子心中那深深的爱意。诗句节奏紧凑，读来朗朗上口，前三章迭唱重复，重章互足，女子直爽、快乐的性格一下呈现在我们面前，让人不由眼前一亮。诗中令女子爱恋的男子不仅有好的外表和风度，更有为世人推崇的美德。

白华

【一句话点评】

一位贵族弃妇抒发心中的怨怒。

【原文】

白华菅兮，白茅束兮。之子之远，俾我独兮。

英英白云，露彼菅茅。天步艰难①，之子不犹②。

滮池北流，浸彼稻田。啸歌伤怀，念彼硕人。

樵彼桑薪，卬烘于煁③。维彼硕人，实劳我心。
鼓钟于宫，声闻于外。念子懆懆④，视我迈迈⑤。
有鹙在梁，有鹤在林。维彼硕人，实劳我心。
鸳鸯在梁，戢其左翼。之子无良，二三其德⑥。
有扁斯石⑦，履之卑兮⑧，之子之远，俾我疷兮⑨。

【注释】

①天步：天运，命运。
②不犹：无谋。
③卬：我。烘：燎。煁：能移动的灶。
④懆懆：忧虑不安。
⑤迈迈：不高兴。
⑥二三：多次。
⑦扁：扁平的上车用的垫脚石。
⑧履：踩。卑：低。
⑨疷：因忧愁而得病。

【译文】

开白花的菅草呀，白茅缠束紧相连。这个人儿远离我，让我终日遭孤单。天上朵朵白云飘，露水湿润菅茅草。我的命运好艰难，人无德来又无道。滮池之水向北流，浇灌那边水稻田。长啸高歌伤心怀，我将硕人深怀念。我砍桑木作薪柴，把它放入行灶烧。想起那个硕人来，痛心疾首受煎熬。宫内敲打钟声响，宫外钟声遍播扬。想起这人心难安，他却对我恨入肠。秃鹙走在鱼梁上，仙鹤却在林里藏。想念那个硕人呀，着实让我心内伤。鱼梁上面鸳鸯站，嘴插左翼相依傍。这个人儿没良心，朝三暮四行无准。这块石头扁又平，踩它自己亦不高。这人远去离开我，使我忧愁病难消。

【品读】

这是一首弃妇的哀怨之词。诗的语气委婉，格调高雅，于无声处表达了妇人的怨恨和自己悲戚的处境和哀伤的心情，使读者为其不幸的遭遇报以深深的同情。全诗共八章，章章转换比兴之义，言外之意，弦外之音，都有可玩味之处。诗的首章以咏叹始，三句以『兮』煞尾，末章以咏叹终，亦以『兮』字结句。中章各章语气急促，大有将心中苦痛一口气宣泄干净的气势，缓急之间，颇有章法，诵读时有余音绕梁之感。

绵蛮

【一句话点评】

一位行人十分劳瘁，有贵者怜悯提携之，心存感激之作。

【原文】

绵蛮黄鸟[1]，止于丘阿[2]。道之云远，我劳如何[3]！饮之食之，教之诲之。命彼后车[4]，谓之载之。

绵蛮黄鸟，止于丘隅。岂敢惮行[5]，畏不能趋[6]。饮之食之，教之诲之。命彼后车，谓之载之。

绵蛮黄鸟，止于丘侧。岂敢惮行，畏不能极⑦。饮之食之，教之诲之。命彼后车，谓之载之。

【注释】

①绵蛮：文采绵密的样子。

②丘阿：山坳。

③如何：像什么样。

④后车：副车，诸侯出行时的从车。

⑤惮：畏惧，惧怕。

⑥趋：快走。

⑦极：至。

【译文】

羽毛亮丽的小黄雀，停落弯弯那山腰。路途悠悠太遥远，知我怎样受辛劳？水喝足来饭吃饱，循循诱导明道理。转告后车那个人，使你乘车免辛劳。小小黄雀飞青天，停落山角得休闲。不是担心路途远，不能疾行把路赶。水喝足来饭吃饱，谆谆教导你自勉。让那副车稍停留，叫你乘车免艰难。羽毛亮丽小黄雀，停落休息在山边。哪敢惧怕走路远，担心不能到终点。水喝足来饭吃饱，谆谆教诲你自勉。转告后车那个人，让你乘车免劳艰。

【品读】

诗人行役劳乏困顿，正在心中充满无奈的时候，有人来帮助他，诗人酒足饭饱之后，心中充满感激之情，因此作了这首诗，赞美那位乐于助人的救助者，诚挚地表达了自己的深深感激。黄鸟的意象即是对自己旅途疲倦的映射，全诗以此起兴把诗人当时的困顿情境表露无余，羽毛细密的小黄雀随意止息，自由自在地停在『丘阿、丘隅、丘侧』，反兴作为行役者的诗人在长途跋涉，身疲力乏，不能快走的时候，为了不误行期仍要艰难行进的事实，从而表明得到救助的重要和及时。

瓠叶

【一句话点评】

主人宴请宾客时自谦之词。

【原文】

幡幡瓠叶①，采之亨之。君子有酒，酌言尝之②。

有兔斯首③，炮之燔之④。君子有酒，酌言献之。

有兔斯首，燔之炙之。君子有酒，酌言酢之⑤。

有兔斯首，燔之炮之。君子有酒，酌言酬之。

【注释】

①幡幡：翩翩，反复翻动的样子。瓠：葫芦科植物的总称。

②酌：舀出来。尝：品尝。

③斯首：白头，兔小者头白。

④燔：烧。

⑤酢：回敬酒。

【译文】

随风飘动瓠瓜叶，采些瓠叶把汤煮。君子家中有淡酒，酒杯斟满尽情尝。白头野兔正鲜嫩，泥烧火烤味真香。君子家中有淡酒，斟满敬客喝一杯。白头野兔正鲜嫩，火烧火熏味道美。君子家中有淡酒，客敬主人把酒尝。白头野兔正鲜嫩，火烧泥烧味清香。君子家中有淡酒，再次敬酒让客尝。

【品读】

这首诗描写的是主人家宴请宾客的场面，表现了主人家与宾客之间关系的和谐与美好，赞美了主人家的深情厚谊。诗中描写了主人的谦虚，虽然食物不算丰盛，但却表现了主人的真诚。全诗共分四章，形式上全用赋法，颇具雅诗特点，然诗中反复咏叹者多，渲染描绘者寡，又与风诗相近，故龚橙《诗本谊》谓此《小雅》『西周民风』之一。全诗风格活泼，气氛融洽，场面热烈，宾主尽欢，不难推测出主人公豪爽的性格。

渐渐之石

【一句话点评】

东征将士慨叹路远辛劳。

【原文】

渐渐之石，维其高矣。山川悠远，维其劳矣①。武人东征，不遑朝矣。

渐渐之石，维其卒矣②。山川悠远，曷其没矣？武人东征，不遑出矣。

有豕白蹢③，烝涉波矣④。月离于毕⑤，俾滂沱矣⑥。武人东征，不遑他矣⑦。

【注释】

①劳：通『辽』。

②卒：高峻而危险。

③豕：猪。白蹢：白蹄。

④烝：众。涉波：涉水。

⑤月：月亮。离：通『丽』，依附，此指靠近。毕：星宿名。

⑥俾：使。滂沱：水深的样子。

⑦不遑他矣：无暇顾及其他。

【译文】

巉巉耸立石崖壁，那样宽阔高又高。山川绵延好遥远，跋涉其间甚辛劳。将帅士卒去东征，出发无暇等破晓。高高耸立那山石，那样高危冲云天。山川绵延真辽远，何时才能到尽头。将帅士卒去东征，无暇顾及躲危险。成群大猪有白蹄，涉足渡水走向前。月亮出现毕星边，大雨滂沱下不完。将帅士卒去东征，无暇他顾快通过。

【品读】

本诗是一出征战士的内心独白。情调酷似风诗，作者可能是下级军官，自述东征劳苦。战士出征在外，征途艰险，车马劳顿，有家难回，且未来生死莫测，但是军令难违，仍旧要继续征战，奔赴东方。反映了他此时的悲壮心情和深深的无奈。从战士娓娓的叙述中，我们能确切地体会到士兵生活是何等辛苦，并能与主人公的心绪产生共鸣。

何草不黄

【一句话点评】

征夫幽怨之作。

【原文】

何草不黄？何日不行？何人不将①？经营四方②。

何草不玄③？何人不矜④？哀我征夫，独为匪民？

匪兕匪虎，率彼旷野⑤。哀我征夫，朝夕不暇。

有芃者狐⑥，率彼幽草⑦。有栈之车⑧，行彼周道⑨。

【注释】

①将：出征。

②经营：办理公务。四方：全国各地。

③玄：发黑腐烂。

④矜：同『鳏』，年老无妻。

⑤率：沿着。

⑥芃：兽毛蓬松的样子。

⑦幽：深。

⑧栈：役车高高的样子。

⑨周道：大道。

【译文】

什么草儿不枯黄？什么日子不奔忙？什么人儿不走路？往来经营走四方。什么草儿不变黑？什么人儿不累病？可悲我等出征者，偏偏不被当人看。既非野牛又非虎，沿着旷野不停息。可叹我们远征人，从早到晚闲不停。狐狸全身毛蓬蓬，往来出没深草丛。我们坐于高车上，沿着大路行不停。

【品读】

本诗描绘了这样一种状况：统治者征役不断，人民劳乏困顿不堪，通过一位征人的痛苦自诉反映了人民生活的窘迫，讽刺了统治者不惜民力，大肆摧残征夫的腐朽。本诗语气强烈悲怆，节奏感强，一气呵成，诗中的意象运用得生动、形象，暗示征人的生活还不如那林间野兽。

文王

【一句话点评】

周公歌颂周王朝的奠基者文王姬昌。

【原文】

文王在上，於昭于天。周虽旧邦，其命维新。有周不显，帝命不时。文王陟降①，在帝左右。

亹亹文王，令闻不已②。陈锡哉周，侯文王孙子③。文王孙子，本支百世。凡周之士，不显亦世。

世之不显，厥犹翼翼④。思皇多士⑤，生此王国。王国克生，维周之桢⑥；济济多士⑦，文王以宁。

穆穆文王，於缉熙敬止⑧。假哉天命⑨！有商孙子。商之孙子，其丽不亿。上帝既命，侯于周服⑩。

侯服于周，天命靡常。殷士肤敏，祼将于京。厥作祼将，常服黼冔。王之荩臣，无念尔祖。

无念尔祖，聿修厥德。永言配命，自求多福。殷之未丧师⑪，克配上帝。宜鉴于殷，骏命不易。

命之不易，无遏尔躬⑫。宣昭义问，有虞殷自天⑬。上天之载，无声无臭。仪刑文王⑭，万邦作孚⑮。

【注释】

①陟降：上行曰陟，下行曰降。

②令闻：善声。

③侯：乃；于是。孙子：子孙。

④厥：他们。犹：谋划。翼翼：恭谨勤勉貌。

⑤皇：美。

⑥桢：栋梁，支柱。

⑦济济：有盛多、整齐美好、庄敬诸义。

⑧缉熙：光辉灿烂。

⑨假：伟大。

⑩周服：臣服于周。

⑪丧师：指丧失民心。丧：亡，失；师：众，众庶。

⑫遏：止。

⑬有：又。虞：想到。

⑭仪刑：效法。形：同『型』，模范，仪法，模式。

⑮孚：信服。

【译文】

文王神灵升上天，神灵显赫闪光芒。周家虽然建国早，承受天命建新邦。周朝功业甚显赫，上帝意旨全遵照。文王神灵时升降，就在天帝近身边。勤勉不息周文王，美名人间永传扬。文王反复赐周福，子孙封侯将禄享。文王儿孙代相传，世世代代永绵延。凡是周朝众卿士，也都累世显荣光。世代功臣荣光耀，为王谋事多深远。贤良优秀众人才，王国生来王国产。周国能有这样人，都是周朝好骨干。有此众多贤能臣，文王所以得平安。文王恭谨又和善，行事光明仪端庄。伟大天命所决定，商王子孙都归降。商王子孙实在多，

数以上亿计难详。上帝已经把令下，只得称臣降周邦。殷商臣服降周邦，可见天命亦无常。降周殷士多勉强，
镐京献酒祭周王。他们献酒助祭时，还用殷时旧服装。周王任用殷旧臣，感念先祖殷商王。感念先祖殷商王，
只把美德来修养。言行永远合天命，很多幸福任你享。殷朝尚得民心时，能合天命治家邦。当以殷商为借鉴，
天命难得非寻常。天命得来好不易，别在你手全丢光。传布显扬美名声，依据天命把事想。上天之事一桩桩，
无声无味难测量。只有效法周文王，天下万国永敬仰。

【品读】

本诗的内容是周王朝在祭祀、朝会等盛典的时候对周文王的歌颂和赞美。据说本诗为周公旦所作。本诗写得情真意切，而且『顶真』修辞手法的使用，令人耳目一新，节与节之间衔接紧密、流畅，读起来一气呵成，韵律感极强，同时彰显了礼仪制度及祭祀朝会的严谨、规范。

大明

【一句话点评】

叙述王季、文王的事迹和武王克商的经过。

【原文】

明明在下，赫赫在上。天难忱斯①，不易维王。天位殷適②，使不挟四方③。
挚仲氏任，自彼殷商，来嫁于周，曰嫔于京。乃及王季，维德之行。
大任有身，生此文王。维此文王，小心翼翼。昭事上帝，聿怀多福④。厥德不回⑤，以受方国⑥。

天监在下，有命既集。文王初载⑦，天作之合⑧。在洽之阳⑨，在渭之涘。

文王嘉止，大邦有子。大邦有子，伣天之妹⑩。文定厥祥⑪，亲迎于渭。造舟为梁，不显其光。

有命自天，命此文王，于周于京。缵女维莘⑫，长子维行，笃生武王。保右命尔，燮伐大商⑬。

殷商之旅，其会如林⑭。矢于牧野：『维予侯兴。上帝临女，无贰尔心！』

牧野洋洋⑮，檀车煌煌⑯，驷騵彭彭。维师尚父，时维鹰扬。凉彼武王⑰，肆伐大商，会朝清明。

【注释】

①忱：信赖。斯：句末助词。

②適：借作『嫡』，嫡子。殷嫡：指纣王。

③挟：拥有。

④怀：招来，招致。

⑤厥：他的。不回：不正常。

⑥受：承受，享有。

⑦初载：初始，指年轻时。

⑧作：选定。合：配偶。

⑨阳：水的北面。

⑩伣：好比，好像。天之妹：天上的女子。

⑪文：占卜的文辞。祥：吉祥。

⑫缵：继承，接替。

⑬爕：读为『袭』。袭伐，即袭击讨伐。

⑭会：集会，集合。

⑮洋洋：广大的样子。

⑯檀车：用檀木造的兵车。煌煌：光彩夺目。

⑰凉：辅佐。

【译文】

皇天伟大照人间，光彩卓异显上天。天命确实相信难，王位不易长保全。天帝立了殷纣王，终又让他失政权。挚国任家二女儿，从那殷国至周邦。太任嫁到周国来，就在周京做新娘。太任王季好夫妻，推行德政好主张。太任终于有身孕，生下这个周文王。这位英明的君王，小心谨慎治家邦。光明磊落事上帝，获得幸福多多享。德行光明又磊落，因此得做大国王。上天监视在人间，天命已降给文王。文王即位之初年，皇天为他结姻缘。在那洽河水北岸，在那渭河水近旁。文王要行大婚礼，莘国姑娘嫁周邦。莘国有个好姑娘，好像天帝少女郎。卜辞选定吉祥日，渭河之滨迎新娘。船儿相连搭浮桥，婚礼隆重显荣光。天命从天降人间，命令这个周文王，就在周京建家邦。莘国靓丽好姑娘，她是长女嫁周王，长子虽然早离世，日后生下周武王。上帝保佑周武王，命他领兵伐殷商。殷商发兵来抵挡，军旗密集像树林。武王牧野来誓师：我要出兵讨伐商。上帝在天望殷军，你们莫藏鬼心肠！牧野地势阔又广，檀木军车多辉煌，四马拉车真雄壮。太师吕望指挥忙，周军好似鹰飞扬。辅助武王统三军，于是讨伐殷纣王，甲子清晨灭殷商。

【品读】

本诗是记述周代历史的史诗之一，讲述了王季与太任、文王与太姒的联姻，以及武王伐纣等历史情况，赞美了周文王和周武王的贤明和英武治世的伟大功绩。其中，后来的『小心翼翼』『天作之合』等成语就出于此诗。全诗以大明为题，旨在突出周朝诸位先主的功绩，并对后世给予深切的期望，希望能开创和先人一样的事业，获得和他们一样非凡的成就。

思齐

【一句话点评】

歌颂文王善于修身齐家治国。

【原文】

思齐大任①，文王之母，思媚周姜②，京室之妇③。大姒嗣徽音④，则百斯男⑤。

惠于宗公⑥，神罔时怨⑦，神罔时恫⑧。刑于寡妻⑨，至于兄弟，以御于家邦⑩。

雝雝在宫⑪，肃肃在庙⑫。不显亦临⑬，无射亦保⑭。

肆戎疾不殄⑮，烈假不瑕⑯。不闻亦式⑰，不谏亦入⑱。肆成人有德，小子有造⑲。古之人无斁⑳，誉髦斯士㉑。

【注释】

①思：发语词，无义。齐：通『斋』，端庄貌。大任：即太任，王季之妻，文王之母。

②媚：美好。周姜：即太姜。古公亶父之妻，王季之母，文王之祖母。

③京室：王室。

④大姒：即太姒，文王之妻。嗣：继承，继续。徽音：美誉。

⑤百斯男：众多男儿。百，虚指，泛言其多。斯，语气助词，无义。

⑥惠：孝敬。宗公：宗庙里的先公，即祖先。

⑦神：此处指祖先之神。罔：无。时：所。

⑧恫：哀痛。

⑨刑：同『型』，典型，典范。寡妻：嫡妻。

⑩御：治理。

⑪雝雝：和洽貌。宫：家。

⑫肃肃：恭敬貌。庙：宗庙。

⑬不显：不明，幽隐之处。临：临视。

⑭无射（yì）：即『无斁』，不厌倦。『射』为古『斁』字。保：保持。

⑮肆：所以。戎疾：西戎之患。殄：残害，灭绝。

⑯烈假：指害人的疾病。瑕，与『殄』义同。

⑰式：适合。

⑱入：接受，采纳。

⑲小子：儿童。造：造就，培育。

⑳古之人：指文王。无斁（yì）：无厌，无倦。

㉑誉：美名，声誉。髦：俊，优秀。

【译文】

雍容端庄是太任，周文王的好母亲。贤淑美好是太姜，王室之妇居周京。太姒美誉能继承，多生男儿家门兴。文王孝敬顺祖宗，祖宗神灵无所怨，祖宗神灵无所痛。示范嫡妻作典型，示范兄弟也相同，治理家国都亨通。在家庭中真和睦，在宗庙里真恭敬。暗处亦有神监临，修身不倦保安宁。如今西戎不为患，病魔亦不害人民。未闻之事亦合度，虽无谏者亦兼听。如今成人有德行，后生小子有造就。文王育人勤不倦，士子载誉皆俊秀。

【品读】

《思齐》全诗二十四句，毛传将其分为五章，前两章每章六句，后三章每章四句。

首章六句，赞美了三位女性，即「周室三母」：文王祖母周姜（太姜）、文王生母大任（太任）和文王妻子大姒（太姒）。但其叙述顺序却并非按世系进行，而是先母亲，再祖母，后妻子。孙鑛对此分析道：「本重在太姒，却从太任发端，又逆推上及太姜，然后以「嗣徽音」实之，极有波折。若顺下，便味短。」（陈子展《诗经直解》引）说本章「重在太姒」似可商榷，但言其「极有波折」尚可一听。马瑞辰对此亦曰：「按「思齐」四句平列。首二句言大任，次二句言大姜。末二句「大姒嗣徽音」，乃言大姒兼嗣大姜大任之德耳。古人行文自有错综，不必以思媚周姜为大任思爱大姜配大王之礼也。」（《毛诗传笺通释》）

二章六句，包含两层意思。前三句承上而来，言文王孝敬祖先，故祖神无怨无痛，保佑文王。后三句言文王以身作则于妻子，使妻子也像自己那样为德所化；然后又做表率于兄弟，使兄弟也为德所化；最后再推及家族邦国中去。这三句颇有『修身、齐家、治国、平天下』的意味。毛传将本章第四句『刑于寡妻』的『刑』训作『法』，郑玄笺曰：『文王以礼法接待其妻，至于宗族。』除本诗外，『刑』在《诗经》中还出现五次，共有两种解释：一为名词的『法』，一为动词的『效法』。本诗的『刑』是动词，所以还是解释『效法』为好，况且郑玄所说的『礼法』是后起的概念，恐非文王时就有。『刑于寡妻』即『效法于寡妻』，也就是『被寡妻所效法』，所以『刑』逐渐又引申为『型』，即典型、模范，本诗用的就是这个意思。

从第三章开始，每章由六句转为四句。第三章的前两句承上章的后三句而来，以文王在家庭与在宗庙为典型环境，言其处处以身作则，为人表率。后两句『不显亦临，无射亦保』进一步深化主题。『不显』一词在《诗经》中还有十一见，其中十处作『丕显』（即很显明）解，唯有《大雅·抑》『无日不显，莫予云觏』作『昏暗、不明亮』解，意即：莫说因为这里光线昏暗而无人能看见我。朱熹《诗集传》释曰：『无日此非显明之处，而莫予见也。当知鬼神之妙，无物不体，其至于是，有不可得而测者。』本诗的『不显』亦是这个意思。《诗集传》释本句曰：『不显，幽隐之处也……（文王）虽居幽隐，亦常若有临之者。』也就是说本句意谓：文王即使身处幽隐之处，亦是小心翼翼，而不为所欲为，因为他觉得再幽隐的地方也有神灵的眼睛在注视着。此处甚有后代『慎独』的意味。第四句的『无射』在《诗经》中凡三见，其他二处均作『无斁』解，此处恐亦不例外。『无斁』是无厌不倦之意。『无射亦保』的『保』即《大雅·烝民》

『既明且哲，以保其身』的『保』，全句谓文王孜孜不倦地保持美好的节操。

如果说第三章言文王『修身』的话，那么最后两章就是『治国』了，所以方玉润说：『末二章承上「家邦」推广言之。』（《诗经原始》）第四章的前两句『肆戎疾不殄，烈假不瑕』，谓文王好善修德，所以天下太平，外无西戎之患，内无病灾之忧。诸家有关『瑕』『殄』二字的解释五花八门，繁不胜繁。其实这二字意义相近，《尚书·康诰》有『不汝瑕殄』，『瑕』『殄』并称，孔安国传曰：『我不汝罪过，不绝亡汝。』可见二字均有伤害、灭绝之义。第四章后两句『不闻亦式，不谏亦入』各家的解释亦是五花八门，越说越糊涂，还是《诗集传》说得最简单明了：『虽事之无所前闻者，而亦无不合于法度。虽无谏诤之者，而亦未尝不入于善。』

最后一章不难理解，主要讲文王勤于培养人才，只是最后一句『誉髦斯士』，稍有争议。高亨《诗经今注》说：『「誉髦斯士」，当作「誉斯髦士」，「斯髦」二字传写误倒。《小雅·甫田》：「燕我髦士。」《大雅·棫朴》：「髦士攸宜。」都是髦士连文，可证。』其实不必这样推断。『誉』是好的意思，『髦』是俊的意思，在此均用作动词，『誉髦斯士』就是『以斯士为誉髦』。

皇矣

【一句话点评】

叙述周太王、王季的事迹以及文王伐崇伐密的武功。

【原文】

皇矣上帝①，临下有赫②。监观四方，求民之莫③。维此二国④，其政不获⑤。维彼四国⑥，爰究爰度⑦。上帝耆之⑧，憎其式廓⑨。乃眷西顾⑩，此维与宅⑪。

作之屏之⑫，其菑其翳⑬。修之平之⑭，其灌其栵⑮。启之辟之⑯。其柽其椐⑰。攘之剔之⑱，其檿其柘⑲。帝迁明德⑳，串夷载路㉑。天立厥配㉒，受命既固㉓。

帝省其山㉔，柞棫斯拔㉕，松柏斯兑㉖。帝作邦作对㉗，自大伯王季㉘。维此王季，因心则友㉙。则友其兄㉚，则笃其庆㉛，载锡之光㉜。受禄无丧，奄有四方㉝。

维此王季，帝度其心。貊其德音㉞，其德克明㉟。克明克类，克长克君㊱。王此大邦㊲，克顺克比㊳。比于文王㊴，其德靡悔㊵。既受帝祉，施于孙子㊶。

帝谓文王：无然畔援㊷，无然歆羡㊸，诞先登于岸㊹。密人不恭㊺，敢距大邦，侵阮徂共㊻。王赫斯怒㊼，爰整其旅㊽，以按徂旅㊾。以笃于周祜㊿，以对于天下(51)。

依其在京(52)，侵自阮疆。陟我高冈(53)，无矢我陵(54)。我陵我阿(55)，无饮我泉，我泉我池。度其鲜原(56)，居岐之阳(57)，在渭之将(58)。万邦之方(59)，下民之王。

帝谓文王：予怀明德，不大声以色(60)，不长夏以革(61)。不识不知，顺帝之则(62)。帝谓文王：询尔仇方(63)，同尔弟兄(64)。以尔钩援(65)，与尔临冲(66)，以伐崇墉(67)。

临冲闲闲(68)，崇墉言言(69)。执讯连连(70)，攸馘安安(71)。是类是祃(72)，是致是附(73)，四方以无侮。临冲茀茀(74)，崇墉仡仡(75)。是伐是肆(76)，是绝是忽。四方以无拂(77)。

【注释】

①皇：光辉、伟大。

②临：监视。下：下界、人间。赫：显著。

③莫：通『瘼』，疾苦。

④二国：有谓指夏、殷，有谓指豳、邰，皆不确。马瑞辰《毛诗传笺通释》引或说：『古文上作二，与一二之二相似，二国当为上国之误。』上国系指殷商。

⑤政：政令。获：得。不获，不得民心。

⑥四国：天下四方。

⑦爰：就。究：研究。度：图谋。

⑧耆：读为『稽』，考察。

⑨式：语气助词。式廓：犹言『规模』。

⑩眷：思慕、宠爱。西顾：回头向西看。西，指岐周之地。

⑪此：指岐周之地。宅：安居。

⑫作：借作『柞』，砍伐树木。屏：除去。

⑬菑：指直立而死的树木。翳：通『殪』，指死而仆倒的树木。

⑭修：修剪。平：铲平。

⑮灌：丛生的树木。栵：斩而复生的枝杈。

⑯启：开辟。辟：排除。

⑰柽：木名，俗名西河柳。椐：木名，俗名灵寿木。

⑱攘：排除。剔：剔除。

⑲檿：木名，俗名山桑。柘：木名，俗名黄桑。以上皆为倒装句式。

⑳帝：上帝。明德：明德之人，指太王古公亶父。

㉑串夷：即昆夷，亦即犬戎。载：则。路：借作『露』，败。太王原居豳，因犬戎侵扰，迁于岐，打败了犬戎。

㉒厥：其。配：配偶。太王之妻为太姜。

㉓既：犹『而』。固：坚固、稳固。

㉔省：察看。山：指岐山，在今陕西省。

㉕柞、棫：两种树名。斯：犹『乃』。拔：拔除。

㉖兑：直立。

㉗作：兴建。邦：国。对：疆界。

㉘大伯：即太伯，太王长子。次子虞仲，三子季历。太王爱王季，太伯、虞仲为让位于季历，逃至南方，另建吴国。太王死后，季历为君，是为王季。

㉙因心：『因心者，王季因太王之心也，故受太伯之让而不辞，则是能友矣。』友：友爱兄弟。

㉚则：犹『能』。

㉛笃：厚益，增益。庆：吉庆，福庆。

㉜载：则。锡：同『赐』。光：荣光。

㉝奄：全。尽。

㉞貊：《左传·昭公二十八年》及《礼记·乐记》皆引作『莫』。莫，传布。

㉟克：能。明：明察是非。

㊱长：师长。君：国君。

㊲王：称王，统治。

㊳顺：使民顺从。比：使民亲附。

㊴比于：及至。

㊵悔：借为『晦』，不明。

㊶施：延续。

㊷畔援：犹『盘桓』，徘徊不进的样子。

㊸歆羡：犹言『觊觎』，非分的希望和企图。

㊹诞：发语词。先登于岸：喻占据有利形势。

㊺密：古国名，在今甘肃灵台一带。

㊻阮：古国名，在今甘肃泾川一带，当时为周之属国。共：古国名，在今甘肃泾川北，亦为周之属国。

㊼赫：勃然大怒的样子。斯：犹『而』。

⑱旅：军队。
⑲按：遏止。徂旅：此指前来侵阮、侵共的密国军队。
⑳笃：厚益、巩固。祜：福。
㉑对：安定。
㉒依：凭借。京：高丘。
㉓陟：登。
㉔矢：借作『施』，陈设。此指陈兵。
㉕阿：大的丘陵。
㉖鲜：犹『巘』，小山。
㉗阳：山南边。
㉘将：旁边。
㉙方：准则，榜样。
㉚大：注重。以：犹『与』。
㉛长：挟，依恃。夏：夏楚，刑具。革：兵甲，指战争。
㉜顺：顺应。则：法则。
㉝仇：同伴。方：方国。仇方，与国、盟国。
㉞弟兄：指同姓国家。

⑥⑤钩援：古代攻城的兵器。以钩钩入城墙，牵钩绳攀缘而登。

⑥⑥临、冲：两种军车名。临车上有望楼，用以瞭望敌人，也可居高临下地攻城。冲车则从墙下直冲城墙。

⑥⑦崇：古国名，在今陕西西安、户县一带，殷末崇侯虎即崇国国君，《尚书大传》有『文王六年伐崇』的记载。墉：城墙。

⑥⑧闲闲：摇动的样子。

⑥⑨言言：高大的样子。

⑦⓪讯：读为『奚』，俘虏。连连：接连不断的状态。

⑦①攸：所。馘：古代战争时将所杀之敌割取左耳以计数献功。安安：安闲从容的样子。

⑦②是：乃，于是。类：通『禷』，出征时祭天。祃：师祭，至所征之地举行的祭祀；或谓祭马神。

⑦③致：招致。附：安抚。

⑦④茀茀：强盛的样子。

⑦⑤仡仡：高崇的样子。

⑦⑥肆：通『袭』。

⑦⑦拂：违背，抗拒。

【译文】

上帝伟大而又辉煌，洞察人间慧目明亮。监察观照天地四方，发现民间疾苦灾殃。就是殷商这个国家，它的政令不符民望。想到天下四方之国，于是认真研究思量。上帝经过一番考察，憎恶殷商统治状况。怀着宠爱向西张望，就把岐山赐予周王。砍伐山林清理杂树，去掉直立横卧枯木。将它修齐将它剪平，灌木丛丛枝杈簇簇。将它挖去将它芟去，柽木椐木株株。将它排除将它剔除，山桑黄桑杂生四处。上帝迁来明德君王，彻底打败犬戎部族。皇天给他选择佳偶，受命于天国家稳固。上帝省视周地岐山，柞树棫树都已砍完，苍松翠柏栽种山间。上帝为周兴邦开疆，太伯王季始将功建。就是这位祖先王季，顺从父亲友爱体现。友爱他的两位兄长，致使福庆不断增添。上帝赐他无限荣光，承受福禄永不消减，天下四方我周占全。就是这位王季祖宗，上帝审度他的心胸，将他美名传布称颂。他的品德清明端正，是非类别分清眼中，师长国君一身兼容。统领如此泱泱大国，万民亲附百姓顺从。到了文王依然如此，他的德行永远光荣。已经接受上帝赐福，延及子孙受福无穷。上帝对着文王说道：『不要徘徊不要动摇，也不要去非分妄想，渡河要先登岸才好。』密国人不恭敬顺从，对抗大国实在狂傲，侵阮伐共气焰甚嚣。文王对此勃然大怒，整顿军队奋勇进剿，痛击敌人猖狂侵扰。大大增加周国洪福，天下四方安乐陶陶。密人凭着地势高险，出自阮国侵我边疆，登临我国高山之上。『不要陈兵在那丘陵，那是我国丘陵山冈；不要饮用那边泉水，那是我国山泉池塘。』文王审察那片山野，占据岐山南边地方，就在那儿渭水之旁。他是万国效法榜样，他是人民优秀国王。上帝告知我周文王：『你的德行我很欣赏。不要看重疾言厉色，莫将刑具兵革依仗。你要做到不声不响，上帝意旨遵循莫忘。』上帝还对文王说道：『要与盟国咨询商量，联合同姓兄弟之邦。用你那些爬城钩援，和你那些攻城车辆，讨伐攻破崇国城墙。』临车冲车轰隆出动，崇国城墙坚固高耸。抓来俘虏成群结队，割取敌耳安详从容。祭祀天神求得胜利，招降崇国安抚民众，四方不敢侵我国中。临车冲车多么强盛，哪怕崇国城墙高耸。坚决打击坚决进攻，把那顽敌斩杀一空，四方不敢抗我威风。

【品读】

这也是一首颂诗，是周部族多篇开国史诗之一。它先写西周为天命所归及古公亶父（太王）经营岐山、打退昆夷的情况，再写王季的继续发展和他的德行，最后重点描述了文王伐密、灭崇的事迹和武功。这些事件，是周部族得以发展、得以灭商建国的重大事件，太王、王季、文王，都是周王朝的『开国元勋』，对周部族的发展和周王朝的建立，做出了卓越的贡献，所以作者极力地赞美他们，歌颂他们，字里行间充溢着深厚的爱部族、爱祖先的思想感情。

全诗八章，每章十二句。内容丰富，气魄宏大。前四章重点写太王，后四章写文王，俨然是一部周部族的周原创业史。

首章先从周太王得天眷顾、迁岐立国写起。周人原先是一个游牧民族，居于今陕西、甘肃接境一带。传说从后稷开始，做了帝尧的农师，始以农桑为业，并初步建国，以邰（今陕西武功一带）为都（见《大雅·生民》）。到了第四代公刘之时，又举族迁往豳（邠）地（今陕西旬邑一带），行地宜，务耕种。开荒定居，部族更加兴旺和发展（见《大雅·公刘》）。第十三代（依《史记·周本纪》）为古公亶父（即周太王），因受戎狄之侵、昆夷之扰，又迁居于岐山下之周原（今陕西岐山一带），开荒垦田，营建宫室，修造城郭，革除戎俗，发展农业，使周部族日益强大（见《大雅·緜》）。本章说是天命所使，当然是夸张的说法。但尊天和尊祖的契合，正是周人『君权神授』思想的表现。

第二章具体描述了太王在周原开辟与经营的情景。连用四组排比语句，选用八个动词，罗列了八种植物，极其生动形象地表现太王创业的艰辛和气魄的豪迈。最后还点明：太王赶走了昆夷，娶了佳偶（指太姜），使国家更加强大。

第三章又写太王立业，王季继承，既合天命，又扩大了周部族的福祉，并进一步奄有四方。其中，特别强调『帝作邦作对，自大伯王季』。太王有三子：太伯、虞仲和季历（即王季）。太王爱季历，太伯、虞仲相让，因此王季的继立，是应天命、顺父心、友兄弟的表现。写太伯是虚，写王季是实。但『夹写太伯，从王季一面写友爱，而太伯之德自见』（方玉润《诗经原始》），既是夹叙法，亦是推原法，作者的艺术用心，是值得深入体味的。

第四章集中描述了王季的德音。说他『克明克类，克长克君；王此大邦，克顺克比』，充分表现了他的圣明睿智，为王至宜。其中，用『帝度其心，貊其德音』，以突出其尊贵的地位和煊赫的名声；而『比于文王，其德靡悔』，既说明了王季的德泽流长，又为以下各章写文王而做了自然的过渡。

《皇矣》在《大雅·文王之什》，当然重点是在歌颂和赞美文王。因而本诗从第五章起，就集中描述文王的功业了。

第五章先写上帝对文王的教导：『无然畔援，无然歆羡，诞先登于岸。』即要文王勇往直前，面对现实，先占据有利的形势。虽不言密人侵入和文王怎么去做，但其紧张的气氛已充分显示了出来。接着作者指出『密人不恭，敢距大邦』，一场激烈的战争势在难免了。密人『侵阮徂共』，意欲侵略周国，文王当机立断，『爰整其旅，以按徂旅』，并强调，这是『笃于周祜』『对于天下』的正义行动。

第六章写双方的战斗形势进一步发展。密人『侵自阮疆，陟我高冈』，已经进入境内了。文王对密人发出了严重的警告，并在『岐之阳』『渭之将』安扎营寨，严阵对敌。写出情况十分严峻，使读者如临其境。

第七章写战前的情景，主要是上帝对文王的教导，要他『不大声以色，不长夏以革』，就是不要疾言厉色，而要从容镇定；不要光凭武器硬拼，而要注意策略。要『顺帝之则』『询尔仇方，同尔弟兄』，即按照上帝意志，联合起同盟和兄弟之国，然后再『以尔钩援，与尔临冲』，去进攻崇国的城池。崇国当时也是周国的强敌，上言密，此言崇，实兼而有之，互文见义。

最后一章是写伐密灭崇战争的具体情景。周国用它『闲闲』『茀茀』的临车、冲车，攻破了崇国『言言』『仡仡』的城墙，『是伐是肆』，『执讯』『攸馘』，『是致是附』『是绝是忽』，取得了彻底的胜利，从而『四方无以拂』，四方邦国再没有敢抗拒周国的了。

由此可见，《皇矣》在叙述这段历史过程时是有顺序、有重点地描述的。全诗中，既有历史过程的叙述，又有历史人物的塑造，还有战争场面的描绘，内容丰富，规模宏阔，笔力遒劲，条理分明。所叙述的内容，虽然时间的跨度很大，但由于作者精心安排，读者读起来，却又感觉是那么紧密和完整。特别是夸张词语、重叠词语、人物语言和排比句式的交错使用，章次、语气的自然舒缓，更增强本诗的生动性、形象性和艺术感染力。

下武

【一句话点评】

赞美周王后嗣能继承先王功业。

【原文】

下武维周①，世有哲王②。三后在天③，王配于京④。

王配于京，世德作求⑤。永言配命⑥，成王之孚⑦。

成王之孚，下土之式⑧。永言孝思⑨，孝思维则⑩。

媚兹一人⑪，应侯顺德⑫。永言孝思，昭哉嗣服⑬。

昭兹来许⑭，绳其祖武⑮。於万斯年⑯，受天之祜⑰。

受天之祜，四方来贺。於万斯年，不遐有佐⑱。

【注释】

①下武：在后继承。下，后；武，继承。

②世：代。哲王：贤明智慧的君王。

③三后：指周的三位先王太王、王季、文王。后，君王。

④王：此指武王。配：指上应天命。

⑤求：通『逑』，匹配。马瑞辰《毛诗传笺通释》：『按「求」当读为「逑」』。逑，匹也，配也。言王所以配于京者，由其可与世德配合耳。

⑥言：语气助词。命：天命。

⑦孚：使人信服。

⑧下土：下界土地，也就是人间。式：榜样，范式。

⑨孝思：孝顺先人之思，王引之《经义述闻》：『孝者美德之通称，非谓孝弟之孝。』

⑩则：法则。此谓以先王为法则。

⑪媚：爱戴。一人：指周天子。

⑫应侯顺德：吴闿生《诗义会通》：『侯，乃也；应，当也。「应侯顺德」，犹云应乃懿德。』而《水经注》等书认为应侯是武王之子，封于应（地在今河南宝丰西南）。

⑬昭：光明，显耀。嗣服：后进，指成王。马瑞辰《毛诗传笺通释》：『《广雅·释诂》：「服、进，行也。」……《仪礼·特牲·馈食礼》注：「嗣，主人将为后者。」……是知嗣服即后进也。』

⑭兹：同『哉』。马瑞辰《毛诗传笺通释》：『兹、哉古同声通用。』来许：同『后进』。马瑞辰《毛诗传笺通释》：『谢沈书引作「昭哉来御」是也，……许、御声义同，故通用。……「昭哉来许」犹上章「昭哉嗣服」也。』

⑮绳：承。武：足迹。祖武，指祖先的德业。

⑯於：感叹词。斯：语气助词。

⑰祜：福。

⑱不遐：马瑞辰《毛诗传笺通释》：『「不遐」即「遐不」之倒文。凡《诗》言遐不者，遐、胡一声之转，犹云胡不也。』

【译文】

后能继前唯周邦，世代有王都圣明。三位先王灵在天，武王配天居镐京。武王配天居镐京，德行能够匹先祖。上应天命真长久，成王也令人信服。成王也令人信服，足为人间好榜样。孝顺祖宗德泽长，德泽长久法先王。爱戴天子这一人，能将美德来承应。孝顺祖宗德泽长，光明显耀好后进。光明显耀好后进，遵循祖先的足迹。长啊长达千万年，天赐洪福享受起。天赐洪福享受起，四方诸侯来祝贺。长啊长达千万年，哪愁没人来辅佐。

【品读】

《下武》的篇章结构非常整饬严谨，层层递进，有条不紊。第一章先说周朝世代有明主，接着赞颂太王、王季、文王与武王，第二章上二句赞颂武王，下二句赞颂成王，第三章赞颂成王能效法先人，第四、第五章赞颂康王能继承祖德，第六章以四方诸侯来贺作结，将美先王贺今王的主旨发挥得淋漓尽致。在修辞上，本篇特别精于使用顶真辞格，将顶真格的效用发挥到了极致。第一、第二章以『王配于京』顶真勾连，第二、第三章以『成王之孚』顶针勾连，第五、第六章以『受天之祜』顶真勾连，而第四章的末句『昭哉嗣服』与第五章的首句『昭兹来许』意思相同，结构也相同，可视为准顶真勾连。《大雅》的第一篇《文王》也善于使用顶针修辞，但比起《下武》那样精工的格式，显然不及远矣。而且本篇以顶真格串联的前三章组成的赞颂先王的述旧意群，与同以顶真格（或准顶真格）串联的后三章组成的赞颂今王的述新意群，又通过第三、第四章各自的第三句『永言孝思』可以上下维系。这种刻意经营的巧妙结构，几乎是空前绝后的，其韵律节奏流美谐婉，有效地避免了因庙堂文学歌功颂德文字的刻板而造成的审美负效应，使读者面对这一表现《大雅》《周颂》中常见的歌颂周先王、今王内容的文本，仍能产生一定的审美快感。英国文艺理论家克莱夫·贝尔在他的《艺术》一书中提出了『艺术即有意味的形式』这一著名的论断，确实，形式在文学艺术作品中的重要性绝不容低估，有时候，形式本身就是美。读完《下武》，我们可能很快就忘了诗中『哲王』『世德』『配命』『顺德』之类赞颂之词，但对它章法结构的形式美则将记忆犹新。

诗经·楚辞

第三册

〔春秋〕孔子 〔战国〕屈原 著

李楠 编译

灵台

【一句话点评】

记述周文王建成灵台，游赏奏乐。

【原文】

经始灵台①，经之营之。庶民攻之②，不日成之。经始勿亟③，庶民子来④。

王在灵囿⑤，麀鹿攸伏⑥。麀鹿濯濯⑦，白鸟翯翯⑧。王在灵沼⑨，於牣鱼跃⑩。

虡业维枞⑪，贲鼓维镛⑫。於论鼓钟⑬，於乐辟廱。

於论鼓钟，於乐辟雍⑭。鼍鼓逢逢⑮。矇瞍奏公⑯。

【注释】

①经始：开始计划营建。灵台：古台名，故址在今陕西西安西北。

②攻：建造。

③亟：同『急』。

④子来：像儿子似的一起赶来。

⑤灵囿：古代帝王畜养禽兽的园林名。

⑥麀鹿：母鹿。

⑦濯濯：肥壮貌。

⑧翯翯：洁白貌。

⑨灵沼：池沼名。

⑩於：叹美声。牣：满。

⑪虡：悬钟的木架。业：装在虡上的横板。枞：崇牙，即虡上的载钉，用以悬钟。

⑫贲：借为『鼖』，大鼓。

⑬论：通『伦』，有次序。

⑭辟廱：离宫名，与作学校解的『辟廱』不同，见戴震《毛郑诗考证》。

⑮鼍：即扬子鳄，一种爬行动物，其皮制鼓甚佳。逢逢：鼓声。

⑯矇瞍：古代对盲人的两种称呼。当时乐官乐工常由盲人担任。公：读为『颂』，歌。或谓通『功』，奏功，成功。

【译文】

开始规划筑灵台，经营设计善安排。百姓出力共兴建，没花几天成功快。开始规划莫着急，百姓如子都会来。君王在那大园林，母鹿懒懒伏树荫。母鹿肥壮毛皮好，白鸟羽翼真洁净。君王在那大池沼，啊呀满池鱼窜蹦。钟架横板崇牙配，大鼓大钟都齐备。啊呀钟鼓节奏美，啊呀离宫乐不归。啊呀钟鼓节奏美，啊呀离宫乐不归。敲起鼍鼓声蓬蓬，瞽师奏歌有乐队。

【品读】

《毛诗序》说：『《灵台》，民始附也。文王受命，而民乐其有灵德以及鸟兽昆虫焉。』似乎是借百姓为周王建造灵台、辟廱来说明文王有德使人民乐于归附。其实，《孟子·梁惠王》云：『文王以民力为台为沼，而民欢乐之，谓其台曰灵台，谓其沼曰灵沼，乐其有麋鹿鱼鳖。古之人与民偕乐，故能乐也。』已将《灵台》的诗旨解说得很清楚。自然这是从当时作者的一面来说，如果从今天读者的一面来说，我们会同意这样的题解：『这是一首记述周文王建成灵台和游赏奏乐的诗。』（程俊英《诗经译注》）

本篇共四章，第一、二两章章六句，第三、四两章章四句。（按：毛诗分五章，章四句，不甚合理，兹从鲁诗）第一章写建造灵台。灵台自然是台，但究竟是什么台，今所流行的各家注译本中多不做解释。按郑玄笺云：『天子有灵台者所以观祲象，察气之妖祥也。』陈子展《诗经直解》也说：『据孔疏，此灵台似是以观天文之雏形天文台，非以观四时施化之时台（气象台），亦非以观鸟兽鱼鳖之囿台（囿中看台）也。』这一章通过『经之』『营之』『攻之』『成之』连用动词带同一代词宾语的句式，使得文气很连贯紧凑，显示出百姓乐于为王效命的热情，一如方玉润《诗经原始》说：『民情踊跃，于兴作自见之。』而第五句『经始勿亟』与第一句『经始灵台』在章内也形成呼应之势。

第二章写灵囿、灵沼。『翯翯』，鲁诗作『皜皜』，即『皓皓』。笔者颇疑此处文句倒乙，『白鸟翯翯』一句似应在『於牣鱼跃』一句之后。因为第一，『白鸟』有人说是白鹭，有人说是白鹤，总之是水鸟，不应该在『王在灵沼』句领出对池沼中动物的描写之前出现。第二，孙鑛说：『鹿善惊，今乃伏；鱼沉水，今乃跃，总是形容其自得不畏人之意。』（陈子展《诗经直解》引）姚际恒也说：『鹿本骇而伏，鱼本潜而跃，皆言其自得而无畏人之意，写物理入妙。』（《诗经通论》）这表明鹿伏与鱼跃应是对称的，则『於牣鱼跃』一句当为此章的第五句。第三，『麀鹿濯濯』与『白鸟翯翯』两句都有叠字形容词，既然『麀鹿濯濯』（有叠字词）句由『王在灵囿』句引出，则『白鸟翯翯』句须由『王在灵沼』句领起，且当与『麀鹿濯濯』句位置相对应，这样章句结构才匀称均衡。（这样的解释从文辞上说较合语义逻辑，然在叶韵上似亦有不圆通之处，而且上古诗文写于人类语言文字发展史的早期，体格并不像后世那么纯熟，句式错杂不齐，也是常事，因此，笔者的见解未必正确，仅供参考而已）但不管有无倒乙，本章写鹿、写鸟、写鱼，都简洁生动，充满活力，不亚于《国风》《小雅》中的名篇。

第三章、第四章写辟廱。辟廱，一般也可写作辟雍。毛传解为『水旋丘如壁』，『以节观者』；郑笺解为『筑土雝（壅）水之外，圆如壁，四方来观者均也』。戴震《毛郑诗考证》则说：『此诗灵台、灵沼、灵囿与辟廱连称，抑亦文王之离宫乎？闲燕则游止肆乐于此，不必以为太学，于诗辞前后尤协矣。』按验文本，释『辟廱』（即『辟雍』）为君王游憩赏乐的离宫显然较释之为学校可信，当从戴说。离宫辟雍那儿又有什么燕游之乐呢？取代观赏鹿鸟鱼儿之野趣的，是聆听钟鼓音乐之兴味。连用四个『於』字表示感叹赞美之意，特别引人注目。而第三章后两句与第四章前两句的完全重复，实是顶真修辞格的特例，将那种游乐的欢快气氛渲染得十分浓烈。

文王有声

【一句话点评】

歌颂文王、武王迁都于丰、镐。

【原文】

文王有声，遹骏有声①。遹求厥宁，遹观厥成。文王烝哉②！

文王受命，有此武功。既伐于崇③，作邑于丰④。文王烝哉！

筑城伊淢⑤，作丰伊匹。匪棘其欲⑥，遹追来孝。王后烝哉⑦！

王公伊濯⑧，维丰之垣。四方攸同，王后维翰⑨。王后烝哉！

丰水东注，维禹之绩。四方攸同，皇王维辟⑩。皇王烝哉！

镐京辟廱⑪，自西自东，自南自北，无思不服⑫。皇王烝哉！

考卜维王，宅是镐京⑬。维龟正之，武王成之。武王烝哉！

丰水有芑⑭，武王岂不仕⑮？诒厥孙谋⑯，以燕翼子。武王烝哉！

【注释】

①遹：陈奂《诗毛氏传疏》：『全诗多言「曰」「聿」，唯此篇四言「遹」，遹即曰、聿，为发语之词。《说文》……引诗「欥求厥宁」。从欠曰，会意，是发声。当以欥为正字，曰、聿、遹三字皆假借字。』

②烝：《尔雅》释『烝』为『君』。又陆德明《经典释文》引韩诗云：『烝，美也。』可知此诗中八用『烝』字皆为叹美君王之词。

③于崇：『于』本作『邘』，古邘国，故地在今河南沁阳。崇为古崇国，故地在今陕西户县，周文王曾讨伐崇侯虎。

④丰：故地在今陕西西安沣水西岸。

⑤淢：假借为『洫』，即护城河。

⑥棘：陆德明《经典释文》作『亟』，《礼记》引作『革』。按段玉裁《古十七部谐声表》，棘、亟、

革同在第一部，是其音义通，此处皆为『急』义。

⑦王后：第三、四章之『王后』同指周文王。有人将其释为『周武王』，误。

⑧公：同『功』。濯：本义是洗涤，引申有『光大』义。

⑨翰：桢干，主干。

⑩皇王：第五、六章之『皇王』皆指周武王。辟：陈奂《诗毛氏传疏》认为当依《经典释文》别义释为『法』。

⑪镐：周武王建立的西周国都，故地在今陕西西安沣水以东的昆明池北岸。辟廱：西周王朝所建天子行礼奏乐的离宫。

⑫无思不服：王引之《经传释词》云：『无思不服』，无不服也。思，语助耳。

⑬宅：刘熙《释名》释『宅』为『择』，指择吉祥之地营建宫室。『宅』是乇声字，与『择』古音同部，故可相通。

⑭芑：同『杞』。芑、杞都是己声字，古音同部，故杞为本字，芑是假借字，应释为杞柳。

⑮仕：毛传释『仕』为『事』，古通用。

⑯『诒厥』二句：陈奂《诗毛氏传疏》云：『诒，遗也。上言谋，下言燕翼，上言孙，下言子，皆互文以就韵耳。言武王之谋遗子孙也。』

【译文】

文王有着好声望，如雷贯耳大名享。但求天下能安宁，终见功成国运昌。文王真个是明王！受命于天我文王，有这武功气势旺。举兵攻克那崇国，又建丰邑真漂亮。文王真个是明王！挖好城壕筑城墙，作邑般配实在棒。不贪私欲品行正，用心尽孝为周邦。君王真个是明王！文王功绩自昭彰，犹如丰邑那垣墙。四方诸侯来依附，君王主干是栋梁。君王真个是明王！丰水奔流向东方，大禹功绩不可忘。四方诸侯来依附，大王树立好榜样。大王真个是明王！落成离宫镐京旁，在西方又在东方，在南面又在北面，没人不服我周邦。大王真个是明王！占卜我王求吉祥，定都镐京好地方。依靠神龟定工程，武王完成堪颂扬。武王真个是明王！丰水边上杞柳壮，武王任重岂不忙？留下治国好策略，庇荫子孙把福享。武王真个是明王！

【品读】

这首诗的主旨，前人多有阐述，而清代学者方玉润的《诗经原始》最能道出诗人的良苦用心。他说：『此诗专以迁都定鼎为言。文王之迁丰也，「匪棘其欲」，盖「求厥宁」，以「追来孝」耳；然已兆宅镐之先声。武王之迁镐也，岂徒继伐，盖建辟廱以贻孙谋耳，又无非成作丰之素志。故文、武对举，并言文之心即武之心，武之事实文之事。自有日进于大之势，更有事不容已之机。文、武亦顺乎天心之自然而已，夫岂有私意于其间哉？《序》云「继伐」，固非诗人意旨；即《集传》所谓「此诗言文王迁丰，武王迁镐之事」，又何待言？盖诗人命意必有所在。《大雅》之咏文、武多矣，未有以丰、镐并题者。兹特题之，则必以建置宏谋为缵承大计。说者当从此究心以求两圣心心相印处，乃得此诗要旨。不然，泛言继伐，与诗无涉；即呆说丰、镐，于事又何益耶？』

这首诗在艺术表现上也有它的特色，可供借鉴：

（一）按时间先后顺序谋篇布局。周文王、周武王同是西周开国的君主，但他们是父子两代，一前一后不容含混，因之全诗共八章，前四章写周文王迁丰，后四章写周武王营建镐京，读之次序井然。诗题《文王有声》是套用《诗经》的惯例，用诗的开头第一句，但也很好体现出周武王的功业是由其父周文王奠定基础的。

（二）同写迁都之事，文王迁丰、武王迁镐，却又各有侧重。『言文王者，偏曰伐崇「武功」，言武王者，偏曰「镐京辟廱」，武中寓文，文中有武。不独两圣兼资之妙，抑亦文章幻化之奇，则更变中之变矣！』（方玉润语）

（三）叙事与抒情结合，使全诗成为歌功颂德的杰作。前四章写周文王迁都于丰，有『既伐于崇，作邑于丰』『筑城伊淢，作丰伊匹』『王公伊濯，维丰之垣』等诗句，叙事中寓抒情。后四章写周武王迁镐京，有『丰水东注，维禹之绩』『镐京辟廱，自西自东，自南自北，无思不服』『考卜维王，宅是镐京；维龟正之，武王成之』等诗句，也是叙事中寓抒情。特别是全诗八章，每章五句的最后一句皆以单句赞词煞尾，赞美周文王是『文王烝哉』『文王烝哉』『王后烝哉』『王后烝哉』，赞美周武王是『皇王烝哉』『皇王烝哉』『武王烝哉』、『武王烝哉』，使感情抒发得更强烈，可谓别开生面。

（四）巧妙运用比兴手法，加强诗的形象感染力。如第四章『王公伊濯，维丰之垣；四方攸同，王后维翰』四句，是以丰邑城垣之坚固象征周文王的屏障之牢固。第八章『丰水有芑，武王岂不仕』二句，是以丰水岸边杞柳之繁茂象征周武王能培植人才、使用人才。

假乐

【一句话点评】

为周宣王行冠礼的冠词。

【原文】

假乐君子[1]，显显令德[2]，宜民宜人。受禄于天，保右命之，自天申之[3]。

干禄百福[4]，子孙千亿。穆穆皇皇[5]，宜君宜王。不愆不忘[6]，率由旧章[7]。

威仪抑抑[8]，德音秩秩[9]。无怨无恶，率由群匹[10]。受福无疆，四方之纲。

之纲之纪，燕及朋友[11]。百辟卿士[12]，媚于天子[13]。不解于位[14]，民之攸塈[15]。

【注释】

①假：通『嘉』，美好。乐：音乐。

②令德：美德。

③申：重复。

④干：『千』之误。

⑤穆穆：肃敬。皇皇：光明。

⑥愆：过失。忘：糊涂。

⑦率：循。由：从。

⑧抑抑：通『懿懿』，庄美的样子。

⑨秩秩：有条不紊的样子。

⑩群匹：众臣。

⑪燕：安。

⑫百辟：众诸侯。

⑬媚：爱。

⑭解：通『懈』，怠慢。

⑮塈：安宁。

【译文】

君王冠礼行嘉乐，昭明您的好美德。德合庶民与群臣，所得福禄皆天成。保佑辅佐受天命，上天常常关照您。千重厚禄百重福，子孙千亿无穷数。您既端庄又坦荡，应理天下称君王。从不犯错不迷狂，遵循先祖旧典章。容仪庄美令人敬，文教言谈条理明。不怀私怨与私恶，诚恳遵从众贤臣。所得福禄无穷尽，四方以您为准绳。天下以您为标准。您设筵席酬友朋。众位诸侯与百官，爱戴天子有忠心。从不懈怠在王位，您使人民得安宁。

【品读】

全诗仅四章，表现了周朝宗室，特别是急切希望振兴周王朝的中兴大臣对一个年轻君主的深厚感情和殷切期望。『假（嘉）乐』点出诗的主题或用途。『显显令德』，开门见山地赞扬了受冠礼者的德行品格。以下称赞他能尊民意顺民心，皇天授命，赐以福禄。这一章看似平实，但在当时周王朝内忧外患摇摇欲坠的情况下，表达对宣王的无限期待和信赖，实言近而旨远，语浅而情深。第二章顺势而下，承上歌颂宣王德荫子孙，受禄千亿，落笔于他能『不愆不忘』，一丝不苟地遵循文、武、成、康的典章制度，能够听从大臣们的建议劝谏。这些话里包含着极其深刻的教训：夷王、厉王因为违背了这两点使宗周几乎灭亡，其代价不可谓不大。因为本诗是举行冠礼的仪礼用诗，有着它现实的要求，故而第三章便转锋回笔，热烈地歌颂年轻的宣王有着美好的仪容、高尚的品德，能『受福无疆』成为天下臣民、四方诸侯的『纲纪』。末章紧接前文之辞，以写实的手笔勾勒了行冠礼的活动场景。宣王礼待诸侯，宴饮群臣，其情融融，其意洽洽。『百辟卿士』没有一个不爱戴他、不亲近他的。『不解于位，民之攸塈』。使国民能安居乐业，不再流离失所，这不是对一个明君的最主要的要求吗？短短的一首诗，围绕着『德、章、纲、位』赞美了年轻有为，能为天下纲纪的宣王，于有限的词句内包容了无限的真情，美溢于辞，其味无穷。

公刘

【一句话点评】

叙述周祖先公刘带领周人由邰迁豳的经过。

【原文】

笃公刘①，匪居匪康②。乃埸乃疆③，乃积乃仓④；乃裹糇粮⑤，于橐于囊⑥。思辑用光⑦，弓矢斯张⑧。干戈戚扬⑨，爰方启行。

笃公刘，于胥斯原⑩。既庶既繁⑪，既顺乃宣⑫，而无永叹。陟则在巘⑬，复降在原。何以舟之⑭？维玉及瑶，鞞琫容刀⑮。

笃公刘，逝彼百泉⑯。瞻彼溥原⑰，乃陟南冈，乃觏于京⑱。京师之野⑲，于时处处⑳，于时庐旅㉑。于时言言，于时语语。

笃公刘，于京斯依。跄跄济济㉒，俾筵俾几㉓。既登乃依，乃造其曹㉔。执豕于牢㉕，酌之用匏㉖。食之饮之，君之宗之㉗。

笃公刘，既溥既长，既景迺冈㉘。相其阴阳㉙，观其流泉。其军三单㉚，度其隰原㉛，彻田为粮㉜。度其夕阳㉝，豳居允荒㉞。

笃公刘，于豳斯馆。涉渭为乱㉟，取厉取锻㊱，止基乃理㊲。爰众爰有㊳，夹其皇涧㊴，溯其过涧㊵。止旅乃密㊶，芮鞫之即㊷。

【注释】

①笃：诚实忠厚。

②匪居匪康：朱熹《诗集传》：『居，安；康，宁也。』匪，不。此句谓不贪图居处的安宁。

③埸：田界。

④积：露天堆粮之处，后亦称『庾』。仓：仓库。

⑤糇粮：干粮。

⑥于橐于囊：指装入口袋。有底曰囊，无底曰橐。

⑦思辑：谓和睦团结。思，发语词。用光：以为荣光。

⑧斯：发语词。张：准备，犹今语张罗。
⑨干：盾牌。戚：斧。扬：大斧，亦名钺。
⑩胥：视察。斯原：这里的原野。
⑪庶、繁：人口众多。朱熹《诗集传》：『庶繁，谓居之者众也。』
⑫顺：谓民心归顺。宣：舒畅。
⑬陟：攀登。
⑭舟：佩带。
⑮鞞：刀鞘。琫：刀鞘口上的玉饰。
⑯逝：往。
⑰溥：广大。
⑱觏：察看。京：高丘。一释作豳之地名。
⑲京师：朱熹《诗集传》：『京师，高山而众居也。董氏曰：「所谓京师者，盖起于此。」其后世因以所都为京师也。』
⑳于时：于是。时，通『是』。处处：居住。
㉑庐旅：此二字古通用，即『旅旅』，寄居之意。见马瑞辰《毛诗传笺通释》。此指宾馆旅舍。
㉒跄跄济济：朱熹《诗集传》：『群臣有威仪貌。』，跄跄，形容走路有节奏；济济，从容端庄貌。
㉓俾筵俾几：俾，使。筵，铺在地上坐的席子。几，放在席子上的小桌。古人席地而坐，故云。

㉔乃造其曹：造，三家诗作告。曹，祭猪神。朱熹《诗集传》：『曹，群牧之处也。』亦可通。一说指众宾。

㉕牢：猪圈。

㉖酌之：指斟酒。匏：葫芦，此指剖成的瓢，古称匏爵。

㉗君之：指当君主。宗之，指当族主。

㉘既景乃冈：朱熹《诗集传》：『景，考日景以正四方也。冈，登高以望也。』按，景通『影』。

㉙相其阴阳：相，视察。阴阳，指山之南北。南曰阳，北曰阴。

㉚三单：单，通『禅』，意为轮流值班。三单，谓分军为三，以一军服役，他军轮换。毛传：『三单，相袭也。』亦此意。

㉛度：测量。隰原：低平之地。

㉜彻田：周人管理田亩的制度。朱熹《诗集传》：『彻，通也。一井之田九百亩，八家皆私百亩，同养公田，耕则通力而作，收则计亩而分也。周之彻法自此始。』

㉝夕阳：《尔雅·释山》：『山西曰夕阳。』

㉞允荒：确实广大。

㉟渭：渭水，源出今甘肃渭源县北鸟鼠山，东南流至清水县，入今陕西省境，横贯渭河平原，东流至潼关，入黄河。乱：横流而渡。

㊱厉：通『砺』，磨刀石。锻：打铁，此指打铁用的石锤。

㊲止基迺理：《诗集传》：『止，居；基，定也；理，疆理也。』一释止为既，基为基地，理为治理，意较显豁。

㊳爰众爰有：谓人多且富有。

㊴皇涧：豳地水名。

㊵过涧：亦水名，『过』读平声。

㊶止旅乃密：指前来定居的人口日渐稠密。

㊷芮鞫：朱熹《诗集传》：『芮，水名，出吴山西北，东入泾。《周礼·职方》作汭。鞫，水外也。』以上几句谓皇涧、过涧既定，又向芮水流域发展。

【译文】

忠厚我祖好公刘，不图安康和享受。划分疆界治田畴，仓里粮食堆得厚，包起干粮备远游。大袋小袋都装满，大家团结光荣久。佩起弓箭执戈矛，盾牌刀斧都拿好，向着前方开步走。

忠厚我祖好公刘，察看豳地谋虑周。百姓众多紧跟随，民心归顺舒畅透，没有叹息不烦忧。忽登山顶远远望，忽下平原细细瞅。身上佩带什么宝？美玉琼瑶般般有，鞘口玉饰光彩柔。

忠厚我祖好公刘，沿着溪泉岸边走，广阔原野漫凝眸。登上高冈放眼量，京师美景一望收。京师四野多肥沃，在此建都美无俦，快快去把宫室修。又说又笑喜洋洋，又笑又说乐悠悠。

忠厚我祖好公刘，定都京师立鸿猷。群臣侍从威仪盛，赴宴入席错觥筹。宾主依次安排定，先祭猪神求保祐。圈里抓猪做佳肴，且用瓢儿酌美酒。酒醉饭饱情绪好，推选公刘为领袖。

忠厚我祖好公刘，又宽又长辟地头，丈量平原和山丘。山南山北测一周，勘明水源与水流。组织军队分三班，勘察低地开深沟，开荒种粮治田畴。再到西山仔细看，豳地广大真非旧。忠厚我祖好公刘，豳地筑宫环境幽。横渡渭水驾木舟，砺石锻石任取求。块块基地治理好，民康物阜笑语稠。皇涧两岸人住下，面向过涧豁远眸。移民定居人稠密，河之两岸再往就。

【品读】

此篇上承《生民》，下接《绵》，构成了周人史诗的一个系列。《生民》写周人始祖在邰（故址在今陕西武功县境内）从事农业生产，此篇写公刘由邰迁豳（在今陕西旬邑和彬县一带）开疆创业，而《绵》诗则写古公亶父自豳迁居岐下（在今陕西岐县），以及文王继承遗烈，使周之基业得到进一步发展。

诗共六章，每章六句，均以『笃公刘』发端，从这赞叹的语气来看，必是周之后人所作。《诗集传》谓：『旧说召康公以成王将莅政，当戒以民事，故咏公刘之事以告之曰：「厚者，公刘之于民也！」』若是成王时召康公所作，则约在公元前十一世纪前后，可见公刘的故事在周人中已流传好几代，至此时方整理成文。

诗之首章写公刘出发前的准备。他在邰地划分疆界，领导人民勤劳耕作，将丰收的粮食装进仓库，制成干粮，又一袋一袋包装起来。接着又挽弓带箭，拿起干戈斧钺各种武器，然后浩浩荡荡向豳地进发。以下各章写到达豳地以后的各种举措，他先是到原野上进行勘察，有时登上山顶，有时走在平原，有时察看泉水，有时测量土地。然后开始规划哪里种植，哪里建房，哪里养殖，哪里采石……一切安顿好了，便设宴庆贺，推举首领。首领既定，又组织军队，进行防卫。诗篇将公刘开拓疆土、建立邦国的过程，描绘得清清楚楚，仿佛将读者带进远古时代，观看了一幅先民勤劳朴实的生活图景。

整篇之中，突出地塑造了公刘这个人物形象。他深谋远虑，具有开拓进取的精神。他在邰地从事农业本可以安居乐业，但他『匪居匪康』，不敢安居，仍然相土地之宜，率领人民开辟环境更好的豳地。作为部落之长，他很有组织才能，精通领导艺术。出发之前，他进行了精心的准备，必待兵精粮足而后启行。既到之后，不辞劳苦，勘察地形，规划建设，事无巨细，莫不躬亲。诗云：『陟则在巘，复降在原。何以舟之？维玉及瑶，鞞琫容刀。』吕祖谦评此节曰：『以如是之佩服，而亲如是之劳苦，斯其所以为厚于民也欤！』（《诗集传》引）他身上佩带着美玉宝石和闪闪发光的刀鞘，登山涉水，亲临第一线，这样具有光辉形象的领导者，自然得到群众的拥护，也自然会得到后世学者的赞扬。

板

【一句话点评】

规劝厉王敬天爱民，施行善政。

【原文】

上帝板板①，下民卒瘅②。出话不然③，为犹不远④。靡圣管管⑤，不实于亶⑥。犹之未远，是用大谏⑦。

天之方难，无然宪宪⑧。天之方蹶⑨，无然泄泄⑩。辞之辑矣⑪，民之洽矣⑫。辞之怿矣⑬，民之莫矣⑭。

我虽异事，及尔同僚⑮。我即尔谋，听我嚣嚣⑯。我言维服⑰，勿以为笑。先民有言，询于刍荛⑱。

天之方虐，无然谑谑⑲。老夫灌灌⑳，小子蹻蹻㉑。匪我言耄㉒，尔用忧谑。多将熇熇㉓，不可救药。

天之方懠㉔，无为夸毗㉕。威仪卒迷㉖，善人载尸㉗。民之方殿屎㉘，则莫我敢葵㉙？丧乱蔑资㉚，曾莫惠我师㉛？

天之牖民㉜，如埙如篪㉝，如璋如圭㉞，如取如携。携无曰益㉟，牖民孔易。民之多辟㊱，无自立辟㊲。

价人维藩㊳，大师维垣㊴，大邦维屏㊵，大宗维翰㊶，怀德维宁，宗子维城㊷。无俾城坏，无独斯畏。

敬天之怒，无敢戏豫㊸。敬天之渝㊹，无敢驰驱㊺。昊天曰明㊻，及尔出王㊼。昊天曰旦，及尔游衍㊽。

【注释】

①板板：反，指违背常道。

②卒瘅：劳累多病。卒通『瘁』。

③不然：不对。不合理。

④犹：通『猷』，谋划。

⑤靡圣：不把圣贤放在眼里。管管：任意放纵。

⑥亶：诚信。

⑦大谏：郑重劝诫。

⑧无然：不要这样。宪宪：欢欣喜悦的样子。

⑨蹶：动乱。

⑩泄泄：通『呭呭』，妄加议论。

⑪辞：指政令。辑：调和。

⑫洽：融洽，和睦。

⑬怿：败坏。

⑭莫：通『瘼』，疾苦。

⑮及：与。同僚：同事。

⑯嚣嚣：同『謷謷』，不接受意见的样子。

⑰维：是。服：用。

⑱询：征求、请教。刍：草。荛：柴。此指樵夫。

⑲谑谑：嬉笑的样子。

⑳灌灌：款款，诚恳的样子。

㉑蹻蹻：傲慢的样子。

㉒匪：非，不要。耄：八十为耄。此指昏聩。

㉓将：行，做。熇熇：火势炽烈的样子，此指一发而不可收拾。

㉔懠：愤怒。

㉕夸毗：卑躬屈膝、谄媚曲从。毛传：『夸毗，体柔人也。』孔疏引李巡曰：『屈己卑身，求得于人，曰体柔。』《尔雅》与蘧蒢、戚施同释，三者皆联绵字。

㉖威仪：指君臣间的礼节。卒：尽。迷：混乱。

㉗载：则。尸：祭祀时由人扮成的神尸，终祭不言。

㉘殿屎：毛传：『呻吟也。』陆德明《经典释文》：『殿，《说文》作唸；屎，《说文》作吚。』

㉙葵：通『揆』，猜测。

㉚蔑：无。资：财产。

㉛惠：施恩。师：此指民众。

㉜牖：通『诱』，诱导。

㉝埙：古陶制椭圆形吹奏乐器。篪：古竹制管乐器。

㉞璋、圭：朝廷用玉制礼器。

㉟益：通『隘』，阻碍。

㊱辟：通『僻』，邪僻。

㊲立辟：制定法律。辟，法。

㊳价：同『介』，善。维：是。藩：篱笆。

㊴大师：大众。垣：墙。

㊵大邦：指诸侯大国。屏：屏障。

㊶大宗：指与周王同姓的宗族。翰：骨干，栋梁。

㊷宗子：周王的嫡子。

㊸戏豫：游戏娱乐。

㊹渝：改变。

㊺驰驱：指任意放纵。

㊻昊天：上天。明：光明。

㊼王：通『往』。

㊽游衍：游荡。

【译文】

上帝昏乱背离常道，下民受苦多病辛劳。说出话儿太不像样，做出决策没有依靠。无视圣贤刚愎自用，不讲诚信是非混淆。执政行事太没远见，所以要用诗来劝告。天下正值多灾多难，不要这样作乐寻欢。天下恰逢祸患骚乱，不要如此一派胡言。政令如果协调和缓，百姓便能融洽自安。政令一旦坠败涣散，人民自然遭受苦难。我与你虽各司其职，但也与你同僚共事。我来和你一起商议，不听忠言还要嫌弃。我言切合治国实际，切莫当作笑话儿戏。古人有话不应忘记，请教樵夫大有裨益。天下近来正闹灾荒，不要纵乐一味放荡。老人忠心诚意满腔，小子如此傲慢轻狂。不要说我老来乖张，被你当作昏聩荒唐。多行不义事难收场，不可救药病入膏肓。老天近来已经震怒，曲意顺从于事无补。君臣礼仪都很混乱，好人如尸没法一诉。人民正在呻吟受苦，我今怎敢别有他顾。国家动乱资财匮乏，怎能将我百姓安抚。天对万民诱导教化，像吹埙篪那样和洽。又如璋圭相配相称，时时携取把它佩挂。随时相携没有阻碍，因势利导不出偏差。民间今多邪僻之事，徒劳无益枉自立法。好人就像篱笆簇拥，民众好比围墙高耸。大国犹如屏障挡风，同族宛似栋梁架空。有德便能安定从容，宗子就可自处城中。莫让城墙毁坏无用，莫要孤立忧心忡忡。敬畏天的发怒警告，怎么再敢荒嬉逍遥。看重天的变化示意，怎么再敢任性桀骜。上天意志明白可鉴，与你一起来往同道。上天惩戒无时不在，伴你一起出入游遨。

【品读】

这首诗据《毛诗序》记载，是凡伯「刺厉王」之作。与后代一些讽喻诗「卒章显其志」的特点相反，作者开宗明义，一开始就用简练的语言，明确说出作诗劝谏的目的和原因。首二句以「上帝」对「下民」，前者昏乱违背常道，后者辛苦劳累多灾多难，因果关系十分明显。这是一个高度概括，以下全诗的分章述写，可以说都是围绕这两句展开的。

对于「上帝」（指周厉王）的「板板」，作者在诗中做了一系列的揭露和谴责。先是「出话不然，为犹不远。靡圣管管，不实于亶」，不但说话、决策没有依据，而且无视圣贤，不讲信用；接着是在「天之方难」「方蹶」「方虐」和「方懠」时，一味地「宪宪」「泄泄」「谑谑」和「夸毗」，面临大乱的天下，还要纵情作乐、放荡胡言和无所作为；然后又是以「蹻蹻」之态，听不进忠言劝谏，既把老臣的直言当作儿戏，又使国人缄口不言，简直到了「不可救药」的地步。

对于「下民」的「卒瘅」，作者则倾注了极大的关心和同情。他劝说厉王改变政令，协调关系，使人民摆脱苦难，融洽自安（「辞之辑矣，民之洽矣。辞之怿矣，民之莫矣」）；他为了解民于水火，大胆进言，甘冒风险（「民之方殿屎，则莫我敢葵。丧乱蔑资？曾莫惠我师」）；同时，他又不厌其烦地向厉王陈述「天之牖民」之道，强调对国人的疏导要像吹奏埙篪那样和谐，对民众的提携要像佩带璋圭那样留心；最后他还意味深长地把人民比作国家的城墙，提醒厉王好自为之，不要使城墙毁于一旦，自己无地自容。

作为谴责和同情的汇聚和结合，作者对厉王的暴虐无道采取了劝说和警告的双重手法。属于劝说的，有「无然」三句、「无敢」两句，「无为」「无自」「无俾」「无独」「勿以」「匪我」各一句，可谓苦口婆心，反复叮咛，意在劝善，不厌其烦；属于警告的，则有『多将熇熇，不可救药』『昊天曰明，及尔出王。昊天曰旦，及尔游衍』等句，晓以利害，悬戒惩恶。这种劝说和警告的并用兼施，使全诗在言事说理方面显得更为全面透彻，同时也表现了作者忧国忧民的一片拳拳之心，忠贞可鉴。

在这首诗中，最可注意的有两点：一是作者的民本思想。他不仅把民众比作国家的城墙，而且提出了惠师牖民的主张，这和邵公之谏在某种意义上说是相通的，具有积极的进步作用。二是以周朝传统的敬天思想，来警戒厉王的『戏豫』和『驰驱』的大不敬，从而加强了讽喻劝谏的力度。如果不是冥顽不化的亡国之君，对此是应当有所触动的。

荡

【一句话点评】

周文王指斥商纣王暴虐无道。

【原文】

荡荡上帝①，下民之辟②。疾威上帝③，其命多辟④。天生烝民⑤，其命匪谌⑥。靡不有初，鲜克有终⑦。

文王曰咨⑧，咨女殷商⑨。曾是彊御⑩？曾是掊克⑪？曾是在位？曾是在服⑫？天降滔德⑬，女兴是力⑭。

文王曰咨，咨女殷商。而秉义类⑮，彊御多怼⑯。流言以对，寇攘式内⑰。侯作侯祝⑱，靡届靡究⑲。

文王曰咨，咨女殷商。女炰烋于中国⑳，敛怨以为德。不明尔德，时无背无侧㉑。尔德不明，以无陪无卿㉒。

文王曰咨，咨女殷商。天不湎尔以酒㉓，不义从式㉔。既愆尔止㉕，靡明靡晦。式号式呼㉖，俾昼作夜。

文王曰咨，咨女殷商。如蜩如螗㉗，如沸如羹。小大近丧㉘，人尚乎由行㉙。内奰于中国㉚，覃及鬼方㉛。

文王曰咨，咨女殷商。匪上帝不时㉜，殷不用旧。虽无老成人，尚有典刑㉝。曾是莫听，大命以倾。

文王曰咨，咨女殷商。人亦有言：颠沛之揭㉞，枝叶未有害，本实先拨㉟。殷鉴不远，在夏后之世㊱。

【注释】

①荡荡：放荡不守法制的样子。

②辟：君王。

③疾威：暴虐。

④辟：邪僻。

⑤烝：众。

⑥谌：诚信。

⑦鲜：少。克：能。

⑧咨：感叹声。

⑨女：汝。

⑩曾是：怎么这样。彊御：强横凶暴。

⑪掊克：聚敛，搜刮。

⑫服：任。

⑬滔：通『慆』，放纵不法。
⑭兴：助长。力：勤，努力。
⑮而：尔，你。秉：把持，此指任用。义类：善类。
⑯怼：怨恨。
⑰寇攘：像盗寇一样掠取。式内：在朝廷内。
⑱侯：于是。作、祝：诅咒。
⑲届：尽。究：穷。
⑳炰烋：同『咆哮』。
㉑无背无侧：不知有人背叛、反侧。
㉒陪：指辅佐之臣。
㉓湎：沉湎，沉迷。
㉔从：听从。式：任用。
㉕愆：过错。止：容止。
㉖式：语气助词。
㉗蜩：蝉。螗：又叫蝘，一种蝉。
㉘丧：败亡。
㉙由行：学老样。

㉚奰：愤怒。

㉛覃：延及。鬼方：指远方。

㉜时：善。

㉝典刑：同『典型』，指旧的典章法规。

㉞颠沛：跌仆，此指树木倒下。揭：举，此指树根翻出。

㉟本：根。拨：败。

㊱后：君王。

【译文】

上帝骄纵又放荡，他是下民的君王。上帝贪心又暴虐，政令邪僻太反常。上天生养众百姓，政令无信尽撒谎。万事开头讲得好，很少能有好收场。文王开口叹声长，叹你殷商末代王！多少凶暴强横贼，敲骨吸髓又贪赃，窃据高位享厚禄，有权有势太猖狂。天降这些不法臣，助长国王逞强梁。文王开口叹声长，叹你殷商末代王！你任善良以职位，凶暴奸臣心怏怏。面进谗言来诽谤，强横窃据朝廷上。诅咒贤臣害忠良，没完没了造祸殃。文王开口叹声长，叹你殷商末代王！跋扈天下太狂妄，却把恶人当忠良。知人之明你没有，不知叛臣结朋党。知人之明你没有，不知公卿谁能当。文王开口叹声长，叹你殷商末代王！上天未让你酗酒。也未让你用匪帮。礼节举止全不顾，没日没夜灌黄汤。狂呼乱叫不像样，日夜颠倒政事荒。文王开口叹声长，叹你殷商末代王！百姓悲叹如蝉鸣，恰如落进沸水汤。大小事儿都不济，你却还是老模样。全国人民怒气生，怒火蔓延到远方。文王开口叹声长，叹你殷商末代王！不是上帝心不好，是你不守旧规章。虽然身边没老臣，还有成法可依傍。这样不听人劝告，命将转移国将亡。文王开口叹声长，叹你殷商末代王！古人有话不可忘：『大树拔倒根出土，枝叶虽然暂不伤，树根已坏难久长。』殷商镜子并不远，应知夏桀啥下场。

【品读】

诗共八章，每章八句。第一章开篇即揭出『荡』字，作为全篇的纲领。『荡荡上帝』，用的是呼告语气：败坏法度的上帝啊！下面第三句『疾威上帝』也是呼告体，而『疾威』二字则是『荡』的具体表现，是全诗纲领的实化，以下各章就围绕着『疾威』做文章。应当注意的是，全篇八章中，唯这一章起头不用『文王曰咨』。对此，孔颖达疏解释说：『上帝者，天之别名，天无所坏，不得与「荡荡」共文，故知上帝以托君王，言其不敢斥王，故托之于上帝也。其实称帝亦斥王。此下诸章皆言「文王曰咨」，此独不然者，欲以「荡荡」之言为下章总目，且见实非殷商之事，故于章首不言文王，以起发其意也。』他的意见诚然是很有说服力的。

第一章以后各章，都是假托周文王慨叹殷纣王无道之词。第二章连用四个『曾是（怎么那样）』，极有气势，谴责的力度很大。姚际恒《诗经通论》评曰：『「曾是」字，怪之之词，如见。』可谓一语破的。孙鑛则对这四句的体式特别有所会心，说：『明是「彊御在位，掊克在服」，乃分作四句，各唤以「曾是」字，以肆其态。然四句两意双叠，固是一种调法。』（陈子展《诗经直解》引）他的细致分析，虽是评点八股文的手段，却也很有眼光。第三章在第二章明斥纣王暗责厉王重用贪暴之臣后，指出这样做的恶果必然是贤良遭摒，祸乱横生。第四章刺王刚愎自用，恣意妄为，内无美德，外无良臣，必将招致国之大难。『不明尔德』『尔德不明』，颠倒其词反复诉说，『无……无』句式的两次重叠，都是作者的精心安排，使语势更为沉重，《大雅》语言的艺术性往往就在这样的体式中反映出来。第五章刺王纵酒败德。史载商纣王作酒池肉林，为长夜之饮，周初鉴于商纣好酒淫乐造成的危害，曾下过禁酒令，这就是《尚书》中的《酒诰》。然而，前车之覆，后车之鉴，厉王根本没有接受历史教训，作者对此怎能不痛心疾首。「俾昼作夜」一句，慨乎言之，令人想起唐李白《乌栖曲》「东方渐高（皜）奈乐何」讽刺宫廷宴饮狂欢的名句。第六章痛陈前面所说纣王各种败德乱政的行为导致国内形势一片混乱，借古喻今，指出对厉王的怨怒已向外蔓延至荒远之国。从章法上说，它既上接第四、五章，又承应第三章，说明祸患由国内而及国外，局面已是十分危险紧急了。第七章作者对殷纣王的错误再从另一面申说，以作总结。前面借指斥殷纣王告诫厉王不该重用恶人、小人，这儿责备他不用「旧」，这个「旧」应该既指旧章程也指善于把握旧章程的老臣，所以「殷不用旧」与第四章的「无背无侧」「无陪无卿」是一脉相承的。而「虽无老成人，尚有典刑（型）」，是说王既不能重用熟悉旧章程的「老成人」，那就该自己好好掌握这行之有效的先王之道，但他自己的德行又不足以使他做到这一点，因此国家「大命以倾」的灾难必然降临，这也是与第四章「不明尔德」「尔德不明」一脉相承的。作者这种借殷商之亡而发出的警告绝不是危言耸听，没过多久，公元前841年国人暴动，厉王被赶出镐京，过了十三年，他在彘地凄凉死去。厉王在那时要后悔可就来不及了。最后一章，借谚语「颠沛之揭，枝叶未有害，本实先拨」告诫厉王应当亡羊补牢，不要大祸临头还瞢腾不觉。这在旁人看来自然是很有说服力的，可惜厉王却不会听取。诗的末两句「殷鉴不远，在夏后（王）之世」，出于《尚书·召诰》：「我不可不监（鉴）于有夏，亦不可不监（鉴）于有殷。」实际上也就是：「周鉴不远，在殷后（王）之世。」国家覆亡的教训并不远，对于商来说，是夏桀，对于周来说，就是殷纣，两句语重心长寓意深刻，有如晨钟暮鼓，可以振聋发聩。只是厉王根本不把这当一回事。或许他也明白这道理，但却绝不会感觉到自己所作所为实与殷纣、夏桀无异。知行背离，这大约也是历史的悲剧不断重演的一个原因吧。

抑

【一句话点评】

卫武公借自警以刺周平王。

【原文】

抑抑威仪①，维德之隅②。人亦有言：靡哲不愚，庶人之愚，亦职维疾③。哲人之愚，亦维斯戾④。

无竞维人⑤，四方其训之⑥。有觉德行⑦，四国顺之。訏谟定命⑧，远犹辰告⑨。敬慎威仪，维民之则。

其在于今，兴迷乱于政。颠覆厥德，荒湛于酒⑩。女虽湛乐从⑪，弗念厥绍⑫。罔敷求先王⑬，克共明刑⑭。

肆皇天弗尚⑮，如彼泉流，无沦胥以亡⑯。夙兴夜寐，洒扫庭内，维民之章⑰。修尔车马，弓矢戎兵⑱，用戒戎作⑲，用逷蛮方⑳。

质尔人民㉑，谨尔侯度㉒，用戒不虞㉓。慎尔出话，敬尔威仪，无不柔嘉。白圭之玷，尚可磨也；斯言之玷，不可为也！

无易由言㉔，无曰苟矣，莫扪朕舌㉕，言不可逝矣㉖。无言不雠㉗，无德不报。惠于朋友，庶民小子。子孙绳绳㉘，万民靡不承㉙。

视尔友君子㉚，辑柔尔颜㉛，不遐有愆㉜。相在尔室㉝，尚不愧于屋漏㉞。无曰不显，莫予云觏㉟。神之格思㊱，不可度思㊲，矧可射思㊳！

辟尔为德㊴，俾臧俾嘉。淑慎尔止㊵，不愆于仪。不僭不贼㊶，鲜不为则㊷。投我以桃，报之以李。彼童而角㊸，实虹小子㊹。

荏染柔木㊺，言缗之丝㊻。温温恭人，维德之基。其维哲人，告之话言㊼，顺德之行。其维愚人，覆谓我僭。民各有心。

於乎小子㊽，未知臧否㊾。匪手携之㊿，言示之事(51)。匪面命之(52)，言提其耳。借曰未知(53)，亦既抱子。民之靡盈(54)，谁夙知而莫成(55)？

昊天孔昭，我生靡乐。视尔梦梦(56)，我心惨惨。诲尔谆谆，听我藐藐(57)。匪用为教，覆用为虐(58)。借曰未知，亦聿既耄(59)。

於乎，小子，告尔旧止。听用我谋，庶无大悔(60)。天方艰难，曰丧厥国(61)。取譬不远，昊天不忒(62)。回遹其德(63)，俾民大棘(64)。

【注释】

①抑抑：缜密。

②隅：角，借指品行方正。

③职：主。

④戾：乖谬。

⑤无：发语词。竞：强盛。维人：由于（贤）人。

⑥训：顺从。
⑦觉：通『梏』，大。
⑧訏谟：大谋。命：政令。
⑨犹：同『猷』，谋略。辰：按时。
⑩荒湛：沉迷。湛，同『耽』。
⑪女：汝。虽：唯。从：通『纵』，放纵。
⑫绍：继承。
⑬罔：不。敷：广。求：指求先王之道。
⑭克：能。共：通『拱』，执行，推行。刑：法。
⑮肆：于是。尚：佑助。
⑯沦胥：相率，沉没。
⑰章：模范，准则。
⑱戎兵：武器。
⑲用：以。作：起。
⑳逷：通『剔』，治服。蛮方：边远地区的民族部落。
㉑质：安定。
㉒侯：语气助词。

㉓不虞：不测。
㉔易：轻易，轻率。由：于。
㉕扪：按住。朕：我，秦时始作为皇帝专用的自称。
㉖逝：追。
㉗雠：酬，反映。
㉘绳绳：谨慎的样子。
㉙承：接受。
㉚友：指招待。
㉛辑：和。
㉜遐：何。愆：过错。
㉝相：察看。
㉞屋漏：屋顶漏则见天光，暗中之事全现，喻神明监察。
㉟云：语气助词。觏：遇见，此指看见。
㊱格：至。思：语气助词。
㊲度：推测，估计。
㊳矧：况且。射：通『斁』，厌。
㊴辟：修明，一说训法。

㊵淑：美好。止：举止行为。

㊶僭：超越本分。贼：残害。

㊷鲜：少。则：法则。

㊸童：雏，幼小。此指没角的小羊羔。

㊹虹：同『讧』，溃乱。

㊺荏染：坚韧。

㊻言：语气助词。缗：给乐器安上弦。

㊼话言：陈奂《诗毛氏传疏》：『话，当为「诂」字之误也。《（经典）释文》引《说文》作「告之诂言」，云：「诂，故言也。」是陆（陆德明）所见《说文》，据诗作「诂言」，可据以订正。』诂言，老古话。

㊽於呼：叹词。

㊾臧否：好恶。

㊿匪：非。

51示：指示。

52面命：当面开导。

53借曰：假如说。

54盈：完满。

(55)莫：同「暮，」晚。

(56)梦梦：同「瞢瞢」，昏而不明。

(57)藐藐：轻视的样子。

(58)虐：「谑」的假借，戏谑。

(59)聿：语气助词。耄：年老。

(60)庶：庶几。

(61)曰：语气助词。

(62)忒：偏差。

(63)回遹：邪僻。

(64)棘：通「急」。

【译文】

仪表堂堂礼彬彬，为人品德很端正。古人有句老俗话：「智者有时也愚笨。」常人如果不聪明，那是本身有毛病。智者如果不聪明，那就反常令人惊。有了贤人国强盛，四方诸侯来归诚。君子德行正又直，诸侯顺从庆升平。建国大计定方针，长远国策告群臣。举止行为要谨慎，人民以此为标准。如今天下乱纷纷，国政混乱不堪论。你的德行已败坏，沉湎酒色醉醺醺。只知吃喝和玩乐，继承帝业不关心。先王治道不广求，怎能明法利众民。皇天不肯来保佑，好比泉水空自流，君臣相率一齐休。应该起早又睡晚，里外洒扫除尘垢，为民表率要带头。整治你的车和马，弓箭武器认真修，防备一旦战事起，征服国外众蛮酋。安定你的老百姓，谨守法度莫任性。以防祸事突然生。说话开口要谨慎，行为举止要端正，处处温和又可敬。白玉上面有污点，尚可琢磨除干净；开口说话出毛病，再要挽回也不成。不要随口把话吐，莫道『说话可马虎，没人把我舌头捂』，一言既出难弥补。没有出言无反应，施德总能得福禄。朋友群臣要爱护，百姓子弟多安抚。子子孙孙要谨慎，人民没有不顺服。看你招待贵族们，和颜悦色笑盈盈，小心过失莫发生。看你独自处室内，做事无愧于神明。休道『室内光线暗，没人能把我看清』。神明来去难预测，不知何时忽降临，怎可厌倦自遭惩。修明德行养情操，使它高尚更美好。举止谨慎行为美，仪容端正有礼貌。不犯过错不害人，很少不被人仿效。人家送我一篮桃，我把李子来相报。胡说羊羔头生角，实是乱你周王朝。又坚又韧好木料，制作琴瑟丝弦调。温和谨慎老好人，根基深厚品德高。如果你是明智人，古代名言来奉告，马上实行当作宝。如果你是糊涂虫，反说我错不讨好，人心各异难诱导。可叹少爷太年青，不知好歹与重轻。非但挽你互谈心，也曾教你办事情。非但当面教导你，还拎你耳要你听。假使说你不懂事，也已抱子有儿婴。人们虽然有缺点，谁会早慧却晚成？苍天在上最明白，我这一生没愉快。看你那种糊涂样，我心烦闷又悲哀。反复耐心教导你，你既不听也不睬。不知教你为你好，反当笑话来编排。如果说你不懂事，怎会骂我是老迈。叹你少爷年幼王，听我告你旧典章，你若听用我主张，不致大错太荒唐。上天正把灾难降，只怕国家要灭亡。让我就近打比方，上天赏罚不冤枉。如果邪僻性不改，黎民百姓要遭殃。

【品读】

诗的前四章为第一部分。首章先从哲与愚的关系说起。《诗经》的艺术手法，通常说起来主要有赋比兴三种，此处用的是赋法，也就是直陈，但这种直陈却非较常见的叙事而是说理。『靡哲不愚』，看来是古人的格言，千虑一失，聪明人也会有失误，因此聪明人也要谨慎小心。普通人的愚蠢，是他们天生的缺陷；而聪明人的愚蠢，则显得违背常规，令人不解。在卫武公眼中，显然周平王不是一个傻瓜，但现在却偏生变得这么不明事理，眼看要将周王朝引向万劫不复的深渊。卫武公多么希望平王能够做到『抑抑威仪，维德之隅』啊，可惜现实令人失望。于是接下去作者便开始从正反两方面来做规劝讽谏。

第二章卫武公很有针对性地指出求贤与立德的重要性。求贤则能安邦治国，『訏谟定命，远犹辰告』二句便是求贤的效用，立德则能内外悦服，『敬慎威仪，维民之则』二句，便是立德的结果。第三章转入痛切的批评，『兴迷乱于政』『颠覆厥德』『荒湛于酒』『虽（惟）湛乐从（纵）』『弗念厥绍』『罔敷求先王』，一下子列举了平王的六条罪状，可谓触目惊心，仿佛是交响乐中由曲调和缓的弦乐一下子进到了音响强烈的铜管乐，痛之深亦见爱之深。第四章『首三句有挽回皇天之意，亦明其为王言之』（陈子展《诗经直解》），再转回正面告诫，要求执政者（从自儆角度说是卫武公，从刺王角度说是周平王）早起晚睡勤于政事，整顿国防随时准备抵御外寇。『用戒戎作，用逿蛮方』两句，显然对幽王覆灭的隐痛记忆犹新，故将军事部署作为提请平王注意的重大问题。

第五章至第八章，是诗的第二部分，进一步说明什么是应当做的，什么是不应当做的，作者特别在对待臣民的礼节态度，出言的谨慎不苟这两点上不惜翻来覆去诉说，这实际上也是第二章求贤、立德两大要务的进一步体现。后来孔子所谓的『仁恕』之心，以及传统格言的『敏于事而慎于言』的道理，已经在此得到了相当充分的阐发，从这一点上说，卫武公可称得上是一个伦理家、哲学家。在具体的修辞上，作者在纯粹的说理句中，不时注意插入形象性的语句，使文气不致过于板滞，可谓深有匠心。如第五章的『白圭之玷，尚可磨也』，是对比中的形象，第六章的『莫扪朕舌，言不可逝矣』，是动作中的形象，第七章的『相在尔室，尚不愧于屋漏』与第八章的『投我以桃，报之以李』，是比喻中的形象，而『彼童而角，实虹小子』以无角公羊自夸有角的巧喻刺平王之昏聩，尤为神来之笔，清马瑞辰《毛诗传笺通释》以之与《小雅·宾之初筵》『由醉之言，俾出童羖』句相提并论，说此诗『是无角者而言其有角』，《宾之初筵》是『有角者而欲其无角』，『二者相参，足见诗人寓言之妙』。

第九章至末章是诗的第三部分。在反复申述哪些该做哪些不该做之后，卫武公便恳切地告诫平王应该认真听取自己的箴规，否则就将有亡国之祸。『荏染柔木，言缗之丝』为诗中唯一用兴法的两句，兴又兼比，拿有韧性的木料才能制作好琴，而上等的制琴木料还应配上柔顺的丝弦作比方，说明『温温恭人，维德之基』的道理，可谓语重心长。而作为对比的『其维愚人』『其维哲人』几句的弦外之音，无非是这样的意思：大王啊，您听我的话就是明主，您不听我的话就是昏君，您可要三思啊！其言潜气内转，柔中带刚。下面第十章『匪手携之，言示之事；匪面命之，言提其耳』，用两个递进式复句叙述，已是后世扇面对的雏形，极其鲜明地表现出一个功勋卓著的老臣恨铁不成钢的忧愤。而第十一章连用四组叠字词，更增强了这种忧愤的烈度。于是末章作者再一次用『於乎小子』的呼告语气做最后的警告，将全诗的箴刺推向高潮。『取譬不远，昊天不忒』，就如《大雅·荡》的结尾『殷鉴不远，在夏后之世』一样，是痛心疾首的悲叹。今天的读者面对这样的忧愤之词，仍觉惊心动魄，不知当时周平王读此诗会有什么反应？但不管效果如何，此诗『千古箴铭之祖』（吴闿生《诗义会通》）的地位当是无法动摇的。并且，除了从文学角度说《抑》自有其审美价值外，从语言学角度说，它又是一座成语的矿藏，『夙兴夜寐』『白圭之玷』『舌不可扪』『投桃报李』『耳提面命』『谆谆告诫』等成语，都出自本篇。

桑柔

【一句话点评】

芮良夫刺周厉王昏乱无道。

【原文】

菀彼桑柔①，其下侯旬②，捋采其刘③，瘼此下民④。不殄心忧⑤，仓兄填兮⑥。倬彼昊天⑦，宁不我矜⑧？

四牡骙骙⑨，旟旐有翩⑩。乱生不夷⑪，靡国不泯⑫。民靡有黎⑬，具祸以烬⑭。於乎有哀，国步斯频⑮。

国步蔑资⑯。天不我将⑰。靡所止疑⑱，云徂何往⑲？君子实维⑳，秉心无竞㉑。谁生厉阶㉒，至今为梗㉓？

忧心慇慇㉔，念我土宇㉕。我生不辰，逢天僤怒㉖。自西徂东，靡所定处。多我觏痻㉗，孔棘我圉㉘。

为谋为毖㉙，乱况斯削㉚。告尔忧恤㉛，诲尔序爵㉜。谁能执热㉝，逝不以濯㉞？其何能淑㉟，载胥及溺㊱。

如彼遡风㊲，亦孔之僾㊳。民有肃心㊴，荓云不逮㊵。好是稼穑㊶，力民代食㊷。稼穑维宝，代食维好？

天降丧乱，灭我立王㊸。降此蟊贼㊹，稼穑卒痒㊺。哀恫中国㊻，具赘卒荒㊼。靡有旅力㊽，以念穹苍㊾。

维此惠君㊿，民人所瞻。秉心宣犹(51)，考慎其相(52)。维彼不顺，自独俾臧(53)。自有肺肠，俾民卒狂。

瞻彼中林，甡甡其鹿(54)。朋友已谮(55)，不胥以穀(56)。人亦有言：进退维谷(57)。

维此圣人，瞻言百里。维彼愚人，覆狂以喜(58)。匪言不能(59)，胡斯畏忌(60)？

维此良人，弗求弗迪(61)。维彼忍心，是顾是复。民之贪乱，宁为荼毒(62)。

大风有隧[63]，有空大谷。维此良人，作为式穀。维彼不顺，征以中垢[64]。

大风有隧，贪人败类[65]。听言则对[66]，诵言如醉[67]。匪用其良，复俾我悖[68]。

嗟尔朋友，予岂不知而作[69]。如彼飞虫[70]，时亦弋获。既之阴女[71]，反予来赫[72]。

民之罔极[73]，职凉善背[74]。为民不利，如云不克[75]。民之回遹[76]，职竞用力[77]。

民之未戾，职盗为寇。凉曰不可，覆背善詈。虽曰匪予，既作尔歌[78]！

【注释】

①菀：茂盛的样子。

②侯：维。旬：树荫遍布。

③刘：剥落稀疏，句意谓桑叶被采后，稀疏无叶。

④瘼：病、害。

⑤殄：断绝。

⑥仓兄：同『怆怳』。填：久。

⑦倬：光明。

⑧宁：何。不我矜：『不矜我』的倒文。矜，怜。

⑨骙骙：形容马强壮。

⑩旟旐：画有鹰隼、龟蛇的旗。有翩：翩翩，翻飞的样子。

⑪夷：平。

⑫泯：乱。

⑬黎：众。

⑭具：通「俱」。

⑮频：危急。

⑯蔑：无。资：财。

⑰将：扶助。「不我将」为「不将我」之倒文。

⑱疑：同「凝」，止疑，停息。

⑲云：发语词。徂：往。

⑳维：借为「惟」，思。

㉑秉心：存心。无竞：无争。

㉒厉阶：祸端。

㉓梗：灾害。

㉔慇慇：心痛的样子。

㉕土宇：土地、房屋。

㉖僤：大。

㉗觏：遇。痻：灾难。

㉘棘：通「急」。圉：边疆。

㉙毖：谨慎。
㉚斯：乃。削：减少。
㉛尔：指周厉王及当时的执政大臣。
㉜序：次序。爵：官爵。
㉝执热：救热。
㉞逝：发语词。濯：洗。
㉟淑：善。
㊱载：乃。胥：皆。
㊲遡：逆。
㊳僾：呼吸不畅的样子。
㊴肃：肃敬。
㊵荓：使。不逮：不及。
㊶稼穑：这里指农业劳动。
㊷力民：使人民出力劳动。代食：指官吏靠劳动者奉养。
㊸灭我王立：意谓灭我所立之王，指周厉王被国人流放于彘的事。
㊹蟊贼：蟊为食苗根的害虫，贼为吃苗节的害虫。
㊺卒：完全。痒：病。

㊻恫：痛。
㊼赘：通缀，连属。
㊽旅力：膂力。旅，同『膂』。
㊾念：感动。
㊿惠君：惠，顺。顺理的君王，称惠君。
51宣犹：宣，明；犹，通『猷』。
52考慎：慎重考察。相：辅佐大臣。
53臧：善。
54甡甡：同『莘莘』，众多的样子。
55谮：通『僭』，相欺而不相信任。
56胥：相。穀：善。
57维：是。谷：穷。进退维谷，谓进退皆穷。
58覆：反而。
59匪言不能：即『匪不能言』。
60胡：何。斯：这样。
61迪：进。
62宁：乃。荼毒：毒害。

⑥③有隧：隧隧，形容大风疾速吹动。一说训隧为道，谓风前进有其通道。

⑥④征：往。中垢：指宫廷秽闻。中，指宫内。

⑥⑤贪人：贪财枉法的小人，指荣夷公之流。《史记·周本纪》：『厉王即位三十年，好利，近荣夷公，芮良夫谏不听，卒以荣公为卿士。』

⑥⑥听言：顺从心意的话。

⑥⑦诵言：忠告的言语。

⑥⑧悖：违理。

⑥⑨予：芮良夫自称。

⑦⓪飞虫：指飞鸟。

⑦①既：已经。阴：通『谙』，熟悉。

⑦②赫：通『吓』。

⑦③罔极：无法则。

⑦④职：主张。凉：凉薄。背：背叛。

⑦⑤云：句中助词。克：胜。

⑦⑥回遹：邪僻。

⑦⑦用力：指用暴力。

⑦⑧既：终。

【译文】

茂密柔嫩青青桑，下有浓荫好地方。桑叶采尽枝干秃，百姓受害难遮凉。愁思不绝心烦忧，失意凄凉久惆怅。老天光明高在上，怎不怜悯我惊惶。四马驾车好强壮，旌旗迎风乱飘扬。社会动乱不太平，举国不宁人心慌。百姓受难少壮丁，如受火灾尽遭殃。长长声声心悲哀，国运艰难太动荡。国运艰难无钱粮，老天不肯来扶将。没有归宿无处住，哪儿定居可前往？君子总是在思索，持心不争意志强。如此祸根谁引出？至今为害把人伤。心中忧愁真恻怆，思念故居和家乡。生不逢时我真惨，遇上老天怒气旺。从那西边到东边，无处安身最凄凉。遭遇灾祸受苦多，外患紧急在边疆。谨慎谋划觅良方，才能消除混乱状。告诉你要体恤人，告诉你要用贤良。谁在解救炎热时，不用冷水来冲凉？小人治国没好事，大家受溺遭灭亡。好像就在逆风闯，呼吸困难口难张。百姓本有肃敬心，但却无处献力量。重视农业生产事，百姓辛苦代耕养。耕种收获国之宝，代耕之民最善良。天降祸乱与死亡，要灭我们所立王。生出害虫食根节，各种庄稼都遭殃。哀痛我们国中人，连绵土地受灾荒。没有人来献力量，哪能虔诚感上苍。顺应人心好君王，百姓爱戴都瞻仰。操心国政善谋划，考察慎选那辅相。不顺人心坏君王，独让自己把福享。有那一副怪肺肠，让那国民都发狂。看那丛林苍莽莽，鹿群嬉戏多欢畅。同僚朋友却相谗，没有诚心不善良。人们也有这些话，进退两难真悲凉。唯这圣人眼明亮，目光远大百里望。那种愚人真可笑，独自高兴太狂妄。不是我们不能说，为何顾忌心惶惶？唯有这人心善良，无所求取没欲望。但是那人太忍心，变化反复总无常。百姓如今似好乱，实因恶政苦难当。大风疾吹呼呼响，长长山谷真空旷。想这好人多善良，所作所为都高尚。想那坏人不顺理，行为污秽真肮脏。大风疾吹呼呼响，贪利败类有一帮。好听的话就回答，听到诤言装醉样。贤良之士不肯用，反而视我为悖狂。朋友你啊可嗟伤，岂不知你装模样。好比那些高飞鸟，有时被射也落网。我已熟悉你底细，反来威吓真愚妄。没有准则民扰攘，因你背理善欺罔。尽做不利人民事，好像还嫌不理想。百姓要走邪僻路，因你施暴太横强。百姓不安很恐慌，执政为盗掠夺忙。诚恳劝告不听从，背后反骂我荒唐。虽然遭受你诽谤，终究我要作歌唱。

【品读】

《桑柔》为西周之诗。《毛诗序》云：『芮伯刺厉王也。』今按，毛说可信。全诗十六章，前八章章八句，刺厉王失政，好利而暴虐，以致民不聊生。故激起民怨。后八章章六句责同僚，然亦道出厉王用人不当，用人不当亦厉王之过失。故毛传总言为刺厉王。

首章以桑为比，桑本茂密，荫蔽甚广，因摘采至尽而剥落稀疏。比喻百姓下民，受剥夺之深，不胜其苦，故诗人哀民困已深，呼天而诉曰：『倬彼昊天，宁不我矜。』意谓高明在上的苍天啊，怎么不给我百姓以怜悯呢！诗意严肃，为全诗之主旨。

次章至第四章，述祸乱之本，乃是缘于征役不息，民无安居之所。『四牡骙骙，旟旐有翩』，谓下民已苦于征役，故见王室之车马旌旗，而痛心疾首曰：『乱生不夷，靡国不泯。民靡有黎，具祸以烬。』意思是说：乱子不平息国家就要灭亡，现在民间黑发的丁壮已少，好比受了火灾很多人都成为灰烬了。国以民为本，民瘼深重，而国危矣。诗人对此情况，更大声疾呼云：『於乎有哀，国步斯频！』『国步』指国运，『频』，危蹙也。感叹国运危蹙，必无长久之理，必致蹈危亡之祸。三章感叹民穷财尽，而天不助我，人民无处可以安身，不知往何处为好，因而引起君子的深思。君子本无欲无求，扪心自问没有争权夺利之心，但念及国家前途，不免发出谁实为此祸根，至今仍为民之病害的浩叹。四章感慨『我生不辰，逢天僤怒』。

『我生不辰』，谓生不逢时，『俾怒』，谓震怒。诗人之言如此，可见内心殷忧之深。他从人民的角度出发，痛感人民想安居，而从西到东，没有能安居的处所。人民怀念故土故居，而故土故居都因征役不息不能免于祸乱。人民既受多种灾难的侵袭，更担心外患侵凌，御侮极为迫切。天怒民怨，而国王不恤民瘼，不思改变国家的政治，因此诗人忧心如捣，为盼国王一悟而不可得深怀忧愤。仅此四章，已可见暴政害民，深重到何等程度。

五章至八章，是诗人申述为国之道，再进忠言。五章首二句『为谋为毖，乱况斯削』，是说谋虑周到，做事慎重，祸乱的情况就可以削减。继言『告尔忧恤，诲尔序爵』；是以老臣的口气，诫教国王：必须忧恤国事，慎于授官拜爵，选用贤能。解救国家之急难，有如解救炎热。解救炎热，要用凉水，好比解救国家危难，必须任用贤良。诗人用『谁能执热，逝不以濯』等语，谆谆告诫，陈述利害，可谓语重心长，譬喻也很确当。六章七章，从爱护人民的观点出发，表明百姓都很善良，他们勤于稼穑，以耕种养活『力民代食』的人（『力民代食』指官府役使人民劳动，取其收获养活自己）。因此官府要体恤民情，爱护人民，是为政的首要大事。六章『如彼遡风，亦孔之僾』，是说国王为政，不得人心，人民就如向着逆风，感到窒息丧气。人民虽有进取之心，但征役过重，剥夺过多，他们必然会产生难于效力之感。七章叙天降灾害，祸乱频仍，执政者只知聚敛，没有顾念人民认真救灾。由于为政昏乱，所以人民备感痛苦。在诗中，诗人用人民的口气，警示国王，一则曰：人怨则天怒，天降丧乱，将灭我所立之王；再则曰：降此蟊贼之虫，庄稼都受到虫害而失收，天灾正是天之惩戒。下曰『哀恫中国，具赘卒荒』，则是感念人民受灾痛苦，连缀的土地，都受灾荒芜，而执政者昏乱，没有领导人民合力救灾，因而也不能感念上天减轻灾难。

诗的第八章再从用人的角度出发，言人君有顺理有不顺理，用人有当有不当。贤明的国君明于治道，顺情达理能认真考虑选用他的辅相。不顺理的君王，则与之相反自以为是，把小人当作善良，因此使得人民迷惑而致发狂。

以上八章是诗的前半，也是诗的主体，总说国家产生祸乱的原因，是由于厉王好货暴政，不恤民瘼，不能用贤，不知纳谏，以致民怨沸腾，而诗人有『谁生厉阶，至今为梗』之悲慨。

后八章责同僚之执政者，不以善道规范自己，缺乏远见，只知逢迎君王，加速了国家的危亡，更引起人民的怨恨。诗人感慨小人当权，也是厉王的过失，因而作成此诗，希望引起鉴戒。

第九章以『瞻彼中林，甡甡其鹿』两句起兴。鹿之为物，性喜群居，相亲相善。『甡甡』，意同『莘莘』，众多之貌，今同僚朋友，反而相谮，不能以善道相助，岂非不如中林之鹿？故诗人感慨『上无明君，下有恶俗』（朱熹《诗集传》）而有『进退维谷』之叹。（按：『进退维谷』，『谷』有两种解说，毛传：『谷，穷也。』今从之。《晏子春秋》中，叔向问晏子一节，引诗『进退维谷』，谓『处两难善全之事而处之皆善也』，训谷为『穀』；穀，善也，与毛说不同，录以备考。）

第十章、十一章，用对比手法，指责执政者缺乏远见，他们阿谀取容，自鸣得意，他们存有畏忌之心，能进言而不进言，反复瞻顾，于是贤者避退，不肖者进，于是人民惨遭荼毒而造成变乱。诗人指出执政者倘为圣明之人，必能高瞻远瞩，明见百里，倘若执政者是愚人，他们目光短浅，倒行逆施，做了坏事，反而狂妄欣喜。这是祸乱之由。诗人又说：『维此良人，弗求弗迪。维彼忍心，是顾是复。』表明贤者不求名不争位，忍心之不肖者，则与之相反，多方钻营，唯名利是图；国事如斯而国王不察，亲小人，远贤人，于是百姓难忍荼毒，祸乱生矣。

第十二章、十三章以『大风有隧』起兴，先言大风之行，必有其隧；君子与小人之行也是各有其道。大风行于空谷之中，君子所行的是善道，小人不顺于理，则行于污垢之中。次言大风之行，既有其隧；贪人之行，亦必败其类。征之事实，无有或爽。盖厉王此时，用贪人荣夷公为政，荣公好专利，厉王悦之。芮良夫谏不听，反遭忌恨。故诗中有『听言则对，诵言如醉，匪用其良，覆俾我悖』之语。可知厉王对于阿谀奉承他的话语，就听得进，进行对答，而听到忠谏之言就不予理睬。不用善良的人，反以进献忠言的人为狂悖，国家怎能不危亡呢？

第十四章慨叹同僚朋友，专利敛财，虐民为政，不思幡然悔改，反而对尽忠的诗人进行威吓，所以诗人再做告诫。诗人说：『嗟尔朋友，予岂不知而作，如彼飞虫，时亦弋获。』意思是说：可叹你们这些同僚，我难道不知你们的所作所为？你们对国家有极大的危害，好比那些飞鸟，有时候也会被人捕获，国家动乱危亡，你们也不会有好的下场。诗人如此警诫，可谓声情俱历。可惜此辈小人，无动于衷，所以诗人在此章的结尾，以『既之阴女，反予来赫』作结，再次警告这些人说：我已熟悉你们的底细，你们对我也无所施其威吓了。

在第十五章中，诗人继第九至十四章指责执政臣僚诸种劣迹之后，更缕陈人民之所以激成暴乱的原因，实为执政者之咎，执政者贪利敛财，推行暴政，导致民怨沸腾，民无安居之所，痛苦无处诉说，在这种情况下，自然怨恨官府，走邪僻之路。此章诗云：『民之罔极，职凉善背。』指出人民之所以失去是非准则，是因为官府执政者推行苛政违背道理。『民之回遹，职竞用力』。指出人民之所以走向邪僻，是由于官府执政者尚力而不尚德。不仅如此，诗中还指出，执政者做对人民不利的事，唯恐不得其胜（意谓极其残酷）。谴责极为严正。诗人忧国之热忱，同情人民之深切，于此可见。宜乎《诗集传》解此章云：『言民之所以贪乱而不知止者，专由此人名为直谅而实善背，又为民所不利之事，如恐不胜而力为之也。又言民之所以邪僻者，亦由此辈专竞用力而然也，（诗人）反复言之所以深恶之也。』《集传》所称此人此辈，即指助厉王为虐之荣夷公等，小人当权，加速国家之危亡，诚足引为鉴诫。

末章承前，言民之所以未得安定，是由于执政者以盗寇的手段，对他们进行掠夺，所以他们也不得不为盗为寇。上为盗寇之行，民心岂能安定？诗人又以『凉曰不可，覆背善詈』两句，表示我虽忠告你们，却又不被你们接受，反而在背后诅咒我。最后归结到作诗的缘由：『虽曰匪予，既作尔歌。』尽管你们诽谤我，我还是为你们作了这首歌，以促成你们的省悟。

云汉

【一句话点评】

天下大旱，周宣王祭神祈雨。

【原文】

倬彼云汉①，昭回于天②。王曰：於乎③！何辜今之人④？天降丧乱，饥馑荐臻⑤。靡神不举⑥，靡爱斯牲⑦。圭璧既卒⑧，宁莫我听⑨？

旱既大甚⑩，蕴隆虫虫⑪。不殄禋祀⑫，自郊徂宫⑬。上下奠瘗⑭，靡神不宗⑮。后稷不克，上帝不临。耗斁下土[16]。宁丁我梗[17]。

旱既大甚，则不可推。兢兢业业，如霆如雷。周余黎民[18]，靡有孑遗[19]。昊天上帝，则不我遗[20]。胡不相畏？先祖于摧[21]。

旱既大甚，则不可沮。赫赫炎炎，云我无所[22]。大命近止[23]，靡瞻靡顾。群公先正[24]，则不我助。父母先祖，胡宁忍予[25]？

旱既大甚，涤涤山川[26]。旱魃为虐[27]，如惔如焚[28]。我心惮暑[29]，忧心如熏[30]。群公先正，则不我闻[31]。昊天上帝，宁俾我遯[32]？

旱既大甚，黾勉畏去[33]。胡宁瘨我以旱[34]？憯不知其故[35]。祈年孔夙[36]，方社不莫[37]。昊天上帝，则不我虞[38]。敬恭明神，宜无悔怒。

旱既大甚，散无友纪[39]。鞫哉庶正[40]，疚哉冢宰[41]。趣马师氏[42]，膳夫左右[43]。靡人不周。无不能止，瞻卬昊天[44]，云如何里[45]！

瞻卬昊天，有嘒其星[46]。大夫君子，昭假无赢[47]。大命近止，无弃尔成[48]。何求为我。以戾庶正[49]。瞻卬昊天，曷惠其宁[50]？

【注释】

①倬：大。云汉：银河。

②昭：光。回：转。

③於乎：即『呜呼』，叹词。

④辜：罪。

⑤荐：重，再。臻：至。荐臻，犹今言频仍。

⑥靡：无，不。举：祭。

⑦爱：吝惜，舍不得。牲：祭祀用的牛羊豕等。

⑧圭、璧：均是古玉器。周人祭神用玉器，祭天神则焚玉，祭山神则埋玉，祭水神则沉玉，祭人鬼则藏玉。

⑨宁：乃。莫我听：即莫听我。

⑩大甚：大，同『太』。甚，厉害。

⑪蕴隆：谓暑气郁积而隆盛。虫虫：热气熏蒸的样子。

⑫殄：断绝。禋祀：祭天神的典礼。以玉帛及牺牲加于柴上焚之，使升烟，以祀天神。本指祀昊天上帝，引申之则凡祀日月星辰等天神，统称禋祀。

⑬宫：祭天之坛。

⑭奠：陈列祭品。瘗：指把祭品埋在地下以祭地神。

⑮宗：尊敬。

⑯斁：败坏。

⑰丁：当，遭逢。

⑱黎：众。

⑲子遗：遗留，剩余。

⑳遗：赠。

㉑于：助词。摧：灭。

㉒云：古『雲』字，有庇荫义。

㉓大命：此谓死亡之命，即死亡之期。

㉔群公：犹百辟，先世诸侯之神。正：长。先正，谓先世卿士之神。

㉕忍：忍心，残忍。

㉖涤涤：光秃无草木的样子。

㉗旱魃：古代传说中的旱神。

㉘惔：火烧。

㉙惮：畏。

㉚熏：灼。

㉛闻：通『问』，恤问。

㉜遯：今作『遁』，逃。

㉝黾勉：勉力为之，谓尽力事神，急于祷请。

㉞瘨：病。

㉟憯：曾。

㊱祈年：指『孟春祈谷于上帝，孟冬祈来年于天宗』之祭礼。孔夙：很早。

㊲方：祭四方之神。社：祭土神。莫：古『暮』字，晚。

㊳虞：助。

㊴友：通『有』。纪：纪纲，法度。

㊵鞫：穷，与『通』相对。庶正：众官之长。

㊶疚：忧苦。冢宰：周代官名，为百官之长，相当后世的宰相。

㊷趣马：掌管国王马匹的官。师氏：官名，主管教导国王和贵族的子弟。

㊸膳夫：主管国王、后妃饮食的官。左右：左右之大夫、诸官。

㊹卬：通『仰』。

㊺里：犹『已』，训『止』。

㊻嘒：微小而众多的样子。

㊼昭：祷。假：借为『嘏』，告。无赢：犹言无爽，即无差忒。

㊽成：功。

㊾戾：定。

㊿曷：何。何时。惠：赐。

【译文】

看那银河多么高远，白光闪亮回旋在天。周王『唉唉』发出叹息，现今人们有何罪愆！老天降下死丧祸乱，饥饿灾荒接二连三。没有神灵不曾祭奠，奉献牺牲毫不悭吝。礼神圭璧全都用完，神灵还是不听我言！旱情已经非常严重，暑气郁盛大地熏蒸。接连不断举行祭祀，祭天处所远在郊宫。祀天祭地奠埋祭品，天地诸神无不敬奉。后稷恐怕难救周民，上帝不理受难众生。天灾这般为害人间，大难恰恰落在我身。旱情已经非常严重，想要推开没有可能。整天小心战战兢兢，正如头上落下雷霆。周地余下那些百姓，现在几乎一无所剩。渺渺苍天高高上帝，竟然没有东西赐赠。怎不感到忧愁惶恐，人死失祭先祖受损。旱情已经非常严重，没有办法可以止住。赤日炎炎热气腾腾，哪里还有遮阴之处。死亡之期已经临近，无暇前瞻无暇后顾。诸侯公卿众位神灵，不肯显灵前来佑助。父母先祖神灵在天，为何忍心看我受苦！旱情已经非常严重，山秃河干草木枯槁。眼看旱魔逞凶肆虐，遍地好像大火焚烧。暑热难当令我心畏，忧心忡忡如受煎熬。诸侯公卿众位神灵，哪管我在悲痛呼号。渺渺苍天高高上帝，难道迫我离此出逃！旱情已经非常严重，勉力祷请祈求上苍。为何害我降以大旱？不知缘故费煞思量。祈年之礼举行很早，也未迟延祭社祭方。渺渺苍天高高上帝，竟然对我不肯相帮。一向恭敬诸位神明，不该恨我怒气难当。旱情已经非常严重，饥荒离散乱我纪纲。各位官长智穷力竭，宰相忧苦无法可想。趣马师氏一起出动，膳夫百官助祭帮忙。没有一人不愿周济，可是不能止住灾荒。仰望苍天晴朗无云，怎样止旱令我忧伤。仰望苍天晴朗无云，微光闪闪满天星辰。公卿大夫众位君子，祷告上苍心要虔诚。死亡之期已经临近，继续祈祷坚持不停。禳旱祈雨非为自我，全为安定众官之心。仰望苍天默默祈祷，何时才能赐我安宁？

【品读】

这是一首写周宣王忧旱的诗。全诗八章，每章十句。一、二两章写祭神祈雨。正是需雨的时节，然而日日骄阳似火，禾稼死亡，田地龟裂，人畜缺水。这当儿，人们是多么盼望老天降落一场甘霖啊！可是仰望苍穹。毫无雨征（古人常夜间观天象以察云雨）。『倬彼云汉，昭回于天』，星河灿烂，晴空万里，夕夕如此。内心焦灼的诗人于是发出了『何辜今之人？天降丧乱，饥馑荐臻』的慨叹。无神不祭，无牲不用，礼神的玉器也用尽了，然而神灵们却不闻不问，毫无佑助之意。这苍天啊，好像真的是把降雨的事儿抛在脑后，彻底忘掉了；或许人们得罪了他，他在有意地惩罚人们。三、四两章写大旱的不可解除，主要表达了畏旱之情。『旱既大甚，则不可推』『旱既大甚，则不可沮』，凶暴狂猛的旱灾如洪水猛兽，无法推开，无法阻拦，使『周余黎民，靡有孑遗』，造成了无法收拾的严重局面。再继续下去，将国祚难永。然而『群公先正，则不我助。父母先祖，胡宁忍予？』群公先正，我常雩祭以祈谷实，现在却不助我以兴云雨；至于父母先祖，尤一体之所亲，一气之所感，为什么也忍心看我遭此祸而不救呢？朱熹《诗集传》说：『群公先正，但言其不见助，至父母先祖则以恩望之矣，所谓垂涕泣而道之也。』五章写旱魃继续肆虐。山原秃而河湖干，这里已经变成了一块让人无法生存下去的土地。『昊天上帝，宁俾我遯』，老天似乎是要迫使人们离开此地，他是不想让人安居了。六章述失望痛苦之余的反思。也不是祭神不及，也不是对众神不恭敬，细细思量，确实没有什么罪愆，那又为何降灾加害呢？七章叙君臣上下因忧旱而困窘憔悴。末章周王着力鞭策，希望臣子们『无弃尔成』，继续祈祷上苍。最后仰天长号，以亟求天赐安宁作结。

统观全诗，作者对这次持久难弭的灾祸从旱象、旱情、造成的惨重损失及所引起的心理恐慌等方面做了充分的描写。这场大旱就是死亡之神的降临，可以摧毁一切，消灭人类。在那个生产力水平还很低的时代，它会造成怎样的人间灾难，是不难想象的。这首诗在写宣王忧旱的同时，也写了他的事天之敬及事神之诚。

在人们抵御自然灾害的能力还极其有限的西周末期，面对无法战胜的灾害，对虚无缥缈的上帝和神灵产生敬畏乞求心理，也是不难理解的。我们自然不能以现代科学主义的观念和标准来苛责古人。

这首诗在艺术上值得称道的有两点：一是摹景生动；二是夸饰手法的运用。『倬彼云汉，昭回于天』，夜晴则天河明，此方旱之象。『昭回于天』又暗示出仰望之久。久旱而望甘霖者，已所不愿见者现，其心情的痛苦无奈可想而知。毫无雨征，还得继续受此大旱之苦，于是又顺理成章地推出『王曰：於乎！何辜今之人？天降丧乱，饥馑荐臻』四句。所以开篇这摹景之句不仅写出了方旱之象，同时也表达了诗人的心情，并生发出下文，是独具匠心、富有艺术魅力的诗句，因而孙鑛称赞这首诗的起首『最有风味』（陈子展《诗经直解》引）。『旱既大甚，涤涤山川。旱魃为虐，如惔如焚。』这场大旱使周地变成了不毛之地，无水之区。山空川涸，禾焦草枯，畜毙人死，大地就像用火烧燎过一样，没一点生气，没一点活力。『涤涤山川』『如惔如焚』可谓写尽旱魔肆虐之情状，同时也传达出诗人面对这种毁灭性灾害的痛苦、焦灼之情。王夫之《姜斋诗话》云：『情、景名为二，而实不可离，神于诗者，妙合无垠。巧者则情中景，景中情。』这几句诗虽然称不上『妙合无垠』，但做到景中含情、景中寓情却是很明显的。

崧高

【一句话点评】

周宣王增封申伯，尹吉甫作诗以赠。

【原文】

崧高维岳①，骏极于天②。维岳降神③，生甫及申④。维申及甫，维周之翰⑤。四国于蕃⑥，四方于宣⑦。

亹亹申伯⑧，王缵之事⑨。于邑于谢⑩，南国是式⑪。王命召伯⑫，定申伯之宅⑬。登是南邦⑭，世执其功⑮。

王命申伯，式是南邦。因是谢人⑯，以作尔庸⑰。王命召伯，彻申伯土田⑱。王命傅御⑲，迁其私人⑳。

申伯之功，召伯是营。有俶其城㉑，寝庙既成㉒。既成藐藐㉓，王锡申伯㉔。四牡蹻蹻㉕，钩膺濯濯㉖。

王遣申伯㉗，路车乘马㉘。我图尔居㉙，莫如南土。锡尔介圭㉚，以作尔宝。往近王舅㉛，南土是保㉜。

申伯信迈㉝，王饯于郿㉞。申伯还南，谢于诚归㉟。王命召伯，彻申伯土疆。以峙其粻㊱，式遄其行㊲。

申伯番番㊳，既入于谢。徒御啴啴㊴。周邦咸喜，戎有良翰㊵。不显申伯㊶，王之元舅㊷，文武是宪㊸。

申伯之德，柔惠且直㊹。揉此万邦㊺，闻于四国。吉甫作诵㊻，其诗孔硕㊼。其风肆好㊽，以赠申伯。

【注释】

①崧：又作『嵩』，山高而大。维：是。岳：特别高大的山。毛传：『岳，四岳也。东岳岱，南岳衡，西岳华，北岳恒。』

②骏：大。极：至。

③维：发语词。

④甫：国名，此指甫侯。其封地在今河南省南阳市西。申：国名，此指申伯。其封地在今河南南阳北。

⑤翰：『幹』之假借，筑墙时树立两旁以障土之木柱。

⑥于：犹『为』。蕃：即『藩』，藩篱，屏障。

⑦宣：『垣』之假借。
⑧亹亹：勤勉貌。
⑨缵：『践』之借，任用。
⑩前一『于』字：为，建。谢：地名，在今河南唐河南。
⑪式：法。
⑫召伯：召虎，亦称召穆公，周宣王大臣。
⑬定：确定。
⑭登：升。
⑮执：守持。功：事业。
⑯因：依靠。
⑰庸：通『墉』，城墙。
⑱彻：治理。此指划定地界。
⑲傅御：诸侯之臣，治事之官，为家臣之长。
⑳私人：傅御之家臣。
㉑俶：厚貌，一说建造。
㉒寝庙：周代宗庙的建筑有庙和寝两部分，合称寝庙。
㉓藐藐：美貌。

㉔锡：同「赐」。

㉕牡：公马。蹻蹻：强壮勇武貌。

㉖钩膺：即「樊缨」，马颈腹上的带饰。濯濯：光泽鲜明貌。

㉗遣：赠送。

㉘路车：诸侯乘坐的一种大型马车。路，同「辂」。乘马：四匹马。四马一车为一乘。

㉙图：图谋，谋虑。

㉚介：亦作「玠」，大。圭：古代玉制的礼器，诸侯执此以朝见周王。

㉛近：语气助词，相当于「哉」。

㉜保：保有。

㉝信：真。迈：行。

㉞饯：备酒食送行。郿：古地名，在今陕西眉县东渭水北岸。当时宣王在岐周，郿在岐周东南，申伯封国之谢又在郿之东南，故宣王为申伯在岐周之郊郿地饯行。

㉟谢于诚归：即「诚归于谢」。

㊱峙：本作「偫」，或作「庤」，又作「畤」，储备。粻：米粮。

㊲遄：加速。

㊳番番：勇武貌。

㊴徒：徒行之士兵。御：御车之士兵。啴啴：众盛貌。

㊵戎：汝，你。或训『大』。

㊶不：通『丕』，太。显：显赫。

㊷元舅：长舅。

㊸宪：法式，模范。

㊹柔惠：温顺恭谨。

㊺揉：即『柔』，安。

㊻吉甫：尹吉甫，周宣王大臣。诵：同『颂』，颂赞之诗。

㊼其：是，此。孔硕：指篇幅很长。孔，很；硕，大。

㊽风：曲调。肆好：极好。

【译文】

巍峨四岳是大山，高高耸峙入云天。神明灵气降四岳，甫侯申伯生人间。申伯甫侯大贤人，辅佐王室国桢干。藩国以他为屏蔽，天下以他为墙垣。申伯勤勉能力强，王委重任理南疆。分封于谢建新邑，南方藩国有榜样。周王下令与召虎，申伯新居来丈量。申伯升为南国长，子孙继承福祚享。周王下令给申伯，要树表率于南国。依靠谢地众百姓，修筑封地新城郭。周王下令给召伯，申伯田界重划过。周王下令给傅御，迁去家臣同生活。申伯建邑大工程，全靠召伯苦经营，墙垣厚实是坚城。宗庙也已修筑好，富丽堂皇面貌新。周王有物赐申伯，四马驾车真健劲，带饰樊缨闪闪明。周王赏赉给申伯，大车驷马物品多。我已考虑你居处，不如南方最适合。郑重赐你大玉圭，镇国之宝永不磨。尊贵王舅请前往，回到南方安邦国。申伯出发果动身，周王郿地来饯行。申伯如今回南国，去往谢邑即启程。周王下令给召伯，去把申伯疆界定。路上粮草要备足，保证供给快驰骋。申伯勇武有豪情，前往谢邑入新城，步卒车骑军容盛。周邦人民皆欢喜，国有栋梁得安宁。尊贵显赫贤申伯，周王元舅封疆臣，文武双全人崇敬。申伯德高望又隆，品端行直温且恭。安抚万邦功劳大，誉满四海人赞颂。吉甫创作这首诗，篇幅既长情亦重。曲调典雅音节美，赠送申伯记大功。

【品读】

从布局谋篇及结构上看，这首诗有明确的线索，一定的顺序。全诗八章。首章叙申伯降生之异，总叙其在周朝的地位和诸侯中的作用。次章叙周王派召伯去谢地相定申伯之宅。三章分述宣王对申伯、召伯及傅御之命。四章写召伯建成谢邑及寝庙。五章为周王期待申伯为天子效命的临别赠言。六章叙宣王在郿地为申伯饯行。七章叙申伯启程时的盛况。末章述申伯荣归封地，不负众望，给各国诸侯们做出了榜样，并点明此诗作意。可以看出，作者是以王命为线索，以申伯受封之事为中心，基本按照事件发展的经过来进行叙写的。但由于要表示宣王对申伯的宠眷倚重，故诗中又每事申言，不厌句义重复，可以说这是《崧高》一诗的显著特征。

这首诗的起首二句『崧高维岳，骏极于天』为后人所激赏。方玉润说：『起笔峥嵘，与岳势竞隆。』又曰：『发端严重庄凝，有泰山岩岩气象。中兴贤佐，天子懿亲，非此手笔不足以称题。』『后世杜甫呈献巨篇，专学此种。』（《诗经原始》）既指出起句的艺术特征，又点明了它的用意和深远影响。读此二句，首先让我们联想起的倒不是杜甫的『呈献巨篇』，而是其《咏怀古迹》第一首的开头两句『群山万壑赴荆门，生长明妃尚有村』及其评语。有人说这二句：『发端突兀，是七律中第一等起句，谓山水逶迤，钟灵毓秀，始产一明妃。说得窈窕红颜，惊天动地。』又有人说：『从地灵说入，多少郑重。』《崧高》的作者在诗里是要努力把申伯塑造成『资兼文武，望重屏藩，论德则柔惠堪嘉，论功则蕃宣足式』的盖世英雄，所以以此二句发端，就显得称题切旨，可谓气势雄伟，出手不凡。杜诗与此机杼正同，波澜不二。后世诗中除老杜这一联外，能具此神理而堪与之比肩者实寥寥无几。

烝民

【一句话点评】

周宣王派仲山甫筑城于齐，尹吉甫作诗以赠。

【原文】

天生烝民①，有物有则。民之秉彝，好是懿德②。天监有周，昭假于下③。保兹天子，生仲山甫④。

仲山甫之德，柔嘉维则。令仪令色，小心翼翼。古训是式⑤，威仪是力。天子是若，明命使赋⑥。

王命仲山甫，式是百辟⑦，缵戎祖考，王躬是保⑧。出纳王命，王之喉舌⑨。赋政于外，四方爰发⑩。

肃肃王命，仲山甫将之⑪。邦国若否⑫，仲山甫明之。既明且哲，以保其身。夙夜匪解⑬，以事一人。

人亦有言，柔则茹之⑭，刚则吐之。维仲山甫，柔亦不茹，刚亦不吐。不侮矜寡⑮，不畏强御。

人亦有言，德輶如毛。民鲜克举之⑯。我仪图之⑰，维仲山甫举之。爱莫助之。衮职有阙，维仲山甫补之⑱。

仲山甫出祖。四牡业业⑲。征夫捷捷⑳，每怀靡及。四牡彭彭，八鸾锵锵㉑。王命仲山甫，城彼东方。

四牡骙骙，八鸾喈喈[22]。仲山甫徂齐，式遄其归[23]。吉甫作诵，穆如清风[24]。仲山甫永怀[25]，以慰其心。

【注释】

①烝：众。物、则：严粲《诗缉》谓「天生烝民具形而有物，禀性而有则」。

②秉彝：常理，常性。懿：美。

③假：至。

④仲山甫：人名，樊侯，为宣王卿士，字穆仲。

⑤式：用，效法。

⑥若：选择。见《说文解字》段玉裁注。赋：颁布。

⑦辟：君，此指诸侯。

⑧缵：继承。戎：你。王躬：指周王。

⑨出纳：指受命与传令。喉舌：代言人。

⑩外：郑笺谓「以布政于畿外」。爰发：乃行。

⑪肃肃：严肃。将：行。

⑫若否：好坏。

⑬解：通「懈」。一人：指周天子。

⑭茹：吃。

⑮矜：老而无妻。强御：强悍。

⑯輶：轻。鲜：少。克：能。

⑰仪图：揣度。

⑱衮：绣龙图案的王服。职：犹『适』，即偶然。阙：缺。

⑲祖：祭路神。业业：马高大的样子。

⑳捷捷：马行迅疾的样子。

㉑彭彭：形容马蹄声杂沓。鸾：鸾铃。

㉒骙骙：同『彭彭』。喈喈：象声词，铃声。

㉓徂：往。遄：速。

㉔吉甫：尹吉甫，宣王大臣。穆：和美。

㉕永：长。怀：思。

【译文】

老天生下这些人，有着形体有法则。人的常性与生来，追求善美是其德。上天临视周王朝，昭明之德施于下。保佑这位周天子，有仲山甫辅佐他。仲山甫贤良具美德，温和善良有原则。仪态端庄好面色，小心翼翼真负责。遵从古训不出格，勉力做事合礼节。天子选他做大臣，颁布王命管施政。周王命令仲山甫，要做诸侯的典范。继承祖业要弘扬，辅佐天子振朝纲。出令受命你执掌，天子喉舌责任重。发布政令告畿外，四方听命都遵从。严肃对待王命令，仲山甫全力来推行。国内政事好与坏，仲山甫心里明如镜。既明事理又聪慧，善于应付保自身。早早晚晚不懈怠，侍奉周王献忠诚。有句老话这样说：『柔软东西吃下肚，刚硬东西往外吐。』与众不同仲山甫，柔软东西他不吃，刚硬东西偏下肚。鳏夫寡妇他不欺，碰着强暴狠打击。有句老话这样说：『德行如同毛羽轻，很少有人能高举。』我细揣摩又合计，能举起唯有仲山甫，别人爱他难相助。天子龙袍有破缺，独有仲山甫能弥补。仲山甫出行祭路神，四匹公马力强劲。车载使臣匆匆行，常念王命未完成。四马奋蹄彭彭响，八只鸾铃声锵锵。周王命令仲山甫，督修齐城赴东疆。四匹公马蹄不停，八只鸾铃响叮叮。仲山甫赴齐去得急，早日完工回朝廷。吉甫作歌赠穆仲，乐声和美如清风。仲山甫临行顾虑多，宽慰其心好建功。

【品读】

本诗首章起句不凡，方玉润《诗经原始》评曰：『工于发端』，『高浑有势』。开头四句郑重提出『人性』这一命题，哲理意味甚浓。前人多认为这是最早的『性善论』，故孟子在《告子章》中引此四句与孔子的阐释作为论『性善』的理论依据。但我们从全诗考察，似乎诗人并不是倡导什么『性善论』，他只不过是借天赋予人以善性，为下文歌颂仲山甫张本。戴震《诗补传》指出：『诗美仲山甫德之纯粹而克全，故推本性善以言之。』第一章颂扬仲山甫应天运而生，非一般人物可比，总领全诗。接下去二至六章便不遗余力赞美仲山甫的德才与政绩：首先说他有德，遵从古训，深得天子的信赖；其次说他能继承祖先事业，成为诸侯典范，是天子的忠实代言人；再次说他洞悉国事，明哲忠贞，勤政报效周王；继而说他个性刚直，不畏强暴，不欺弱者；进而回应前几章，说他德高望重，关键靠自己修养，不断积累，因而成了朝廷补衮之臣。诗人对仲山甫推崇备至，极意美化，塑造了一位德才兼备、身负重任、忠于职守、攸关国运的名臣形象。七、八两章才转到正题，写仲山甫奉王命赴东方督修齐城，尹吉甫临别作诗相赠，安慰行者，祝愿其功成早归。全诗基调虽是对仲山甫个人的颂扬与惜别，但透过诗中关于仲山甫行事与心理的叙述，从中大体能体察到处于西周衰世的贵族，对中兴事业艰难的认识与隐忧，以及对力挽狂澜的辅弼大臣的崇敬与呼唤。不难理解，本诗对仲山甫的种种赞美，是真实的、现实的，然而也不排除其中有某些理想化的成分，包含着诗人所代表的这一阶层的期盼。有人斥本篇为『谀辞』，似乎过苛。

本诗主要以赋叙事，开篇以说理领起；中间夹叙夹议，突出仲山甫之德才与政绩；最后偏重描写与抒情，以热烈的送别场面作结，点出赠别的主题。全诗章法整饬，表达灵活，为后世送别诗之祖。在《诗经》中本篇说理成分比较浓厚，在诗歌发展史上留下重要的一笔，姚际恒《诗经通论》评开头四句说：『《三百篇》说理始此，盖在宣王之世矣。』后世『以理为诗』当溯源于此。本诗语言也很有特色，尽管多用说理、议论，却不迂腐呆滞，这除了诗人的激情之外，还在于语言运用独具匠心，诗人多以民间俗语入诗，如表现仲山甫扶弱锄强的性格特征、赞美仲山甫重视修身立德，都是反用俗语来衬托，这比直说简洁、形象，又有理趣，说理中注进了诗味，故姚际恒称此为『奇语』。

召旻

【一句话点评】

指斥幽王任用小人，昏庸无道。

【原文】

旻天疾威①，天笃降丧②。瘨我饥馑③，民卒流亡。我居圉卒荒④。

天降罪罟⑤，蟊贼内讧。昏椓靡共⑥，溃溃回遹⑦，实靖夷我邦⑧。

皋皋訿訿⑨，曾不知其玷。兢兢业业，孔填不宁⑩，我位孔贬⑪。

如彼岁旱，草不溃茂⑫，如彼栖苴⑬。我相此邦⑭，无不溃止⑮。

维昔之富不如时⑯。维今之疚不如兹⑰。彼疏斯粺⑱，胡不自替⑲？职兄斯引⑳。

池之竭矣，不云自频㉑。泉之竭矣，不云自中。溥斯害矣㉒，职兄斯弘㉓，不烖我躬㉔。

昔先王受命㉕，有如召公㉖，日辟国百里，今也日蹙国百里㉗。於乎哀哉㉘！维今之人，不尚有旧！

【注释】

①旻天：《尔雅·释天》：“秋为旻天。”此泛指天。疾威：暴虐。

②笃：厚，重。

③瘨：灾病。

④居：国中。圉：边境。

⑤罪罟：罪网。

⑥昏椓：昏，乱；椓，通“诼”，谗毁。靡共：不供职。共，通“供”。

⑦溃溃：昏乱。回遹：邪僻。

⑧靖夷：想毁灭。靖，图谋；夷，平。

⑨皋皋：欺诳。訿訿：谗毁。

⑩孔：很。填：长久。

⑪贬：指职位低。

⑫溃：毛传：『遂也。』马瑞辰《毛诗传笺通释》：『遂者草之畅达，与「茂」义相成。』

⑬苴：枯草。

⑭相：察看。

⑮止：语气词。

⑯时：是，此，指今时。

⑰疚：贫病。

⑱疏：程瑶田《九谷考》以为即稷，高粱。粺：精米。

⑲替：废，退。

⑳职：主。兄：『况』的假借。斯：语气助词。引：延长。

㉑频：滨。

㉒溥：同『普』，普遍。

㉓弘：大。

㉔烖：同『灾』。

㉕先王：指武王、成王。

㉖召公：召公奭，周武王、成王时的大臣。

㉗蹙：收缩。

㉘於乎：同『呜呼』。

【译文】

老天暴虐难提防，接二连三降灾荒。饥馑遍地灾情重，十室九空尽流亡。国土荒芜生榛莽。天降罪网真严重，蟊贼相争起内讧。谗言乱政职不供，昏聩邪僻肆逞凶，想把国家来断送。欺诈攻击心藏奸，却不自知有污点。君子兢兢又业业，对此早就心不安，可惜职位太低贱。好比干旱年头到，地里百草不丰茂，像那枯草歪又倒。看看国家这个样，崩溃灭亡免不了。昔日富裕今日穷，时弊莫如此地凶。人吃粗粮他白米，何不退后居朝中？情况越来越严重。池水枯竭非一天，岂不开始在边沿？泉水枯竭源头断，岂不开始在中间？这场祸害太普遍，这种情况在发展，难道我不受灾难？先王受命昔为君，有像召公辅佐臣。当初日辟百里地，如今国土日受损。可叹可悲真痛心！不知如今满朝人，是否还有旧忠臣？

【品读】

《召旻》是《大雅》的最后一篇，它的主题，《毛诗序》以为是『凡伯刺幽王大坏也』，与前一篇《瞻卬》的解题一字不异。

本篇共七章，句式基本为四字句，但也有三字句、五字句、六字句乃至七字句穿插其间。首章一开始就责天，责天实际上并不是简单的指斥。因为周人的天命观已有天人感应的色彩，国家的最高统治者天子的所作所为会影响天的意志，天子政治清明，自然风调雨顺，天子昏庸暴虐，天就会降下各种自然灾害；所以『天笃降丧』必然是天子缺德的结果。这样，百姓受饥馑荼毒，流离失所，即使在偏僻之地也遭灾荒的惨相马上就攫住了读者的心，使之受到强烈的震撼，为受难的民众而悲悯，并由此去思索上天为何降罪于世人。

第二章逐渐进入主题。『天降罪罟』义同上章的『天笃降丧』，变易其词反复陈说老天不仁，当然仍是意在斥王。这一句与前一篇《瞻卬》的『天之降罔（网）』也是同义的，这多少也可见出两章内容上的相关性。然『蟊贼内讧』，钩心斗角，败坏朝纲，是昏王纵容的结果，已与上章所说天降之灾带来饥馑流亡全然不同，这也可见『天降罪罟』实在的意思应是『王施恶政』。『昏椓靡共，溃溃回遹』二句，所用的语词虽然今人不很熟悉，但在当时却是很有生命力的词汇。痛斥奸佞小人乱糟糟地互相诿毁伤害，不认真供职，昏聩邪僻尽做坏事，已经是咬牙切齿的愤恨，但这还不够，于是最后再加上一句：『实靖夷我邦』——这是要把我们好好一个国家给葬送掉啊！读到此处，我们仿佛可以看到诗人的心在淌血。

在上章不遗余力地痛斥奸人之后，第三章诗人从另一个角度继续进行抨击，并感叹自己职位太低无法遏制他们的气焰。上章有带叠字词的『溃溃回遹』句，这章更进一步又用了两个双叠字词组『皋皋訿訿』『兢兢业业』，一毁一誉，对比鲜明，不啻有天壤之别。『曾不知其玷』，问那些小人怎么会不知道他们的缺点？可谓明知故问，是在上一章强弓硬弩般的正面进攻之后转为匕首短剑般的旁敲侧击，虽方式不同，但照样刺得很深。而『我位孔贬』又揉入了诗人的身世之感，这种身世之感不是单纯的位卑权微之叹，而是与伤幽王宠信奸人败坏政事的家国之恨密不可分的。身为士大夫，哪怕是地位最低的那一层次，也有尽心竭力讽谏规劝君王改恶从善的责任与义务，这虽尚不如后来顾炎武所标举的『天下兴亡，匹夫有责』的精神境界那么高，却也不乏时代的光辉了。

第四章的描写又回应第一章，以天灾喻人祸。引人注意的是两个『如彼……』句式，一般来说，下一个『如彼……』句之后，应该也有说明性的文字，但这儿『草不溃茂』既是上承『如彼岁旱』的说明性文字，又是下应『如彼栖苴』的说明性文字。也就是说，照例是『如彼岁旱，草不溃茂；如彼栖苴，草不溃茂』的完整句式缩掉了一句，但此种缩略并不影响语义，反而使文势更具跌宕之致，这恐怕也不是诗人有意为之，而是他的妙手偶得。本章末两句『我相此邦，无不溃止』，诗人说：我看这个国家，没有不灭亡的道理！这种写出来的预言恰恰反映出诗人心理上的反预言，痛陈国家必遭灭亡正是为了避免这种灭亡。但历史告诉人们：指出灭亡的趋势并不能使昏君暴君停止倒行逆施，他们对国家形势的觉悟只可能是在遭遇灭亡之后，但遭遇灭亡便是终结，觉悟便也毫无意义；忠臣义士的劝谏对此种历史过程向来是无能为力的，他们的所作所为，无非是为历史中黯淡的一幕幕抹上一丝悲壮的色彩罢了。

第五章诗人做起了今昔对比，前面两句，是颇工整的对偶，这两句也有人点作四句，『不如时』『不如兹』单独成句，亦可。『富』与『疚』的反差令人伤心，更令人对黑暗现实产生强烈的憎恨，于是诗人再一次针砭那些得势的小人，『彼疏斯粺，胡不自替』，斥责别人吃粗粮他们吃细粮，却尽干坏事，不肯退位让贤。这两句令人想起《魏风·硕鼠》的名句：『彼君子兮，不素餐兮。』

第六章开头四句也是对偶，是全诗仅有的比兴句（『如彼岁旱』『如彼栖苴』当然也可视为用了『比』的手法，可是也不妨解为天灾之实像，虽有『如』字而无『比』意），陈奂《诗毛氏传疏》以为『池竭喻王政之乱由外无贤臣，泉竭喻王政之乱由内无贤妃』，可备一说。这数句用意一如《大雅·荡》末章『颠沛之揭，枝叶未有害，本实先拨』（大树推倒横在地，枝叶暂时没损伤，但是根断终枯死）数句，告诫幽王当悬崖勒马，迷途知返，否则小祸积大祸，小难变大难，国家终将覆亡。『职兄斯弘』句与上章末句『职兄斯引』仅一字不同而意义完全一样，不惜重言之，正见诗人希望幽王认识局势的严重性的迫切心情。而『不裁我躬』绝不是诗人担心自己遭殃的一念之私。诗人反问：灾难普遍，难道我不受影响？意在向王示警：大难一起，覆巢之下岂有完卵？您大王也将身受其害，快清醒清醒吧！改弦更张现在还来得及。

于是，末章怀念起本朝的前代功臣，希望像当初召公那样的贤明而有才干的人物能出来匡正幽王之失，挽狂澜于既倒，而这又是与本篇斥责奸佞小人的主题是互为表里的。这一章中，昔日『辟国百里』与今日『蹙国百里』的对比极具夸张性，但也最真实地反映了今昔形势的巨大差异，读之令人有惊心动魄之感。最后两句『维今之人，不尚有旧』，出以问句，问当时之世是否还有赤胆忠心的老臣故旧，显然是诗人由失望而濒于绝望之际，迸发全部力量在寄托那最后的一丝希望。这一问，低徊掩抑，言近旨远，极具魅力。后世许多诗词作品以问句作结以求取得特殊的艺术效果，实滥觞于《诗经》中此类句法。

孙鑛评此诗：『音调凄恻，语皆自哀苦中出，匆匆若不经意，而自有一种奇峭，与他篇风格又别。淡烟古树入画固妙，却正于触处收得，正不必具全景。』（陈子展《诗经直解》引）他看出了诗人其心苦、其词迫而导致全诗各章意思若断若连，但全诗『不经意』中自有『奇峭』的特色。

周颂

清庙

【一句话点评】

宗庙祭祀文王。

【原文】

於穆清庙①，肃雍显相②。济济多士③，秉文之德④。对越在天⑤，骏奔走在庙⑥。不显不承⑦，无射于人斯。

【注释】

①於：赞叹词，犹如今天的“啊”。穆：庄严、壮美。清庙：清静的宗庙。

②肃雍：庄重而和顺的样子。显：高贵显赫。相：助祭的人，此指助祭的公卿诸侯。

③济济：众多。多士：指祭祀时承担各种职事的官吏。

④秉：秉承，操持。文之德：周文王的德行。

⑤对越：犹“对扬”，对是报答，扬是颂扬。在天：指周文王的在天之灵。

⑥骏：敏捷、迅速。

⑦不：通“丕”，大。承：借为“烝”。

【译文】

庄严而清静的宗庙，助祭的公卿多么庄重显耀！济济一堂的众多官吏，都秉承着文王的德操；为颂扬文王的在天之灵，敏捷地在庙中奔跑操劳。文王的盛德实在显赫美好，他永远不被人们忘掉！

【品读】

《清庙》是《周颂》的第一篇，即所谓“颂之始”。《毛诗序》说：“颂者，美盛德之形容，以其成功告于神明者也。”《清庙》作为“颂之始”，除了是赞美周文王功德的颂歌之外，也就几乎成了西周王朝举行盛大祭祀以至其他重大活动通用的舞曲。《礼记·明堂位》：“季夏六月，以禘礼祀周公于太庙，升歌《清庙》。』《礼记·祭统》：『夫人尝禘，升歌《清庙》，……此天子之乐也。』《礼记·孔子燕居》：『大飨，……两君相见，升歌《清庙》。』《礼记·文王世子》：『天子视学，登歌《清庙》。』可见，它的意义已不只是歌颂和祭祀周文王本人了。所以孔颖达疏说：『《礼记》每云升歌《清庙》，然则祭祀宗庙之盛，歌文王之德，莫重于《清庙》，故为《周颂》之始。』

全诗只有八句，不分章，又无韵。开头两句只写宗庙的庄严、清静和助祭公卿的庄重、显赫，中间的四句也只写其他与祭官吏们为了秉承文王的德操，为了报答、颂扬文王的在天之灵而在宗庙里奔跑忙碌。直到最后两句才颂扬文王的盛德显赫、美好，使后人永远铭记。全诗并非具体细致而是抽象简括地歌颂、赞美文王。而本诗的特点，或者说它的艺术手法也正在这里。诗篇的作者，可谓匠心独运，专门采用侧面描述和侧面衬托的手法，使笔墨集中在助祭者、与祭者身上做文章。他们的态度和行动，是『肃雍』的，是『骏奔走』的，是『秉文之德』的，而又虔诚地『对越在天』，于是通过他们，使文王之德得到了更生动、更具体的表现。这种表现方法，比起正面的述说，反而显得更精要、更高明一些。

一般说来，《大雅》《颂》中的语言大都比较板滞、臃肿或枯燥，缺乏鲜明、生动的个性和强烈的感情色彩。而此篇，由于作者具体写了人，写了助祭者和与祭者，所以语言虽少而内容反使人感到既丰富又含蓄，字里行间也充溢着比较真切的感情。

维天之命

【一句话点评】

赞美文王的美德。

【原文】

维天之命①，於穆不已②。於乎不显③，文王之德之纯。假以溢我④，我其收之。骏惠我文王⑤，曾孙笃之⑥。

【注释】

①维：语气助词。

②於：叹词，表示赞美。穆：庄严粹美。

③不：借为『丕』，大。

④假：通『嘉』，美好。溢：马瑞辰《毛诗传笺通释》：『《尔雅·释诂》：「溢、慎、谧，静也。」……诗言「溢我」，即慎我也，慎我即静我也，静我即安我。』

⑤骏惠：郑笺训为『大顺』，马瑞辰《毛诗传笺通释》：『惠，顺也；骏当为驯之假借，驯亦顺也。骏惠二字平列，皆为顺。』

⑥曾孙：孙以下后代均称曾孙。

【译文】

是那上天天命所归，多么庄严啊没有止息。多么庄严啊光辉显耀，文王的品德纯正无比。美好的东西让我安宁，我接受恩惠自当牢记。顺着我文王路线方针，后代执行一心一意。

【品读】

《维天之命》是《周颂》的第二篇，无韵，篇幅不长，充满了恭敬之意、颂扬之辞。诗为祭祀周文王之作（《毛诗序》所谓『大平告文王也』），因文本中有『文王之德之纯』『骏惠我文王』等句可证，古今并无异议。

此诗内容大致可分为两部分，前一部分四句说文王上应天命，品德纯美；后一部分四句说文王德业泽被后代，后代当遵其遗教，发扬光大。读者稍加注意，便会发现前后两部分在结构上有所不同。前一部分有一个逆挽，也就是说，今传文句将原该是『维天之命，於穆不已；文王之德之纯，於乎不显』的平行结构在句子的排列组合上做了小小的变化。语义丝毫未变，但效果却很不一样，两个『於』字的叠合，更显出叹美庄敬之意。而后一部分没有用感叹词，作者便任句式按正常逻辑排列，平铺直叙，波澜不惊，在唱出重音——赞颂文王——之后，以轻声顺势自然收束，表示出顺应文王之遗教便是对文王最好的告慰，这样一种真心诚意的对天祈愿与自我告诫。

维清

【一句话点评】

歌颂文王武功的祭祀乐舞的歌辞。

【原文】

维清缉熙①，文王之典②。肇禋③，迄用有成④，维周之祯⑤。

【注释】

①维：语气助词。

②典：法。

③肇：开始。禋：祭天。

④迄：至。

⑤祯：吉祥。

【译文】

多么清明又是多么荣光，因为文王有着征伐良方。自从开始出师祭天，至今成功全靠师法文王，真是我周王朝大吉大祥。

【品读】

这是《诗经》中最简短的篇章之一。按《毛诗序》云：『《维清》，奏象舞也。』郑笺云：『《象舞》，象用兵时刺伐之舞，武王制焉。』蔡邕《独断》云：『《维清》一章五句，奏《象武（武、舞古通）》之所歌也。』董仲舒《春秋繁露》云：『武王受命作《象乐》，继文以奉天。』汉儒之说如此。据此，可知《维清》一诗文句虽简单，但在《周颂》中地位却较重要：它是歌颂文王武功的祭祀乐舞的歌辞，通过模仿（所谓『象』）其外在的征战姿态来表现其内在的武烈精神。按《雅》《颂》之诗，称扬文王多以文德，赞美其武功，那就显得意义非同一般了。

诗首句感叹当时天下清平光明，无败乱秽浊之政，次句道出这一局面的形成，正是因为文王有征伐的良法。据《尚书大传》等记载，文王七年五伐，击破或消灭了邗、密须、畎夷、耆、崇，剪除了商纣的枝党，为武王克纣打下了坚实的基础。武王沿用文王之法而得天下，推本溯源，自然对『文王之典』无限尊崇。下面第三句『肇禋』，郑笺解为：『文王受命，始祭天而枝伐也。』『枝伐』，即讨伐纣的枝党（如崇国）以削弱其势力。郑说有《尚书中候》《春秋繁露》等书证，『肇禋』即始创出师祭天之典，自确凿无疑。《大雅·皇矣》叙文王伐崇，有『是类是祃』之句，『类』是出师前祭天，『祃』是在出征之地祭天，与本篇的『肇禋』显然也是一回事，可以彼此互证。最后两句，『迄用有成』直承『肇禋』，表明『文王造此征伐之法，至今用之而有成功』（郑笺）；又以『用』字带出用文王之法，暗应『文王之典』。『维周之祯』则与第一句『维清缉熙』首尾呼应，用虚字『维』引出赞叹感慨之辞，再次强调『征伐之法，乃周家得天下之吉祥』（同上）。作者这样的文字处理，未必是刻意为之，而在结构上自有回环吞吐的天然妙趣。戴震《诗经补注》谓其『辞弥少而意旨极深远』，显然对此诗小而巧的结构却有着较大的语义容量深有会心。

烈文

【一句话点评】

成王祭祀祖先时诫勉助祭的诸侯。

【原文】

烈文辟公[1]，锡兹祉福[2]。惠我无疆，子孙保之。无封靡于尔邦[3]，维王其崇之[4]。念兹戎功[5]，继序其皇之[6]。无竞维人[7]，四方其训之[8]。不显维德[9]，百辟其刑之[10]。於乎，前王不忘[11]！

【注释】

①烈：光明。文：文德。辟公：诸侯。

②锡：赐。兹：此。祉：福。

③封：大。靡：累，罪恶。

④崇：尊重。

⑤戎：大。

⑥序：通『叙』，业。皇：美。

⑦竞：争。维：于。

⑧训：导。

⑨不：通『丕』，大。

⑩百辟：众诸侯。刑：通『型』，效法。

⑪前王：指周文王、周武王。

【译文】

文德武功兼备的诸侯，以赐福享受助祭殊荣。我蒙受你们无边恩惠，子孙万代将受用无穷。你们治国不要造罪孽，便会受到我王的尊崇。思念先辈创建的功业，继承发扬无愧列祖列宗。与人无争与世无争，四方悦服竞相遵从。先王之德光耀天下，诸侯效法蔚然成风。牢记先王楷模万世传颂。

【品读】

在武王革命中助战的诸侯受到分封，同时也享有周王室祭祀先王时助祭的政治待遇，《烈文》便是这种情况的一个记录。《毛诗序》说：『《烈文》，成王即政，诸侯助祭也。』即政，当是周公还政于成王，成王正式掌权之时。武王灭商后二年去世，即位的成王年幼，由叔父周公摄政，平定了管叔、蔡叔、武庚的叛乱，七年后还政于成王。此时成王虽年齿渐长，但毕竟缺少政治经验，对于他驾驭诸侯的能力，周公不免怀有隐忧，有人之所以认为《烈文》是周公所作，也许就因为此诗对诸侯具有安抚与约束的双重作用。

《烈文》一章十三句，可按安抚与约束之意分为两层：前四句和后九句。前四句是以赞扬诸侯的赫赫功绩来达到安抚的目的。这种赞扬可以说臻于极致：不仅赐予周王福祉，而且使王室世世代代受益无穷。助祭的诸侯都是周王室的功臣，被邀来助祭本身就是一种殊荣，而祭祀时周王肯定其功绩，感谢其为建立、巩固周政权所做的努力，使诸侯在祭坛前如英雄受勋，荣耀非常，对周王室的感激之情便油然而生。

但是，周王为君临四海的天子，对诸侯仅有安抚，只让诸侯怀感激之情是不够的，他还必须对诸侯加以约束，使诸侯生敬畏之心。后九句以『无』领起，这个『无』通『毋』，释『不要』，为具有强烈感情色彩的祈使词，使文气从赞扬急转为指令，文意则由安抚转为约束。七句中用了两个这样的『无』，以断然的语气，训诫诸侯必须遵从；『百辟其刑之』，更是必须效法先王的明确训令；而『前王不忘』似乎只是训诫诸侯不要忘记先王之德，却又隐含不要忘记先王曾伐灭了不可一世的商纣，成王也在周公的辅佐下平定了管叔、蔡叔、武庚的叛乱，即不要忘记周王室具有扫荡摧毁一切敌对势力的雄威。

后九句的指令、训诫，具有一个非常重要的作用，即正名。《左传·昭公七年》：『天子经略，诸侯正封，古之制也。封略之内，何非君土？食土之毛，谁非君臣？故《诗》曰：「普天之下，莫非王土；率土之滨，莫非王臣。」』这里所正的君臣名分，与《烈文》所表达的完全一致。后者虽然没有点出『君臣』二字，含意却更加深刻：诸侯的功绩再大，也不过是尽臣子的本分而已，并且仍要一如既往这么做下去；周王的号令诸侯，乃是行君临天下的威权，并将绵延至子孙万代。

执竞

【一句话点评】

合祭武王、成王、康王的诗。

【原文】

执竞武王①，无竞维烈②。不显成康③，上帝是皇④。自彼成康，奄有四方⑤，斤斤其明⑥。钟鼓喤喤⑦，磬筦将将⑧，降福穰穰⑨。降福简简⑩，威仪反反⑪。既醉既饱，福禄来反⑫。

【注释】

①执：借为『蛰』，猛。竞：借为『勍』，强。

②竞：争。维：是。烈：功绩。

③不：通『丕』，大。成：周成王。康：周康王，成王子。

④上帝：指上天，与西方所言的上帝不同。皇：美好。

⑤奄：覆盖。

⑥斤斤：明察。

⑦喤喤：声音洪亮和谐。

⑧磬：一种石制打击乐器。筦：同「管」，管乐器。将将：声音盛多。

⑨穰穰：众多。

⑩简简：大的意思。

⑪威仪：祭祀时的礼节仪式。反反：谨重。

⑫反：同「返」，回归，报答。

【译文】

勇猛强悍数武王，功业无人可比上。成康二王真显赫，上天赞赏命为长。从那成康时代起，拥有天下占四方，英明善察好眼光。敲钟打鼓声洪亮，击磬吹管乐悠扬。天降多福帝所赐，帝赐大福从天降。仪态慎重又大方，酒足量呀饭饱肠，福禄回馈来双双。

【品读】

本诗为《周颂·清庙之什》第九篇。关于诗的旨义，前人有两种解释，《毛诗序》和三家诗都以为是祭祀武王的诗，而宋人欧阳修、朱熹则以为是合祭武王、成王、康王的诗。考察诗的内容，在赞颂武王的同时，也涉及了成王、康王，因此以为此诗单纯地祭祀武王，恐怕失之偏颇。

本诗前七句叙述了武王、成王、康王的功业，赞颂了他们开国拓疆的丰功伟绩，祈求他们保佑后代子孙福寿安康，永远昌盛。在祖先的神主面前，祭者不由追忆起武王创业开国的艰难，眼前浮现出几代祖先英武睿智的形象：击灭商纣，开邦立国的武王，东征西讨，开拓疆土的成王、康王。既有对祖先的缅怀、崇敬、赞美，也是吹捧祖先、炫耀门庭、沾沾自喜的一种心理反应。

接着本诗又以四件典型的乐器，采用虚实结合的手法，渲染、烘托了祭祀场所的环境氛围：钟声喤喤，鼓响咚咚，磬音嘹亮，管乐悠扬，一派其乐融融的升平景象。通过这四种乐器奏出的音乐，触发了人们丰富的联想：在平坦广阔的大地上，矗立着巍峨的祖庙群（天子九庙），像天上诸神的圣殿，高屋深墙，宫阙衔连；在祭祀的内堂，分列着各个祖先的神主，前面的供台上陈列着各种精心准备的祭品，或牛或羊或豕或粢盛或秬鬯，令人不禁肃然起敬。两旁直立着许多随祭的臣仆，屏神静气，主祭者周王一丝不苟地行着祭祀大礼。钟鼓齐鸣，乐声和谐，吟诵的祭辞，虽然平直简约，但是在祭祖这一特定的场所，抚今忆昔，浮想联翩，仍可体味出理性的文字后面掩藏的那一缕幽思。

思文

【一句话点评】

祭祀后稷，祈祷丰年。

【原文】

思文后稷①，克配彼天②。立我烝民③，莫菲尔极④。贻我来牟⑤，帝命率育⑥，无此疆尔界。陈常于时夏⑦。

【注释】

①文：文德，即治理国家、发展经济的功德。后稷：周人始祖，姓姬氏，名弃，号后稷。舜时为农官。

②克：能够。配：配享，即一同受祭祀。
③立：通『粒』，米食。此处用如动词，养育的意思。烝民：众民。
④极：极致，此指无量功德。
⑤贻：遗留。来：小麦。牟：大麦。
⑥率：用。
⑦陈：遍布。常：常规，此指农政。时：此。夏：中国。

【译文】

追思先祖后稷的功德，丝毫无愧于配享上天。养育了我们亿万民众，无比恩惠谁不铭刻心田？留给我们优良麦种，天命用以保证百族绵延。农耕不必分彼此疆界，全国推广农政共建乐园。

【品读】

《思文》篇幅之简短，恰恰反映当时政治之清明，国势之强盛。据《毛诗序》所言，《思文》是『后稷配天』的乐歌。后稷之所以『克配于天』，在《生民》序中说得再明白不过：『后稷生于姜嫄，文、武之功起于后稷，故推以配天也。』『后稷配天』的祭祀称为郊，即祭上帝于南郊的祭典。古人祭天（亦即上帝）往往以先王配享，因为人王被视为天子，在配享中便实现了天人之间的沟通，王权乃天授进一步确认，于是原本空泛的祭天便有了巩固政权内容的具体落实，而成为具有重大意义的政治活动。这种天人沟通的努力，今天看来虽然过于原始、刻板，但在古代，尤其是政治相对清明、经济发展顺利的时期，其统一思想、凝聚人心的作用却不可低估。试想，祭祀的程序随着乐歌（这里是《思文》）曲调缓缓进行（据王国维《说周颂》），简短的歌辞一再回环重复，气氛是何等庄严，人们会感觉置身于神奇力量的控制之中，参与盛典的自豪荣幸和肩负上天使命的虔诚在此间密切融合。

正因为如此，后稷开创农事、养育万民的功德也是在上帝授意下完成的：『帝命率育。』从创作结构上看，『天』『帝』之间是一种紧扣和呼应；就创作意旨而言，又是天人沟通印象的有意识加深。在『人定胜天』观念形成之后，天人沟通、天人感应的思想仍然绵延不绝，并且时时占据着正统地位，何况在其形成之前？在《思文》产生的当时，天人沟通应该具有甚至不需要任何艺术手段就具有的强烈的感染力量。

臣工

【一句话点评】

周王告诫百官重视农业生产。

【原文】

嗟嗟臣工①，敬尔在公②。王厘尔成③，来咨来茹④。嗟嗟保介⑤，维莫之春⑥，亦又何求⑦？如何新畬⑧？於皇来牟⑨，将受厥明⑩。明昭上帝⑪，迄用康年⑫。命我众人⑬：庤乃钱镈⑭，奄观铚艾⑮。

【注释】

①嗟：发语语气词，嗟嗟，重言以加重语气。臣工：群臣百官。

②敬尔：尔敬。尔，第二人称代词；敬，勤谨。在公：为公家工作。

③厘：通『赉』，赐。成：指成法。

④咨：询问、商量。茹：调度。

⑤保介：田官。介者界之省，保介者，保护田界之人。一说为农官之副，一说为披甲卫士，不取。

⑥莫：古『暮』字，莫之春即暮春，是麦将成熟之时。

⑦又：有。求：需求。

⑧新畬：耕种二年的田叫新，耕种三年的田叫畬。

⑨於：叹词，相当于『啊』。皇：美盛。来牟：麦子。

⑩厥明：厥，其，指代将熟之麦；明，成，刘瑾《诗传通释》：『古以年丰谷熟为成。』

⑪明昭：明明，谓明智而洞察。

⑫迄用：终于。康年：丰年。

⑬众人：庶民们，指农人。

⑭庤：储备。钱：农具名，掘土用，若后世之锹。镈：农具名，除草用，若后世之锄。

⑮奄观：尽观，即视察之意。铚艾：铚，农具名，一种短小的镰刀；艾，『刈』的借字，古代一种芟草的大剪刀。铚、艾二字在这里转作动词，指收割作物。

【译文】

喂，喂，群臣百官，你们勤谨地从事公务。王赐给你们成法，你们要商量研究调度。喂，喂，田官，正是暮春时节，还有什么事要筹划？该考虑怎样整治新田畬田了。啊，多茂盛的麦子，看来将要获得好收成。光明伟大的上帝，终于赐给丰年。命令我的农人们，收藏好你们的锹和锄，我要去视察开镰收割。

【品读】

这篇诗传说是周成王时代的作品。从诗的本文来看，确是周王的口气。全诗十五句，前四句训勉群臣勤谨工作，研究调度执行已经颁赐的有关农业生产的成法。下四句是训示农官（保介）：暮春时节，麦子快熟了，要赶紧筹划如何在麦收后整治各类田地。再接下四句是称赞今年麦子茂盛，能获得丰收，感谢上帝赐给丰年。最后三句说：命令我的农人们准备麦收，我要去视察收割。全诗脉络清楚，诗意很明白，确是一首歌颂周王关心农业生产，训勉群臣勤恳工作，贯彻执行国家发展农业的政策，感谢上天赐予丰收的乐歌。

全诗反映出周王重视发展农业生产，以农业为立国之本。周朝重祭祀，祭礼众多，不但在开耕之前要向神明祈祷，而且在收获之后也向神明致谢，这篇诗中面对即将到来的丰收，自然也要向神明献祭，感谢『明昭上帝，迄用康年』。当时的周王不但春耕去『藉田』，收割也去省视，末三句就是写这一内容。周王说：锹、锄暂时用不着了，要收好，准备镰刀割麦子吧。他对农业生产很熟悉，指示比较具体，这进一步反映了国家对农业的重视。

噫嘻

【一句话点评】

成王令百官带领农夫播种百谷。

【原文】

噫嘻成王①，既昭假尔②。率时农夫③，播厥百谷。骏发尔私④，终三十里⑤。亦服尔耕⑥，十千维耦⑦。

【注释】

①噫嘻：感叹声，『声轻则噫嘻，声重则呜呼』，兼有神圣的意味。成王：周成王。

②昭假：犹招请。昭，通『招』；假，通『格』，义为至。尔：语气助词。

③时：通『是』，此。

④骏：通『畯』，田官。私：一种农具『相』的形误。

⑤终：井田制的土地单位之一。每终占地一千平方里，纵横各长约三十一点六里，取整数称三十里。

⑥服：配合。

⑦耦：两人各持一耜并肩共耕。一终千井，一井八家，共八千家，取整数称十千，结对约五千耦。

【译文】

成王轻声感叹做祈告，我已招请过先公先王。我将率领这众多农夫，去播种那些百谷杂粮。田官们推动你们的耜，在一终三十里田野上。大力配合你们的耕作，万人耦耕结成五千双。

【品读】

根据《国语·周语》等记载，藉田典礼分为两部分：首先是王在立春或立春后之『元日』（吉日）行裸鬯（灌香酒祭神）祈谷之礼，然后率官员农夫至王之『藉田』行藉田礼，象征性地做亲耕劝农之举。诗篇即叙述了成王祭毕上帝及先公先王后，亲率官、农播种百谷，并通过训示田官来勉励农夫努力耕田，共同劳作的情景。

全诗八句，分为四、四两层。前四句是成王向臣民庄严宣告自己已招请祈告了上帝先公先王，得到了他们的准许，以举行此籍田亲耕之礼；后四句则直接训示田官勉励农夫全面耕作。诗虽短而气魄宏大。从第三句起全用对偶，后四句句法尤奇，似乎不对而实为『错综扇面对』，若将其加以调整，便能分明看出：骏发尔私，亦服尔耕；终三十里，维十千耦。则骏和终、亦和维字隔句成对；其他各字，相邻成对。此种对偶法，即使在后世诗歌最发达的唐宋时代，也是既颇少见，又难有如此诗所见之自然。

总之，《噫嘻》一诗，既由其具体地反映周初的农业生产和典礼实况，从而具有较高的史料价值；又以其突出的『错综扇面对』的修辞结构技巧，而具有较重要的文学价值。

载见

【一句话点评】

周成王率领诸侯祭祀武王。

【原文】

载见辟王①，曰求厥章②。龙旂阳阳③，和铃央央④。鞗革有鸧⑤，休有烈光⑥。率见昭考⑦，以孝以享⑧。以介眉寿，永言保之⑨，思皇多祜⑩。烈文辟公⑪，绥以多福，俾缉熙于纯嘏⑫。

【注释】

①载：始。辟王：君王。

②曰：发语词。章：法度。
③旂：画有蛟龙的旗，旗杆头系铃。阳阳：鲜明。
④和：挂在车轼（扶手横木）前的铃。铃：挂在旂上的铃。央央：铃声和谐。
⑤鞗革：马缰绳。有鸧：鸧鸧，金饰貌。
⑥休：美。
⑦昭考：此处指周武王。
⑧孝、享：均献祭义。
⑨言：语气助词。
⑩思：发语词。皇：天。祜：福。
⑪烈文：辉煌而有文德。
⑫俾：使。缉熙：光明。纯嘏：大福。

【译文】

诸侯开始朝见周王，请求赐予法度典章。龙旗展示鲜明图案，车上和铃叮当作响。缰绳装饰金光灿灿，整个队伍威武雄壮。率领诸侯祭祀先王，手持祭品虔诚奉享。祈求赐我年寿绵绵，神灵保佑地久天长，皇天多福无边无疆。诸侯贤德大孚众望，安邦定国如意吉祥，辅佐君王前程辉煌。

【品读】

与《雝》相同，《载见》也是写助祭的，只是祭祀对象和描写重点有所不同。

《载见》的祭祀对象是武王，和《雝》所描写的『肃肃』『穆穆』的神态不同，《载见》重点在于描写助祭诸侯来朝的队伍，朱熹评之曰『赋』也。诗中『龙旂阳阳』四句，确实具有赋的铺叙特点：鲜明的旗帜飘扬，铃声连续不断响成一片，马匹也装饰得金碧辉煌，热烈隆重的气氛，浩大磅礴的气势，有声有色；八方汇集，分明是对周王室权威的臣服与敬意。周颂中的许多祭祀诗，是只求道出目的，不惜屡用套语，丝毫不考虑文学性的，而《载见》却安排了极为生动的铺叙，在一般说来枯燥乏味的颂诗中令人刮目相看。这也足以说明，在有助于实现政治目的的情况下，统治者不仅不排斥，而且会充分调动积极的文学手段。

诗的后半部分，奉献祭品，祈求福佑，纯属祭祀诗的惯用套路，本无须赘辞，但其中『烈文辟公』一句颇值得注意。为何在诗的结尾用诸侯压轴？这又使我们想起成王的新即位，而且是年幼的君王即位。古代归根结底是人治社会；就臣子而言，先王驾驭得了我，我服先王，但未必即如服先王一般无二地服你新主；就新主而言，也可能会一朝天子一朝臣。因此，在最高统治者更换之时，臣下的离心与疑虑往往是同时并存，且成为政局动荡的因素。诗中赞扬诸侯，委以辅佐重任，寄以厚望，便是打消诸侯的疑虑，防止其离心，达到稳定政局的目的。可见，《载见》始以诸侯，结以诸侯，助祭诸侯在诗中成了着墨最多的主人公，实在并非出于偶然。

有客

【一句话点评】

宋微子来朝周，周王设宴饯行时所唱的乐歌。

【原文】

有客有客①，亦白其马②。有萋有且③，敦琢其旅④。有客宿宿⑤，有客信信⑥。言授之絷⑦，以絷其马。薄言追之⑧，左右绥之⑨。既有淫威⑩，降福孔夷⑪。

【注释】

①客：指宋微子。周既灭商，封微子于宋，以祀其先王，微子来朝祖庙，周以客礼待之，故称为客。《左传·僖公二十四年》：『皇武子曰：宋先代之后也，于周为客。』可证。

②亦：语气助词，殷商尚白，故来朝做客也乘白马。

③有萋有且：即『萋萋且且』，此指随从众多。

④敦琢：意为雕琢，引申为选择。旅：通『侣』，指伴随微子的宋大夫。

⑤宿：一宿曰宿。

⑥信：再宿曰信。或谓宿宿为再宿，信信为再信，亦可通。

⑦言：语气助词。絷：绳索。

⑧薄言：语气助词。追：饯行送别。

⑨左右：指王之左右臣子。

⑩淫：盛，大。威：德。淫威，意谓大德，引申为厚待。

⑪孔：很。夷：大。

【译文】

有客远来到我家，白色骏马身下跨。随从人员众且多，个个盛服来随驾。客人头夜宿宾馆，两夜三夜再住下。真想取出绳索来，留客拴住他的马。客人告别我送行，群臣一同慰劳他。客人今已受厚待，老天赐福将更大。

【品读】

《周颂·有客》，是宋微子来朝周，周王设宴饯行时所唱的乐歌。全诗一章，共十二句，可分三小节：一节四句，言客之至；二节四句，言客之留；三节四句，言客之去。礼仪周到，言简而意赅。

诗第一节首二句云：“有客有客，亦白其马。”写微子朝周时所乘的是白色之马。因宋为先代之后，于周为客，故不以臣礼待之，如古史所称舜受尧禅，待尧子丹朱以宾礼，称为“虞宾”，用意相同。殷人尚白，微子来朝乘白色之马，这也是不忘其先代的表现，这一细节，说明在周代受封之宋国，还能保持殷代制度，故微子来朝助祭于祖庙，谓之“周宾”可也。“有萋有且，敦琢其旅”，写微子来朝时，随从之众。“萋萋”“且且”，形容众多，“敦琢”，意为雕琢，有选择美好之意，两句表明微子来朝时，其众多随从都是经过选择的品德无瑕的人。这一小节写得很庄重，写客人之来，从乘马、随从等具体情节来表现，以示客至之欢欣，可谓得体。

第二小节四句，写客人的停留。“有客宿宿，有客信信。”一宿曰宿，再宿曰信，叠用“宿宿信信”，表示住了好几天。客人停留多日，可见主人待客甚厚，礼遇甚隆。“言授之絷，以絷其马”，表明主人多方殷殷留客。诗句中“言”为语助词，诗经中常见，“授之絷”，意为给他绳索，“絷”是名词。下句“以絷其马』，是说，用绳子拴住他的马，絷是动词。两句写留客之意甚坚，甚至想用绳索拴住客人的马。这和后来汉代陈遵留客，把客人的车辖投入井中的用意，极为相似。把客人的马用绳索拴住，不让他走，用笔之妙也恰到好处。

最后一小节四句写客人临去，主人为之饯行。其诗曰：『薄言追之，左右绥之。』『追』字，意为饯行，也可以解为追送。『薄言』，习用语助词。『左右』，指周王左右群臣。在饯行的过程中，周的群臣，也参加慰送，可见礼仪周到。下二句云：『既有淫威，降福孔夷』。『淫』有『大』意，『威』者德也。大德，含厚待之义。言微子朝周，既已受到大德的厚待，上天所降给他的福祉，也必然更大，以此作颂歌的结语，既以表示周代对殷商后裔的宽宏，亦以勉慰微子，安于『虞宾』之位，将来必能得到更多的礼遇也。

闵予小子

【一句话点评】

周成王亲政时在祖庙的祝告词。

【原文】

闵予小子①，遭家不造②，嬛嬛在疚③。於乎皇考④，永世克孝⑤。念兹皇祖⑥，陟降庭止⑦。维予小子，夙夜敬止。於乎皇王⑧，继序思不忘⑨。

【注释】

①闵：通『悯』，怜悯，郑笺说是『悼伤之言』。予小子：成王自称。

②不造：不善，指遭凶丧。

③嬛嬛：同『茕茕』，孤独无依靠。疚：忧伤。

④於乎：同『呜呼』，表感叹。皇考：指武王。

⑤克：能。

⑥皇祖：指文王。

⑦陟降：升降。止：语气词。

⑧皇王：兼指文王、武王。

⑨序：绪，事业。

【译文】

可怜我这三尺童，新遭父丧真悲痛，孤独无援忧忡忡。感叹先父真伟大，终生尽孝有高风。念我先祖兴大业，任贤黜佞国运隆。我今年幼已即位，日夜勤政求成功。先王灵前发誓言，继承遗志铭心胸。

【品读】

《闵予小子》是『嗣王（即成王）朝于庙』（《毛诗序》）之诗。嗣王朝庙，通常是向祖先神灵祷告，表白心迹，祈求保佑，同时也有对臣民的宣导作用。鉴于成王的特殊境遇，这篇告庙之辞应有特殊的设计。

开头三句，将成王的艰难处境如实叙述，和盘托出，并强调其『嬛嬛在疚』，无依无靠。国君需要群臣，嗣王更需要群臣的支持，成王这样年幼的嗣王则尤其需要群臣的全力辅佐。强调成王的孤独无援，于示弱示困示艰难之中，隐含了驱使、鞭策群臣效力嗣王的底蕴，这一点在下面即逐步显示出来。

第四句的『皇考』指周武王。武王一生业绩辉煌卓著，诗中却一字不提，只说他『永世克孝』。为人子当尽孝；为人臣则当尽忠，其理一致，为什么不直陈其言呢？盖因在危难、困窘之际寻求援助，明令不如感化，当时周王室群臣均为武王旧臣，点出武王克尽孝道，感化之效即生。

第六句的『皇祖』指周文王，而『陟降』一语，当重在『陟』，因为成王嗣位时在朝的文王旧臣，都是文王擢拔的贤能之士，他们在文王去世之后，辅佐武王成就了灭商的伟业，此时又该辅佐成王来继业守成了。

《闵予小子》隐含着对文王、武王旧臣效忠嗣王的要求，而在这方面，周公又是以身作则、堪称楷模的。他并没有忘记对儿子伯禽的教育与指导，用今天的话说是公私兼顾的，可他的主要精力一直集中于辅佐成王，他的主要政治业绩也在于此。这方面，《诗经》《尚书》中的许多篇章留下了可信的记录，孔子也一再表示对他的尊崇与景仰。周公与成王虽然一为臣一为君，一为辅相一为天子，但是，要了解成王时政事，却往往先要了解周公。《六经》皆史，读本篇亦可窥周初政事之一斑。

访落

【一句话点评】

周成王即位之初和群臣商议国政。

【原文】

访予落止①，率时昭考②。於乎悠哉③，朕未有艾④。将予就之⑤，继犹判涣⑥。维予小子，未堪家多难。

绍庭上下⑦，陟降厥家⑧。休矣皇考⑨，以保明其身⑩。

【注释】

①访：谋，商讨。落：始。止：语气词。

②率：遵循。时：是，这。昭考：指武王。

③悠：远。

④艾：郑笺：『艾，数也。我于是未有数。言远不可及也。』马瑞辰《毛诗传笺通释》：『《尔雅·释诂》：「艾，历也」。「历，数也。」……历当读为阅历之历，笺释「未有艾」为未有数，犹有未有历也。』

⑤将：助。就：接近，趋向。

⑥判涣：分散。

⑦绍：继。

⑧陟降：提升和贬谪。厥家：指群臣百官。

⑨休：美。皇考：指武王。

⑩明：勉。

【译文】

即位之初国事商，路线政策依父王。先王之道太精深，阅历未丰心惶惶。纵有群臣来相助，犹恐闪失欠妥当。登位年轻缺经验，家国多难真着忙。唯遵先王的庭训，任贤黜佞肃朝纲。父王英明又伟大，佑我勉我身安康。

【品读】

周武王为太子时，因文王被商纣王囚于羑里，得以直接掌权，处理朝政，控制大局，在实践中积累了丰富的治国经验，后又协助回归的文王征服西方诸侯，攻伐征战，亦老到内行。文王去世，武王即位，无惊无险，不仅局势平稳，而且国力迅速增强，一举完成灭纣革命，乃是水到渠成。

成王即位的情况则大不相同。武王于克殷后二年去世，留下巨大的权力真空，尚处孩提时期的成王根本无法填补，因此由武王之弟周公摄政辅佐。摄政只不过是通向新王正式治国的过渡，在这一过渡时期，周公不仅要日理万机，处理朝政，而且要逐步树立起新王即成王的天子权威，《访落》便反映出这种树立权威的努力。

新王权威的树立，关键在于诸侯的态度。先王在世，诸侯臣服；然先王去世，新王即位，以前臣服的诸侯未必全都视新王如先王。成王始即政，对诸侯的控制自然比不上武王时牢固，原先稳定的政治局面变得不那么稳定而处处隐藏着随时可能爆发的危机。这也十分自然。帝王的更替，特别是幼弱的帝王取代成熟强大的帝王，给诸侯提供了权力再分配的机会，局势不稳的根源即在于此。使诸侯回到自己的牢固控制中来，便成为周王室必须面对的课题。当时周王室的象征是成王，而实际的掌权者则是摄政的周公，从这个意义上说，《访落》所体现的正是周公的思想，不过用成王的口气表达而已。

在《访落》中，成王诉说自己年幼，缺少治国经验，请求诸侯辅助，既陈实情，又表诚意。当然，只有这些是远远不够的，对于诸侯，更需要的是施以震慑。诗中两提武王（『昭考』『皇考』），两提遵循武王之道，震慑即由此施出。

参与朝庙的诸侯均是受武王之封而得爵位的。身受恩惠，当报以忠诚，这是道义上的震慑；武王虽逝，他所建立的国家机器（包括强大的军队）仍在，这是力量上的震慑。

最有力的震慑是诗中表达的遵循武王之道的决心。如果说『率时昭考』还嫌泛泛，『绍庭上下，陟降厥家』就十分具体了。武王在伐纣前所做准备有一条『立赏罚以记其功』（《史记·周本纪》）与诗中『上下』『陟降』相似，唯成王所处时局更为严峻，他所采取的措施也会更为严厉。舜即位后曾『流共工于幽州，放驩兜于崇山，窜三苗于三危，殛鲧于羽山，四罪而天下咸服』（《尚书·舜典》），这是成王可以效法，并可由辅佐他的周公实施的。

《访落》其实是一篇周王室决心巩固政权的宣言，是对武王之灵的宣誓，又是对诸侯的政策交代，真诚而不乏严厉，严厉而不失风度，周公也借此扯满了摄政的风帆。

敬之

【一句话点评】

周成王自我规诫并告诫群臣。

【原文】

敬之敬之①，天维显思②，命不易哉③。无曰高高在上，陟降厥士，日监在兹④。维予小子，不聪敬止。日就月将⑤，学有缉熙于光明⑥。佛时仔肩⑦，示我显德行⑧。

【注释】

①敬：通『儆』，警戒。

②显：明白。思：语气词。

③易：变更。

④日：每天。监：察。兹：此。

⑤就：久。将：长。

⑥缉熙：积累光亮，喻掌握知识渐广渐深。马瑞辰《毛诗传笺通释》：『《说文》：「缉，绩也。」绩之言积。缉熙，当谓渐积广大以至于光明。』

⑦佛：大。时：是。仔肩：责任。郑笺：『仔肩，任也。』

⑧显：美好。

【译文】

警戒警戒要记牢，苍天在上理昭昭，天命不改有常道。休说苍天高在上，佞人贤士，下野上朝，时时刻刻，明察秋毫。我虽年幼初登基，聪明戒心尚缺少。日久月长勤学习，日积月累得深造。任重道远我所乐，光明美德作先导。

【品读】

《毛诗序》说《敬之》是『群臣进戒嗣王』之作，不仅与诗中『维予小子』的成王自称不合，也与全诗文意相悖。无论从字面还是从诗意看，《敬之》的主动者都不是群臣，而是嗣王即成王。诗序之所以说『群臣进戒嗣王』，或许是出于成王在周公辅佐下平定叛乱、克绍基业而又有所巩固发展的考虑，其善意用心无可厚非，却并不合乎实情。此时的成王，已逐步走向成熟，他在《敬之》中要表达的有两层意思：对群臣的告诫和严格的自律。

首六句为第一层。成王利用天命告诫群臣，由于他的天子身份，因而很自然地具有居高临下的威势。『天维显』『命不易』，形式上为纯客观的叙述，目的则在于强调周王室是顺承天命的正统，群臣必须牢记这点并对之拥戴服从。对群臣的告诫在『无曰』以下三句中表达得更为明显，其中『陟降』只能是由周王室施加于群臣的举措，而『日监在兹』与其说是苍天的明察秋毫（本诗的译文如此，是出于文从字顺的考虑），不如说是强调周王室对群臣不轨行为的了如指掌，其震慑的意旨不言而喻。

后六句为第二层。年幼的成王，面对年龄较长的群臣，往往采取一种谦恭的姿态，这里表达严于律己的意愿更是如此。成王自称『小子』，承认自己还很缺乏能力、经验，表示要好好学习，日积月累，以达到政治上的成熟，负起承继大业的重任。但是，群臣却不能因此而对成王这位年幼的君主轻略忽视，甚至可以玩之于股掌，成王并没有放弃对群臣『陟降』（此处偏重于『降』）的权力，也没有丝毫减弱国家机器『日监在兹』功能的打算，更重要的是，成王的律己，是在以坚强的决心加速自己的成熟即政治上的老练，进而加强对群臣的控制。年幼而不谙朝政的成王，群臣对之或许有私心可逞（但还会存有对摄政周公的顾忌）；而逐渐成熟的成王，决心掌握治国本领而努力学习的成王，群臣对之便只能恭顺和服从，并随时存有伴君如伴虎的恐惧。诗中的律己也就产生了精心设计的震慑。

《闵予小子》《访落》《敬之》《小毖》这一组诗，诗中由『闵予小子』『维予小子』『维予小子』

到『予』述及的成王自称，可以体现成王执政的阶段性，也可看出成王政治上的成长和执政信心的逐步确立。这一组内容相关而连贯的诗，虽然不是有预先确定的创作计划，但其连续的编排则应是由删诗的孔子确定的。《尚书》中自《金縢》以下诸篇，叙及周公、成王，与这一组诗具有相同的时代背景，对照阅读，可增进理解；《史记》中的《周本纪》与《鲁周公世家》有关部分，也可参照阅读。如果只读《诗经》的注解，虽然也能读懂原文，但恐怕难以得到深刻的、立体化的印象。

良耜

【一句话点评】

秋收后祭祀土神谷神。

【原文】

畟畟良耜①，俶载南亩②。播厥百谷，实函斯活③。或来瞻女④，载筐及筥⑤，其饟伊黍⑥。其笠伊纠⑦，其镈斯赵⑧，以薅荼蓼⑨。荼蓼朽止⑩，黍稷茂止。获之挃挃⑪，积之栗栗⑫。其崇如墉⑬，其比如栉⑭。以开百室⑮，百室盈止，妇子宁止。杀时犉牡⑯，有捄其角⑰。以似以续⑱，续古之人。

【注释】

①畟畟：形容耒耜（古代一种像犁的农具）的锋刃快速入土的样子。

②俶：开始。载：『菑』的假借。载是『哉声』字，菑是『甾声』字，古音同部，故可相通。菑，初耕一年的土地。南亩：古时将东西向的耕地叫东亩，南北向的叫南亩。

③实：百谷的种子。函：含，指种子播下之后孕育发芽。斯：乃。

④瞻：马瑞辰《毛诗传笺通释》认为当读同『赡给之赡』。瞻、赡都是『詹声』字，古音同部，故可相通。女：读同『汝』，指耕地者。

⑤筐：方筐。筥：圆筐。

⑥饟：此指所送的饭食。

⑦纠：指用草绳编织而成。

⑧镈：古代锄田去草的农具。赵：锋利好使。

⑨薅：去掉田中杂草。荼蓼：两种野草名。

⑩止：语气助词。

⑪挃挃：形容收割庄稼的摩擦声。

⑫栗栗：形容收割的庄稼堆积之多。

⑬崇：高。墉：高高的城墙。

⑭比：排列，此言其广度。栉：梳子。

⑮百室：指众多的粮仓。

⑯犉：黄毛黑唇的牛。

⑰捄：形容牛角很长。

⑱似：通『嗣』，继续。

【译文】

犁头入土真锋利，先到南面去耕地。百谷种子播田头，粒粒孕育富生机。有人送饭来看你，挑着方筐和圆篓，里面装的是黍米。头戴手编草斗笠，手持锄头来翻土，除草田畦得清理。野草腐烂作肥料，庄稼生长真茂密。挥镰收割响声齐，打下谷子高堆起。看那高处似城墙，看那两旁似梳齿，粮仓成百开不闭。各个粮仓都装满，妇女儿童心神怡。杀头黑唇大黄牛，弯弯双角真美丽。不断祭祀后续前，继承古人的礼仪。

【品读】

《良耜》是在西周初期也就是成、康时期农业大发展的背景下产生的，诗的价值显而易见。众所周知，周人的祖先后稷、公刘、古公亶父（即周太王）历来形成了一种重农的传统；再经过周文王、周武王父子两代人的努力，终于结束了殷王朝的腐朽统治，建立了以『敬天保民』为号召的西周王朝，从而在一定程度上解放了生产力，提高了奴隶从事大规模农业生产的积极性。《良耜》正是当时这种农业大发展的真实写照。在此诗中，我们已经可以看到当时的农奴所使用的耒耜的犁头及『镈（锄草农具）』是用金属制作的，这也是了不起的进步。在艺术表现上，这首诗的最大特色是『诗中有画』。

全诗一章到底，共二十三句，可分为三层：第一层，从开头到『黍稷茂止』十二句，是追写春耕夏耘的情景；第二层，从『获之挃挃』到『妇子宁止』七句，写眼前秋天大丰收的情景；第三层，最后四句，写秋冬报赛祭祀的情景。

诗一开头展示在我们面前的是一幅春耕夏耘的画面：当春日到来的时候，男农奴们手扶耒耜在南亩深翻土地，尖利的犁头发出了快速前进的嚓嚓声。接着又把各种农作物的种子撒入土中，让它孕育、发芽、生长。在他们劳动到饥饿之时，家中的妇女、孩子挑着方筐圆筐，给他们送来了香气腾腾的黄米饭。炎夏耘苗之时，烈日当空，农奴们头戴用草绳编织的斗笠，除草的锄头刺入土中，把荼、蓼等杂草统统锄掉。荼、蓼腐烂变成了肥料，大片大片绿油油的黍、稷长势喜人。这里写了劳动场面，写了劳动与送饭的人们，还刻画了头戴斗笠的人物形象，真是人在图画中。

在秋天大丰收的时候，展示的是另一种欢快的画面：收割庄稼的镰刀声此起彼伏，如同音乐的节奏一般，各种谷物很快就堆积成山，从高处看像高高的城墙，从两边看像密密的梳齿，于是上百个粮仓一字儿排开收粮入库。个个粮仓都装满了粮食，妇人孩子喜气洋洋。『民以食为天』，有了粮食心不慌，才能过上安稳的日子。这可说是一幅『田家乐图』吧！

丝衣

【一句话点评】

写正祭之后的绎祭，即宴饮。

【原文】

丝衣其紑①，载弁俅俅②。自堂徂基③，自羊徂牛，鼐鼎及鼒④，兕觥其觩⑤。旨酒思柔⑥。不吴不敖⑦，胡考之休⑧。

【注释】

①丝衣：祭服。紑：洁白鲜明貌。

②载：借为「戴」。弁：一种冠帽。俅俅：形容冠饰美丽的样子。

③堂：庙堂。徂：往，到。基：通「畿」，门内、门限。

④鼐：大鼎。鼒：小鼎。

⑤兕觥：盛酒器。觩：形容兕觥弯曲的样子。

⑥旨酒：美酒。思：语气助词，无义。柔：指酒味柔和。

⑦吴：大声说话，喧哗。敖：通「傲」，傲慢。

⑧胡考：即寿考，长寿之意。休：福。

【译文】

祭服洁白多明秀，戴冠样式第一流。从庙堂里到门内，祭牲用羊又用牛。大鼎中鼎与小鼎，兕角酒杯弯一头，美酒香醇味和柔。不喧哗也不傲慢，保佑大家都长寿。

【品读】

《毛诗序》谓本篇主旨是「绎」。「绎」即「绎祭」，语出《春秋·宣公八年》：「壬午，犹绎。」周代的祭祀有时进行两天，首日是正祭，次日即绎祭，也就是《穀梁传》所说的「绎者，祭之旦日之享宾也」。

首二句言祭祀之穿戴。穿的是丝衣，戴的是爵弁。丝衣一般称作纯衣，《仪礼·士冠礼》：「爵弁，服纁裳、纯衣、缁带、韎韐。」郑玄注：「纯衣，丝衣也。」弁即爵弁，「其色赤而微黑」（《仪礼·士冠礼》郑玄注），与白色的丝衣配合，成为祭祀的专用服饰。《礼记·檀弓上》曰：「天子之哭诸侯也，爵弁绖缁衣。」《毛诗序》可能就是根据这两句诗而断定本篇与祭祀有关。「俅俅」毛传训为「恭顺貌」，而《说文解字》曰：『俅，冠饰貌。』《尔雅》亦曰：『俅俅，服也。』马瑞辰《毛诗传笺通释》云：『上文紑为衣貌，则俅俅宜从《尔雅》《说文》训为冠服貌矣。』马瑞辰的意思是首句的『紑』既为丝衣的修饰语，则二句的『俅俅』与之相应当为弁的修饰语，故训为冠饰貌，而不训恭顺貌。

三、四句言祭祀之准备。『自堂徂基』点明祭祀场所。『基』通『畿』，指庙门内。这个地方又称作『祊』（崩）。《礼记·礼器》：『设祭于堂，为祊乎外。』郑玄注：『祊祭，明日之绎祭也。谓之祊者，于庙门之旁，因名焉。』王夫之《张子正蒙注·王禘》：『求之或于室，或于祊也。于室者，正祭；于祊，绎祭。』这是正祭与绎祭区别之所在。《毛诗序》或许就是据此推断本篇是『绎』。羊、牛是用作祭祀的牺牲，《小雅》有一篇《楚茨》，描写得更具体：『絜（洁）尔牛羊，以往烝（冬祭）尝（秋祭）。或剥或亨（烹），或肆（摆出）或将（端进）。祝（太祝）祭于祊，祀事孔明。』刘向《说苑·尊贤》云：『诗曰：「自堂徂基，自羊徂牛。」言以内及外，以小及大也。』

五、六句言祭祀之器具。鼎是古代的炊具，又是祭祀时盛熟牲的器具。此处无疑用作后者。鼐和鼒其实也是鼎，只是大小不同。鼐最大，用以盛牛，《说文解字》：『鼐，鼎之绝大者。』段玉裁注：『绝大谓函牛之鼎也。』鼎次之，用以盛羊，鼒最小，用以盛豕。陈奂《诗毛氏传疏》曰：『上句「堂」「基」「羊」「牛」以内外小大作俪耦，至本句变文。』也就是说，由上句的从小及大，变为本句的从大及小。『兕觥』又称爵，《诗毛氏传疏》：『兕觥为献酬宾客之爵，绎祭行旅酬（祭礼完毕后众人聚在一起宴饮称为「旅酬」），故设兕觥焉。』

最后三句言祭后宴饮，也就是『旅酬』。这里突出的是宴饮时的气氛，不吵不闹，合乎礼仪。《小雅·桑扈》最后一章：『兕觥其觩，旨酒思柔。彼（通「匪」）交（儌）匪敖，万福来求（聚）。』与这三句正可互相印证。

鲁颂

泮水

【一句话点评】

鲁僖公征服淮夷，受俘泮宫并宴庆，颂扬其有文德。

【原文】

思乐泮水①，薄采其芹②。鲁侯戾止③，言观其旂④。其旂茷茷⑤，鸾声哕哕⑥。无小无大，从公于迈⑦。

思乐泮水，薄采其藻⑧。鲁侯戾止，其马蹻蹻⑨。其马蹻蹻，其音昭昭⑩。载色载笑⑪，匪怒伊教⑫。

思乐泮水，薄采其茆⑬。鲁侯戾止，在泮饮酒。既饮旨酒⑭，永锡难老⑮。顺彼长道⑯，屈此群丑⑰。

穆穆鲁侯⑱，敬明其德⑲。敬慎威仪，维民之则。允文允武，昭假烈祖⑳。靡有不孝㉑，自求伊祜㉒。

明明鲁侯㉓，克明其德。既作泮宫，淮夷攸服㉔。矫矫虎臣㉕，在泮献馘㉖。淑问如皋陶㉗，在泮献囚。

济济多士，克广德心。桓桓于征㉘，狄彼东南㉙。烝烝皇皇㉚，不吴不扬㉛。不告于讻㉜，在泮献功。

角弓其觩㉝，束矢其搜㉞。戎车孔博㉟，徒御无斁㊱。既克淮夷，孔淑不逆㊲。式固尔犹㊳，淮夷卒获㊴。

翩彼飞鸮㊵，集于泮林。食我桑葚，怀我好音㊶。憬彼淮夷㊷，来献其琛㊸。元龟象齿㊹，大赂南金㊺。

【注释】

①泮水：水名。戴震《毛郑诗考证》：『泮水出曲阜县治，西流至兖州府城，东入泗。《通典》云：「兖州泗水县有泮水。」是也。』

②薄：语气助词，无义。芹：水中的一种植物，即水芹菜。

③戾：临。止：语尾助词。

④言：语气助词，无义。旂：绘有龙形图案的旗帜。

⑤茷茷：飘扬貌。

⑥鸾：通『銮』，古代的车铃。哕哕：铃和鸣声。

⑦公：鲁公，亦指诗中的鲁侯。迈：行走。

⑧藻：水中植物名。

⑨蹻蹻：马强壮貌。

⑩昭昭：指声音洪亮。

⑪色：指容颜和蔼。

⑫伊：语气助词，无义。

⑬茆：即今言莼菜。

⑭旨酒：美酒。

⑮锡：同『赐』，此句相当于『万寿无疆』意。

⑯道：指礼仪制度等。
⑰丑：恶，指淮夷。
⑱穆穆：举止庄重貌。
⑲敬：努力。
⑳昭假：犹『登遐』，升天。烈：同『列』，列祖，指周公旦、鲁公伯禽。
㉑孝：同『效』。
㉒祜：福。
㉓明明：同『勉勉』。
㉔淮夷：淮河流域不受周王室控制的民族。攸：乃。
㉕矫矫：勇武貌。
㉖馘：古代为计算杀敌人数以论功行赏而割下的敌尸左耳。
㉗淑：善。皋陶：相传尧时负责刑狱的官。
㉘桓桓：威武貌。
㉙狄：同『剔』，除。
㉚烝烝皇皇：众多盛大貌。
㉛吴：喧哗。扬：高声。
㉜讻：讼，指因争功而产生的互诉。

㉝角弓：两端镶有兽角的弓。觩：弯曲貌。

㉞束矢：五十支一捆的箭。搜：多。

㉟孔：很。博：宽大。

㊱徒：徒步行走，指步兵。御：驾驭马车，指战车上的武士。斁：厌倦。

㊲淑：顺。逆：违。此句指鲁国军队。

㊳式：语气助词。无义。固：坚定。犹：借为『猷』，谋。

㊴获：克。

㊵鸮：鸟名，即猫头鹰，古人认为是恶鸟。

㊶怀：归，此处为回答意。

㊷憬：觉悟。

㊸琛：珍宝。

㊹元龟：大龟。象齿：象牙。

㊺赂：通『璐』，美玉，说见俞樾《群经评议》。

【译文】

泮水令人真愉快，来此采摘水芹菜。鲁侯莅临有威仪，看那龙旗多气派。旗帜飘扬猎猎舞，鸾铃和鸣声声在。随从不分官大小，跟着鲁公真光彩。令人高兴泮水好，来此采摘水中藻。鲁侯莅临有威仪，他的马儿真健硚。他的马儿真健硚，他的声音亮又高。面容和蔼又带笑，并非生气是宣教。泮水令人乐无忧。

采摘莼菜轻伸手。鲁侯莅临有威仪，泮水边上饮美酒。饮完香甜的美酒，让人永远不老朽。代代相传遵正道，征服敌寇那群丑。举止肃穆的鲁侯，小心修德真仁厚。注意威仪要谨慎，为民作则是元首。文治武功两齐备，在天先祖榜样有。效法他们事事顺，求得上天长庇佑。鲁侯治国真勤勉，善于修养功德圆。已将泮宫兴建成，征服淮夷也如愿。勇壮如虎将帅臣，斩获敌耳泮宫献。善于讯问如皋陶，擒送敌囚泮宫前。齐心协力众兵将，鲁侯仁德能发扬。大军出征雄赳赳，东南敌人要扫荡。气势雄壮真浩大，不嘈杂也不喧嚷。不为邀功相争吵，泮宫中把功劳上。兽角镶嵌饰弓梢，束束利箭捆扎牢。作战兵车很宽大，徒步驾车不疲劳。已经战胜那淮夷，甘心顺从不敢闹。因为坚持好谋略，淮夷终于被击倒。翩翩而飞猫头鹰，泮水边上栖树林。吃了我们的桑葚，回报我们好声音。觉悟过来那淮夷，前来贡献多珍品。内有巨龟和象牙，内有美玉和黄金。

【品读】

此诗的主题，《毛诗序》曰：『颂僖公能修泮宫也。』朱熹《诗集传》曰：『此饮于泮宫而颂祷之辞也。』方玉润《诗经原始》曰：『受俘泮宫也。』笔者以为此诗写受俘泮宫，颂美僖公能修文德。

诗前三章叙述鲁侯前往泮水的情况，每章以『思乐泮水』起句，作者强调由于鲁侯光临而产生的快乐心情。『采芹』『采藻』『采茆』是为祭祀做准备，芹、藻、茆皆用于祭祀，《周礼·天官·醢人》：『朝事之豆，其实……茆菹麋臡……加豆之实，芹菹兔醢……』《诗·采蘋》也有采藻用于『宗室牖下』，皆为明证。第一章没有正面写鲁侯，写的是旗帜飘扬，銮声起伏，随从者众多，为烘托鲁侯出现而制造的一种热闹的气氛和尊严的声势。第二章直接写鲁侯来临的情况，他的乘马非常健壮，他的声音非常嘹亮，他的面容和蔼而带微笑，他不是生气而是在教导自己的臣民，从服乘、态度体现出君主的特别身份。第三章突出『在泮饮酒』，并以歌颂鲁侯的功德，一方面祝福他『永锡难老』，万寿无疆；另一方面则说明这是凯旋饮至，表明鲁侯征服淮夷的功绩。

第四、五两章颂美鲁侯的德行。前一章主要写文治。鲁侯举止庄重，神情肃穆，因此成为臣民仰望的准则。因为是『告庙』，诗人对庙貌而想先人，鲁国的先祖周公旦、鲁公伯禽既有文治又有武功，僖公凯旋饮至，正是对先祖的继承，是效法前人的结果。后一章主要写武功。作泮宫本属文治，却是成就武功的保证，鲁侯虽不必亲上战场，因为修明德行，恢复旧制，所以使将士们在战争中赢得了胜利。他们在泮水献上斩获的敌人左耳，并能精细详明地审讯敌人，献上活捉的俘虏。

第六、七两章写征伐淮夷的鲁国军队。前一章是写出征获胜，武士能发扬推广鲁侯的仁德之心，尽管战争是残酷的，但在鲁人看来，这是对敌人的驯化，是符合仁德的。回到泮水，将士献功，没有人为争功而冲突，写的是武功，但文治自在其中。后一章写军队获胜后的情况，武器极精，师徒甚众，虽克敌有功，但士无骄悍，又纪律严明，不为暴虐，『孔淑不逆』，所以败者怀德，淮夷卒获。

最后一章写淮夷——被征服者，以鸮为兴，引出下文。鸮，即猫头鹰，为恶鸟，比喻恶人，但它飞落泮林，食我桑葚，怀我好音。所以淮夷感悟，前来归顺，贡献珍宝。

閟宫

【一句话点评】

歌颂鲁僖公能振兴祖业，扩大疆土。

【原文】

閟宫有侐[1]，实实枚枚[2]。赫赫姜嫄[3]，其德不回[4]。上帝是依[5]，无灾无害。弥月不迟[6]，是生后稷[7]。降之百福[8]。黍稷重穋[9]，稙稺菽麦[10]。奄有下国[11]，俾民稼穑[12]。有稷有黍，有稻有秬[13]。奄有下土，缵禹之绪[14]。

后稷之孙，实维大王[15]。居岐之阳[16]，实始翦商[17]。至于文武[18]，缵大王之绪，致天之届[19]，于牧之野[20]。无贰无虞[21]，上帝临女[22]。敦商之旅[23]，克咸厥功[24]。王曰叔父[25]，建尔元子[26]，俾侯于鲁。大启尔宇[27]，为周室辅。

乃命鲁公，俾侯于东。锡之山川[28]，土田附庸[29]。周公之孙[30]，庄公之子。龙旂承祀[31]，六辔耳耳[32]。春秋匪解[33]，享祀不忒[34]。皇皇后帝！皇祖后稷！享以骍牺[35]，是飨是宜[36]。降福既多，周公皇祖[37]，亦其福女。

秋而载尝[38]，夏而楅衡[39]。白牡骍刚[40]，牺尊将将。毛炰胾羹[41]，笾豆大房[42]，万舞洋洋[43]。孝孙有庆。俾尔炽而昌，俾尔寿而臧[44]。保彼东方，鲁邦是常[45]。不亏不崩，不震不腾。三寿作朋[46]，如冈如陵。

公车千乘，朱英绿縢[47]，二矛重弓[48]。公徒三万[49]，贝胄朱綅[50]。烝徒增增[51]，戎狄是膺[52]，荆舒是惩[53]，则莫我敢承[54]！

俾尔昌而炽，俾尔寿而富。黄发台背[55]，寿胥与试[56]。俾尔昌而大，俾尔耆而艾[57]。万有千岁[58]，眉寿无有害[59]。

泰山岩岩[60]，鲁邦所詹[61]。奄有龟蒙[62]，遂荒大东[63]。至于海邦，淮夷来同[64]。莫不率从，鲁侯之功。

保有凫绎[65]，遂荒徐宅[66]。至于海邦，淮夷蛮貊[67]。及彼南夷[68]，莫不率从。莫敢不诺[69]，鲁侯是若[70]。

天锡公纯嘏，眉寿保鲁。居常与许[71]，复周公之宇。鲁侯燕喜，令妻寿母[72]。宜大夫庶士，邦国是有。既多受祉[73]，黄发儿齿。

徂来之松，新甫之柏[74]。是断是度，是寻是尺。松桷有舄[75]，路寝孔硕[76]，新庙奕奕。奚斯所作[77]，孔曼且硕[78]，万民是若。

【注释】

①閟：闭。侐：清静貌。

②实实：广大貌。枚枚：细密貌。

③姜嫄：周始祖后稷之母。

④回：邪。

⑤依：助。

⑥弥月：满月，指怀胎十月。

⑦后稷：周之始祖，名弃。后，帝；稷，农官之名，弃曾为尧农官，故曰后稷。

⑧百：言其多。

⑨黍：糜子。稷：谷子。重穋：两种谷物，通『穜稑』，先种后熟曰『穜』，后种先熟曰『稑』。

⑩稙稺：两种谷物，早种者曰『稙』，晚种者曰『稺』。菽：豆类作物。

⑪奄：包括。

⑫俾：使。稼穑：指务农，『稼』为播种，『穑』为收获。

⑬秬：黑黍。

⑭缵：继。绪：业绩。

⑮大王：即太王，周之远祖古公亶父。

⑯歧：山名，在今陕西。阳：山南。

⑰翦：灭。

⑱文武：周文王、周武王。

⑲届：诛讨。

⑳牧野：地名，殷都之郊，在今河南淇县西南。

㉑贰：二心。虞：误。

㉒临：监临。

㉓敦：治服。旅：军队。

㉔咸：成，备。

㉕叔父：指周公旦，周公为武王之弟，成王叔父。王，指成王，武王之子。

㉖元子：长子。

㉗启：开辟。

㉘锡：音义并同『赐』。

㉙附庸：指诸侯国的附属小国。

㉚周公之孙、庄公之子：均指鲁僖公。

㉛承祀：主持祭祀。

㉜辔：御马的嚼子和缰绳。古代四马驾车，辕内两服马共两条缰绳，辕外两骖马各两条缰绳，故曰六辔。耳耳：和顺貌。

㉝解：通「懈」。

㉞享：祭献。忒：变。

㉟骍：赤色。牺：纯色牺牲。

㊱宜：肴，享用。

㊲周公皇祖：即皇祖周公，此倒句协韵。

㊳尝：秋季祭祀之名。

㊴楅衡：防止牛抵触用的横木。古代祭祀用牲牛必须是没有任何损伤的，秋祭用的牲牛要在夏天设以楅衡，防止触折牛角。

㊵牡：公牛。刚：通「犅」，小牛。牺尊：酒樽的一种，形为牺牛，凿背以容酒，故名。将将：音义并同「锵锵」。

㊶毛炰：带毛涂泥燔烧，此是烧小猪。胾：大块的肉。羹：指大羹，不加调料的肉汤。

㊷笾：竹制的献祭容器。豆：木制的献祭容器。大房：大的盛肉容器，亦名夏屋。

㊸万舞：舞名，常用于祭祀活动。洋洋：盛大貌。

㊹臧：善。

㊺常：长。

㊻三寿作朋：古代常用的祝寿语。三寿，《养生经》：『上寿百二十，中寿百年，下寿八十。』朋，并。

㊼朱英：矛上用以装饰的红缨。绿縢：将两张弓捆扎在一起的绿绳。縢：绳。

㊽二矛：古代每辆兵车上有两支矛，一长一短，用于不同距离的交锋。重弓：古代每辆兵车上有两张弓，一张常用，一张备用。

㊾徒：步兵。

㊿贝：贝壳，用于装饰头盔．胄：头盔。綅：线，用于编缀固定贝壳。

51烝：众。增增：多貌。

52戎狄：指西方和北方在周王室控制以外的两个民族。膺：击。

53荆：楚国的别名。舒：国名，在今安徽庐江。

54承：抵抗。

55黄发台背：皆高寿的象征。人老则白发变黄，故曰黄发。台，同『鲐』，鲐鱼背有黑纹，老人背有老人斑，如鲐鱼之纹，故云。

56寿胥与试：意为『寿皆如岱』。胥，皆。试，通『岱』。见王宗石《诗经分类诠释》。

57耆、艾：皆指年老。

58有：通『又』。

⑤⑨眉寿：指高寿。

⑥⓪岩岩：山高貌。

⑥①詹：至。陈奂《诗毛氏传疏》：『言所至境也。』

⑥②龟、蒙：二山名。

⑥③荒：同『抚』，有。大东：指最东的地方。

⑥④淮夷：淮河流域不受周王室控制的民族。同：会盟。

⑥⑤保：安。凫、绎：二山名，凫山在今山东邹县西南，绎山在今邹县东南。

⑥⑥徐：国名。宅：居处。

⑥⑦蛮貊：泛指北方一些周王室控制外的民族。

⑥⑧南夷：泛指南方一些周王室控制外的民族。

⑥⑨诺：应诺。

⑦⓪若：顺从。

⑦①常、许：鲁国二地名，毛传谓为『鲁南鄙北鄙』。

⑦②令：善。

⑦③祉：福。

⑦④新甫：山名，在今山东新泰西北。

⑦⑤桷：方椽。舄：大貌。

⑯路寝：指庙堂后面的寝殿。孔：很。
⑰奚斯：鲁大夫。
⑱曼：长。

【译文】

宫庙深闭真是静谧，殿堂阔大结构紧密。名声赫赫圣母姜嫄，她的德性端正专一。上帝给她特别福泽，痛苦灾害没有经历。怀胎满月而不延迟，于是生出始祖后稷。上帝赐他许多福气。降下穈子谷子穜稑，还有豆麦各种谷米。荫庇普天之下邦国，让那人民学习农艺。种下谷子穈子满野，种下水稻黑秬遍地。拥有天下这片沃土，将那大禹余绪承继。

后稷那位后代嫡孙，正是我们先君太王。他迁居到岐山山阳，从此开始剪灭殷商。发展及至文王武王，来将太王传统发扬。接受天命实行征伐，殷郊牧野摆开战场。不要分心不要犯错，上帝监督保你吉祥。治服敌方殷商军队，能够完成大功一项。于是成王说道：『叔父，您诸子中择立其长，封于鲁地快快前往，要去努力扩土开疆，作为周室藩辅屏障。』

因此命其号为鲁公，封为诸侯王畿之东。赐他大片山川田地，并把小国作为附庸。他是周公后代嫡孙，他是庄公之子僖公。载着龙旗前去祭祀，六缰柔软手中轻控。春秋两祭都不懈怠，献享祀祖一心庄重。上帝在天辉煌英明，始祖后稷伟大光荣。神位前供赤色全牛，敬请前来吃喝享用，降下吉祥幸福重重。这位伟大先祖周公，让你享福大有神通。

秋天祭祀命名为尝，夏天给牛设置栏杠。雄牛色白小牛色红，献祭酒樽碰击锵锵。烧烤小猪熬煮肉汤，盛入笾豆装满大房。万舞规模浩浩荡荡，孝孙总有吉庆祯祥。让你炽盛而又兴旺，让你长寿无灾无恙。保卫王朝东方国土，鲁国实为诸侯之长。山不缺损也不崩溃，水不震激也不动荡。有上中下三寿比并，犹如巍峨峰峦山冈。

鲁公战车有一千乘，矛饰红缨弓扎绿绳，两矛两弓以备交锋。鲁公步兵有三万人，头盔镶贝红线缀缝，众多军队一层一层。戎族狄族我将痛击，楚国徐国我将严惩，没人胆敢与我抗衡。让你兴旺而又炽盛，让你长寿富贵同在。白发变黄背有鱼纹，寿命都能长如泰岱。让你康健而又强壮，让你高寿年至耆艾。过了万岁再加千岁，活到高寿不受损害。

泰山真是高大森严，鲁国视为境内天险。拥有两山龟山蒙山，疆土直到东方极边。延伸已接海畔附庸，淮夷都来盟会谒见。他们无不相率服从，这是鲁侯功业所建。

据有两山凫山峄山，抚定徐戎旧居之地。延伸直到海边小邦，要将淮夷蛮貊治理。那些南方蛮夷之族，他们无不听命服气。没人敢不唯唯诺诺，顺从鲁侯岂敢叛逆。

上天赐给鲁公洪福，让他高寿保卫鲁域。常许二地又有居处，恢复周公原有疆宇。鲁侯设宴让人欢喜，既有贤妻又有老母。协调众士与卿大夫，国家遂能保有其土。已经获得许多福祉，白发变黄乳齿再出。

徂徕山上青松郁郁，新甫山上翠柏葱葱。将它截断将它砍斫，丈量尺寸留下待用。松木方椽又粗又大，寝殿宽敞气势恢宏，新修庙堂光彩融融。大夫奚斯写成此诗，篇幅漫长蕴涵甚丰，此心此意万民顺从。

【品读】

此诗以鲁僖公作閟宫为素材，广泛歌颂僖公的文治武功，表达诗人希望鲁国恢复其在周初时尊长地位的强烈愿望。

閟宫，亦即诗中提到的『新庙』，是列祖列宗所在之处，也是国家的重要场所。诗一、二、三章叙述了周的发生、发展、壮大以及鲁国的建立，并不是纯粹介绍民族历史，赞美所有先祖的功德，而是突出两位受祀的祖先后稷和周公，以说明祭祀他们的原因。至于诗中提到的其他人，则只是陪衬而已。后稷是周民族的初祖，为姜嫄所生，其出生有一些神话色彩，《大雅·生民》记载较为详细。诗写到这些是因为姜嫄有端正的德行，但主要的却是体现后稷的不凡与神异，和《生民》诗的用意一致。后稷的发展农业，固是上天赐之百福，更和他个人受命于天分不开。以下叙述太王、文王、武王，重点在于灭商，太王『居岐之阳，实始翦商』，而文王、武王『缵太王之绪』，『敦商之旅，克咸厥功』，发展线索极为清楚。关于周公功绩，诗中没有明载，但『（成）王曰叔父，建尔元子，俾侯于鲁，大启尔宇，为周室辅。』分明见出周公于建周有大功劳。《史记·鲁周公世家》载：『周公佐武王作《牧誓》，破殷，入商宫，已杀纣，周公把大钺，召公把小钺，以夹辅武王，衅社，告纣罪于天及殷民。』周公在灭殷中起到了重要作用，但他是文王之子、武王之弟，虽位极人臣，却不能和天子并提，故诗人用比较隐晦的方法突出了周公的功绩。第三章末诗人写道：『皇皇后帝，皇祖后稷。』又说：『周公皇祖。』诗意就豁然明朗了。『周公皇祖』之『皇祖』，郑玄以为伯禽，朱熹谓为群公，皆误。明指周公，倒文以协韵耳。

建国之初，鲁国是诸侯中第一等大国，土地之大，实力之强，在诸侯中罕有所匹，故伯禽时，曾有过赫赫武功，《史记·鲁周公世家》：『伯禽即位之后，有管、蔡等反也，淮夷、徐戎亦并兴反。于是伯禽率师伐之于肹，作《肹誓》，……遂平徐戎，定鲁。』在定鲁的过程中当还有许多武功，但载籍残缺，事已不传，只能是想象了。伯禽治鲁，更重文治，颇略武功，所以鲁积弱凌夷，到僖公时代，由于内忧外患，在诸侯中的威信日益下降，连僖公本人也只能靠齐国的势力返回鲁国。不过，僖公即位之后，确也做了一些事情，除礼制上恢复祭后稷、周公以天子之礼外，也频繁地参加诸侯盟会，对外用兵，以逐渐提高和恢复其应有的威望，仅以《春秋》经传来看，僖公四年：会齐侯、宋公、陈侯、卫侯、郑伯、许男、曹伯侵蔡，伐楚；僖公十三年：会齐侯、宋公、陈侯、卫侯、郑伯、许男、曹伯于咸，淮夷病杞故；僖公十六年：会齐侯、宋公、陈侯、卫侯、郑伯、许男、邢侯、曹伯于淮。而《泮水》诗中更有『在泮献功』之事。诗人对此都进行讴歌，叙述鲁公军队攻无不克，战无不胜。『戎狄是膺』是北部边境平安，不受侵扰，『荆舒是惩』则指僖公从齐侯伐楚之事。『泰山岩岩』以下，写鲁国疆域广大，淮夷、徐宅、蛮貊、南夷，莫不率从，莫敢不诺。因为此时鲁国对淮夷用兵最多，成绩最大，故诗人一再言之。大致鲁国在以后的发展中，初封的土地或有损失，而此时又有所收复，故诗曰：『居常与许，复周公之宇。』从全诗看，诗人着重从祭祀和武事两方面反映出鲁国光复旧业的成就，而又统一在僖公新修的閟宫上，閟宫之祭本是周王室对鲁国的特殊礼遇，同时诗人又认为鲁国的种种成功也来自那些受祀先祖在天之灵的庇佑，这样，诗的末章又描写作庙情况，和『閟宫有侐』前后呼应，使全诗成为一个完整的结构。

烈祖

【一句话点评】

祭祀商的始祖成汤，祷告祈福。

【原文】

猗嗟嗟烈祖①！有秩斯祜②。申锡无疆③，及尔斯所④。既载清酤⑤，赉我思成⑥。亦有和羹，既戒既平⑦。鬷假无言⑧，时靡有争。绥我眉寿⑨，黄耇无疆⑩。约軧错衡⑪，八鸾鸧鸧⑫。以假以享⑬，我受命溥将自天降康⑭，丰年穰穰。来假来飨，降福无疆。顾予烝尝⑮，汤孙之将⑯。

【注释】

①烈祖：功业显赫的祖先，此指商朝开国的君王成汤。

②有秩斯祜：马瑞辰《毛诗传笺通释》云：『有秩即形容福之大貌。』祜，福。

③申：再三。锡：同『赐』。段玉裁《说文解字注》：『经典多假锡为赐字。凡言锡予者，即赐之假借也。』

④及尔斯所：陈奂《诗毛氏传疏》云：『及尔斯所，犹云「以迄于今」也。』

⑤清酤：清酒。

⑥赉：赐予。思：语气助词。

⑦戒：齐备。

⑧鬷假：集合大众祈祷。
⑨绥：安抚。眉寿：高寿。
⑩黄耇：义同“眉寿”。朱熹《诗集传》云：“黄，老人发白复黄也。耇，老人面涷梨色。”
⑪约軧错衡：用皮革缠绕车毂两端并涂上红色，车辕前端的横木用金涂装饰。错，金涂。
⑫鸾：通“銮”，一种饰于马车上的铃。鸧鸧：同“锵锵”，象声词。
⑬假：同“格”，至也。享：祭。
⑭溥：大。将：王引之《经义述闻》释为“长”。
⑮顾：光顾，光临。指先祖之灵光临。烝尝：冬祭叫“烝”。秋祭叫“尝”。
⑯汤孙：指商汤王的后代子孙。将：奉祀。

【译文】

赞叹伟大我先祖，大吉大利有洪福。永无休止赏赐厚，至今恩泽仍丰足。祭祖清酒杯中注，佑我事业得成功。再把肉羹调制好，五味平和最适中。众人祷告不出声，没有争执很庄重。赐我平安得长寿，长寿无终保安康。车衡车轴金革镶，銮铃八个鸣铿锵。来到宗庙祭祖上，我受天命自浩荡。平安康宁从天降，丰收之年满囤粮。先祖之灵请尚飨，赐我大福绵绵长。秋冬两祭都登场，成汤子孙永祭享。

【品读】

《毛诗序》云：“《烈祖》，祀中宗也。”经历代学者研究，比较一致的看法认为是“祀成汤”之诗。

全诗一章二十二句，分四层铺写祭祀烈祖的盛况。开头四句是第一层，首先点明了祭祀烈祖的缘由，就在于他洪福齐天，并能给子孙『申锡（赐）无疆』；『嗟嗟』一词的运用，可谓崇拜得五体投地。接下八句，写主祭者献『清酤』、献『和羹』，做『无言』、无争的祷告，是为了『绥我眉寿，黄耇无疆』。这种祭祀场面的铺叙，表现了祭祀隆重肃穆的气氛，反映出主祭者恭敬虔诚的心态。再接下去八句，写助祭者所坐车马的奢豪华丽，以此衬托出主祭者身份的尊贵，将祈求获福的祭祀场面再次推向高潮。结尾两句祝词，点明了举行时祭的是『汤孙』。首尾相应，不失为一首结构完整的诗篇。

玄鸟

【一句话点评】

歌颂成汤建立商朝和武丁中兴。

【原文】

天命玄鸟①，降而生商，宅殷土芒芒②。古帝命武汤③，正域彼四方④。方命厥后⑤，奄有九有⑥。商之先后⑦，受命不殆⑧，在武丁孙子⑨。武丁孙子，武王靡不胜⑩。龙旂十乘⑪，大糦是承⑫。邦畿千里⑬，维民所止⑭，肇域彼四海⑮。四海来假⑯，来假祁祁⑰。景员维河⑱。殷受命咸宜⑲，百禄是何⑳。

【注释】

①玄鸟：黑色燕子。传说有娀氏之女简狄吞燕卵而怀孕生契，契建商。

②宅：居住。芒芒：同『茫茫』。

③古：从前。帝：天帝，上帝。武汤：即成汤，汤号曰武。

④正：同「征」。

⑤方：遍，普。后：君主，此指各部落的酋长首领。

⑥奄：包括。九有：九州。传说禹划天下为九州。《尔雅·释地》：「两河间曰冀州，河南曰豫州，河西曰雍州，汉南曰荆州，江南曰扬州，济南曰兖州，济东曰徐州，燕曰幽州，齐曰营州。」

⑦先后：先王。

⑧命：天命。殆：通「怠」，懈怠。

⑨武丁：即殷高宗，汤的后代。

⑩武王：即武汤，成汤。胜：胜任。

⑪旂：古时一种旗帜，上画龙形，竿头系铜铃。

⑫糦：同「饎」，酒食。

⑬邦畿：封畿，疆界。

⑭止：居住。

⑮肇域四海：始拥有四海之疆域。四海，《尔雅》以「九夷、八狄、七戎、六蛮」为「四海」。或释「肇」为「兆」，兆域，即疆域。

⑯来假：来朝。

⑰祁祁：纷杂众多之貌。

⑱景：景山，在今河南商丘，古称亳，为商之都城所在。

⑲咸宜：谓人们都认为适宜。

⑳何：通『荷』，承担。

【译文】

天帝发令给神燕，生契建商降人间，住在殷地广又宽。当时天帝命成汤，征伐天下安四边。昭告部落各首领，九州土地商占遍。商朝先王后继前，承受天命不怠慢，裔孙武丁最称贤。武丁确是好后代，成汤遗业能承担。龙旗大车有十乘，贡献粮食常载满。千里国土真辽阔，百姓居处得平安，四海疆域至极远。四夷小国来朝拜，车水马龙各争先。景山外围大河流，殷受天命人称善，百样福禄都占全。

【品读】

本诗是祭祀殷高宗武丁的颂歌。《毛诗序》云：『《玄鸟》，祀高宗也。』郑笺云：『祀当为祫。祫，合也。高宗，殷王武丁，中宗玄孙之孙也。有雊雉之异，又惧而修德，殷道复兴，故亦表显之，号为高宗云。崩而始合祭于契之庙，歌是诗焉。』郑玄的意思是《毛序》所说的『祀』是合祀，而他所讲到的『雊雉之异』，据《史记·殷本纪》记载，是这么一回事：『帝武丁祭成汤，明日有飞雉登鼎耳而呴（雊）。武丁惧。祖己曰：「王勿忧，先修政事。」』

从文学角度看，本诗成功地应用了对比、顶真、叠字等修辞手法，结构严谨，脉络清晰，其成熟性令人惊奇。先写神圣的祖先诞生和伟大的商汤立国，目的是衬托武丁中兴的大业，以先王的不朽功业与武丁之中兴事业相比并，更显出武丁中兴事业之盛美。『宅殷土芒芒』毕竟虚空，不及『邦畿千里』之实在；『正域彼四方』只是商汤征伐四方事业的开始，而武丁时却是『肇域彼四海』，四夷来归，疆域至广。这看似重复的语句，却有根本上的差别，其妙用令人啧啧叹赏。诗中『武丁孙子』，重复一遍形成转折，这是颂歌转折的关键，把中心转到了『武丁』身上，并表明了武丁是伟大的商汤后裔，中心开花，承上启下，结构上极其整饬。最后几句中，『四海来假，来假祁祁』顶真与叠字修辞并用，以补充说明四方朝贡觐见之众多，渲染武丁中兴事业之成功，也有曲终奏雅、画龙点睛之效。此外全诗善以数字作点染，『四方』『九有』『十乘』『千里』『四海』『百禄』云云，各尽其妙。

长发

【一句话点评】

叙述商族兴起，成汤伐桀的经过。

【原文】

濬哲维商①，长发其祥②。洪水芒芒③，禹敷下土方④。外大国是疆⑤，幅陨既长⑥。有娀方将⑦，帝立子生商⑧。

玄王桓拨⑨，受小国是达⑩，受大国是达。率履不越⑪，遂视既发⑫。相土烈烈⑬，海外有截⑭。

帝命不违，至于汤齐⑮。汤降不迟，圣敬日跻⑯。昭假迟迟⑰，上帝是祗⑱，帝命式于九围⑲。

受小球大球⑳，为下国缀旒㉑，何天之休㉒。不竞不絿㉓，不刚不柔。敷政优优㉔，百禄是遒㉕。

受小共大共㉖，为下国骏厖㉗。何天之龙㉘，敷奏其勇㉙。不震不动㉚，不戁不竦㉛，百禄是总㉜。

武王载旆㉝，有虔秉钺㉞。如火烈烈，则莫我敢曷㉟。苞有三蘖㊱，莫遂莫达㊲。九有有截㊳，韦顾既伐㊴，昆吾夏桀[40]。

昔在中叶[41]，有震且业[42]。允也天子，降予卿士[43]。实维阿衡[44]，实左右商王[45]。

【注释】

①濬哲：明智。濬，『睿』的假借。商：指商的始祖。

②发：兴发。

③芒芒：茫茫，水盛貌。

④敷：治。下土方：『下土四方』的省文。

⑤外大国：外谓邦畿之外，大国指远方诸侯国。疆：疆土。句意为远方的方国都归入疆土。

⑥辐陨：幅员。长：广。

⑦有娀：古国名。这里指有娀氏之女，古时妇女系姓，姓氏无考，以国号称之。《说文》：『娀，帝高辛之妃，偰母号也。』将：壮，大。

⑧帝立子生商：《商颂·玄鸟》：『天命玄鸟，降而生汤。』有娀氏之女生契，契被奉为商的始祖。

⑨玄王：商契。契生前只是东方的一个国君，由小渐大，并未称王，下传十世至太乙（汤）建立商王朝，追尊契为王。根据『玄鸟生商』的神话，称为玄王。桓拨：威武刚毅。

⑩达：开，通。受小国、大国是达，二句疏释多歧，兹取郑笺『玄王广大其政治，始尧封之商为小国，舜之末年乃益其地为大国，皆能达其教令』之说。

⑪率履：遵循礼法。履，『礼』的假借。

⑫遂视既发：视，巡视；发，施。旧解多歧，兹取朱熹《诗集传》『言契能循礼不过越，遂视其民，则既发以应之矣』之说。

⑬相土：人名，契的孙子。契生昭明，昭明生相土，是商的先王先公之一。烈烈：威武貌。

⑭海外：四海之外，泛言边远之地。有截：截截，整齐划一。

⑮汤：成汤，帝号天乙，商王朝的建立者，他以武力推翻夏桀的统治，建立商王朝。齐：齐一，一样。

⑯跻：升。

⑰昭假：向神祷告，表明诚敬之心。迟迟：久久不息。

⑱祇：敬。

⑲式：法，执法。九围：九州。

⑳球：一说球为玉器，小者尺二寸，大者三尺；一说通『捄』，训『法』。兹取前一说。

㉑下国：下面的诸侯方国。缀旒：表率、法则。

㉒何：同『荷』，承受。休：『庥』的假借，庇荫。

㉓絿：急。

㉔优优：温和宽厚。

㉕遒：聚。

㉖共：历代训释不一，一说通『珙』，璧；一说通『拱』，法；一说通『供』，为祭名或祭物，均可通。

㉗骏厖：骏，大。余培林引《诗经世本古义》：『《说文》云：石大也。「为下国骏厖」者，下国诸侯

恃汤以安，如依赖于磐石然。』

㉘龙：『宠』的假借，恩宠。

㉙敷奏：施展。

㉚不震不动：郑笺：『不可惊惮也。』

㉛戁、竦：恐惧。

㉜总：聚。

㉝武王：成汤之号。载：始。旆：旌旗，此作动词。

㉞有虔：威武貌。秉钺：执持长柄大斧。钺是青铜制大斧，国王近卫军的兵器，国王亲征秉钺。《史记·殷本纪》：『汤自把钺以伐昆吾，遂伐桀。』即本诗所写。

㉟曷：通『遏』。

㊱苞有三蘖：苞，本，指树干；蘖，旁生的枝丫嫩芽。朱熹《诗集传》：『言一本生三蘖也，本则夏桀，蘖则韦也，顾也，昆吾也，皆桀之党也。』

㊲遂：草木生长之称。达：苗生出土之称。

㊳九有：九州。

㊴韦：国名，在今河南滑县东，夏桀的与国。顾：国名，在今山东鄄城东北，夏桀的与国。

㊵昆吾：国名，夏桀的与国，与韦、顾共为夏王朝东部屏障。据史实，成汤先将韦、顾、昆吾分割包围，先歼灭左边的韦，再歼灭右边的顾。然后两面夹击昆吾，最后伐孤立之桀，决战于鸣条（今河南封丘

县东）之野，消灭了夏桀的主力。

㊶中叶：中世。商朝立国从契始，到十世成汤建立王朝，从开国历史年代说正值中世。

㊷震：威力。业：功业。

㊷允：信然。

㊸降：天降。

㊹实维：是为。阿衡：即伊尹，辅佐成汤征服天下建立商王朝的大臣。他原来是一个奴隶，成汤发现他的才干，破格重用。

㊺左右：在王左右辅佐。

【译文】

英明睿智大商始祖，永久兴发福泽祯祥。上古时候洪水茫茫，大禹平治天下四方。远方之国均为疆土，幅员广阔而又绵长。有娀氏女青春年少，上帝让她生子立商。玄王商契威武刚毅，接受小国认真治理，成为大国政令通利。遵循礼法没有失误，巡视民情处置适宜。先祖相土武功烈烈，四海之外顺服齐一。先祖听从上帝意旨，到成汤时最合天心。成汤降生适逢其时，明哲圣德日益增进。久久不息祷告神明，敬奉上帝一片至诚，上帝命他九州执政。接受宝玉小球大球，作为诸侯方国表率。承受上天所降福佑，既不争竞也不急求，既不太刚也不太柔。施政温和而且宽厚，千百福禄归王所有。接受大小拱璧珍宝，作为诸侯方国依靠。承受上天所赐恩宠，显示他的勇武英豪。既不震恐也不动摇，既不惧怯也不惊扰，千百福禄都会来到。武王兴师扬旗亲征，威风凛凛手持斧钺。进军如同熊熊火焰，没有敌人敢于阻截。一棵树干生三树杈，不能再长其他枝叶。天下九州归于一统，首先讨伐韦国顾国，再去灭掉昆吾夏桀。还在以前国家中世，汤有威力又有业绩。他确实是上天之子，天降卿士作为辅弼。他也就是贤相伊尹，实为商王左膀右臂。

【品读】

这是殷商后王祭祀成汤及其列祖，并以伊尹从祀的乐歌。

全诗七章，每章句数不等，其结构形式与《诗经》大多数篇章整齐的四言体等句分章不同。有韵，又与《周颂》各篇大多无韵不同。其内容以歌颂成汤为主并追述先王功业，并兼及功臣，也与其他祭颂之诗不同。

第一章追述商国立国历史悠久，商契受天命出生立国，所以商国一直蒙承天赐的吉祥。第二章歌颂商契建国施政使国家发展兴盛，以及先祖相土开拓疆土的武功。下章即转入歌颂成汤。第三章歌颂成汤继承和发展先祖功业，明德敬天，因而受天命而为九州之主。第四章歌颂成汤奉行天意温厚施政，刚柔适中，为诸侯表率，因得天赐百禄。第五章歌颂成汤的强大武力可以保障天下的安宁，为诸侯所依靠，因得天赐百禄。第六章歌颂成汤讨伐夏桀及其从国而平定天下。第七章歌颂成汤是上天之子，上帝降赐伊尹辅佐他建立功业。

诗中塑造了商王朝创造者成汤的形象。他继续祖业而积极进取，开创新王朝基业。他恭诚敬天，『帝命不违』，奉行天意，『上帝是祗』，因而获得天佑，『百禄是遒』，是忠诚的天之子；他英武威严，战无不克，『武王载旆，有虔秉钺』，冲锋敌阵，其气势『如火烈烈，则莫我敢曷』，既蔑视敌人，英勇无畏，又能采取正确的战略，从而征服天下，是智勇双全的英雄；他又是贤明的执政者，『不竞不絿，不刚不柔』，

『圣敬曰跻，昭假迟迟』，励精图治，选贤与能，做诸侯的表率，是诸侯的依靠。

本诗的叙述并不平直板滞，善于运用一些形象的语言，描写较为生动。韵律也较为整齐，除全诗末两句外，句句用韵，每章换韵。在句式上，多用对句，或上下句相对，或双句相对，或章句相对，行文变化多姿，使语言整齐匀称，内容凝练集中，有较强的节律感，当是中国后世诗词对仗的滥觞。

殷武

【一句话点评】

商人后裔祭祀歌颂殷高宗武丁之诗。

【原文】

挞彼殷武①，奋伐荆楚②。罙入其阻③，裒荆之旅④。有截其所，汤孙之绪⑤。

维女荆楚⑥，居国南乡⑦。昔有成汤，自彼氐羌⑧，莫敢不来享，莫敢不来王。曰商是常⑨。

天命多辟⑩，设都于禹之绩⑪。岁事来辟⑫，勿予祸适⑬，稼穑匪解⑭。

天命降监，下民有严⑮。不僭不滥⑯，不敢怠遑。命于下国，封建厥福⑰。

商邑翼翼，四方之极⑱。赫赫厥声，濯濯厥灵⑲。寿考且宁，以保我后生⑳。

陟彼景山㉑，松柏丸丸㉒。是断是迁，方斫是虔㉓。松桷有梴㉔，旅楹有闲，寝成孔安㉕。

【注释】

①挞：勇武貌。殷武：即殷高宗武丁，殷朝的一位中兴之主，在位五十九年。

②荆楚：即荆州之楚国。
③罙：同「深」。古深字本作「突」，隶变作「罙」。
④裒：「捊」之别体，通「俘」，俘获。
⑤汤孙：指商汤的后代武丁。绪：功业。
⑥女：同「汝」。
⑦鄉：通「嚮」，今简作「向」。
⑧自彼氐羌：自，犹「虽」；氐、羌，散居在今西北狭西、甘肃、青海一带的边远民族。
⑨常：长。「常」是「尚声」字，与「长」字古音同部，故可释为「长」。
⑩多辟：众多诸侯国君。
⑪绩：通「迹」。
⑫来辟：犹言「来王」「来朝」。
⑬祸適：读同「过谪」，义为谴责。
⑭解：同「懈」。
⑮严：同「俨」，敬谨。
⑯不僭不滥：毛传：「赏不僭、刑不滥也。」
⑰封：毛传：「大也。」
⑱极：准则。

⑲濯濯：形容威灵光辉鲜明。

⑳后生：犹言后代子孙。

㉑景山：陈奂《诗毛氏传疏》：『考今河南偃师县有缑氏城，县南二十里有景山，即此诗之景山也。』

㉒丸丸：形容松柏条直挺拔。

㉓方：是。虔：马瑞辰《毛诗传笺通释》：『虔当读如虔刘之虔。』虔刘，砍削。

㉔桷：方形的椽子。梴：木长貌。

㉕寝：此指为殷高宗所建的寝庙。古时的寝庙分两部分，后面停放牌位和先人遗物的地方叫『寝』，前面祭祀的地方叫『庙』。孔：很。

【译文】

殷王武丁神勇英武，是他兴师讨伐荆楚。王师深入敌方险阻，众多楚兵全被俘虏。扫荡荆楚统治领土，成汤子孙功业建树。你这偏僻之地荆楚，长久居住中国南方。从前成汤建立殷商，那些远方民族氐羌，没人胆敢不来献享，没人胆敢不来朝王。殷王实为天下之长。上帝命令诸侯注意，建都大禹治水之地。每年按时来朝来祭，不受责备不受鄙夷，好好去把农业管理。上帝命令殷王监视，下方人民恭谨从事。赏不越级罚不滥施，人人不敢怠慢度日。君王命令下达诸侯，四方封国有福享受。殷商都城富丽堂皇，它是天下四方榜样。武丁有着赫赫声名，他的威灵光辉鲜明。既享长寿又得康宁，是他保佑我们后人。登上那座景山山巅，松树柏树挺拔参天。把它砍断把它远搬，削枝刨皮加工完善。长长松木制成方椽，楹柱排列粗壮溜圆。寝庙落成神灵安恬。

【品读】

这首《殷武》诗的主旨，就在于通过高宗寝庙落成举行的祭典，极力颂扬殷高宗继承成汤的事业所建树的中兴业绩。

全诗共六章，一、四、五章章六句，二、六章章七句，三章五句。前五章写殷高宗武丁中兴之事，最后一章写高宗寝庙落成的情景。

这首诗歌在艺术表现上的突出特色，是各章都有它描写的侧重点。第一章言武丁伐楚之功。『挞彼殷武，奋伐荆楚』二句，表现了武丁对楚用兵的勇猛神速。『罙（深）入其阻，裒荆之旅』，写出武丁的军队是在突破险阻中取得节节胜利。『有截其所，汤孙之绪』，特别点明武丁之所以能征服荆楚之地，那是因为他是成汤的后世子孙，理应有所作为。第二章写武丁对荆楚的训诫。『维女（汝）荆楚，居国南鄉（向）』二句，从荆楚所处的地理位置，指出它理应俯首听命。『昔有成汤，自彼氐羌。莫敢不来享，莫敢不来王，曰商是常。』这是以成汤征服氐、羌的先例来告诫荆楚归服，可谓是『刚柔并举』。第三章只有五句，可能有脱文，是写四方诸侯来朝。说殷武丁秉承『天命』统治诸侯，因之诸侯入国朝见天子、在封地勤治农事，都是他们应尽的职守。第四章，进一步申述武丁是受『天命』的中兴之主，人民百姓只能安分守己，按商朝的政令行动。第五章，写商朝的国都西亳地处中心地带的盛况，这里曾是中兴之主殷武丁运筹帷幄、决胜千里的地方，故特别用『商邑翼翼，四方之极』两句诗来渲染它，而武丁在位长达五十九年，说他『赫赫厥声，濯濯厥灵』，并不过分。末章描写修建高宗寝庙的情景，用『陟彼景山，松柏丸丸』两句诗作比兴，不但形象生动，而且有象征意义，象征殷武丁的中兴业绩垂之不朽。

楚辞

离骚（一）

【点评】

《离骚》是屈原的代表作，首先追溯世系，表明自己是楚国宗室之臣；详记生年和名、字的由来，强调禀赋的纯美，是一首自叙政治遭遇和心灵求索的长篇抒情诗。

关于《离骚》的诗题，历年众说纷纭，较有代表性的有两种：一种将离骚解为离别的忧愁，如司马迁、王逸等；一种将离骚解为遭遇忧愁，如班固。

本篇是屈原用血泪所凝成的生命挽歌，作品的波澜壮阔，气象万千，正反映了作者丰富而复杂的斗争生活，坚贞而炽烈的爱国心情。

《离骚》集中概括了屈原的政治观点和理想，概括了他为了追求自己的政治理想所受到的排挤和打击，概括了他对当时需要改革的政治体制的批判和控诉。在此一表达过程中，给我们展示出一位光辉的主人翁形象——忠君爱国至死不悔。诗篇体现了诗人强烈的忧患意识、斗争意识和人格完善意识。这种思想和精神震撼着读者的心灵。此外，诗人这种忠君与怨恨、矢志与随俗、恋国与去国的矛盾冲突，这种爱憎情仇又使得诗篇幽怨悱恻、动人心扉。

由于诗人无比忧愤和难以压抑的激情，全诗如大河之奔流，浩浩荡荡，不见端绪。但是，细心玩味，无论诗情意境的设想，还是外部结构，都体现了诗人不凡的艺术匠心。

全诗结构宏伟，布局严密，想象夸张，光怪陆离；情感的抒发，激情而不失理性；运用比兴手法，开创了香草美人传统，为我国诗歌史上的『诗骚传统』奠定了基础。

《离骚》不仅是中国文学的奇珍，也是世界文学的瑰宝。

【原文】

帝高阳之苗裔兮，朕皇考曰伯庸。摄提贞于孟陬兮，惟庚寅吾以降。皇览揆余初度兮，肇锡余以嘉名。名余曰正则兮，字余曰灵均。

【注释】

①高阳：古代帝王颛顼的别号。颛顼是楚国的远祖，他的后人熊绎，被周成王封于楚国。春秋时期楚武王熊通有个儿子叫作瑕，受封于屈邑，因此子孙都以屈为氏，屈原是屈瑕的后人，所以说自己是古帝王高阳氏的后代。苗裔：后代。朕：我。汉以前是贵贱通用的第一人称代词，汉以后则成为封建帝王自称的专用词。皇考：皇，光明。考，对已故父亲的美称。伯庸：为屈原父亲的字或名，或化名，今已不可考。

②摄提：摄提格的简称。古人把天宫由东向西划为子、丑、寅、卯、辰、巳、午、未、申、酉、戌、亥十二个等分，叫作十二宫。依照岁星（木星）在空中运转所指向的方位来纪年，岁星指向寅宫，则此年为寅年。摄提格，就是寅年的别名。贞：当，指向。孟：开端，始也。陬：夏历正月的别名，又称寅月。惟：语气助词，周朝后期习惯用法。庚寅：指庚寅这一天。古人以天干地支相配来纪日，庚寅是其中的一天。此处是指屈原吉祥的生日。据研究，楚人以寅日为吉利的日子。降：降生，出生。

③皇：即上文皇考的省称，指他已死的父亲。览：观察。揆：测度，衡量。余：我，此处是屈原自指。初度：指初降生时的气度。肇：开始，指初降生时。锡：古同『锡』，送给，给予。以：用，把。嘉名：

美好的名字。

④名：动词，命名的意思。正则：正，意为平；则，意为法，言其平正而有法则，解释出屈原名平的意思。字：表字，这里用为动词，起个表字。灵均：灵，意为善；均，意为平地；灵均，很好的平地，就是『原』字的含义。

【原文】

纷吾既有此内美兮，又重之以修能。扈江离与辟芷兮，纫秋兰以为佩。汩余若将不及兮，恐年岁之不吾与。朝搴阰之木兰兮，夕揽洲之宿莽。

【注释】

①纷：多，繁盛。形容后面的内美两字。吾：屈原自指。既：已经。内美：内在的美好品质。重：加上。修能：修，意为美好；能，意为通态，容貌。修能，指下文佩带香草等，实际上是讲自己的德能。

②扈：披在身上。辟芷：辟，通『僻』偏僻的地方。芷，白芷，香草名，因生于幽僻之处所以叫僻芷。纫：本意是绳索，此用作动词，穿结、联缀。秋兰：香草名，秋天开花且香。以为：以之为。佩：佩戴，装饰，象征自己的德行。

③汩：水疾流的样子，此处用以形容时光飞逝。余：我，屈原自指。若将不及：好像跟不上时光的流逝了。恐：担心。不吾与：即『不与吾』的倒文，意谓不等待我。与，意为待。

④朝：早晨。搴：同『攓』，拔取。阰：平顶小山或山坡，楚地方言。木兰，香木的一种，花状像莲，又称辛夷，今天通称紫玉兰。揽：采摘。宿莽：草名。经冬不死，又名紫苏，楚语称作莽。所以有象

征年华、生命的意味。木兰去皮不死，宿莽拔心不死，两者都有贞固的性格，故诗人用来做修身之物。

【原文】

日月忽其不淹兮，春与秋其代序。惟草木之零落兮，恐美人之迟暮。不抚壮而弃秽兮，何不改乎此度？乘骐骥以驰骋兮，来吾道夫先路。

【注释】

①忽：表示迅疾的样子。淹：停留。代序：代，意为更；序，意为次。代序即次第相代，指不断更迭的意思。

②惟：思虑。零落：凋零。美人：《楚辞》中诗人有时用来比喻国君，有时用来比喻美好的人，有时用来自比。这里指楚怀王，规劝楚怀王不要错过大好的时机。迟暮：衰老。

③抚：持，犹如现在所说的『趁』。壮：指壮盛年华。秽：这里用以比喻楚国的秽政。此度：指现行的政治与法度。

④骐骥：骏马，此句是说应该任用有才能的人治理国家。道：通『导』，引导。夫：语气词。先路：即为前驱的意思。

【原文】

昔三后之纯粹兮，固众芳之所在。杂申椒与菌桂兮，岂维纫夫蕙茝？彼尧舜之耿介兮，既遵道而得路。何桀纣之昌被兮，夫唯捷径以窘步。

【注释】

①昔：从前。三后：后，君主，此三后说法不一，一说是指楚国的三位开国的先王熊驿、若敖、蚡冒；一说指三皇，即黄帝、颛顼、帝喾。纯粹：『色不杂曰纯，米不杂曰粹，米至细曰精』，这里形容三后的德行粹美完善。固：固然、本来的意思。众芳：众多的香草，用来形容很多贤能的人。在：汇集。

②杂：兼有。椒：香木名，指现在的花椒。菌桂：桂的一种，香木名，白色的花、黄色的蕊。岂：难道，表示反问的语气助词。维：『唯』，意为独。纫：联缀。蕙：香草名，生长在湿地，麻叶、方茎红花，果实黑。茝：同『芷』，白芷，香草名。

③彼：那。尧舜：上古时代传说中的两位贤君。耿：光明。介：正大。既：皆、尽。遵道：遵循正途。而：因而。路：大道。

④何：何等、多么。桀纣：指夏桀和商纣王。是夏朝和商朝的末代君王，历来被作为暴君的代表。昌被：猖，狂妄；被，诐的假借字，偏邪的意思。夫：发语词。唯：只是。捷径：斜出的小径，比喻不走正道。窘步：困窘失足。

【原文】

惟夫党人之偷乐兮，路幽昧以险隘。岂余身之惮殃兮，恐皇舆之败绩。忽奔走以先后兮，及前王之踵武。荃不察余之中情兮，反信谗而齌怒。

【注释】

①惟：思。党人：古代的党人是指朝中为私利而拉帮结派的人。偷乐：苟且享乐。路：指政治道路，

楚国的前途。幽昧：黑暗。以：而。险隘：危险而狭窄。

②岂：哪里。余身：自身。惮：畏惧、惧怕。殃：灾祸。皇舆：本指帝王所乘的车子，在这里是指君国之倾危。

③忽：急匆匆的样子。奔走：奔跑。先后：指在君王的身旁。奔走先后就是效力左右的意思。及：赶上，追及，这里有继承之意。踵：脚跟。武：足迹。『踵武』连文为义，指先王的业绩。

④荃：石菖蒲一类的香草，叶形似剑，古人认为可以避邪。指尊贵者，也喻君王，此为当时之俗。余：屈原自指。中情：忠心之情。信谗：听信谗言的意思。齌怒：盛怒、暴怒。

【原文】

余固知謇謇之为患兮，忍而不能舍也。指九天以为正兮，夫唯灵修之故也。曰黄昏以为期兮，羌中道而改路。初既与余成言兮，后悔遁而有他。

【注释】

①謇謇：謇，楚语，指发言之难，因口吃而说话艰难的样子。此处形容忠贞直言的样子。为患：招致祸患。舍：放弃的意思。

②九天：九重天。正：证。灵修：楚人称神灵为灵修，此处代指楚怀王。

③『曰黄昏』是衍文，为《九章·抽思》语。期：约定。羌：楚语，表示转折的意思，犹如现代语中的『却』。

④初：当初，指屈原受到楚怀王信任之时。成言：指彼此的话。指屈原受重用时，共同约定的治国之策。

悔遁：遁，逃跑；悔遁在此是背弃成言之意。他：其他，另有打算。

【原文】

余既不难夫离别兮，伤灵修之数化。余既滋兰之九畹兮，又树蕙之百亩。畦留夷与揭车兮，杂杜衡与芳芷。冀枝叶之峻茂兮，愿竢时乎吾将刈。

【注释】

①既：本来。离别：分别，此处是指屈原被楚怀王疏远、放逐。伤：悲伤。数化：屡次变化。数，屡次的意思。

②余：屈原自指。滋：栽培，培植。兰：香草名。畹：三十亩为一畹，一说为十二亩为一畹。树：种植。蕙：香草名。树蕙：屈原曾为楚国的三闾大夫，负责贵族子弟的教育，树蕙指的是对贵族子弟的培育。

③畦：四周有浅沟分隔的小块田地，这里用作动词。留夷、揭车：香草名，都是楚地所产。杂：指间种。杜衡：状与葵相似的一种香草，又称作马蹄香。

④冀：期待。峻：长大，高大。峻茂：高大而茂盛的样子。竢：等待。竢时，等到成熟的时候。刈：收割。这两句比喻把贤才培养好了，用他们来治理国家。

【原文】

虽萎绝其亦何伤兮，哀众芳之芜秽。众皆竞进以贪婪兮，凭不厌乎求索。羌内恕己以量人兮，各兴心而嫉妒。忽驰骛以追逐兮，非余心之所急。

【注释】

①虽：纵使。萎：枯萎。绝：凋落。何伤：何防，有什么关系。哀：痛惜。众芳：指前所培植的众香草——兰、蕙、留夷、揭车。芜秽：指众芳的变质。这两句比喻自己所培养的人才不但不为国家出力，反而改变节操，与『党人』同流合污。

②众：指朋比为奸的贵族们。竞进：争逐权位。贪婪：贪求钱物。凭：楚方言，满之意，这里用作状语，『满不在乎』之满，形容党人不厌求索。不厌：不满足。求索：索取。

③羌：楚方言，发语词，义近『乃』。恕己：指的是宽恕自己。意谓不知足地贪婪求索。量人：意谓用自己的心去估量别人。兴心：起心，打主意。

④忽：急急忙忙，疾速。骛：形容马乱跑的样子。追逐：与『驰骛』同义连用，意谓追求自己的私利。急：急，指迫切需要。所急，指急于要做的事。

【原文】

老冉冉其将至兮，恐修名之不立。朝饮木兰之坠露兮，夕餐秋菊之落英。苟余情其信姱以练要兮，长顑颔亦何伤？擥木根以结茝兮，贯薜荔之落蕊。

【注释】

①冉冉：渐渐。修名：美好的名声。立：树立。

②朝：早晨。坠露：坠落的露水，指从木兰花瓣上坠落下来的露水。木兰花晚春开花，这句既指朝，又指春。餐：吞食。落英：初开的花朵。木兰开于春，菊花发于秋，这句既指夕，又指秋。春与秋合

起来说四时。此二句以『饮露餐英』比喻自己长期服食美洁，修洁自身。

③苟：只要，如果。余情：指内心。信姱：信，真实；姱，美好。信姱，诚然美好，言内美也。练要：精粹，犹言精练。颇颔：因饥饿而面色憔悴。何伤：何妨。

④擥：持取，拿着。木根：指木兰的根。结：编结。贯：贯穿，串联。薜荔：一种蔓生的香草名。蕊：花心。

【原文】

矫菌桂以纫蕙兮，索胡绳之纚纚。謇吾法夫前修兮，非世俗之所服。虽不周于今之人兮，愿依彭咸之遗则。长太息以掩涕兮，哀民生之多艰。

【注释】

①矫：高举，举起。犹言『取用』。菌桂：一种香木，即前『杂申椒与菌桂』的菌桂。索：本义是绳索，在这里用作动词，搓绳。胡绳：香草，茎叶可以做绳索。纚纚：串联起来，长而下垂，纺织得整齐美好的样子。

②謇：楚方言，发语词。与前文『余固知謇謇之为患兮』之『謇』意义不同。法：效法。夫：助词：彼。前修：前代的贤人。世俗：指楚国政界的庸俗之人。服：用。

③虽：纵然。不周：不合。不能委曲周旋于人情世故之意。依：依照。彭咸：指屈原心目中所敬仰的人。殷：商时期的贤人，据说他上谏国君不听，而投水自杀。屈原此处所言彭咸，表明自己将沉渊自杀。

④太息：叹息。掩涕：擦眼泪。民生：有多种解释，一说民生即人生，指屈原自己。艰：艰难。『民

生多艰』，指屈原所见到、体验到的楚人遭遇，当然也包括屈原自身在内。

【原文】

余虽好修姱以鞿羁兮，謇朝谇而夕替。既替余以蕙纕兮，又申之以揽茝。亦余心之所善兮，虽九死其犹未悔。怨灵修之浩荡兮，终不察夫民心。

【注释】

①好：喜好。修姱：指修饰美好的品德。修，含修养之意；姱，指美好的品德。鞿：指马缰绳。羁：指马络头。鞿羁在此作动词，比喻自己约束自己。谇：进谏。替：废除，撤职。

②既：已经。以：助词，调整音节。蕙纕：装有蕙草的香带子。纕，本义指佩带。申：重申，加上。揽：撷取。亦：若是。善：用作动词，认为善。虽：即使。九死其犹未悔：指不管受到多大的打击也不会屈服。犹，还。

③灵修：指楚怀王。浩荡：本意为大水汹涌的样子，此处喻指君王糊涂荒唐，恣意妄为而无定准。终：始终。察：体察。民心：人的内心。

【原文】

众女嫉余之蛾眉兮，谣诼谓余以善淫。固时俗之工巧兮，偭规矩而改错。背绳墨以追曲兮，竞周容以为度。忳郁邑余侘傺兮，吾独穷困乎此时也。

【注释】

①众女：喻指朝中围绕于楚怀王周围的谗佞小人。嫉：嫉妒。余：屈原自指。蛾眉：蛾指蚕蛾，蚕蛾

之眉（实指须），细长而曲，指眉毛像蚕蛾的触须一般齐整，因此常用来比喻女人的眉毛长得很美。此处是屈原喻指自己的美好品德。谣诼：造谣诽谤。淫：邪乱。

②固：本来。工巧：善于投机取巧。偭：违背。规矩：本是木工的工具，量圆用的为规，量方用的为矩，引申为规则法度。改错：『错』通『措』，改错即改变措施。

③绳墨：木工引绳弹墨，用以打直线，在这里指法度。追曲：追，随；曲，邪曲。比喻贵妃宠臣违背正直之道而追求邪曲之行。竞：争相。周容：指奉承苟合，讨好别人。以为：作为。度：法则。

④忳：烦闷，副词，做『郁邑』的状语。郁邑：忧虑烦恼。三个形容词连用，是楚辞的特有语法。侘傺：失意的样子。穷困：指孤立无援的状况。

【原文】

宁溘死以流亡兮，余不忍为此态也。鸷鸟之不群兮，自前世而固然。何方圆之能周兮，夫孰异道而相安？屈心而抑志兮，忍尤而攘诟。

【注释】

①宁：宁愿。溘死：忽然死去。流亡：随水漂流而去。余：我，屈原自指。此态：指『固容以为度』，即苟合取容之态。

②鸷鸟：指鹰鹞一类品行刚烈，不肯与凡鸟同群的猛禽。不群：即指不与众鸟同群。屈原以此来表明自己不与凡庸为伍。前世：古代。固然：本来如此。

③何方圆之能周：方和圆怎么能相合。周，合。异道：不同的道路，在此处是指不同的政治路线。

④屈心：与『抑志』同义，均指按捺自己的心志。屈：委屈。抑：抑制。忍尤：与『攘诟』同义，攘，容忍。诟，耻辱。意思是能容忍外来的耻辱。

【原文】

伏清白以死直兮，固前圣之所厚。悔相道之不察兮，延伫乎吾将反。回朕车以复路兮，及行迷之未远。步余马于兰皋兮，驰椒丘且焉止息。

【注释】

①伏：通『服』，保持，坚守。死直：死于正道、正义。固：本来的意思。前圣：指前代的圣贤，如尧、舜、禹等。厚：赞许。

②悔：恨。相道：观看。察：看清楚。延：引颈。伫：久立。『延伫』，意思是引颈张望，徘徊迟疑。反：同『返』。即指下文『退将复修吾初服』。

③回：这里意指调转。复路：回归过去的道路。及：趁着。行迷：指迷途。以上四句是指屈原在政治上受到排挤打击之后，产生了要退出政治舞台的消极想法。

④步：解开驾车的马匹使之自由行走。兰皋：长满兰草的河岸。皋，河边。驰：指马奔跑。椒丘：长满椒木的土丘。且：暂且。焉：在此。止息：休息一下。

【原文】

进不入以离尤兮，退将复修吾初服。制芰荷以为衣兮，集芙蓉以为裳。不吾知其亦已兮，苟余情其信芳。高余冠之岌岌兮，长余佩之陆离。

【注释】

①进：指进身于君前。不入：指不被君王所采纳。离：同「罹」，遭受。尤：罪过。退：隐退。复：再、重新。初服：当初的服装，实指当初的初衷、夙志，即篇首所说的「内美」「修能」。修吾初服：指修身洁行。

②制：裁制。芰：楚人称菱为芰。衣：上身所穿的叫衣。集：合，积聚。芙蓉：荷花。裳：下身所穿的叫裳。

③不吾知：即「不知吾」的倒装，意指不了解我。已：止，算了吧。苟：如果。余情：我之情实。信：诚然。芳：香洁。

④高：高峻，此处用作动词，加高的意思。岌岌：本指高耸的样子，此处指帽高。长：修长，这里用为动词。陆离：修长而美好的样子。

【原文】

芳与泽其杂糅兮，唯昭质其犹未亏。忽反顾以游目兮，将往观乎四荒。佩缤纷其繁饰兮，芳菲菲其弥章。民生各有所乐兮，余独好修以为常。虽体解吾犹未变兮，岂余心之可惩？

【注释】

①芳：指芬芳之物。泽：说法不一，一指腐臭之物，或说为润泽的意思。杂糅：掺杂在一起。此句比喻自己和群小共处一朝。唯：只有。昭质：指清白纯洁的本质。亏：亏损。

②反顾：回顾。游目：纵目瞭望之意。往观：前去观望。四荒：指四方荒远之地。这里是指重新寻找

道路以实现自己的理想。

③佩：佩带。缤纷：盛，及言多。繁饰：饰物繁多。菲菲：勃勃，形容香气浓郁。弥章：更加明显。

民生：人生。乐：爱好。好修：喜好修饰。常：恒常之法。

④体解：肢解，古代把人的四肢分割下来的一种酷刑。犹：尚且。未变：不改变。指绝不改变其初衷。

岂：怎能。惩：指恐惧，解为『怨艾』亦通。

【点评】

第一层次，回顾：此层的主要内容是介绍自己，并回顾自己的志向、遭遇，以及自己的决心。为其在下文中的求索和思想上的矛盾做铺垫。

【原文】

女媭之婵媛兮，申申其詈予。曰鲧婞直以亡身兮，终然殀乎羽之野。汝何博謇而好修兮，纷独有此姱节。

薋菉葹以盈室兮，判独离而不服。

【注释】

①女媭：历来解说不一。一说是妾，一说是女伴，一说是女人名。婵媛：联绵词，眷恋。申申：反反复复。詈：责骂或苦苦相劝。

②鲧：神话传说中上古时期治水的人物。大禹的父亲。婞直：倔强而刚直。亡身：即忘身，意思是忘记对自身的危害不顾生命的意思。终然：终于。夭：夭折。羽之野：羽，羽山，传说在今山东蓬莱县东南。羽之野，指羽山的郊野。

③汝：你，此指屈原。何：为何。博謇：意谓过于刚直。博，过于。纷：众多之意。独：唯独。姱节：美好的节操。

④薋、菉、葹：都是恶草名。此处用来比喻谗佞小人盈满于君王身边。盈室：满屋。判：区别。离：舍弃。服：使用，佩带。

【原文】

众不可户说兮，孰云察余之中情？世并举而好朋兮，夫何茕独而不予听。依前圣以节中兮，喟凭心而历兹。济沅湘以南征兮，就重华而陈词。

【注释】

①众：众人。户说：挨家挨户地去解说。孰：谁。云：助词，无词义。察：体察。余：这里是指我们，实指屈原。中情：指内心。

②世：当今，指世俗之人。并举：互相抬举。好朋：喜欢结交好友。夫：犹汝也。茕独：孤独。不予听：不听我的劝告。予：我，女媭自称。以上写女媭劝他妥协。

③依：循。前圣：前代的圣贤。节中：节操。喟：叹息声。凭心：愤懑发于内心。历兹：经历到如今这样的打击。

④济：渡过。沅、湘：水名。都在今湖南省境内。南征：南行。重华：舜的号。传说舜死于苍梧之野，苍梧山在今湖南省宁远县境内。要向重华陈词，就必须渡过沅、湘二水。以下是向舜陈词的内容。

【原文】

启《九辩》与《九歌》兮，夏康娱以自纵。不顾难以图后兮，五子用失乎家巷。羿淫游以佚畋兮，又好射夫封狐。固乱流其鲜终兮，浞又贪夫厥家。

【注释】

①启：夏启，禹的儿子，继禹之后做了国君。《九辩》《九歌》，古代乐曲名。传说是天帝的乐曲，被夏启从天上偷下来带到人间。夏康：太康，启的儿子。以：而。自纵：自我放纵的意思。太康用《九辩》《九歌》来娱乐自己，任情放纵。

②顾：环顾考虑。难：患难。『不顾难』，即不考虑祸难而为未来做打算。图：打算。五子：五观，亦武观，启的第五个儿子。用失乎：因此的意思。家巷：家族内部的斗争。据记载五观作乱，被启派兵讨平。

③羿：古代传说中的善射者。淫游：过度地游乐。佚畋：放纵而毫无节制地打猎。佚，放荡纵恣。封：大也。封狐：大狐狸。

④固：本来。乱流：意谓逆行篡乱之流。鲜终：很少有好的结果。浞：寒浞，羿的相。据《左转》记载，羿做国君后，享乐无度，不理国政，寒浞令他的家臣逢蒙射杀了羿，抢夺了羿的妻子。贪，贪恋，在此作『霸占』解。厥：同『其』。家：指妻室。

【原文】

浇身被服强圉兮，纵欲而不忍。日康娱而自忘兮，厥首用夫颠陨。夏桀之常违兮，乃遂焉而逢殃。后辛之菹醢兮，殷宗用而不长。

【注释】

①浇：寒浞与羿的妻子生的儿子。被服：犹言『披服』，抢夺、依仗。强圉：有极大的力量。传说他能在陆地上行船。纵欲：放纵自身的欲望。不忍：不能加以克制。

②日：天天。康娱：安于享乐。自忘：指忘掉自身的安危。厥首：他的脑袋。用夫：因此。颠陨：坠落。

③夏桀：夏朝末代的国君。常违：违背常道。乃：竟。焉：于是，指桀之违背常道之事。逢殃：遭到祸殃，指被汤所放逐。

④后辛：指商纣王，名辛，又称帝辛，商末国君。菹醢：古代的一种酷刑，指把人剁成肉酱。殷宗：指殷朝的祖祀。宗，宗族统治，即指殷代的统治。用而：因而。不长：指被周武王所灭。

【原文】

汤禹俨而祗敬兮，周论道而莫差。举贤而授能兮，循绳墨而不颇。皇天无私阿兮，览民德焉错辅。夫维圣哲之茂行兮，苟得用此下土。

【注释】

①汤、禹：商汤、夏禹，指古代的圣贤。俨：庄严、敬畏。周：此指周文王、武王。论道：选择，讲求治国的道理。莫差：没有丝毫的差错。

②举贤而授能：选拔和任用德才兼备的人。举，选用。授，任用。循：遵照，遵守。绳墨：指木工画直线用的工具，喻指规矩、法度。颇：偏。不颇：无偏颇，与上文『莫差』义近。

③皇天：上天。阿：偏袒、庇护。览：察。焉：于是。错：通『措』，安置。辅：辅助。

④夫：发语词。维：同『惟』，独。圣哲：即有高智慧的圣贤。茂行：美好的德行。苟得：才能够。用：享有。下土：天下。用此下土，即拥有天下。

【原文】

瞻前而顾后兮，相观民之计极。夫孰非义而可用兮，孰非善而可服。阽余身而危死兮，览余初其犹未悔。不量凿而正枘兮，固前修以菹醢。

【注释】

①瞻前而顾后：即观察古往今来的成败。相观：观察。此为动词连用，相、观，均为看、察之意。计极：即极计，指最终的法则和标准。计，策之意。

②夫：发语词。孰：哪。非义：不仁不义。用：服用。这句是说哪里有不仁不义的国君可以长久地治理国家？非善：不行善事。

③阽：临近险境。危死：危亡得近乎于死。览：反观。初：本心。

④量：度。凿：榫头的孔。枘：榫头。这句话的意思是说，枘要插进凿中，如不度量凿的大小，就无法合榫。比喻臣子如果不去度量国君的贤愚就去直言进谏，必定会招致灾祸。固：应为『故』。前修：前贤，指被纣王剁成肉酱的比干、梅伯等贤臣。以：因此。菹醢：酷刑，将人剁成肉酱。

【原文】

曾歔欷余郁邑兮，哀朕时之不当。揽茹蕙以掩涕兮，沾余襟之浪浪。跪敷衽以陈辞兮，耿吾既得此中正。

驷玉虬以乘鹥兮，溘埃风余上征。

【注释】

①曾：屡次。歔欷：气咽而抽泣的声音。郁邑：忧伤的样子。时之不当：生不逢时之意。当，遇。

②揽：取。茹：柔软。掩涕：擦眼泪。涕，眼泪。沾：浸湿。浪浪：泪流不止的样子。以上通过向重华陈词，明确人生真谛，决定直面现实，我行我素，虽死而不后悔。

③敷衽：敷，铺开；衽，衣襟。指铺开衣襟。耿：光明。既：已经。中正：此处是指治国之道。

④驷：本义是指四匹马拉的车，此为动词，指驾车。。上征：一天远行。

【原文】

朝发轫于苍梧兮，夕余至乎县圃。欲少留此灵琐兮，日忽忽其将暮。吾令羲和弭节兮，望崦嵫而勿迫。路曼曼其修远兮，吾将上下而求索。

【注释】

①朝：清晨。发轫：出发的意思。轫，挡住车轮转动的横木。发轫，就是拿开挡着车轮的横木，以使车轮转动。苍梧：指山名，据说舜葬在此地。因刚刚向舜陈述完，所以从苍梧山出发。至乎：到达。乎，于。县圃：又称『玄圃』，神话传说中昆仑山上的仙山名，据说在昆仑山顶，为神灵所居。

②少留：稍微停留一会儿。灵琐：神灵居室的大门，实指县圃。忽忽：匆匆，很快的样子。

③令：命令。羲和：神话中的太阳神，给太阳驾车。弭节：指停车。弭，停止。节，马鞭。崦嵫：神话中的山名，太阳落山之处。迫：近。

诗经·楚辞

第四册

〔春秋〕孔子 〔战国〕屈原 著
李楠 编译

黄筌·娄乾

离骚（二一）

【原文】

饮余马于咸池兮，总余辔乎扶桑。折若木以拂日兮，聊逍遥以相羊。前望舒使先驱兮，后飞廉使奔属。

鸾皇为余先戒兮，雷师告余以未具。

【注释】

①咸池：神话传说中的池名，太阳出来洗澡的地方。总：结，系。辔：马缰绳。扶桑：神话传说的树名，太阳从它下面出来。

②折：攀折。若木：神话传说中的树名，在昆仑山的极西，太阳所入之处。聊：暂且。逍遥：自由自在的样子。相羊：徘徊，盘桓。

③前：在前面。望舒：月神的驭手。先驱：指在前面开路。后：在后面。飞廉：风伯，风神。奔属：奔跑追随。

④鸾：指凤鸟一类。皇：指雌凤一类。先戒：在前面警戒。雷师：雷神丰隆。具：备，指车驾。

【原文】

吾令凤鸟飞腾兮，继之以日夜。飘风屯其相离兮，帅云霓而来御。纷总总其离合兮，班陆离其上下。

吾令帝阍开关兮，倚阊阖而望予。

【注释】

①飞腾：腾空而起。日夜：指日夜兼程。

②飘风：旋风。屯：聚集。离：同『丽』，依附。帅：率领。云霓：彩云。御：同『迓』，迎接。

③纷总总：形容很多东西聚集在一起。离合：忽聚忽散。班：文采杂乱，五彩缤纷。陆离：形容光彩斑斓错综参差。此二句既可看成是想象中的境况，又可看作是诗人的心境描写。

④帝阍：天帝的守门人。关：门。倚：靠着。阊阖：天门。望：冷漠地看着，拒绝开门的意思。上天求女象征着希望楚王的理解，帝阍不开门表示这一理想的破灭。

【原文】

时暧暧其将罢兮，结幽兰而延伫。世溷浊而不分兮，好蔽美而嫉妒。朝吾将济于白水兮，登阆风而绁马。忽反顾以流涕兮，哀高丘之无女。

【注释】

①时：时光，此指日光。暧暧：昏暗的样子，光线渐渐微弱。结：编结。延伫：徘徊迟缓。

②溷浊：混乱污浊。不分：没有区别。蔽：遮蔽。蔽美：遮盖美好的东西。以上四句，承上言见楚王受阻，诗人感慨万千。

③朝：清晨。济：渡。白水：神话传说中的水名，发源于昆仑山。登：攀登上。阆风：神话传说中的地名，即县圃，在昆仑山上。绁：拴，系。这两句写心中的想法。

④忽：突然间。反顾：回头望。哀：痛惜。高山，即指阆风，借指楚国。女：神女。屈原表面上是哀阆风的无神女，实际上是哀楚王没有好的嫔妃。

【原文】

溘吾游此春宫兮，折琼枝以继佩。及荣华之未落兮，相下女之可诒。吾令丰隆乘云兮，求宓妃之所在。解佩纕以结言兮，吾令蹇修以为理。

【注释】

①溘：形容快。春宫：神话传说中东方青帝所居住的仙宫。琼枝：玉树的花枝。继：继续，补充。佩：佩带。

②及：趁着。荣华：花朵。荣，草本植物开的花。未落：尚未凋谢，指琼枝言。相：察看。下女：下界（人间）的女子，此指一般的贤臣。可诒：可以赠送。

③丰隆：云神。求：寻求。宓妃：神话传说中古帝伏羲氏的女儿，溺死在洛水，后成为洛水之神。

④佩纕：佩戴的香囊。结言：约好，以香囊为信物，此指定下盟约。蹇修：人名。旧说是伏羲的臣。理：提亲人。

【原文】

纷总总其离合兮，忽纬繣其难迁。夕归次于穷石兮，朝濯发乎洧盘。保厥美以骄傲兮，日康娱以淫游。虽信美而无礼兮，来违弃而改求。

【注释】

①纷总总：形容提亲的人多次往返，费了不少口舌。离合：言辞未定。纬繣：乖戾，不相投合。

②次：住宿。穷石：神话中的山名，传说是后羿所居住的地方。濯发：洗头发。洧盘：神话传说中的

水名，出自崦嵫山。这两句暗示宓妃与后羿有暧昧关系。

③保：持，依仗。厥美：她的美貌。厥，其，此处指宓妃。骄傲：傲慢无礼。日：成天。康娱：娱乐享受。淫游：过分的游乐。

④虽：诚然。信美：确实美好。无礼：指生活放荡，不合法理。来：乃，呼语。违弃：抛弃，放弃。改求：另外寻求。

【原文】

览相观于四极兮，周流乎天余乃下。望瑶台之偃蹇兮，见有娀之佚女。吾令鸩为媒兮，鸩告余以不好。雄鸠之鸣逝兮，余犹恶其佻巧。

【注释】

①览相观：同义，动词连用，都是『看』的意思，指细细观察。四极：东西南北极远的地方。周流：到处游览。

②瑶台：用美玉砌成的台。偃蹇：高耸的样子。有娀：有娀国，传说中的上古国名。在此处指简狄。

③鸩：鸟名，传说将它的羽毛浸在酒水中，喝其酒能毒死人。不好：即以不好的消息告诉我。

④雄鸠：雄性鸠鸟。鸣逝：边叫边飞。犹：尚。恶：嫌弃。佻巧：行为轻佻巧诈，巧言善辩。

【原文】

心犹豫而狐疑兮，欲自适而不可。凤皇既受诒兮，恐高辛之先我。欲远集而无所止兮，聊浮游以逍遥。及少康之未家兮，留有虞之二姚。

【注释】

①犹豫：拿不定注意。自适：亲自去。不可：因为不合当时的礼法，所以不能亲自去。

②凤皇：凤鸟，即传说中的『玄鸟』。受诒：即『致诒』，指完成送聘礼之事。高辛：五帝之一的帝喾称号。传说，帝喾曾令玄鸟给简狄送礼，成婚后生子叫契。

③远集：远止。集：上，停留。所止：停留的地方。浮游：漫游。

④及：趁着。少康：夏代的中兴之王，夏启的曾孙。未家：未成家。有虞：传说中的上古国名。二姚：指有虞国的两个女儿。有虞国君把两个女儿嫁给了少康。后来少康消灭了浞和浇，恢复了夏朝的统治。

【原文】

理弱而媒拙兮，恐导言之不固。世溷浊而嫉贤兮，好蔽美而称恶。闺中既以邃远兮，哲王又不寤。怀朕情而不发兮，余焉能忍而与此终古。

【注释】

①理弱：指媒人软弱。拙：笨拙。导言：指媒人撮合的言辞。

②嫉贤：嫉妒贤能之人。称恶：指称赞邪恶。此句意谓称赞邪恶之人。以上二句点明了人间求女的象征意义。

③闺中：女子居住的内室，指以上所求诸女的居室。以：助词，没有意义。哲王：明智的君王，此指楚怀王。不寤：不醒悟。前文帝阍不肯开天门，表明楚怀王不醒悟。

④怀：怀抱。情：指衷情。不发：不能抒发。焉能：怎能。忍：忍受。此：这，指的是上三句中所说

的这种情况。终古：永久。

【点评】

第二层次，求索：回顾往昔，信而见疑，忠而被谤，屈子迷惑，于是求索。在该层次中诗人借助瑰奇的想象和绚烂的神话，将内心的世界表现得淋漓尽致。其间贯穿了一条基本线索，即屈原的志向和理想无论在现实世界中遭受多大的打击，那种『路曼曼其修远兮，吾将上下而求索』的坚持不懈的追求精神，丝毫没有减退。

【原文】

索藑茅以筳篿兮，命灵氛为余占之。曰两美其必合兮，孰信修而慕之？思九州之博大兮，岂唯是其有女？曰勉远逝而无狐疑兮，孰求美而释女？

【注释】

①索：取。藑茅：香茅之类，古代用茅草来占卜。以：与。筳篿：指古代卜卦用的竹棍。灵氛：传说中的上古神巫。

②曰：此指神巫说。以下四句是灵氛的话。两美其必合：两个美人必定能够结合。孰：谁。信修：诚然美好的意思。慕：爱慕。之：代『信修』的人。

③思：想。九州：古代将中国分为九个州，九州即指中国。是：这，指楚国。女：美好。

④曰：此亦指灵氛所说，灵氛见屈原沉默不语，接着又说了以下四句劝导的话。勉：努力。远逝：指勉力远去。释：放开、舍弃。

【原文】

何所独无芳草兮，尔何怀乎故宇？世幽昧以昡曜兮，孰云察余之善恶。民好恶其不同兮，惟此党人其独异。户服艾以盈要兮，谓幽兰其不可佩。

【注释】

①何所：何处。芳草：比喻理想中的美人。尔：你，此指屈原。怀：怀恋。乎：彼也。故宇：故国，此指楚国。灵氛劝行的话至此结束。以下是诗人自己的考虑。

②世：指当今的世界。幽昧：黑暗。以：而且。昡曜：惑乱溷浊。云：语中的助词，能。余：我，此为灵氛，代指屈原。察：明辨。

③民：指天下众生。好恶：喜好和厌恶，或指非标准。其：借为『岂』，难道。惟：通『唯』，只有。党人：朋党之人。独异：特别，与众不同。

④户：指党人家家户户。服：佩用。艾：艾蒿：这种草有特殊的气味，被古人看作是一种恶草。盈：满，动词。要：同『腰』。谓：说。此指众人说。其：指代幽兰。

【原文】

览察草木其犹未得兮，岂珵美之能当？苏粪壤以充帏兮，谓申椒其不芳。欲从灵氛之吉占兮，心犹豫而狐疑。巫咸将夕降兮，怀椒糈而要之。

【注释】

①览察：察看。其：尚且。犹：还。未得：不能够。岂：难道。珵美：即『美珵』，美玉。当：恰当。

②苏：取。粪壤：粪土。充：塞满，装满。帏：佩带在身上的香囊。申椒：中地之椒。

③巫咸：古代的神巫，名咸。巫咸也是作品里的假想人物。夕降：从天而降。古人把巫看成是人神之间的中介，巫请神下降，向神申诉人的请求，并把神的指示传达给人。怀：馈。椒糈：指椒浆和祭神用的精米。要：邀请，迎候。

【原文】

百神翳其备降兮，九疑缤其并迎。皇剡剡其扬灵兮，告余以吉故。曰勉升降以上下兮，求矩矱之所同。汤禹严而求合兮，挚咎繇而能调。苟中情其好修兮，又何必用夫行媒。说操筑于傅岩兮，武丁用而不疑。吕望之鼓刀兮，遭周文而得举。宁戚之讴歌兮，齐桓闻以该辅。及年岁之未晏兮，时亦犹其未央。恐鹈鴂之先鸣兮，使夫百草为之不芳。

【注释】

①百神：指天上的众神。翳其：翳然，遮蔽，形容神遮天盖地而来。备降：全来。九疑：九嶷山，指九嶷山的神灵。缤其：纷纷。并迎：一概来迎接。这里是说到九嶷山的众神迎接天上百神。

②皇：皇天。一说皇是指百神。剡剡：光闪闪。灵：灵光。吉故：明君遇到贤臣的吉祥的故事。

③曰：指巫咸传达天神的指示。勉：努力。升降以上下：指俯仰浮沉到处求访。求：寻求。矩矱：矩，是画方形的工具，矱是量长短的工具，此处指法度。

④汤、禹：指商汤和夏禹。严：恭敬。合：志同道合的人。挚：商汤贤相伊尹的名。咎繇：皋陶，夏禹的贤臣。调：协调。

⑤苟：如果。中情：内心。用：凭借。夫：彼的意思。行媒：指往来传话的媒人。

⑥说：指傅说，殷高宗的贤相，他原来是在傅岩地方从事建筑的奴隶，后来被殷高宗所重用。操：持，拿。筑：即杵，筑土墙用的木杵。武丁：殷高宗名。用：重用。疑：嫌恶。这句话是说武丁不因傅说是干贱活的奴隶而嫌恶他。

⑦吕望：即吕尚。本姓姜，吕是他先人的封地，以封地为氏。相传他曾在朝歌做过屠夫，后被周文王所重用。鼓刀：屠宰牲畜时摆弄刀具，发出声响。遭：遇。周文：周文王姬昌。举：选用。

⑧宁戚：春秋时卫国人，相传他曾经做过小商贩，在都东门外，边喂牛边敲牛角唱歌，齐桓公听后，认为其为贤人，便起用他为客卿。齐桓：齐桓公，齐国国君姜小白，春秋五霸之一。该：周详，完备。该辅，备为辅佐，用为大臣。

⑨及：趁着。晏：晚。时：时光。犹其：尚且。未央：未尽。这句意思是说建功立业之时犹未过去，尚可有所作为。

⑩鹈鴂：杜鹃，或曰子规、伯劳，初秋鸣叫，故有下文的百草不芳。夫：助词。为之：因此。不芳：比喻错过时机而无所作为。巫咸劝行的话至此结束。下面是屈原自己的考虑。

【原文】

何琼佩之偃蹇兮，众薆然而蔽之。惟此党人之不谅兮，恐嫉妒而折之。时缤纷以变易兮，又何可以淹留。

兰芷变而不芳兮，荃蕙化而为茅。

【注释】

①何：何等。琼佩：用玉树花枝缀成的佩带。偃蹇：盛多而美丽的样子，在此形容琼佩之盛。众：指楚国朝廷结党营私的一帮人，即下句中的『党人』。

②惟：思。谅：信。不谅，意指险诈不可信。折：摧毁。之：指代琼佩。

③时：时世。缤纷：纷乱。变易：变化。

④茅：茅草，比喻已经蜕化变质的谗佞小人。

【原文】

何昔日之芳草兮，今直为此萧艾也。岂其有他故兮，莫好修之害也。余以兰为可恃兮，羌无实而容长。委厥美以从俗兮，苟得列乎众芳。

【注释】

①直：竟然。萧艾：贱草。

②他故：别故，指的是其他的理由。莫：不。害：弊端。

③兰：兰草，即前文：『余既滋兰之九畹兮』的『兰』，是屈原苦心培养的人才之一，此处可能是影射楚怀王的幼子令尹子兰。

④无实：不结果实。容长：以容貌美好见长，意思是指虚有美好的外表。

⑤委：丢弃、抛弃。厥：他的，指代兰。从俗：追随世俗。苟：此表疑问，如何之意。得：得以，能够。

【原文】

椒专佞以慢慆兮，榝又欲充夫佩帏。既干进而务入兮，又何芳之能祗。固时俗之流从兮，又孰能无变化。览椒兰其若兹兮，又况揭车与江离。

【注释】

①椒：指花椒，亦指变质之贤者。一说是影射大夫子椒。专佞：专横谗佞。慢慆：傲慢放肆。榝：茱萸一类的草，形状似椒而不香。椒本是芳烈之物，茱萸似椒而非，比喻楚国官场的一批小人。

②干进：求进。务入：指钻营。芳：指椒和榝的香味。祗：散发。此句是指芬芳没有办法散发。

③揭车、江离：两种香草名，香味不如椒兰，比喻自己所培育的一般人才。

【原文】

惟兹佩之可贵兮，委厥美而历兹。芳菲菲而难亏兮，芬至今犹未沫。和调度以自娱兮，聊浮游而求女。及余饰之方壮兮，周流观乎上下。

【注释】

①惟：唯有，通"唯"。兹佩：指上文"琼佩"，喻指屈原的内在美与追求。委：弃，这里是指被抛弃的意思。厥美：它的美，指琼佩之美。历兹：即到了如今这个地步。

②菲菲：指香气浓郁。亏：损。沫：消失。

③和调度：三个字同义，并列结构，指调节自己的心态，缓和自己的心情。众生各有所乐，屈原独以修身为常。自娱：自乐。聊：姑且。浮游：飘游。求女：寻求志同道合的人。

④方：正。壮：盛。本句『方壮』指『饰』，比喻年事尚不过高。周流：周游。上下：上下四方，到处。

【原文】

灵氛既告余以吉占兮，历吉日乎吾将行。折琼枝以为羞兮，精琼爢以为粻。为余驾飞龙兮，杂瑶象以为车。何离心之可同兮，吾将远逝以自疏。

【注释】

①吉占：指两美必合而言。历：选择。

②琼枝：琼树的枝条。羞：美味。精：动词，使精细。爢：细屑。

③为余：为我，替我的意思。飞龙：长翅膀的龙，用来驾车。杂：间杂。瑶：美玉。象：象牙。这句是指杂用象牙、美玉来装饰车子。

④离心：不同的去向。远逝：远去。自疏：主动地疏远他们。

【原文】

邅吾道夫昆仑兮，路修远以周流。扬云霓之晻蔼兮，鸣玉鸾之啾啾。朝发轫于天津兮，夕余至乎西极。凤皇翼其承旂兮，高翱翔之翼翼。

【注释】

①邅：楚方言，转向。道：用为动词，有取道之意。昆仑：神话中西部神山名。周流：周游。

②扬：飘扬。云霓：即虹，此处指以云霓为旌旗。晻蔼：旌旗蔽天，日光暗淡的样子。鸣：响起。玉鸾：用玉雕成的鸾形车铃。啾啾：象声词，玉铃发出的声音。

③发轫：出发。天津：指天河的渡口。西极：西方的尽头。

④翼：敬。承：接。旂：旗帜的通称。翼翼：飞翔的样子。

【原文】

忽吾行此流沙兮，遵赤水而容与。麾蛟龙以梁津兮，诏西皇使涉予。路修远以多艰兮，腾众车使径侍。路不周以左转兮，指西海以为期。

【注释】

①忽：匆匆。流沙：西方的沙漠因流动而得名。遵：循着。赤水：神话中的水名，发源于昆仑山。容与：从容徘徊而不前。

②麾：指挥。蛟：龙的一种。梁：桥，此处用作动词，指架桥的意思。津：渡口。诏：告令。西皇：古帝少皞氏，西方的尊神。涉予：涉，渡。把我渡过河去。

③艰：指路途艰险。腾：飞驰。径：直；径相侍卫以免渡河时发生危险。

④路：路径。不周：指不周山，神话中的山名，在昆仑山的西北，因此山有缺，故得此名。指：直指，表示最终的意思。西海：神话传说中的西方之海。期：期待。

【原文】

屯余车其千乘兮，齐玉轪而并驰。驾八龙之婉婉兮，载云旗之委蛇。抑志而弭节兮，神高驰之邈邈。奏《九歌》而舞《韶》兮，聊假日以媮乐。陟升皇之赫戏兮，忽临睨夫旧乡。仆夫悲余马怀兮，蜷局顾而不行。

【注释】

①屯：聚集。千乘：指千辆车。齐：整齐，这里用为动词，排列整齐。玉轪：古代称车轮为轪，玉轪即由玉来装饰的车轮。并驰：并驾齐驱。

②八龙：为余驾车的八条神龙。婉婉：前进时蜿蜒曲折的意思。委蛇：旗帜飘扬的样子。

③抑志：志，通『帜』，即旗帜下垂。弭节：放下赶车的马鞭，将车辆停止。神：指人的精神。邈邈：浩邈无际的样子。

④舞《韶》：以《韶》乐来伴奏的舞蹈。《韶》即《九韶》，夏启的舞乐。媮：通『愉』，与乐同义。

⑤陟步：两字同义，都是升高的意思。皇：天。赫戏：形容光明的意思。忽：突然。临：由上而下观看。睨：斜着眼睛看。旧乡：指楚国。

⑥仆夫：驾车的人。怀：思念。蜷局：蜷曲不伸展。顾：回头看。

【点评】

第三层次，矛盾。屈原历经坎坷，前途无望，只好借助巫祝之语来抒发胸中之情：不能不离，又不能离。在这种矛盾的心理冲突中，屈原的爱国主义精神升华到了最高的境界。

【原文】

乱曰：已矣哉，国无人莫我知兮，又何怀乎故都？既莫足与为美政兮，吾将从彭咸之所居。

【注释】

①乱：古代音乐的最后一章为乱。

②已矣哉：算了吧。为绝望时的哀叹。

③国无人：国家无贤才。莫我知：就是『莫知我』，即没有人了解我。怀：念。

④足与：足以。与：和。为：实行。美政：理想中的政治。从：随从。居：住所。这里是指屈原所选择的道路和归宿。

【点评】

这是全篇的尾声，具有相对的独立性。高度概括了全篇的主要内容，简洁生动地说明了屈原打算以身殉国的原因。

【译文】

我原是上古帝王高阳氏的后裔啊，我那已经故去的父亲名叫伯庸。正当寅年又是寅月啊，就在庚寅之日我降生。父亲看我初生的器宇啊，依据卦兆赐予我佳名。给我取的大名叫作正则，给我取的表字叫灵均。

我本来就拥有好的禀赋啊，又加上我不断修饰的才能。披上了芬芳的江离和幽香的白芷啊，穿上了编制的兰草作为佩饰。时光如梭我总是赶不上啊，唯恐年华匆匆不再将我等。清晨我拔取了山南那去皮不死的木兰啊，傍晚我揽取那沙洲经冬不枯的宿莽。日月飞驰从不会久留啊，春去秋来亘古不变。想到草木难免凋谢啊，担心美人终归也会迟暮。何不趁年壮抛弃污秽啊，何不改变这如此陈旧的法度？乘上骏马迅速疾驰啊，来吧！我将会在前面给你引路！

过往的三代里君德皆纯美啊，本来就有群芳的辅佐。不只是用花椒和菌桂啊，岂止是佩带上白芷和蕙草。那唐尧虞舜的光明正直啊，遵循正道就步入了坦途。夏桀商纣是何等的放纵啊，因贪图捷径而寸步难行。

结党小人苟且贪求安乐啊，国家的前途暗淡而就要倾覆。我哪里是害怕自己遭祸殃啊，我所担心的是君王的车乘。匆匆奔走在君王的前后啊，是想使君王跟上前代圣贤的脚步。君王却不体察我的苦心啊，相反听信谗言而对我暴怒。我明白耿言直谏会招来祸患啊，纵使心中想忍却不能不说。上指苍天来做证啊，那是为了君王的缘故。当初以黄昏作为约期啊，可是中途却改变了主意。那时与我有过真诚的话语啊，到后来却认为我有了其他的企图。原本我并不怕与你离别啊，可是我痛惜君王的反复无常与意志不坚。

我已种植了兰花九畹啊，又培育了蕙草百亩。分垄栽种了留夷和揭车啊，还间杂着杜衡与芳芷。多么希望它们叶茂而枝盛，到了成熟的季节我就收割。纵然是枯萎凋零又有何悲伤啊，伤心的是众芳的污秽变质。众人都竞相来贪求财物啊，贪得无厌地追逐而从不满足。为什么总用自己的卑鄙来估量别人啊，各怀鬼胎而相互嫉妒。匆匆奔走追逐名利啊，而那不是我所追求的。衰老渐渐地就要来临了啊，担心的是修洁的美名无法得到确立。清晨啜木兰花上欲坠的香露啊，傍晚采食秋菊初绽的花瓣。只要我的内心美好而专一啊，纵使肌瘦憔悴又有什么？采撷木兰根来编结白芷啊，再穿上香草薜荔落下的花房。举起香木菌桂来缀上蕙草啊，胡绳编结的绳索美好而修长。我一心效法前代的圣贤啊，这却不是世俗之人认可的衣冠。虽与当今做人的准则不相符合，我顺从于彭咸留下的典范。长叹息，擦干洒下的热泪啊，哀伤人生道路之艰险。我虽然喜好修洁却被其连累啊，早晨进谏晚上就遭贬。我虽然已把蕙草的香囊抛弃啊，而我又揽取了芳芷作为我的佩帏。只要我的内心是美善的啊，就是死上九回也不后悔。我责怨君王荒唐糊涂啊，终究无法体察我的善良心肠。众女嫉妒我如蚕蛾之眉的美貌啊，造谣诋毁说我过于淫荡。世俗本来就是善于投机取巧的啊，违背规矩而改变举措。背叛规矩而追随邪路啊，竞相将苟合取容奉为做人的准则。我是那样的忧愤而心神不宁啊，只有我在这个时代寸步难行。就算猝然死去顺水漂流啊，我也不肯做出与他们同样的邪恶之态。雄鹰绝不与凡鸟为伍啊，这样的事情自古便是如此。怎么可能让方圆吻合在一起啊，谁又能志趣不同而相安无事？可以委屈心志啊，容忍强加的罪名但把耻辱去除。伏身于清白之志和死于直道啊，这都是前贤所倡导和赞许的。

悔恨观察道路不够审慎啊，踌躇不前我要回返。掉转我的车乘折回原路啊，趁着迷路尚且不算太远。骑马漫步在长满兰草的水边啊，奔驰休息于长满花椒的小丘。前去不被接纳反而招致罪名啊，退下来再修饰我当初的旧服。裁荷叶做上衣啊，采荷花做下裳。不被了解也就算了吧，只要我的内心依旧芬芳。把我的切云冠高高上耸，把我的玉佩打造得更长。芬芳和污浊间杂在一起啊，唯独那洁白的本质不会损伤。忽然回首放眼眺望啊，将去观览那遥远的四方。我的佩带缤纷而修饰得完美啊，芳香馥郁更加昭彰。人生的追求和志向各不相同啊，只有我喜好修洁习以为常。就算是把我的躯体肢解也不会改变啊，怎能使我的心思受到挫伤。

我的密友女媭缠绵不舍啊，三番五次地把我斥责：『伯鲧刚直总忘记自身的危险啊，最终惨死在羽山的郊野。你何必过于忠直啊，偏偏富有如此美好的节操？恶草堆满了屋子啊，为什么你偏要与众不同？众人那么多怎能一个个地说明啊，谁能体察我们的衷情？世俗喜好互相吹捧和结党啊，你为何坚守孤独连我相劝也不听？』依照前贤的教诲而坚持己理啊，长长叹息愤懑在胸直到如今。渡过沅湘之水再向南行啊，走近帝舜之灵来表白我的情衷：夏启从上天那里偷来了乐章啊，过分地追求淫逸而自我放纵。不顾灾难也不做长远打算啊，五子叛乱而最终失去了家园。羿过分迷恋于狩猎啊，又喜好射杀肥大的狐狸。本来淫逸就没有好下场啊，寒浞霸占了羿的妻室做了丈夫。寒浞之子浇依仗力大无比啊，放纵情欲而不能克制。每天都沉浸在淫乐之中啊，最后他被少康所杀。夏桀违背做君王的正道啊，最终遭到了灭国的祸殃。纣王无道乱用酷刑啊，殷代的宗祀因此而无法久长。汤、禹畏天而又尊重人才啊，周之文武讲道论义天之法理。推举、授权贤良啊，遵循法度走上坦途。上天公正不讲偏爱私情啊，观察人的品德而做出立君的裁决。只有那深具美德的圣贤啊，养民天下的权力应该获得。细察往昔环视将来的成败啊，审视人们对成败思考的准则。哪有不义的做法而可以采取的啊，哪有不做善事可以实行的？即使身处险境濒临死亡啊，回顾初衷我毫不后悔。不量一下斧孔就想插进斧柄啊，这就是前代贤人遭难的原因。不断抽泣我抑郁又惆怅啊，哀伤自己没有遇到好的时光。拿起柔软的蕙草揩拭眼泪啊，泪水簌簌打湿了我的衣裳。

向大舜铺前襟跪陈词啊，我得此中正之道而心中光明。驾玉龙乘彩凤啊，忽然风起我向天上飞腾。清晨从苍梧山启程啊，傍晚就到达了昆仑山上的县圃。本想在仙门前稍作停留啊，可惜时光匆匆天色已将暮。我让羲和停车慢行啊，望着崦嵫山我担心日落。前途漫漫又遥远啊，我将上天入地去探寻求索。让我马在咸池饮足水啊，把缰绳拴在神树扶桑。折下若木枝来揩拭日光啊，姑且在这里徘徊徜徉。派月神望舒为我引路啊，还有风神飞廉后续相连。凤鸟为我在前面戒备开道啊，雷师丰隆却告诉我还没准备好。我又叫凤鸟展翅高飞啊，开辟前路而日夜兼程。旋风突起忽离忽散啊，率领虹霞前来相迎。纷纭飘忽时聚时散啊，色彩斑斓乍离乍合。我让帝宫的门卫打开大门啊，他却倚着天门向我发愣。日光渐暗一天就要过去啊，编结着幽兰在这里久等。世道如此善恶不分啊，总是嗜好妒忌压制贤能。清晨我将渡过神泉白水啊，登上阆风来把马拴。猛然回头潸然泪下啊，哀叹高丘之上无有知己。忽然漫步到了青帝的春宫啊，攀折玉树的花枝补续佩饰。趁着摘取的琼花尚未凋零啊，察看下界的女子可馈赠给谁。我让雷师丰隆乘云周行啊，寻找神女宓妃的住处。解下香佩作为信物啊，又令贤人蹇修前去说媒。宓妃态度暧昧忽即忽离啊，乖戾的脾气难以迁就。夜晚回到穷石止宿啊，清晨又沐浴在洧盘。自恃美貌如此傲慢啊，整天寻欢作乐花天酒地。诚然貌美却怎能骄傲无礼啊，决意放弃她另寻追求。纵目远眺遥远的四方啊，遍游上天我又回到大地。远望美玉垒成的高耸瑶台啊，看见有娀氏美女简狄。我要鸩鸟为我做媒人啊，归来却欺骗我说她无意。雄鸠呱呱乱叫飞去替我说媒啊，我又厌恶它多言失于轻佻。心里犹豫疑惑无法决断啊，想亲自前往又与礼法不合。凤鸟已经带着聘礼准备前去啊，恐怕帝喾迎娶简狄比我领先。想远走高飞却又不知去哪里啊，聊且逍遥等待观望。趁着少康还没有成家啊，还留下有虞氏的两位阿娇。媒人们无能又笨拙啊，担心传达我的话很难奏效。世间如此浑浊又嫉贤妒能啊，偏好遮蔽美善而称赞邪恶。宫中之门很深远啊，本来明智的君王今又不省悟。满怀衷情而不得抒发啊，我如何才能隐忍了却此生？

索取灵草和竹片啊，请灵氛为我占卜推算。灵氛说：『两美相遇必然结合啊，哪有诚然修美之人不被人思念？想天下如此宽阔广博啊，难道只有这里才有娇娥？』他又说：『自勉远逝不要犹豫啊，求美之人谁会把你放弃？什么地方没有芬芳的香草啊，你又何必如此怀恋故里？』当今世道黑暗混乱啊，谁能了解我是善是恶？世人的好恶各不相同啊，只有那群党人特别古怪。个个把臭艾挂满腰带啊，反说幽兰恶臭不能佩带。识别草木的香臭尚且做不到啊，那辨别美玉的重任又如何担当？取来粪土塞满了香囊啊，硬说芬芳的申椒毫不芳香。想要听从灵氛的吉祥占卜啊，可心中还是犹豫彷徨。巫咸傍晚将要降临下界啊，怀抱香椒精米把他迎接。众神飞临遮天蔽日一起下降啊，九嶷山的众神也纷纷光临。皇天扬灵光芒四射啊，将吉祥的缘故告知我。说：『俯仰沉浮以求自勉啊，追求法度相似才能志同道合。商汤、夏禹敬承天道求其匹合啊，因为能得到伊尹、皋陶的辅佐。如果内心确实追求修好啊，又何必再请媒人去说合？傅说曾是傅岩的泥瓦匠啊，殷武丁重用他却毫不迟疑。姜尚本是朝歌的屠夫啊，遇到了文王便得到了推举。宁戚喂牛而叩角商歌啊，齐桓一闻就准备召用心中欢喜。趁着年华尚未衰老啊，时光尚且还未完尽。担心子规过早地啼鸣啊，让百草芬芳丧尽而凋零。这玉佩是何等的非凡啊，而众小人却纷纷将它遮掩。想到那些党人的险诈与毫无诚信啊，恐怕出于嫉妒而要损毁它。世道混乱变幻无常啊，我又怎么可以留？兰和芷都变质而芬芳了啊，荃与蕙也都变成了茅草。为何从前芳香的花草啊，如今简直变成了艾草和白蒿？难道说还有别的缘故吗？都因为不好修洁不要德行哦！我本以为兰是可以依靠的啊，可惜它却华而不实虚有外表。放弃它内在的美德而从俗啊，侥幸地挤进众芳来过市招摇。椒专横谗佞而又傲慢啊，樧却挤进香囊好似香草。一味追求私利又附势啊，又如何知道敬重的芬芳？世俗本来就是随波逐流啊，又有谁能够不变异？眼见花椒幽兰尚且如此啊，又何况那些揭车和江离？唯有这一玉佩最可贵啊，可它的美德却被抛弃到如今。香气袭人毫不亏损啊，散发的芬芳至今犹存。调节心态、执守忠贞、自我宽娱啊，暂且徐徐漫游寻求志同道合者。趁着我的佩饰还鲜艳，走遍上下四方去周游。

灵氛已把占卜告诉我啊，选定了吉日良辰我就要去远航。折下玉树枝作为我的佳肴啊，碾成琼玉的玉屑做干粮。飞龙为我把车驾啊，美玉象牙将行车来点妆。离心离德的人怎能共处啊，我将远游自疏不再复合。转道我去往昆仑山啊，道路漫长我四处游。升起云旗遮蔽天日都暗淡啊，响起鸾铃啾啾大队车马都出发。清晨从天河的渡口出发啊，傍晚就到达西极之天涯。凤鸟纷飞举着龙虎大旗啊，舒展羽翼高高翱翔在太空。

我匆匆路过无尽的流沙之地啊，沿昆仑东南的赤水徘徊。指挥蛟龙用它的身躯搭桥渡河啊，命令西皇少皞帝来接迎。道路漫长满艰辛啊，飞腾的众车都来侍卫。路过不周山再左转啊，约定在西海那里驻足。屯集车辆有一千乘啊，排列整齐将并驾向前行。乘上八龙驾车逶迤行进啊，飘动风中的云旗随风卷。按捺我的情绪缓缓行啊，神气却高飘远去莫能抑。奏起《九歌》、跳起《韶》舞啊，暂借这闲暇时光将愁消。朝阳升起阳光灿烂啊，刹那间俯视人寰看见了我故乡。车夫悲痛我的马也思恋啊，卧身蜷曲再不去向前。

算了吧，国家没有人了解我啊，我又何必怀念那故乡呢？既然没有人能与我共施美政啊，我将追随彭咸精神而长存！

九歌

【点评】

《九歌》是屈原依据楚国南部民间长期流传的祭祀乐歌加工改写而成的一组祭祀诗篇。约作于楚怀王十一年前后，当时屈原得到了楚怀王的重用，创作目的是求神降福，战胜秦军。

《九歌》本是夏代乐歌的名称，『九』表示多数，所以《九歌》的篇数不是九，而是十一篇。《九歌》的第一首《东皇太一》是通祀之歌，即迎神曲；最后一首《礼魂》是送神曲。中间九首诗各祭祀一位神灵，共祀九位。作品通过赞美神祇，侯神娱乐以祈求神的庇佑，表达人们对美好生活的渴望，对子孙繁衍的要求，对丰收的企盼。我们似乎可以从中看出诗人的政治感受。

东皇太一

【点评】

《九歌》是一组神话诗，《东皇太一》是其第一篇。

东皇太一，是楚人对天帝的尊称。称天帝为东皇可能是因为它的祠坛立在东边，也可能与天从东方破晓有关。本诗并没有具体描绘天帝神，只是叙写了迎接天神的隆重场面、祭祀陈设的精美、祭品丰盛芳洁和歌舞盛大，表达了人们对神的虔诚和美好的祝愿。

【原文】

吉日兮辰良，穆将愉兮上皇。抚长剑兮玉珥，璆锵鸣兮琳琅。瑶席兮玉瑱，盍将把兮琼芳。蕙肴蒸兮兰藉，奠桂酒兮椒浆。扬枹兮拊鼓。疏缓节兮安歌，陈竽瑟兮浩倡。灵偃蹇兮姣服，芳菲菲兮满堂。五音纷兮繁会，君欣欣兮乐康。

【注释】

①吉日：吉利的日子。辰良：即『良辰』。古代以甲乙等十干纪日，以子丑等十二支纪时辰，所以说『吉日良辰』。

②穆：温和静敬之意。将：而且。愉：喜悦。

③抚：持，按。长剑：主祭者之剑，即灵巫所持之剑。珥：剑环，剑柄和剑身相接处两旁的突出部分，即剑鼻。玉珥，指用玉装饰而成的珥，实际指剑柄。

④璆锵：佩玉撞击发出的声响。璆，美玉名。琳琅：美玉名，谓佩玉也。

⑤瑶席：指华美如瑶的坐席。填：读如『镇』；玉填，以玉压席。这里是指以玉制的器具来压住坐席。

⑥盍：集合之意，指将花扎在一起。将把：奉持。琼芳：色如美玉的芳草鲜花。

⑦蕙：香草。肴蒸：肴为切成块的肉，蒸是指把块肉放在祭器上。蕙肴蒸，即用香草蕙来包裹祭肉。藉：用……衬垫。

⑧奠：祭献。桂酒：玉桂泡的酒。椒：花椒。浆：淡酒。以上蕙、兰、桂、椒四者皆取其芬芳以飨神。

⑨扬枹：举起鼓槌。枹，鼓槌。拊：敲。

⑩疏缓：疏疏缓缓。节：指音乐的节拍节奏。安歌：徐徐缓缓地轻歌。

⑪陈：陈列，摆列。竽：簧管乐器，形似笙而较大，管数也较多。瑟：弹拨乐器，类似筝，二十五弦。陈竽瑟，意谓吹竽弹瑟。浩倡：高声歌唱。倡，通『唱』。

⑫灵：指所祭之神东皇太一。一说指降神的巫师。偃蹇：踯躅徘徊不进的样子。姣服：华丽的服饰。姣，美好。

⑬菲菲：香气馥郁。

⑭五音：指古代五声上的五个音级，即宫、商、角、徵、羽。纷：犹『纷纷』，众多的样子。繁会：错杂，指众乐一起演奏。

⑮君：指神，指东皇太一。欣欣：喜悦的样子。康：平和、安乐。

【译文】

吉利日子美好时光，将要恭敬地祭东皇太一。手握长剑玉饰剑柄，佩玉琳琅锵锵作响。华美洁白的铺席玉镇压，献上如玉鲜花郁郁芬芳。蕙草包裹祭肉兰草衬垫，进上桂花酒和椒浆。高举鼓槌击起鼓，节奏舒缓轻歌飞扬，吹竽弹瑟放声歌唱。神灵华服徘徊云端，香气浓郁飘满厅堂。五音纷纷相交响，上皇安乐又安康。

云中君

【点评】

《云中君》是楚人祭祀云神的乐歌。云中君指云神，云中是神所住之处。

诗中既写了云神出行光华四射，以及忽然而降、翩然离去的神秘莫测，也写了灵巫对云神功德的礼赞及对云神的虔诚和思恋。

【原文】

浴兰汤兮沐芳，华采衣兮若英。灵连蜷兮既留，烂昭昭兮未央。蹇将憺兮寿宫，与日月兮齐光。龙驾兮虎服，聊翱游兮周章。灵皇皇兮既降，猋远举兮云中。览冀州兮有余，横四海兮焉穷。思夫君兮太息，极劳心兮忡忡。

【注释】

①浴：洗澡。兰汤：用兰草泡的热水。沐：洗头。芳：芳香，指兰汤。这里写的是古人在祭神前的斋戒沐浴等程序。

②华采：华丽的色彩。若英：像花一样生动、美丽。指饰神女巫的穿着打扮。

③灵：神灵，指所祭神云中君。连蜷：连绵婉曲，形容姿态柔美。既：其（表推测）。留：指留在天上，尚未降临。这句是说女巫降神时，神灵附体，模拟云神的姿态。

④烂昭昭：光明。烂，发光。昭昭，明亮的样子。未央：即没有穷尽，不停地发光。央：尽。

⑤蹇：通『謇』楚方言，发语词。将：暂且。憺：安。寿宫：上寿之宫，指云中君天上所居的宫殿，一说为供神处。

⑥齐光：指与日月同其光明。齐，同。

⑦龙驾：龙驾的车。帝：天帝。服：指王畿以外的地方。

⑧聊：暂且。翱游：到处翱翔。周章：周游浏览。

⑨灵：指云神。皇皇：同『煌煌』，光彩盛大的样子。既降：已下。

⑩猋：指犬奔跑的样子，引申为迅速敏捷。远举：指高飞。这两句话叙写云神『一降而即去，不肯暂留』。

⑪览：看。冀州：古有九州之说，冀、兖、青、徐、扬、荆、豫、梁、雍九州。冀州居九州之中，古代帝都多在冀州，所以有中土之称。有余：还要多。

⑫横：横越。四海：古以中国四境有大海环绕，于是就以四海来代表中国以外的地域。焉：哪里，何。穷：尽。这里是说，云神广览四海，无不穷极。

⑬夫君：指云中君。夫，指示词，这、那。太息：大声地叹息。『太』通『大』。

⑭极：非常、极度。劳心：苦苦思念。

【译文】

沐浴在兰草做成的香汤中，身着如鲜花般绚烂的衣裳。灵巫妖娇曼舞徘徊天上，神光灿烂啊永远辉煌。流连安详在云神宫殿，和日月一同焕发光芒。神龙驾车身披天帝的服装，姑且遨游在天地四方。灵光煌煌已从天降，又迅捷高飞向天上。遍览九州啊余光依然明亮，宽广的四海啊无边无疆。思念起云神啊我长声叹息，满怀幽思啊心神惶惶。

少司命

【点评】

《少司命》是楚地祭祀时对掌管人间子嗣及儿童命运的神灵唱的祭歌。《少司命》通篇以迎神者的叙述歌唱的语气，表现了她们对少司命之神的眷恋、企盼、赞叹、感激之情。

【原文】

秋兰兮麋芜，罗生兮堂下。绿叶兮素枝，芳菲菲兮袭予。夫人兮自有美子，荪何以兮愁苦！秋兰兮青青，绿叶兮紫茎。满堂兮美人，忽独与余兮目成。入不言兮出不辞，乘回风兮载云旗。悲莫悲兮生别离，乐莫乐兮新相知。荷衣兮蕙带，倏而来兮忽而逝。夕宿兮帝郊，君谁须兮云之际？与女游兮九河，冲风至兮水扬波。与女沐兮咸池，晞女发兮阳之阿。望美人兮未来，临风怳兮浩歌。孔盖兮翠旍，登九天兮抚彗星。竦长剑兮拥幼艾，荪独宜兮为民正。

【注释】

①秋兰：即兰草，绿叶紫茎，秋天开淡紫色的小花。麋芜：香草名。叶丛密，秋天开白花，根可入药。

②罗生：围绕而生。堂：指神堂，供神之室。

③素枝：应为『素华』，白花。『绿叶素枝』，指秋兰言。

④菲菲：香气浓郁的样子。袭：侵袭，形容香气袭人。予：迎神者自称。此诗通篇为迎神者的语气。

⑤夫：发语词。人：普通人。自：各自。美子：美好的孩子。少司命主管生育和保护儿童，所以这句写到祈子的内容。

⑥荪：香草，这里喻指少司命。愁苦：意谓使我（指迎神者）愁苦。

⑦青青：借为『菁菁』，草木茂盛的样子。

⑧美人：指参加祭神者。

⑨余：指迎神者自称。目成：以目相视传情，表示两心相悦。

⑩入：指少司命降临时。出：指离去。辞：告辞。

⑪回风：旋风。云旗：以云为旗。此句是说，以风云为车旗。

⑫生别离：生生地别离。

⑬新相知：相交，指刚刚相交的知己。以上二句为迎神者所言。

⑭荷衣：以荷叶为上衣。蕙带：以蕙草为衣带。

⑮倏：忽然，疾速。忽：迅速。『倏而』『忽而』，犹『倏然』『忽然』。逝：往、去。

⑯帝郊：天国的郊外，犹天界。

⑰君：指少司命。须：待。『谁须』，即『须谁』，等待谁。云之际：指云端。

⑱女：同『汝』，指少司命。咸池：神话传说中的太阳洗澡的地方称为咸池。

⑲晞：晒干。阳之阿：大概指传说中的山谷；阳，太阳；阿，山陵凹曲处。

⑳美人：指少司命。

㉑临风：面对着疾风。怳：同『恍』，失意的样子。浩歌：放声歌唱。

㉒孔盖：以孔雀尾装饰车盖。孔，孔雀。翠旍：以翠鸟的羽毛为旌旗。翠，翡翠鸟。

㉓九天：古代传说中天有九层，这里指高空。抚：扫除。彗星：俗称『扫帚星』，古人以为是『妖星』，在此以喻『凶秽』，扫除古恶、污秽。

㉔竦：挺举、高举。拥：护卫。幼艾：婴儿幼童。

㉕荪：谓少司命。宜：适合。民正：犹言『人主』百姓之主。正：古人称官长为正，主宰的意思。

【译文】

秋天的兰草芬芳的麋芜，在堂前繁茂地罗列而生。绿绿的叶子素白的花，飘飘的幽香沁人心脾。世上的人自有美好的儿女，荪草又何必心里愁闷？秋天的兰草郁郁葱葱，绿色的叶子紫色的茎。满厅堂都是美丽的人，偏偏只与我眉目传情。来时不言语离去不辞别，乘着旋风高飞载着云旗。悲莫悲过于活生生地别离，乐莫乐过于新相交的知己。荷叶的上衣蕙草的腰带，你匆匆间来又去。夜晚你歇息在天国的郊外，你在云端把谁等待？愿与你沐浴在天上咸池，晒干你的头发在旭日东升时。盼望你却总不到来，面对着狂风失意放歌。孔雀羽毛做车盖翡翠做旗，登上九天去扫除凶秽灾星。高举着宝剑怀抱着幼童，荪草最适合主宰万民的生命。

东君

【点评】

《东君》是楚人祭祀日神时唱的乐歌。

《东君》通篇是以迎神者的语气，叙写日神东升与降落的过程。表现了对太阳普照大地、化育万物、给人类生命光明以及为人类攘除灾害的功绩的热情赞颂。

【原文】

暾将出兮东方，照吾槛兮扶桑。抚余马兮安驱，夜皎皎兮既明。驾龙辀兮乘雷，载云旗兮委蛇。长太息兮将上，心低徊兮顾怀。羌声色兮娱人，观者憺兮忘归。緪瑟兮交鼓，箫钟兮瑶簴。鸣篪兮吹竽，思灵保兮贤姱。翾飞兮翠曾，展诗兮会舞。应律兮合节，灵之来兮蔽日。青云衣兮白霓裳，举长矢兮射天狼。操余弧兮反沦降，援北斗兮酌桂浆。撰余辔兮高驼翔，杳冥冥兮以东行。

【注释】

①暾：旭日初升之时光明温暖的样子，这里指初升的太阳。

②吾：东君自称，即日神。槛：栏杆。扶桑：神树，神话中生长在日出处。这句是说东君用扶桑树做宫殿的栏杆。

③抚：通「拊」，轻轻拍打。余：日神自称。马：指神话中为太阳神驾车的六龙。

④皎皎：明亮的样子，指夜间天色明亮。既明：指即将黎明。

⑤龙辀：即龙车，指神话中为日神驾驭的龙车。辀，车辕。乘雷：龙车起行时，响声如雷，所以说「乘雷」。

⑥载：插着。委蛇：同「逶迤」，指云旗舒展飘扬的样子。

⑦太息：感叹。

⑧低徊：徘徊不前，迟疑不决的样子。顾怀：怀念眷恋。这两句写日神眷恋故居的心情，拟人的写法。

⑨羌：楚方言，发语词。声色：指祭神的乐舞。娱人：使人娱乐。

⑩观者：指观赏祭典的人。愧：安然，有沉浸之意。

⑪緪：绷紧。意思是把瑟弦绷紧。交鼓：古人把鼓放在木架上，多二人对击，所以说交鼓。

⑫箫：通「捕」敲击。瑶簴：摇动钟磬的木架。瑶，借「摇」；簴，悬钟磬之木架。

⑬鸣：此处指奏响。篪：古代一种竹制吹奏乐器，似笛子。竽：古代簧管乐器。

⑭灵保：指神巫，此处指扮日神的男巫。贤姱：美善，指德操与容貌之美。

⑮翾：轻飞的样子。翠：翡翠鸟。曾：通「翻」，展翅高飞。

⑯展诗：一首接一首地吟唱诗歌。展，陈。会舞：众人一起起舞。

⑰应律：应和音乐的旋律。合节：跟随节奏。

⑱灵：指跟随东君来飨祭的众神。

⑲青云衣：以青云为上衣。白霓裳：以白霓为裙，以日落时的晚霞比喻东君的服饰。

⑳矢：箭。『矢』和下句的『弧』（弓）合为『弧矢』，星名，共九颗，形状像弓箭，又名天弓。天狼：星宿名。

㉑操：持。反：回身。沦降：降落。沦，没；降，下。实指日西沉。

㉒援：引。北斗：星名，由七颗星组成，形似舀汤的勺。酌：斟酒。桂浆：桂花泡的酒。

㉓撰：抓住。辔：马缰绳。

㉔杳：幽深，深远。冥冥：黑暗。东行：向东走。我国古代神话中说日神由东向西运行，日暮时进入虞渊后，在地底又由西向东运行，这里写的正是此种情况。

【译文】

旭日就要从东方升起，照耀我的栏杆木扶桑。拍着我的马缓缓前行，夜色皎皎东方泛起光亮。驾着龙车滚滚轰鸣，树起的云旗高高飘扬。你长叹一声将要上天去，心中踌躇眷恋那故乡。升腾中的声色多么令人醉，瞻望的人群迷恋忘了回归。调好瑟弦擂起鼓，敲响的钟声让座架晃。吹起了篪儿奏起了竽，心中不忘神巫的美善从容。舞姿翩翩像翠鸟展翅飞翔，唱诵起诗歌同随舞。应着旋律和节拍，神灵降临遮蔽了光。青云上衣白霓裙裳，举起长箭射杀天狼。手持天弓回身降落，举起北斗斟满桂花酒浆。抓紧马的缰绳高高飞驰，穿过幽深昏暗向东奔去。

河伯

【点评】

本篇是祭祀黄河的乐歌，表现的是河伯对洛水之神的爱恋与思念。全篇皆想象之词，前八句写想象中河伯从游而不得；中间四句，想象中与河伯约好漫游『河之渚』；最后写想象中短暂相会后的分别。

【原文】

与女游兮九河，冲风起兮横波。乘水车兮荷盖，驾两龙兮骖螭。登昆仑兮四望，心飞扬兮浩荡。日将暮兮怅忘归，惟极浦兮寤怀。鱼鳞屋兮龙堂，紫贝阙兮朱宫，灵何为兮水中？乘白鼋兮逐文鱼。与女游兮河之渚，流澌纷兮将来下。子交手兮东行，送美人兮南浦。波滔滔兮来迎，鱼隣隣兮媵予。

【注释】

①女：通『汝』，你，河伯称『美人』。九河：黄河的总称。相传大禹治黄河时，除干线外分出八条支流，合称九河。河伯陪同『美人』在自己广阔的领地畅游。

②冲风：猛烈之风，暴风，一说旋风。横波：大的波浪。一作『扬波』。此句写受到阻碍不能前进，于是逆流而上。

③水车：以水为车。荷盖：以荷叶为车盖。

④骖：古时四匹马驾车，中间的两匹马叫作服。辕外边侧的马称骖。此处用为动词，即把螭作为骖马。螭：传说中一种无角的龙。

⑤昆仑：昆仑山，古人以为昆仑山是黄河的发源地。

⑥浩荡：广大，形容心胸开阔。

⑦怅：惆怅，心里不安。

⑧惟：思。极浦：指遥远的黄河之滨。寤怀：时时刻刻怀念。以上叙写迎接河伯，而不得其所在，眷顾怀恋，为想象之词。

⑨鱼鳞屋：以鱼鳞装饰的房屋。龙堂：有雕龙装饰的厅堂。

⑩紫贝：紫色带花纹的贝壳。阙：宫门。朱宫：即珠宫，以珍珠装饰的房间。

⑪灵：神灵，指河伯。何为：为什么。

⑫鼋：一种大鳖。逐：追随。文鱼：有斑彩的鱼。

⑬女：通『汝』，你，指河伯。渚：水中的小块陆地。

⑭流澌：即流水。澌，解冻时流动的水。纷兮：纷纷，形容水流急骤。

⑮子：你，指河伯。交手：谓拱手。东行：顺流而向东。

⑯美人：指河伯。南浦：指河的南岸。

⑰滔滔：水流不绝的样子。来迎：相迎。

⑱隣隣：形容众多。媵：原义指陪嫁的人，这里是『相送』的意思。

【译文】

要与河神一同游九河，突起的暴风掀起层层浪。以水做车以荷叶为车盖，两龙驾辕啊螭龙奔跑在两侧。

攀登上昆仑我放眼四望，任心神飞扬好不舒畅。日将西沉，忘却归去心惆怅。遥远的河边让我顾恋感伤。

鱼鳞饰屋，龙鳞嵌堂，紫贝搭阙门，明珠镶卧房。神灵你为何久居在水乡？乘坐白鼋追逐游鱼，和你同游在那河渚，流水汹涌乐极将生悲。同类人拱手辞别往东行，送别美人啊直到南岸口。波浪滔滔都来迎接我，成群的游鱼为我送行。

山鬼

【点评】

《山鬼》是楚人祭祀巫山女神时唱的乐歌。

全诗叙写了一位美丽、善良的山中女神与她所思恋的人相约会，然而却一直不得相见的故事。对于山中景物的描写，对于女神情思愁绪的描绘以及细腻真实的心理勾勒，为全诗增添了一种缠绵悱恻、感人至深的情感。

【原文】

若有人兮山之阿，被薜荔兮带女罗。既含睇兮又宜笑，子慕予兮善窈窕。乘赤豹兮从文狸，辛夷车兮结桂旗。被石兰兮带杜衡，折芳馨兮遗所思。余处幽篁兮终不见天，路险难兮独后来。表独立兮山之上，云容容兮而在下。杳冥冥兮羌昼晦，东风飘兮神灵雨。留灵修兮憺忘归，岁既晏兮孰华予。采三秀兮于山间，石磊磊兮葛蔓蔓。怨公子兮怅忘归，君思我兮不得闲。山中人兮芳杜若，饮石泉兮荫松柏。君思我兮然疑作，雷填填兮雨冥冥，猨啾啾兮又夜鸣。风飒飒兮木萧萧，思公子兮徒离忧。

【注释】

①若有人：谓山鬼。若，好像，仿佛。阿：山坳，指深山角落。这里指山鬼常居之地。

②被：通『披』。薜荔：又名木莲，蔓生，常绿灌木植物。带：指衣带，用为动词。女罗：即『女萝』，又名『兔丝』，一种蔓生植物。这句言山鬼常服之物。

③睇：斜视。含睇，脉脉含情，指以目传情。宜笑：指善于笑，笑得自然。含睇又宜笑，指山鬼的表情。

④子：你。此与下文所言公子、灵修、君等，皆为山鬼想象中的所爱慕之人。慕：爱慕、羡慕。予：山鬼自称。善：善于。窈窕：美好的样子。

⑤乘：驾。从：随行。文狸：有花纹的狸猫，毛黄黑间杂。

⑥辛夷：香木。辛夷车，以辛夷香木做成的车。结：拴结。结桂旗，拴结桂枝编成旌旗。

⑦被：通『披』。石兰、杜衡：皆为香草名。

⑧芳馨：泛指兰衡等香草。遗：赠送。所思：所思念之人。以上四句，写山鬼的威仪。

⑨余：山鬼自称。处：居。幽篁：幽深昏暗的竹林。篁，竹子的一种，引申为竹林。终：终日，整天。不见天：指见不到天日。

⑩后来：指来迟。以上二句写山鬼与所思之人相约而不得相会，是自责之词。

⑪表：突出，屹然独立的样子。

⑫容容：通『溶溶』，水盛，这里形容云多貌。下：山下。

⑬杳：遥远的样子。冥冥：不明、黑暗。昼晦：意谓白天昏暗得像黑夜一样。昼，白天；晦，暗。

⑭飘：风。神灵雨：指雨神下雨。

⑮留：挽留，等待。灵修：指山鬼所思念的人。憺：安然。

⑯岁：年华，年纪。晏：迟，晚。岁晏，年纪老了。孰：谁。华：通『花』。予：山鬼自称。孰华予，意谓谁还能视我年轻如鲜花呢？

⑰三秀：灵芝草的别名。于山：即巫山。

⑱磊磊：乱石堆积的样子。葛：葛藤。蔓蔓：蔓延的样子。

⑲公子：山鬼所思念的人。怅：惆怅失望。

⑳君：山鬼称恋人。我：山鬼自称。闲：空闲。此句意谓：对方并非不思念我，因为没有空闲所以不能来赴约。

㉑山中人：山鬼自指。

㉒石泉：从山石中流出的泉水。荫：动词，遮阴。

㉓然：如此，肯定语气。疑：怀疑。作：产生。

㉔填填：雷声。冥冥：昏暗不明的样子。

㉕啾啾：猿猴鸣叫之声。又，一作『狖』，黑色长尾猿猴。

㉖飒飒：风声。萧萧：风吹叶落发出的声响。

㉗徒：徒劳，白白地。离：通『罹』，遭受。

【译文】

女神忽隐忽现在山坳，木莲披身腰系着女萝。脉脉含情的眼嫣然笑，爱慕我美好的样子。乘坐着赤豹身后带文狸，辛夷香木为车桂枝为旗。披着石兰杜衡饰带飘然而垂，折下芳草送给心爱的人。身在幽深竹林终日不见天，道路险阻难行来得晚。孤独立在那高山上，飘荡的云气就在脚下翻。光线幽暗白天似黑夜，阵阵东风飘下雨的是神灵。安然地等待你使我忘记了归去，时光已逝谁能给我好光华？采集灵芝在那巫山间，只见乱石累累藤葛蔓蔓。埋怨公子怅然忘记归去，你若是把我想念，心中怎会有空闲？山中的我芬芳似杜若，饮用清泉流水松柏遮阴，你的思念让人真是疑惑。雷声隆隆大雨绵绵，猿声凄厉哀鸣啾啾。山风呼啸山木飒飒，思念公子徒然忧愁。

国殇

【点评】

《国殇》是祭祀为国捐躯的英雄的乐歌。国殇即为国而死的人。此诗表达了对他们的敬意，时代色彩强烈。

《国殇》前半部分，主要叙写楚国将士们奋勇杀敌、壮烈牺牲的悲壮场面；后半部分，则颂扬了为国牺牲的将士视死如归的高尚精神。刚健悲壮的艺术风格，使其在《九歌》组诗中别具特色。

【原文】

操吴戈兮被犀甲，车错毂兮短兵接。旌蔽日兮敌若云，矢交坠兮士争先。凌余阵兮躐余行，左骖殪兮右刃伤。霾两轮兮絷四马，援玉枹兮击鸣鼓。天时坠兮威灵怒，严杀尽兮弃原野。出不入兮往不反，平原忽兮路超远。带长剑兮挟秦弓，首身离兮心不惩。诚既勇兮又以武，终刚强兮不可凌。身既死兮神以灵，子魂魄兮为鬼雄。

【注释】

①操：持，拿。吴戈：吴地所产的戈。戈是我国古代主要的长兵器，顶端横刃，有木质的长柄。被：通「披」。犀甲：犀牛皮做的铠甲。

②车：戎车，战车。错：交错。毂：车轮中心安插车轴的横木。车错毂，即指交战双方的战车靠得很近，车轮交错。短兵：指短兵器，相对于弓箭而言，如刀剑之类。接：指短兵交锋。

③旌：战旗。旌蔽日，是说双方的旌旗很多，把阳光都遮蔽了。敌若云：形容来犯敌人众多，像聚集的云雾一样。

④矢交坠：指双方互射，射箭相碰而坠落。士争先：是说楚国士兵争先杀敌。

⑤凌：侵犯。余阵：指楚军车阵。躐：践，踏，这里指冲进。余行：指楚军的战阵队列。

⑥左骖：指驾战车的左方的骖马。殪：死。右：指右边的骖马。刃伤：指被刀刃砍伤。刃，名词动用。

⑦霾：通「埋」。霾两轮，指车轮陷入泥中。絷：绊。

⑧援：拿起。玉枹：用玉石装饰的鼓槌。枹，鼓槌。

⑨天时：犹言天象。威灵：神灵。

⑩严杀：残酷的恶战。尽：完。弃原野：骸骨丢弃在原野。以上叙写了经过了一场惊天动地的恶战，

楚军将士全部战死沙场的悲壮场面。

⑪出不入：形容出征前将士的决心。与『往不反』同意。

⑫平原：指出征路经的地方。忽：恍惚，不分明，这里形容旷野辽阔。超远：遥远。

⑬带：佩带。挟：用胳膊夹住。秦弓：秦地所产的弓。这句是写，壮士虽然死了，但仍腰带着长剑，腋夹着秦弓，仍不舍弃一身勇士装束。歌颂他们的精神。

⑭惩：后悔。

⑮诚：的确，确实。勇：勇敢，指精神。武：武艺。

⑯终：始终。凌：进犯。

⑰既：已经。神：指精神。神以灵，指精神不死之意。

⑱子魂魄：一作『魂魄毅』。鬼雄：鬼中的雄杰。

【译文】

手持着吴戈啊身披着犀牛铠甲，双方车轮碰撞啊短兵相加。旌旗遮蔽了太阳啊敌多如云，羽箭纷纷下落啊勇士争拼杀。侵犯我的阵地啊冲垮我的队行。左边骖马已死啊右边战马已伤。两轮陷入泥中啊四马都被绊倒，操着玉槌啊擂得战鼓咚咚响。惊天动地啊震怒了威灵，残酷的搏杀完结啊横尸满山野。出征就不回师啊一去不复返，平原苍茫辽阔啊归途多么遥远。腰佩长长利剑啊手握秦地良弓，身首即使分离啊也不改变我忠诚。真是既勇敢啊又威武雄壮，至死刚毅顽强啊不可欺凌。身躯已战死啊精神却永恒，忠魂毅魄啊鬼中也定为英雄！

礼魂

【点评】

《礼魂》是祭毕众神后的送神曲。

『礼』是敬的意思。『魂』包括以上所祭的全部天神、地祇和人鬼。诗中叙写祭祀礼仪完毕之后，女巫载歌载舞的欢快场面，同时也表达祭者希望神灵可以永远赐福给人间的热切期望。

【原文】

成礼兮会鼓，传芭兮代舞，姱女倡兮容与。春兰兮秋菊，长无绝兮终古。

【注释】

①成礼：祭礼结束。会鼓：一起打鼓。

②芭：同『葩』，花，指巫所持的香草。『传芭』，传递鲜花。代舞：轮番舞蹈，代，更替之意。

③姱：美女，指女巫。倡：同『唱』。容与：此处放纵之意，指女巫歌舞时，美好而从容不迫的姿态。

④无绝：不断。终古：千古，永远之意。表现祭者虔诚的愿望。

【译文】

祭礼完成啊擂响大鼓，传递鲜花啊轮流来歌舞，美女们又唱起来啊从容有度。春天有兰草啊秋天有菊花，长久不断绝啊流芳千古。

九章

【点评】

《九章》里面的作品有九篇，主要是屈原被流放期间所作。非一时一地所作，为后人辑录而成。屈原在楚怀王和顷襄王时期，因谗言而两度被流放，诗人足迹遍及汉北、沅、湘等地。《九章》各篇已经记录着诗人流放的行程及其心理变化历程。对了解和研究屈原，有很重要的价值。

涉江

【点评】

《涉江》应是屈原晚期的作品，为其被流放江南时所作，篇中主要叙述了渡过长江，沿着湘水逆流而上，经过枉渚和辰阳，最后进入溆水，到达溆浦的经历。深刻地反映了诗人生活的困境及内心感受。

【原文】

余幼好此奇服兮，年既老而不衰。带长铗之陆离兮，冠切云之崔嵬。被明月兮佩宝璐。世溷浊而莫余知兮，吾方高驰而不顾。驾青虬兮骖白螭，吾与重华游兮瑶之圃。登昆仑兮食玉英。与天地兮同寿，与日月兮同光。哀南夷之莫吾知兮，旦余济乎江湘。

【注释】

①奇服：特别美好且与众不同的服饰，象征品行高洁。即指长剑、高冠等。

②既：已经。衰：减弱。

③长铗：长剑。陆离：形容长，光彩绚丽。

④切云：当时高冠名。崔嵬：高耸的样子。

⑤被：通『披』，披挂。明月：夜光珠，宝珠名。璐：玉名，美玉。

⑥溷浊：指世道昏乱、污浊。莫余知：即『莫知余』，没有人了解我。

⑦高驰：指向神界快速飞驰。

⑧驾：与『骖』同义，驾车的意思。这里指驾车登天，以青虬为马，以白螭为骖。青虬：有角的龙。白螭：无角的龙。

⑨重华：舜的号。瑶：美玉。圃：园圃。『瑶圃』，指神界种美树的园圃。

⑩昆仑：相传神话中的神山，以产玉著名，在神话中称天帝的园圃。玉英：玉花。

⑪南夷：指楚国。根据上文『世溷浊而莫余知』推想，『南夷』也指楚人，因而造成双关，借以斥楚国当政小人。

⑫旦：明日。

【原文】

乘鄂渚而反顾兮，欸秋冬之绪风。步余马兮山皋，邸余车兮方林。乘舲船余上沅兮，齐吴榜以击汰。船容与而不进兮，淹回水而凝滞。朝发枉陼兮，夕宿辰阳。苟余心其端直兮，虽僻远之何伤。

【注释】

①乘：登。鄂渚：地名，在今湖北武昌西。反顾：回头看。反映出诗人对故都的眷恋心情。

②欸：感叹。绪风：余风。指冬末初春的寒风。

③步余马：指解开驾车的绳子，让马散行。山皋：江边。

④邸：止，停留。『邸余车』，指放下车驾不用。方林：大森林。

⑤舲船：有窗户的小船。上：指溯流而上。

⑥齐：并举。吴榜：大的船桨。汰：水波。

⑦容与：徘徊不进。

⑧回水：回流。凝滞：停滞不前。

【原文】

入溆浦余儃佪兮，迷不知吾所如。深林杳以冥冥兮，猨狖之所居。山峻高以蔽日兮，下幽晦以多雨。霰雪纷其无垠兮，云霏霏而承宇。哀吾生之无乐兮，幽独处乎山中。吾不能变心而从俗兮，故将愁苦而终穷。

【注释】

①溆浦：地名。指溆水之滨。在今湖南溆浦县。儃佪：徘徊不进。

②杳：幽深。冥冥：昏暗无光。

③猨：同『猿』。狖：兽名，长尾猴的一种。

④终穷：一直穷困。

【原文】

接舆髡首兮，桑扈臝行。忠不必用兮，贤不必以。伍子逢殃兮，比干菹醢。与前世而皆然兮，吾又何怨乎今之人。余将董道而不豫兮，故将重昏而终身！

【注释】

①接舆：春秋时期的楚国隐士，和孔子同时。即《论语》中记载的『楚狂接舆』。髡：剃发，古代的一种刑法。接舆曾自动剃发装疯。

②桑扈：即《庄子》中的桑户，古代隐士。臝行：赤身裸体在外行走，表示一种玩世不恭的态度。

③以：用。

④伍子：即伍子胥，名员，为春秋时吴王夫差臣，曾劝说吴王拒绝越国求和并停止伐齐，后被疏远，以致遭到吴王赐剑而死的下场。逢殃：即指赐剑而死之事。

⑤比干：殷纣王的叔父。相传因屡次劝谏纣王，被剖心致死。菹醢：古代一种酷刑，把人剁成肉酱。

⑥与：举。以下二句概括前六句，从历史的事例中说明『忠』『贤』都不被统治者所用。

【原文】

乱曰：鸾鸟凤皇，日以远兮。燕雀乌鹊，巢堂坛兮。露申辛夷，死林薄兮。腥臊并御，芳不得薄兮。阴阳易位，时不当兮。怀信侘傺，忽乎吾将行兮！

【注释】

①鸾、凤：传说中的瑞鸟，比喻贤臣。

②燕、雀、乌、鹊：皆凡鸟，比喻谗佞小人。

③堂：殿堂。古代国君行礼、理政、祀神的处所。坛：祭台。古代用于祭礼誓师等大典礼。这句比喻

小人窃取朝廷的高位。

④露申：与『辛夷』皆为芳草。

⑤薄：丛生的草。死林薄：因被丛林里的草木荫蔽而死去。

⑥腥臊：臭恶之物，此比喻谗佞小人。御：用。

⑦薄：迫近。

⑧阴阳：阴指小人，阳指君子。易位：换位置，指小人掌权，君子不受重用。

⑨怀信：怀抱忠信。侘傺：怅然失意而神情恍惚的样子。

【译文】

我从小的时候就喜爱这奇装异服啊，年纪老了也未曾减少分毫的兴致。佩挂那光彩熠熠的长剑，头戴高高耸起的切云冠，身披宝珠腰佩美玉。世界混乱没有人理解我啊，我要远走高飞义无反顾。用青虬驾车白龙做骖，我和帝舜共同游历瑶圃。登上昆仑山品尝白玉的花瓣，万古长存于天地间，与日月同辉永放光芒。痛恨朝廷无人能理解我啊，明早我就要渡过湘水去远行。

登上鄂渚我回头眺望，叹息秋冬的余风丝丝寒凉。让我的马在山冈漫行，把我的车停在方林旁。换乘小船逆流水而上啊，双桨齐挥激起汹涌的波浪。船只缓慢不易前行啊，陷入急湍回流中更加艰难。清晨从枉陼出发啊，夜晚在辰阳安歇。如果我的内心真的端正方直啊，即使流放偏僻远方又有何妨？

进入溆浦我犹豫徘徊啊，迷茫困惑中我不知走向何方。幽暗的深林没有光明啊，此本是猿猴久居的地方。山岭高耸遮蔽了阳光，山下幽深昏暗细雨茫茫。雨雪纷飞无边无际啊，云雾蒙蒙笼罩天宇。哀叹生活毫无快乐啊，独处在这凄凉荒僻的深山。我不能改变初衷去随波逐流啊，必将忧愁痛苦结束一生。

接舆剃发装疯啊，桑扈赤身而行。忠臣不受重用啊，贤良没有好下场。伍子胥遭到祸殃啊，比干也被剁成肉酱。自古以来都是这样啊，我又何必怨恨今天的执政之人。我要坚持正道毫不犹豫啊，宁肯重踏前人的悲剧度过此生。

尾声：吉祥的鸾和凤凰，一天天越飞越远啊。庸俗的燕子和乌鸦，都在庙堂搭垒巢啊。芬芳的露申和辛夷，枯死在丛林密草边啊。恶臭的被人任用，芬芳的难近前啊。阴阳易位是非难分，生不逢时难以改变啊。怀抱忠诚心惆怅，呜呼我将要远走他乡。

哀郢

【点评】

《哀郢》即篇中『哀故都之日远』的意思。郢是楚国的首都，也是故园的象征。诗人在外流离失所，回到郢都进谏仍遭排斥，目睹国破家亡的惨状，写下《哀郢》。作品将作者对故国难以割舍的爱恋，对楚国人民的同情和个人不幸遭遇的叹息交织在一起，是一篇感人至深的作品。

【原文】

皇天之不纯命兮，何百姓之震愆？民离散而相失兮，方仲春而东迁。去故乡而就远兮，遵江夏以流亡。出国门而轸怀兮，甲之鼂吾以行。发郢都而去闾兮，荒忽其焉极？楫齐扬以容与兮，哀见君而不再得。望长楸而太息兮，涕淫淫其若霰。过夏首而西浮兮，顾龙门而不见。心婵媛而伤怀兮，眇不知其所跖。顺风波以从流兮，焉洋洋而为客。凌阳侯之氾滥兮，忽翱翔之焉薄。心絓结而不解兮，思蹇产而不释。将运舟而下浮兮，上洞庭而下江。去终古之所居兮，今逍遥而来东。

【注释】

①皇天：即上天，这里还含有指楚国君的双重意义。不纯命：是说天命无常，亦指楚君的变化无常。

②何：为何。百姓：民众。愆：差错。震愆：指百姓受罪遭难。

③民：指平民。离散相失：形容郢都即将沦陷时，平民百姓流离失所，骨肉相失的惨景。

④方：正当。仲春：夏历二月。东迁：向东方逃迁。

⑤遵：循，沿着。江：长江。夏：夏水，古水名，今已不存。流亡：屈原流亡的大体路线是经夏水入长江，在汉口南渡后，沿长江朝着洞庭湖的方向走。最后在哪里落脚，诗中没有说。

⑥国门：国都的城门。轸怀：沉痛地怀念。

⑦甲之鼂：指甲日的那天早晨。古代以干支相配纪日，『甲』就是甲日。

⑧发：出发。去：离开。闾：巷的大门，也指里巷。

⑨荒忽：通『恍惚』，心神不定的意思。焉：哪里。极：到达。焉极：去到哪里。此句写的是心情愁苦，心神不宁，前路茫茫，我应到哪里去呢。

⑩楫：船桨。齐扬：同举。容与：犹豫不决，形容不忍离开的心情。

⑪楸：树。『长楸』，即高大的梓树，古代有悠久历史的都城都植有乔木。说明郢城是一个有着悠久历

史的都城。太息：长长地叹息。

⑫夏首：即夏水口。古夏水从长江分出的地方，在今湖北沙市东南。西浮：向西漂浮。本来是往东航行，又向西浮是为了回望郢都。

⑬顾：回头望。龙门：指郢都的东门。一说指南门。

⑭婵媛：情思牵萦。

⑮眇：同『渺』，渺茫。蹠：用作动词，践、踏。

⑯焉：乃，于是。洋洋：漂泊不定的样子。客：漂泊他乡的人。

⑰凌：乘着。阳侯：波涛之神，这里是波涛的代称。泛滥：波涛汹涌横流的样子。

⑱翱翔：本指鸟儿上下飞翔，这里形容船随着波涛前行。焉：何处。薄：止。

⑲絓结：双声词，指心中郁结。『心絓结』，指心情郁结幽闷。

⑳蹇产：屈曲的样子，形容心情极不舒畅。释：解开。

㉑运舟：行船。下浮：顺流而下，指顺江东行。

㉒上：上游。洞庭在夏口上游，所以说『上洞庭』；下游是长江，所以说『下江』。

㉓终古：所居，世世代代居住的地方。

㉔逍遥：指漂泊不定。来东：向郢都以东走去。

【原文】

羌灵魂之欲归兮，何须臾而忘反。背夏浦而西思兮，哀故都之日远。登大坟以远望兮，聊以舒吾忧心。

哀州土之平乐兮，悲江介之遗风。当陵阳之焉至兮，淼南渡之焉如？曾不知夏之为丘兮，孰两东门之可芜？心不怡之长久兮，忧与愁其相接。惟郢路之辽远兮，江与夏之不可涉。忽若不信兮，至今九年而不复。惨郁郁而不通兮，蹇侘傺而含戚。

【注释】

①羌：楚方言，发语词。灵魂：指人的精神，亦指梦魂。

②须臾：片刻。反：同『返』，返回。

③背：背向。夏浦：即夏口，也就是汉口。浦，水边。西思：指思念郢都，郢都在夏口西面。

④坟：水边高地，堤岸。

⑤州土平乐：指居住在这片土地的百姓生活和平安乐。

⑥江介遗风：指大江两岸自古传承下来的好的风气。介，指边际。这两句表示担心，和平安乐的生活和淳朴的民风，不知还能保持多久。

⑦陵阳：地名，因陵阳山而名，在今天安徽省青阳县南。

⑧淼：水茫茫无际貌。焉如：何往，不知往哪里去。

⑨曾不知：不曾知，意谓从来没有想到。夏：『厦』的假借字，高大的房子，指郢都的宗庙、宫殿。为：化为。丘：废墟。

⑩孰：何。两东门：指郢城的两座东门。可：能够。芜：丛生的草。举『夏』和『两东门』代表整个郢都。

⑪惟：语气词。郢路：返回郢都的道路。
⑫涉：渡，蹚河过去。『不可涉』，意谓郢都沦落再也回不去了。
⑬忽：恍惚。若：似乎。
⑭九年：可能是实数也可能是多年意。不复：指不被君王复用与信任。
⑮惨：忧也。郁郁：郁结苦闷的样子。不通：指忧闷解不开。
⑯蹇：此处指处境艰难困顿。侘傺：失意的样子。含戚：含忧。

【原文】

外承欢之汋约兮，谌荏弱而难持。忠湛湛而愿进兮，妒被离而鄣之。彼尧舜之抗行兮，瞭杳杳而薄天。众谗人之嫉妒兮，被以不慈之伪名。憎愠惀之修美兮，好夫人之忼慨。众踥蹀而日进兮，美超远而逾迈。

【注释】

①外：外表。承欢：指谗佞小人在君王面前奉承讨好，博得君王的欢心。汋约：姿态柔美的样子，这里形容朝中小人的媚态。
②谌：确实，实在。荏弱：软弱。持：同『恃』，依靠。
③忠：指忠贞之士。湛湛：厚重的样子。进：进用，指接受重任。
④妒：嫉妒，指嫉妒者。被离：众多而杂乱的样子，被，同『披』。
⑤抗行：高尚的行为，抗，通『亢』。
⑥瞭：本指目光明亮，此处含光辉之意。杳杳：形容高远。薄：迫近。

⑦众谗人：指陷害屈原的党人。

⑧被：同『披』，这里是『加上』的意思。不慈：指不爱护子女。伪名：捏造的不好的名声。相传古代的『圣君』尧，因发现自己的儿子丹朱行为不端，于是将君位禅让给了舜；舜以为儿子商均不好，把帝位传给禹。后来就有『尧不慈，舜不孝』的说法。（见《庄子·盗跖》篇）

⑨愠：愠恶。愠：忠诚而不善言词的样子，这里用为名词，指具有这种美德之人。

⑩好：喜欢、喜好。夫：语气助词。忼慨：指那种表面慷慨陈词的浅薄之人。

⑪众：指众小人。踥蹀：惊慌快走的样子。日进：指一天比一天受到重用。

⑫美：与上文『众』对举，君子贤臣。超远：指被疏远。逾迈：越走越远。

【原文】

乱曰：曼余目以流观兮，冀壹反之何时？鸟飞反故乡兮，狐死必首丘。信非吾罪而弃逐兮，何日夜而忘之？

【注释】

①乱：古代乐歌的尾声称为『乱』，此为全诗的卒章，概括全篇的主旨。

②曼：拉长。『曼余目』，等于说放开眼界。流观：四下眺望。

③冀：希望。壹反：回去一次。

④故乡：这里指飞鸟的旧巢。

⑤首丘：头向着山丘。『首』字用为动词。传说鸟不管飞行多远，总要飞回故林和旧巢；狐狸将死的

时候，头总是朝着出生时的山冈枕着，所谓『枕丘而死，不忘其所自生也』。诗人在这里，以形象的比喻，表现了自己对故国的眷念之情。

⑥信：的确。弃逐：放逐。

⑦之：代词，指故乡郢都。

【译文】

上天变化反复无常啊，为什么让百姓震荡受祸殃。流离失所的人们不能团聚，二月里逃避灾难向东方。踏上征途挥泪别故乡，沿着夏水大江去流亡。走出国都的大门悲痛萦怀，甲日的清晨我动身远行。从郢都出发离别故乡，天高地远我应该去向何方？举起双桨内心又徘徊犹豫，哀伤的是我再也见不到君王。望着郢都的梓树长叹息，泪水簌簌落下似雪珠。过了夏口向西行，看不见郢都东门我依然回头久望。心中忧伤留恋十分感伤，前途渺茫我不知去向。顺着风向任意漂泊吧，在那波涛汹涌的大水中流浪。我乘着水神泛起的大波，如同飞鸟在空中盲目翱翔。我的心绪郁结无法解脱，我的心胸受压抑无法舒畅。掉转船头顺江而下，先过洞庭，再下长江。今天去别人世代居住的地方，漂泊流浪向东漂荡。

我的灵魂思念故园啊，没有一刻不想着返回那里。离开夏口我仍牵挂西方，哀伤的是离故都的路越来越长。登上水边的大堤我纵目眺望，姑且宽慰我忧愁的心肠。安居乐业的人民更增加了我的忧伤，沿江古风犹存更令我心伤。当我就要到达那遥远的陵阳，向南一片汪洋让我不知去何方。谁曾想宫室广厦成瓦砾，谁知道郢都东门杂草丛生。内心从未有过快乐，忧虑和哀愁不断涌进胸膛。思念郢都路途遥远，没有办法回渡夏水和长江。这发生的一切如梦中一样，遭放逐的岁月却已很长。悲惨郁闷解也解不开啊，不被信任令我悲伤。

谗佞小人外表阿谀取悦君王，可骨子里却软弱无法依仗。忠贤希冀为君王献身，却遭到嫉妒和诽谤。古代尧舜的德行何等高尚，有着触及苍天的远大目光。谗佞之人嫉妒我，竟用不慈的罪名将贤德谤。憎恨那忠诚者的美好品德，喜好那慷慨陈词虚伪的表演。小人得势一日日升迁，贤良美德都渐渐被疏远。

尾声：纵目向四处眺望，希求再回去一次啊在什么时光？飞鸟飞得再远也要返回旧林，狐狸临死头要朝向生身的山冈。本不是我的罪过却遭到放逐，白天黑夜怎能忘记我的故乡。

怀沙

【点评】

《怀沙》，存在着两种不同的解释：一是怀抱沙石而死，因而这篇为屈原自杀前的绝笔；一是念长沙之意，因为长沙之地本为楚祖先始封之地，屈原最终自沉于距长沙不远的汨罗江，已实现了诗人『狐死必首丘』的心愿。但毫无疑问的是该篇表示了诗人至死而坚持己义，不改初衷，眷恋楚国的情思。

【原文】

滔滔孟夏兮，草木莽莽。伤怀永哀兮，汩徂南土。眴兮杳杳，孔静幽默。郁结纡轸兮，离慜而长鞠。抚情效志兮，冤屈而自抑。刓方以为圜兮，常度未替。易初本迪兮，君子所鄙。章画志墨兮，前图未改。内厚质正兮，大人所盛。巧倕不斫兮，孰察其拨正。玄文处幽兮，矇瞍谓之不章。离娄微睇兮，瞽以为无明。变白以为黑兮，倒上以为下。凤皇在笯兮，鸡鹜翔舞。同糅玉石兮，一概而相量。夫惟党人鄙固兮，羌不知余之所臧。

【注释】

①滔滔：悠悠。古『滔』『悠』语意相同。这里是说初夏悠长的天气。

②汩：水流急速貌。徂：往。

③眴：同『瞬』，看。杳杳：深远而无所见。

④孔：甚，很。默：寂静无声。

⑤郁结：忧愁烦闷不得抒发的样子。纡轸：形容内心如扭曲一样地疼痛。纡：曲；轸：痛。

⑥离：同『罹』，遭受。慜：同『愍』，痛。鞠：穷困。

⑦抚：循。『抚情』：省察、回顾情状。效：考验的意思。『效志』，犹言考验其志向。

⑧刓：削。圆：同『圆』。

⑨常度：正常的法度。替：废除。此二句意谓被迫削方成圆还可以，但是正常的法度绝对不能更改。

⑩易初：改变当初的心愿。本迪：本，当作『卞』，通『变』。迪，道也。『本迪』应为『变迪』，意谓：变易当初的道路。

⑪章：同『彰』，显明。画：规划。志：识，记住。墨：绳墨，指代法度。

⑫前图：即『前度』，指以前所定的法度。以上二句是说修明规划，识别绳墨，过去所制定的法度是不可更改的。

⑬内、质：均指人的品质。厚：重。正：正大。

⑭大人：指君子。盛：赞美。

⑮倕：相传古时的巧匠名。斫：砍削，指制作器物。

⑯拨：度。『拨正』指衡量其曲直。此二句是说巧匠不动其斧斤，谁又能衡量出曲直，用以比喻如果不经过考验，怎么能够知道『内厚质正』。

⑰玄文：黑颜色的花纹。处幽：放在黑暗之中。『玄文处幽』即说以玄色置暗处。

⑱矇瞍：盲人。以上二句是说，把黑色花纹放到暗处，使盲人观之，自然认为没有文采，以比喻贤才得不到重用，则俗人认为无用。

⑲离娄：古代传说中视力很强的人，能『视于百步之外，见秋毫之末』。睇：略看。

⑳笯：鸟笼子，楚方言。

㉑鹜：鸭子。此二句比喻贤者被困，小人得志。

㉒糅：杂糅，掺杂。

㉓概：古时量米麦时刮平斗斛用的木板。『一概相量』，喻指同样评价。此二句指斥世俗之人总是混淆善恶。

㉔鄙固：鄙陋、顽固。

㉕臧：善。

【原文】

任重载盛兮，陷滞而不济。怀瑾握瑜兮，穷不知所示。邑犬之群吠兮，吠所怪也。非俊疑杰兮，固庸态也。文质疏内兮，众不知余之异采。材朴委积兮，莫知余之所有。重仁袭义兮，谨厚以为丰。重华不可遌兮，孰知余之从容！古固有不并兮，岂知其何故？汤禹久远兮，邈而不可慕。惩连改忿兮，抑心而自强。离慜而不迁兮，愿志之有像。进路北次兮，日昧昧其将暮。舒忧娱哀兮，限之以大故。

【注释】

①滞：停顿，指水流通不畅。济：渡。以上二句是说，身负重任却得不到发挥，就如同载负很重的车子陷入泥泞而不能前进一样。

②怀：怀抱，在衣为怀。握：在手为握。瑾、瑜：均为美玉。

③穷：穷困的处境。所示：拿给人看。此二句是说正人见弃，无所用其才能。

④邑犬：乡里的狗。吠：狗叫。

⑤怪：怪异，奇怪。

⑥庸态：庸俗的态度。

⑦文质疏内：犹言『文疏质内』。文，外表；质，本质。『文疏』，指外表的落落大方。『质内』，『内』为『讷』的假借，即朴实而不善言表。

⑧异采：与众不同的文采，指深藏不露的内美。

⑨朴：指未经雕饰的木材。委积：聚积，累积。比喻自己有才能不被重用。

⑩重：与『袭』同义，重复积累的意思。

⑪谨厚：慎重谨守。

⑫遻：遇到。

⑬不并：指圣贤不同时生。

⑭惩连：止住怨恨。惩，止。『惩连』与『改忿』意同。

⑮抑心：压抑着愤懑不平的心情。自强：自勉而无所畏惧。

⑯离慜：遭遇到祸患。慜，病。不迁：不改变。

⑰北次：犹言北行。次：休止。『日昧昧』句：看似为自然景物的描写，可能是诗人悲痛情感的流露。

⑱限：极限。大故：死亡。

【原文】

乱曰：浩浩沅湘，分流汨兮。修路幽蔽，道远忽兮。怀质抱情，独无匹兮。伯乐既没，骥焉程兮。万民生，各有所错兮。定心广志，余何畏惧兮？曾伤爰哀，永叹喟兮。世溷浊莫吾知，人心不可谓兮。知死不可让，愿勿爱兮。明告君子，吾将以为类兮。

【注释】

①浩浩：水势汹涌浩荡的样子。

②分流：当为『纷流』，纷纷流入洞庭湖。汨：水流很快的样子。

③修路：漫长的路。修，长。幽：深。蔽：暗。

④忽：荒忽，形容离郢都极远。

⑤质：性情，禀性。情：情愫。

⑥伯乐：人名。相传春秋时秦穆公的臣子，以善于相马著名。

⑦程：比较衡量。是说较量才力的意思。以上二句是说，伯乐已经死了，虽然有骐骥之才，又如何能比较出其才力的高低呢？

⑧民生：人生。

⑨错：通「措」，安置。

⑩曾：应作「增」。「增伤」与「爰哀」为对文。爰哀：哀伤不止。

⑪让：避，避免的意思。

⑫爱：指对生命的吝惜留恋。

【译文】

悠长有生机啊，草木丛生万木茂盛。心中怀着止不住的悲哀啊，匆匆走向遥远的南方。远处山高水深野茫茫，四周沉沉寂寞没有任何音响。心中痛楚郁结不能解啊，遭受忧患困穷又何妨。抚慰内心省察我的志向，强自压抑，冤屈满腔。纵使你们可以削方成圆啊，正常法度不会被结弃。改变最初追求的志向啊，这样的行径正直的人们都鄙夷。如同匠人的规墨要牢记啊，过去法度不能随便更易。内心淳厚品质端正啊，那是正人君子所称许的。巧匠们如果不挥动斧头啊，谁又能辨认出是直是曲？黑色的花纹放在暗处啊，瞎子说它没有纹理。离娄要是微视可以明察啊，瞎子却误认为同自己一样。硬把白的说成黑的啊，人为地把上下颠倒。凤凰囚在笼子里啊，鸡鸭却到处飞翔。将美玉乱石混杂在一起啊，用同一个尺度来衡量。那些党人如此鄙陋，又怎能知道我的爱好。

身负时代的重任啊，却陷入泥淖之中无法前行。怀抱珍宝手握美玉啊，想尽办法也不知道向谁赠送。荒村野狗成群狂吠啊，那是它极少见多怪啊。非难豪杰毁谤贤士啊，这本就是庸人的常态。外表疏放内心质朴啊，众人哪晓得它特异的光彩。可做栋梁的木材被抛弃啊，哪晓得我所有的美德才能。不断地积累仁义行正直啊，谨慎忠诚才是真正的丰厚。遇不到舜帝那样的贤君啊，谁又能欣赏我的从容气度。自古圣贤不同时啊，谁能知道其中的缘故？商汤大禹离我们远去啊，距今久远已无法追慕。暂且抑制心中怨和怒啊，压抑感情信念仍然要坚固。虽遭祸患我初衷不改啊，效法楷模我将铭记心间。向北进发途中住宿，日薄西山无法挽留。散淡忧肠把悲哀变快乐，最大的不幸无非是死亡。

尾声：沅水湘水浩浩荡荡，各自奔流日夜不息啊。道路幽深暗又长，前途渺渺茫茫啊。我怀抱淳朴和热情，孤独如今无人与我可商量。伯乐既然已经死去，纵使骏马又有何用场啊。各有不同的禀性，命运各自就由天注定。我坚定内心扩展志向，还有什么让我畏惧啊。屡屡受害止不住悲伤啊，长久地叹息好凄凉。世界污浊无人了解我，人心叵测本来就无法评说啊。我明白死亡是不可避免的，我绝不留恋生命啊。我郑重告诉君子们，我永远同志士先贤在一起啊。

思美人

【点评】

《思美人》篇名取自首句前三字，在《九章》中所作时间较早，该篇先述对楚怀王的思念，继而希望楚王幡然醒悟，最后写自己的流浪。

【原文】

思美人兮，擥涕而伫眙。媒绝路阻兮，言不可结而诒。蹇蹇之烦冤兮，陷滞而不发。申旦以舒中情兮，志沉菀而莫达。愿寄言于浮云兮，遇丰隆而不将。因归鸟而致辞兮，羌迅高而难当。

【注释】

①美人：指楚怀王。

②擥涕：意指擦干眼泪。伫：久立。眙：凝视，直视。

③结：编结，聚。

④蹇蹇：同『謇謇』，楚方言，这里指忠贞之言。

⑤陷滞：义同『郁结』，指内心不解的烦冤。发：起、开之意。

⑥申旦：犹言『月月』『天天』。申，一再地。

⑦沉菀：即沉郁，心情郁结而不舒畅。达：指通达于君。

⑧丰隆：云神。一说雷师。将：帮助。

⑨因：依、凭。归鸟：即指鸿雁。

⑩迅高：指鸟飞得又快又高。迅，一本作『宿』。『宿高』，指鸟宿高枝。当：遇到。难当：难以相遇。

【原文】

高辛之灵盛兮，遭玄鸟而致诒。欲变节以从俗兮，愧易初而屈志。独历年而离愍兮，羌冯心犹未化。宁隐闵而寿考兮，何变易之可为！知前辙之不遂兮，未改此度。车既覆而马颠兮，蹇独怀此异路。勒骐骥而更驾兮，造父为我操之。迁逡次而勿驱兮，聊假日以须时。指嶓冢之西隈兮，与纁黄以为期。

【注释】

①高辛：帝喾的称号。灵盛：善德满溢。

②遭：遇到。玄鸟：即燕子。致诒：犹言『致赠』。诒，赠、送。

③易初：改变当初的志向。屈志：委屈了自己的志向。

④历年：多年。离愍：遭遇忧患。愍，忧病。

⑤冯心：愤懑的心。冯，同『凭』。未化：没有化解。

⑥隐闵：隐忍着苦痛。寿考：年高，终老。

⑦辙：车轮所走的印迹。『前辙』，指前路。遂：顺利。

⑧异路：与众人所走的不同道路。以上两句是说，即使到了车倾马仆的境况仍然会独怀所由之道，表不与众人相同。

⑨勒：扣，勒住。更驾：指再次驾车。

⑩造父：相传周穆王时善于驾车的人。

⑪迁：迁延。逡次：徘徊不前的样子。

⑫假：借。须时：等待时机。须，等待。

⑬嶓冢：山名。隈：山边。

⑭纁黄：指黄昏。纁，通『曛』，日落的余光。

【原文】

开春发岁兮，白日出之悠悠。吾将荡志而愉乐兮，遵江夏以娱忧。擥大薄之芳茝兮，搴长洲之宿莽。惜吾不及古人兮，吾谁与玩此芳草？解萹薄与杂菜兮，备以为交佩。佩缤纷以缭转兮，遂萎绝而离异。吾且儃佪以娱忧兮，观南人之变态。窃快在中心兮，扬厥凭而不竢。芳与臭其杂糅兮，羌芳华自中出。纷郁郁其远承兮，满内而外扬。情与质信可保兮，羌居蔽而闻章。

【注释】

①开春发岁：指春天刚开始，一年的开端。

②悠悠：长久。『白日悠悠』，指春日时光变得悠长。

③荡志：纵情放志，有散淡心情的意思。

④江夏：指长江和夏水。

⑤大薄：指草木丛生的高地。茝：香草，即白芷。

⑥搴：拔取。宿莽：一种经冬不枯的香草。

⑦惜：痛惜。古人：指古代的圣君贤主。

⑧玩：欣赏鉴赏。

⑨解：采摘。萹：边蓄，也叫萹竹。『萹薄』，即指成丛的蓄。杂菜：恶菜。比喻楚王任用的人。

⑩交佩：左右佩带。

⑪缤纷：多而繁杂。缭转：缠绕。

⑫萎绝：芳草枯萎灭绝。楚王既宠信恶草，香草自然因被离弃而枯萎。离异：丢开。

⑬儃佪：徘徊。

⑭南人：即南夷，诗人指斥的小人。变态：指常人所没有的不正常心理。

⑮窃快：指诗人自己内心暗自欣愉。

⑯扬：弃。厥凭：自己的愤懑。竢：等待。

⑰郁郁：指香气浓郁。承：即『蒸』，蒸发。远承：蒸发得很远。

⑱满内而外扬：指内部充实而又向外散发。

⑲情：指表现在外的思想、情志。质：指蕴藏于内的品质。信：诚然。保：持守。

⑳居蔽：隐居，此处指居住在偏僻之地，流放之地。闻：美誉。章：同『彰』。

【原文】

令薜荔以为理兮，惮举趾而缘木。因芙蓉而为媒兮，惮蹇裳而濡足。登高吾不说兮，入下吾不能。固朕形之不服兮，然容与而狐疑。广遂前画兮，未改此度也。命则处幽，吾将罢兮，愿及白日之未暮。独茕茕而南行兮，思彭咸之故也。

【注释】

①薜荔：芳草蔓生草本植物。理：使者，中间人。

②惮：害怕，这里含有不愿意之意。举趾：抬脚。缘木：爬树，薜荔多依附树木而生，故须爬到树上采摘。

③蹇裳：蹇通「褰」提起衣裙。濡足：沾湿了脚。

④说：同「悦」，喜欢。「登高」句承「缘木」言；「入下」名承「濡足」言。

⑤形：指身体。服：习惯。这句是说自己不想登高，所以处观望之中。

⑥容与：与「狐疑」意近，徘徊、犹豫的意思。

⑦广遂：广泛地实现。前画：即指从先前的谋划。

⑧此度：指始终不变的决心。

⑨处幽：居于幽闭之地。罢：通「疲」，疲倦。

⑩愿及：希望趁着。未暮：尚且没有日落，即生命尚未完结。

⑪茕茕：孤独。南行：即指上文「遵江夏」。

⑫思彭咸之故：即《离骚》「原依彭咸之遗则」之意。故，故迹。

【译文】

思念心目中的人啊，长久伫立凝望挥泪如雨。良媒不通道路又阻绝啊，郁结在心里的话无法寄。蹇蹇忠心使我心情愁苦啊，烦闷郁积在心底无法抒发。时刻都想告白我的心情啊，情思沉积无法表达。想求浮云寄信传言啊，大雁飞得太快太高难以相遇。

高辛氏神通广大啊，有玄鸟来帮助传送聘礼。想让我改变节操顺从恶习啊，改变初衷将克制委屈。多年来我独自遭遇忧患啊，满腔愤懑的心情难以平息。宁可忍受苦痛直到老啊，改变初衷不是我的选择。明知前面道路不通顺啊，但我认准的真理不会动摇。即使到了车倾马仆的境地啊，心怀这条路也要一直走下去。

勒住骏马切换赶路的车驾啊，造父为我把车驾。缓缓行进不必急奔跑啊，姑且费些时光等待良机。向着嶓冢山走时日薄西山啊，约定黄昏时刻到那里。

春天又要来临了，火热的太阳慢慢地升起。我要愉悦快乐啊，沿着长江夏水排解心中的忧愁。采摘丛林中芬芳的香芷啊，拔取长洲的宿莽。惋惜古代圣贤与我不同时啊，和谁一起共赏芬芳香草。除去那成丛的萹蓄和杂菜啊，香芷和宿莽做成佩带。那佩带繁多而缭绕啊，被弃的香草如何不枯败。徘徊消遣心忧啊，观察南美夷怎样的动态。内心也有苦涩的欣慰啊，抛弃愤懑不再有什么期待。芳香和污秽混杂在一起啊，那芬华不受玷污终会生起。芬芳香郁香气远播啊，内在充盈必定会向外飘扬。情感和品质不更移啊，即使住在幽僻之地也能美名扬。

想让薜荔做我的媒人啊，又怕举足攀树去寻找；想让芙蓉做我的媒人啊，又怕撩起衣服沾湿我的脚。攀登高处我不高兴啊，下水湿足我不愿意。本来我就不习惯这些啊，于是在此地犹豫徘徊。全面实行从前的美好计划啊，我决不动摇去改变法度。命运注定身居幽僻之地啊，愿有番作为再停止呼吸。孤独向南走道路多漫长啊，把彭咸敢于直谏作为榜样。

惜往日

【点评】

《惜往日》的创作与《怀沙》相去不远，诗人甚至选择了死亡的具体地点。篇中表明诗人希望通过自己的死来点醒糊涂的君主，使其有所醒悟，因而对当年受君王信任而勤勉为政的往事加以回忆，申明自己不得不死的苦衷，这对于我们了解屈原的生平有重要的史料价值。

【原文】

惜往日之曾信兮，受命诏以昭诗。奉先功以照下兮，明法度之嫌疑。国富强而法立兮，属贞臣而日娭。秘密事之载心兮，虽过失犹弗治。心纯庬而不泄兮，遭谗人而嫉之。君含怒而待臣兮，不清澈其然否。蔽晦君之聪明兮，虚惑误又以欺。弗参验以考实兮，远迁臣而弗思。信谗谀之溷浊兮，盛气志而过之。

【注释】

①曾信：指曾经受到楚王信任。即屈原曾经担任左徒，在内政和外交方面都曾起过重大作用。

②命诏：即「诏命」，指怀王制定并发布的法令、文诰。昭，用作动词，使光明。

③奉：继承。照：照临下土，使万民受惠。

④明：辨明。嫌疑：指法度中疑惑难明的问题。

⑤属：委托，托付。贞臣：屈原自指。娭：同「嬉」，游乐。此句是说，君王重用贞臣，自己就可以安乐无事。

⑥秘密事：指屈原与怀王商讨的许多机密大事。载心：藏在心里。载：放置。

⑦治：治罪。

⑧纯庬：指思想淳厚朴正。泄：泄露。

⑨蔽晦：蒙蔽对方并使之昏暗。

⑩虚惑：把无说成有叫虚，把假说成真叫惑。误：指误人。欺：欺骗。虚、惑、误、欺：都指谗人蒙

蔽君王所用的种种手段。

⑪验：比较、验证。考实：考察核实真相。

⑫谗谀：指那些进谗言、阿谀奉承的小人。溷浊：同『混浊』，指小人混淆是非的谣言。

⑬盛气：指君王大怒。盛，强烈。过：责罚。

【原文】

何贞臣之无罪兮，被离谤而见尤。惭光景之诚信兮，身幽隐而备之。临沅湘之玄渊兮，遂自忍而沉流？卒没身而绝名兮，惜壅君之不昭。君无度而弗察兮，使芳草为薮幽。焉舒情而抽信兮，恬死亡而不聊。独鄣壅而蔽隐兮，使贞臣为无由。闻百里之为虏兮，伊尹烹于庖厨。吕望屠于朝歌兮，宁戚歌而饭牛。不逢汤武与桓缪兮，世孰云而知之？吴信谗而弗味兮，子胥死而后忧。介子忠而立枯兮，文君寤而追求。封介山而为之禁兮，报大德之优游。思久故之亲身兮，因缟素而哭之。或忠信而死节兮，或訑谩而不疑。弗省察而按实兮，听谗人之虚词。芳与泽其杂糅兮，孰申旦而别之？何芳草之早殀兮，微霜降而下戒。谅聪不明而蔽壅兮，使谗谀而日得。

【注释】

①被离：『被』和『离』都是遭遇的意思。谤：毁谤。见尤：指被责罚。见，被，受到。尤，责备，责怪。

②惭：惭愧，此处反义而用之。景：同『影』。『光景』，犹言明暗。『光』指明处之行事言；『景』指暗处之自守言。

③身幽隐：指自身埋没隐蔽，实指流放。备：具备。

④玄渊：深渊。

⑤遂：就。自忍：狠心。沉流：沉在水流的中央，即投水而死。

⑥卒：终于。没身、绝名：均指死去。

⑦壅君：受蒙蔽的君主。昭：明白。

⑧度：计量长短的标准和器具，这里指辨别是非的标准。

⑨薮幽：沼泽。芳草不在园圃而在沼泽的幽僻之处，喻指贤臣外放，不在庙堂，而在荒野。

⑩焉：怎么。舒情：抒发感情。抽信：抒发其诚信之心。

⑪恬：安于。不聊：不苟且偷生。

⑫独：却。鄣：同『障』。『阻塞』『鄣壅』『蔽隐』，指小人在君王面前进谗言，谗言造成障碍，蔽隐贤才。

⑬由：机会，办法，途径。作者死前唯一的愿望就是有直抒胸臆的机会，但这一点一直都没有实现。

⑭百里：即百里奚，春秋时虞国大夫。晋国灭虞，百里奚被俘，作为陪嫁臣入秦，后出走，被楚人拘。

⑮伊尹：商汤时贤相。传说当初他只是一个奴隶，被秦穆公用五张羊皮换回，任用为大夫。

⑯吕望：即姜尚。

⑰宁戚：春秋时卫国人。

⑱汤：商汤。武：周武王。桓：齐桓公。缪：同『穆』，指秦穆公。此句是指伊尹假借善于烹调的名义

求见商汤，说调国就跟调味一样，汤因而任用他为相。

⑲孰：谁。云：语气助词。知之：了解他们，指百里奚等人。作者借百里奚等人得适明主的故事，慨叹自己生不逢时。

⑳吴：指国君夫差。信谗：听信谗言，指吴王夫差听信太宰嚭的谗言，逼死伍子胥一事。弗味：不加玩味，即不经过仔细琢磨的意思。

㉑死而后忧：指伍子胥死后不久，吴为越国所灭。

㉒介子：人名，介子推，春秋时晋人。

㉓文君：指晋文公。寤：同『悟』，觉悟。追求：指寻找介子。

㉔封：加封。介山：介子推死后，绵山改名为介山。禁：即指禁止介山民众上山打柴。

㉕报：报答。大德：指介子推的恩德。优游：形容其德之广大。

㉖久故：故旧，相交很久的人。亲身：指左右不离的亲近的人。

㉗缟素：白色丧服。哭之：哭祭介子推。

㉘或：有的人。訑谩：蒙骗、欺诈。訑，通『诞』。此句是说有的人欺诈却被信任不疑。

㉙省察：调查实情。

㉚芳草：喻指贤臣。

㉛微霜：不太明显的小霜。戒：警告。比喻暗中的谗言。

㉜谅：诚然。聪不明：即听之不明。

㉝日得：一天比一天得势。得，得意。以上二句是说，君王听之不明而有所蒙蔽，致使小人日益得势，占据高位。

【原文】

自前世之嫉贤兮，谓蕙若其不可佩。妒佳冶之芬芳兮，嫫母姣而自好。虽有西施之美容兮，谗妒入以自代。愿陈情以自行兮，得罪过之不意。情冤见之日明兮，如列宿之错置。乘骐骥而驰骋兮，无辔衔而自载；乘氾泭以下流兮，无舟楫而自备。背法度而心治兮，辟与此其无异。宁溘死而流亡兮，恐祸殃之有再。不毕辞而赴渊兮，惜壅君之不识。

【注释】

①蕙、若：即蕙草和杜若，均为香草名。

②冶：艳丽。『佳冶』，指丽人。

③嫫母：传说中的丑女。姣：容貌妖媚。这里有卖弄风骚的意思。自好：自以为美好。

④西施：春秋时越国的美女。

⑤自代：谗人排除别人而代替其位置。

⑥白行：表白行为。

⑦不意：没有料到，出乎意料。

⑧情冤：此为对文，情，指真情；冤，指冤屈。情冤，是说真情与冤状。见：同『现』，显现。日明：一天比一天明显。

⑨列宿：众星。错：通『措』，『错置』，安放、罗列。

⑩自载：自己控制乘载。意谓乘坐不配上笼头和缰绳的骏马奔跑，肯定会摔跤。

⑪滑：木筏。下流：顺流而下。

⑫舟楫：船桨。自备：义同『自载』。此句意谓在急流中顺流而下，不用船桨也很危险。

⑬心治：凭主观办事。

⑭辟：通『譬』。此：指上述『无辔自载』『无楫自备』。无异：没有什么不同。

⑮溘死：突然死去。

⑯识：知。指顷襄王不知奸佞误国，楚国正面临覆亡的危险。

【译文】

追忆曾被重用的时光啊，替君王颁布号令整饬国家。遵循先王的功业普照下民啊，明确法度绝无含混不清。国家富强法度完善，委任于忠臣君主就安宁。勤勉从政不辞劳苦啊，虽有小过失君主也能宽恕。我心地纯正办事无疏漏啊，竟遭到谗人的嫉妒诽谤。君王怨怒对待臣子啊，不把是非黑白辨清。蒙蔽了君王的耳目啊，他虚言蛊惑却把圣君欺骗。君王不验证考察啊，毫不思索就放逐忠良。听信颠倒是非的谗言啊，盛怒之下将我指责。

为什么本无罪的忠良贤臣，却罪过相向又遭到诽谤。悲叹的是表里如一真诚守信啊，持守这美好品德却身居幽隐。面对江水幽暗深沉啊，就要忍心投水自沉。个人不过淹没身躯和名声啊，痛惜君王受蒙蔽不能醒悟。君王没有准则又不省察啊，竟使那芳草埋没在湖泽。如何抒发情思和展示真心啊，我将坦然赴死决不会偷生。正是小人蒙骗君王啊，使忠贞之臣无路可行。听说百里奚是俘虏啊，当初的伊尹善于烹调。吕望曾在朝歌做屠夫啊，宁戚边敲牛角唱歌边喂牛。如不是遇上圣明的君王啊，世上谁能知道他们的贤明。吴王听信谗言不辨忠奸啊，逼死伍子胥却招来灭国之忧。介子忠心自焚深山啊，文公醒悟了才去求寻。封介山不准上山砍柴啊，报答忠良的恩泽。想起介子是自己旧交啊，晋文公身着缟素为之哭诉。有人怀抱忠信守节而死啊，有人心怀诡诈却不被疑。不加考察也不核实啊，只听信谗佞小人虚假的言辞。芬芳与污浊混杂在一起啊，又有谁肯去细细地分辨。为何芬芳花草过早夭亡啊，只因微霜的降临预示死亡。诚然听觉不灵而受蒙蔽啊，才让那批谗佞小人日益得势。

自古以来嫉贤就成恶习啊，硬说香草和杜若不可佩带。嫉妒美人的芬芳啊，丑妇却自认姣美而卖弄风骚。西施纵然有沉鱼落雁之美啊，小人却挤进来把她取代。我本想陈述表白行为啊，却招来责罚祸患出乎我预料。是非曲直总会清楚啊，如同灿烂的群星一样明了。乘着骏马奔驰啊，却没有辔衔任意行。泛起木筏顺水而下啊，却不用船桨任漂游。违背法度一意孤行啊，如上面危险譬喻没两样。宁愿突然死去顺流长逝啊，担心国家再次遭遇大祸殃。不说完心里话就投入深渊啊，我为被蒙骗不知真情的君王感到痛惜。

橘颂

【点评】

《橘颂》是屈原早年的作品。橘颂，即对橘树的赞颂。通篇赞美橘树『受命不迁』『深固难徙』的美异品格，以此来象征自己高尚的美德。

诗以四言为主，咏物不即不离，格调清新，可以说是我国古代早期咏物篇章的典范。

【原文】

后皇嘉树，橘徕服兮。受命不迁，生南国兮。深固难徙，更壹志兮。绿叶素荣，纷其可喜兮。曾枝剡棘，圆果抟兮。青黄杂糅，文章烂兮。精色内白，类可任兮。纷缊宜修，姱而不丑兮。

【注释】

①后：后土。皇：皇天。「后皇」，喻言天地。嘉：美好。

②徕：同「来」。服：习惯、适应。

③受命：受天地自然之命。不迁：犹言天赋是不能够迁移的。

④南国：南方。

⑤深固：指根深蒂固。以其受命独生南国。难徙：难以迁移。

⑥壹志：意志专一。

⑦素荣：白花。

⑧纷：繁茂的样子。「纷其」，纷然，都指纷然盛茂可喜。

⑨曾枝：指橘树的枝条累累。曾，同「层」。剡：尖锐、棘：刺。「剡棘」，橘树枝上的尖刺。

⑩圆果：指橘树的果实。抟：同「团」，圆形。

⑪青：指橘未成熟时的颜色。黄：指橘已成熟时的颜色。此句承上「圆果」说，有的橘子已熟，有的尚未成熟，故青黄不齐，杂糅可见。

⑫文章：文采，此处指橘子的表皮色彩。烂：光彩夺目貌。

⑬精色：鲜明的颜色，指橘表皮。

⑭类：类别。此二句意是橘已经全熟，剖开外貌赤黄，内瓤洁白，故可与任道之人归为同类。

⑮纷缊：义同『氤氲』，指浓郁的香气。宜修：『美好』，形容修饰得恰到好处。

⑯姱：美好。丑：众。此句是说橘树之美好，与众不同。

【原文】

嗟尔幼志，有以异兮。独立不迁，岂不可喜兮？深固难徙，廓其无求兮。苏世独立，横而不流兮。闭心自慎，不终失过兮。秉德无私，参天地兮。愿岁并谢，与长友兮。淑离不淫，梗其有理兮。年岁虽少，可师长兮。行比伯夷，置以为像兮。

【注释】

①嗟：赞叹词。尔：你，代指橘树。幼志：指橘树本来就具有的生长特征，如『受命不迁』『深固难徙』等秉性。

②异：不同于一般。

③独立：不依傍。不迁：不变易。『独立不迁』一句进一步申明上文所说的『受命不迁』。

④廓：空阔，广大，指心胸宽广。无求：指没有庸俗的追求。

⑤苏世：清醒于世。

⑥横：横绝，指特立独行的性格。流：指顺流而下。『不流』，即不随波逐流。

⑦闭心：与「自慎」同义，均为坚贞自守的意思。

⑧秉德：持有美好的品德。

⑨参：合也。「参天地」，是说天无私覆，地无私载，自己的美好品德与天地相合。

⑩岁：年岁。谢：凋零。「并谢」，犹言并谢之时。「愿岁并谢」等于说愿与橘树岁时相从代谢。

⑪长友：长期与橘为友。

⑫淑：善。离：丽。不淫：不惑乱。

⑬梗：通「耿」，正直，指橘树的枝干。理：指树的纹理。

⑭年岁虽少：指年岁小。

⑮可师长：可以效法。

⑯行：品行。比：近。伯夷：殷末孤竹君的长子，与其弟叔齐反对武王伐纣，因不食周粟而饿死在首阳山上，是古代人们心目中的义士。「行比伯夷」，就是指橘树那种「受命不迁」「深固难徙」的品格，近于伯夷。

⑰置：立也。像：榜样。

【译文】

世间孕育那佳美的橘树，生来就适应这里的水土。秉受天赋之命不可迁徙，生长在这南楚国度。根深蒂固难以移植，志向是那样专一。绿色的叶子白白的花，繁盛美丽使人欢喜。累累枝条锐利的刺，滚圆的果实挂满树。由青变黄渐渐成熟，花纹斑驳颜色绚丽。赤黄的皮肤洁白的瓤，表里如一与君子同质。香气芬芳风姿秀，容貌美好得出类拔萃。

啊！你幼年就有的志向，实在是与众不同。坚定的兴趣绝不从俗，让人发自内心把你赞赏。根深蒂固难以移植，心胸开阔无庸俗要求。头脑清醒独立在大地上，善于思考不媚俗。固守信念坚贞自守，始终没有任何失误。怀抱美德无私心，融合苍天大地的尽头啊。我愿与你同生共死，愿做你永远的朋友。你有美好的品德与外貌，坚毅的性格和高尚的追求。年纪虽幼小，美德可以效法发扬。品行可与伯夷相比，永远是我心中的榜样。

天问

【点评】

《天问》通篇是屈原关于天地、自然和人世等一切事物现象的发问。诗篇从天地离分、阴阳变化、日月星辰，一直问到动植珍坚、神话传说乃至圣贤凶顽和治乱兴衰，贯穿着诗人强烈的探索精神。诗篇对自然和人事的发问由远及近，次第有序。人们推测，此篇当作于诗人流亡汉北时期，因此，不时迸发出诗人的一腔悲愤。

《天问》全诗光怪陆离，语言以四言为主，杂以三言、五言及至七言，全篇以奇特的构思，恢宏的气势，富于变化的句式，诚为我国文学史上的杰作。

【原文】

曰：遂古之初，谁传道之？上下未形，何由考之？冥昭瞢暗，谁能极之？冯翼惟像，何以识之？明明暗暗，惟时何为？阴阳三合，何本何化？圜则九重，孰营度之？惟兹何功，孰初作之？斡维焉系？天极焉加？八柱何当？东南何亏？九天之际，安放安属？隅隈多有，谁知其数？天何所沓？十二焉分？日月安属？列星安陈？出自汤谷，次于蒙汜。自明及晦，所行几里？夜光何德，死则又育？厥利维何，而顾菟在腹？

【注释】

①曰：发问之词。

②遂古：远古。遂，通「邃」，悠远。初：始。传道：传说。

③上下：指天地。未形：未成形，指天地未分，宇宙一片混沌之时。何由：根据什么。考：考记，考究。

④冥昭：昏暗。冥，昏暗；昭，明亮。冥昭，偏指冥。极：穷究。

⑤冯翼：大气盛满无形无状的样子。惟：是。像：也作「象」，恍惚想象之意。识：辨认。

⑥明：指白天。暗：指黑夜。何为：为什么。

⑦阴阳：哲学范畴的名词。古代人把它看成是自然界两种相互对立和消长的物质势力。三合：相互作用，三者结合，指阴阳与天结合。本：本体，本源。化：变化。

⑧圜：同「圆」，指天。则：乃，是。九重：九层。古人认为天是圆的而且有九层。孰：谁。营度：环绕进行测量。营，通「环」，围绕，环绕；度，测量。

⑨惟：思。兹：此，指九重天。功：功绩。初作：指营造九重天。

⑩斡：车毂孔内插轴之处。维：指绳子。斡维，即指拴斡之绳，实指天体旋转得以维系的地方。焉：何。系：拴。天极：指天的南北二极。加：架。

⑪八柱：八根柱子。古代传说有八座大山作为支柱，支撑起天空。当：在，坐落。亏：缺陷，缺损。古人认为，水向东流，因此『地不满东南』，有所亏损。

⑫九天：指天的中央和八方，又称九野。际：边际。安：哪里。放：依傍。属：连接。

⑬隅隈：角落弯曲的地方。多有：有几多也。

⑭沓：『踏』之假借字，践踏，这里指延伸。十二：指十二辰。辰指日月交会点，一年之中，日与月会交合十二次。以子、丑、寅、卯、辰、巳、午、未、申、酉、戌、亥称之，日十二辰。分：划分。

⑮属：依附，附托。列星：众星。陈：陈列。

⑯汤谷：古代神话中太阳升起的地方。次：止息。蒙汜：古代神话中太阳休息的处所。

⑰及：到。晦：指天色暗下来。

⑱夜光：月亮。德：质性。死：指月亏之时。则：而。育：出。

⑲厥：其他，指代月亮。利：好处。而，连词。顾：眷顾，顾惜，这里是『抚育』的意思。

【原文】

女岐无合，夫焉取九子？

【注释】

①女岐：神话中女神名。合：配偶。

②取：有。九子：星名，即尾星，二十八宿之一，青龙七宿的第六宿，有星九颗，又称九子星。

【原文】

伯强何处？惠气安在？

【注释】

①伯强：即隅强，风神。原指二十八宿之箕宿，古人认为箕星主风，后来演变出风神故事，出现伯强的名字。亦作禺京、禺强。

②惠：有寒凉之意。

【原文】

何阖而晦？何开而明？角宿未旦，曜灵安藏？

【注释】

①阖：关闭。晦：暗。

②角宿：二十八宿之一，东方苍龙七宿中的第一宿，共有两颗亮星，传说这两颗星其间为天门，黄道通过这里。旦：天亮。曜灵：太阳。安藏：藏于何处。

【原文】

不任汩鸿，师何以尚之？佥曰何忧？何不课而行之？鸱龟曳衔，鲧何听焉？顺欲成功，帝何刑焉？永遏在羽山，夫何三年不施？伯禹愎鲧，夫何以变化？纂就前绪，遂成考功。何续初继业，而厥谋不同？洪泉极深，何以窴之？地方九则，何以坟之？

①任：胜任。汩：治水。鸿：通『洪』，指大水。师：众人，一说百官。尚：崇尚，此处为『推举』之意。之：指代鲧。

②佥：都也。课：考核，试验。行：用。此句是说众官推荐鲧治水的故事。

③鸱龟：形似鸱鸮的大龟。曳：拉牵。衔：相衔接。听：听从，听任。

④顺欲：指顺从众人的愿望。帝：指帝尧。刑：惩罚。焉：之，指代鲧。

⑤永：长期。遏：囚禁，禁锢。羽山：神话中山名。夫：发语词。施：施行。

⑥伯禹：鲧的儿子，即禹，称帝前封为夏伯，所以称伯禹。愎鲧：愎，通腹，意谓禹从鲧的腹中生出来。传说鲧死于羽山郊野，尸体三年不腐烂，舜派人用吴刀剖开他的肚子，禹从中跳了出来。变化：指与鲧的智性不同。

⑦纂就：继续。就，成就。前绪：从前的事业。绪，本指丝端，引申为余事，此处指鲧未完成的治水之事。遂：因此。成：完成。考：父死曰考，此处指鲧。功：事。

⑧初：指当初鲧的治水之职。厥：其，指禹。谋：指治水的策略。古籍记载，鲧与禹的治水方法不同，鲧主张堵，禹主张导。

⑨洪泉：指洪水的源泉。一说泉通『渊』。传说禹治水时先堵塞了九个洪水的源头。何以：以何，用什么（办法）。窴：填塞。

⑩地：大地。方：分。九则：九州，一说九等。坟：土堆，引申为堆积，名词动用。

【原文】

河海应龙？何尽何历？鲧何所营？禹何所成？

【注释】

①应龙：长有羽翼能飞的一种龙。传说禹治洪水时，有应龙用尾巴画地，帮助疏导。河海，指疏通的或新开的江河流入大海。历：指流通。

②营：经营、营建。成：成就。

【原文】

康回冯怒，墬何故以东南倾？九州安错？川谷何洿？东流不溢，孰知其故？东西南北，其修孰多？南北顺椭，其衍几何？昆仑县圃，其尻安在？增城九重，其高几里？四方之门，其谁从焉？西北辟启，何气通焉？

【注释】

①康回：即共工，古代部族的首领，传说他与颛顼争帝位失败，怒触不周山，使天柱折断了，所以天向西北倾斜，地向东南倾斜，所以河流都向东流，在东南形成了大海。冯怒：大怒，盛怒。

②错：借为『措』，安置。洿：低洼；深陷。

③东流：指百川向东流入海。溢：满。

④东西：指大地从东至西的长度。南北：指大地从南至北的长度。修：长。孰多：哪个长。

⑤椭：狭长。一说椭圆。衍：余，多出。几何：多少。古代人认为，大地的南北长度要比东西的短，

所以，此是问南北比东西短，那么差距是多少呢？

⑥昆仑：昆仑山。县圃：即『玄圃』，传说中昆仑山上的神山，山顶是与天的相通之处，上不连天，下不连地，故称。尻：古『居』字，坐落。安在：何在。

⑦增城：神话中地名，传说昆仑山分为三级，最上一层即为增城。

⑧四方：指昆仑山神山的四个门，一说天的四方的四个天门。其谁：有谁。从：指进出。

⑨辟启：开启，敞开。气：指风。通：通过。

【原文】

日安不到，烛龙何照？羲和之未扬，若华何光？何所冬暖？何所夏寒？

【注释】

①安：代词，表示疑问，相当于『什么』或者『什么地方』。烛龙：神话中的神龙名，传说是住在日月都照不到的西北方的神。

②羲和：神话中替太阳驾车的神。扬：指扬鞭启程。若华：若木花。若木是神话中的树名，开红花，散发出光。

③所：地方。

【原文】

焉有石林？何兽能言？

【注释】

①焉有：哪里有。石林：像树木一样耸立的群石。何兽能言：指会说话的兽。一说即看守昆仑的大门的『开明兽』。

【原文】

焉有虬龙，负熊以游？雄虺九首，倏忽焉在？

【注释】

①焉有：哪里有。虬：传说中无角的龙。负：背负。

②雄：大。虺：一种毒蛇。九首：九个头。倏忽：迅疾的样子。

【原文】

何所不死？长人何守？靡蓱九衢，枲华安居？

【注释】

①不死：长寿不死。长人：巨人。指防风氏。传说他身长三丈，死后一节骨头就装满了一车。守：守卫。传说禹令防风氏守封、嵎之山。

②靡蓱：又叫淋蓱，木中异草。九衢：多出的枝杈。枲：麻的别名。华：古『花』字。分叉的靡蓱和开花的枲麻都是不常见的奇异景象。

【原文】

一蛇吞象，厥大何如？

【注释】

①一蛇吞象：一本作『灵蛇吞象』，指传说中的『巴蛇吞象』。厥：其，此处指蛇。

【原文】

黑水玄趾，三危安在？延年不死，寿何所止？鲮鱼何所？鬿堆焉处？

【注释】

①黑水：传说中的水名，出昆仑山。玄趾：神话中山名。一说为黑水中岛名。三危：山名。传说中这一水二山同在西北方，乃不死之国，长寿之乡。

②延年：指延长寿命。何所止：指寿命无终止。

③鲮：鱼：即陵鱼，古时传说的怪鱼。鬿堆：即鬿雀，一种怪鸟。

【原文】

羿焉彃日？乌焉解羽？

【注释】

①羿：古代传说中的善射者。彃：射。乌：神话传说中太阳里有三只脚的乌鸦。古人根据这一说法，称太阳为金乌。焉：哪里。解羽：指翅膀落下来。羽，翅。

【原文】

禹之力献功，降省下土方，焉得彼嵞山女，而通之於台桑？闵妃匹合，厥身是继，胡为嗜不同味，而快鼌饱？启代益作后，卒然离蠥，何启惟忧，而能拘是达？皆归䠶𥴦，而无害厥躬。何后益作革，而禹播降？

启棘宾商，《九辩》《九歌》。何勤子屠母，而死分竟地？

【注释】

①之：用。献功：献上功绩。降：从天上下来，这里是把禹看成神话人物，指他从天上下降到人间来治水。省：察。下土方：即下土，指天下。

②嵞山：古国名。传说禹在治水的过程中娶嵞山氏之女为妻。

③闵：怜悯，引申为怜爱。妃：配偶，此处指嵞之女。匹合：配合。指『通之於台桑』。厥身：其身，指禹。继：继续，延续。

④胡为：为何。嗜：嗜好，爱好。不同味：这里是说与众不同的爱好。快：快意，满足。鼌饱：鼌，通『朝』；与『朝食』『朝饥』同义，似指男女结合的隐语。据古籍记载，禹刚刚新婚第四天就离开家出去治水了，诗人据此而发问：大禹为什么有与众不同的嗜好，使他不把男欢女爱当作快事？

⑤启：禹之子，夏代开国之君。代：取代。益：夏禹贤臣，相传禹曾把君位禅让给他，史称『后益』，后来被启杀死并夺去君位。作后：当国君。作，为之意。卒然：仓促之间。蠥：灾难、忧患。

⑥惟：通『罹』，遭受。拘：囚禁。达：同『仯』，意逃脱。以上四句是说，夏启想取代后益做国君，仓促间被囚禁起来。为什么夏启有了灾难，却能够从囚禁中逃离出来？

⑦皆：指益与启。归：归于。䠶鞫：箭射完了。鞫，穷尽。厥：其，指启。躬：亲身。这里是说益与启均以武力争斗至极，而启之身终无伤害。

⑧作：国运，指统治权。革：改，指益之君位被启所替代。播：借为『番』。降：借为『隆』。播降，

即『番隆』，繁衍兴旺。这里是问伯益为什么国运不长，而启独能复禹之祚，却能繁衍兴旺呢？

⑨棘：通『亟』，急迫。宾：宾客。商：可能是『帝』的误写。《九辩》《九歌》：乐曲名。一说启所作乐；一说天帝乐。

⑩勤：这里作『爱惜』之意。子：儿子，此指启。屠：裂。母：指涂山氏女。屠母：分裂母亲，指涂山嫒，石破裂后生出启。死：通『屍』，现简写作『尸』。分：分裂。竟：满。竟地：如土委地，不复活。

【原文】

帝降夷羿，革孽夏民。胡䠶夫河伯，而妻彼雒嫔？冯珧利决，封狶是䠶。何献蒸肉之膏，而后帝不若？浞娶纯狐，眩妻爰谋。何羿之䠶革，而交吞揆之？

【注释】

①帝：指天帝。降：派遣。夷羿：夏时东夷族有穷国的首领，后取代夏后相帝位，自立为君，后又被寒浞所杀。因羿属东夷族，所以称夷羿。革：除。孽：灾祸。这两句的意思是说，天帝派遣夷羿，为了革除夏民的灾祸。

②胡：何。夫：助词，彼。河伯：黄河神。妻：用作动词，以……为妻。彼：那个。雒嫔：即『洛嫔』，洛水女神，即指宓妃。雒，同『洛』；嫔，古代妇女的美称。这两句是说，可是夷羿为何射杀了河伯，还将洛水女神娶为妻？

③冯：拉开，拉满。珧：弓名。利：用，这里有便利的意思。决：套在大拇指上的扳指圈，通常用玉

石或兽骨做成。利决，很利索地运用扳指，说明善于射箭。封狶：大野猪。封，大。

④蒸肉：冬祭用的肉。蒸，指冬祭。膏：肥肉。后帝：指天帝。若：顺，指心情舒畅。

⑤浞：寒浞。相传寒浞很善于谄媚讨巧，取得羿的信任，任其为相，后来寒浞与羿之妻纯狐合谋，乘羿打猎之机将羿杀死，并娶她为妻。眩：迷惑。爰：借为「援」。谋：策划。

⑥䠶革：射穿皮革，相传羿能射穿七层皮革。交：合力。吞：灭。揆：计谋。此二句意思是羿能射穿七层皮革，为什么让人们合力计谋而吞灭他呢？相传羿被杀后，让其家众烹而食之。

【原文】

阻穷西征，岩何越焉？化为黄熊，巫何活焉？咸播秬黍，莆雚是营。何由并投，而鲧疾修盈？

【注释】

①阻穷：形容道路的艰难险阻。阻，阻挡，指有岩挡着。穷，尽，指没有路。西征：自西而东行。岩：险峰峻岭。越：过。

②化为黄熊：传说中上帝杀鲧于羽山，鲧变作黄熊，跳进羽山旁边的一个深渊。羽渊在羽山西边，所以上句问西行没有路，鲧是怎么走过羽山的。巫：指古代神职人员。活：复活。

③咸：皆，都。秬黍：泛指五谷。秬，黑黍子，皮黑米白。黍：黍子，去皮后叫黄米。莆雚：泛指杂草。莆，一种水草。营：耕作、经营。此二句是说，禹治洪水成功后，率领民众都种上了五谷，连杂草丛生的地也被除草成了良田，大家过上了好日子。

④何由：因何。并，通「屏」，这里有「放逐」的意思。投：弃置。疾：罪恶。修盈：是说鲧的罪恶

名声多而久远。修，长；盈，满。

【原文】

白蜺婴茀，胡为此堂？安得夫良药，不能固臧？天式从横，阳离爰死。大鸟何鸣，夫焉丧厥体？

【注释】

①白蜺：蜺，同『霓』，指霓裳。此处似指嫦娥的白色衣裙。婴茀：妇女的头饰和颈饰。胡为：何为，做什么？堂：厅堂。

②良药：指不死之药。固：牢固安稳。臧：借为『藏』字。

③天式：犹言天道，自然法则。天，自然；式，法式。从横：同『纵横』，指阴阳二气结合。阳：阳气，也指人的灵魂。爰：乃就。

④大鸟：似指羿死后化成的大鸟。丧：失去。厥体：羿的尸体。厥，其，他的，此指羿。

【原文】

蓱号起雨，何以兴之？撰体协胁，何以膺之？鳌戴山抃，何以安之？释舟陵行，何以迁之？

【注释】

①蓱：即萍翳，为雨神。号：大声呼叫。起雨：下雨。兴：发动起。

②撰：具有。体：身躯。胁：指鹿的两膀。这两句是说，风神飞廉鹿身的两膀生翅，又是如何响应雨师的呢？

③鳌：传说中海里的大龟。戴：背负，载。抃：拍手，这里是指鳌的四条腿舞动。安之：使之安稳。

此二句似说的是渤海之东的巨龟背负大山的神话。传说有个极大的龟背负着蓬莱，在海里舞动着四条腿嬉戏。

④释：舍，放。舟：船，这里借指水。陵：大土山，这里指陆地。迁：迁移，移动。

【原文】

惟浇在户，何求于嫂？何少康逐犬，而颠陨厥首？女歧缝裳，而馆同爰止，何颠易厥首，而亲以逢殆？

【注释】

①浇：传说中的寒浞之子，能在陆地行舟。户：门。嫂：指浇的寡嫂，即下文的女歧。

②少康：传说中夏代的中兴之主，夏后相之子，他杀死了浇，恢复了夏朝。逐犬：指打猎，意指放逐猎犬以追逐野兽。传说少康最终利用打猎的机会，放出猎犬杀死了浇。颠陨：掉下落地。厥首：指浇的头。

③女歧：即上文所说浇之嫂。馆：读为『奸』。同：犹『通』也。馆同，即『奸同』，私通。爰，于焉的合音，于此的意思。止：宿，停息。

④易：换，这里是错换的意思。厥首：指女歧的脑袋。亲：亲身，这里是指浇。逢殆：遭殃，指后来浇的被杀。一说此二句是说，少康派女艾暗中侦察浇的行动。浇与女歧私通之时，女艾夜里去杀浇，结果将女歧错杀。后来乘浇出猎时，才杀了浇。

【原文】

汤谋易旅，何以厚之？覆舟斟寻，何道取之？

【注释】

①汤：疑是『康』字的误字，此指少康。

②覆舟斟寻：指浇消灭斟灌、斟寻事。二斟为夏同姓诸侯国。夏后相失国，依于二斟，后被浇所灭。何道取之：少康取浇之事。何道，何种办法。以上四句意思是：少康佯装打猎而实际要动用武力杀浇，他是如何收买人心的？浇使二斟并夏后相有灭顶之灾，少康又是用什么办法取得了浇的脑袋呢？

【原文】

桀伐蒙山，何所得焉？妹嬉何肆，汤何殛焉？

【注释】

①桀：夏朝最后一个君主。伐：讨伐。蒙山：即岷山，古国名。

②肆：放肆。汤：商汤。殛：惩罚，诛杀。

【原文】

舜闵在家，父何以鳏？尧不姚告，二女何亲？厥萌在初，何所亿焉？璜台十成，谁所极焉？

【注释】

①舜：古帝名。尧死后禅让帝位给他，号有虞氏，世称『虞舜』。父：指舜的父亲瞽叟。鳏：指男子成年未婚。

②尧：古帝名，号陶唐氏，世称『唐尧』。姚：舜的姓，这里是指舜父瞽叟。二女：指尧的两个女儿娥皇、女英。尧将两个女儿嫁给了舜，事先没有告诉舜的父亲，怕遭到反对。亲：亲近。

③厥萌：其萌，指事物的初始状态。萌，萌芽，开始发生。初：始也。亿：通臆，猜测，臆测。

④璜台：用玉石砌成的高石。十成：即十重，十层。极：尽，完。

【原文】

登立为帝，孰道尚之？女娲有体，孰制匠之？

【注释】

①登立：登位。立：通『位』，这一句指女娲登位为帝。帝：帝王。孰道：何由，根据什么？尚：上，推崇的意思。

②女娲：传说中上古女帝名，姓风，人头蛇身，但品德高尚，智能超凡。曾立下造人补天之功。

【原文】

舜服厥弟，终然为害。何肆犬体，而厥身不危败？

【注释】

①服：听从，服从。厥弟：其弟，指舜的弟弟象。终然：终于。为害：被谋害。此处指舜弟象与其父母合谋陷害舜之事。

②肆：放肆。犬体：狗心，指像狗一样的恶毒之心。厥身：这里指舜的弟弟象。危败：毁灭败亡。后来，舜继尧为君，不仅不惩罚象，相反把象封到有庳做官。

【原文】

吴获迄古，南岳是止。孰期去斯，得两男子？

【注释】

①吴：古吴国。在今天的江苏、浙江一带。获：得。迄古：终古，指时间悠久。南岳：泛指南方大山，此处指南方。止：居，停留。

②期：预料。去：去世。斯：此，指吴地。得：得益于。两男子：指舜和他的儿子商均。此二句意谓，谁能料想到在那吴国，会得益于两位贤德的男子呢？

【原文】

缘鹄饰玉，后帝是飨。何承谋夏桀，终以灭丧？帝乃降观，下逢伊挚。何条放致罚，而黎服大说？

【注释】

①缘：沿着边装饰。鹄：天鹅，这里指装饰有天鹅图案用以烹煮的鼎。饰玉：指鼎以玉为装饰。

②承：接受，担当。谋：图谋。传说中商汤派伊尹做夏桀的大臣，他勾结桀的元妃妹嬉与汤里应外合，将夏朝灭掉。灭丧：灭亡。

③帝：指商汤。降观：意思是深入民间观察民情。逢：遇。伊挚：即伊尹，名挚。

④条：指鸣条，地名，传说是商汤打败夏桀或流放夏桀的地方。放：流放。致：给予。黎服：黎民服，即『菔』，是楚地对农民的蔑称。说：通『悦』。

【原文】

简狄在台，喾何宜？玄鸟致贻，女何喜？

【注释】

①简狄：帝喾次妃，传说有娀氏的美女，生商代始祖契。台：传说有娀氏建了一座九层高台，让简狄与其妹住在上面。喾：帝喾，号高辛氏。宜：心仪，喜爱。

②玄鸟：燕子。致：授送。贻：赠送，这里指赠送的礼物，即指《吕氏春秋》中所说的『遗卵』，据说简狄吞食此卵而生契。女：指简狄。

【原文】

该秉季德，厥父是臧。胡终弊于有扈，牧夫牛羊？

【注释】

①该：即王亥，殷人远祖，契六世孙。秉：通『禀』，继承。季：王亥的父亲。传说他做过夏朝的水官，勤于官事，后被水淹死。厥父：其父，即指王亥父亲。臧：善，这里用作动词，以之为善的意思。

②弊：通『毙』，死亡。有扈：应当是『有易』。古国名，在今河北北部一带。

【原文】

干协时舞，何以怀之？平胁曼肤，何以肥之？

【注释】

①干协：盾牌，又称胁盾。协，即胁，古人操盾牌时将其顶在胁部，故称。时：是也。怀之：使之怀恋。

这两句说王亥以歌舞诱惑有易女事，王亥跳起干盾之舞，怎么就让她有了怀念之情呢？

②平胁：丰满的胸部。曼：柔曼。曼肤，指细嫩有光泽的皮肤。此是说有易女体态丰腴。肥：即『妃』，

匹配。

【原文】

有扈牧竖，云何而逢？击床先出，其命何从？

【注释】

①有扈：当为『有易』。牧竖：即牧人。竖，贱称，这里指王亥。逢：指与有易女相逢。

②击床：指有易想在王亥与其妻私通时，将其杀死在床上。先出：指王亥事先走出，暂免一死。命：性命，指王亥。何从：由何而出。此二句意思是击杀王亥在床笫之上，他是从何处逃脱保全性命的呢？

【原文】

恒秉季德，焉得夫朴牛？何往营班禄，不但还来？

【注释】

①恒：殷王恒，王亥的弟弟。秉：继承，秉承。季：王季（冥），王亥、王恒的父亲。朴牛：即『服牛』，拉车的牛。

②往营：指外出谋求营生。往，出；营，谋求。班：指官位的等级。禄：指食邑的多寡。不但：不得。还来：归来。这两句是说恒外出去谋求爵禄，但最终不得而回。

【原文】

昏微遵迹，有狄不宁。何繁鸟萃棘，负子肆情？

【注释】

①昏微：即王亥之子上甲微。遵迹：遵循轨迹，继承先人的事业和祖德。有狄：狄通『易』，即『有易』。宁：安宁。

②萃棘：丛集。萃，聚焦。肆：放纵。以上四句是说，上甲微是如何借助河伯的兵力来攻伐有易的呢？他如何汇集了勇士，纵逞豪情，报了杀父之仇？

【原文】

眩弟并淫，危害厥兄。何变化以作诈，后嗣而逢长？

【注释】

①眩弟：惑乱的弟弟。眩，本指目视昏花，此指迷惑。弟，指恒。并淫：指恒与亥共同淫一个有扈的女子。兄：指上甲微。

②作诈：行奸诈之事。逢长：犹言长久。

【原文】

成汤东巡，有莘爰极。何乞彼小臣，而吉妃是得？水滨之木，得彼小子。夫何恶之，媵有莘之妇？汤出重泉，夫何罪尤？不胜心伐帝，夫谁使挑之？会鼂争盟，何践吾期？

【注释】

①成汤：即商汤。商开国国君，谥号为『成』。有莘：古国名，在今河南中北部。爰：乃。极：至，到达的意思。此言商汤东巡，到达有莘国。

②乞：求。小臣：奴隶，指伊尹。吉妃：良配。传说中汤听说伊尹的才能，向有莘氏索要，不给。于是汤请求娶有莘氏的女儿，有莘氏很高兴，就把伊尹作为陪嫁送给了商汤。

③水滨：水边。木：指空心桑树。小子：婴儿，指伊尹。此二句说伊尹奇特降生。据《吕氏春秋·本味篇》载，有莘国的一位采桑女，在一棵空心桑树中捡到一婴儿，把他交给了国君，国君就让厨师抚养他，这就是伊尹。据说伊尹的母亲住在伊水边，怀孕时曾梦见神告诉她石臼中出水就赶紧往东跑，不要回头。第二天确实看见石臼出水，告诉了邻居，向东跑十里远后还是忍不住回头看了一眼，顿时发现整个地方都被淹了，她自己也变成一棵空心桑树，这空心桑树就是伊尹母亲的化身。

④恶：用为动词，厌恶。媵：陪嫁。有莘之妇：指有莘国君的女儿。这两句是说，有莘国君为什么讨厌伊尹，让他做了女儿陪嫁的奴隶呢？

⑤汤：商汤。出：被释放。重泉：地名，夏桀囚汤的地方。

⑥不胜：不能忍受。不胜心，即指无法忍受内心，含有情不自禁的意思。伐：讨伐。帝：指夏桀。使挑：唆使挑动。

⑦会：会合。鼂：指甲子日。争：争相。盟：指盟誓。践：遵守，实践。吾：代武王言。期：约定的日期。据《史记·周本纪》《吕氏春秋》记载，武王起兵伐纣，八百诸侯响应，并约定『以甲子至殷郊』，果然在这一天，武王与各路诸侯在殷都朝歌附近的牧野会师。

【原文】

苍鸟群飞，孰使萃之？到击纣躬，叔旦不嘉。何亲揆发足，周之命以咨嗟？授殷天下，其位安施？反成乃亡，其罪伊何？争遣伐器，何以行之？并驱击翼，何以将之？

【注释】

①苍鸟：苍鹰，喻指勇猛的武士。萃：聚焦。这里描述了勇士攻打殷都的情形。这句话上接前一句话说，各路诸侯如约会合在甲日并争相盟誓，他们是如何遵守武王规定的日期来到的呢？勇猛的武士如同搏击天空的群鹰一样，是谁使他们聚集在朝歌呢？

②到击：分解砍断。纣躬：指纣王的躯体。叔旦：即武王弟弟周公旦。不嘉：不赞许。《史记·周本纪》载：殷都被武王攻陷后，纣王自杀。武王又用轻剑击刺其尸体，并用大斧砍断纣王的头，挂在大白旗上。

③亲：亲自，指周公。揆：度量，引申为『谋划』。发：武王姬发。周之命：指天命周期的国运，即上天给予周的政权。咨嗟：叹息。这句是问，周公既亲自出谋划策，为国家定天下，为何还发出叹息之声？

④授：给予。其位：殷之王位。施：通『移』，改易。

⑤反：一作『及』意为等到。意思是从殷王朝的建成最终又让它灭亡。伊何：是什么。

⑥争：争相。遣：派遣。伐器：作战的武器，借指手持武器的军队。何以：为何。行：行事。

⑦并驱：并驾齐驱，指周军的进攻。击翼：出击两侧的军队。将：统率，率领。以上两句写武王克商之事。

【原文】

昭后成游，南土爰底。厥利惟何，逢彼白雉？

【注释】

①昭后：周昭王，西周第四代君主。成：通『盛』，指率军出游规模盛大。南土：南方，此指楚国。底：至，到。

②厥利：其利，它的好处。惟何：为何，是什么？逢：迎，迎合。白雉：白色的野鸡。

【原文】

穆王巧梅？夫何为周流？环理天下，夫何索求？妖夫曳衒，何号于市？周幽谁诛，焉得夫褒姒？

【注释】

①穆王：周穆王，昭王的儿子。巧：巧于，善于，擅长。梅：通『枚』，指马鞭。周流：即周游同行。

②环理：周游。理，通『履』，行。索：取。

③妖夫：妖人，不祥之人。指传说中叫卖山桑弓檿、箕木袋（箕服）的那对夫妇。曳：前后牵引拉扶。衒：指夸耀所卖货物的好处。号：喊叫，指叫卖声。

④周幽：周幽王，西周末代君主。诛：责罚。谁诛，被谁诛杀？褒姒：周幽王的王后。周幽王的太子叫宜白，其母是申侯的女儿。后来幽王宠爱褒姒，废申后与太子宜白，而立褒姒为后，褒姒子伯服为太子。以上四句意谓：那对妖人夫妇一前一后，边走边叫卖，在街上呼喊着什么？周幽王是被谁诛杀的，又怎么得到那位褒姒呢？

【原文】

天命反侧，何罚何佑？齐桓九会，卒然身杀。

【注释】

①反侧：反复无常。何罚何佑：惩罚什么？保佑什么？

②齐桓：齐桓公，齐国国君，春秋五霸之一。九会：指多次召集诸侯会盟，说明其依靠管仲之力，不用兵革就在诸侯中争得霸主的地位。卒然：终于。身杀：自身被杀害。

【原文】

彼王纣之躬，孰使乱惑？何恶辅弼，谗谄是服？比干何逆，而抑沉之？雷开阿顺，而赐封之？何圣人之一德，卒其异方？梅伯受醢，箕子详狂？

【注释】

①王纣：殷纣王。躬：自身。乱：昏乱。惑：迷惑。

②恶：厌恶。辅弼：辅佐，这里指辅佐君王的贤臣。谗：毁谤奉承。这里指进谗言的小人。谄：指讨好奉承的小人。服：用。

③比干：纣王的叔父，被纣王剖心而死。逆：违背。『何逆』，指做了什么违背了纣的心意？抑沉：压制。

④雷开：纣王身边的谗佞之臣。阿顺：如何顺从奉承。赐封：赏赐封爵。

⑤圣人：指下文的梅伯与箕子。一德：品德相同。卒：最终。异方：指不同的结局。

⑥梅伯：纣王时的诸侯，因直谏被杀。醢：指古时一种酷刑，把人剁成肉酱。箕子：纣王的叔父，见比干被杀，披发装疯，以免被害。详狂：即『佯狂』，装疯。详，通『佯』。

【原文】

稷维元子，帝何竺之？投之於冰上，鸟何燠之？何冯弓挟矢，殊能将之？既惊帝切激，何逢长之？伯昌号衰，秉鞭作牧。何令彻彼岐社，命有殷国？迁藏就岐，何能依？殷有惑妇，何所讥？受赐兹醢，西伯上告。何亲就上帝罚，殷之命以不救？

【注释】

①稷：后稷，名弃。传说，帝喾的元妃姜嫄，踩到上帝的大脚趾而怀孕，生稷，出生时胎儿形体异常，认为不祥而弃之冰上，又有大鸟飞来用羽翅温暖保护他。后稷少而聪慧，精于农事，教民稼穑，成为周人的始祖。维：是。元子：指嫡长子。帝：指帝喾。竺：通『毒』，憎恶的意思。

②投：指抛弃。之：指稷。燠：暖。

③冯：大。挟：带着。殊能：奇异的才能。将之：帮助了他（稷）。

④惊帝：使天帝震惊，一说指帝喾。切激：激烈。逢长：兴旺久长。以上四句意谓：为什么后稷长大成人手持强弓携带箭矢，上天给他的奇异的才能帮助了他？既然他的降生让上天惊恐万分，还为什么使他的后代兴旺久长？

⑤伯昌：周文王，姬姓名昌。号：动词，施发号令。衰：指殷衰微之时。秉：执，拿。鞭：马鞭，指权柄。秉鞭，指执政。牧：地方长官。

⑥何：谁。彻：毁坏。岐：地名，在今陕西岐山县界。周族史上，文王的祖父太王古公亶父，曾由豳地迁至岐山脚下，奠定了周朝兴旺的根基。社：古代祭土地神的庙，凡建国，必立社。太王就于岐地

建社立国。有殷国：指取代殷朝。

⑦藏：指财产。就：到。何能依：即何能为民所依。

⑧殷：指纣王。惑妇：迷惑人的女子，此指纣宠妃妲己。

⑨受：纣王的名。兹：此。醢：肉酱。上告：向上天报告。《吕氏春秋》等说纣王把梅伯剁成肉酱分赐诸侯。民间传说认为剁的赐的都是文王长子伯邑考的肉（这本是一种厌胜巫术），所以西伯（文王）上告于天。

⑩亲：指纣王亲自。上帝罚：接受上天的惩罚。命：国运，指殷朝的统治。

【原文】

师望在肆，昌何识？鼓刀扬声，后何喜？武发杀殷，何所悒？载尸集战，何所急？

【注释】

①师：太师。望：吕望（姜尚），即姜太公。肆：店铺。昌：姬昌，即周文王。识：知。相传吕望曾在殷都朝歌肉店中鼓刀卖肉，文王遇到他，看出他有才能，大喜，载以俱归。

②鼓刀扬声：宰杀牲畜时摆弄刀子发出的声响。后：君，指文王。

③武发：指周武王姬发。杀：攻伐。殷：指纣王。悒：愤恨。

④载尸：载灵牌于兵车上。尸，这里指木主，即灵牌。集战：会战。

【原文】

伯林雉经，维其何故？何感天抑墬，夫谁畏惧？

【注释】

①伯：长。林：君。伯林，似指殷纣王。雉经：自缢。雉，即绳索，以绳缢为经。维：是。其：乃。

②感天抑墬：感动天地。夫：发语词，无意义。谁畏惧：即畏惧谁。

【原文】

皇天集命，惟何戒之？受礼天下，又使至代之？初汤臣挚，后兹承辅。何卒官汤，尊食宗绪？

【注释】

①皇天：上天。皇：大，美好。集命：降命。惟：又。戒之：告诫他。

②受：同『授』，授予。礼：借为『理』，治。至：来，此指后来者。

③初：当初。臣挚：以挚为臣，指当初成汤东巡，伊尹（挚）作为陪嫁的奴隶来到汤身边。后：后来。兹：连词，乃。承辅：辅佐。

④卒：终于，指伊尹死后。官汤：使汤成为统治天下的君主。宗绪：世世代代。此二句言伊尹辅弼汤之功，足配享于汤之太庙。

【原文】

勋阖梦生，少离散亡。何壮武厉，能流厥严？

【注释】

①勋：功勋。阖：指吴王阖闾，春秋五霸之一。梦：寿梦，吴王阖闾的祖父。生：同『姓』，指子孙。少：少时。散亡：家破人亡。

②壮：壮年。武：英武勇猛。厉：勤奋。流：显露。严：应作『庄』，这里有威武的意思。

【原文】

彭铿斟雉，帝何飨？受寿永多，夫何久长？

【注释】

①彭铿：即彭祖，传说是颛顼的后裔，活了八百岁。斟雉：用野鸡调制的肉汤。传说中彭铿善于烹调。帝：指上天。飨：享用。

②受：同『授』，给予。永：长。这里是说，上天给彭祖享寿之长到八百岁，那是为什么？

【原文】

中央共牧，后何怒？蜂蛾微命，力何固？

【注释】

①中央：指中国。牧：治。

②蛾：古『蚁』字。蜂蛾，即蜜蜂与蚂蚁等微小的昆虫。此处指百姓。

【原文】

惊女采薇，鹿何祐？北至回水，萃何喜？

【注释】

①薇：野豌豆苗。祐：帮助。传说伯夷、叔齐绝食后，山里的白鹿曾给他们喂奶。

②回水：指首阳山附近的雷水。萃：止，停留的意思。以上四句意思是问夷、齐采薇，惊闻女子之言，

甘心饿死，可为什么鹿以乳相喂前来保佑他们的性命？夷、齐向北走到雷水边，兄弟双双饿死可为什么感到高兴？

【原文】

兄有噬犬，弟何欲？易之以百两，卒无禄。

【注释】

①兄：指春秋时秦国的国君秦景公。噬犬：猛犬。弟：指景公之弟。

②易：交换。两：同『辆』，指车数。卒：最终。禄：福禄。

【原文】

薄暮雷电，归何忧？厥严不奉，帝何求？伏匿穴处，爰何云？荆勋作师，夫何长？悟过改更，我又何言？吴光争国，久余是胜。何环穿自闾社丘陵，爰出子文。吾告堵敖以不长。何试上自予，忠名弥彰？

【注释】

①薄暮：傍晚。雷电：雷电交加。归：回去，归去。

②厥：其，指楚怀王，亦指楚国。严：威严。不奉：不得保持。奉，保持。帝：指上天。求：求助。

③匿：隐藏。穴处：本指山洞，这里指作者自己被流放，住在荒野山林。『伏匿穴处』，指诗人被流放之事。爰：助词，起补充音节的作用。何云：说什么？

④荆：楚国的旧称。勋：功勋。作师：兴兵。何长：有什么好的办法？

⑤悟过：对自己的过错有所醒悟。悟，知晓，明白。更：改变。

⑥吴光：即吴国公子阖闾。争国：争夺君位，指阖闾派人杀僚而自立之事。久余是胜：意谓『久胜余』，即常战胜楚国。

⑦环穿：环绕穿过。闾、社：古代最小的行政单位，如后来的村落。闾社丘陵，乃指幽会淫荡之处。爰：乃，原来是。出：生。子文：楚成王时令尹。

⑧吾：我，屈原自指。告：说。堵敖：熊艰，楚文王子，成王熊恽兄。文王十二年，文王卒，子熊艰立。

⑨何：岂也，怎能。试上，告诫君王。试，疑为『诫』。自予：自以为是。弥：更加。彰：显著。

【译文】

请问：往古初年的情况，是谁把它传述了下来？天地混沌一片，根据什么来考察确定？昼夜未分混沌昏暗，根据什么来穷究看透？宇宙恍惚无形又无象，又是凭借什么来识辨？白昼黑夜相交替，辨明时间又为什么？阴阳相合化生万物，什么是本体什么是衍生体？浑圆的天体有九层，是谁围绕测量知晓的？这功绩如何浩大，可最初由谁来开创？天体如车盖系在哪里？天枢北斗又是架在何处？撑天的八柱坐落在何方？东南的天柱为何缺损不一般长？九野之间的边际，又如何安放如何连接？九天有许多弯曲角落，谁能知道它的数目？天与地相会在何处？子丑寅卯十二辰又怎样划分？日月怎样挂在天体上？群星又如何陈列在太空上？太阳从东方汤谷出发，夜晚歇息在蒙水边。从早晨一直到黄昏，一共走了多少路程？月亮具有什么本领，居然能够死而复生？那样对它有何好处，把兔子抚养在腹中？女歧她从未有配偶，如何生出九个儿子？风神隅强住在何处？哪里吹来这寒凉的风？上天哪座大门关闭就天黑？上天哪座大门打开就天亮？当东方还没发亮，太阳如何隐藏自己那万丈光芒？

鲧不胜治水重任，众人为何还将他推举？都对尧说『不必太过担忧』，为何不试一试再任用？鸱鸮和大龟拖土衔泥，鲧为何对它们言听计从？治水眼看就要成功，帝尧为何对鲧加刑？长期把鲧幽禁在东海羽山，为何多年也未赦免？大禹从鲧的腹中出生，又是如何孕育生成？继续先前治水的工程，父辈的事业终于成功。为什么大禹子承父业，却采取了截然不同的治水措施？洪水的源泉深不见底，他用什么办法来填平？广袤的大地被分为九州，又如何使它高于水面？应龙是如何以尾画地的？河流是怎样流通入海的？鲧在治水时采取了哪些办法？禹在治水中有哪些成功？共工怒撞天柱不周山，可大地为何都向东南斜倾？大地九州如何安置？山川谷地都有多深？百川归海，大海不会满溢，有谁知道这是为什么？从东至西从南到北，它的长度相比哪个更长？如果南北更为狭长，又比东西长出多少？昆仑山顶上的玄圃，到底在哪个地方？昆仑山上有九重增城，它的高度有多少里？昆仑四面的山门，有谁从这里进进出出？当西北方的大门开启，是什么风从那里流通？太阳能普照万物，为何还要烛龙照亮？羲和尚未扬鞭启程，若木为何放射光芒？什么地方冬天温暖？什么地方酷夏寒凉？哪里有石头的树林？什么兽类能讲人言？哪里有无角的虬龙，背负大熊四处荡游？长着九个脑袋的毒蛇雄虺迅疾往来去了哪里？什么地方是不死之国？巨人守卫着什么？水中异草居然长出九个枝丫，枲麻又开花在何处？一条巴蛇可以吞掉大象，它的身子是何其庞大？黑水、玄趾和三危，这些地方都在哪里？哪里的人长生不死，生命究竟有无期限？兴风作浪的鲮鱼生活在哪里？虎爪鼠足的鬿雀居住在何处？后羿在哪里射下九个太阳？日中金乌于何处坠翅丧生？大禹努力贡献全部力量，从天而降巡视下界四方。在何处遇到那位嵞山女子，而又和她在台桑结成夫妇？

大禹爱惜他们的结合，自己身后有人继承。为什么嗜好与众不同，不贪图男欢女爱的情欲？启取代益做了国君，猝然间遭到囚禁的灾殃。为何夏启遭受灾难，却能逃离拘禁的灾祸？后益的党羽被治罪，而夏启的身体却无丝毫损伤？为何益的国运不长，而夏启的统治昌盛兴旺？启多次献女给天帝，如何带回帝乐《九辩》与《九歌》？为何爱怜儿子却反被儿子杀掉，使母亲身体分离如土委地？上天降下善射的夷羿，为的是革除忧患拯救夏民。可为什么他要射杀河伯，强娶了他的妻子洛水女神？拉开大弓扣动扳指，把巨大的野猪封狶杀死。给天帝献上肉，上天为什么不顺畅领情？寒浞得到羿妻纯狐，两人合谋把后羿害死。为什么能射穿透七层皮革的羿，却被阴谋勾结所算计？鲧被放逐羽山自西而东艰难险阻，如何越过那高山峻岭？深渊中伯鲧化身为黄熊，神巫怎样使他起死复生？禹平治洪水率民种五谷，除去杂草变成良田。为什么一样被流放，而鲧拥有那么多的坏名声？穿着白色衣裙戴着华丽首饰，嫦娥为何如此华丽？羿从哪里得来不死之药，却为何不能妥善保藏？自然之道不可阻挡，阳气消散就会死亡。羿死后化为大鸟飞鸣而去，他原来的躯体消逝在何方？雨师萍翳兴云布雨，大雨倾盆如何发动？风神飞廉鸟兽合体，可他又是如何呼应？大鳌背负仙山起舞，仙山为何还能稳固？浇能撑船在陆地行走，怎么让船就能移动？浇来到嫂嫂女岐的门口，对嫂嫂有何相求？为何少康放逐猎犬，而被砍落在地的却是浇的头？女岐为浇缝制衣裳，两人淫乱同宿共眠。为什么少康斩错了脑袋，女岐自己遭殃身亡？少康佯装打猎而动用武力，如何增强军事力量？浇能使二斟覆亡，少康用什么计谋砍下浇的脑袋？夏桀出征讨伐蒙山，他这样做究竟有何收获？妺嬉何罪之有，商汤为何治她死罪？虞舜在家忧愁不堪，父亲瞽叟为何不给他娶妻？唐尧嫁二女不告知舜的父母，娥皇、女英怎么和舜成亲？舜当初是一介平民，又是怎样预料成为尊贵？殷纣王修玉台共有十层，谁又能想象到后果？女娲登基称帝，是谁做的引导？女娲那奇异变幻的形体，又由谁来制造的？舜以仁爱之心厚待弟弟，却最终被弟弟加害。为何舜放任象作恶，自己却能不受伤？吴国从太伯始获有悠久历史，立国于横山一带大江以南。谁能料到在这开启的土地上，埋着舜和商君的坟墓？用雕有天鹅饰玉的鼎烹饪美味，帝王商汤高兴地享用佳肴。伊尹如何做了内应，终于把夏灭亡？商汤来到民间巡视，正好遇奴隶出身的伊尹。夏桀被流放鸣条受惩，为何黎民百姓那样欢欣？

简狄深居九层高台，帝喾为何对她如此钟爱？燕子遗卵送来礼物，简狄吃后为何怀孕？王亥秉承王季的德业，和他父亲一样善良。怎么最终被人驱使，为有易氏放牧牛羊？王亥跳起干盾之舞，如何吸引有易女子的目光？那个女子胸部丰满皮肤细嫩，王亥怎样与有易女私通？身为有易普通的牧人，如何与有易女相逢？被击杀于床第之上的王亥已逃，他从何处逃脱？王恒也继承王季的德行，哪里得到哥哥丢失的服牛？为何到有易谋求爵禄，回来时却两手空空？昏庸的上甲微遵循父亲的事业，打得有易国不得安宁。如何会集勇士耀武扬威，报了杀父之仇纵兵逞勇？昏惑的弟弟与有易女私通，以致害死他的长兄。为什么有人诡诈多端，他们的后代却兴旺绵延？商汤去往东方巡视，到达有莘之国才停止。本来要寻求小臣伊尹，却得到一位美丽的贤妃？水边空心的桑树中，捡到了婴儿伊尹。有莘国君为什么讨厌他，让他做女儿的陪嫁？汤走出被囚禁的重泉，他究竟犯下了什么罪过？忍无可忍之下商汤才对桀进行讨伐，自食恶果还用挑唆？诸侯朝会争相发誓，为何都遵守前定的日期？军队前进勇如雄鹰，是谁让他们聚集在一起？分解砍断殷纣王的尸体，周公姬旦并不赞许。可是他亲自辅佐武王，周得天命他却又为何叹息？上天把天下授予商，他们把帝位如何丧失？从它建成最终又灭亡，它的罪过是什么？诸侯争相派遣军队，这要怎样来指挥行动？齐头并进出击两翼，如何统率进攻的？周昭王去南方巡游，一直到达荆楚土地。他那样有什么好处，为什么还遇到了白色野鸡？周穆王图谋很宏大，为什么满世界地去周游？环游治理天下，到底在索取探求些什么？那对妖人夫妇拖着货物，为何叫卖于市井？周幽王到底被谁诛杀，又如何得到褒姒？

天命真是反复无常，惩罚什么又保佑什么？齐桓九合诸侯而称霸天下，最终却被人害死。殷纣王的所作所为，是谁使他那样昏乱迷惑？为什么厌恶辅佐的忠臣，专门任用谗佞的小人？比干做了什么事违背他的心意，不被重用最后还剖了心？雷开怎样顺从逢迎，让纣对他那样加封？为什么圣人拥有相同的美德，处世方法却大不相同？梅伯直谏被杀受酷刑，箕子无奈披发装疯？后稷本是帝喾的长子，可帝喾为什么对他那样憎恶？把出生的婴儿抛弃在冰面上，鸟为何用羽翅温暖他？如何获得纣赐的弓，让他有才能一统诸侯？既然他的降生让上天惊恐，为什么还让他子孙繁衍昌盛？商朝衰落西伯姬昌发号令，执政在雍州之牧。是什么让周拆除旧社立新庙，让周王取代殷朝是命中定？太王带着财产迁往岐山，是什么让民众相依从？殷纣有了宠妃妲己，民众是怎样讥讽的？纣赐诸侯梅伯被烹的肉羹，西伯姬昌将此事告知了上天。为何纣王接受上天的惩罚，殷朝的国运仍无法挽回？姜尚曾在朝歌肉店舞着刀，西伯姬昌为何赏识他？宰割牛羊发出的声响，文王听后为何如此高兴？武王姬发讨伐殷纣，为什么如此愤恨？载着文王灵位就去会战，他为什么如此心急？殷纣王被悬尸，这究竟是什么缘故？他死之前呼天抢地，坦然行义有谁使他畏惧？上天既然降命给殷商，又是如何告诫他的？既然授命予他治理天下，为何又让周人代替他？当初伊尹只是媵臣，后来就担当王朝的宰相。为什么伊尹最终追随商汤，死后能在商王的宗庙里配享？功勋卓著的阖闾是寿梦的长孙，年少时遭受排挤而坎坷流荡。为何壮年孔武勇猛，威武声名能够远扬？彭祖调和野鸡肉羹，上天为何前来享用？赐给他的寿命长久，可他为何仍愤恨不平？周公召会一同执政，列国君王为什么纷争相怒？

蜂蚁一类昆虫生命微弱，为何筑起的巢穴强固不摧？伯夷、叔齐采薇充饥听了讥讽而绝食，白鹿何以乳汁相保佑？伯夷叔齐采薇向北而行到雷水，双双饿死可为什么还很高兴？秦景公有条猛犬，他的弟弟为何非要得到？他的弟弟用一百辆车交换那只狗，最终失去爵位还遭放逐？

天近黄昏电闪雷鸣，上天还有什么忧愁可说？国与君的尊严都得不到保持，对上天还有什么要求？我隐居在这荒山野林，幽愤填胸还能说什么？楚君好大喜功屡战屡败，国家还能坚持多久？对自己的过错如能幡然悔改，我还能说什么话？吴王阖闾与楚交战，长期以来就战胜我国。无奈穿街过巷越丘陵，才觅得令尹子文这贤相。我曾说堵敖的行径难长久，无奈楚国命运不会久长。我岂敢告诫君王自以为是，为了忠贞的名声更远扬？

卜居

【点评】

《卜居》题目的意思是用卜筮的方法，选择今后的生活道路和处世态度。

屈原在作品中假设求太卜郑詹尹为他卜筮，掀起了心中汹涌澎湃的情感波澜。全篇采用对话体的形式，首尾采用散文，中间使用韵文，散韵相间的体制使情感抒发得更加淋漓尽致。

【原文】

屈原既放，三年不得复见，竭知尽忠，而蔽鄣于谗。心烦虑乱，不知所从。往见太卜郑詹尹曰：『余有所疑，愿因先生决之。』詹尹乃端策拂龟，曰：『君将何以教之？』

【注释】

①既：已经。放：放逐，流放，指被放逐在汉北。

②三年：指多年，并非具体所指。复：再。『复见』指再也见不到君王。

③竭知：将聪明才智全部发挥出来。竭，尽；知，通『智』。

④蔽鄣：鄣，通障蒙蔽阻碍。

⑤太卜：官名，掌管卜筮。郑詹尹：假想的太卜的姓名。

⑥因：依靠，借助。先生：尊称。决：断。

⑦端策：意谓把占卜用的蓍草摆端正。端，放正，策，卜卦用的蓍草茎。拂龟：掸除龟壳上的灰尘。拂，拭除；龟，指占卜用的龟壳，筮用策，卜用龟。都是卜筮前的准备工作。

⑧何以：即以何，意指用什么。教之：意指教于我，此为客套语，实际上是指『问我什么』的意思。

【原文】

屈原曰：『吾宁悃悃款款朴以忠乎？将送往劳来斯无穷乎？宁诛锄草茅以力耕乎？将游大人以成名乎？宁正言不讳以危身乎？将从俗富贵以媮生乎？宁超然高举以保真乎？将呢訾栗斯，喔咿儒儿以事妇人乎？宁廉洁正直以自清乎？将突梯滑稽，如脂如韦，以洁楹乎？宁昂昂若千里之驹乎，将氾氾若水中之凫乎，与波上下，偷以全吾躯乎？宁与骐骥亢轭乎？将随驽马之迹乎？宁与黄鹄比翼乎？将与鸡鹜争食乎？此孰吉孰凶？何去何从？世溷浊而不清，蝉翼为重，千钧为轻；黄钟毁弃，瓦釜雷鸣；谗人高张，贤士无名。吁嗟默默兮，谁知吾之廉贞！』

【注释】

①宁：宁可，宁愿。悃悃、款款：忠诚勤恳貌。朴：朴实。以：而。

②将：意谓还是要。送往劳来：即『送往迎来』之意，指世俗的人际周旋。斯：语气助词，此。

③诛锄：用锄头锄去。草茅：杂草。力耕：努力耕种，致力于农事。

④游：游说。大人：犹言『贵人』，指王侯将相等势要之人。战国时策士游说诸侯接受自己的主张，以求进身，这种行径是诗人所不齿的。

⑤正言：直言。不讳：不避讳，不隐瞒。危身：自身危害。

⑥从俗：追随，顺从世俗。媮生：苟且地活着。

⑦超然：离尘脱俗。高举：高飞。『超然高举』指远离世俗，超出凡俗。真：指纯真的本性。

⑧哫訾：意同『趑趄』，指走路时战战兢兢、小心翼翼的样子。栗斯：意同『哫訾』。然二词内含略有差异。喔咿：说媚话。儒儿：当作『嚅』，强颜欢笑。妇人：当指君王左右的重臣，奸佞之人。一说指怀王宠姬郑袖。

⑨自清：保持自身的廉洁。

⑩突梯：世故圆滑。滑稽：古代一种盛酒的器具，能不断地往外倒酒，比喻能言善辩，语言流畅。脂：油脂。『如脂』，像油脂那样滑。韦：熟牛皮。『如韦』，像熟牛皮那样柔软。楹：堂屋前的柱子。『洁楹』，用绳子量周长，以便做成圆柱形状。喻指为讨好世俗，可削方为圆一样。

⑪昂昂：突出，超群特立的样子。

⑫泛泛：形容漂浮。凫：野鸭子。

⑬骐骥：骏马。亢：通『伉』，匹配，匹敌。轭：套牲口拉东西时架在颈上的器具。

⑭驽马：跑不快的劣马。迹：足迹。

⑮黄鹄：大鸟名，能飞一千里。此喻有大志向者。比翼：并飞。

⑯鹜：鸭子，喻庸才。

⑰蝉翼：蝉的翅膀，比喻像蝉翼一样极轻的东西。

⑱钧：古代重量单位，三十斤为一钧。『千钧』，指很重的分量。

⑲黄钟：古代十二律之一，是最响亮、宏大的音调。此处指符合韵律的钟。

⑳瓦釜：陶制的锅。雷鸣：指声音如雷鸣。瓦釜雷鸣：比喻庸才喧嚣。

㉑高张：指身居高位，嚣张跋扈。

㉒无名：默默不得志，身处于穷困。

㉓廉贞：廉洁忠贞。

【原文】

詹尹乃释策而谢，曰：『夫尺有所短，寸有所长，物有所不足，智有所不明，数有所不逮，神有所不通。用君之心，行君之意，龟策诚不能知事。』

【注释】

①释：放下。谢：推辞。

②夫：发语词。这两句意思是：尺虽比寸长，但量更长的东西就嫌短了；相反，寸比尺短，但量比寸短的东西，又嫌长了。比喻任何人与物都有各自的优点和不足。

③不足：欠缺。

④不明：困惑。

⑤数：方数，指天文、卜筮、历算等。逮：及。

⑥通：通达。神有所不通：卜筮所代表的神灵有不能通晓的。

⑦君：指屈原。这两句的意思是：用您的心意来衡量之后，做您所要做的。

【译文】

屈原被放逐以后，好多年都不能见到楚王。竭尽智慧与忠诚，却被谗言所遮蔽阻隔。他心情烦闷纷乱，不知何去何从。于是去见卜筮之官郑詹尹问：『我有疑惑，想请先生帮我决断。』詹尹摆正了蓍草拂拭龟甲说：『你有什么要问我的？』屈原问道：『我应该诚实恳切从心里忠于君王、报效国家呢，还是终生不知疲倦地追随世俗，使自己没有困境呢？应该拔除杂草，努力去耕种呢，还是游说那些贵人、取得卿相地位和荣耀呢？是该忠谏君之恶、危害自身的生命呢，还是追求世俗贪求名利、苟且偷安呢？是应该超脱世俗长逝远游，来持守内美呢，还是媚言讨好，去奉承君王左右的重臣呢？是廉洁正直、清高自重呢，还是世故圆滑、巧言善辩，没有自己的立场呢？要昂首挺胸、志行远大，像骏马一样奔驰千里呢？还是做那小河里的水鸭，随着水流游走，得过且过地保全自己的身躯呢？要和骏马并驾齐驱呢，还是在驽马的身后安步徐行呢？要和鸿鹄比翼齐飞直冲云霄呢，还是和那鸭子争啄残羹呢？这些哪些是吉，哪些是凶？我将何去何从？当今的世道污浊不清，薄薄的蝉羽却说有着千斤，而把千斤的重量说得比羽毛还轻；洪亮的黄钟遭毁弃，可把那瓦盆敲打得响如雷鸣；谗佞的小人占据高位，气焰嚣张，可那贤明之士却默默无闻。长吁短叹沉默不语啊，有谁知晓我的廉洁忠贞？』

詹尹于是放下占卜的用具，辞谢道：『尺有所短，寸有所长。世间任何万物各有不足，智者也有困惑的时候。日月运行虽有定数也有不可计量的时候，神明可判吉凶可也有无法通晓的时候。以你的心，行你自己的操守，龟卜占策不能决断你的心志。』

渔父

【点评】

《渔父》大概是屈原放逐江南时所作，具体时间不可考。

楚地尊称老人为父，渔父即打鱼的老人，实际却是楚地的一位隐者。诗中采用一问一答的形式，表现出屈原与隐者志趣上明显的差别，表现了诗人绝不随波逐流，不与世俗同流合污的可贵精神。

【原文】

屈原既放，游于江潭，行吟泽畔，颜色憔悴，形容枯槁。渔父见而问之曰『子非三闾大夫与？何故至于斯？』屈原曰：『举世皆浊我独清，众人皆醉我独醒，是以见放。』渔父曰：『圣人不凝滞于物，而能与世推移。世人皆浊，何不淈其泥而扬其波？众人皆醉，何不餔其糟而歠其醨？何故深思高举，自令放为？』

屈原曰：『吾闻之，新沐者必弹冠，新浴者必振衣。安能以身之察察，受物之汶汶者乎？宁赴湘流，葬于江鱼之腹中。安能以皓皓之白，而蒙世俗之尘埃乎？』渔父莞尔而笑，鼓枻而去。歌曰：『沧浪之水清兮，可以濯我缨；沧浪之水浊兮，可以濯吾足。』遂去，不复与言。

【注释】

①潭：深渊。在今湖南常德境内。

②颜色：指面貌憔悴，形容面部瘦而黑的样子。

③形容：形体容貌。槁：干枯。『枯槁』，形容肌肉干瘪的样子。

④渔父：打鱼的老人。应是一位隐士，是诗人假托的人物。

⑤子：您。三闾大夫：楚国官名，掌管楚王族屈、景、昭三姓的事务，屈原曾任此职。

⑥斯：此。这里指江潭。至于斯：沦落到这步田地，来到这个地方。

⑦见放：被流放。

⑧圣人：通明之人。此乃道家而非儒家之含义。凝滞：停止流动不灵活的意思。物：事物。

⑨推移：变动、移动。

⑩淈：泥浆，在此为搅乱泥浆的意思。『淈其泥』，含污之意。扬其波同流。

⑪餔：食。糟：酒渣。歠：饮。

⑫深思：思虑深远。高举：行为高洁。举：举动、行为。

⑬弹冠、振衣：弹帽子、去掉衣服上的灰尘。

⑭安：怎么。察察：清白。

⑮汶汶：形容方法。
⑯皓皓：形容皎洁。
⑰莞尔：微笑的样子。
⑱鼓：动，指划动。枻：船舷，一说船桨之短者。
⑲缨：古代帽子上系在颔下的带子。水清濯缨，水浊濯足，比喻要随机应变。

【译文】

屈原被放逐后，流浪在江潭，边走边吟诵诗篇，面容憔悴，形容枯槁。渔父见到此番情景，问道：『您不是三闾大夫吗？为什么落到了如此地步？』屈原答说：『整个世俗贪宠逐利而我却追求清廉，整个世人醉了，而我却偏偏头脑清醒，因此才被流放。』渔父说：『圣人对待外物不拘泥固守，能随世俗而变通。世人都混浊，你何不也搅乱泥水助长浊流？世人都喝得醉醺醺，你何不也食糟饮酒与世同醉？为什么要苦思冥想，与众不同，这岂不是自己放逐自身吗！』屈原说：『我听说过，刚刚洗过头一定要弹掉帽子上的灰土，刚刚洗过澡一定抖抖衣服上的尘埃。怎么能让自己洁净的身体蒙受外物尘垢的玷辱呢？我宁愿投身江流，葬身鱼腹；怎么能以自身的洁白，去蒙受尘世的污垢呢！』

渔父微微一笑，荡舟而去，唱道：『沧浪水清澈见底啊，可以洗涤我的冠缨；沧浪水浑浊不清啊，可以洗我的双脚。』于是离去，不再与屈子说什么。

大招

【点评】

《大招》是屈原为楚怀王招魂而作。

全诗分为三部分，第一部分即『四方之招』没有自述语；最后重在陈述诗人的美政理想，以此激励亡魂归来，并希望他效法禹、汤、文王。

【原文】

青春受谢，白日昭只。春气奋发，万物遽只。冥凌浃行，魂无逃只。魂魄归来！无远遥只。魂乎归来！无东无西，无南无北只。东有大海，溺水浟浟只。螭龙并流，上下悠悠只。雾雨淫淫，白皓胶只。魂乎无东！汤谷宋宋只。

【注释】

①青春：即春天。受谢：即代谢，谓冬天谢去春天承接而来。受，承受。谢，即去。

②昭：明亮。只：招魂辞句尾的语气词。

③春气：春意。奋发：指生机勃勃。

④遽：竞之意。『万物遽』，指春天到来万物生机盎然。

⑤冥：幽冥。凌：驰，历也。浃：周遍。意思是春天阳气上升，阴气下降，玄冥收集阴气而藏之。

⑥魂：指怀王魂。无逃：无法逃窜。

⑦遥：飘摇。

⑧溺水：溺与『弱』通。弱水，指水无浮物之力。浟浟：水流貌。
⑨螭龙：无角的龙。
⑩上下：随水波上下游走。悠悠：螭龙在水中自在游行。
⑪淫淫：连绵一片的样子。
⑫白：指海气的颜色。皓胶：雾雨茫茫，像凝固在天空一样。胶，胶粘。
⑬汤谷：即『旸谷』，神话中太阳升起之处。

【原文】

魂乎无南！南有炎火千里，蝮蛇蜒只。山林险隘，虎豹蜿只。鰅鳙短狐，王虺骞只。魂乎无南！蜮伤躬只。

【注释】

①炎火：指天气炎热。
②蝮蛇：一种大毒蛇，体色灰褐，又名虺。蜒：蜿蜒缓游的样子。
③蜿：盘踞。
④鰅鳙：传说中的一种怪鱼，状如犁牛。短狐：即蜮，又称射工。以上两种都是传说中含沙射人的鬼怪。
⑤王虺：大毒蛇。即大毒蛇群聚将头昂起。骞：举头。
⑥蜮：即短狐。躬：亲身。

【原文】

魂乎无西！西方流沙，漭洋洋只。豕首纵目，被发鬤只。长爪踞牙，诶笑狂只。魂乎无西！多害伤只。

【注释】

①流沙：沙动如流，指大沙漠。

②漭：水大貌。洋洋：无边无际。『漭洋洋』，形容大水无边无涯，这里形容西方之流沙。

③豕：猪。纵目：即竖目。

④被发：披发。鬤：头发乱的样子。

⑤踞牙：指锋利的牙齿。踞，同『锯』。

⑥诶：强笑。以上四句是说西方的怪兽，猪头，竖目，披着满乱发，长爪锯牙，捉住人即怪笑狂笑。

【原文】

魂乎无北！北有寒山，逴龙赩只。代水不可涉，深不可测只。天白颢颢，寒凝凝只。魂乎无往！盈北极只。

【注释】

①寒山：常寒之山。

②逴龙：山名，即指寒山。赩：赤色，不长草木的样子。

③代水：神话中的河名。

④颢颢：光亮的样子。此处指冰雪。

⑤凝凝：冰冻貌。

⑥盈：满。北极：最北边。盈北极：指北极到处都是冰雪。

【原文】

魂魄归来，闲以静只。自恣荆楚，安以定只。逞志究欲，心意安只。穷身永乐，年寿延只。魂乎归来！乐不可言只。五谷六仞，设菰粱只。鼎臑盈望，和致芳只。内鸧鸽鹄，味豺羹只。魂乎归来！恣所尝只。鲜蠵甘鸡，和楚酪只。醢豚苦狗，脍苴蓴只。吴酸蒿蒌，不沾薄只。魂乎归来！恣所择只。炙鸹烝凫，煔鹑陈只。煎鰿臛雀，遽爽存只。魂乎归来！丽以先只。四酎并孰，不歰嗌只。清馨冻歆，不歠役只。吴醴白蘖，和楚沥只。魂乎归来！不遽惕只。

【注释】

①闲：悠闲。静：清静。

②自恣：恣意放任。荆楚：指楚国。

③安：安全。定：稳定而居。

④逞：快。究：终。『逞志究欲』，即快志意，穷情欲。

⑤心意：指心情。安：安乐。

⑥穷身：终身。永乐：长乐。

⑦五谷：是泛指，即百谷。仞：七尺为仞。『六仞』泛指仓廪之积多和高。

⑧设：即施，此处用于指做饭。菰粱：一种植物，俗称茭，秋天结实如米，用来做饭味极香。

⑨鼎：古代的炊具。臑：煮烂。盈望：满眼。

⑩和：调和，指调味。致：达到。和致芳：即将食物调理得很香。

⑪内：同『肭』，肥。鸧：即『鸧鸹』，黄莺。鸧：鹁鸽。鹄：天鹅。
⑫豺羹：豺肉羹。
⑬恣：随意。尝：品尝。
⑭蠵：大龟。甘：肥美。
⑮和：调和。酪：乳浆，用肉制成的。
⑯醢：酱。醢豚，即猪肉酱。苦狗：有苦味的狗肉。苦，苦菜。似以苦菜的汁浸泡狗肉以去其腥。
⑰脍：切成细丝。苴蓴：菜名，一名蘘荷。
⑱吴酸：吴地所产的醋。酸，此处用为动词。蒿、蒌：均为蒿的一种。
⑲沾：古『添』字，浓也。薄：淡，无味。此句意思是汤调成不浓不淡，适宜甘美。
⑳择：选择。
㉑炙：烤，即烤肉。鸹：老鸹。烝：同『蒸』。凫：野鸭。
㉒煔：将食物放入汤中煮熟。鹑：鹌鹑。陈：陈列众味。
㉓煎：油煎。
㉔遽爽：极为爽口。爽，清爽，爽口。存：在。
㉕丽：美。指美味。先：指尝此美味。
㉖酎：醇酒。『四酎』指经过四次去糟酿制的酒。并：都。孰：同『熟』。
㉗涩：不滑。嗌：咽喉。此句是说，不会涩人的喉咙。

㉘清馨：清香。冻歆，指将酒冷冻后再饮。

㉙歠：饮。役：贱。

㉚吴醴：吴国的一种甜酒。糵：酿酒用的曲子。

㉛和：调和。沥：滤过的酒，味较清淡。

㉜遽惕：急遽。惕，怵惕。不遽惕，指酒不醉人，可任意享受，不必担心。以上言饮食之美。

【原文】

代秦郑卫，鸣竽张只。伏戏《驾辩》，楚《劳商》只。讴和《扬阿》，赵箫倡只。魂乎归来！定空桑只。二八接舞，投诗赋只。叩钟调磬，娱人乱只。四上竞气，极声变只。魂乎归来！听歌撰只。朱唇皓齿，嫭以姱只。比德好闲，习以都只。丰肉微骨，调以娱只。魂乎归来！安以舒只。嫮目宜笑，蛾眉曼只。容则秀雅，稚朱颜只。魂乎归来！静以安只。姱修滂浩，丽以佳只。曾颊倚耳，曲眉规只。滂心绰态，姣丽施只。小腰秀颈，若鲜卑只。魂乎归来！思怨移只。易中利心，以动作只。粉白黛黑，施芳泽只。长袂拂面，善留客只。魂乎归来！以娱昔只。青色直眉，美目媔只。靥辅奇牙，宜笑嘕只。丰肉微骨，体便娟只。魂乎归徕！恣所便只。

【注释】

①代、秦、郑、卫：皆国名，此处指当时四国的乐章。

②鸣竽：响亮的竽乐。竽，古乐器。张：张设，这里指奏起。

③伏戏：亦作『伏羲』，是五帝中的东方天帝。

④《劳商》：古代的歌曲名。
⑤讴：这里指合唱。和：唱和。《扬阿》：即《阳阿》，楚歌曲名。
⑥赵箫：赵国的洞箫。倡：通『唱』此处指领唱。
⑦定：指调定乐曲的音调。空桑：琴瑟名。
⑧二八：指年轻的女子。接：连接。『接舞』，连接跳舞。
⑨投：投足踏拍子。诗赋：指雅乐。
⑩叩：击。钟：乐器。调：调和。磬：乐器。
⑪乱：曲子结束。
⑫四上：上四国，即代、秦、郑、卫。竞气：指竞相演奏音乐之美。
⑬极：穷尽。声变：指音乐曲调之变化。
⑭譔：具。
⑮婢、姱：都是美的意思。
⑯比德：比其才德。比，同也，或并有。好：喜好。闲：娴静。
⑰习：熟悉，谓习于礼节。都：美。指风度淳雅，不妖媚。
⑱丰：丰满。微骨：指体态姣好。微，细。
⑲调：和，指众美女和蔼可亲。娱：神情快乐。
⑳安：安适。舒：指心情舒畅。

㉑嫮目：美目。嫮，同『嫭』美之意。宜笑：指笑得自然，恰到好处。

㉒蛾眉：指眉毛弯曲细长。曼：长而细。

㉓容则：仪表。秀雅：秀丽文雅。

㉔稺：幼。朱颜：指红润的面容。

㉕姱修：美好。滂浩：广大，此处指心意。

㉖佳：善。丽以佳，犹言美而艳。

㉗曾颊：重颊，形容面庞丰满。颊，面部的两侧。倚耳：耳贴后，形容耳朵贴于头两侧，长得很熨帖。

㉘曲眉：弯弯的眉毛。规：本指圆规，这里是说『眉如半规』。

㉙滂心：情感丰富。绰态：体态绰约。

㉚姣丽：美丽。施：谓『施施』然，舒缓貌。

㉛小腰：细腰。秀颈：秀气的脖颈。

㉜鲜卑：少数民族的名字，此处指鲜卑女人。

㉝思怨：指思念与怨恨。移：转移，去。指美女可以忘忧，去怨思。

㉞易中：平和的内心。利心：心巧慧。

㉟以：用。动作：一举一动。指平和巧慧的内心都表现在了举动上。

㊱粉：脂粉。黛：青黑色的颜料，用来画眉。

㊲施：打扮。芳泽：芬芳润泽。

㊳袂：衣袖。拂：掩遮。

㊴善留客：娇羞之态，使客人不忍离去。

㊵昔：即夕。娱昔：即可以终夜娱乐。

㊶青色：指眼眉。直眉：黑色的眉毛平直连在一起。

㊷婳：微眄，眼睛脉脉含情。

㊸靥：嘴角两旁的酒窝。辅：脸庞。奇牙：美丽的牙齿。

㊹宜笑：笑得恰到好处。嗎：巧笑。

㊺体：体态。便娟：轻盈美好。

㊻恣：恣意。便：安。

【原文】

夏屋广大，沙堂秀只。南房小坛，观绝霤只。曲屋步壛，宜扰畜只。腾驾步游，猎春囿只。琼毂错衡，英华假只。茝兰桂树，郁弥路只。魂乎归来！恣志虑只。孔雀盈园，畜鸾皇只。鹍鸿群晨，杂鹙鸧只。鸿鹄代游，曼鹔鷞只。魂乎归来！凤凰翔只。

【注释】

①夏屋：大屋。夏，高大。

②沙堂：用丹砂涂红的厅堂，沙，丹砂。秀：秀美。

③南房：门户向南开的房间。小坛：小厅堂。

④观：楼。绝：断。超过屋宇，形容楼观之高。

⑤曲屋：周阁，即楼与楼之间的架空复道。

⑥宜：适合。扰：驯。畜：养。

⑦腾驾：驾车奔腾。步游：徒步游玩。

⑧猎：出猎。春囿：春天的园囿。指春天草木猎物繁盛的园囿。

⑨琼毂：以玉镶嵌的车轮。错衡：用金银装饰车上的横木。

⑩英华：此指车饰上的花朵。假：大。

⑪茝：白芷，一种香草。兰：兰草。

⑫郁：犹『郁郁』，草木茂盛貌。弥：满。即所到之处，香草桂树郁然满路。

⑬恣志虑：任心所欲。

⑭盈园：满园。

⑮畜：养。鸾皇：鸾鸟和凤凰。

⑯鹍：鸥鸡，鸟的一种，形似鹤。鸿：大雁。群晨：晨而群飞且啼鸣。

⑰鹙：水鸟名，即秃鹙，长颈，黑色羽毛。

⑱鸿鹄：大雁，天鹅。代游：往来游戏。

⑲曼：曼游。形容各种鸟不断飞来飞去。

【原文】

曼泽怡面，血气盛只。永宜厥身，保寿命只。室家盈廷，爵禄盛只。魂乎归来！居室定只。接径千里，出若云只。三圭重侯，听类神只。察笃夭隐，孤寡存只。魂乎归来！正始昆只。田邑千畛，人阜昌只。美冒众流，德泽章只。先威后文，善美明只。魂乎归来！赏罚当只。名声若日，照四海只。德誉配天，万民理只。北至幽陵，南交阯只。西薄羊肠，东穷海只。魂乎归来！尚贤士只。发政献行，禁苛暴只。举杰压陛，诛讥罢只。直赢在位，近禹麾只。豪杰执政，流泽施只。魂乎归来！国家为只。雄雄赫赫，天德明只。三公穆穆，登降堂只。诸侯毕极，立九卿只。昭质既设，大侯张只。执弓挟矢，揖辞让只。魂乎来归！尚三王只。

【注释】

①曼：细腻。泽：丰润。怡面：面色光泽。怡，喜悦。

②血气盛：指血气旺盛，身体强壮。

③宜：善。厥身：其身。

④室家：指宗族。盈廷：充满朝廷，即列位于朝廷之上。

⑤爵禄：爵位与俸禄。盛：繁盛，丰富。

⑥居室：居住之室，此指王室。定：安定。

⑦接径：道路连接，此指楚国地广人多，道路连接千里。

⑧出若云：指人口之众。

⑨三圭：指公、侯、伯三等爵位者所执之圭，这里指此三类贵族。
⑩听：指听讼。类神：如同神明。听类神，即像神明一样听察事理。
⑪察：访察。笃：厚，厚待之意。夭：早死，即夭折。隐：隐痛。
⑫孤寡：幼而无父者为孤；老而无夫者为寡。存：慰问，存问。
⑬正始：指奠定好的开端。昆：后。始昆，即先后。
⑭田邑：田野和城邑。畛：指田间小路。
⑮阜昌：昌盛。
⑯美：指美好的教化。冒：覆盖。众流：教化流及众庶。
⑰德泽：指君王施予百姓的恩惠。泽，指恩惠。章：昭彰。
⑱先威：先施威武之政以服众。后文：后用礼乐教化百姓以怀人。
⑲善美：指美政。明：显著。
⑳德誉：指君王功德和美誉。配：比。『配天』，指比天。
㉑理：治。
㉒幽陵：北方之幽州。今河北省北部和辽宁南部一带。
㉓南：泛指南方边远之地。交阯：即『交趾』，南方少数民族地区。
㉔薄：迫，接近。羊肠：山名，在今山西晋阳之西北。
㉕穷：尽。穷海，即海之滨。

㉖尚：尊崇，这里作『举用』解。『尚贤士』即举用贤士。

㉗发政：发布政令。献行：进用德行之士也。

㉘禁：止。苛暴：指暴政。

㉙举杰：举用杰出的贤人。压陛：镇满朝廷。

㉚诛：罚。讥：谪。罢：止息。意思是，奸佞不行，则谪罢之事自息。

㉛直赢：行直才优。

㉜近：接近。禹，指夏禹。麾：举手，此处指举进。以上二句是说，让那些正直而有才能的人辅佐在楚王身边。

㉝流泽：君王的恩泽施及众庶。

㉞为：治。『国家为』，犹言国家可以大治。

㉟雄赫：威势显赫。

㊱天德：即配天之德。明：光明。

㊲三公：指有尊位的太师、太傅、太保。穆穆：谦恭和美。

㊳登降：出入。登降堂，即上下朝廷。

㊴诸侯：指楚国之外的秦齐等国。毕极：全部来了。极，至，到。

㊵立：设。九卿：古代官职，即冢宰、司徒、宗伯、司马、司寇、司空、少师、少傅、少保。

㊶昭质：此指箭靶子。设：陈列，摆好。

㊷大侯：指天子所射的箭靶。张：陈设。

㊸执弓：手持弓。挟矢：腋下夹箭。

㊹揖辞让：互相推让。

㊺尚：崇尚。三王：指禹、汤、周文王。

【译文】

春天紧跟着冬天来临了，明亮的太阳普照大地噢。春天的气息勃勃奋发，世间万物都争相萌生噢。幽冥中的寒气到四处流荡，魂灵不要到处逃窜噢。魂魄归来吧！不要远逃飘摇无定噢。魂哟归来吧！不要向东西，不要向南北噢。东方有汹涌的大海，迅疾的波涛淹没万物噢。蛟龙嬉戏从容地并行，随波逐浪上下游荡噢。海气蒸腾犹如雾和雨，白茫茫如胶似漆散不开噢。魂哟不要往东！日出之地多么寂寞无声噢。魂哟不要往南！南方有炎炎大火千里之广，一条条大毒蛇弯曲爬行噢。那里的深山老林崎岖险隘，有虎豹来回盘踞噢。怪鱼鳙，射工短狐，还有那蟒蛇抬起头吓人噢。魂哟不要往南！含沙射人的短狐要害你噢。魂哟不要往西！西方有流动的流沙，如浩荡的大水没有边际。长着猪头的怪物竖眼横眉，披散的头发又乱糟糟噢。长长的爪子锋利的牙齿，强装笑脸发狂要害人噢。魂哟不要往西！那里有很多害人精噢。魂哟不要往北！北方有冰冷的雪山，那里寒山笼罩一切噢。代水没有办法淌过去，深视其底不可测量。大雪纷飞，白色照耀。冰冻的大地严寒酷烈噢。魂哟不要前去！寒冰白雪充满整个北极噢。魂魄归来吧！安闲也清静噢。在自己的宫廷任意自由，安全而又稳定居住噢。如愿以偿随心所欲，心情是何等安乐噢。终身常乐，健康长寿噢。魂哟归来吧！那种快乐是无法用语言表达噢。装满五谷的粮仓几丈高，选其菰米进食特别香噢。

鼎内煮熟的肉很丰盛，调的味道香喷喷噢。有肥美的鸧鸹鹁鸧天鹅，还有切成细丝的豺肉汤噢。

魂哟归来吧！根据你的口味选择品尝噢。鲜美的大龟和甜鸡，再配上楚产的奶酪噢。清蒸肉丸和豉汁狗肉，还有加工精细的蘘荷菜噢。吴醋凉拌蒿蒌，味道可是不浓也不淡噢。魂哟归来吧！随你的嗜好选择噢。烧烤老鸹，清蒸水鸭，熏制鹌鹑全摆上噢。油煎鲫鱼雀肉汤羹，享用起来清爽可口噢。魂哟归来吧！可要先尝众多美味噢。四次加工的醇酒酿成了，不会因苦涩而难以下咽噢。那清爽冰镇的醇酒，甘滑可口喝得不费力噢。吴国甜酒白曲酿造，掺和了楚制的清酒噢。魂哟归来吧！不必担心，酒不会醉人噢。

代、秦、郑、卫的音乐，竽乐已经吹得响亮噢。伏羲始作的《驾辩》曲，楚国的名曲《劳商》歌噢。群歌合唱着《阳阿》曲，还有赵国的洞箫领唱噢。魂哟归来吧！可要你审定空桑之音噢。年轻的姑娘配合着雅乐的节拍，翩翩起舞噢。敲响金钟，调好石磬，心情愉悦直到曲子结束噢。美妙的乐曲竞相弹奏，娱人的曲调丰富无比噢。魂哟归来吧！可观赏的舞乐都准备好噢。美女朱唇皓齿，性情温静且有淑良美德，礼法娴熟美好而不粗野噢。丰满的肌肉，娇小的骨骼，和蔼可亲，讨人喜爱噢。魂哟归来吧！生活安逸心情又舒畅噢。美丽的双眼笑得得体，还有蛾眉弯曲细又长噢。容貌秀丽又文雅，细嫩红润的脸庞真年轻噢。魂哟归来吧清！娴静而又安乐噢。容态美好心性大方，真是美丽而又艳冶噢。面庞饱满，双耳熨帖，双眉弯曲像半规噢。情感丰富，体态绰约，美丽的身姿舒缓而行噢。细细的腰身，秀气的脖颈，犹若鲜卑的女人噢。魂哟归来吧！思念与怨恨都忘却噢。她们有平和巧慧的内心，一举一动都表现出来噢。施粉画眉得体合宜，打扮得都芬芳润泽噢。含情脉脉以长袖遮面，善于殷勤招待客人噢。魂哟归来吧！可服侍你欢度一整夜噢。黑色的眉毛形平直，美丽的眼睛脉脉含情噢。嘴角的酒窝，美丽的牙齿，笑得恰到好处噢。丰满的肌肉，娇小的骨骼，体态轻盈秀美噢。魂哟归来吧！自然随便，安然享用噢。高殿峻屋宽又大，丹砂涂红的厅堂很秀美噢。朝阳的南房还有檐下的小厅堂，观赏雨天楼上的飞檐噢。楼间的复道，曲折的长廊，恰好通向驯养良骥的马厩噢。驾车驰骋，徒步游玩，猎在草盛兽多的苑囿噢。玉嵌车轮，金饰横木，车饰上还有硕大的香草噢。白芷兰草，芬芳桂树，郁郁葱葱覆盖了路。魂哟归来吧！随意你的想法噢。孔雀满园，鸾鸟和凤凰也在其中噢。鹍鸡大雁纷飞报晨，还掺和着水鸟秃鹫和鸣噢。空中天鹅恣意游乐，还有那水鸟低飞漫游噢。魂哟归来吧！凤凰已在翱翔噢。皮肤细腻，满面喜悦，血气旺盛，身体强壮噢。总要让自己心康体适，保有健康长寿噢。宗族列位于朝廷，爵位和俸禄如此多噢。魂哟归来吧！你的居室十分安定噢。

地广千里，道路交接，人口众多，若云出入噢。手执玉圭的贵族重臣，听察精审如神明噢。访察民众夭亡隐痛，鳏寡孤独得到慰问噢。魂哟归来吧！奠定好的开端泽被后人噢。田野城邑阡陌纵横，生活何其富裕噢。美政惠及百姓身上，君王的恩惠彰显噢。先施威武服众，再用礼乐怀人，善美之政效果显著噢。魂哟归来吧！赏罚要分明噢。名声如同那太阳，照耀四海之内噢。君王的美德和荣誉符合天意，就能将天下百姓治理妥当噢。北到遥远的幽州，南到边远的南夷之地噢。西方接近了羊肠山，东方到达了海滨噢。魂哟归来吧！要尊贤举能噢。发布政令，进用德行之士，废除暴政而尚宽仁噢。推举贤俊，镇满朝廷，贬谪无能无才的小人噢。行直才优的人居于高位，在君王左右辅佐噢。豪杰执掌政权，君王的恩泽如流水延续噢。魂哟归来吧！国家可大治噢。威武显赫，比天之德闪耀光明噢。有尊位的三公谦恭和美，朝廷上下议大政噢。诸侯齐聚，设立九卿噢。目标箭靶已经摆好，天子所射的大侯已陈设噢。手持着弓，腋下夹着箭，进退相揖相辞让噢。魂哟归来吧，崇尚古代三王噢。

九辩

【点评】

《九辩》是一首著名的长篇抒情诗，作者宋玉，在写法上受到了《离骚》的明显影响。

「九辩」一词与「九歌」一起出现于《离骚》，是夏代流传下来的古曲之一。「辩」即「变」，凡乐曲改换乐章、曲调都可以称之为「变」。

《九辩》借助悲秋而感叹自身怀才不遇的命运，壮志难酬的悲愤。其借秋景以抒悲闷之情的手法，更被誉为我国文学「悲秋」之祖。

【原文】

悲哉秋之为气也！萧瑟兮草木摇落而变衰，憭慄兮若在远行，登山临水兮送将归，泬寥兮天高而气清，宋廖兮收潦而水清，憯悽增欷兮薄寒之中人，怆怳扩悢兮，去故而就新，坎廪兮贫士失职而志不平，廓落兮羁旅而无友生。惆怅兮而私自怜。燕翩翩其辞归兮，蝉宋漠而无声。雁廱廱而南游兮，鹍鸡啁哳而悲鸣。独申旦而不寐兮，哀蟋蟀之宵征。时亹亹而过中兮，蹇淹留而无成。

【注释】

①气：古人认为，气是构成宇宙万物的物质。秋气：秋天的肃杀阴凉之气。

②萧瑟：指风吹草木而叶落的声音。

③摇落：凋零脱落。

④憭慄：凄凉。

⑤将归：指将结束的一年时间。
⑥泬寥：高旷的样子。
⑦宋嵺：形容水清澈而平静的样子。
⑧潦：指雨后地面上的积水。『收潦』，指水退尽。
⑨憯：同『惨』，悲伤。欷：叹息声。
⑩薄寒：指秋天天气微凉。中：伤，侵袭。
⑪怆怳：失意的样子。
⑫去故就新：此处指失去官职。
⑬坎廪：高低不平的样子。坎，洼下；廪，积高。比喻坎坷，遭遇不顺。
⑭廓落：空虚孤独。
⑮羁旅：指失去官位留滞异乡。友生：指知心的朋友。
⑯翩翩：轻快飞行的样子。辞归：指燕子秋天辞北归南。
⑰宋漠：同『寂寞』。无声：指秋天来临蝉停止鸣叫。
⑱廱廱：同『雍雍』，形容大雁和谐的鸣叫声。
⑲鹍鸡：鸟名，像鹤，黄白色。啁哳：形容声音繁杂细碎。
⑳申旦：通宵达旦。
㉑宵征：本义是夜行，此处指蟋蟀夜间跳动，两翅摩擦发出的声音。征，本义为『行』。

㉒亹亹：运行不息的样子。过中：过了中年。

㉓蹇：通『謇』，楚方言，发语词。无成：没有成就。

【原文】

悲忧穷戚兮独处廓，有美一人兮心不绎。去乡离家兮徕远客，超逍遥兮今焉薄？专思君兮不可化，君不知兮可奈何！蓄怨兮积思，心烦憺兮忘食事。愿一见兮道余意，君之心兮与余异。车既驾兮朅而归，不得见兮心伤悲。倚结軨兮长太息，涕潺湲兮下沾轼。忼慨绝兮不得，中瞀乱兮迷惑。私自怜兮何极，心怦怦兮谅直。

【注释】

①穷戚：穷困无路可走，指人的处境。廓：寥廓、空旷，可理解为空虚。

②有美一人：即『有一美人』诗人自况。绎：通『怿』，愉快、高兴。

③去乡离家：指离开郢都。徕：本作『来』，意同。徕远客，即来荒原之地做客。

④超：遥远。逍遥：指漂泊远方没有着落的样子。薄：停止。

⑤专：专心，一心一意。化：改变。

⑥蓄怨：是指自己因『专思君』而『君不如』所蓄满心中的怨愤。

⑦烦憺：指因忧愁而心情沉重的样子。憺，通『惮』惧怕。忘食事：忘记吃饭和做事。

⑧朅：离开。

⑨倚：倚靠。軨：车栏，即车厢前面和左右两面横直交接的栏木。

⑩轼：古代车前的用以扶手的横木。

⑪瞀：昏迷错乱。

⑫极：尽头。

⑬怦怦：忠诚的样子。谅直：忠诚正直。

【原文】

皇天平分四时兮，窃独悲此廪秋。白露既下百草兮，奄离披此梧楸。去白日之昭昭兮，袭长夜之悠悠。离芳蔼之方壮兮，余萎约而悲愁。秋既先戒以白露兮，冬又申之以严霜。收恢台之孟夏兮，然欿傺而沉藏。叶菸邑而无色兮，枝烦挐而交横；颜淫溢而将罢兮，柯彷佛而萎黄。萷櫹椮之可哀兮，形销铄而瘀伤。惟其纷糅而将落兮，恨其失时而无当。擥騑辔而下节兮，聊逍遥以相佯。岁忽忽而遒尽兮，恐余寿之弗将。悼余生之不时兮，逢此世之俇攘。澹容与而独倚兮，蟋蟀鸣此西堂。心怵惕而震荡兮，何所忧之多方！卬明月而太息兮，步列星而极明。

【注释】

①皇天：上天。平分：平均分配。四时：四季。

②廪秋：寒秋。

③奄：忽然。离披：分散，指草木凋谢枝条散落稀疏。梧楸：指梧桐和楸梓，都是早凋的树木。

④昭昭：光明。

⑤袭：进入。悠悠：漫长。以上两句是写自己的处境。

⑥芳蔼：芳菲繁盛。方壮：正当壮年之时。

⑦萎：指草木枯黄。约：穷。萎约，即枯萎。

⑧先戒：事先警戒。

⑨恢台：广大而繁茂的样子，象征万物的勃勃生机。孟夏：初夏。

⑩然：于是，就。欿：同『坎』，陷落。傺：停止。这两句是说，秋冬来临，收敛了孟夏时那繁盛的景象，使万物生机都沉藏起来。

⑪菸邑：黯淡的样子。

⑫烦拏：纷乱。交横：交错纵横。形容树木凋谢时树枝交错纵横的情景。

⑬颜：树叶的颜色。淫溢：过分，过度。罢：通『疲』，完尽。

⑭柯：树枝。仿佛：模糊，指失去本色而呈现出来的枯黄颜色。萎黄：凋萎枯黄。

⑮萷：通『梢』，树梢。橚椮：指树枝光秃而高耸的样子。

⑯销铄：销毁，这里指树木受到损伤。瘀伤：受伤而败血淤积。这里是指树木受寒淤积的损伤。

⑰惟：思。纷糅：败叶衰草相错杂。

⑱失时：过了壮盛的季节。当：遇。

⑲擥：持，拿着。騑：服马，古代驾车套在中间的马。下节：指按鞭停车。节，指行车时的节拍。

⑳相佯：同『徜徉』，徘徊，游荡不定。

㉑忽忽：很快的样子。遒：迫近。

㉒弗将：不能持续。

㉓悼：悲叹。不时：指生不逢时。

㉔俇攘：混乱的样子。

㉕澹：水波徐缓，这里指淡漠的心情。容与：徘徊不定貌。独倚：独自站在什么地方。倚，立。

㉖怵惕：忧惧。

㉗卬：通“仰”，仰望。

㉘步：徘徊。列星：众星辰。极：至。明：晓。“极明”，直到天亮。

【原文】

窃悲夫蕙华之曾敷兮，纷旖旎乎都房。何曾华之无实兮，从风雨而飞飏。以为君独服此蕙兮，羌无以异于众芳。闵奇思之不通兮，将去君而高翔。心闵怜之惨悽兮，愿一见而有明。重无怨而生离兮，中结轸而增伤。岂不郁陶而思君兮？君之门以九重。猛犬狺狺而迎吠兮，关梁闭而不通。皇天淫溢而秋霖兮，后土何时而得漧！块独守此无泽兮，仰浮云而永叹。

【注释】

①蕙华：蕙草的花。华，古“花”字，此为作者自比。曾：即层，重叠。“曾敷”，即花朵层叠开放。

②旖旎：茂盛。都房：犹言“华屋”，漂亮的房子。都，漂亮，美盛。

③曾：通“层”。“曾华”，累累的花朵。实：果实。“无实”，尚未结果。

④飞飏：同“飞扬”，形容飞散飘落。此句意思是随着秋天的风雨摧残而飘落。

⑤闵：通『悯』，伤感怜惜。奇思：奇妙的心思想法。不通于君：指不被君王所了解。

⑥高翔：远走高飞。

⑦重：指反复地想。『重无怨』：是说自己反复想，并没有在君王面前招致怨恨的行为。

⑧轸：悲痛。『结轸』，悲痛郁结。

⑨郁陶：忧思郁结。

⑩九重：九重大门。旧说天子有九门，这里形容君王难以见到。

⑪猛犬：喻小人。狺狺：犬吠声。

⑫关：门关。梁：桥梁。比喻小人的层层阻挠。

⑬淫溢：过度，指下雨过多。霖：久下不停的雨。

⑭后土：土地，与皇天相对。漧：同『干』。

⑮块：孤独的样子。无：古通『芜』，荒芜。泽：聚水的洼地。芜泽，即荒芜的草泽。

【原文】

何时俗之工巧兮，背绳墨而改错！却骐骥而不乘兮，策驽骀而取路。当世岂无骐骥兮，诚莫之能善御。见执辔者非其人兮，故駶跳而远去。凫雁皆唼夫粱藻兮，凤愈飘翔而高举。圜凿而方枘兮，吾固知其鉏铻而难入。众鸟皆有所登栖兮，凤独遑遑而无所集。愿衔枚而无言兮，尝被君之渥洽。太公九十乃显荣兮，诚未遇其匹合。谓骐骥兮安归？谓凤皇兮安栖？变古易俗兮世衰，今之相者兮举肥。骐骥伏匿而不见兮，凤皇高飞而不下。鸟兽犹知怀德兮，何云贤士之不处？骥不骤进而求服兮，凤亦不贪馁而妄食。君弃远而不察兮，虽愿忠其焉得？欲寂漠而绝端兮，窃不敢忘初之厚德。独悲愁其伤人兮，冯郁郁其何极！

【注释】

①却：推却，拒绝。骐骥：良马，比喻贤士。

②策：本指马鞭，这里用为动词，鞭策之意。驽骀：劣马，喻小人。取路：犹言上路。

③执辔者：拿着缰绳的人，即驾车者，此处喻统治者。

④駶跳：跳跃。

⑤凫：野鸭。唼：水鸟或鱼类吞食，象声词。粱：即高粱。藻：水草。这两句比喻小人食禄，贤士远去。

⑥高举：高飞、远离。以上二句喻小人、庸才得势，贤才远离。

⑦圜凿：圆的插孔。方枘：方形的榫头。

⑧鉏铻：彼此不相合。

⑨众鸟：一般凡鸟。

⑩凤：凤凰，喻贤才。遑遑：彷徨不定的样子。集：栖。

⑪衔枚：本是古代行军为防止士卒说话，口衔一枚木制的短筷似的东西，叫『衔枚』。

⑫被：蒙受。渥洽：指深受丰厚的恩泽。

⑬太公：指姜太公，姜尚，周朝开国贤臣。传说他曾在朝歌（殷都）做屠夫，年老于渭水之滨钓鱼，才遇文王被重用，后成就大业。

⑭变古易俗：指改变古代法则和风俗。世衰：指时世的衰败。

⑮相者：指相马的人，比喻选拔人才的人。举肥：指相马者只选肥壮的马，喻只看重人才的表面。

⑯伏匿：藏匿，隐藏。见：同『现』。

⑰不下：指凤鸟高飞而远离。以上两句，隐喻贤才避世。

⑱怀德：怀念有德之人。

⑲不处：不愿处于朝廷之位，指不与统治者合作。

⑳骤进：急进。服：用，指驾车。

㉑妄：胡乱。以上二句，借骐骥不『骤进』，凤鸟不『妄食』，比喻贤者是有自己坚持的原则而不会妥协的。

㉒绝端：断绝想法。

㉓冯：同『凭』，满的意思。郁郁：忧闷的心情。何极：哪里是尽头。

【原文】

霜露惨凄而交下兮，心尚幸其弗济。霰雪雰糅其增加兮，乃知遭命之将至。原徼幸而有待兮，泊莽莽与壄野草同死。愿自往而径游兮，路壅绝而不通。欲循道而平驱兮，又未知其所从。然中路而迷惑兮，自压桉而学诵。性愚陋以褊浅兮，信未达乎从容。窃美申包胥之气盛兮，恐时世之不固。何时俗之工巧兮？灭规矩而改凿。独耿介而不随兮，愿慕先圣之遗教。处浊世而显荣兮，非余心之所乐。与其无义而有名兮，宁穷处而守高。食不偷而为饱兮，衣不苟而为温。窃慕诗人之遗风兮，愿托志乎素餐。蹇充倔而无端兮，泊莽莽而无垠。无衣裘以御冬兮，恐溘死而不得见乎阳春。

【注释】

①霜露：喻遭谗佞的排挤和打压。交下：指交错的地下。

②忝：通『幸』，希望。济：成。

③霰：雪珠。雾：雪下霏霏貌。糅：交杂。雨雪交杂而下，比喻祸乱的加深。

④遭命：将要遭到不幸命运。

⑤儌幸：同『侥幸』有待：有所等待。此处指等待楚王的醒悟。

⑥泊莽莽：形容置身于荒野的样子。泊，通『薄』，广大的意思。莽莽，无边无际貌。

⑦自直：是说自己明辨曲直、是非。径：小路。『径往』，是说走小路去见君王。

⑧壅绝：断绝，阻塞。

⑨所从：所由。以上两句是说，想要沿着大路平稳驱车去见君王，但又不知怎么走。

⑩自压桉：桉，通『按』；自抑而止，指自我压抑。

⑪性：指人天性。褊浅：指狭隘浅薄。

⑫信：确实，诚然。从容：镇静自若的样子。

⑬申包胥：春秋时楚大夫。

⑭固：『同』的误写。以上两句是说，自己盛赞申包胥那种高昂的志气，而当今之时世已不相同于那时，我却很难做到了。

⑮不随：表示不与世俗同流合污。

⑯显荣：指富贵荣华。

⑰无义：指不正当的手段。

⑱穷处：处于困窘的地步。守高：坚守高尚的节操。

⑲偷：苟且。

⑳衣：穿衣。这两句意思是不苟且偷生，用来比喻和说明『与其无义而有名兮，宁穷处而守高』。

㉑素餐：即『不素餐』的省略，意思是不白白地吃饭。

㉒蹇：通『謇』，楚方言，发语词。充倔：同『裗裾』，衣衫褴褛，此处比喻窘困。

㉓泊：本作『汩』，语气助词。莽莽：茫茫无际貌。

㉔溘死：突然死去。阳春：温暖的春天。

【原文】

靓杪秋之遥夜兮，心缭悷而有哀。春秋逴逴而日高兮，然惆怅而自悲。四时递来而卒岁兮，阴阳不可与俪偕。白日晼晚其将入兮，明月销铄而减毁。岁忽忽而遒尽兮，老冉冉而愈弛。心摇悦而日幸兮，然怊怅而无冀。中憯恻之悽怆兮，长太息而增欷。年洋洋以日往兮，老嵺廓而无处。事亹亹而觊进兮，蹇淹留而踌躇。

【注释】

①靓：同『静』。杪秋：即晚秋。遥夜：长夜。这句话是说思量秋末将至，昼渐短而夜渐长。

②缭悷：悲哀之情缠绕郁结。悷，悲伤。

③春秋：指年岁。逴逴：愈走愈远。日高：指年岁一天天老了。

④遞来：指四时更迭而来。卒岁：过完一年。

⑤阴阳：春夏为阳，秋冬为阴。此处指变化的时光。偭偕：同时并存。

⑥晼晚：日落时昏黄的情景，一般比喻年老。

⑦销铄：指月缺，与『减毁』意同，指日月流逝之速极快。

⑧遒：临近，迫近。

⑨弛：松懈。『愈弛』，似指心情越来越松懈。

⑩摇悦：指心神摇荡而喜悦。日奔：指天天抱有回到故乡的心理。

⑪憯恻：悲痛而难过。与『悽怆』同义。憯，同惨。

⑫欷：哀痛时的悲叹声。

⑬年：指时光。洋洋：广大无边貌。形容时光的无穷尽。

⑭廖廓：本指空旷，此指内心的空虚。无处：没有安身的处所。

⑮事：指国事。亹亹：勤奋不息的样子。觊：希求。进：进用。

【原文】

何氾滥之浮云兮？猋壅蔽此明月！忠昭昭而愿见兮，然露曀而莫达。愿皓日之显行兮，云蒙蒙而蔽之。

窃不自料而愿忠兮，或黕点而污之。尧舜之抗行兮，瞭冥冥而薄天。何险巇之嫉妒兮，被以不慈之伪名？

彼日月之照明兮，尚黯黮而有瑕。何况一国之事兮，亦多端而胶加。被荷裯之晏晏兮，然潢洋而不可带。

既骄美而伐武兮，负左右之耿介。憎愠惀之修美兮，好夫人之慷慨。众踥蹀而日进兮，美超远而逾迈。农夫辍耕而容与兮，恐田野之芜秽。事绵绵而多私兮，窃悼后之危败。世雷同而炫曜兮，何毁誉之昧昧！今修饰而窥镜兮，后尚可以窜藏。愿寄言夫流星兮，羌倏忽而难当。卒壅蔽此浮云兮，下暗漠而无光。

【注释】

①氾滥：本义指大水横流。这里形容浮云层层翻涌。浮云：比喻阿谀谄媚的小人。

②猋：本义是狗跑得快，引申为迅疾。

③见：同『现』，显现。

④雺：同『阴』，即指阴云。曀：阴暗。达：通达。

⑤皓日：明亮的太阳，此喻君王。显行：显耀地在空中运行。

⑥蒙蒙：云气浓重不明的样子。

⑦料：料想，谋虑。

⑧或：有人。耽：污垢。黕点：污垢玷辱。

⑨险巇：险阻崎岖，这里是指险恶的小人。

⑩黯黮：昏暗的样子。

⑪多端：指国事头绪繁多。胶加：纠缠不清。『彼日月』以下四句是说日月在天空照耀尚有斑点，一国之事那样繁杂，特别容易被小人抓到把柄。

⑫被：同『披』。裯：短衣。『荷裯』，即用荷叶做的短衣。晏晏：轻柔貌。

⑬潢洋：衣服不合身的样子。这两句以荷叶做的短衣，比喻楚王只讲外表，不重实际。

⑭骄美：骄傲自美。伐武：自夸勇武。伐，自夸。

⑮负：自负，自以为是。左右：身边的人，指近臣。耿介：耿直、正直。

⑯以上四句见《九章·哀郢》注。

⑰辍耕：停止耕作。容与：指闲散的样子。

⑱绵绵：连续不断。多私：指小人的营私舞弊。

⑲悼：哀伤。

⑳雷同：雷声相似，有同无异，比喻小人们的同声唱和。炫曜：吹捧。比喻小人们互相吹捧。

㉑毁：诋毁。誉：赞美。昧昧：昏暗不清貌。『毁誉之昧昧』，指是非不分，好坏难辨。

㉒今：一作『余』。修饰、窥镜：指小人的自我修饰，对镜自赏。

㉓窜藏：逃窜，藏匿。这两句是说现在小人可以蒙蔽君主一时，将来如何逃避罪责。

㉔寄言：捎话，传话。

㉕倏忽：快速的样子。难当：难以遇到。指流星难以寄言。

㉖暗漠：暗淡无光貌。

【原文】

尧舜皆有所举任兮，故高枕而自适。谅无怨于天下兮，心焉取此怵惕？乘骐骥之浏浏兮，驭安用夫强策？谅城郭之不足恃兮，虽重介之何益？遭翼翼而无终兮，忳惛惛而愁约。生天地之若过兮，功不成而无效。

愿沉滞而不见兮，尚欲布名乎天下。然潢洋而不遇兮，直怐愗而自苦。莽洋洋而无极兮，忽翱翔之焉薄？国有骥而不知乘兮，焉皇皇而更索？宁戚讴于车下兮，桓公闻而知之。无伯乐之善相兮，今谁使乎誉之。罔流涕以聊虑兮，惟著意而得之。纷纯纯之愿忠兮，妒被离而鄣之。愿赐不肖之躯而别离兮，放游志乎云中。乘精气之抟抟兮，骛诸神之湛湛。骖白霓之习习兮，历群灵之丰丰。左朱雀之茇茇兮，右苍龙之躍躍。属雷师之阗阗兮，通飞廉之衙衙。前轻辌之锵锵兮，后辎乘之从从。载云旗之委蛇兮，扈屯骑之容容。计专专之不可化兮，愿遂推而为臧。赖皇天之厚德兮，还及君之无恙。

【注释】

①举任：推举任用贤能的人，此处指尧、舜能举贤授能。

②高枕自适：即高枕无忧。自适，悠闲貌。

③谅：信实，诚然。

④怵惕：惊惧，害怕。

⑤浏浏：犹『溜溜』，形容顺行无阻。

⑥驭：驾驭，指治理国家。强策：强硬的鞭策。这两句用骏马驾车不需鞭策比喻贤人治国无需国君驱使。

⑦郭：外城。恃：依靠。

⑧介：指盔甲，代指士兵。重介：重兵。

⑨邅：回旋难行的样子。翼翼：小心谨慎的样子。无终：无结果。

⑩忳：忧愁。惛惛：指忧愁烦闷的样子。

⑪若过：指人的生命短暂得像过客一样。
⑫沉滞：埋没。见：同『现』，显现。
⑬布名：扬名。这两句是说志愿不能实现，还谈得上扬名天下吗？
⑭直：一味地。怐愗：愚昧。
⑮莽：泛指草，这里指荒野。『莽洋洋』，是说荒野广阔无边际。
⑯焉薄：哪里迫止。薄，迫近。这两句形容一生漂泊没有地方停止。
⑰皇皇：同『遑遑』，匆匆不定的样子。更：更替。更索，另做寻求。
⑱桓公：春秋时期齐桓公。
⑲善相：善于相马。
⑳訾：赞訾。『訾之』，称赞马的好坏。訾：本作『呰』，估量的意思。
㉑罔：同『惘』。怅惘。虑：思虑。『聊虑』，姑且抒发自己的思虑。
㉒著意：专心一意。得之：指体察到自己的忠心。此句指君王。
㉓纯纯：诚挚的样子。『纷纯纯』，非常诚挚。愿忠：指忠于君主。
㉔鄣：同『障』，阻碍。这二句是说，自己非常诚恳地愿意效忠君主，但却被众多嫉妒小人所阻碍。
㉕不肖：不才。『不肖之躯』，指诗人自身，实际上饱含了气愤的语气。
㉖放游：无拘无束的游历。志：己志。这两句是希望亡身而去。
㉗精气：指阴阳之气。抟抟：聚集的样子。

㉘骛：追求。湛湛：深厚的样子。
㉙骖：古代指驾在车两旁的马，这里是说白霓在车的两旁飞动。白霓：不带颜色的虹。习习：飞动貌。
㉚历：经过。群灵：众神仙。丰丰：众多的样子。
㉛朱雀：星座名。南方七宿的总称，古代神话中在南方的神。茇茇：翩翩飞翔貌。
㉜苍龙：东方七宿的总称，在东方的龙。躣躣：行动的样子。
㉝属：在后面跟随。『属雷师』：意谓使雷神在后面跟随。阗阗：鼓声，此处比喻雷声。
㉞飞廉：风神。衙衙：快速行走貌。
㉟轻輬：轻车。锵锵：指车行走时车铃发出来的有节奏的声音。
㊱辎乘：重车。从从：紧紧跟随。
㊲扈：侍从，这里指护卫。屯骑：聚集的车骑。容容：飞扬的样子。
㊳计：思虑。专专：专一。不可化：不可改变。
㊴遂：终于。推：推进。臧：善，好。

【译文】

悲凉啊，这被秋之萧风所笼的大地！萧瑟的秋风啊，百草凋零，留下衰败的天地。悲苦凄惨的心啊，如同独自漂泊于无边的孤寂。登高远望，临水叹逝啊，又将告别一个四季的尽期。空旷的宇宙啊，天高气爽；平静的流水啊，清澈澄清。悲伤愁苦不断唏嘘，痛苦的心啊被阵阵凉风侵袭。失意的灵魂啊，离开故宇寻求新的征程。道路坎坷不平啊，贫士壮志意难平。孤独又寂寞啊，客旅他乡没有相伴的朋友。失意而又哀伤啊，哀怜之情独自生。燕子翩翩飞向温暖的南方，知了停止长鸣空寂无响声。大雁和谐鸣叫着高翔啊，鹍鸡叽叽喳喳不断地悲鸣。孤独的我通宵不能入梦乡，被蟋蟀哀鸣触动的幽情伴我到天明。时光悄悄流逝衰暮将来临，可我还总停留原地无所成就。

忧苦穷困啊又孤寂无依，有一美人啊心中不欢喜。背井离乡啊流落他乡的游子，漂荡到何时才有归期？思念君王的心意啊未曾更改，多么无奈啊，圣君全然不知。积累着载不动的愁和思，忧心如焚连吃饭做事都忘记。愿一见君王面啊把心意表白，可叹君王与臣子心怀不同的想法。车已驾好我不得不离去，见不到君王啊内心悲伤不已。倚着车栏我长叹息，热泪落下把车前横木都浸湿。愤懑至极仍不能与君断，我心乱如麻再也不能安宁。内心的忧伤何时到尽头，内心忠诚正直永远坚不移。

上天公平地分配春夏秋冬，唯独这凄凉的秋天令我忧愁。冰凉的寒露洒满了百草，刹那间枝疏叶落纷纷凋零的梧楸。明亮的阳光不再有，漫漫长夜接管大地。芳菲壮盛年华已成过去，穷困潦倒我吟叹悲秋。白露来临预示着秋天的到来，秋天过去又迎来冬天的严霜。孟夏那万物的生机已收敛，那繁盛的景象早就无踪影。树叶枯萎失去嫩绿的光泽，空枝叶落纵横交错杂乱。万物凋谢将要衰败，枝叶枯黄颜色褪去稀疏惨凄。树木光秃高高耸立可悲可泣，形体受摧残病体又淤积。败叶与哀草相杂着纷纷摇落，可惜它们的盛壮时光已经过去。拉住马的缰绳停车暂歇，悠闲漫步在这里徜徉。岁月如水就要完结，担心寿命不长我要与世告别。悲痛我生不逢时的愁肠，遇上这混乱不宁的世相。孤独寂寞独倚着西堂，听蟋蟀悲鸣着倾诉忧伤。那叫声让内心忧惧起伏震荡，百千忧思涌上心房。仰望明月长长叹息，在星夜下徘徊直至天亮。

暗自悲伤那蕙花曾竞相开放，播散浓郁芬芒在美丽的花房。为什么累累花朵却不曾结果，遇到秋天的风雨使香消云散风扬。原以为君王独爱佩带这蕙芳，哪知道待它和别的花草一样。可怜这曲折的心思不能告诉君王，我将要离开君王到远方翱翔。我内心悲悯又凄惨，但愿再见一次君王让我诉衷肠。深念我无罪而遭生离，郁结忧思那是在思念君王，君门深重不能让我如愿以偿。猛犬狂吠冲我迎面扑来，不能通行的是门关和桥梁。秋雨连绵不绝往下降，何时潮湿的大地不再是汪洋。块然独守在这荒芜的土地上，仰望浮云长长叹息它遮住了太阳！

为何世俗这样善于钻营？背弃规矩改变正常的法度。拒绝那飞奔的骏马不用，硬要鞭策劣马让它上路。难道当今世上再无骏马良驹，其实是无人可以驾驭它。驾车的人都是冒充的糊涂虫，所以骏马跳跃着远远离去。野鸭一类水鸟吞食着精米和水草，骄傲的凤凰也只得展翅远离。圆行插孔怎能放进方形榫头，我就知道它一定相抵触。众多的凡鸟都有栖居的地方，唯独凤鸟孤独无处把身栖。我本想保持缄默不再言语，君王的恩泽又涌上心头。姜太公九十岁才荣耀扬名，诚然是先前未遇到贤明的君王。谁知道良骥何处是归宿，谁知道凤鸟栖身在何方？世风衰败与以往已不再同，如今的相马人只图外表肥。骏马良驹全部隐藏不再见啊，凤凰也都高飞不下远翱翔。鸟兽尚且怀恋有德的君王，为何责怪贤士不在朝廷上。良骥绝不贸然寻驾车，凤鸟绝不贪吃乱择食。君王不辨善恶轻易将我弃，我又如何施展抱负效君王。要从此沉默与君断绝，又怎敢忘怀当初您的厚德。我独自悲秋把心伤，愤懑浓愁何时了。

漫天的严霜白露交错落，心里还希冀他们不要成功。大雪纷纷扬扬拥向大地，深知不幸的命运就要显形。还侥幸希望等待您能醒悟，却要腐烂在荒野与草拥有一样的命运。想亲自抄捷径去游说，无奈道路却阻塞车驾难驱。想要顺着大路策马而往，又不知平坦大路在何方。路到中途就陷入了迷茫，压抑愤懑把『温柔敦厚』吟唱。我的天性本来就愚笨又浅薄，遇到这样的挫折诚然难从容。我虽赞美申包胥的志向远大，又担心时代不同难以勉强。为什么当今的风气钻营取巧，把那方圆规矩妄自改换。我光明正大绝不随波逐流，愿效法先圣继承老传统。处于溷浊之世获取高位，这本来就不是我的心中认为的光荣。与其采用卑劣手段取得虚名，我情愿贫困一生也要守住节操，决不苟且求衣裳暖融融。我赞美诗人留下的遗风，我愿走不白吃饭的君子道路。委曲悲伤的心无边无沿，飘零在茫茫野外何处是边沿。没有御寒的棉衣怎能抵御寒风，害怕突然死去再见不到阳春。

静谧的暮秋夜正长，心头缠绕着无尽的忧愁。春秋渐逝年事高，于是独自惆怅独自忧。四时更替一年又要结束啊，暑去寒来哪能共存处。阳光渐渐昏暗落西山啊，明月也阴晴圆缺不能常圆满。岁月匆匆就要完啊，衰老慢慢到来心志也跟着朽。内心时有喜悦总生起些希望，终究是惆怅这都是白日梦。胸中沉痛而又凄凉啊，长长地叹息一声又一声。时光荏苒不停流逝啊，衰老的人在这空旷的世界无处栖身。勤勉国事希望得到进用啊，我还久留在此不忍离去。

为何浮云翻滚布满太空啊，快速升起把明月遮蔽。忠诚正直的心希望君王能看见啊，阴风阴云阻挡无法知晓。希望太阳显耀运行啊，可是云气迷蒙总是将它遮盖。我不自量想献出一片忠心啊，小人无耻谎言将我诬蔑和陷害。唐尧虞舜的品行是何等高尚啊，他们有着触及苍天的眼光。可那小人出于嫉妒的心理啊，用『不慈』『不孝』的罪名加以毁谤。尧舜像日月那样照耀天下啊，尚且还有点点的瑕疵。何况这一国大事啊，更是头绪繁多纠缠不清。穿着柔柔的荷叶衣真漂亮啊，可惜空荡荡却不能系腰带。你总是耀夸自己美好又勇武啊，自信这帮近臣可以依恃。厌恶忠诚善良的美德之人啊，喜好装腔作势的小人。众以取得重用啊，忠良被疏远离你越来越远。农夫知道荒废耕种啊，田野就长满杂草而凋敝。人们纷纷营私舞弊啊，担心社稷那崩溃的前途。世上『人云亦云』的风气啊，为什么将毁誉颠倒。现在对镜修饰来自察啊，尚且逃过危难和保全性命。愿流星传送我忠心给君王啊，它飞来飞去难以遇上。日月都被浮云遮蔽，整个大地昏暗一片没有光亮。

圣明的尧舜选贤任能啊，才高枕无忧自身逍遥。自认没有辜负天下人啊，就不会感到忧愁和恐惧。乘上骏马迅速前驰啊，何必鞭挞费力强催促。城郭再坚固也不可靠啊，盔甲再坚厚又有什么用处。小心翼翼没有好结果啊，心中烦闷忧愁排遣不掉。人生天地间犹如过客啊，功名不成又壮志未酬。本想就这样走归隐之路啊，又想扬名四海之内。结果飘飘荡荡未受重用，空怀愚忠自尝苦头。旷野茫茫无边际尽头啊，孤独漂泊何处是归处。国有良驹却不知乘啊，还急匆匆地另去求索。宁戚在车下讴歌啊，齐桓公就能够识才善任。没有善于相马的伯乐啊，谁还能来赞誉贤才啊？惆怅痛哭姑且发泄忧愁啊，君王能专心体察我的忠良。诚诚恳恳渴望效忠啊，却遭到小人的嫉妒阻拦。让我这轻贱身躯与君别离啊，我要在云天中闲游荡。乘着团团精气飞腾啊，在那成群的神灵中驰骋追逐。驾着飞动的白虹飘动啊，又穿过那众多的神灵。左边有南方大神翩翩飞翔，右边有东方苍龙在飞舞。雷师在后面鼓起隆隆雷声啊，风神前面开路呼呼作响。前面有轻车悦耳的铃声啊，后面的辎重车从容前行。车上的云旗随风飘舞啊，成群车队做护卫威武雄壮。拳拳忠贞的心终不动摇啊，但求变成现实美好的愿望。仰仗皇天深厚的恩德啊，保佑君王无病无灾祝福永安康！

【原文】

哀时命之不及古人兮，夫何予生之不遘时！往者不可扳援兮，徕者不可与期。志憾恨而不逞兮，抒中情而属诗。夜炯炯而不寐兮，怀隐忧而历兹。心郁郁而无告兮，众孰可与深谋！欿愁悴而委惰兮，老冉冉而逮之。居处愁以隐约兮，志沉抑而不扬。道壅塞而不通兮，江河广而无梁。愿至昆仑之悬圃兮，采钟山之玉英。擥瑶木之橝枝兮，望阆风之板桐。弱水汩其为难兮，路中断而不通。势不能凌波以径度兮，又无羽翼而高翔。然隐悯而不达兮，独徙倚而彷徉。怅惝罔以永思兮，心纡轸而增伤。倚踌躇以淹留兮，日饥馑而绝粮。廓抱影而独倚兮，超永思乎故乡。廓落寂而无友兮谁可与玩此遗芳？白日晼晚其将入兮，哀余寿之弗将。车既弊而马罢兮，蹇邅徊而不能行。身既不容于浊世兮，不知进退之宜当。冠崔嵬而切云兮，剑淋离而从横。衣摄叶以储与兮，左袪挂于榑桑；右衽拂于不周兮，六合不足以肆行。上同凿枘于伏戏兮，下合矩矱于虞、唐。愿尊节而式高兮，志犹卑夫禹、汤。谁知困其不改操兮，终不以邪枉而害方。世并举而好朋兮，壹斗斛而相量。众比周以肩迫兮，贤者远而隐藏。为凤皇作鹑笼兮，虽翕翅其不容。灵皇其不寤知兮，焉陈词而效忠。俗嫉妒而蔽贤兮，孰知余之从容？愿舒志而抽冯兮，庸讵知其吉凶？璋珪杂于甑窐兮，陇廉与孟娵同宫。举世以为恒俗兮，固将愁苦而终穷。幽独转而不寐兮，惟烦懑而盈胸。魂眇眇而驰骋兮，心烦冤之忡忡。

【注释】

①时命：指流年命运。古人：指古代圣贤。

②遘时：遇到好的时代。遘，遭遇。

③往者：指过往的日月。扳：与『攀』同，攀缘，在此为抓住的意思。

④徕者：指后世。徕，同『来』。期：期待。前代圣王不可攀缘，后世明君不可期待，写自己生不逢时。

⑤志憾恨：指心中志向不得伸展而心存怨恨。逞：实现意愿。
⑥属诗：意谓连缀文字而成诗，指作诗。属，连，续。
⑦炯炯：明亮的样子，这里是形容心事重重，不得入睡。
⑧隐忧：痛楚的忧愁。陷，痛。
⑨郁郁：忧愁的样子。无告：无人告语。
⑩孰：谁。深谋：指一起商量。
⑪钦：愁苦貌。愁悴：忧愁痛苦。委惰：懈倦。
⑫冉冉：慢慢。逮：及，到来。
⑬居处愁：指放逐山林的愁苦。隐约：指隐居山林。
⑭沉抑：指心志被压抑。
⑮壅塞：阻碍不通。通：一作『达』。
⑯广：这里指河水宽阔。
⑰悬圃：神话中的山名，在昆仑顶上。
⑱钟山：神山，在昆仑山西北，出产美玉。玉英：玉树的花瓣。
⑲擥：同『揽』，摘取。瑶木：即瑶树。橝：通『覃』，樟枝，长枝。
⑳阆风：神话中山名，在昆仑山上。板桐：山名，在昆仑山上。
㉑弱水：水名。汩：流水迅疾貌。

㉒路：指通往神山的路。中断：一本作『中绝』，意同。

㉓凌：乘。凌波：冒着波浪。

㉔隐悯：指内心的忧伤。

㉕徙倚：徘徊。彷徉：意同『徙倚』，徘徊。

㉖惝罔：失意惆怅貌。永思：长思。

㉗纡轸：隐痛郁结解不开。纡，屈曲；轸，悲痛。

㉘饥馑：就年而言；绝粮：就人而言，都说明自己家困之景况。

㉙廓：空廓。抱影独倚：是说『独抱形影而立』，言其孤独无援的境况。

㉚超：怅惘。永思：长思。

㉛廓落：孤独。寂：孤寂。

㉜玩：把玩，玩赏。遗芳：留下的芳草，喻指自己的心志。

㉝晼晚：太阳将落下的情景，此处喻年老。

㉞弗将：不会长久。将，久之意。

㉟罢：疲。

㊱蹇：发语词。邅徊：徘徊，周旋不进的样子。

㊲宜当：合适，适当。

㊳淋离：同『陆离』，长而美好的样子。

㊴摄叶：宽广的样子。储与：不舒展。
㊵袪：衣袖口。榑桑：即扶桑，神木名，传说日出其下。
㊶衽：衣襟。不周：神话中山名，不周山。
㊷六合：谓天地四方。肆行：任意前行，意谓不得施展。
㊸凿：榫眼。枘：榫头。榫眼、榫头方圆大小相当方可。
㊹矩矱：规矩，法度。虞、唐：指舜与尧。
㊺节：指节操。式高：以崇高为榜样。式，榜样。此句意思是自己虽不被重用，也不会与世俗同流合污，仍会以古代圣王为榜样。
㊻犹：尚且。卑：低下。
㊼邪枉：弯曲不正，指人的品行。方：方正，指人的品行端正。意思是不用邪枉危害方正的品行。
㊽斛：容量单位，古代以十斗为一斛。相量：相衡量。
㊾众：世俗之人。比周：亲密联结。比，亲。周，合。比周，指结党营私。
㊿鹑笼：鹌鹑的笼子。
51翕：收敛。意思是做鹌鹑笼子给凤凰栖，凤凰虽收敛羽翼也盛不下。
52灵皇：指君王。寤知：醒悟明察。
53焉：安能。陈词：指向君王表白。
54从容：举止行动。